L'ALSACIENNE

Grand reporter durant trente ans, Maurice Denuzière a quitté
le journalisme en 1978 pour se consacrer à sa carrière de roman-
cier. Il a publié plus de trente ouvrages, essentiellement des
romans historiques et humoristiques. Les séries *Louisane* – traduite en vingt-quatre langues, adaptée en film, en série télévisée
et en feuilleton radiophonique –, *Helvétie* et *Bahamas* lui valent
d'être considéré comme l'un des maîtres du roman historique.

MAURICE DENUZIÈRE

L'Alsacienne

ROMAN

FAYARD

Toute ressemblance des personnages fictifs
avec des êtres vivant ou ayant vécu ne pourrait être que fortuite.

Toute infidélité à l'histoire et à ses acteurs authentiques
ne pourrait être qu'involontaire.

ISBN : 978-2-253-13342-1 – 1re publication LGF

Si l'on me presse de dire pourquoi je l'aimais,
je sens que cela ne peut s'exprimer qu'en répondant :
« Parce que c'était lui, parce que c'était moi. »

Michel Eyquem de Montaigne, 1553-1592,
à propos d'Étienne de La Boétie,
Essais (1580), « De l'amitié ».

Celui qui échappe à la domination d'une femme
se soumet généralement à l'autorité d'un ami, qui
toujours se sert d'une étrange force d'attraction et
entretient une sorte de dépendance, ni saine ni valide.

George Moore, 1852-1933,
Confessions d'un jeune Anglais (1888).

... car mon piano, [...] c'est moi,
c'est ma parole, c'est ma vie ;
c'est le dépositaire intime de tout ce qui s'est
agité dans mon cerveau, aux jours les plus brûlants
de ma jeunesse ; c'est là qu'ont été tous mes désirs,
tous mes rêves, toutes mes joies, toutes mes douleurs.

Franz Liszt, 1811-1886,
lettre à Adolphe Pictet (1837).

Les Orphelins de la Commune

1.

— Mon père a été tué par les versaillais, monsieur.

— Le mien, monsieur, par les communards.

— Alors, nous sommes quittes, monsieur.

Les deux jeunes hommes qui, au matin du 20 mars 1875, échangeaient ces propos, ne se connaissaient pas. Leurs réflexions avaient été spontanées, comme celles qui échappent parfois, entre inconnus, aux spectateurs d'une pièce de théâtre. On jouait ce jour-là, place Vendôme, la reconstruction de la colonne abattue, le 16 mai 1871, par les acteurs de la Commune. La vue des ouvriers, occupés à mettre en place les bas-reliefs de bronze restaurés, avait rappelé à ces passants leur semblable condition d'orphelin.

Tous deux, parisiens, jeunes et de haute taille, relevaient cependant de types sociaux différents. Celui qui venait d'assener en riant une conclusion cynique à l'accouchement sanglant de la IIIe République affichait l'assurance de qui sait tirer parti des circonstances. Solide charpente, visage épanoui, fine moustache cirée, bouche gourmande, il posait sur le chantier un regard ironique. On devinait le dilettante mondain, désinvolte et jouisseur, plaisant aux femmes. Des boucles brunes émergeaient de son chapeau melon marron glacé, couleur à la mode, comme son costume

trois pièces et sa cravate en soie jacquard, récemment
créée par Charvet.

Son interlocuteur d'occasion, mince et sec, telle la
tige d'une plante grandie trop vite, paraissait, près du
dandy athlétique, fragile, réservé, presque timide. Vêtu
d'une redingote puce, démodée et pâlie par l'usage, il
était de ceux dont les épaules se voussent prématurément. En revanche, il offrait un visage d'une beauté
rare, quasi féminine. Traits fins et réguliers, nez légèrement busqué, aux ailes serrées, joues creuses, teint
pâle, regard tilleul. La bouche étroite, mais bien mode-
lée, s'entrouvrait en un sourire mélancolique, réponse au
« nous sommes quittes », un peu trivial, de l'inconnu.
Des cheveux blonds, lisses et soyeux, assez longs pour
couvrir les oreilles, complétaient le portrait d'un jeune
romantique tel que l'imaginaient les lectrices de Musset
et de Senancour. Il allait s'éloigner quand, plus audacieux, le fils du défunt communard le retint.

— Savez-vous que la justice entend faire payer au
peintre Gustave Courbet la remise en état de cette
colonne[1] ? Non satisfait de l'avoir emprisonné pendant
six mois à Sainte-Pélagie, le gouvernement lui réclame
plus de trois cent mille francs[2]. C'est pour échapper à
cette dette qu'il est passé en Suisse il y a deux ans,
après que le ministre des Finances eut fait saisir tous
ses biens et toutes ses peintures déposées chez des marchands, expliqua-t-il.

---

1. En réalité, Gustave Courbet avait lui-même proposé, imprudemment, d'assumer les frais de reconstruction de la colonne.

2. Exactement 323 091,68 F. La destruction de la colonne avait
coûté 28 000 F. Sa reconstruction avait été décidée par l'Assemblée
nationale dès le 22 mai 1871, mais le décret officiel, exigeant redressement, n'avait été publié que le 5 mars 1875.

Le jeune blond fixa son interlocuteur d'un regard conciliant.

— Ma mère racontait que Courbet, dont elle admirait les tableaux, même les plus osés, était bien à l'origine de la destruction de la colonne, qu'il tenait pour symbole d'un militarisme barbare. N'était-il pas membre actif du gouvernement de la Commune ? Ma mère disait aussi qu'il avait, lui-même, conçu le système propre à faire chuter la colonne sur les tas de fumier, les fascines et le sable répandus sur la place, révéla-t-il.

— Comme beaucoup de citoyens, madame votre mère a été abusée par les ragots des plumitifs. Je suis un des rares Parisiens à connaître celui qui a inventé et activé le système pour abattre la colonne : des câbles et un cabestan. J'avais treize ans, et cet ingénieur civil, Jules Iribe[1] – je peux dire son nom, car il est à l'abri de toute poursuite – était un ami de mon père et, comme lui, artilleur volontaire dans l'armée de la Commune. Lors de son procès, en août 71, Courbet, dont les juges estimèrent qu'il avait mandaté les exécutants de cette stupide mission, n'a pas dénoncé Iribe. Bien qu'il n'eût jamais été inquiété par la justice, l'ingénieur a préféré s'exiler en Espagne, où il attend des jours meilleurs…

— … qui viendront certainement. On prête à Victor Hugo l'intention de demander bientôt au Sénat l'amnistie pour les condamnés.

Le jeune homme ignora le commentaire.

— Je dois ajouter que Jules Iribe, gai luron, bien que communard bon teint, n'a pas agi par patriotisme

----

1. 1836-1914. Père de Paul Iribe, célèbre dessinateur, polémiste, caricaturiste, créateur de meubles, bijoux, tissus Art déco.

révolutionnaire. Non, monsieur. Il avait besoin, d'urgence, de cinq mille francs pour satisfaire aux caprices d'une actrice du théâtre du Gymnase, qui perdait tous ses cachets au jeu et dont il était amoureux. Elle se nomme Marie Joséphine Magnier. Je l'ai applaudie récemment dans *Fernande*, une pièce de Victorien Sardou, autre ancien communard, compléta l'homme.

— En somme, Courbet s'est seulement fourvoyé dans une révolution mal conduite.

— Lors de son procès, il a essayé de faire croire au juge que son encouragement à détruire la colonne était d'ordre purement plastique. D'après lui, elle était mal placée, gênait la circulation, offensait le regard d'un artiste. Il osa même dire qu'il fallait la déboulonner « pour la mettre ailleurs où elle fût mieux en vue ». Personne ne fut dupe de cette défense un peu couarde et, aujourd'hui, dans son exil vaudois, Courbet paie encore ses amitiés révolutionnaires.

— Cela prouve, monsieur, que les artistes ne doivent jamais participer à une action violente. Qu'ils défendent dans leurs écrits, qu'ils exaltent, dans leur peinture ou leur musique, les grands principes, liberté, égalité, fraternité, mais qu'en aucun cas ils ne se mêlent physiquement aux émeutes ! Franz Liszt a soutenu de sa musique et de ses deniers la révolution hongroise, conduite par Lajos Kossuth, mais il n'a jamais brandi un fusil, précisa l'orphelin du versaillais.

— Dois-je comprendre que vous êtes, vous-même, un artiste ?

— Je ne suis que professeur de musique.

Le gaillard éclatant de santé parut réfléchir un moment. Après avoir porté un nouveau regard sur la colonne en voie d'achèvement, il fit face au musicien.

— Pour sceller la réconciliation entre orphelins de communard et de versaillais, accepteriez-vous de partager mon dîner ? Une façon de célébrer l'arrivée du printemps. Ne sommes-nous pas le 20 mars ? Un dîner chez Vefour me paraît convenir, loin du boulevard des Italiens où dînent les banquiers, les dandys et les cocottes. Acceptez-vous ?

— Je n'accepte jamais une invitation que je ne suis pas sûr de pouvoir rendre. Mais je vous sais gré de votre geste envers un inconnu.

— C'est un fait que je ne me suis pas encore présenté. Maximilien Leroy, juriste, dit l'homme en se découvrant.

— Enchanté. Je me nomme Tristan Dionys. Je vous ai déjà dit ma profession.

— Mais vous ne m'avez pas dit si vous acceptiez d'être mon invité, ce soir.

Comme Maximilien percevait une réticence chez le jeune homme, qu'il devinait de condition modeste, il insista.

» J'ai fait aujourd'hui une bonne affaire. Je suis bien argenté, ce qui n'est pas toujours le cas. Je ne veux pas arroser seul cette aubaine.

— Vous ne devez pas manquer d'amis, je suppose.

— Des deux sexes, en effet, mais aucun dont le père ait été tué par les compagnons du mien. Nous sommes la nouvelle génération républicaine, depuis que l'Assemblée a voté les lois constitutionnelles et que le député Henri Wallon a fait admettre que, désormais, le président de la République serait élu par la Chambre et le Sénat pour sept ans[1]. Nos pères – chacun à sa

---

1. L'amendement Wallon, voté le 25 février 1875, avec une voix de majorité, 353 contre 352, assurait l'établissement de la IIIᵉ République.

manière – ont contribué à cet avènement. Célébrons cela ensemble, voulez-vous ?

Parce que le réalisme politique, les manières franches de Maximilien Leroy, autant que son charme viril, lui plaisaient, Tristan Dionys accepta. On convint d'une heure pour se retrouver au restaurant de la galerie de Beaujolais, au Palais-Royal.

En regagnant l'appartement où il avait vécu avec sa défunte mère, rue des Francs-Bourgeois, Tristan Dionys trouva cocasse cette relation, si vite nouée avec un inconnu. Il admit avoir été séduit. Rendre, un jour ou l'autre, l'invitation de Leroy, dans un établissement équivalent au Vefour, absorberait un mois de leçons de musique et lui interdirait, pour un temps, l'achat de partitions. En nouant sa cravate, sous le col cassé d'une chemise à plastron, avant d'endosser l'habit démodé qu'il portait pour jouer, à l'heure du thé, à l'Hôtel du Louvre, il chassa toute préoccupation. Seule la perspective d'un dîner fin, événement rare dans sa vie de musicien besogneux, occupa son esprit. Avant d'enfiler ses gants, il découvrit le clavier du vieux piano droit d'Érard, hérité de sa mère, et en virtuose monta quelques gammes, de ses doigts secs, que ses maîtres disaient d'acier. Au moment de quitter la pièce, le jeune homme jeta un regard à l'image de Franz Liszt, suspendue au-dessus de l'instrument. Il arrivait que ses élèves prissent ce portrait du compositeur hongrois, peint en 1839, pour celui de leur professeur. Car Tristan Dionys cultivait une ressemblance physique certaine avec son idole à l'âge de dix-huit ans, le sien depuis quelques mois.

En cheminant vers le Palais-Royal à travers Paris, car l'économie d'un fiacre s'imposait, il vit les allumeurs de réverbères brandir leurs perches et les

flammes bleues du gaz de ville ponctuer, une à une,
le crépuscule. Arrivé dans les jardins du Palais-Royal,
il était décidé à combattre la mélancolie inhérente à sa
nature.

Chez Vefour, il s'apprêtait à demander au maître
d'hôtel la table de Leroy quand ce dernier, déjà installé,
lui adressa un signe de reconnaissance l'invitant à
s'asseoir à sa droite, sur la banquette de velours pon-
ceau. Dans un seau d'argent, une bouteille de champagne, serviette en écharpe, avait été débouchée.
Prenant le serveur de court, Maximilien Leroy, comme
pour faire honneur à son invité, emplit les flûtes de
cristal et invita Tristan à boire.

— À notre rencontre et à la paix restaurée ! dit-il
en levant son verre.

— Au beau printemps qui s'annonce et à la République, troisième du nom ! répondit le pianiste.

Pénétrant pour la première fois dans ce restaurant
fameux, où il convenait de ne pas s'inquiéter de l'addition, Tristan Dionys fut impressionné par le décor,
conçu par Vefour sous Louis XVIII, après la fermeture
des tripots et l'éviction des prostituées du quartier
du Palais-Royal. Lambris décorés de peintures pom-
péiennes, abondance de moulures dorées, plafond
peint à fresque, grands miroirs dont les reflets opposés
étiraient la salle à l'infini, couverts d'argent chiffrés,
fines porcelaines, cristaux de Saint-Louis : tout concou-
rait à faire du lieu un luxueux écrin pour dîneurs fortunés. Les hommes en habit noir et cravate blanche,
les belles femmes moulées dans des fourreaux de soie,
épaules dénudées, dont les bijoux étincelaient sous les
lumières des lustres et torchères, les maîtres d'hôtel et
serveurs attentifs sans obséquiosité : tous, en parfaite
connaissance du rituel, interprétaient chaque soir, avec

apparat, la même comédie mondaine, dont aucune guerre ou révolution n'avait pu venir à bout. Seuls les acteurs et la distribution des rôles avaient parfois changé.

Ayant remarqué l'inventaire que faisait, d'un regard curieux, son invité, Maximilien prit le ton de l'habitué.

— Depuis qu'il est devenu président de la République, le maréchal de Mac-Mahon ne dîne plus ici mais, certains soirs, on y voit des ministres et des littérateurs comme Ivan Tourgueniev, Gustave Flaubert, George Sand, les Émile Zola et cette mauvaise langue d'Edmond de Goncourt, qui a l'air d'un veuf depuis la mort de son frère Jules, il y a cinq ans. Parfois Lamartine traîne des amis et l'on reconnaît souvent Victor Hugo, mangeur vorace aux goûts rustiques, en train d'avaler un potage au vermicelle et une poitrine de mouton accompagnée de haricots blancs. Vous avez ici un bel échantillon de la société parisienne du moment, ironisa Max.

Peu informé de la gastronomie du lieu, Dionys laissa à son hôte le soin de composer le menu qui, comparativement à celui du poète député, prit bientôt l'importance d'un festin : potage crème d'orge, saumon de la Loire sauce gribiche, noisettes de pré-salé purée Soubise, poularde soufflée Albufera, salade romaine, glace ananas, pâtisseries. Le sommelier attendant ses ordres, Leroy commanda un chablis-valmer, un château-margaux 1847 et un château-yquem 1855.

— Mais c'est trop copieux ! s'écria Tristan.

— C'est qu'il nous faut tenir jusqu'à minuit, pour saluer la saison nouvelle, annoncée par le calendrier, mon cher. Et nous aurons, entre pré-salé et poularde, un sorbet au rhum, pour faciliter la digestion, décréta Maximilien Leroy en riant.

Après les hors-d'œuvre, Leroy prit l'initiative des confidences.

— Nous sommes, je suppose, d'âge très voisin ?

— J'aurai dix-neuf ans en septembre, révéla Tristan.

— J'ai eu vingt ans il y a peu. Je suis votre aîné, répliqua Leroy.

— Je vous dois donc le respect, dit Tristan.

— Ainsi, vous êtes pianiste. Vous avez étudié au Conservatoire, sous la férule du barbu Ambroise Thomas ?

— Non. À l'École Niedermeyer, où j'ai été interne pendant huit ans.

— Pensionnaire, je l'ai été aussi, chez les frères des Écoles chrétiennes, car mon père, bien qu'athée, et ma mère, anglaise et protestante, avaient estimé que seuls les frères bleus, comme on les appelait alors, seraient capables de dresser un garçon aussi indiscipliné que moi.

— Ont-ils réussi ?

— Un diable peut se muer en saint, mon ami. Quand j'ai compris qu'il suffisait d'avoir l'air sage et pieux pour faire croire aux autres qu'on l'est, j'ai cultivé l'hypocrisie la plus éhontée et, comme je m'ennuyais ferme, j'ai étudié avec application, ce qui m'a permis, en sortant du collège, d'entrer à la faculté de droit. J'y ai passé quatre années ; il me reste à préparer le doctorat, ce que je ferai peut-être un jour. Mais la musique, c'est autre chose. Il y faut des dispositions naturelles, n'est-ce pas ?

Le champagne et le vin aidant, Tristan, peu enclin aux confidences, livra une esquisse de sa biographie.

— Mon père, Hector Dionys, était officier de cavalerie et ma mère, professeur de musique. J'ai été mis au clavier dès l'âge de cinq ans. À neuf ans, je déchif-

frais passablement des partitions difficiles et jouais des
pièces de Chopin. Cette facilité décida ma mère,
contrainte à suivre son mari dans ses garnisons provin-
ciales, à me placer comme interne à l'École de musique
classique et religieuse, de Louis de Niedermeyer.
Depuis 1853, on y apprenait tout de la musique, et les
études générales n'y étaient pas négligées. Après la
mort du fondateur, en 1861, sa famille avait repris la
direction de l'institution. Les membres du clergé de
Saint-Louis-d'Antin nous enseignaient français, latin,
mathématiques et aussi l'italien et l'allemand, fort utiles
en musique. J'ai eu comme professeur du cours supé-
rieur de piano Camille Saint-Saëns, présentement organiste de l'église de la Madeleine. Vous connaissez peut-
être sa célèbre *Danse macabre*. J'ai aussi appris l'orgue
avec Clément Noret, l'harmonie et la fugue avec
Eugène Gigout, la composition avec Gustave Lefèvre.
L'École est aujourd'hui rivale du Conservatoire national
de musique, dont vous parliez tout à l'heure.

— En fait de musique, chez les frères, nous n'enten-
dions que l'harmonium, les jours de grand-messe, et
nous chantions des cantiques insipides, accompagnés
par un frère convers, censé nous apprendre le solfège, ce qui me paraissait fastidieux. Aussi, mes rares
connaissances musicales me viennent plutôt du répertoire lyrique. J'étais, le 8 janvier, à la première représentation publique au nouveau théâtre de l'Opéra,
construit par Charles Garnier et qui avait été inauguré
trois jours plus tôt par le président de la République,
Mac-Mahon et le jeune roi d'Espagne, Alphonse XII.
C'est une salle splendide, qui peut accueillir plus de
deux mille personnes. J'y ai vu et entendu *La Juive*, de
Jacques-Fromental-Élie Halévy et Eugène Scribe, sombre
histoire d'un amour contrarié par des intolérances reli-

gieuses, enveloppée d'une musique pompeuse et touffue. Mais le vrai spectacle était dans la salle, éclairée par un immense lustre, dit Leroy.

— Je vous envie. Je ne connais pas ce nouvel Opéra.

Un silence rêveur s'étant établi pendant que le serveur présentait la poularde truffée, Dionys, sitôt servi, le rompit.

— J'ai beaucoup parlé de moi jusqu'à présent. J'aimerais, à mon tour, vous mieux connaître, dit-il.

— Si nous devons devenir bons camarades, ce que je souhaite, nous mieux connaître me paraît nécessaire, en effet. Eh bien, voici mon histoire. Mon père, Jules Leroy, tué au combat du Champ-de-Mars, le 25 mai 71, était imprimeur : un utopiste impénitent, nourri de Jean-Jacques Rousseau. Il croyait les hommes naturellement bons, mauvaise la monarchie, criminel l'empire et corrupteur le pouvoir, quel qu'il soit. Il avait adopté les théories anarchistes de Mikhaïl Bakounine, un Russe arrivé à Paris en 1844. C'est lui qui révéla à Jules Leroy les écrits de Karl Marx et d'Engels. Mon père fréquentait déjà Proudhon, celui qui a écrit : « La propriété, c'est le vol. » Bien sûr, mon père, qui imprimait les manifestes des socialistes radicaux, participa à la révolution de 48, ce qui lui valut quelques ennuis. Devenu l'amant d'une actrice anglaise de passage à Paris, il dut l'épouser quand elle se prépara à mettre au monde votre serviteur. Devenu père de famille, l'imprimeur parut se ranger. D'autant plus que sa belle épouse, à qui le théâtre ne confiait que des rôles de nurse ou de touriste à cause de son accent, traversait souvent la Manche pour se produire à Londres. Elle s'y trouvait en 71, lors de la proclamation de la Commune et décida d'y rester, abandonnant mari et enfant. Il semble qu'elle y soit toujours, maintenant mariée à un régisseur de théâtre.

— Que deveniez-vous durant ces années ?

— De nourrice en nourrice, de gouvernante en gouvernante, que je faisais tourner en bourrique, voyant peu mon père et encore plus rarement ma mère, je fus envoyé pensionnaire, à huit ans, chez les frères des Écoles chrétiennes, rue Oudinot. J'y suis resté jusqu'aux humanités et n'en sortis que pour étudier le droit, alors que commençait la guerre avec la Prusse. Je jouissais d'une indépendance totale et commençais à gagner ma vie en rédigeant des brochures, tantôt virulentes tantôt pacifistes, que signaient des anti-bonapartistes, des républicains radicaux, voire des anarchistes. Certains de mes commanditaires de l'époque, ayant compris à temps d'où soufflerait le vent nouveau, siègent aujourd'hui dans les Assemblées et occupent parfois des ministères. Mon père, au contraire de ces opportunistes, était certes un utopiste, violent à l'occasion, mais un être pur, un homme honnête, un citoyen imbu des principes de 89, qu'il estimait bafoués par les politiciens. Il combattit jusqu'au bout pour ses idées, ce qui causa son trépas.

Quand le repas s'acheva, sur une tasse de café suivie d'un verre d'armagnac gersois des seigneurs de Monluc, Tristan Dionys et Maximilien Leroy avaient jeté les fondements d'une relation amicale que tous deux souhaitaient durable.

La plupart des dîneurs avaient quitté le Vefour et les serveurs se dandinaient d'un pied sur l'autre, sans oser marquer trop d'impatience quand, après avoir échangé leurs adresses, Dionys et Leroy passèrent des lumières de la salle désertée à la pénombre frileuse des arcades du Palais-Royal. Comme s'ils souhaitaient retarder le moment de la séparation, ils déambulèrent, après quelques détours par la rue de Rivoli, jusqu'à la Seine. En longeant les ruines des Tuileries, incendiées par les communards le 21 mai 1871 et maintenant livrées aux démolisseurs, Maximilien Leroy désigna les pans de murs calcinés, qui prenaient, dans la clarté laiteuse d'une lune goguenarde, l'aspect de fantômes désolés.

— Pourquoi les Français ne peuvent-ils faire de révolution sans détruire ce que d'autres ont bâti ? Qu'ils guillotinent rois et ministres, passe encore, mais les architectes, les sculpteurs, les peintres, les verriers, les passementiers ne souhaitent que servir la beauté, une beauté à transmettre aux générations qui les suivent. Or les révolutionnaires s'en prennent aux pierres, aux statues, aux colonnes, aux vitraux, aux tableaux, aux œuvres d'art qui portent témoignage des talents, des goûts, de la foi d'un peuple, à une époque donnée. Même en exécutant leurs auteurs, ils ne peuvent effacer les méfaits d'un régime, ni faire oublier les crimes de l'un, la gloire de l'autre. Clio, muse de l'Histoire, est, de toutes, la plus obstinée et la plus indifférente aux révolutions, déclama Maximilien Leroy, pointant avec rage sa canne vers le squelette noirci du palais commencé sous Catherine de Médicis.

Pour Tristan Dionys, le seul souvenir attaché aux Tuileries, qu'il rappela à cette occasion, était le récit de sa mère qui, le 22 mai 1861, avait vu et entendu Franz Liszt y jouer, devant Napoléon III et l'impératrice, ses *Rhapsodies hongroises*.

Avant de se séparer, ils prirent rendez-vous pour la semaine suivante au Skating-Rink, ouvert au cirque des Champs-Élysées. Le juriste voulait faire connaître au pianiste les plaisirs du patin à roulettes, distraction sportive qui, depuis quelque temps, faisait fureur à Paris.

— C'est un exercice amusant, recommandé par les médecins, car, disent-ils, nul exercice ne favorise mieux le développement de l'ensemble du corps, le jeu des articulations, l'assouplissement des reins. Le professeur Spiller donne des leçons aux débutants et je vous ferai connaître deux demoiselles qui, à la clarté des lustres à gaz, dessinent de gracieuses arabesques sur l'asphalte de la piste... et qui ont bien d'autres talents, ajouta Maximilien avec un clin d'œil.

Tristan suivit le jeune homme du regard, alors qu'il s'éloignait en faisant des moulinets avec sa canne, sur le pont Royal, vers son domicile, rue du Bac.

De retour chez lui, Dionys, malgré l'heure tardive, prit une feuille de papier à musique et jeta sur les portées le thème que lui inspirait cette rencontre avec l'orphelin, sans rancune, d'un communard. Il fut tenté de demander au clavier confirmation sonore des accords qui chantaient dans sa tête, mais le respect du repos de ses voisins, qui déjà supportaient ses exercices diurnes, le retint d'en rien faire.

Bien que son caractère le portât à la méfiance des attachements que le destin noue et dénoue à son gré, il se plut à imaginer, avant de s'abandonner au sommeil, que Maximilien Leroy pourrait devenir pour lui un ami et un guide de la vie parisienne, dont il ignorait à peu près tout.

La soirée à la patinoire des Champs-Élysées éclaira Tristan Dionys sur l'épicurisme de Maximilien Leroy. Le pianiste ne put se décider à chausser des patins, mais il apprécia, du promenoir, dans le bourdonnement des roulettes sur l'asphalte, les évolutions du juriste. Mains au dos, le jeune homme se déplaçait à l'aise. Tantôt penché en avant, il filait, rapide, autour de l'arène, tantôt il virevoltait sur place, effectuait des figures audacieuses en se faufilant avec assurance entre les patineuses. Certaines – les plus jolies, remarqua Dionys – adressaient à Maximilien les signes de reconnaissance qu'échangent des habitués. Car les femmes et les jeunes filles étaient nombreuses, qui déployaient dans cet exercice une grâce particulière. Leurs mouvements ondulants paraissaient aériens, tant elles semblaient défier les lois de la pesanteur et de l'équilibre. L'effort du patinage mettait en valeur la souplesse de leur taille, l'élégance de leurs gestes, l'ondoyante lascivité de leur cambrure. Le retroussis des robes révélait une cheville, parfois même un mollet, ce qu'appréciaient les vieux messieurs à monocle, accoudés à la balustrade du promenoir. Une chute, le plus souvent sans gravité, pouvait livrer aux regards libidineux une culotte festonnée de dentelle, un éclair de peau blanche à travers la déchirure d'un bas, une fesse moulée dans la soie. L'orchestre répétait à satiété *Le Pas des patineurs*, extrait de l'opéra *Le Prophète* de Jakob Meyerbeer, compositeur peu estimé de Tristan, adepte de « la musique de l'avenir ».

Le spectacle, inédit pour le pianiste, avait cependant de quoi plaire. Dionys vit soudain Maximilien s'immiscer entre deux patineuses, leur prendre la main, sans qu'elles s'en offusquassent. Tous trois, en riant, se mirent à composer un ballet quasi acrobatique, tandis que les patineurs, émerveillés par ce numéro, s'immobilisaient pour suivre les évolutions du trio. Après cette démonstration applaudie, ce fut avec les deux demoiselles que Maximilien rejoignit Tristan.

— Voici mes amies, ici connues comme les Hirondelles américaines, Ginevra, qu'on appelle Gin, et

Samanta, qu'on appelle Sara. Elles s'étonnent de ne pas
vous avoir vu sur la piste, compléta Leroy, après avoir
présenté Dionys aux jeunes filles.

— Je ne suis guère doué pour le sport, mesdemoi-
selles. J'ai plus de plaisir à suivre vos gracieuses évolutions qu'à offrir le spectacle d'un ours qui voudrait
qu'on le prît pour une libellule, dit Tristan, provoquant
le rire franc des Américaines.

Les jeunes filles, le teint rosi par l'effort, s'en furent
se débarrasser de leurs patins, promettant un retour
rapide.

— Nous allons prendre des glaces ensemble. Gin et
Sara sont de bonnes filles, que le propriétaire de la
patinoire a engagées à un salaire de misère, pour attirer
la clientèle. Elles ne se séparent en aucune circonstance
et améliorent leur condition de la charmante manière
que vous pouvez imaginer, commenta Maximilien.

Au cours de l'étape chez le glacier, Tristan comprit
que Maximilien avait prévu, dans son appartement, rue
du Bac, une suite libertine avec les patineuses, que rien
ne semblait effaroucher. Elles montrèrent des mines
déconfites et dirent leurs regrets de ne pouvoir répondre
à l'invitation clairement formulée par Leroy. Leur nuit
était déjà réservée à un prince oriental par leur impresario.

— Ce sera pour une autre fois, dit Gin.

— Oui, car nous aurons toujours plaisir à... patiner
avec vous, ajouta Sara, avec un rire plein de sous-
entendus.

— Que cela ne vous empêche pas, malgré la défection des petites Américaines, de venir vider une bouteille et fumer un cigare chez moi, proposa Maximilien.

Quand les demoiselles se furent éloignées, il ajouta :

» Nous serons entre garçons.

— Je ne vous cacherai pas que j'aime mieux ça, dit Tristan.

— Parce que vous ne trouvez pas plaisant de culbuter une jolie fille qui ne vous fera pas d'histoire ? s'étonna Maximilien.

— Si, mais pas comme cela... tout à trac. J'aime qu'on y mette un délai courtois, des manières, qu'on y mêle un peu de sentiment, avoua Tristan.

— Le sentiment, voilà l'ennemi ! s'écria Maximilien.

— C'est ce qui différencie l'homme de la bête, répliqua Tristan.

— Quand la bête se fait sentimentale, elle est perdue. Les femmes sont des pièges à sentiments. Comme la politique est un piège à sincérités. Nos pères, qui étaient gens sincères, en sont morts. Je refuse de me laisser prendre aux pièges des femmes et à ceux des politiciens, déclara Leroy.

— Qu'opposer à ces risques ?

— L'amitié, mon cher, l'amitié. Offrez-moi la vôtre, vous aurez la mienne, et nous éventerons mutuellement les pièges des femmes et des politiciens, dit Leroy, jovial, en prenant Tristan aux épaules pour une accolade.

— Désormais, je suis votre ami, dit Dionys, rendant l'étreinte.

Ils hélèrent un fiacre sur les Champs-Élysées et Leroy donna son adresse.

Chemin faisant, il émit une interrogation.

— Du fait que nous soyons, ce que je devine, de tempérament et de caractère différents, ceux qui nous connaissent séparément s'étonneront peut-être d'une amitié aussi spontanée, observa-t-il.

Dionys réfléchit un instant et se tourna vers son nouvel ami.

— Quand on pressait Michel de Montaigne de dire pourquoi il avait aimé La Boétie, il décourageait les indiscrets en disant : « Parce que c'était lui, parce que c'était moi. » Réponse suffisante, même au présent, n'est-ce pas ? dit Tristan, avec un sourire.

Au premier étage d'un petit immeuble situé à l'angle du quai Voltaire et de la rue du Bac, l'appartement de Leroy se composait d'un vaste salon, d'un cabinet de travail et de deux chambres avec cabinet de toilette. Ce soir-là, en y introduisant Tristan Dionys, Leroy expliqua que cette maison avait été construite sur l'emplacement d'un hôtel particulier, autrefois occupé par le chevalier Charles de Batz de Montesquiou, né à Castelmore, capitaine-lieutenant aux mousquetaires gris, plus connu sous le nom de comte d'Artagnan.

— Le vaillant soldat, qui inspira le héros d'Alexandre Dumas[1], a vécu rue du Bac dès son mariage avec une riche veuve, en 1659, jusqu'à sa mort, à la bataille de Maastricht, en 1673.

— Parrainage honorable, dit Tristan.

— Je me demande si l'esprit du fameux bretteur, trousseur de jupons, ne hante pas encore ces lieux, commenta Maximilien, en riant.

— Maintenant que je vous connais un peu mieux, je vous trouve assez mousquetaire, surtout dans votre relation avec les femmes et la bonne chère, plaisanta Tristan.

Le pianiste remarqua, dès l'entrée, le mobilier Charles X, en citronnier serti d'ébène, les doubles rideaux de soie jaune, retenus par de riches embrasses

---

1. Le roman historique *Les Trois Mousquetaires* avait été publié en 1844.

de passementerie, quelques belles lampes de porcelaine, aux globes de verre gravé, et, sur la cheminée, une pendule de bronze doré, sur laquelle trônait une Athéna rêveuse, lance en main : tout conférait à cet intérieur cossu de célibataire une tonalité douillette et raffinée. Il s'approcha des tableaux, dont plusieurs scènes libertines.

— Ils sont attribués à Watteau, qui ne signait que rarement ses œuvres, précisa l'hôte.

D'une cave à liqueurs, Maximilien tira deux verres, aux motifs émaillés, et un flacon de cognac, puis présenta un coffret de havanes.

Quand les cigares furent allumés, les deux amis, assis de part et d'autre d'un guéridon tripode, décidèrent, d'un commun accord, d'oublier toutes appellations cérémonieuses et de s'appeler désormais par leur prénom.

— Appelez-moi Max, dit Maximilien. Mon père m'a donné le prénom de Robespierre, qu'il admirait beaucoup et de qui il relisait souvent les discours. Comme son modèle, mon père mourut de la révolution qu'il avait contribué à allumer. Vous allez encore y voir un signe du destin, ironisa Max.

— Les parents, sans penser que nous souffrirons peut-être plus tard de leur choix, nous affublent parfois de prénoms qui leur ont plu, qui ont marqué un bonheur ou un chagrin de leur vie. Ainsi, je me nomme Tristan, parce que ma mère, bonne musicienne, goûtait par-dessus tout l'opéra de Richard Wagner *Tristan et Isolde*. Devenue veuve, elle jouait sans cesse une réduction pour piano du dernier thème d'Isolde, expirante sur le corps de Tristan : « Nous mourrons ainsi / sans être séparés / éternellement unis, / sans fin », chantait-elle en pleurant mon père. En 74, quand elle sut que,

nanti des premiers prix de piano et d'harmonie, d'un
second prix d'orgue et d'un second prix de composition, je serais capable de vivre de mon art, elle souhaita,
sans le dire, quitter ce monde pour retrouver dans celui
d'après mort, dont personne n'a pu attester l'existence,
l'homme qu'elle avait follement aimé. Voilà pourquoi,
cher Max, je me nomme Tristan.

— En somme, nous avons eu tous deux des parents
romantiques. Mais dites-moi, votre musique, vous assure-
t-elle de quoi vivre décemment ? demanda Leroy.

— De quoi vivre chichement, Max. Deux fois par
semaine, je donne des cours de solfège, et aussi de
piano, dans un pensionnat de jeunes filles, l'Institut
Sévigné, à Clichy. Le dimanche après-midi, à l'heure
du thé, je pianote au Grand Hôtel. J'ai aussi quelques
élèves en leçons particulières, trop peu à mon goût et
puis… et puis – mais je vous demande de garder cela
pour vous – je joue, le jeudi et le vendredi, de neuf
heures du soir à une heure du matin, dans une maison
de rendez-vous du boulevard Suchet, en fait un bordel
de luxe, la Folie-Pompadour.

— L'éclectisme de votre clientèle me laisse pantois.
J'imagine que les jeunes pensionnaires de Clichy vous
font les yeux doux et que les dames du boulevard
Suchet ont pour vous des bontés gratuites, dit Leroy,
savourant la situation.

— Je dois me défier des premières et ignorer les
secondes. Les pensionnaires nubiles, privées de présence masculine, rêvent toutes du prince charmant et
ont la pâmoison facile. Quant aux praticiennes de
l'amour vénal, elles me tiennent pour un domestique,
chargé de créer une ambiance voluptueuse en jouant,
en sourdine, des airs langoureux. Car il ne faut pas
distraire les messieurs de l'attention qu'ils doivent por-

ter aux charmes des belles qui font salon, précisa Tristan.

— Vous ne leur jouez ni marches militaires ni polkas endiablées, j'imagine ? demanda Max, hilare.

— Le plus souvent, j'improvise sur des thèmes romantiques. Je liquéfie Chopin, je décolore Liszt, je dilue Brahms, mon cher.

— Et, dites-moi, quelle est, de vos activités, celle qui paie le mieux ?

— Les leçons privées, chez des gens riches qui tiennent à ce que leurs filles pratiquent les arts d'agrément. Le piano, hélas, en fait partie, soupira Dionys.

— Vous ne participez pas à des concerts ?

— J'ai rarement été convié à jouer dans des réunions privées où l'on rencontre les vrais mélomanes. Pour pénétrer ce milieu, il faut connaître de riches bourgeois ayant quelques compétences musicales. Or la musique que j'aime jouer est trop neuve pour ces gens. Ils goûtent plus volontiers Bach, Mozart, Haydn ou Schubert que Brahms, Schumann, Chopin, Liszt et Wagner. Ils veulent ignorer Berlioz, Saint-Saëns, César Frank, tous ceux qui professent ce que Franz Liszt nomme la « musique de l'avenir », commenta Dionys en s'animant, comme chaque fois que l'on parlait musique.

— Je puis peut-être vous aider à trouver des leçons particulières, dans des familles qui ne regardent pas à la dépense. Mais nous en reparlerons, dit Maximilien qui avait déjà des noms en tête.

— Vous êtes juriste : plaidez-vous souvent ? risqua Tristan.

— Jamais. Je suis inscrit au barreau pour la forme, mais mes activités lucratives ont moins de rapport avec le droit qu'avec la politique, confessa Max.

Devant l'air étonné de Tristan, il se livra.

» J'ai la chance d'avoir une facilité de plume. Je sais exprimer, par l'écriture, tout ce que je ressens... et même ce que je ne ressens pas ! Ce que je vais vous dire doit rester secret. Personne, à ce jour, ne m'a inspiré assez de confiance pour entendre que je loue aux députés, parfois aux ministres, ma plume et mon savoir.

— Diable ! Ces gens ne font-ils pas leurs discours eux-mêmes ?

— Certains, bien sûr, mais c'est aux autres que je rends service. Aux élus de province surtout, qui savent ce qu'ils veulent dire, mais ne savent pas le rendre compréhensible. Ils me donnent un schéma et je développe, je nourris de citations, j'arrange, j'ajoute un peu d'éloquence là où elle fait défaut, je mets en français acceptable leur langue patoisante. Je veille aussi à la ponctuation, pour qu'ils donnent aux auditeurs, à l'Assemblée ou au cours d'un banquet, le sentiment d'un débit fluide et assuré. Je leur conseille souvent de répéter, devant leur épouse ou leur maîtresse, le texte que j'ai rédigé, pour évaluer son effet. Plus d'un discours prononcé devant la Chambre ou le Sénat, au cours de la discussion, en janvier, des lois constitutionnelles, et rapporté comme brillante pièce d'éloquence parlementaire par *Le Gaulois* ou le *Journal des débats*, est sorti de la plume de votre serviteur. J'ai même eu le plaisir, quelquefois, de voir vanter les interventions contradictoires d'adversaires politiques, dont j'avais écrit les palabres en ajustant au mieux des arguments opposables, expliqua Max avec satisfaction.

— Mais alors, vous devez faire abstraction de vos convictions ? s'enquit Tristan.

— Mon cher, je n'ai pas de convictions : c'est ma force. Je traite ces discours comme des exercices de rhétorique politicienne. Je suis indifférent aux opinions des uns et des autres. Je n'ai même pas de favori parmi mes pratiques. Ce sont des clients et je suis une sorte d'écrivain public… privé ! Je me vois dans la situation du traiteur, à qui l'on a commandé un jambonneau farci : je livre, à l'heure dite, le mets désiré. Je crains que vous ne trouviez ce commerce scandaleux, peut-être immoral, s'inquiéta Maximilien.

— Ni scandaleux ni immoral. J'admire, au contraire, votre indépendance d'esprit et de plume. Je sais que la politique est religion de l'insincérité. J'imagine que vous devez bien vous amuser… tel un auteur de pièces de théâtre qui écrit tous les rôles.

— Bonne définition, reconnut Max.

— Et, dites-moi, ces gens règlent des honoraires ?

— Ils paient ce que je demande, sans barguigner. Ils paient, non seulement le produit fourni, mais ils paient aussi ma discrétion absolue. Il faut que chacun croie jouir de l'exclusivité de mes services. J'ai trouvé là une activité de bon rapport et qui ne fait de mal à personne, précisa Max en remplissant les petits verres de cognac pour la troisième fois de la soirée.

— Peu importe, en effet, les acteurs des joutes politiques : l'important, c'est la République, reconnut Tristan en levant son verre.

Après un instant de réflexion, comme s'il évaluait les risques encourus par la confidence qu'il se préparait à faire, Maximilien Leroy posa une main amicale sur le bras de Tristan.

— Parce que vous m'inspirez vraiment confiance et qu'il conviendra, dans nos relations futures, que vous ne vous étonniez pas de mes soudaines absences de Paris, je dois, sous le sceau du plus hermétique secret, vous confier que je suis parfois conduit à accomplir des missions pour le service des Affaires réservées[1], au ministère des Affaires étrangères.

— Vous seriez un espion ? s'inquiéta Tristan.

— Pas du tout. L'espionnage est un métier dangereux, qui suppose ce que j'ose appeler un manque de franchise, qui n'est pas dans ma nature, plaisanta Max.

— Vous me rassurez, dit Dionys.

— Par un ancien amant de ma mère, communard repenti au bon moment, maintenant influent au cabinet du ministre des Affaires étrangères, j'ai été recruté comme courrier très particulier du gouvernement. Mais, je le répète, il ne s'agit pas d'espionnage. Je dois rester inconnu des agents officiels, lesquels prendraient ombrage de mon activité et, surtout, des quatre mille francs par an qu'elle m'assure, au prix d'une disponibilité permanente pour des missions impromptues.

— C'est pour vous l'occasion de voyager, observa Tristan.

— Mon travail consiste, en effet, à porter à travers l'Europe, aux ambassadeurs de France, des plis, des notes, des ordres, des rapports confidentiels, que le ministre ne veut confier ni à la poste, ni aux consuls, ni aux fonctionnaires de ses services, ni même à la valise diplomatique. En Grande-Bretagne, on appelle, selon les époques, *King's* ou *Queen's Messengers* les hommes de confiance qui font ce métier depuis Henri VIII. Ils produisent même un insigne, qui permet aux ambassadeurs de Sa Très Gracieuse Majesté de les identifier. En France, nous nous montrons plus discrets… et plus

---

1. Service d'exploitation du renseignement, indépendant, et parfois rival, du 2e Bureau, section de l'état-major général des armées, au ministère de la Guerre.

économes. À l'occasion de ces missions, je ne suis qu'un voyageur ordinaire, un représentant de commerce ou un touriste. Mes honoraires et mes frais sont payés sur les fonds secrets. Je voyage dans les meilleures conditions et descends dans les meilleurs hôtels. Je me présente, sans être annoncé, chez un ambassadeur et je lui remets le pli dont j'ignore le contenu. Il signe un reçu, que je rapporte au Quai d'Orsay. C'est simple et je vois du pays, acheva Max.

— Votre confiance m'honore. L'amitié, autant que le patriotisme, scellent mes lèvres, soyez-en sûr, dit Tristan.

Quand il se décida à rejoindre son domicile, dans le Marais, Max l'accompagna jusqu'au quai.

— Ne restons pas longtemps sans nous voir. Je dois m'absenter quelque temps mais, si ma maison vous a plu, la porte en sera, pour vous, toujours ouverte, dit Maximilien Leroy.

— J'aime votre intérieur, son confort, son décor d'un goût exquis. Il n'y manque qu'une chose, émit Dionys.

— Qu'y manque-t-il, que je pourrais ajouter pour vous plaire ? s'amusa Max.

— Un piano ! dit Tristan, ponctuant sa réponse d'une bourrade amicale.

2.

L'amitié, que le temps peut détruire ou fortifier, se nourrit d'affinités et d'échanges, de plaisirs et d'épreuves partagés. Si des opinions politiques et des choix artistiques divergents ne forment pas obstacle à un attachement – sauf pour les esprits sectaires – mais prêtent, au contraire, à entretiens socratiques, en revanche, est nécessaire le respect de quelques principes élémentaires, inculqués dès l'enfance.

Leroy et Dionys, bien qu'issus de milieux différents, avaient tous deux « fait leurs humanités », reçu la même éducation, accepté les mêmes disciplines, vécu les mêmes événements. Malgré l'antagonisme politique et social de pères qui se fussent loyalement entretués, ils disposaient d'un fonds commun d'éducation, suffisant pour s'estimer, s'entendre, s'aimer.

Après leur chaleureuse rencontre, les deux hommes ne se revirent qu'au mois de mai, Maximilien Leroy ayant été chargé, inopinément, d'une de ces missions secrètes sur lesquelles il se montrait fort discret.

Dès son retour, il convia Tristan à l'accompagner au Salon des beaux-arts, déjà décrié par certains critiques. Celui du *Musée universel*, Robert Franz, redouté des peintres, venait d'écrire, avec son acidité coutumière : « Le Salon de cette année n'est que l'explosion

triomphante d'une impuissance bariolée. D'un côté, la
disproportion entre les désirs de création et les forces
d'exécution de certains artistes, de l'autre la prédo-
minance des compositions inoffensives, inaccusables,
invulnérables, acceptables par tous les partis, hormis
par celui de l'art et de la poésie. »

— Allons voir si ce grognon dit vrai, déclara Max
en hélant un fiacre.

Le Salon se tenait au palais de l'Industrie, vaste bâtiment de deux cents mètres de long qui occupait, depuis
vingt ans, le carré Marigny, aux Champs-Élysées. Après
avoir franchi la porte monumentale, dont l'entablement,
à quarante mètres du sol, supportait une statue allégo-
rique de l'Industrie, muse du siècle depuis l'Exposition
universelle de 1855, les visiteurs circulaient entre les
hautes colonnes de fonte, sous une voûte de fer et de
verre. Éclairées par quatre cents fenêtres, à en croire
la brochure, des centaines de peintures, aquarelles, gra-
vures, émaux, porcelaines et sculptures sollicitaient
l'attention du public et l'examen d'un jury présidé par
le sous-secrétaire d'État aux Beaux-Arts.

Max et Tristan déambulèrent, au gré de leur fantaisie, parmi des messieurs décorés, coiffés de huit-
reflets[1], des femmes arborant des toilettes à la dernière
mode et des bohèmes chevelus. Car on venait au Salon
autant pour être vu que pour voir. Cette année-là, bien
que l'encombrante tournure résistât, les grands couturiers – Charles Worth, Margaine-Lacroix, Mme Doucet – habillaient les femmes de robes moulantes,
enserrant le corps du buste aux genoux, ce qui n'auto-

―――――――――

1. Chapeaux de soie, hauts de forme, très brillants sur lesquels
on pouvait distinguer huit reflets.

risait que de tout petits pas. Taffetas à ramages, per-
caline aux couleurs tendres – le rose Gloire de Dijon
triomphait –, crêpe de Chine composaient, au bas de
ces fourreaux suggestifs, des froissés, plissés, gaufrés
ou bouillonnés mousseux, dans lesquels les messieurs
distraits se prenaient les pieds.

— Par chance, la réduction des chapeaux en bibis
fleuris, par Caroline Reboux, fait que l'on peut, tout
de même, voir les tableaux sans se contorsionner,
observa Max.

Il désigna à Tristan une *Thamar*, d'Alexandre Caba-
nel, veuve biblique plus plaisante à regarder que *Les
Pleurs de sainte Marie-Madeleine*, d'Henry Lerolle, à
qui l'on devait les peintures murales de la Sorbonne.

Au cours de leur visite, ils virent trois Léda per-
verses et autant de cygnes entreprenants, des Danaé,
des baigneuses, une Salammbô, une Chloé, des kyrielles
de nymphes, des Vénus plus ou moins callipyges, une
Ève rêveuse.

— Sans les femmes de toutes les époques, saintes
ou prostituées, sorties de la Bible ou de la mythologie,
les peintres d'aujourd'hui seraient peut-être sans inspiration, observa Dionys, moqueur.

— Il faut reconnaître que le corps d'une belle
femme est le meilleur de ce que nous offre la nature.
Rien n'est plus agréable à voir et à caresser, dit Max,
planté devant une Diane de bronze, aux formes idéales,
saisie en pleine course, son arc à la main.

— Avec une telle foulée, sûr qu'elle va remporter
l'épreuve ! ironisa Dionys.

— Mieux que tous, le regretté James Pradier a
sculpté des statues de chair. La petite *Femme ôtant sa
chemise*, que j'ai acquise à prix d'or l'année dernière

et que vous voyez chez moi, vaut toutes les beautés
dévoilées de ce salon, grommela Leroy.

— Allons voir les paysagistes, coupa Tristan.

Ils virent des nuits d'automne et d'hiver, des
printemps craintifs, des étés aveuglants, des pâturages
traversés de rivières, d'autres avec vaches, moutons ou
chèvres, des bois, des clairières, des villages sous la
lune, des couchers de soleil sur la mer, des marais avec
canards, des lacs avec pêcheurs embarqués ou pieds
dans l'eau, des orages campagnards, des averses cita-
dines, une Venise avec amoureux en gondole et une
Pêche de nuit au chien de mer, que le critique Robert
Franz, emportant cette fois l'adhésion de Tristan et de
Max, décrivait ainsi : « Un bateau à voile noire vogue,
la nuit, sur une mer savonneuse, verdâtre. C'est tout. »

Ils remarquèrent aussi, parmi les scènes dites de
genre, combien les peintres succombaient aisément à
la tristesse et à la morbidité. Sur une toile, mourait
saint Joseph ; sur une autre, on assistait au dernier soupir de la Vierge ; ailleurs, on comptait sept pendus, ali-
gnés comme saucisses à l'étal d'un charcutier ; plus
loin, des vautours, pareils à des cerfs-volants, atta-
quaient des enfants, et une femme, sans doute adultère,
terrassée par le remords, buvait le poison d'une bouche
gourmande, comme s'il se fût agi de porto. Ils retinrent
de cette quête une *Mort de Sénèque*, de Joseph Syl-
vestre, qui eût tiré des larmes à un cancre en philosophie. Ils apprécièrent aussi qu'Alphonse Marie de
Neuville, peintre de batailles, fort coté depuis le succès,
au Salon de 1873, de sa toile *les Dernières Cartouches*,
eût rappelé, d'un pinceau patriotique, les combats du
2 juin 1871, à Villersexel.

— Ce jour-là, tous les Prussiens entrés la veille à
Villersexel furent tués. Cette *Attaque par le feu d'une*

maison barricadée et crénelée mérite une médaille, dit Tristan, pensant à son père, qui commandait alors un bataillon de l'armée de l'Est.

— Reconnaissez que la plupart de ces peintures de genre ne sont que complaisance à la mode : des flatteries pour âmes sensibles, des œuvres susceptibles de susciter des commandes pour boudoirs ! décréta Max.

— Allons voir les portraits, proposa Tristan.

Cette fois, ils accordèrent leur admiration à deux artistes : Lawrence Alma-Tadema, un Hollandais devenu britannique, et Ernest Hébert, un Savoyard bon teint. Le premier présentait l'atelier d'un peintre, poses simples, décor élégant, beauté et distinction des personnages ; le second livrait trois portraits de femmes, dont celui de la marquise Agnès de Pourtalès, une beauté fragile et pensive, que Maximilien Leroy admira longuement.

Quittant le Salon, ils se séparèrent, Max allant à ses affaires, Tristan à l'église Saint-Roch, afin de répéter, à la demande de l'organiste titulaire qu'il devrait remplacer le lendemain, une grand-messe de mariage.

— Qui donc se marie avec tant de faste ? s'informa Max.

— Un homme et une femme, je suppose, répondit Dionys en riant, car il ignorait l'identité des conjoints.

Pour le pianiste, indifférent aux cérémonies mondaines, ce genre de prestation présentait deux avantages : jouer de l'orgue et empocher des honoraires.

— Rapportez-moi des dragées ! lança Max en s'éloignant sur l'avenue des Champs-Élysées.

Maximilien Leroy sut, en peu de semaines, vaincre la réserve parfois hautaine de Tristan Dionys en multipliant les initiatives. C'est ainsi qu'on vit les deux

amis, à Longchamp, au douzième Grand Prix de Paris,
réunion hippique ouverte à tous les chevaux du monde
âgés de trois ans et dotée de cent mille francs. Au
contraire de Max, turfiste avisé, le pianiste n'avait
jamais joué aux courses. Ce jour-là, sur les conseils de
Leroy, il misa et empocha un joli gain, qu'il évalua à
deux mois de ses revenus habituels. Il put ainsi, le
même soir, rendre à Max son invitation à dîner. Dionys
connaissait l'étiquette mondaine, qui veut qu'on n'invite
pas là où on l'a été. Il choisit donc la Maison Dorée,
boulevard des Italiens. Potage à la royale, grande truite
à la sauce hollandaise, agneau aux pois nouveaux,
coquelets aux truffes, biscuit glacé : tel fut le menu
composé par Tristan.

Le lendemain, Max organisa une escapade en chemin
de fer à Argenteuil, au tir aux pigeons de M. Devisme,
où il avait coutume de s'entraîner.

— Je compte, cette année encore, participer au
concours organisé par le Cercle du bois de Boulogne. L'an
dernier, j'ai gagné le deuxième prix – 1 500 francs – en
mettant sept pigeons sur neuf dans les limites de l'aire,
expliqua-t-il après que Dionys l'eut vu abattre et faire
tomber dans la cible une douzaine d'innocents volatiles,
lâchés un à un par un commis.

Un soir, Dionys, qui avait reçu des billets de faveur
de la troupe de l'Opéra-Comique, réussit à entraîner
Max à la salle Favart[1], pour assister à une représentation de *Carmen*. Seule la perspective de pouvoir, à
l'entracte, féliciter la belle Célestine Galli-Marié, qui
jouait Carmencita, décida Leroy à entendre la musique

---

1. La première salle Favart avait été incendiée en 1838 ; la
deuxième allait l'être en 1887.

de Georges Bizet. Ce fut un succès, comme chaque fois que l'opéra était à l'affiche. Pour finir la soirée, les deux amis s'en allèrent souper au Café Anglais.

Quelques jours plus tard, alors qu'ils venaient de se retrouver, suivant un rite maintenant établi, au Café de la Bourse, rue Vivienne, les journaux leur apprirent la mort du compositeur, terrassé par une crise cardiaque, dans la nuit du 2 au 3 juin, après une baignade dans les eaux froides de la Seine.

Avec l'emphase des polygraphes avides de sensationnel, les critiques qualifiaient d'« historique » le spectacle de la veille. Non parce que cette trente-troisième représentation avait été meilleure que les précédentes, mais parce que Georges Bizet était mort, dans sa maison de Bougival, durant le spectacle.

— Et c'est arrivé pendant que le public applaudissait la féline Galli-Marié et le baryton Émile Taskin ! constata Max.

— Le journal précise qu'on a établi, par comparaison d'horaires, que le compositeur rendit le dernier soupir au moment même où, dans la scène fameuse de la partie de cartes des gitanes, Carmen tirait l'as de pique et disait « C'est la mort[1] », ajouta Dionys, très ému.

---

1. Célestine Galli-Marié (1840-1905), interprète préférée de Bizet, très affectée par la mort du compositeur, n'accepta de reprendre le rôle de Carmen qu'en 1884. Au cours de sa carrière, elle incarna mille deux cents fois la célèbre gitane, avant de quitter la scène sur une dernière apparition dans le rôle, en 1890. La théorie de la mort du compositeur au moment précis de la scène des cartes est contestée par de nombreux musicologues. Elle a cependant suscité différentes interprétations, y compris celles qui font appel à la télépathie pour justifier le pressentiment attribué à l'interprète.

— Brrr, brrr, affreuse coïncidence ! commenta Maximilien.

Et, comme pour conjurer le sort, il asséca son bock de bière.

— Coïncidence ou signe du destin ? murmura Tristan.

— Je préfère que ce soit un effet du hasard.

— Ah, il arrive que l'amour et la mort aillent du même pas, conclut Tristan.

Quelques semaines plus tard, les deux amis effectuèrent une croisière sur la Seine en bateau-mouche. Ils embarquèrent quai d'Orsay, en aval du pont Royal, pour naviguer jusqu'à Saint-Cloud. En ce début d'été, chaud et ensoleillé, les femmes s'abritaient sous leur ombrelle, afin de ne pas gâter leur teint.

Ce jour-là, Tristan reçut une leçon de chasse à l'esseulée. Dès l'embarquement, Max avait repéré deux passagères, jeunes, plutôt jolies et élégantes. Robes légères et colorées, bibis enrubannés posés sur les cheveux relevés en chignon, gants au crochet, montres en sautoir : on devinait deux amies en promenade. Galant, Maximilien avait devancé le marin d'eau douce, préposé à l'embarcadère, pour les aider, en offrant l'appui de son bras, à franchir le chemin-planche branlant.

— J'ai surpris leurs propos tandis que nous attendions le bateau. Je peux vous dire, mon cher, que les maris de ces deux poulettes font leurs vingt-huit jours, l'un à Dijon, l'autre à Orléans. La voie est donc libre, expliqua Leroy en donnant à son melon une inclinaison canaille.

— Qu'entendez-vous par là ?

— Une fois par an, certaines épouses de réservistes en période d'instruction militaire s'offrent du bon temps. Il y a des blondes qui se font teindre en brunes et d'autres qui jettent le corset aux orties ! À nous, célibataires, d'en profiter ! Laissez-moi faire.

Les jeunes femmes, se voyant observées avec insistance, prirent d'abord l'air offensé d'honnêtes bourgeoises, promptes à décourager le coureur de jupons, puis, Max ayant détourné la tête pour considérer le décor des berges, elles se mirent à rire sous cape.

— Maintenant, éloignons-nous un peu, vers l'arrière du bateau, en ayant l'air de nous intéresser à cet essaim de pensionnaires babillardes. Je ne donne pas trois minutes avant que nos belles, se voyant négligées pour plus jeunes qu'elles, ne s'approchent, murmura Leroy.

La manœuvre réussit pleinement. Ne restait qu'à entrer en conversation, ce que Leroy fit habilement en heurtant volontairement de l'épaule, mais sans qu'il y parût, le bord frangé de l'ombrelle qui abritait les deux femmes. Il se découvrit, s'excusa en posant un regard velouté sur la porteuse d'ombrelle, qui, à son tour, s'excusa. On aurait pu en rester là, mais Leroy poursuivit l'offensive en s'adressant à Tristan, assez fort pour être entendu des passagères.

— Voyez-vous, mon ami, deux jolies femmes sous une ombrelle sont comme deux roses sur le même rosier. Un spectacle propre à illuminer notre journée, dit-il.

Elles sourirent et gloussèrent, un rien moqueuses, mais, quand Max, estimant la chaleur insupportable, proposa de descendre dans le salon du petit vapeur, où l'on servait des glaces et des rafraîchissements, les amies, après s'être concertées d'un regard, acceptèrent l'invitation.

Attablés devant des coupes givrées contenant sorbets et fruits glacés, ils firent plus ample connaissance sans décliner d'identité, afin de mettre à l'aise ces épouses en liberté. De part et d'autre, on ne livra que des prénoms, Lisette et Céline, face à Max et Tristan. Quand on eut évoqué l'agrément de la croisière fluviale, considéré les quais peuplés d'amoureux, de pêcheurs et de chemineaux barbus, risqué quelques frôlements de main dans l'ombre sonore de l'arche des ponts, qu'on se fut diverti à la vue des lessives encordées sur le pont des péniches, on en vint tout naturellement au marivaudage. Maximilien Leroy, passé maître dans cet exercice de galanterie raffinée teinté d'affectation, joua de sa prestance et de son charme. Il captiva Lisette, la plus jolie, tandis que Céline se montrait plus attentive à Tristan, à qui cheveux longs, blonds, lisses et soyeux, visage osseux et regard las donnaient un air d'artiste.

Tout en s'amusant du manège de Leroy, Dionys décida d'entrer dans le jeu, plus par souci de ne pas ignorer la grâce de Céline que par goût de l'aventure. Il se mit à parler musique et découvrit que la jeune femme avait des connaissances musicales, qu'elle aimait les valses de Chopin et, fait plus étonnant, la *Sonate funèbre en si bémol mineur* du compositeur polonais.

— Je pleure à chaudes larmes, chaque fois que je l'entends. Pensez, monsieur, que je suis née l'année de sa mort, avoua-t-elle à Tristan[1].

En révélant son âge, vingt-six ans, Céline faisait preuve d'ingénuité, ce qui plut à Tristan. Le quatuor se scinda bientôt en deux duos et, comme les dames émettaient, sans grande conviction, le souhait de quitter le bateau omnibus à l'arrêt de la Concorde, Leroy

_____

1. Frédéric Chopin était mort à Paris, en 1849.

les convainquit de poursuivre la croisière en mentant effrontément.

— Mon ami, grand pianiste, souffre ces temps-ci de mélancolie douce. Aussi ai-je décidé de l'emmener dîner, en plein air, au Pavillon d'Armenonville. Si vous n'avez pas de mari qui vous attende, pourquoi ne viendriez-vous pas avec nous ? Je suis certain que mon ami Tristan apprécierait votre compagnie, dit-il, usant de Dionys comme d'un appât romantique.

Elles marquèrent le temps d'hésitation commandé par la bienséance et, quand elles eurent reçu promesse qu'on ne rentrerait pas trop tard à Paris, elles consentirent à servir de cavalières aux deux garçons.

En quittant le bateau à l'arrêt de l'Alma, on se serra dans un fiacre, ce qui autorisa les rapprochements escomptés. La porte Maillot n'était pas franchie que Leroy savait tout de la fermeté du buste de Lisette et que Dionys, moins entreprenant, caressait distraitement la main que Céline avait posée sur la sienne.

Au restaurant de plein air, ils furent traités comme couples d'amoureux parmi d'autres et, sous les ombrages, le repas propice aux confidences confirma ce que Max et Tristan savaient déjà : les maris de ces dames effectuaient la période militaire de vingt-huit jours, obligatoire pour les officiers de réserve. Toutes deux reconnurent qu'elles se considéraient en vacances conjugales, arguant qu'elles savaient fort bien que leurs époux ne devaient pas manquer, loin du foyer, de se livrer à des exercices qui, tous, n'étaient pas militaires !

— En somme, pendant leur absence, c'est comme si vous n'étiez pas mariées ? avança Max.

— Voilà, fit Lisette.

— Mais nous devons tout de même rentrer chez nous à une heure convenable, dit Céline en regardant sa montre, suspendue en sautoir, quand les desserts furent expédiés.

— Après dix heures, il faut tirer le cordon, dire son nom et les concierges sont de redoutables rapporteuses, précisa Lisette.

— Je comptais maintenant vous convier à déguster chez moi un vieux porto, dit Max en faisant signe au maître d'hôtel d'apporter l'addition.

— Cela nous mènerait trop tard. Il est déjà plus de neuf heures, dit Céline.

— Oui, nous n'aurions pas le temps de savourer le moment, compléta Lisette d'un ton où Max se plut à imaginer un sous-entendu coquin.

— Ce sera peut-être pour une autre fois, s'empressa d'ajouter Céline.

Pour le retour, les couples durent se séparer, Max devant raccompagner la délurée Lisette, Tristan la romantique Céline.

Ces derniers en étaient aux baisers d'adieu quand Céline glissa qu'elle aurait aimé entendre Tristan jouer pour elle les variations de Mozart sur la comptine *Ah ! vous dirai-je maman*.

— Eh bien, venez demain après-midi chez moi, je jouerai volontiers pour vous cette pièce que je connais par cœur, dit-il.

— Je viendrai, mais vous serez sage ?

— Si vous le souhaitez vraiment, persifla Tristan avant de donner son adresse, dans le Marais.

Céline se fit déposer à l'angle que forme la rue du Faubourg-Saint-Honoré avec la rue d'Anjou, où elle habitait.

— À demain, cinq heures, dit-elle en quittant le fiacre.

C'était la première fois que Dionys se conduisait ainsi avec une inconnue. N'étant pas de ceux chez qui le démon de la chair sursaute à la vue du moindre jupon, il n'avait vécu, jusque-là, que des aventures sans lendemain. Souvent avec des femmes plus âgées, aux mœurs trop libres, qui avaient pris l'initiative d'étreintes lubriques dont il ne conservait qu'un souvenir avilissant. Le fait que Max l'eût initié à l'excitante stratégie de la conquête, et que l'épouse du réserviste montrât une sensibilité touchante, l'incitaient à poursuivre une relation si osée.

Le lendemain, en attendant Céline, le pianiste hésita longuement. Devait-il proposer à la visiteuse un sirop d'orgeat, seul breuvage sans alcool dont il disposait, ou lui servir le thé, dans les tasses de Minton héritées de sa mère ? Il en était encore à s'interroger quand la sonnette retentit.

— J'ai apporté des petits-fours, car nous sommes à l'heure du thé, n'est-ce pas ? dit-elle, résolvant ainsi le dilemme de Tristan.

Elle lui parut différente de la veille. D'une joliesse plus classique, plus fraîche, plus sérieuse, dépouillée de son allure, un peu triviale, d'épouse en goguette, prête à commettre l'adultère par jeu et désœuvrement.

Intimidé, Dionys lui baisa la main et la fit asseoir dans l'unique fauteuil du petit salon.

— Vous êtes venue pour entendre les variations de Mozart, n'est-ce pas ? dit-il, se mettant aussitôt au piano.

Céline acquiesça, d'un signe de tête, en ôtant ses gants.

Dès qu'il posait ses mains sur le clavier, Tristan Dionys devenait un être à part. Quand il eut détaillé, dans sa simplicité enfantine et avec la netteté voulue, l'aimable motif de la comptine que Mozart avait enrichie de variations d'un bel effet pianistique, il devint le virtuose solitaire, accaparé par son art. Il oublia la visiteuse et s'évada dans le flot des sons qui coulait de ses doigts en ondes rapides, harmoniques légères, audacieuses, tantôt vives, claironnantes, limpides, gracieuses, mélancoliques. Torse droit, regard de statue tourné vers l'intérieur, le pianiste constituait avec l'instrument une entité surhumaine, sorte de centaure, générant la musique. Céline observa que Tristan semblait oublier l'existence de ses doigts, qui parcouraient le clavier, comme dotés d'une étrange autonomie, doués de mémoire et d'une vélocité propre. Elle n'avait jamais entendu interpréter ainsi ce morceau. Trop de pianistes amateurs, se fiant à l'écriture mozartienne d'apparence aisée, étaient incapables de rendre les subtilités chromatiques, dissimulées par le compositeur.

Le magnétisme qui émanait, non seulement du jeu de Tristan mais de sa personne, semblait l'émergence d'une force mystérieuse, ce qui troubla la jeune femme jusqu'à l'inquiétude. Quand, ayant plaqué le dernier accord, Dionys se tourna vers Céline, celle-ci fut impressionnée par la pâleur du visage de son hôte. Celle de l'artiste qui, sortant du monde fluide des sons, retrouve sans plaisir la réalité du moment.

— Comme c'est beau, dit-elle. Pouvez-vous me jouer autre chose ?

« Elle est facile à éblouir et, puisqu'elle aime Chopin, allons-y de la *Barcarolle* », pensa Tristan, se retournant vers le piano.

Comme toujours quand il avait commencé à jouer, il sacrifia à son propre plaisir et enchaîna avec *La Campanella* de Liszt. Il submergea la visiteuse par le feu

roulant des notes, réitérées en sauts rapides et acrobatiques, conscient de cabotiner un peu, pour mettre en
relief sa virtuosité. Céline, qui entendait pour la première fois cette pièce, que l'on savait aussi éprouvante
pour le pianiste que pour le piano, paraissait subju-
guée, les yeux écarquillés, la lèvre trémulante, le buste
palpitant.

Elle battit des mains, chercha comment exprimer
son émotion et, quittant son siège, vint à Tristan.

— C'est divin ! s'écria-t-elle, avant de prendre les
joues du pianiste dans ses mains pour lui poser sur la
bouche un baiser fougueux. Je vous écouterais jusqu'à
demain !

— Si le cœur vous en dit.

Il la pressa de s'asseoir sur ses genoux, ce qu'elle
accepta sans réticence, tandis qu'il lui prenait la taille,
qu'elle avait fine et sans corset.

Les baisers qui s'ensuivirent bousculèrent le bibi
qu'elle finit par jeter sur le fauteuil, avant de s'abandonner aux caresses exploratrices de Tristan.

— Hélas, le temps passe si vite ! J'avoue qu'en
venant chez vous je n'imaginais pas connaître pareilles
délices. Quelle chance vous avez de disposer d'un tel
talent ! Tous les bonheurs sont fugaces, mais vous êtes
assuré de jouir du plus pur, quand vous voulez et tant
que vous voudrez, dit-elle.

— Il en est d'autres, moins purs peut-être, que je
puis partager... avec vous, bien sûr, risqua Tristan,
désignant la porte de sa chambre.

Il se souvenait d'un conseil de Max : « Susciter
l'émoi, l'entretenir, l'intensifier et passer franchement
à l'action. Les femmes ne se livrent pas aux indécis. »

Elle jeta un regard à sa montre et se leva vivement.

— Nous avons tout juste le temps, aujourd'hui, de prendre le thé. J'ai vu que vous l'aviez préparé. Où est la bouilloire ? Il suffit de chauffer l'eau, j'imagine. C'est par là ? demanda-t-elle, s'agitant pour se reprendre.

Avant qu'il ait eu le temps de répliquer, Céline disparut dans la petite cuisine. Il l'entendit allumer le réchaud à pétrole et mettre l'eau à chauffer, en chantonnant *Ah ! vous dirai-je maman*. Quand elle reparut, portant la théière et, sur une assiette, les petits-fours qu'elle avait achetés, Tristan la félicita pour ses compétences de maîtresse de maison improvisée. Elle servit le darjeeling odorant avec assurance et, tout en croquant les gâteaux, revint sur les interprétations de Dionys.

— Le dernier morceau que vous avez joué est certainement hérissé de difficultés.

— Mon professeur de piano, Camille Saint-Saëns, un ami de Franz Liszt, dit toujours : « En art, une difficulté surmontée est une belle chose », cita Tristan.

Voyant Céline regarder à nouveau sa montre, il renonça aisément à une prolongation libertine de cet après-midi. Elle remarqua sa trop facile résignation.

— Quand mon mari est absent, ma belle-mère me rend visite, tous les soirs, comme pour s'assurer que je reste bien l'épouse fidèle. L'autre soir, il a fallu que j'invente un malaise subit de mon amie Lisette, pendant notre promenade, pour calmer ses soupçons. Mais le prétexte est maintenant éventé. Aussi, je dois rentrer avant sept heures.

Elle remit son chapeau, chercha une glace du regard, la trouva sur la patère de l'entrée et revint au salon.

— Dites-moi, ce tableau, c'est vous ? demanda-t-elle, le doigt pointé sur le portrait de Liszt.

— Hélas non. Vous avez là Franz Liszt, le plus grand pianiste de notre temps, portraituré à l'âge de vingt-huit ans. Il est aujourd'hui âgé de soixante-quatre ans et dirige l'Académie de musique de Pest, car il est hongrois. Il réside souvent à la cour de Weimar ou à Rome, précisa Tristan.

— Eh bien, vous lui ressemblez bellement. Et, comme lui, vous serez un jour reconnu comme un grand pianiste, j'en suis sûre, dit-elle en enfilant ses gants.

Après un dernier échange de baisers qu'elle trouva moins insistants, dépourvus de désir réfréné et même désinvoltes, son hôte s'étant, semble-t-il, aisément résigné à l'inachevé, elle refusa d'être accompagnée au-delà du porche de l'immeuble.

— Peut-être aurons-nous l'occasion de nous revoir, dit Dionys, d'un ton mondain.

— Mon mari ne rentre que dans une quinzaine. Jusque-là, je dispose de mes après-midi, osa-t-elle, étonnée du peu d'empressement de Tristan.

— Nous arrivons à la période des examens de fin d'année, au pensionnat où j'enseigne, et je n'aurai guère de liberté ces temps-ci, déclara Dionys.

Désireuse de bientôt offrir au séduisant pianiste ce qu'elle ne pouvait lui accorder dans l'instant, et dont elle escomptait un plaisir neuf, elle sourit. Malicieuse, de proie consentante elle se fit Diane effrontée.

— Sachez que je promène mon bichon, tous les matins vers dix heures, dans les jardins du Palais-Royal, murmura-t-elle en s'éloignant.

Le soir même, au Café de la Bourse, Tristan rendit compte à Maximilien de son rendez-vous avec Céline.

— Au lieu de jouer du piano et de lui offrir le thé, vous auriez dû la mettre dans votre lit. C'est pourquoi elle était venue, mon ami. Vous ne connaissez donc rien aux femmes !

— J'ai pensé que la musique qu'elle souhaitait entendre constituerait un bon prologue. Et, de fait, je l'ai trouvée très émue. C'est une sentimentale, et je la crois capable de souhaiter plus que les galipettes d'un cinq à sept. Il ne serait pas loyal de lui donner l'espérance d'une liaison durable.

— Allons, allons, Tristou ! Ne vous montez pas la tête ! Une femme peut vivre un grand amour... en deux heures ! Vous n'auriez pas dû la laisser partir si vite, après l'intermède musical, insista Max.

— Il était trop tard pour que nous passions à un autre exercice. En somme, j'ai perdu mon temps, reconnut Tristan.

— Avec Lisette, moi, je n'ai pas perdu le mien, croyez-moi. Un verre de porto pour l'émoustiller et, hop, au lit ! J'ai pu, à cette occasion, mesurer combien les maris instruisent peu leur femme des variations possibles de l'étreinte. Le coup du missionnaire, c'est tout ! Aucune imagination, commenta Max, égrillard.

— J'ai entendu dire qu'un époux prudent maintient sa femme dans l'ignorance de certaines audaces érotiques, pour ne pas lui donner goût à la luxure et, partant, à la dépravation sensuelle, dit Tristan.

— Vous parlez comme un curé ! La dépravation n'existe pas, entre un homme et une femme prêts à partager une jouissance raffinée. Seule, la dépravation de l'esprit est condamnable. Allez-vous revoir cette petite dinde, provisoirement en manque de mâle, pour enfin conclure ? demanda Max.

— Je ne suis pas sûr d'en avoir encore envie, répondit Tristan, évasif.

Ils furent interrompus par des quêteuses de la Société de Bienfaisance de Paris, qui abordaient les consommateurs.

— Messieurs, une obole pour les victimes des inondations de Toulouse, s'il vous plaît, sollicita l'une d'elles.

Max, très généreux, glissa une pièce d'argent de cinq francs dans le tronc que la femme présentait. Tristan, ne pouvant se montrer aussi large, mit seulement une pièce de vingt-cinq centimes, en faisant mine de s'excuser.

— Ne soyez pas confus, Tristou. Votre don est plus méritoire que le mien, dit Leroy, qui connaissait la modicité des revenus de son ami.

Cette intrusion conduisit les deux amis à commenter les tristes nouvelles qui, depuis le 25 juin, faisaient la une de tous les journaux. Le 24 juin, une crue catastrophique de la Garonne avait causé, à Toulouse et dans ses faubourgs, la mort, par noyade, de plus de trois mille personnes, dont trois cents militaires, envoyés pour secourir les sinistrés. On comptait plus de vingt mille sans-abris, hébergés dans les bâtiments publics. Ainsi que l'attestaient les scènes hallucinantes, croquées à vif par le dessinateur de *L'Illustration*, de nombreux immeubles s'étaient effondrés sur leurs habitants. Le quartier de Saint-Cyprien avait été totalement détruit. Les cimetières n'avaient pas été épargnés et les cercueils, éjectés des caveaux éventrés, flottaient au hasard des courants et libéraient parfois de hideux squelettes.

Le président de la République, le maréchal de Mac-Mahon, s'était rendu sur les lieux et les journaux rapportaient que, devant le désolant spectacle, d'abord atterré et sans voix, il s'était soudain exclamé d'un ton plaintif : « Que d'eau, que d'eau ! » Malgré la tragédie, ce commentaire, dicté par l'émotion, faisait sourire ses amis et offrait à ses ennemis l'occasion de dauber sur son manque d'à-propos.

— Il arrive aussi que la Seine déborde. Je l'ai même vue se répandre dans la rue du Bac. Mais jamais elle n'a été aussi meurtrière que la Garonne, dit Leroy.

Une semaine après cet entretien, Tristan Dionys reçut un Petit bleu[1] de son nouvel ami.

« Dois m'absenter de Paris. Souhaite vous voir avant départ. R.-v. 2 juillet, chez moi, 21 heures. Votre mousquetaire. »

Au jour indiqué et à l'heure dite, Tristan, intrigué, retrouva Max dans son appartement, rue du Bac, occupé à préparer ses bagages.

— Cher Tristan, je ne vous ai pas tout dit de mes activités. Celle qui va, encore une fois, m'éloigner de Paris pendant quelques jours, est, rassurez-vous, des plus honnête, commença-t-il.

— Je n'en doute pas, dit Dionys.

— Je dois me rendre en Suisse, dans le canton de Vaud, pour prendre livraison de quelques peintures de Gustave Courbet et les apporter à son marchand parisien.

---

1. Carte-lettre de couleur bleue, dite pneumatique, transportée par l'air comprimé dans le réseau de tubes souterrains du télégraphe atmosphérique. Commencé sous le second Empire, le système fut développé, dès l'avènement de la IIIe République.

— Courbet s'est remis à peindre ?

— Il n'a jamais cessé ! Il peint des douzaines de vues du Léman, avec barques et coucher de soleil, des cascades, le château de Chillon, sous tous les angles, de jolies vigneronnes, la grotte des Géants, en Valais. Il a même peint l'enseigne du Café du Soleil, à Nyon. Car il n'a plus un sou, et il boit plus que de raison, parce qu'il s'ennuie. Il a exposé, l'an dernier, à Lausanne et, cette année, dans sa maison baptisée Bon-Port, à La Tour-de-Peilz, près de Vevey, au bord du Léman. Depuis qu'en 74 il s'est installé en Suisse romande, il honore aussi les commandes du marchand parisien qui lui est resté fidèle.

— J'ai lu quelque part que les toiles de Courbet ne peuvent être exposées à Paris, car les agents du fisc veillent, prêts à les saisir, afin de les vendre, pour payer la reconstruction de la colonne.

— Courbet a, heureusement, des admirateurs, qui achètent sa peinture sans l'avoir vue. Je suis, pour eux et pour lui, une sorte de commissionnaire, précisa Leroy.

— Vous rendez un fier service à l'artiste, remarqua naïvement Tristan.

— Un service bien rémunéré par le marchand de tableaux, mon ami. Je ne suis pas aussi altruiste que vous imaginez, ironisa Max.

— Donc, vous partez demain. Nous avions en projet d'aller danser aux bals du 14 Juillet partout annoncés, rappela Dionys.

— Je serai de retour pour la fête. Mais le temps presse, car j'ai appris, par le greffier de la première chambre de la cour d'appel, que celle-ci va confirmer, le 7 août, le jugement qui oblige Courbet à payer la remise en état de la colonne. Je sais aussi que des douaniers français, avec l'accord des autorités cantonales vaudoises – ce qui est scandaleux – vont se mettre en route pour La Tour-de-Peilz, afin de saisir les dernières peintures de Courbet. Je dois donc agir vite. Vous savez tout.

— Mais, à la frontière, ne craignez-vous pas la curiosité d'autres douaniers ?

— Là est ma mission : passer les toiles en France, sans attirer l'attention. Je l'ai déjà fait, avoua Max.

Comme Dionys ouvrait de grands yeux interrogateurs, Leroy se pencha vers lui.

» Un tonnelier vaudois[1] a fabriqué, pour Courbet, un tonneau à double paroi. Dans le grand tonneau est fixé un plus petit qui, seul, contient le vin. Entre les deux, sont placées les toiles, bien emballées. Un tuyau, traversant l'espace vide et sec, conduit le vin au guillou. On peut ainsi prouver, à tout moment, que la barrique contient bien du vin. Je me fais donc, périodiquement, importateur de vin blanc vaudois, des crus fameux, dézaley ou saint-saphorin de préférence. À Paris, je livre les peintures... et je bois le vin, acheva gaiement Max.

— Je compte y goûter en votre compagnie, dit Tristan.

— C'est prévu ! Pour accompagner les croquettes au fromage, les vins blancs vaudois sont parfaits, conclut

---

1. Jules Budry, propriétaire du Café du Centre, à La Tour-de-Peilz. L'établissement a été transformé en débit de boissons puis en magasin d'alimentation coopératif. Comme les propriétaires successifs, Frédéric Grognuz a conservé la table devant laquelle s'installait Courbet. Celle-ci se trouve maintenant dans la cave, située sous l'ancien café, le caveau – carnotzet en parler romand –, où M. Grognuz, œnologue, organise des dégustations de vins vaudois.

Leroy en mettant fin à l'entretien, après avoir promis de prévenir le pianiste de son retour.

Au cours des jours qui suivirent, Tristan Dionys s'interrogea, pour la première fois avec sérieux, sur l'influence qu'exerçait sur lui le fils du défunt communard.

Depuis qu'il s'était lié d'amitié avec Maximilien Leroy, sa vie avait changé : autrefois routinière, elle était maintenant ouverte à l'imprévu. Avec ce diable de Max, il y avait toujours promesse d'inattendu, d'aventure, de rencontres. Comparés à ce jouisseur impénitent, ses camarades, musiciens comme lui, anciens élèves de l'École Niedermeyer, lui paraissaient trop raisonnables, ternes, caractères sans aspérités, qu'ils fussent encore célibataires ou mariés. Quant à ses rapports avec ses employeurs, ils étaient des plus formels, et cela en partie de son fait, car sa réserve naturelle, à base de timidité, de défiance et de mélancolie, décourageait ceux et celles qui l'approchaient. Les hommes tenaient le pianiste pour suffisant ; les femmes, traitées avec une impassibilité courtoise, l'imaginaient miné par un amour contrarié. Au fil des années, il avait pris conscience que sa froide indifférence constituait une protection. Jusqu'à sa rencontre avec Maximilien Leroy, il n'était à l'aise et ne trouvait plaisir que devant son piano. Il s'enfermait dans la musique, comme d'autres dans un donjon. Max avait forcé la poterne et, à son grand étonnement, Tristan s'en trouvait satisfait.

Maximilien, joyeux lovelace, parlait sans cesse de femmes, qu'il tenait pour marionnettes. Il courtisait toutes celles qui passaient à sa portée, sans intention de s'attacher à aucune. Elles entraient dans sa vie comme dans un salon, y restaient quelques nuits, puis en sortaient. Il ouvrait alors grand ses fenêtres, pour chasser leur parfum.

« La plus belle posture de la femme, peut-être la plus conforme à sa nature, est allongée ! » assurait-il volontiers.

Beaucoup, hormis les bas-bleus, le trouvaient séduisant. Les sérieuses, fidèles à un mari ou à un amant, qui ne succombaient pas à son charme, regrettaient secrètement de ne pouvoir le faire. Il passait de la demi-mondaine à la lady, de la ballerine à l'épouse de diplomate, de la femme de chambre à la comtesse, avec la même aisance et la même fougue, adaptant ses manières et son vocabulaire à chacune, mais les traitant toutes sur un pied d'égalité.

« En fait, je régénère leur féminité. Je les "décorsète", au propre et au figuré ! » se moquait-il.

Jamais une passante ne le laissait indifférent. En expert lissant sa moustache, il commentait un déhanchement suggestif, la mobilité d'une croupe, l'allure divagante d'une flâneuse, le beau jeté d'une danseuse « dont les pas indiquent toujours dix heures dix », remarquait-il.

Comme Tristan s'était étonné de la place que les femmes tenaient dans sa vie, Max s'était dévoilé.

« Mon père m'a dit un jour : "La passion amoureuse suscite la jalousie, le chagrin, le désespoir, la ruine, parfois la mort. Pense à ce niais d'Orphée et à ce pleutre de Werther. Méfie-toi des femmes : elles seront ta perte." Mais je ne veux pas être le perdant », avait-il confié à Tristan.

Ce dernier avait tôt compris que Maximilien pratiquait la vie, à la fois comme un sport et un art plastique. Il donnait le sentiment d'être toujours engagé dans une compétition, tant il paraissait pressé de connaître l'issue. Le théâtre et ses coulisses, soupers fins, courses de chevaux, tir aux pigeons, parties de campagne, canotage, patinage, course à pied, visites d'expositions, stations chez le coiffeur, essayages chez le tailleur et le bottier, incursions à la Bourse occupaient ses journées. En partie seulement car, avec la même ardeur qu'il mettait à se distraire, il s'assurait des revenus variables, par des activités plus ou moins reconnues, mais toujours rentables.

Il rédigeait les discours de politiciens baragouineurs, donnait un cours de français au fils ignare d'une cocotte, une leçon d'anglais à la fille d'un banquier. Rusé comparse des commissaires-priseurs et des antiquaires, il faisait monter ou bloquait les enchères à la salle des ventes. Juriste diplômé, habile à trouver le compromis propre à éviter le procès, il conseillait aussi bien créanciers qu'endettés.

Il pouvait disparaître pendant plusieurs jours, voire des semaines, pour courir à Londres, à Rome, à Vienne ou à Saint-Pétersbourg, porteur anonyme de messages confidentiels du ministre des Affaires étrangères.

Ses journées étaient donc pleines à déborder, comme étaient voluptueuses ses nuits. Trouvant la prévoyance vulgaire et l'épargne commune, il lui arrivait de dépenser dans l'heure, pour un bibelot précieux ou un fastueux dîner, l'argent qu'il venait de gagner. Généreux, il eût voulu tout partager avec Tristan, en qui il voyait l'artiste, incapable de se confronter aux dures réalités matérielles, trop scrupuleux pour, comme lui, tirer profit sans états d'âme des faiblesses, des vanités, des ambitions et des vices de ses contemporains. « Nous vivons au milieu de citrons, qu'il faut presser pour en extraire le jus, qui est d'or et d'argent » disait-il parfois.

Sans préjugés ni opinions, Max avait horreur des croyances populaires, rejetait les religions comme trop souvent responsables, à ses yeux, des massacres, des guerres, de l'abrutissement des peuples, et génératrices de fausses espérances en un monde meilleur, inexistant. Il croyait à l'anéantissement complet de l'être dans la mort, mais admettait que cette conviction ne pût s'imposer aux gens ordinaires sans regrets ni inquiétude. Il refusait de se poser les questions du genre : « D'où venons-nous ? », « Que faisons-nous sur cette planète ? », « Où allons-nous ? ». Tout en usant des commodités offertes par le progrès, il tenait celui-ci pour entreprise universelle de déshumanisation.

« La seule machine créatrice, sûre et respectable, reste la main de l'homme, obéissant à son cerveau », répétait-il.

Quant à la République, pour laquelle son père était mort, il la tenait, comme la démocratie, pour un leurre, agité par les nouveaux despotes du grand négoce et de la finance. Elle servirait les malins opportunistes, tant que tous les citoyens ne seraient pas également intelligents, instruits, honnêtes, altruistes, ce qui, affirmait-il, n'était pas près d'arriver.

C'est ainsi que l'amitié de Maximilien Leroy avait pénétré la vie de Tristan Dionys. Chez l'ami, tout fascinait le pianiste : son regard tantôt caressant, ironique, violent, inquisiteur, l'infaillibilité de son sens pratique, sa confiance en lui, son exubérance, son scepticisme, mais aussi sa désinvolture, ses manières aisées, sa dissipation contrôlée, ses goûts sûrs. Avec lui, les choses sérieuses perdaient de leur gravité ; tout événement était réduit au rang d'aléa, inhérent à la nature humaine et soluble dans l'oubli, alcool du temps. « *Tomorrow is another day* » était un de ses aphorismes préférés.

Ébloui par cette audace à vivre pleinement, sans une heure vide de plaisir ou de profit, Tristan décelait cependant chez Max des contradictions. Son ami pouvait, soudain, se montrer attentif, prudent, voire circonspect. Il paraissait superficiel, mais ses jugements étaient toujours motivés. Il parlait avec flegme de la mort, de l'amour, des affaires, de la politique et, pour lui, l'art se limitait à la peinture, à la sculpture et à la danse.

Au fil des semaines, seule son amitié pour Tristan l'avait conduit à s'intéresser à la musique, mais celle-ci l'ennuyait, parce qu'elle le contraignait à l'immobilité, au silence, à l'inaction. Écouter des sons n'était pas son affaire. Dionys devinait, pendant qu'il jouait une sonate dont il eût voulu faire comprendre la subtile évocation à son ami, que les pensées de ce dernier, assis dans un fauteuil et ne pouvant se retenir de balancer une jambe croisée sur l'autre, vagabondait à cent lieues du piano.

En revanche, dès leur première rencontre, Maximilien Leroy s'était livré sans dissimulation ni pudeur aux plus intimes confidences.

Son entrain, son élan vital obligeaient Tristan à suivre, à sortir de sa réserve naturelle, parce qu'il devinait que l'autre possédait le sens vrai de l'unique vie départie à l'homme.

Max l'avait conduit chez son tailleur et son chemisier, lui avait appris à choisir un tissu, une coupe. Chez Charvet, il l'avait initié au plaisir de nouer une cravate de soie, après l'avoir convaincu qu'un homme peut user de savon parfumé et d'eau de Cologne. Et Dionys devait se défendre d'accepter les cadeaux de cet homme, généreux à l'excès, qui entendait le faire profiter de tout ce que lui ne pouvait s'offrir.

« En amitié, il y a des bagatelles partageables, sans façon ni comptes », disait-il.

Tristan, que Max appelait souvent Tristou, marquant ainsi la fréquente mélancolie du musicien, enviait l'aisance avec laquelle son ami s'adaptait à toutes les situations, donnait la juste réplique aux hommes et aux femmes, quels que soient leur âge, leur condition sociale, leur éducation. C'est en argot qu'il gourmandait les cochers de fiacre insolents et Dionys l'avait entendu condamner le sans-gêne d'un touriste britannique, dans la langue de ce dernier, avec le plus pur accent de Mayfair.

Il était miraculeux que l'accord de ces deux hommes, si différents de tempérament et de goûts, eût été assez spontané pour déboucher sur une amitié profonde, car Leroy était le contraire d'un artiste romantique comme Dionys. Ses jugements étaient catégoriques, parfois caricaturaux. Réaliste, il avait abandonné le symbolisme pour le naturalisme dans les arts. Il plaçait haut Émile Zola, pourfendeur des hypocrisies et des cupidités bourgeoises, tenait Musset pour un lyrique geignard, Gautier pour un libidineux insatisfait, Baudelaire pour un détracteur de la vie, Hugo pour un prédicateur saint-sulpicien, « entre improvisateur italien et étudiant allemand épris de métaphysique », disait-il, citant George Moore, dont il admirait la franchise et l'indépendance de jugement.

Seul parmi les maîtres du jour, Balzac trouvait grâce à ses yeux, notamment parce qu'il avait écrit : « La vertu de la femme est la plus grande invention de l'homme », sentence que Maximilien Leroy disait avoir, maintes fois, vérifiée.

Un peu désorienté par l'absence de l'ami, Tristan Dionys passait toutes ses heures libres à exercer sa virtuosité en répétant les *Études d'exécution transcendante* de Liszt. Lui qui n'avait jamais redouté la solitude, tou-jours meublée avec bonheur par son piano, dut s'avouer, dînant seul, un soir au Café de la Bourse devant la chaise vide de Max, que lui manquait la plénitude du moment et que... l'appétit lui faisait défaut.

3.

Tristan Dionys, captif d'une pudeur quasi féminine, s'interdisait les effusions. Aussi se retint-il de montrer le vif plaisir que lui causa le retour de son ami Leroy.

— Ainsi, dit-il sobrement, nous pourrons, en bons républicains, fêter, comme prévu, le 14 Juillet ensemble.

— Laissons les réjouissances populaires au peuple. Nous irons au Skating-Rink du cirque des Champs-Élysées, qui organise cette année un bal républicain sur invitation. Vous connaissez déjà l'orchestre et je vais retenir, comme cavalières, mes amies les Hirondelles américaines. Ginevra et Samanta sont d'excellentes danseuses et ne pensent qu'à s'amuser, annonça Max.

— Je crains de ne pas être un danseur fringant. Hors la valse et la polka, mes moyens sont limités, s'inquiéta Tristan.

— Vous n'aurez qu'à vous laisser conduire. Votre élégance naturelle fera le reste, dit Max, amusé et rassurant.

— Alors, avez-vous rencontré Gustave Courbet ? Comment vit-il l'exil ?

Telles furent les premières questions que Dionys posa au commissionnaire de l'artiste rentré de Suisse.

— Je n'ai fait qu'entrevoir le peintre. Le temps qu'il tempête en disant que son marchand parisien, Durand-

Ruel, lui doit au moins trente mille francs. Il y a deux ans, Durand-Ruel lui a acheté vingt-quatre toiles et continue de vendre celles que lui procure la contrebande, mais il ne peut faire apparaître des sommes que le fisc saisirait. Courbet vitupère aussi Alexandre Bernheim, le marchand de la rue Laffitte, dont il affirme qu'il vend des faux Courbet. Il vilipende sa sœur Zoé et son beau-frère, qui se sont installés dans la maison familiale d'Ornans, où devrait résider Régis Courbet, son vieux père, lequel est venu s'en plaindre à La Tour-de-Peilz. De surcroît, le proscrit voue aux gémonies son notaire et son avocat, qu'il dit ineptes, lâches et complices de ses détracteurs. Ajoutons à cela que les Suisses, qui n'ont jamais vu la colonne Vendôme qu'en dessin ou en photographie, mais n'ont pas apprécié sa destruction, appellent Gustave Courbet le Déboulonneur ! De quoi échauffer en permanence la bile du peintre.

— Comment peut-on laisser un tel artiste dans cette situation ? De quoi vit-il ? demanda Tristan.

— Il tire quelques ressources de ses peintures, vendues à Genève par un ancien communard exilé, Paul Pia, ingénieur que la Commune avait nommé contrôleur général des Chemins de fer. Ce Pia a ouvert, 28, place de l'Entrepôt, une boutique de fournitures pour peintres, couplée à une galerie d'art, où les œuvres de Courbet sont en permanence exposées. Hélas, les amateurs se raréfient, car les dernières œuvres sont souvent bâclées, quand elles ne sont pas dues, en partie, à des préparateurs, comme Cherubino Pata ou André Slom, le secrétaire-dessinateur d'Élisée Reclus. Et puis, Paul Pia prend une commission de quinze pour cent sur les ventes de tableaux de son vieil ami. Je trouve le procédé vulgaire et le taux exagéré, grinça Maximilien.

— L'esprit de lucre serait-il plus fort que la solidarité qui doit exister entre proscrits ?

— Solidarité est un joli mot, mon cher. Vous devriez proposer qu'on l'inscrive avec liberté, égalité, fraternité, autres fariboles, au fronton de nos mairies, persifla Max.

— Vous n'avez pas répondu à ma question. Ces gens ne s'entraident-ils pas ? insista Tristan.

— En fait de solidarité et d'entraide, le chacun-pour-soi semble être devenu la règle, parmi les exilés. Rien qu'à Genève, sept ou huit cents communeux, ainsi que les nomment les Suisses, tentent de survivre en attendant que soit votée l'amnistie réclamée par Victor Hugo.

— La plupart des proscrits sont des gens instruits. Ne peuvent-ils trouver des emplois ?

— Genève n'est plus le Coblence de la démocratie, comme on l'a dit après la révolution de 1848. Seuls les radicaux soutiennent les Français, qui se disent victimes de la « proscription communaliste ». La majorité de la population se méfie de ces révolutionnaires qui rêvent de revanche. Les Suisses ont été scandalisés par les excès de la Commune, les incendies, les destructions, les exécutions d'otages, de prêtres et de généraux, compléta Leroy.

— Ils pourraient s'émouvoir aussi du sort des vingt ou vingt-cinq mille victimes de la répression – fusillés, déportés, emprisonnés –, observa sèchement Tristan.

— Les Suisses aiment l'ordre et la justice. Que les communards aient été sévèrement châtiés ne les émeut pas. Pour les proscrits, trouver un emploi salarié n'est donc pas facile. J'ai rencontré Adolphe Clémence, un relieur, connu de mon père, militant avec lui de la première Internationale ouvrière ; il est comptable à la

Banque cantonale vaudoise. C'est un privilégié, comme
Élisée Reclus, autre affilié de la première Internationale
qui s'est retiré à Vevey, pour écrire une *Géographie
universelle* qui devrait faire autorité. Certains de leurs
amis instruits, voire diplômés, enseignent le français
dans des institutions, mais la plupart des exilés sont
de simples ouvriers. Ceux qui n'ont que leurs bras à
proposer tentent de se faire embaucher, par l'entrepreneur genevois Louis Favre, au percement du tunnel du
Saint-Gothard[1]. Quant aux anarchistes, dont on ignore
l'origine des ressources, étroitement surveillés par la
police genevoise, ils se réunissent autour de Jules
Guesde[2], au Café du Levant.

— Et comment avez-vous trouvé Courbet ?

— Ce diable d'homme est fort occupé ; non seulement il peint chaque jour, mais il écrit des poèmes que
publie parfois la *Feuille d'avis* de Vevey. Il entretient
une énorme correspondance et, depuis peu, sculpte des
bustes de femme et des médaillons, pour décorer les
maisons de ses amis[3]. Le soir venu, il passe des heures
à refaire le monde en fumant la pipe avec des vigne-
rons, des pêcheurs et des bacounis[4] au Café du Centre,
quartier général des poivrots de La Tour-de-Peilz. Je

---

1. Commencé en 1872, ce tunnel de quinze kilomètres fut achevé
en 1882. Son promoteur, Louis Favre, mourut d'apoplexie sur le
chantier, en 1879.

2. Auteur de l'*Essai de catéchisme socialiste* et fondateur du quotidien *Le Réveil international.*

3. *La Dame à la mouette* est le sujet des médaillons sculptés pour
Pierre-Vincent Nicollier, ami du peintre, qui fit construire, en 1875,
un immeuble, à l'angle que forment aujourd'hui le quai Perdonnet
et la rue de l'Ancien-Port, à Vevey. Ces médaillons sont toujours
visibles au-dessus de deux fenêtres du deuxième étage de la maison.

4. Marins du Léman.

crains que ce régime ne soit pas le meilleur pour un homme atteint d'hydropisie. Pour vous donner une idée de ses projets sans doute exprimés après de fortes libations : il veut proposer au gouvernement français de devenir gardien de la colonne Vendôme restaurée !

— Pourquoi pas, après tout ! Quand il aura payé sa réfection, la colonne deviendra un peu sa propriété ! plaisanta Tristan.

— Mon cher, on ne lui pardonnera pas ça, que j'ai rapporté de Vevey, dit Max.

Il mit alors sous les yeux de Dionys une photographie[1] de Courbet. Entouré de communards, le peintre y plastronnait, le 16 mai 1871, en bourgeois, coiffé d'un haut-de-forme, devant la statue brisée de Napoléon Ier et les débris de la colonne abattue ce jour-là.

— Depuis que la photographie fixe les événements, on risque, à jouer les Érostrate[2], de laisser aux générations futures des preuves de ses méfaits, constata Tristan en rendant le document à Max.

— Méfaits ou, comme le soutiennent les communeux, gestes symboliques ? C'est ce que clame Henri Rochefort, réfugié en Suisse après son évasion de Nouvelle-Calédonie, où il avait été déporté. Le polémiste rend souvent visite à Courbet, pour entretenir la flamme révolutionnaire du peintre. À Genève, Rochefort, maintenant privé de champagne et de paris aux courses, a repris la publication de *La Lanterne* pour injurier Mac-Mahon et son « ordre moral ». Imprimés

---

1. Reproduction Jean-Loup Charmet. Bibliothèque historique de la Ville de Paris, F. de Saint Simon, *La Place Vendôme*, éditions Vendôme, Paris, 1982.

2. Éphésien qui, pour immortaliser son nom, incendia le temple d'Artémise à Éphèse, en 356 avant Jésus-Christ.

sur papier bible – choix étonnant, n'est-ce pas, pour
un mangeur de curés –, ces cahiers passent clandesti-
nement en France. J'en ai rapporté quelques-uns, pour
des amis de mon père, aujourd'hui bien assagis.

— Parlez-moi encore de Gustave Courbet, dont ma
mère, toujours prête à endosser tous les deuils depuis
la mort de mon père, admirait beaucoup, à la fin de
sa vie, son *Enterrement à Ornans*, qui avait fait scandale
au Salon, en 1850.

— De Courbet, Tristou, je préfère les deux belles
filles nues de *Paresse et Luxure*, s'esclaffa Leroy. Mais,
aujourd'hui, le peintre est bien loin de ces gaillardises.
Je l'ai trouvé vieilli, obèse, essoufflé dès qu'il s'anime un
peu. Ses cheveux, partagés par une raie sur le côté
gauche de la tête, sont plats, gris et ne rappellent en
rien l'opulente toison du rapin bohème d'autrefois. Sa
barbe en éventail n'est plus aussi soignée. En revanche,
il est toujours aussi généreux. Ainsi, pour la souscription
ouverte à Genève au profit des inondés de Toulouse, il
a offert un tableau intitulé *La Grotte des géants à Saillon
(Valais)*, qui vaut cinq ou six mille francs. Il a aussi
sculpté un buste de femme destiné à l'ornement de la
principale fontaine de La Tour-de-Peilz. Il avait intitulé
ce buste en fonte bronzée *Helvetia*, mais les autorités,
qui ne veulent pas cautionner l'œuvre du proscrit, lui
ont demandé de supprimer cette appellation, ainsi que
la croix fédérale, gravée sur le socle de marbre. « Ceci
dans l'unique dessein d'empêcher toute interprétation au
point de vue politique », a dit et écrit le syndic de La
Tour-de-Peilz. Courbet a donc renommé *Liberté* sa belle
tête de femme, menton levé, bouche dédaigneuse,
crinière au vent et portant vers le ciel un regard hardi.
Et il a fait graver sur le socle, afin que nul n'en ignore :
« La Tour-de-Peilz – Hospitalité – Mai 1875. »

— Les Vaudois seraient-ils des démocrates pusillanimes ? demanda Tristan.

— Non, mon ami. Ils accueillent les proscrits, mais n'acceptent pas que ces réfugiés politiques donnent à penser à la postérité qu'Helvetia a pu être, un moment, communarde ! Le buste[1] sera inauguré officiellement et en grande pompe, avec vin d'honneur, chants patriotiques, discours, toasts, banquets et exposition de peintures, le dimanche 15 août, conclut Maximilien.

De manière inattendue, Tristan Dionys connut un succès au bal républicain du cirque des Champs-Élysées. S'il ne se distingua pas comme valseur, malgré la bonne volonté de la gentille Samanta, il fut applaudi comme pianiste. Après valses, polkas, mazurkas, farandoles et quadrille, les musiciens disparurent en coulisses, où les attendait une collation.

En dansant, Dionys avait remarqué, au fond de la salle, couvert d'une toile, un demi-queue, inutilisé ce soir-là. Quand l'orchestre se tut, tandis que les invités se jetaient, assoiffés, sur les buffets, Dionys, poussé par la curiosité, souleva la housse du piano et découvrit un Pleyel de belle facture, dont il caressa le couvercle d'un index tendre et respectueux. Voyant le manège, Max et les deux Américaines le rejoignirent.

— Ah ! je vois bien que vous aimeriez tâter de cet instrument, risqua Max.

— C'est un beau piano. Un peu négligé, semble-t-il, convint Tristan.

_____

1. Il figure toujours sur la fontaine de la place du Temple, à La Tour-de-Peilz.

— Sûr que le patron serait content, si vous donniez un petit intermède pendant que l'orchestre se goberge, observa Ginevra.

— Ça, c'est une idée ! approuva aussitôt Leroy en s'éloignant, avant que Dionys n'eût pu le retenir.

Il revint, quelques minutes plus tard, accompagné du directeur de l'établissement, enchanté de la proposition d'un habitué des lieux.

Tristan, un instant interdit, confirma qu'il pourrait jouer quelques airs, pendant le repos de l'orchestre.

— Hélas, je ne suis pas sûr que notre chef, Olivier Métra, dispose de partitions pour piano, dit l'homme.

— Mon ami n'a pas besoin de partitions et, de plus, sa prestation sera gratuite. Pour l'Art, si j'ose dire, intervint Max, emphatique, avec un clin d'œil à Tristan.

— Jouez donc, monsieur. Les danseurs commencent à s'ennuyer et, si ça dure, beaucoup s'en iront danser ailleurs. Les bals ne manquent pas, à Paris, cette nuit, dit le tenancier.

Leroy aida son ami à déshabiller l'instrument, dont le palissandre vernisssé s'irisa, sous les lustres à gaz et les girandoles. Quand un tabouret fut approché, Dionys monta quelques gammes, répéta arpèges et trilles, pour tester le clavier. Il estima qu'un accordeur eût été bienvenu, mais la sonorité argentine du Pleyel le combla. La patinoire, agrandie depuis peu à tout le diamètre du cirque, avait des murs de meulière, une haute verrière et un sol d'asphalte, sur lequel était posé un plancher provisoire. L'acoustique n'y était donc pas celle d'une salle de concerts. Tristan Dionys oublia et attaqua la *Marche de Rákóczy*. Le torrent impétueux des premières mesures fit taire les conversations. Se détournant des buffets, danseurs et danseuses, étonnés, devinrent attentifs, comme médusés par la virtuosité du

pianiste. Bien que le public de ce bal privé appartînt
à la bourgeoisie, au négoce et à la basoche, rares furent
les auditeurs qui reconnurent, dans ce morceau, la
Rhapsodie hongroise n° 15 de Liszt, mais tous, surpris
par cette intervention, applaudirent. Dionys, devinant
l'attente de cette joyeuse assemblée, plus soucieuse de
gambiller – suivant l'expression de Max – que de célébrer l'anniversaire de la prise de la Bastille, prétexte
patriotique à la fête, enchaîna sur une valse de Chopin.
Le rythme à trois temps rendit le public à la danse, y
compris Samanta, la cavalière de Tristan, qu'un militaire galonné enleva prestement.

C'était la première fois que Maximilien Leroy voyait
et entendait Tristan Dionys jouer en public. Il put ainsi
évaluer le magnétisme du couple dimorphe formé par
le pianiste et l'instrument, l'emprise soudaine que Tristan, le timide, s'arrogeait sur une foule d'inconnus.
Dionys faisait plus que jouer du piano : il devenait
source de musique, captée et restituée par ses mains,
longues et fines. Tandis qu'il enchaînait valses et polkas, réclamées par le directeur, Maximilien l'observa.
Cheveux blonds flottants, buste droit, Tristan ne marquait d'aucun geste ni balancement de tête la cadence
des morceaux. Son visage demeurait d'une impassibilité de marbre et ses yeux paraissaient sans regard.
« S'il cache une passion, elle est dans la musique », se
dit Max. C'est ce que ressentaient peut-être les danseurs qui, jamais, ne s'étaient entendu imposer avec
autant d'autorité les tempi auxquels l'artiste donnait
une force, une couleur et un charme inédits.

Quand l'orchestre reprit place sur l'estrade, Dionys,
craignant que les musiciens ne voient en lui un usur-
pateur, se retira rapidement et s'en fut au buffet
prendre une coupe de champagne, que le serveur

déclara « offerte par la direction ». Maximilien et Ginevra le rejoignirent.

— Vous avez de l'or dans les doigts ! s'écria Max,
toujours pratique.

— J'ai vu des gens s'arrêter de danser pour mieux
vous écouter, révéla Ginevra.

— À vous seul, vous valez un orchestre ! déclara le
directeur, venu remercier Dionys.

L'officier de dragons, qui n'avait pas cessé de danser
avec Samanta, crut courtois de rendre au pianiste sa
cavalière.

— Vous êtes certainement, lieutenant, un bien
meilleur danseur que moi et, comme l'heure est venue
de me retirer, que mademoiselle me permette de
l'abandonner à vos bons soins, dit Tristan, avec un sourire entendu.

Comme il se dirigeait vers la sortie, en se faufilant
entre les couples, Max le rattrapa.

— Tristou, j'ai prévu un petit souper fin, chez moi,
avec nos hirondelles. Elles sont libres jusqu'à demain,
et prêtes à s'immoler à nos désirs. Vous ne pouvez pas
faire ça à Samanta, dit Max.

— Mon cher, je suis certain que la cavalerie républicaine saura la consoler. Demain, à dix heures, je dois
assister à la distribution des prix, au collège où
j'enseigne la musique, pour voir mes élèves récompen-
sées, avant d'accompagner la chorale des pensionnaires
dans l'*Alléluia* de Haendel. Je dois donc prendre du
repos, expliqua Tristan.

— J'ai le sentiment que vous êtes plus à l'aise avec
un piano qu'avec une femme, plaisanta Max en regardant Dionys s'éloigner.

Pour Tristan Dionys, l'été s'affirmait comme une mauvaise saison financière. L'Institut Sévigné, où il enseignait, fermant du 1er août au premier lundi d'octobre, le pianiste se voyait privé de salaire pendant deux mois. Dans le même temps, ses rares élèves particuliers quittaient Paris, pour les vacances. Quant à la Folie-Pompadour, désertée par sa clientèle d'habitués, si elle restait accueillante aux étrangers et aux provinciaux de passage, sa gérante entendait, durant les semaines où ses meilleurs « modèles » allaient pratiquer l'amour vénal sur les plages normandes, faire l'économie d'un accompagnement musical. Restaient les thés du vendredi, au Grand Hôtel, et l'éventualité d'un baptême aristocratique ou d'un bel enterrement, à Saint-Roch ou à la Madeleine, dont les organistes titulaires, César Franck et Saint-Saëns, villégiaturaient au bord de la mer ou à la campagne.

Fort désargenté pendant cette période, Tristan décida d'espacer ses rencontres avec Maximilien Leroy. Non qu'il fût las d'une amitié devenue fervente, mais parce qu'il refusait de voir son ami assumer la plus grosse part des frais de sorties.

Par fierté, plus que par résignation, Tristan passait le plus clair de ses journées devant son piano, perfectionnant son interprétation de certaines *Études d'exécution transcendante* de Liszt, déchiffrant des partitions acquises chez les bouquinistes des quais, développant et assurant sa virtuosité. En fin d'après-midi, il s'en allait flâner, hors de son quartier, parfois jusqu'aux Champs-Élysées. Il évitait toutefois de passer devant le Petit Colbert, café-restaurant de la rue Vivienne où, depuis quelques mois, les deux amis avaient pris l'habitude de se rencontrer, à l'heure de l'apéritif. Si Max ne courait pas les chemins de l'Europe, en mission confidentielle, ne traitait pas d'affaires de Bourse, avec un coulissier, ou ne consommait pas une passion éphémère avec une conquête soucieuse de discrétion, Tristan l'eût trouvé à leur table habituelle. Max, le sachant désargenté, n'eût pas manqué de l'inviter.

Après quelques jours, Leroy, ayant subodoré les raisons pécuniaires de l'éloignement de son ami, finit par lui adresser un Petit bleu comminatoire.

« Si vous n'êtes pas fâché, ou trop occupé à monter des gammes, venez dîner, demain soir, neuf heures, au Café Anglais. J'ai un projet à vous soumettre », écrivit-il.

Une invitation au restaurant le plus huppé des boulevards, où officiait le premier cuisinier de Paris, Adolphe Dugléré, ancien chef du baron de Rothschild, ne se refusait pas. Dionys, ayant passé sa meilleure chemise et l'habit bleu barbeau, coupé par le tailleur de Max – une folie qui avait englouti un mois de gains –, se mit en route avec grand appétit. Depuis une quinzaine de jours, ses repas avaient été composés d'œufs à la coque, de jambon et de fromage, arrosés de thé, sa boisson favorite.

Alors que la ville hésitait entre retenir les derniers feux du couchant ou s'assoupir à la lueur des réverbères, le pianiste, de belle humeur, marchant d'un pas allègre, se sentit empli d'indulgence, et même de sympathie, pour les badauderies de ses contemporains, dont il goûtait peu, d'ordinaire, l'affluence en fin de journée.

Les soirs d'été, on croisait, entre la Madeleine et le théâtre du Gymnase, ceux et celles qui, n'ayant pas quitté la capitale, recherchaient en famille, en couple ou en solitaire, les distractions gratuites, offertes par le spectacle des boulevards, dont ils étaient aussi les acteurs. Rapins et grisettes, assis aux terrasses des cafés, moquaient les toilettes outrées ; les calicots et leurs compagnes s'ébaubissaient à la vue d'un équipage qui déposait des dîneurs fortunés devant la Maison Dorée ou le Napolitain, dont les lumières embuaient les trottoirs sous les frondaisons poussiéreuses. On s'amusait de voir un garçon de café équilibriste fendre la foule des promeneurs, portant un plateau lesté de sorbets et de pâtisseries à une élégante, courtisane ou actrice, qui exigeait de se rafraîchir sans descendre de voiture. Sous le regard envieux des fillettes et celui, méprisant, des racoleuses déguisées en bourgeoises esseulées, celles que Max, en bon Parisien, nommait les « grandes horizontales », se tenaient ainsi à l'écart de la plèbe piétonnière, sans pour autant passer inaperçues.

Sur le boulevard des Italiens, le Café Anglais avait la réputation d'un temple de la gastronomie. On y venait pour dîner, non pour se montrer ou palabrer comme au Tortoni ou au Café de Paris, fréquentés par les boyards, lords en goguette, vaudevillistes, dandies noceurs, cocottes entretenues, polygraphes en mal de copie, comédiens célébrant un succès ou se consolant d'un four. Bien que proche de ces établissements, cosmopolites et bruyants, le Café Anglais offrait aux dîneurs une ambiance feutrée et de bon ton. Maîtres d'hôtel, sommeliers et garçons évoluaient, avec discrétion, sur d'épais tapis, servant, attentifs et compassés, ceux qui n'entendaient pas être distraits de la dégustation d'un turbot Joinville ou d'une pièce de charolais à la portugaise.

Un réceptionniste en queue-de-pie, affichant une lassitude distinguée, conduisit Tristan à la table de Leroy.

Max se leva, pour accueillir avec chaleur son ami. Toujours à la pointe de la mode vestimentaire, il arborait un complet deux pièces, de drap fin, gris clair à rayures mauves, pantalon étroit, veste droite à petit col et larges revers, ouvrant sur un gilet vieux rose, chemise blanche et nœud papillon gris.

Dionys ne put s'empêcher de féliciter Max, pour une élégance si harmonieuse.

— Le bleu barbeau, que je vous ai conseillé, s'accommode superbement de vos cheveux blonds et de votre sveltesse, répliqua Leroy, pour ne pas être en reste de compliments.

Il se garda bien de faire observer que le pianiste l'avait boudé pendant deux semaines, et enchaîna sur l'inégalable chaud-froid de perdreaux à la dauphine, succès du moment de Dugléré.

— Je l'ai commandé pour deux, quand j'ai su qu'il n'y en aurait pas, ce soir, pour tout le monde. Je tenais à vous faire déguster cette merveille.

Une fois le menu composé, autour de ce plat vanté par les chroniqueurs, et les vins choisis, Maximilien, posant une main affectueuse sur l'avant-bras de Tristan, annonça qu'il allait quitter Paris pour Trouville-sur-Mer.

— Vacances payées à l'hôtel des Roches Noires, mon cher, la meilleure adresse de la côte normande. Peint par Monet en 70.

— Par une maîtresse richissime ? intervint Dionys.

— Par un distingué monarchiste, cousu d'or, candidat aux élections législatives des 20 février et 5 mars prochains. Il s'agit, comme vous ne le savez peut-être pas, d'un scrutin uninominal à deux tours.

— Ah ! fit Dionys, peu féru de politique.

— Ces élections seront importantes, car il n'y a pas eu d'élections générales depuis 1871, et les élections partielles ont révélé une poussée républicaine, précisa Max.

— J'espère que les républicains l'emporteront, même si votre client doit ne pas être élu. D'ailleurs, comment peut-il encore exister des monarchistes ? s'étonna Dionys.

— Mon cher, subsistent deux sortes de monarchistes, pour qui la république n'est même plus la gueuse responsable des maux de la patrie : les légitimistes et les orléanistes. Les premiers, qui tiennent pour la branche aînée des Bourbons, sont des conservateurs, souvent libéraux par opportunisme, car ils pensent que le régime parlementaire est le meilleur garant de l'ordre et de la liberté, donc de leur confort. Les seconds, qui tenaient pour la branche des Orléans, eurent Adolphe Thiers pour chef, avant que notre homme ne se ralliât – ou plutôt ne se résignât – à la république. Ils sont fidèles au drapeau tricolore, croient au libéralisme économique et sont, en fait, bien que parfois ils s'en défendent, des républicains modérés.

— Vraiment ?

— En tous cas, des hommes de notre temps, clairvoyants et engagés dans les affaires à gros profits. Aucun de ces royalistes ne croit plus à une restauration monarchique, ni au retour d'un roi, fût-il constitutionnel. Le comte de Chambord, considéré comme légitime prétendant, qui espéra un moment régner, sous le nom d'Henri V, avec l'aide de Mac-Mahon, vit maintenant en Autriche. Quant au comte de Paris, fils aîné du duc d'Orléans, il a reconnu, en 1873, son rival comme « seul représentant du principe monarchique ». Il vient de publier, en quatre volumes, une *Histoire de la guerre*

civile en Amérique, dont la *Revue des Deux Mondes*
dit grand bien. En attendant la mort de Chambord,
qui l'a désigné comme successeur au trône, il voyage !
Vous voyez, mon ami, que la république n'a rien à
redouter de tels royalistes.

— N'empêche que vous encouragez un opposant
aux républicains désintéressés, observa Tristan.

— Croyez-vous que cette race existe ? ironisa Max.

— Le peu que je sais de Léon Gambetta me donne
à penser qu'il est un républicain loyal et un patriote.
Souvenez-vous qu'il aurait voulu, en 1870, voir nos
armées continuer le combat. Mon père disait que, sans
la trahison de Bazaine, qui se rendit sans combattre,
le 28 octobre 1870, à Metz, libérant ainsi les troupes
prussiennes qui assiégeaient la place forte, l'armée de
la Loire aurait pu délivrer Paris. C'est bonne justice
que Bazaine ait été, il y a deux ans, jugé et condamné
à mort, rappela Tristan.

— Certes, mais vous n'ignorez pas la suite. Sa peine
a été commuée en vingt années de détention, par Mac-
Mahon, le vaincu de Sedan, devenu président de la
République. Et Bazaine, interné à l'île Sainte-Marguerite,
au large de Cannes, s'est évadé. Beau pied de nez au
gouvernement ! ricana Max.

— Il s'est évadé avec l'aide de sa femme, dit-on.

— Aide insuffisante, Tristou, sans des complicités,
à ce jour inavouées. C'est aussi cela, la politique. On
condamne, pour plaire au peuple, et on libère… pour
sauvegarder ses intérêts électoraux, précisa Max.

— Votre séjour à Trouville sera fort agréable, j'en
suis sûr. Je vous envie, car je n'ai jamais vu la mer.
Les garnisons de mon père ont toujours été des villes
de l'est ou du nord, dit Tristan.

— Eh bien, venez avec moi.

— C'est sans doute le projet annoncé sans précision par votre dépêche.

— Exact. Il vous déplaît ?

— Vous savez bien que je n'ai pas les moyens de m'offrir un séjour à l'hôtel, dans une station que les guides qualifient de « reine des plages ». Comprenez que je ne puis vous accompagner, grommela Dionys.

— Certes, je ne vous vois, pas plus que moi, payer la pension aux Roches Noires : vingt-cinq francs par jour, sans les extras. C'est cependant là que loge – et que me loge, par commodité – le généreux candidat. Mais il y a des pensions de famille meilleur marché. Tous les baigneurs de Trouville ne sont pas des ducs ou des banquiers.

— N'insistez pas, mon ami. La seule chance que j'aie de gagner un peu d'argent, cet été, c'est à Paris, comme organiste suppléant. On baptise et on meurt aussi en août, dit Tristan.

— Je suis certain que vous pourriez gagner plus à Trouville ou de l'autre côté de la Touques, à Deauville, la station rivale. Tous les casinos, les grands hôtels, les restaurants ont leur orchestre ou leur pianiste. À croire qu'au bord de la mer on ne peut rien faire qu'en musique : prendre le thé ou l'apéritif, courtiser une femme, perdre vingt louis au baccara, dîner et, bien sûr, danser. À Trouville, il y a concert chaque après-midi, en plein air, dans les jardins du Casino-Salon et, le soir, à partir de vingt heures, l'orchestre des Concerts populaires de Jules Pasdeloup – vingt-quatre musiciens – joue un programme symphonique, dans la grande salle. Je connais votre talent et je suis sûr que vous trouveriez des engagements, à Trouville ou à Deauville, où Desgranges dirige, au nouveau casino, l'orchestre des bals de la Présidence. J'ai par là quelques relations. Me permettez-vous de m'en occuper ? demanda Leroy.

— En plus de toutes vos activités, auriez-vous vocation d'impresario ? plaisanta Tristan.

— Rassurez-vous, je ne prélèverai pas de commission. Voyez-vous, je serais comblé si nous passions de bons moments ensemble : baignade, lawn-tennis, canotage, repas de poisson chez les pêcheurs. Car mon enseignement politique me laissera du temps libre. C'est dans le contrat. Allez, laissez-moi faire. Je pars demain, par le train de luxe – uniquement des voitures-salons – qui met Paris à cinq heures de Trouville, avec un seul arrêt à Lisieux. Car mon futur député, actionnaire de la Compagnie de l'Ouest, ne lésine pas sur les frais, acheva Max en riant.

Tristan Dionys, fort tenté par l'aventure, se dit qu'il ne perdait rien en acceptant la proposition de Maximilien.

— Soit, trouvez-moi quelques heures de piano. De quoi payer mon séjour, dans une pension à cinq ou six francs. J'ai assez d'airs à mon répertoire pour dispenser un aimable bruit de fond à ceux qui mangent, boivent et bavardent, sans se soucier de la musique, dit Tristan, d'un ton aigre.

Le pianiste souffrait du dédain des clients quand, à l'heure du thé, dans le salon du Grand Hôtel, la musique devenait simple accompagnement des pépiements et jacasseries des oisifs. Ce seraient les mêmes ragoteuses et rentiers somnolents qu'il retrouverait à Trouville, et il jouerait les mêmes musiques.

Maximilien Leroy comprit et évalua l'amertume de l'artiste contraint, pour vivre, à déprécier son art en jouant des airs de café-concert. Il tenta de le rassurer.

— Vous vous faites, Tristou, une fausse idée de la clientèle d'une station balnéaire. Je vous assure que bon nombre de ceux et celles qui séjournent, l'été, à Trouville, sans être toujours des mélomanes avertis, souhaitent entendre de bons musiciens interpréter de belles œuvres. L'an dernier, quelques béotiens, amateurs d'opérette et de rengaines, ont même reproché au chef d'orchestre du casino de composer des programmes trop sérieux. Croyez-moi, vous seriez plus apprécié dans un casino ou un hôtel de plage que dans votre lupanar du boulevard Suchet ou vos thés parisiens.

Dionys s'étant résolu à satisfaire Leroy, les deux amis se quittèrent avec l'espoir de, bientôt, faire ensemble trempette à Trouville.

Quarante-huit heures plus tard, Maximilien prouva son efficacité par télégramme.

« Direction Roches Noires, propose trois heures piano, jour, en semaine ; cinq heures, dimanche. Hébergement plus deux repas. Cinquante francs par semaine. Êtes attendu. Annoncez arrivée télégramme. Leroy. Roches Noires. Trouville. »

Dionys, qui ne percevait que trois francs pour une grand-messe d'enterrement et trente francs par mois pour ses cours au pensionnat, fit aussitôt sa valise et courut expédier un télégramme à Max. Il attrapa de justesse le train de l'après-midi qui, n'étant pas « de luxe », mit sept heures pour le porter au bord de la Manche, qu'il découvrit, émerveillé, au crépuscule et à marée basse. Maximilien l'attendait, sur le quai de la gare.

— Bon Dieu ! Comme je suis content de vous voir ! s'écria-t-il avant d'oser, pour la première fois, donner l'accolade à son ami.

Sous le feston des girandoles à gaz de la promenade, à cette heure d'après-dîner, peuplée de flâneurs élégants, couples, familles, bandes joyeuses, Leroy conduisit Tristan à l'hôtel, bâti le long de la grande plage, face à la baie de Seine. Avant d'en gravir le perron et d'en franchir le seuil, entre de prétentieuses colonnes corinthiennes, Tristan marqua un temps d'arrêt. Il tenait à jouir de sa découverte de la mer, avant d'être présenté à son employeur. Loin, par-delà la terrasse, au bout de la large étendue de sable désertée, les vagues exténuées ne modulaient qu'un clapot à peine audible. Un maigre croissant de lune étirait, sur l'eau noire, un trait de lumière, vrillé par la houle. Il semblait indiquer, à ceux qui viendraient du large, la direction du premier palace normand, « mille fenêtres, deux cents chambres, vingt salons et ascenseur sur quatre étages », construit sous Napoléon III.

En se retournant vers les baies illuminées de l'hôtel, Tristan Dionys remercia Max.

— Je vous devrai cette première émotion, dit-il en voyant un groom, en spencer rouge et culotte noire, coiffé d'un tambourin à jugulaire, s'emparer de son bagage.

Usant de l'autorité que lui conférait le titre sibyllin de conseiller privé d'une personnalité normande, connue pour ses ambitions politiques, Maximilien Leroy avait présenté son ami comme « un très fameux pianiste, élève de Saint-Saëns ». L'accueil du directeur fut à la hauteur de cette référence, et les modalités des fonctions de Tristan furent aisément réglées. Il jouerait, à l'heure du déjeuner, puis à l'heure du thé et, enfin, au moment où, avant de passer à la salle à manger, les pensionnaires sirotaient un cocktail au bar salon.

— Je sais que nos clients apprécient Schubert, Chopin, les airs de Meyerbeer et de Bizet, ceux de *Carmen*, surtout. Mais vous êtes, naturellement, libre de choisir vos morceaux. Le fait que vous soyez diplômé de l'École Niedermeyer est, pour nous, une garantie. Je suis certain que vous remplacerez avantageusement notre pianiste local, un croqueur de notes prétentieux, qui nous a quittés pour un bastringue de Deauville, où les clients ont l'habitude d'abreuver le pianiste et donnent des pourboires aux musiciens. Ce qui ne se fait pas, chez nous, crut bon de préciser le directeur.

— Puis-je voir l'instrument que vous mettez à ma disposition ? coupa Dionys.

— Mais, bien sûr. Suivez-moi, pendant qu'on monte vos bagages.

Tristan eut l'heureuse surprise de découvrir, dans un angle du grand salon, richement décoré de cariatides dorées, de miroirs et de marines de Charles Mozin[1], un grand piano à queue de concert, à sept octaves, signé Boisselot et Fils. Ce n'était ni un Érard ni un Pleyel de la dernière génération, mais l'un des préférés de Liszt. Il ne put résister à l'envie de plaquer quelques accords et trouva la sonorité franche, longue mais un peu sèche, ce qui le satisfit.

— Pourrai-je en disposer en dehors de mes prestations ? demanda Dionys.

— Nous savons tous que les pianistes doivent entretenir leur doigté, et personne ne trouvera à redire à vos exercices... à condition que ce soit après dix heures

---

1. 1806-1862. Il est considéré comme zélateur de la station. C'est lui qui attira à Trouville Isabey, Monet, Courbet, Corot et, dit-on, Alexandre Dumas. Ses toiles sont aujourd'hui au musée de la ville.

du matin. Certains de nos résidents se lèvent tard, révéla le directeur.

— Surtout quand ils sont restés au casino, à la table de baccara, jusqu'à trois heures du matin, ajouta Maximilien, ce qui lui valut un regard réprobateur du cicérone.

Ayant pris rendez-vous avec son ami pour le lendemain, Dionys fut conduit dans l'annexe où logeait le personnel administratif. Il y disposerait d'une chambre, d'une sobriété monacale mais de bon confort, avec eau courante et lit de fer. L'unique fenêtre n'ouvrait pas sur la mer, mais sur les collines où, depuis quelques années, poussaient des villas.

Maximilien, occupé dès neuf heures du matin par son candidat député, se baignait tôt, avant l'apparition des garçons de bains et des baigneurs. Dès sept heures, il conduisit Tristan, à l'écart de la plage organisée, en un lieu où les hommes pouvaient nager vêtus d'un simple caleçon, loin des regards féminins. Il avait prévu, pour le pianiste, l'équipement de rigueur, et c'est bien timidement, méfiant et emprunté, que ce dernier se risqua dans la vague, un peu trop fraîche à son goût, pour une première leçon de natation. Car ce Parisien ignorait tout des gestes qui permettent aux humains de se déplacer, avec plus ou moins de grâce et de sécurité, dans l'élément liquide. À l'issue de l'épreuve, Max l'encouragea.

— Vous vous y mettrez très bien. Mais, si vous vous baignez seul, ne vous éloignez pas du rivage. Restez où vous avez pied, conseilla-t-il.

Après le bain, sur la plage encore vide, quand ils retirèrent leur caleçon mouillé pour se rhabiller, Tristan découvrit le corps nu de son ami, exposé avec le naturel de la familiarité masculine. Il le vit comme un athlète aux proportions parfaites, hanches étroites, ventre plat, puissants pectoraux sous une pilosité frisottée, fesses de marbre, dignes de la statuaire antique, longues cuisses de pur-sang, chevilles fines, d'où s'élevait le fuseau musclé des mollets. Soudain, il eut honte de son propre corps, pâle et longiligne, offert au regard de Max, de sa maigreur, côtes saillantes, poitrine creuse, épaules fuyantes, genoux aigus, alors que seuls montraient une musculature quasi disproportionnée ses avant-bras nerveux, durcis, comme ses mains, par l'exercice quotidien du clavier.

Quand, vêtus, ils regagnèrent l'hôtel pour le petit déjeuner, Dionys, craignant que Max n'eût remarqué l'attention admirative qu'il avait portée à son physique, osa, pour dissimuler sa gêne, une comparaison flatteuse.

— Mon cher, vous auriez pu poser pour Praxitèle, dit-il.

— À défaut du Grec, quand j'étais étudiant, j'ai posé à l'Académie Julian. Un jour où j'avais vraiment besoin d'argent pour manger, ma petite amie d'alors, une Anglaise, élève de Rodolphe Julian, qui avait déjà eu l'occasion de me voir en tenue d'Adam, me présenta comme modèle. Je fus, tour à tour, discobole, Prométhée sans aigle, Sébastien sans flèches. La séance était bien payée, mais je n'ai pas continué. Julian voulait me faire raser les poils... partout ! révéla Max, hilare.

Le même jour, à l'heure de l'apéritif, au moment de se mettre au piano, Tristan Dionys, prévenu par Max que toute la direction de l'hôtel — et sans doute plusieurs actionnaires influents — assisterait à sa première prestation, décida avec aplomb d'imposer sa marque. Il attaqua par l'ouverture du *Carnaval romain*, de Berlioz, dans sa transcription pour piano composée par Franz Liszt en 1844.

Dès les premières mesures, les conversations cessèrent et les serveurs ne se déplacèrent plus qu'à pas de loup. Encouragé, Dionys enchaîna avec la version pianistique de *La Truite*, quintette bien connu de Schubert, en s'autorisant de brillantes variations. Des murmures louangeurs accueillirent cette exécution et il revint à Chopin, avec un *Prélude*, étonné que les auditeurs fussent attentifs jusqu'à la dernière mesure, alors que maîtres d'hôtel et serveurs piétinaient au seuil de la salle à manger.

À l'heure du thé, il renouvela la performance, osant livrer deux pièces de la suite suisse des *Années de pèlerinage*, de Liszt. La douce mélancolie de la *Vallée d'Obermann* et *La Chapelle de Guillaume Tell* lui valurent les applaudissements de quelques dames, ce qui, d'après le directeur, ne s'était jamais vu à l'hôtel des Roches Noires.

Le soir même, il récidiva, pendant le service des cocktails, et quand, après le dîner, il rejoignit Maximilien pour une promenade, ce dernier ne cacha pas son enthousiasme.

— Cher Tristou, vous les avez conquis, dès le premier jour. Une dame, qui m'honore de ses faveurs, vous a entendu. Elle va, demain, inviter au thé des amies qui résident dans d'autres hôtels ou des villas alentour, annonça Leroy.

Tristan Dionys n'était pas enclin à manifester ses sentiments. Il dit simplement sa satisfaction d'avoir commencé à remplir honnêtement son contrat et, pour faire diversion, incita Max à revenir sur son thème familier : les femmes.

— Ainsi, vous avez déjà trouvé une maîtresse, à Trouville, pour meubler vos nuits. Quel séducteur !

— Non, pas les nuits, car cette dame est mariée et ne peut ni découcher ni recevoir dans la villa qu'elle occupe avec une vieille tante aveugle. Nous nous retrouvons, pendant que mon élève député fait la sieste, au début de l'après-midi, dans une cabane de pêcheur que j'ai louée. Nous sommes tranquilles, du mardi au vendredi, parce que le mari, comme beaucoup d'autres époux de baigneuses, arrive le samedi, en fin d'après-midi, par le train des cocus, « le train jaune » comme disent les Trouvillais. Il regagne Paris dans la matinée du lundi, expliqua Max, gai comme un écolier en vacances.

— J'envie cet appétit de vie et de plaisir, qui vous habite en toutes circonstances. Je suis bien incapable de séduire une femme, fût-elle facile, en si peu de temps, dit Tristan.

— Ne mésestimez pas votre charme romantique. Vous plaisiez diablement à Samanta, que vous avez dédaignée. Les femmes ne pardonnent pas ce genre d'affront. Dans quelques jours, si vous vous montrez moins indifférent aux esseulées de la semaine, vous n'aurez que l'embarras du choix, pour trouver de quoi égayer vos loisirs, dit Leroy.

Cette prévision aurait pu aisément se réaliser si Tristan Dionys avait été aussi inflammable que Maximilien Leroy. Bien que sensible aux attentions, pour lui inédites, de ses premières admiratrices, le pianiste, par son attitude distante, son exquise politesse et son regard couleur tilleul, décourageait les entreprises de celles qui eussent volontiers offert plus que des compliments.

Quand la gazette locale, *La Plage de Trouville*, eut signalé, dans un article élogieux, l'arrivée d'un nouveau

pianiste de grand talent aux Roches Noires, on ne
trouva plus, à l'heure du thé, un guéridon libre dans
le grand salon de l'hôtel. Une femme demanda à Dionys de signer son éventail ; une autre, l'ayant vu fumer
le cigare, lui fit porter un énorme coquillage « pour
servir de cendrier » ; une pâle jeune fille, yeux cernés
de bistre et joues creuses, lui demanda d'annoter de
conseils d'interprétation la partition du *Nocturne n° 2
en mi bémol majeur*, de Chopin, qu'elle dit travailler
depuis des semaines. Semé de roulades et de trilles sur
une basse en triolets, ce nocturne, peut-être le plus
célèbre du compositeur polonais, était d'une interprétation délicate. Dionys douta que la jeune fille pût, un
jour, user d'un doigté suffisamment subtil pour en
rendre, à la fois, l'exaltation première et la sérénité
finale.

Le directeur, comblé, observa que des amateurs de
musique résidant à Deauville, la station rivale, n'hési-
taient pas à franchir maintenant la Touques pour venir
entendre Dionys.

L'après-midi, quand le pianiste des Roches Noires
flânait parfois sur la promenade du bord de mer, il
arrivait que des hommes le saluent, et le regard des
femmes attestait qu'il était reconnu.

La réputation de Tristan était faite quand, un soir,
à l'heure du cocktail, se produisit un incident qui
devait avoir des conséquences sur son avenir de pianiste. Alors qu'il venait de plaquer le dernier accord
d'une exubérante polonaise de Chopin, un serveur vint
déposer près de lui, sur un plateau d'argent, une flûte
de champagne.

— De la part de M. le Comte de Galvain, souffla-
t-il à l'oreille de l'artiste, en désignant le vin pétillant.

Dionys, sourcils froncés, le retint par la manche.

— Retournez ce breuvage à l'envoyeur. Je ne suis pas un fournisseur, à qui l'on offre un verre à l'office, dit-il sèchement.

Bien que fort contrit, le domestique dut s'exécuter. Tristan, ayant reconnu, dans l'assistance, la fragile demoiselle dont la pâleur et l'air las l'avaient ému, se mit à jouer la *Sonate en si mineur*, de Schumann. Depuis ce jour où il avait annoté, pour elle, une partition de Chopin, la jeune fille n'avait manqué aucune de ses prestations.

La pendule monumentale du salon l'invitant à clore l'intermède déjà prolongé, il ferma le couvercle du piano et salua d'un signe de tête, quand un homme de belle prestance, moustache et cheveux blancs, l'accosta.

— Pardonnez, je vous prie, monsieur, ma bévue. Ce champagne n'était que témoignage de reconnaissance pour le plaisir que vous nous offrez, à ma fille et à moi. Si vous ne me tenez pas rigueur de cet impair, venez prendre ce vin à ma table.

Dionys ne pouvait refuser réparation si courtoise et, quand le comte de Galvain lui présenta sa fille, il ne fut pas étonné de se trouver en présence de la demoiselle au nocturne. Elle se nommait Geneviève, était orpheline de mère et, sur les conseils des médecins, soignait par l'air iodé une faiblesse pulmonaire que son père refusait de nommer phtisie.

La conversation fut des plus mondaine et, après qu'on eut déploré la bruine tombant depuis le matin d'un ciel gris, ce qui compromettait les baignades, la jeune fille invita son père à formuler la proposition qu'ils avaient, ensemble, imaginée.

— C'est une idée de Geneviève. Vous savez qu'à Trouville, comme à Deauville, sont organisées, pendant la saison, des fêtes de bienfaisance. La municipalité donne, fin août, une grande représentation théâtrale de charité, dont les bénéfices vont aux indigents de la commune. Geneviève a pensé que nous pourrions, aussi, faire un geste pour les inondés de Toulouse, dont certains sont encore sans toit. J'ai obtenu de la Société du Casino-Salon, dont je suis actionnaire, une soirée de gala, avec concert avant dîner. Les places seront d'un prix élevé, afin que nous puissions envoyer aux victimes de la Garonne une somme suffisante, expliqua le comte de Galvain.

— Il est bien naturel que ceux qui viennent profiter des bienfaits de la mer, s'amuser, voire gaspiller de fortes sommes sur les tapis verts, payent un peu pour les malheureux, ajouta la jeune fille.

— C'est une entreprise généreuse, reconnut Dionys.

— Accepteriez-vous d'y participer en donnant, ce soir-là, ce que les Anglais nomment *recital*[1]. Vous attireriez, je pense, les amateurs de musique qui, depuis quelques jours, vous apprécient aux Roches Noires. Nous les imaginons charitables et généreux, dit le père de Geneviève.

— Si la direction de l'hôtel m'y autorise, je jouerai avec plaisir pour les inondés de Toulouse et pour votre fille, dit Dionys, en s'inclinant.

— Autorisation d'avance accordée. Vous établirez votre programme et fixerez vous-même vos honoraires.

— Pas d'honoraires, monsieur. Ce sera ma participation à votre bienfaisance.

---

1. Devenu récital, en français, dès 1872, mais Franz Liszt usait du terme depuis qu'il s'était produit en soliste, à Londres, en mai et juin 1840.

— Oh ! grand merci ! monsieur, s'écria vivement la jeune fille.

Cette exclamation déclencha un toussotement sec, dont Tristan connaissait la nature : Mme Dionys, sa mère, était morte tuberculeuse.

Quelques jours plus tard, Tristan Dionys constata que M. de Galvain avait bien fait les choses : sur une estrade, dans la grande salle du casino, il découvrit un Steinway de concert, encore meilleur que le Boisselot de l'hôtel des Roches Noires.

Des invitations furent envoyées et des affiches apposées dans la ville où, sous le nom de Tristan Dionys, figurait le programme qu'il avait choisi.

— Ce sera ma première véritable exécution en public. Je ne suis qu'à demi rassuré, confia-t-il à Maximilien, le soir de la représentation.

— Oubliez la salle et jouez comme pour une dame seule. Conseil d'impresario ! lança Max en riant.

Les quatre cents places étaient occupées quand, dans son habit noir, Tristan entra en scène. Des applaudissements de courtoisie saluèrent l'apparition de ce grand jeune homme frêle, aux cheveux d'un blond cuivré, qui lui frôlaient les épaules. S'inspirant, encore une fois, de son idole, Dionys avait fait placer le piano de telle façon que le couvercle, ouvert, renvoyât le son vers les auditeurs.

Quand le silence se fit, le pianiste parut, un instant, flatter le clavier d'une caresse. Sans plus de concentration, il attaqua la *Marche de Rákóczy*, offrant ainsi à Liszt, avec ce morceau de bravoure, l'ouverture du concert.

L'entente indéfinissable que suscite parfois la musique s'établit, dès les premiers accords, entre l'artiste et le

public. Les mélomanes comprirent qu'ils découvraient
là un talent magique. Dionys jouait sans partition, hiératique devant le clavier : ses longues mains fines glissaient, martelaient, fouettaient, brutalisaient les touches
d'ivoire, libérant du coffre de palissandre une harmonie
ensorcelante.

Les applaudissements qui saluèrent cette entrée en
matière le firent jeter un regard distrait vers la salle
murmurante de plaisir.

— Maintenant, c'est comme si nous n'étions plus là.
Je le connais : il va jouer pour lui seul, souffla Maximilien Leroy à la femme qui l'accompagnait.

Et ce fut bien ainsi que se poursuivit le concert.
Après *L'Invitation à la valse,* de Weber, *Soirée de
Vienne*, de Schubert, Tristan interpréta la *Sonate n° 8*,
dite *Pathétique*, de Beethoven, avant de conclure par
une mazurka de Chopin.

La frénésie des applaudissements, les bravos clamés
par cent voix le conduisirent au bord de la suffocation.
Il jouissait de l'instant si souvent rêvé. Il se vit tel Liszt
à Weimar et sa pensée fut pour sa mère. De toutes parts,
on sollicita un bis, qu'il ne pouvait éluder. Poussé par
un élan subit, il s'approcha du bord de l'estrade et fit
signe à Geneviève de Galvain, assise au premier rang,
de le rejoindre.

— Mademoiselle, venez tourner les pages, s'il vous
plaît.

Troublée mais ravie, Geneviève, liane de soie rose,
vint se poster près du piano et reconnut, sur le pupitre,
la partition de ce nocturne de Chopin qui lui semblait
si difficile.

— Il faut tirer du piano une sonorité cristalline, opa-
lescente, irréelle, murmura Tristan, en frappant les premières mesures.

Ce final inattendu fit enfler le succès. Quand, après avoir dix fois salué, Tristan Dionys quitta l'estrade, il se sentit le plus heureux des hommes.

— L'appel à la petite vicomtesse faisait un peu cabotin. Mais... retenez bien ceci : ce soir, à Trouville, a commencé votre carrière de virtuose, dit Maximilien Leroy.

Ce bruit continua et ... Quand ...
avoir dit cela, Frère Dragne ...
se retira, plus heureux des bonnes ...

— Il paraît, le petit homme se mit en ...
ton Maître, maintenant ...
commence votre ...
...

4.

Le 30 décembre 1875, tel un cadeau de fin d'année, la IIIᵉ République rendit aux Parisiens la colonne Vendôme, abattue quatre ans plus tôt par les communards.

Maximilien Leroy obtint des places, au balcon du cercle de l'Union artistique, dont il était membre, pour assister à l'inauguration du monument restauré.

— C'est au pied de cette colonne, encore à demi ruinée, qu'au printemps nous avons fait connaissance, rappela-t-il.

— Elle a été reconstruite pendant que se développait notre amitié, commenta Dionys.

— Regardez-la, dressée comme un vaillant phallus ! lança Max, volontiers grivois.

Par un froid sec, alors que la foule, contenue par des militaires, attendait l'arrivée du président de la République, Max et Dionys se trouvaient donc devant le numéro 18 de la place Vendôme, siège de l'Union artistique.

Avisant les personnalités qui piétinaient sur le pavé, Leroy les désigna.

— Manque, semble-t-il, Victor Hugo, notre poète national. On dit qu'il sera candidat au Sénat, en janvier.

Il est cependant chez lui, en famille, rue de Clichy. Autrefois, il a assez admiré cette colonne pour lui consacrer une ode de plus de cent vers, avant de se montrer fort indulgent pour les communards qui la détruisirent. Mon professeur de français, admirateur de Victor Hugo autant que de Napoléon Ier, nous avait fait apprendre, par cœur, cette ode à la gloire des armées impériales. Je ne me rappelle que la première strophe, cent fois répétée.

— Vous pourriez la réciter : c'est le jour ou jamais ! dit Tristan, amusé.

Maximilien jeta un regard circulaire, se concentra et sans se faire prier, déclama les vers qui, dans l'air froid, semblaient sortir en buée de sa bouche :

> — *Ô monument vengeur ! trophée indélébile !*
> *Bronze qui, tournoyant sur ta base immobile,*
> *Semble porter au ciel ta gloire et ton néant :*
> *Et, de tout ce qu'a fait une main colossale,*
> *Seul es resté debout ; – ruine triomphale*
> *De l'édifice du géant !*[1]

— Eh bien ! quelle oraison funèbre ! dit une voix grave, dans le dos des amis.

Ils se retournèrent pour faire face à un homme à moustache blanche, d'allure sévère, vêtu d'un long manteau à col de velours et coiffé d'un haut-de-forme en poil de castor à bord étroit, aussi démodé que le reste de son costume.

— Désolé de m'être donné en spectacle, monsieur, s'excusa Maximilien.

---

1. *Odes et Ballades*, Gosselin-Bossange, Paris, 1828.

— Ne vous excusez pas, jeune homme. Vous prou-
vez ainsi que vos maîtres vous ont enseigné la meilleure
poésie. Mais, permettez à un vieil homme, qui vit disparaître deux empires et trois monarchies, de rectifier
votre propos préliminaire. Victor Hugo, dont j'espère
qu'il a été convié à cette cérémonie, ne s'est pas montré
aussi indulgent que vous le dites, pour les destructeurs
de la colonne. Quand, le 22 avril 1871, la Commune
décréta que ce « symbole de l'absolutisme impérial »,
serait détruit le 8 mai, le Comité de salut public, auquel
j'assistais comme huissier de l'Hôtel de Ville, hésita, le
7 mai, à ordonner la destruction. La veille, Victor
Hugo, mis au courant du projet, avait publié, dans plusieurs journaux, sous le titre *Les Deux Trophées*[1], un
poème pour défendre la colonne Vendôme et l'Arc de
triomphe, menacé, lui, par les obus des versaillais : « le
pilier de la puissance et l'arche de victoire », ainsi qu'il
les nommait.

— L'Arc de triomphe fut épargné, observa Dionys.

— Certes, mais les ultras, furieux de l'atermoiement
du Comité de salut public, le révoquèrent pour le remplacer par un nouveau comité, formé de révolutionnaires sans états d'âme. Et, le 16 mai, la colonne fut
jetée à bas, compléta l'inconnu.

— Mais, après, Victor Hugo se résigna et se tut, risqua Max, provocateur.

— Pas du tout, monsieur. Récitation pour récitation,
permettez, si ma mémoire ne me trahit pas trop, de
vous dire ce que le grand poète a écrit, le 18 mai 1871,
soit deux jours après l'abattage de la colonne. Entendez
bien ses regrets, dit le vieil homme.

---

1. *Œuvres poétiques complètes*, Jean-Jacques Pauvert, Paris, 1961.

Cette colonne était toute pleine de voix,
Étant forgée avec des canons pris aux rois ;
On entendait le peuple en ce bronze bruire ;
Et nous n'avions pas, nous, le droit de la détruire
Car nos pères l'avaient construite pour nos fils.

» Et il écrivait encore, pardonnez l'oubli de quelques vers :

Elle était dans Paris que le soleil inonde,
Comme un style au milieu de ce cadran du monde,
Et son ombre y marquait les heures du progrès.
Les Rois n'osaient pas la regarder de près.

» Vous voyez que notre grand homme, bien que partisan de réformes favorables au peuple et déjà républicain, n'en perdait pas, pour autant, sa lucidité patriotique. Il condamnait la guerre civile, les exécutions vengeresses, les incendies dits stratégiques, le pillage, le vandalisme, estimant que la France avait été « assez tuée par les Prussiens », conclut le vieil homme.

Maximilien Leroy allait répondre, quand un roulement de tambour annonça l'arrivée du président de la République, accompagné de Mme de Mac-Mahon. Il pressa Tristan de monter, avec lui, dans les salons de l'Union artistique, pour assister à la cérémonie. Comme ils allaient prendre congé de l'ancien scribe de la Commune, ils constatèrent que celui-ci s'était fondu dans la foule.

Le couple présidentiel, venu du palais de l'Élysée, résidence du président de la République depuis 1873, ne s'attarda pas au pied de la colonne. Après un instant de recueillement, ils eurent un bref entretien avec l'architecte Alfred-Nicolas Normand, le maître fondeur de l'entreprise Charnod et Fils, et Henri Pennelli, restaurateur des antiquités du Louvre, qui avaient rendu belle apparence à la statue de l'empereur, puis un détachement de la garde républicaine présenta les armes. La musique militaire, supprimée en signe de deuil depuis 1871 et récemment rétablie dans ses fonctions, joua une marche que Dionys identifia comme étant celle de la garde consulaire, la préférée de l'empereur.

Au buffet, offert par le président de l'Union artistique, les commentaires fusèrent dans les groupes d'invités.

— Le Président n'est pas resté beaucoup plus longtemps qu'Adolphe Thiers, qui est venu, avant-hier, voir la colonne achevée, fit remarquer un invité.

— Le chef de l'exécutif, qui écrasa la Commune et à qui l'on doit la paix, a été, ces temps-ci, plus attentif aux travaux de reconstruction de son hôtel de la place Saint-Georges, rasé par les communards en mai 71, qu'à la restauration de la colonne. Il a touché une indemnité de plus d'un million, pour rebâtir sa maison, précisa un membre.

— En ce qui touche l'achèvement de la colonne, je puis vous dire que les architectes se montrèrent assez imprévoyants. L'échafaudage qui, depuis des mois, nous gâchait la perspective, ayant été prématurément démonté, les ouvriers suèrent sang et eau, avec un cabestan, pour replacer, à quarante-cinq mètres du sol, sur la coupole de la colonne, la statue de Napoléon. Elle pèse deux mille quatre cents kilos, fit observer le président du cercle.

— Cette spirale de bronze, illustrant, en plus de quatre cents scènes, les batailles du premier Empire,

semble élever Bonaparte sur le chemin du ciel, dit une
dame qui se piquait de poésie.

Le secrétaire du cercle approuva en souriant.

— À ce propos, comme avant-hier je bavardais avec
un officier, prêt à faire hisser la statue arrimée à des
cordages, un vieil homme, qui arborait la Légion d'honneur et la croix de Sainte-Hélène, s'approcha. Considérant, d'un œil critique, Napoléon en César, vêtu de
la seule lacerne et chaussé de caliges[1], il nous dit : « J'ai
quatre-vingt-sept ans ; j'ai vu l'autre, plus d'une fois.
Laissez-moi le revoir de près et je mourrai content »,
puis il ajouta en faisant la moue : « J'aimais mieux la
capote grise et le petit chapeau ; c'était plus lui », rapporta le secrétaire.

Venu en voisin, un banquier, dont la famille occupait un hôtel de la place Vendôme depuis 1793, se mêla
à la conversation.

— Quand il disait « l'autre », ce vétéran pensait,
bien sûr, à la deuxième statue de l'empereur, puisque,
par trois fois, Napoléon fut descendu et remonté sur
cette copie de la colonne Trajane, dressée à la mémoire
de ses soldats. Lui-même présida à l'installation de sa
statue en empereur romain, en 1810 ; Louis XVIII l'en
fit descendre en 1815 ; Louis-Philippe l'y fit remonter
en 1833, et si, neveu respectueux, Napoléon III débar-
rassa son oncle de l'uniforme des chasseurs de la Garde
– que lui avait fait endosser le dernier roi des Français –, pour lui rendre sa tenue romaine, il l'y maintint
avec ferveur jusqu'à ce que la Commune l'en fît, à nouveau, brutalement dégringoler. Nous venons d'assister
à son retour, dont nous souhaitons, nous les habitants

_____

1. Manteau court et sandales des soldats romains.

du quartier, qu'il soit définitif, dit le banquier, un rien caustique.

Maximilien Leroy intervint.

— On dit, à Londres, que le jour où Napoléon III, exilé à Chislehurst, dans le Kent, apprit la décision de l'Assemblée nationale de restaurer la colonne, il fit savoir au maréchal de Mac-Mahon qu'il souhaitait que la statue de son oncle fût remise en place un 2 décembre, jour anniversaire de la victoire d'Austerlitz, dit-il.

— Le gouverneur militaire a entériné ce souhait, mais Napoléon III est mort il y a deux ans et son vœu n'a pas été respecté, précisa un officier, membre du cercle.

Le même soir, au cours du dîner qu'ils prirent au Café de Paris, Tristan Dionys tendit à Maximilien une lettre du comte de Galvain, arrivée le matin même. Le gentilhomme passait l'hiver à Nice, avec sa fille Geneviève, dont la fragilité pulmonaire s'accommodait mal des frimas et brouillards parisiens.

« Le récital inoubliable que vous avez donné à Trouville, fin août, a permis de recueillir plus de douze mille francs, que nous avons envoyés aux inondés de Toulouse. Nous comptons bien, ma fille et moi, vous revoir au printemps, à Paris. Geneviève conserve un souvenir ébloui de cette soirée, au Casino-Salon, et joint aux miens ses souhaits pour une heureuse année 1876. Elle me charge, aussi, d'une sollicitation personnelle : accepteriez-vous de lui donner des leçons de piano, afin qu'elle perfectionnât son jeu ? Toute ma sympathie vous est acquise. » Et le comte signait simplement « Galvain ».

— Comme s'il s'adressait à quelqu'un de son rang observa Leroy, qui connaissait les usages.

Dionys replia la lettre et la glissa dans sa poche.

— J'aurais grand plaisir à revoir cette jeune fille. Elle est douée pour le piano et possède un toucher fin. Hélas, la force vitale lui fait défaut et son jeu manque de puissance. Mais elle a du charme et un beau regard, dit Tristan.

— Comment ! Elle est plate comme une limande, elle a des creux là où les femmes ont des bosses, des salières aux épaules... et elle tousse !

— Je ne la vois pas comme un objet de plaisir, ainsi que vous voyez toutes les femmes, rétorqua Tristan.

— Je reconnais que ses yeux, cernés de violet, ont un charme pitoyable, mais vous n'allez pas vous amouracher, sentimental que vous êtes, d'une créature qui a déjà un pied dans la tombe, dit Max, dont la franchise ne s'encombrait pas de nuances.

— Vous êtes cruel, Max. Certes, cette jeune fille n'attire pas les regards concupiscents des lovelaces de votre acabit. Elle pourrait, tout au plus, intéresser les coureurs de dot. Mais, sans qu'il soit, de ma part, question de sentiments amoureux, elle me plaît.

— Ah ! Tristou ! Auriez-vous trouvé votre Iseult ?

— Geneviève est une adolescente prolongée, fragile, sans beauté exubérante ni attraits provocants. Les femmes ainsi maltraitées par la vie ont besoin, plus que les belles filles courtisables et courtisées, d'égards particuliers, d'attentions, de petits soins. Pour cette orpheline, éveiller l'intérêt d'un inconnu, même d'un pianiste, la rassure, lui permet de croire encore à son pouvoir de séduction. Si une relation affectueuse et désintéressée peut l'aider à supporter maladie et faiblesse, je suis prêt à lui offrir cet appui, développa Tristan.

— Vous voilà maintenant sur le chemin des samaritains, ironisa Max.

— Il y a de plus mauvais rôles, mon ami. J'irai, au printemps, donner des leçons à Geneviève.

— En tout cas, le moment venu, pour vos honoraires, ne soyez pas trop modeste, comme d'habitude.

— Je laisserai le soin à M. de Galvain de les fixer. Parler d'argent me met mal à l'aise, confessa Tristan.

— Que diable ! N'attendez pas, sous le figuier, que les figues tombent, cueillez-les ! Vous êtes un artiste, Tristou, qui condescend à donner des conseils à une pianoteuse mondaine. Les Galvain sont riches à millions, dit Max, pratique.

Les élections sénatoriales du 30 janvier 1876 portèrent Victor Hugo au Sénat. Son ami Georges Clemenceau, président du conseil municipal de Paris, chef de l'extrême gauche radicale, et Léon Gambetta, chef des républicains, l'avaient convaincu de se présenter. Il y avait consenti, estimant que ce serait dans une assemblée qu'il pourrait, le mieux, défendre le projet qui lui tenait à cœur : l'amnistie pour tous les communards condamnés. Cent quinze grands électeurs des départements et colonies, sur deux cent neuf, avaient voté pour le poète.

Cette assemblée, dont Gambetta soutenait qu'elle deviendrait avec le temps « le gardien intelligent de la paix intérieure » et non plus seulement « le geôlier morose et soupçonneux de la démocratie », conservait, malgré dix-sept partisans attardés d'une monarchie constitutionnelle, encore indécis, une faible majorité royaliste. Cent cinquante et un orléanistes, légitimistes, extrême droite et bonapartistes, dominaient cent quarante-neuf républicains et élus de gauche, de toutes obédiences.

Quant aux élections législatives à deux tours, des 20 février et 5 mars, elles virent le triomphe de la république. Les électeurs offrirent trois cent cinquante sièges, sur les cinq cent trente-trois de la Chambre des députés, aux candidats républicains. Capables de dominer aisément cent cinquante-cinq élus monarchistes et une cinquantaine d'opportunistes aux opinions fluctuantes, les amis de Gambetta, largement élus, comme Clemenceau, allaient pouvoir apporter au pays les réformes espérées.

Parmi les nouveaux députés se trouvait, porté par les électeurs de sa circonscription, « l'élève » trouvillais de Maximilien Leroy.

— Félicitations ! Quel succès pour le pédagogue que vous êtes ! lança Tristan en retrouvant son ami, deux jours après les élections.

— J'ai empoché la prime, promise en cas de victoire, et sa femme m'a embrassé en disant qu'elle était prête à tout pour me prouver sa reconnaissance. Elle a de beaux restes mais, même bien accommodés, ce sont des restes. Et puis, j'ai pour principe de ne jamais mélanger la galipette et les affaires.

— Deviendriez-vous sage ? ironisa Tristan.

— En attendant que me vienne la sagesse, nous avons de quoi célébrer, comme il se doit, cette victoire de la république, dit Leroy.

— Ayons aussi une pensée pour nos pères. Engagés dans des camps ennemis, ils eussent néanmoins, l'un et l'autre, accepté le verdict du suffrage universel, dit Tristan.

— Bien exploité, le suffrage universel a du bon, mon cher Tristou. Ce soir, nous dînons chez Voisin, avec deux mignonnes choristes de l'Opéra. Et, cette fois, pas question de vous dérober après le dessert, hein ! lança Max, déjà émoustillé.

Dionys ne releva pas la menace mais, décidé à ne pas décevoir l'ami, accepta l'invitation. Même s'il devait faire un effort, il saurait se comporter, jusqu'à l'alcôve, en galant homme.

Le même soir, en franchissant la porte-tambour du restaurant le plus élégant de Paris, Tristan vit à Maximilien une mine sombre, tout à fait inhabituelle.

— J'ai dû décommander nos poulettes. Nous allons voir arriver, à l'heure du café, vers onze heures, mon député tout neuf. Il veut, avant d'entrer en séance demain, dans la nouvelle salle de l'Assemblée, au palais de Versailles, des conseils de maintien dans l'arène politique. Quelle poisse ! Nous dînerons donc seuls, si vous le voulez bien, avant qu'il n'arrive. Les demoiselles, ce sera pour une autre fois.

— Je comprends. Je disparaîtrai dès que votre client sera en vue, dit Dionys.

— Merci de votre compréhension. Je ne peux pas instruire ce rustre en présence d'un tiers. Mon sacerdoce repose sur la discrétion. Mais, croyez-moi, ça va lui coûter cher, cette soirée gâchée. Je lui laisserai l'addition de notre dîner, grommela Max en faisant signe au maître d'hôtel d'approcher.

Ils choisirent une terrine maison à la gelée de porto, des timbales de langouste briochées, un gratiné de tomates et un soufflé glacé aux marrons. Max obtint du sommelier un flacon de romanée-conti 1858 et, pour clore, après le dessert, un porto 1827, que des connaisseurs, venus des clubs huppés de Londres, comparaient à une « crème d'ambre parfumée de soleil ».

— Je suis curieux de savoir quels conseils vous allez donner à votre élu, demanda Tristan, quand fut servie la terrine.

— Je vais d'abord lui dire : « Vous avez décroché la timbale ; tâchez d'en faire bon usage, surtout si vous ne voulez pas qu'elle vous échappe aux élections suivantes. » Ensuite, je l'inviterai à choisir, judicieusement, sa place dans l'hémicycle.

— Le député se situe en général dans le secteur du parti pour lequel il milite ou près de ceux dont il partage l'opinion, observa Dionys.

— Mon homme n'a pas d'opinion arrêtée, qui le classerait, d'emblée, dans un camp. Je l'ai formé à l'opportunisme du monarchiste pouvant aisément passer pour républicain modéré. Je lui suggérerai donc de se placer de manière à pouvoir pencher vers la droite ou vers la gauche, afin de se ménager d'éventuelles oscillations. Pour cela, un siège en lisière de travée facilite les évolutions et permet de s'absenter, sans déranger personne, pour aller fumer un cigare pendant un débat où l'on court le risque d'être, malgré soi, mêlé.

— Voilà qui fait bon marché de la confiance que les électeurs accordent à ceux qu'ils élisent, pour défendre leurs convictions et leurs droits, dit Dionys.

— Mon cher, l'électeur a un rôle avant et pendant l'élection. Une fois celle-ci acquise, il n'est plus d'aucune utilité, jusqu'à la prochaine consultation. Importante, en revanche, est l'attitude et la tenue du député dans l'hémicycle, car les rédacteurs des journaux et le public l'observent.

— Comment l'habillez-vous ? s'enquit le pianiste avec malice.

— Il ne peut porter que du nòir ou du gris souris. Costume de bonne coupe, cela s'entend, chemise blanche et cravate gris perle ou neutre. Je tolère une petite fantaisie dans le gilet, impression cachemire – c'est à la mode – mais dans les tons brique et fuschia.

Et, surtout, pas de grosse chaîne de montre qui festonne sur les bedaines bourgeoises. Une châtelaine de soie suffit, agrémentée d'une monnaie d'or, ancienne si possible.

— Je vois votre homme prêt à entrer en scène, dans le rôle de représentant du peuple souverain, s'exclama Tristan.

— Il doit, déjà, s'asseoir de manière à être vu de la tribune des dames, où se tiennent plus de maîtresses que d'épouses. Ce sont elles qui, hors séance, font des remarques et rapportent les ragots répandus en coulisse sur les adversaires des maris ou des amants. Comme mon député est chauve, je vais, encore, lui conseiller de porter une petite calotte de velours noir. Des ministres en ont lancé la mode. Cela évite que les lumières transforment, en boules d'ivoire, les crânes dégarnis.

— Vous pensez à tout, dit Tristan, admiratif.

— Il faut que le député ait, sur son pupitre, des brochures politiques sérieuses, du papier à lettres, à en-tête de la Chambre, et l'indispensable coupe-papier. Il agitera celui-ci comme une dague, au cours d'un débat houleux, pour impressionner l'adversaire. Il s'en servira, aussi, pour tambouriner sur son sous-main, à l'unisson d'autres membres, pour troubler l'intervention d'un raseur.

— Quelle stratégie ! Rien n'est donc laissé à la spontanéité, s'étonna Dionys.

— Deux choses sont à éviter : la sieste, voire la simple somnolence d'après repas. Il ne faut ni bâiller ni s'esclaffer sur un trait d'esprit, bien que l'occasion d'en goûter soit rare, dans ce milieu. Le député doit avoir l'air de penser, d'être tout entier absorbé par le poids des responsabilités qui incombent au législateur. En manifestant ses approbations, par de simples hochements de tête, en ayant des gestes sobres, preuve d'un sang-froid à toute épreuve, en intervenant peu, mais de façon brève, précise et sèche, en ne truffant ses rares discours que d'idées générales, pour ne pas fournir à l'opposition l'occasion de le contredire, en préférant la causticité ou l'ironie à l'insulte, le député se fera une réputation de sage, voire de philosophe, s'il réussit à glisser quelques citations, grecques ou latines, dans son discours.

— Mais, de cela, vous vous chargez, bien sûr ! lança Tristan en riant.

— Certes, mais le risque demeure d'une improvisation, sous l'effet d'une attaque imprévue. À l'Assemblée, la colère, même feinte, est d'un maniement délicat, précisa Max.

— Cependant, on a vu des élus, comme Clemenceau ou Gambetta, se mettre fortement en colère et remporter de francs succès oratoires, même auprès de leurs adversaires politiques, commenta Tristan.

— S'il est bon d'avoir, quelquefois, un bref accès de colère, pour donner à croire aux chroniqueurs et au public des tribunes qu'on est prêt à mourir pour la cause du jour, qu'on est censé défendre, ce mouvement d'humeur doit être réfléchi, préparé et contrôlé, précisa Maximilien.

— D'après vous, tout, en somme, dans les assemblées parlementaires, relèverait de la comédie démocratique, s'insurgea Tristan.

— Apparente comédie, dont les acteurs sont conscients, en ayant l'air d'être dupes. Les députés communs, tel mon client, dont on ignore le nom hors de leur circonscription, ne sont que petits pions sur l'échiquier politique. Ils constituent l'apport des voix, dans les scrutins. À la Chambre comme au Sénat, ce sont les chefs de parti, les hommes de valeur et de prestance, les arrivistes compétents, qui s'imposent par leur capacité de persuasion, leurs actes et leur talent oratoire. Ceux-là font leurs discours eux-mêmes. Ce sont eux qui inspirent les lois, influencent et soulèvent l'opinion. Les autres sont piétaille, masse de manœuvre, au mieux faire-valoir. La plupart des tribuns combatifs dont le *Journal des débats* publie, chaque jour, les faits et gestes et les déclarations, en viennent, leur notoriété bien établie, à n'avoir plus à satisfaire d'autre ambition que celle de bien servir le pays et leurs concitoyens. Pour ces caractères d'exception, la plus haute satisfaction est alors d'être reconnus hommes d'État du moment, personnages historiques par la postérité. Nous en verrons émerger, des assemblées actuelles, qui nous étonneront, j'en suis certain, acheva Maximilien Leroy, soudain grave.

Il achevait, devant son ami, de répéter la leçon qu'il se préparait à donner, quand un homme, tout en rondeurs, au teint couperosé, dont le système pileux se résumait à une forte moustache et à des favoris teints, entra chez Voisin. Tandis que le maître d'hôtel accueillait cet inconnu, le cartel surdoré du restaurant sonna onze heures.

— Un bon point. Il est exact, souffla Max à Tristan.

Le pianiste s'esquiva pour déguster à l'aise, seul au bar, son verre de vieux porto, avant de regagner son domicile.

Chemin faisant, Dionys estima dérisoires et futiles ces manœuvres, ces connivences hypocrites, ces postures vaniteuses, dont la république souffrait depuis sa naissance. Elles menaçaient de devenir une tare de la démocratie. On risquait d'oublier, dans les joutes qui s'annonçaient, la perte de l'Alsace et d'une partie de

la Lorraine, comme les malheurs qui affligeaient parfois
le monde ouvrier. Trop occupés par la compétition
électorale, les candidats législateurs avaient-ils eu une
pensée pour les familles des deux cent seize mineurs
qui, le 8 février, avaient trouvé une mort horrible, au
puits Jabin, de la Compagnie anonyme des houillères
de Saint-Étienne ? Lors des funérailles de ces martyrs
du travail, célébrées huit jours plus tard, sous la neige,
aucun ministre, et pas un de ceux qui sollicitaient les
suffrages du peuple, n'était présent. Seul, le général
marquis Marie-Charles d'Abzac, aide de camp du
président de la République, représentait la France
endeuillée. Il avait été vu, au côté du préfet de la Loire,
des ingénieurs, des élèves de l'École des mines et des
rescapés, qui, tous, ressentirent comme une offense
l'indifférence des hommes politiques.

Devant son piano, Tristan composa, ce soir-là, une
courte sonate, dédiée aux enfants morts dans le coup
de grisou, qui avait tué aussi leur père. Il se promit
de la jouer devant ses élèves de l'Institut Sévigné. Il
expliquerait à ces filles de la haute bourgeoisie que,
tandis qu'elles apprenaient les arts d'agrément, des
enfants, telles de jeunes taupes, tiraient des galeries
souterraines le charbon destiné à leur foyer. Depuis le
19 mai 1874, l'âge des enfants admis aux travaux de
la mine avait été relevé de dix à douze ans ! Misérable
concession, de quoi donner meilleure conscience aux
actionnaires des houillères !

Quelques jours plus tard, alors que Tristan Dionys
venait de recevoir une lettre de M. de Galvain, le
conviant à lui rendre visite dans son hôtel du parc
Monceau, afin d'établir un programme de leçons pour
Geneviève, les Parisiens apprirent, par les journaux, la

mort, le 5 mars 1876, de la comtesse Marie d'Agoult. Elle avait succombé, en cinq jours, à une fluxion de poitrine, à l'âge de soixante et onze ans.

Si la nouvelle fut reçue avec indifférence par une majorité de Parisiens, elle trouva de multiples échos dans les salons fréquentés par les artistes, les écrivains, les politiciens, les dilettantes mondains. Les journaux auxquels la comtesse avait collaboré, sous le pseudonyme de Daniel Stern, lui consacrèrent des nécrologies élogieuses, qui agacèrent Tristan Dionys.

Marie d'Agoult, née Marie de Flavigny, avait été, pendant quinze ans, la maîtresse de Franz Liszt. Pour le suivre, en 1835, elle avait abandonné parents, mari et trois enfants.

Entre Suisse et Italie, l'existence bohème du couple illégitime avait longtemps fait scandale, d'autant plus que, de cette liaison, étaient nés deux filles et un garçon. Ce dernier-né, Daniel, avait été emporté par la phtisie en 1859 ; Blandine, la fille aînée, épouse de l'homme politique Émile Ollivier, était morte en 1862. Seule survivante, Cosima, divorcée en 1869 du chef d'orchestre Hans von Bülow, était devenue, au cours de l'été 1870, la seconde épouse de Richard Wagner. Distante de sa mère, elle partageait, avec son nouveau mari, une détestation sans nuances de la France et des Français, depuis l'échec cuisant de *Tannhäuser*, à l'Opéra de Paris, en mars 1861.

Liszt et Marie d'Agoult avaient rompu, en 1845, après des années de querelles voilées, le plus souvent épistolaires, tandis que le pianiste, virtuose adulé, parcourait glorieusement l'Europe sans se priver d'aventures galantes.

Tristan, aux yeux de qui Liszt eût dû être un génie sans défaut, ne pardonnait pas à Marie d'Agoult son roman *Nélida*, signé Daniel Stern, publié en 1847. Dionys ne l'avait lu qu'en 1874 mais, l'ouvrage refermé, il avait voué à la maîtresse abandonnée et rancunière une véritable aversion. Dans ce livre, il avait vu, comme d'autres, un catalogue fielleux de rancunes et de rancœurs. Marie, sous couvert d'un personnage de fiction, un peintre manquant de conscience et n'ayant que les apparences du génie, faisait une caricature acerbe de Franz Liszt. Uniquement occupé de sa notoriété, prêt à tout pour satisfaire « ses âpres désirs », cet épouvantable égoïste faisait cruellement souffrir l'héroïne, Nélida, belle, noble, amoureuse fidèle, dotée d'un sens élevé de l'idéal, en qui les initiés avaient sans peine reconnu la comtesse délaissée.

Mme d'Agoult se donnait le beau rôle, dans un lamento où Franz Liszt avait refusé de se reconnaître. On sut, par une indiscrétion rapportée à Dionys, qu'il avait même complimenté Daniel Stern pour son triple succès : « succès de curiosité, succès de scandale, succès de librairie ».

Commentant avec Maximilien la disparition de Mme d'Agoult, Tristan fit part à son ami de sa crainte de voir, après l'inhumation de la comtesse au cimetière parisien du Père-Lachaise, les ennemis de Liszt, ceux de la musique de l'avenir, accabler le compositeur en reprenant à leur compte le réquisitoire de Nélida.

— Cette femme, produit du faubourg Saint-Germain, n'a rien compris aux exigences profondes de la vie d'un artiste. Mme d'Agoult n'a jamais conçu pour Liszt qu'un retour, une fois leur liaison tolérée, à une existence ordonnée suivant les règles mesquines d'une aristocratie tombée dans l'hypocrite banalité bourgeoise, fulmina Dionys.

— Mon cher, on voit bien que vous ne connaissez pas les femmes. Vous n'imaginez pas ce dont est capable la meilleure, si elle a vécu un amour incandescent, avant d'être répudiée en douceur, au fil des jours, quand les sentiments se délitent, couche après couche, jusqu'à ce que l'édifice de la passion s'écroule dans les cris et les larmes. Quand la torturée en prend conscience, aveuglée par le chagrin, elle use de la plus grande perfidie, pour exercer une vengeance qui ne lui apportera ni consolation ni paix. Vous me dites que votre M. Liszt a proclamé qu'il ne se reconnaîtrait, jamais, dans les articles et les livres où il serait anonymement question de sa personne. C'est une façon intelligente et digne de refuser aux polygraphes le plaisir d'une considération. Le mépris s'exprime, d'abord, par le silence, développa Maximilien Leroy.

Les Galvain occupaient, depuis trois générations, derrière les grilles tarabiscotées et dorées du parc Monceau, un hôtel particulier dont l'architecture composite mêlait souvenirs de l'ordre classique et de la Renaissance italienne. L'entrée franchie, Tristan Dionys fut introduit dans une vaste antichambre, donnant accès à plusieurs pièces, dont un grand salon de réception. Il vit aussitôt, descendant un bel escalier de pierre, avec rampe de fer forgé et feuillage de métal doré, M. de Galvain venant à la rencontre du visiteur.

— C'est très aimable à vous d'accepter de consacrer quelques heures par semaine à ma fille Geneviève. Ses seules distractions sont la musique et la lecture. Son état de santé ne lui permet pas, pour le moment du moins, de connaître une vie mondaine plus intense ni le plaisir de la danse. C'est la danse, monsieur, qui a tué sa mère. Un refroidissement, au sortir d'un bal, par

une aube d'hiver glaciale. Ne fatiguez pas trop Geneviève avec des exercices répétitifs, dit le comte, courtois
mais distant.

— Mademoiselle Geneviève, j'ai pu le constater à
Trouville, n'en est plus aux exercices pour débutante.
C'est déjà une pianiste confirmée. Je n'aurais à lui proposer que des conseils et des exemples d'interprétation,
dit Dionys.

— Elle vous attend dans son salon de musique, au
premier étage, ajouta le comte en faisant signe au majordome, resté au garde-à-vous à six pas, de conduire le
pianiste.

— Je vous verrai plus tard, pour les formalités.
Après votre entretien avec ma fille, rejoignez-moi, s'il
vous plaît, à la bibliothèque, ajouta le comte en désignant une porte à double battant.

Mlle de Galvain attendait Tristan au seuil de son
salon. Elle lui tendit une main frêle et tiède, aux veines
apparentes. La jeune fille parut au pianiste encore
plus fragile que l'été précédent. Il pensa à ces soli-
flores, en verre filé de Venise, que le moindre choc
peut briser. Le regard bleu sombre brillait d'un éclat
fiévreux et les pommettes saillantes rosissaient des
joues creuses.

Elle conduisit aussitôt Dionys devant un demi-queue
de Pleyel.

— Mon père m'a offert cet instrument, dit-elle,
levant le couvercle du clavier.

— C'est un très beau piano, s'extasia Dionys, glis-
sant une main sur le palissandre vernissé.

— Pourriez-vous ouvrir, s'il vous plaît ? J'ai toujours
besoin d'air, dit-elle, montrant la porte-fenêtre qui
donnait sur un balcon.

Tristan s'exécuta et, jetant un regard sur le parc, d'où montaient des senteurs printanières, dit combien il devait être agréable d'avoir, à ses pieds, massifs de fleurs, haute futaie, monuments insolites, pont, pyramide, grotte.

— On dit que là se trouvait, autrefois, un village où Jeanne d'Arc aurait bivouaqué avec ses soldats. Et, vous voyez, cette colonnade corinthienne, qui entoure en partie ce grand bassin ovale, qu'on appelle naumachie, elle provient d'une rotonde, que Catherine de Médicis avait fait bâtir près de la basilique Saint-Denis, afin qu'y soient placés le tombeau d'Henri II et le sien. Il est toujours sage de prévoir sa sépulture, n'est-ce pas, ajouta Geneviève, avec un sourire désabusé.

Après une conversation qui permit au professeur de se faire une idée du niveau de son élève, on convint de deux leçons de deux heures par semaine. Le lundi et le jeudi, jours où Dionys ne donnait pas de cours à l'Institut Sévigné.

Il fit ensuite répéter à Geneviève le *Nocturne n° 2 en mi bémol majeur* de Chopin, qu'elle appela « notre air de Trouville ». Elle le rendit avec application, se souvenant des conseils donnés par le maître qu'elle s'était choisi. L'effort se termina par une quinte de toux sèche, que Tristan feignit de ne pas entendre. Il sortit de son portefeuille une partition, qu'il posa sur le pupitre.

— Voici un morceau que j'aimerais vous faire étudier. Il est moins facile d'exécution qu'il ne paraît. Franz Liszt l'a intitulé *Les Cloches de Genève*. Il fait partie des *Années de pèlerinage*, sa série de pièces romantiques commencée en 1835, alors qu'il était en pleine euphorie de sa liaison avec la comtesse Marie d'Agoult, dit-il en se mettant avec jubilation au clavier.

Elle écouta, ravie, observant le pianiste aux cheveux blonds, sensible au magnétisme qui émanait de l'étrange centaure : homme-piano.

Tout à la jouissance des sons qu'il tirait d'un instrument exceptionnel, Tristan parut oublier la présence de la jeune fille. Celle-ci aurait pu voir, dans cette évasion, indifférence ou discourtoisie. Elle l'apprécia, au contraire, comme une marque de déférence de la part de Tristan. Émue, elle aurait voulu lui offrir son piano.

Prenant place à son tour au clavier, elle déchiffra posément, mais avec plus d'aisance que Dionys ne s'y attendait. Il l'aida, de quelques remarques sur le jeu de pédales et, l'heure étant venue, se prépara à prendre congé de sa nouvelle élève.

— Avec vous, le temps passe trop vite. Laissez-moi cette partition. Cette musique est belle. Je vais la travailler et vous me corrigerez, lors de ma prochaine leçon, dit-elle.

Le professeur s'inclina et quitta le salon, pour rejoindre M. de Galvain au rez-de-chaussée, comme convenu.

Dans une vaste bibliothèque, où des centaines de volumes, couverts de cuir patiné, se serraient sur des rayonnages de chêne blond, à baguettes d'ébène, le maître de maison, quittant sa table de travail, désigna un fauteuil au visiteur et prit place en face de lui.

— J'attends de vous, monsieur, plus que l'on ne demande d'ordinaire à un professeur de musique. Nos médecins ne me cachent pas la vérité, si cruelle qu'elle soit. Geneviève est très malade et, seuls, des soins constants devraient permettre d'améliorer son état, de prolonger son existence. Le maintien d'un bon moral fait partie du traitement et vous avez su, à Trouville,

lui rendre confiance en elle, dans un moment de grand
désarroi.

Comme Dionys, interloqué, demeurait silencieux,
M. de Galvain, se pencha vers lui.

» Voyez-vous, la plupart de ses amies se sont éloignées d'elle, depuis qu'un médecin militaire du Val-
de-Grâce, Jean Antoine Villemin[1], que nous avons eu
tort de consulter, a publié que la faiblesse des bronches
dont Geneviève est atteinte, était une maladie contagieuse et même héréditaire. Je veux bien croire, avec
notre médecin de famille, que cette faiblesse soit héréditaire, puisque sa défunte mère en souffrait, mais elle
n'est certes pas contagieuse. Ni moi, ni sa gouvernante,
ni aucun des domestiques de cette maison n'avons
contracté son mal.

— Rassurez-vous, monsieur, je ne le crains pas non
plus, s'empressa de déclarer Dionys.

— Vous êtes un homme sensé. Quand Geneviève a
su que ce même Villemin déconseillait formellement
aux jeunes filles atteintes de cette affection de se marier
et d'avoir des enfants, notre malade a pleuré pendant
une semaine, s'est abandonnée au désespoir, allant
jusqu'au refus de s'alimenter. J'ai même craint qu'elle
ne mît fin à ses jours. Sur ce, nous sommes partis pour
Trouville, car notre médecin recommande l'air iodé de
la mer. C'est alors que vous êtes apparu. Je pense que
la musique, telle que vous la jouez, lui a fait, pendant
quelques jours, oublier son état. À Nice, cet hiver, je

---

1. 1827-1892. Professeur d'hygiène militaire au Val-de-Grâce.
Dix-sept ans avant la découverte du bacille de la tuberculose par
l'Allemand Robert Koch, il avait démontré, par inoculation d'une
série d'animaux, que la tuberculose est provoquée par un agent
infectieux et soutenu qu'elle était héréditaire et contagieuse.

l'ai entretenue dans l'espoir que vous lui donneriez des leçons et vous intéresseriez à ses progrès. Je vous suis reconnaissant d'avoir accepté.

Tristan s'inclina, ému par ce père au regard las, qui refusait, comme pour conjurer le sort, de nommer la maladie de sa fille de son nom médical : phtisie chronique, forme de tuberculose. Cette affection avait emporté Mme Dionys et la mère de Geneviève. Cette frêle créature était-elle guérissable, comme voulait le croire M. de Galvain ?

Après avoir reçu les confidences de son hôte, Tristan l'entendit proposer dix francs par leçon, ce qui lui parut d'une libéralité excessive, ainsi qu'il le fit remarquer.

— Je vous l'ai dit, j'attends plus de vous, monsieur, que des leçons de musique. Distrayez Geneviève, apportez-lui, deux fois la semaine, les échos d'une vie artistique dont elle est, pour le moment, exclue. Je vous en saurai gré, conclut le comte de Galvain, quittant son siège pour mettre fin à l'entretien.

En quelques semaines, le professeur et son élève développèrent une familiarité confiante. Entre deux études, parlant de tout et de rien, ils se découvrirent des goûts et des dégoûts communs. Au courant, par son ami Max, des bruits de la ville, des ragots de salon, des intrigues mondaines, Tristan les rapportait, souvent en les édulcorant, à la jeune fille dont il sut bientôt qu'elle était née un jour de septembre de la même année 1856 que lui.

— Nous fêterons nos vingt ans ensemble, si votre père vous permet, ce jour-là, une sortie, proposa-t-il.

— Ce serait merveilleux. Pourvu qu'il fasse beau ! dit-elle, comme inquiète.

Depuis que son ami Tristan fréquentait l'hôtel Galvain et semblait entretenir, avec son élève, un commerce que Dionys lui interdit d'appeler flirt, Maximilien Leroy paraissait satisfait.

Un soir, dans son appartement, rue du Bac, alors que les deux amis savouraient un vieil armagnac, après avoir assisté, au Théâtre-Lyrique[1], à la création d'un opéra de Victor Massé, tiré du roman de Bernardin de Saint-Pierre, *Paul et Virginie*, Max revint sur une relation qui le laissait perplexe.

— Après tout, si vous trouvez auprès de cette demoiselle de quoi prodiguer avec profit vos sentiments altruistes, tout est pour le mieux. Je souhaite vous voir heureux, dit-il.

— Le bonheur est fait de bribes éparses, ce n'est pas un flux continu, mais une répartition aléatoire de moments heureux. À nous de les vivre avec abandon en sachant que ce sont des instants de grâce. Je dois reconnaître que je suis heureux d'apporter, deux fois par semaine, apaisement et réconfort à une grande malade. Certaines musiques, Max, sont ce que les médecins nomment des analgésiques pour l'esprit et, par répercussion, pour le corps, développa Tristan.

— Trop compliqué pour moi, Tristou. Je ressens le bonheur plutôt comme une disposition innée des sens. Mon bonheur vient du simple fait d'exister. Ni le mal de dents, ni la chute des actions de Panama, ni l'annexion de l'Alsace et de la Lorraine ne peuvent entamer mon bonheur, ma joie de vivre.

---

1. Le Théâtre-Lyrique impérial, inauguré place du Châtelet en 1862, avait été détruit par le feu en 1871 et reconstruit sur le même plan.

— Je vous envie. En somme, vous avez ce qu'on pourrait appeler la vocation du bonheur. Quelle force ! Donc, rien ne peut vous atteindre, rien ne peut vous attrister, observa Dionys.

— Seule, peut-être, me rendrait triste, la perte de votre amitié, dit Max après réflexion.

— Peut-être ! Peut-être ! s'étonna Dionys en riant.

5.

Depuis que les grands électeurs de la métropole et des colonies avaient porté Victor Hugo au Sénat, Maximilien Leroy et Tristan Dionys attendaient, comme beaucoup de citoyens, que le poète réclamât, comme il s'y était engagé, l'amnistie pour les anciens communards.

Ils eurent satisfaction quand le nouvel élu déposa, le 21 mars, un projet de loi qu'il défendit, le 22 mai 1876, devant le Sénat. Le poète tint un long discours, que les journaux républicains reproduisirent en partie, tandis que les organes conservateurs s'insurgeaient contre cet appel à la clémence.

S'adressant à une assemblée plus respectueuse que cordiale, le poète, après un préambule qui évoquait les déchirements et les luttes des années terribles, présenta sa demande.

« J'y insiste, quand on sort d'un long orage, quand tout le monde a, plus ou moins, voulu le bien et fait le mal, quand un certain éclaircissement commence à pénétrer dans les profonds problèmes à résoudre, quand l'heure est venue de se remettre au travail, ce qu'on demande de toutes parts, ce qu'on implore, ce qu'on veut, c'est l'apaisement ; et, messieurs, il n'y a qu'un apaisement, c'est l'oubli.

» Messieurs, dans la langue politique, l'oubli s'appelle amnistie.

» Je demande l'amnistie.

» Je la demande pleine et entière. Sans conditions. Sans restrictions. Il n'y a d'amnistie que l'amnistie.

» L'oubli seul pardonne.

» L'amnistie ne se dose pas. Demander "quelle quantité d'amnistie faut-il ?" c'est comme si l'on demandait "quelle quantité de guérison faut-il ?" Nous répondons : il la faut toute.

» Il faut fermer toute la plaie.

» Il faut éteindre toute la haine. »

Après un long développement sur l'ordre civil et moral, Victor Hugo présenta un argument social.

« Après la justice, la pitié, considérez la raison d'État. Songez qu'à cette heure, les déportés et les expatriés se comptent par milliers et qu'il y a de plus les innombrables fuites des innocents effrayés, énorme chiffre inconnu. Cette vaste absence affaiblit le travail national, rendez les travailleurs aux ateliers. »

Et il ajouta :

» Pour toutes les raisons, pour les raisons sociales, pour les raisons morales, pour les raisons politiques, votez l'amnistie. Votez-la virilement. Élevez-vous au-dessus des alarmes factices. »

Si la minorité d'extrême gauche, à laquelle le poète appartenait, applaudit, la grande majorité des sénateurs resta de glace. Quand on passa au vote, par assis et levés, sans qu'aucun amendement ne fût déposé, le résultat fut décevant. Seuls neuf sénateurs approuvèrent le projet de loi, tous les autres s'y opposèrent[1]. La proposition d'amnistie fut rejetée.

---

1. Votèrent pour : Victor Hugo, Peyrat, Schœlcher, Laurent-Pichat, Scheurer-Kestner, Corbon, Ferrouillat, Brillier, Pomel (sénateur d'Oran) et Lelièvre (sénateur d'Alger).

Le soir même, Tristan rejoignit Max, au Café de la Paix, place de l'Opéra. Le juriste venait d'assister à la séance qu'il qualifia d'historique.

— Le vieux lion a été superbe, mais n'a pu faire triompher la sagesse politique. Nos sénateurs sont des couards. L'amnistie eût honoré la République et scellé la réconciliation nationale, dit Leroy.

— Il y a encore des gens qui ont peur des anciens communards. Ils voudraient les voir tous mourir en exil, commenta Tristan.

Un homme qui dînait à une table voisine, en compagnie d'une jeune femme, émit un ricanement provocant.

— C'est tout ce que méritent ces assassins, lança-t-il à voix haute.

— Je ne me souviens pas que mon ami vous ait adressé la parole ! observa Max sur le même ton.

— Mais je parle et répète que ces assassins restent à jamais indésirables, insista l'inconnu.

— Tous les communards n'ont pas été des assassins. Les supposés tels et les pillards ont été fusillés, il y a cinq ans, monsieur, intervint Tristan.

— On doit reconnaître qu'ils ont accouché la république au forceps en provoquant, certes de grandes hémorragies et de stupides destructions. Mais comme l'a dit Victor Hugo, il arrive qu'en voulant faire le bien on fasse le mal, ajouta Leroy.

— Sans cette guerre civile désastreuse, la république n'aurait peut-être pas vu le jour, ajouta Tristan.

Le dîneur inconnu, visiblement excédé, se tourna résolument vers les deux amis.

— De cette gueuse, la France se serait bien passée. La racaille communarde matée et punie, on espérait mieux de Thiers et de Mac-Mahon. À ménager la chèvre et le chou, la chèvre mange le chou. Nous étions heureux, sous Napoléon III. Nous aurions dû le sauver de l'exil et vos pères auraient dû vous mieux instruire, mes gaillards, dit l'homme, véhément, alors que sa compagne lui saisissait le bras pour l'inciter à la retenue.

Maximilien Leroy posa son couvert et fit face à l'intrus.

— Nos pères nous ont instruits, par leur mort, de l'ineptie de la guerre civile. Le mien a été tué par les versaillais, celui de mon ami par les communards. Et, des deux, nous sommes fiers, dit Maximilien, sèchement.

— Et vous êtes amis ! Ah bah ! Orphelins de communard et de versaillais ! Mais vous trahissez, l'un comme l'autre, la mémoire de votre père. Si vous êtes fiers d'eux, et il n'y a pas de quoi, ils ne doivent pas être fiers de vous. Vous êtes de la race républicaine opportuniste, dont on fait les valets et les...

Maximilien ne lui laissa pas terminer sa phrase. Il étendit le bras, s'empara du verre du coléreux et lui jeta le contenu en pleine face. Le visage dégoulinant de vin, plastron inondé, l'homme rabroua la femme qui voulait lui essuyer les joues avec sa serviette et se dressa, furibond.

— Vous me rendrez raison ! s'écria-t-il, jaillissant de la banquette.

— J'aurai plaisir à vous rencontrer, sur le pré, pour vous faire payer, en souvenir de nos pères, le prix de votre stupide outrecuidance, répondit tranquillement Max, se levant à son tour.

— Voici ma carte, donnez-moi la vôtre, grogna l'autre.

Leroy s'exécuta et tendit un bristol que son interlocuteur saisit nerveusement, avant de quitter le restaurant, suivi de sa compagne.

— Mes témoins attendront les vôtres, demain soir, à six heures, chez moi, comme c'est la règle, lança Max en s'inclinant devant la dame.

L'altercation avait suscité l'intérêt des dîneurs et la goguenardise du personnel. La plupart des clients devaient penser comme l'opposant à l'amnistie, mais aucun ne se risqua à le faire savoir. Quant au maître d'hôtel, il fit ostensiblement, au moment du dessert, porter aux amis une bouteille de Veuve Clicquot.

— Une autre vous sera offerte par la direction, quand l'affaire sera terminée, annonça-t-il, avec un clin d'œil complice.

La carte de l'adversaire révéla qu'il s'agissait d'un marchand de biens, nommé Armand Beyton et résidant rue Chalgrin.

— Il n'aura pas grand chemin à faire. C'est près du bois de Boulogne où, sans doute, nous nous battrons, dit Max, aussi serein que s'il s'agissait d'un simple rendez-vous mondain.

Tristan, lui, ne cacha pas son inquiétude.

— Vous allez risquer votre vie face à un imbécile. Pourvu qu'il ne vous arrive rien de fâcheux. Sait-on jamais, avec pareil excité. Mon ami ! mon ami ! nous n'aurions pas dû répliquer à cet olibrius, dit-il, la gorge nouée.

— Tristou, ce petit bourgeois a besoin d'une leçon, je vais la lui donner. Nous devons nous montrer dignes de nos pères. Ne vous inquiétez pas. J'ai été le meilleur escrimeur de l'école de droit et je fais souvent des armes chez un prévôt, capitaine de hussards. Donc,

tout ira bien, ne vous inquiétez pas, répéta Max en
posant sur Tristan un regard affectueux de grand frère.

— Mais, en tant qu'insulté, il a le choix des armes.
S'il choisit le pistolet ?

— Là, je suis moins fort. Se battre au pistolet est
trivial, mais une seule balle peut être fatale, même si
l'on vise sans intention de tuer, reconnut Max, ce qui
augmenta l'inquiétude de Tristan.

— Bien que je ne connaisse du duel que ce qu'en
disait mon père et ce que rapportent parfois les journaux, car ce sport a l'air d'être à la mode, je suis l'un
de vos témoins, décréta Tristan.

— Pas question, mon ami. Ce ne sera pas mon premier duel. J'ai parmi mes relations des habitués et un
médecin à ma dévotion. Cessons de parler de cette
affaire et faisons un sort à ce vin de Champagne que
nous devons à la bêtise de M. Beyton et à la gracieuseté
du maître d'hôtel, conclut Max en suivant, d'un regard
gourmand, le pétillement des bulles dans la flûte de
cristal.

Le lendemain soir, Maximilien confia à Tristan que
les témoins de son adversaire avaient usé beaucoup de
salive pour tenter d'obtenir des siens ce qu'ils avaient
nommé « une pacification propre à éviter le combat ».

— Quand mes témoins ont sollicité mon avis, je me
suis montré intraitable. Nous nous battrons dans une
semaine. Beyton a demandé ce délai, arguant un voyage
d'affaires qu'il ne peut remettre. Faux prétexte, bien
sûr, qui lui permettra de prendre quelques leçons
d'escrime, car l'épée a été retenue. Cela me laisse le
temps de travailler un peu au plastron, chez mon
maître d'armes, expliqua Leroy.

La rencontre se fit huit jours plus tard, sous les frondaisons printanières des chênes, dans une clairière du bois de Boulogne, théâtre, depuis le second Empire, de nombreux duels.

Bien que Maximilien Leroy eût déconseillé à Tristan de venir assister, même discrètement, à la rencontre, le pianiste, mort d'inquiétude, se fit conduire au Bois en fiacre. Le cocher, ayant compris le but de la promenade, arrêta la voiture derrière un bosquet, à distance du lieu indiqué par son client.

— Je ne peux approcher davantage, monsieur. Cent mètres, au moins, du terrain de duel, c'est la règle. Une affaire d'honneur doit pas avoir de spectateurs. Faut pas distraire les gens qui vont se percer la bedaine. Y'en a qui sont forts, à ce jeu ! comme Clemenceau ou Rochefort. C'est'y un de vos amis qui va en découdre ?

— Oui, et je suis fort inquiet, bien qu'il pratique les armes, avoua Tristan.

— Je vous comprends. C'est pas parce qu'on est fin tireur qu'on peut pas se faire tuer par un qu'a jamais tenu une lame. C'est même les plus mauvais ! dit le cocher, peu rassurant.

Pendant ce dialogue, un autre fiacre était apparu, qui s'immobilisa à quelques mètres de celui de Dionys.

— Ben, voilà de la visite. Des dames, bien sûr. Y'en a toujours qui pleurent, après, fit remarquer le cocher, fataliste.

Tristan Dionys reconnut la compagne de Beyton, près d'une femme, comme elle, élégamment chapeautée. Ayant baissé la glace, elle se pencha hors de la portière, des jumelles de théâtre à la main.

— Eh ! Eh ! elles veulent pas manquer rien, commenta le cocher.

— Vous m'attendez ici, ordonna Tristan en descendant du fiacre avec l'intention d'approcher, à pied, en se dissimulant derrière les buissons.

— Vous pourriez pas, déjà, me payer la course, monsieur ? M'est arrivé de voir le client partir dans une autre voiture, avec le blessé, sans me donner mon dû.

Dionys régla la course, assortie d'un généreux pourboire.

— Je vous attends donc, monsieur. Et je souhaite que tout ira bien pour votre ami, ajouta-t-il.

Max avait expliqué à Tristan que les épées apportées par les témoins seraient aseptisées, à la flamme, par le médecin, et que les reprises ne pourraient durer pas moins de deux minutes et pas plus de cinq. En exigeant une totale discrétion, il avait révélé, en bon juriste, que depuis 1837 la loi punissait le duel.

« S'il y a mort, l'acte est considéré comme un assassinat et les juges, se référant à l'article 311 du code pénal, peuvent prononcer une peine de travaux forcés à perpétuité. Toute blessure est considérée comme volontaire, ce qui entraîne l'application de l'article 309. Si le blessé souffre d'une incapacité de travail de plus de vingt jours, la peine est de deux à cinq ans d'emprisonnement, assortie d'une amende qui peut aller jusqu'à deux mille francs. Et les témoins sont jugés comme complices. Il faut donc tenir secrets le lieu et l'heure de la rencontre, pour ne pas voir arriver les sbires de la police, qui ne peuvent instrumenter qu'en flagrant délit », avait-il précisé. Loin de calmer les appréhensions du pianiste, ces précisions avaient décuplé ses craintes.

Dissimulé derrière une haie, Tristan vit les adversaires mettre bas la veste, écouter les consignes du directeur de combat, qui affichait une gravité de circonstance, puis se mettre en place, tandis que les témoins signaient le procès-verbal d'avant rencontre.

Chemise blanche à col Danton, manches troussées jusqu'aux coudes, Max offrait l'allure du parfait bretteur, tel que le montraient les dessinateurs des magazines illustrés. Il avait refusé le gant à crispin et, maître de lui, la moustache cirée, le regard levé sur le feuillage qui tamisait le soleil, il semblait jouir du pépiement nuptial des oiseaux.

« Un vrai mousquetaire », pensa Dionys, aussi admiratif que transi, car Beyton, jouant les matamores, fouettait l'air de son épée avec ostentation.

Les deux adversaires, s'étant approchés du directeur de combat, entendirent le rappel des conditions de la rencontre. Puis vint le rituel : « Êtes-vous prêts ? » et, sur réponse affirmative des duellistes, le commandement : « Allez, messieurs ! », qui ouvrait la dangereuse joute.

Malgré la distance, Tristan, entendant les mots prononcés d'une voix forte, sentit son cœur battre plus vite quand Beyton, avant même d'avoir donné le fer, comme il sied entre bretteurs de bonne compagnie, fonça, impétueux, l'épée ligne basse, comme s'il voulait atteindre Max au ventre. Ce dernier rompit d'une demi-mesure en parant avec adresse, bras armé tendu, l'épée pointée sur la poitrine de Beyton, dont le coup porta dans le vide.

Leroy attendit de pied ferme un nouvel assaut, qu'il esquiva comme le précédent, avant de marcher sur son adversaire. Enchaînant dégagements et coupés, passant sa lame, tantôt dessus, tantôt dessous, il obligea Beyton à rompre et à reculer. Ce dernier, approchant ainsi de la limite arrière des quinze mètres impartis à chaque tireur, le directeur de combat lança un « Halte ! » autoritaire et rappela que le franchissement de la limite arrière valait disqualification. De sa canne, il releva les épées, fit remettre les duellistes en garde et répéta « Allez, messieurs ! », marquant ainsi le commencement de la reprise.

Toujours aussi fougueux et désordonné, Armand Beyton lança une série d'attaques, que Maximilien, le sourire aux lèvres – il avait maintenant jaugé son adversaire –, écarta par des parades composées. Le cliquetis des fers se heurtant impressionna Tristan et quand, liant coup d'arrêt et riposte, Max toucha Beyton à l'épaule gauche, déchirant la chemise bientôt tachée de sang, il retint une exclamation.

Beyton blêmit et se découvrit en baissant son arme, ce dont Max, magnanime, ne profita pas, laissant le directeur arrêter le combat. Le médecin, venu examiner la blessure, déclara qu'il s'agissait d'une simple égratignure permettant la poursuite des assauts, si l'intéressé le souhaitait. Les témoins de l'égratigné encouragèrent leur ami à poursuivre, le protocole de la rencontre ne prévoyant pas l'arrêt au premier sang. Dès le commencement de la reprise, Tristan fut rassuré. Max, l'épée fermement pointée, para sans rompre les attaques de plus en plus confuses de l'autre. Quand il jugea, ce que comprit Dionys, que le jeu avait assez duré, il porta vivement le pied droit en avant, pour donner plus de force à son coup, et planta son fer dans la poitrine de son adversaire. Armand Beyton laissa échapper sa lame et roula sur l'herbe en gémissant.

Médecins et témoins se précipitèrent.

— Le fer a perforé le sein droit et déchiré le mamelon sur, au moins, huit centimètres. Un tel coup porté au côté gauche eût touché le cœur. Il a eu de la chance, dit le médecin de Beyton, tirant de sa trousse un compresseur et de la charpie pour arrêter l'hémorragie.

Le médecin de Leroy confirma le diagnostic de son confrère et rassura Maximilien : aucun organe vital ne semblait lésé.

— Il faut conduire d'urgence M. Beyton à ma clinique, où je pourrai brider la plaie, exigea le premier praticien.

Maximilien Leroy, qui venait de remettre gilet et veste se pencha sur le vaincu.

— Après le vin, le sang : vous m'avez eu, maugréa Beyton, d'une voix éteinte.

— J'aurais pu vous tuer, mais cela nous eût privé d'assister, ensemble, un jour ou l'autre, au retour des communards amnistiés. Il faut mettre un terme à la haine entre citoyens et à la colère entre nous, dit Max, tout sourire.

— Vous avez su faire. Vous êtes un homme heureux, vous avez un ami, dit mollement Beyton en reconnaissant Tristan Dionys sorti de sa cachette.

On fit avancer le landau du marchand de biens : son jeune cocher tremblait comme une feuille.

— Que vais-je dire à Madame, quand elle ne verra pas rentrer Monsieur ? gémit-il.

— Vous lui direz que son mari a été renversé par un fiacre, dans le quartier de la Bourse. Qu'il est blessé, que sa vie n'est pas en danger, qu'il est bien soigné et rentrera dès que possible, voilà. Et quittez cette tête d'enterrement.

— C'est bien trouvé, convint le médecin.

— Merci, merci, murmura Armand Beyton, tandis qu'on le chargeait, défaillant, dans sa voiture.

Alors, seulement, la jeune femme qui avait assisté à la querelle, au Café de la Paix, et maintenant à son épilogue, approcha, suivie de son amie.

— Va-t-il mourir ? s'inquiéta la première.

Le médecin de Leroy la rassura.

— Blessure sérieuse, mais non mortelle, mademoiselle.

— Dans une semaine, il pourra vous emmener dîner, compléta Leroy, guilleret.

— Rien n'est moins sûr. Il n'a jamais dit à mon amie Ewelina qu'il est marié, intervint la seconde avec humeur.

— Tais-toi, Wanda, ça ne regarde pas ces messieurs, dit la jeune femme, le regard voilé par des larmes.

« Émotion ou dépit ? », se demanda Max.

— Votre ami est un homme discret, mademoiselle, murmura-t-il, faussement apitoyé.

— Un cachottier, oui ! Peut-être a-t-il aussi une kyrielle d'enfants, fulmina Wanda, plus outrée que l'intéressée.

— Pour l'Église de Rome, c'est la seule justification du mariage, observa Max, sentencieux, avec un clin d'œil à Tristan, venu près de lui.

Les deux amis s'étreignirent fraternellement.

— Vous voyez que l'affaire était sans danger. M. Beyton sait plaire aux dames, mais ne sait pas tenir une épée, observa Max, voulant être entendu des deux femmes.

— Je crois bien qu'il a cessé de plaire, lança Wanda.

— Tais-toi donc ! J'en déciderai quand il sera guéri, dit la maîtresse déçue en se tamponnant les yeux avec son gant.

— En attendant, pourquoi ne viendriez-vous pas prendre une collation avec nous ? Nous pourrions poursuivre la conversation sur les avantages comparés du mariage et du célibat, proposa Maximilien.

Il était maintenant tenaillé par la faim car il avait observé la règle : toujours se présenter le ventre libre pour un duel.

— Nous devons plutôt nous dépêcher d'aller à l'atelier. Nous travaillons chez Caroline Reboux, 23, rue de la Paix. La patronne n'aime pas qu'on soit en retard, dit Wanda en tirant Ewelina par la manche.

— Alors, ce soir, huit heures au Café de la Paix. Nous avons déjà une bouteille de champagne au frais, dit Max avec autorité.

— Vous ne manquez pas d'aplomb, monsieur ! Je suis encore toute retournée et vous me proposez un dîner, lança Ewelina, scandalisée.

— L'envers vaut l'endroit, souffla Max à Tristan.

— Elle se remettra, dit Wanda sans rien promettre, avant d'entraîner son amie vers leur fiacre.

Le procès-verbal de fin de rencontre ayant été signé, les témoins se séparèrent et Max convia les siens à partager, au Pavillon d'Armenonville, un solide *breakfast*.

Le repas expédié, les amis regagnèrent Paris. Le soleil matinal promettait une belle journée et Tristan se sentait l'esprit libre et le cœur léger. Max le déposa devant l'institution où devaient l'attendre ses élèves.

— À ce soir, au Café de la Paix, dit-il.

— Vous croyez que les demoiselles viendront ? demanda Tristan.

— Bien sûr. La petite Ewelina a perdu son amant. Qui l'empêche d'en chercher un autre ? Elle est toute fraîcheur. Avez-vous remarqué le charmant retroussis de son petit nez ? Très parisien, n'est-ce pas ? fit observer Max.

— Le nez est peut-être parisien mais, ni le prénom ni l'accent ne le sont. Nous avons affaire à des étrangères. Des Russes peut-être, par l'accent, dit Tristan.

— Polonaises, mon ami. Polonaises. J'en mettrais ma main au feu. Ewelina et Wanda sont des prénoms polonais. Depuis la rébellion contre les Russes, sauvagement réprimée par les troupes du tsar en 64, de nombreuses familles polonaises ont émigré en France. Nos mines emploient des milliers de braves Polonais. À ce soir, Tristou, acheva Leroy.

Il allait tirer la portière du fiacre quand Dionys, en dépit de l'impatience du cocher, réagit.

— Si je comprends bien, vous semblez avoir choisi Ewelina, la dulcinée de Beyton. Donc, dans le cas très improbable où ces vertueuses jeunes filles se présenteraient au restaurant, j'aurais à distraire Wanda, dit-il, tout à la joie d'avoir vu se terminer heureusement une semaine d'insomnie.

— Vous aurez la meilleure part. C'est, à mon avis, la plus ardente des deux. Un fouet à battre les œufs, mon cher. L'autre serait plutôt pendule à coucou, dit Leroy.

Mieux que Tristan Dionys, Maximilien connaissait les femmes. Quand, avec une demi-heure de retard, les deux amies entrèrent au Café de la Paix, joliment chapeautées de bibis fleuris comme des parterres anglais, moulées dans des fourreaux de soie à courte traîne, l'un vert céladon, l'autre turquoise, heureuses couleurs pour des blondes, Max, quittant la table, s'avança galamment à leur rencontre.

— Vous nous faites grand honneur en acceptant notre invitation, d'autant que j'ai de bonnes nouvelles d'Armand Beyton. Il sera sur pied dans trois jours. Je suis bien aise que mon coup d'épée n'ait pas été trop méchant.

— C'est bien ainsi, n'en parlons plus, dit Ewelina, dont la gorge pigeonnante bombait la soie d'une berthe en dentelle noire.

Sitôt les places distribuées, Max fit signe au maître d'hôtel de servir le champagne, offert à l'heureux duelliste.

— Je vois que ces messieurs ont gagné sur toute la ligne, fit le majordome, avec un sourire complice, en considérant les jeunes femmes.

— Et, par intérêt pour votre maison, j'ai épargné un client, compléta Max, en riant.

Au cours du dîner, les deux femmes prouvèrent que les émotions du petit matin n'avaient, en rien, compromis leur appétit. Elles confirmèrent leur origine polonaise, justement subodorée par Maximilien à travers accent et prénoms. Parlant le français depuis l'enfance, comme souvent dans les bonnes familles polonaises, elles se confièrent en usant d'un vocabulaire clair et précis.

Ewelina avait quatorze ans quand son père, commerçant aisé, libéré par les Russes en 1866, après deux ans passés en prison, pour sa participation à la révolte de 1863-1864, avait décidé d'émigrer en France, avec femme et enfants. L'exilé avait trouvé à s'employer dans les mines de potasse d'Alsace, avec d'autres Polonais, qui avaient fui leur pays, comme les parents de Wanda, de situation plus modeste. C'est à l'école que les jeunes filles, dont les pères travaillaient ensemble et s'appréciaient, s'étaient connues et fort attachées l'une à l'autre. Quand, après la guerre franco-allemande de 1870, l'Alsace avait été annexée par Bismarck, les patriotes polonais, qui n'aimaient pas plus les Prussiens

que les Russes, avaient décidé, bien que la russification
du pays fût en cours et toujours contestée, de rentrer
en Pologne avec leur famille.

Ewelina, alors âgée de vingt et un ans et Wanda, son
aînée d'un an, avaient refusé de suivre leurs parents.
Déterminées à sortir de leur condition, afin de connaître
une vie meilleure, elles avaient quitté l'Alsace pour
Paris, prêtes à monnayer les avantages qu'elles possé-
daient en commun : un goût artistique pour la confection des chapeaux de femme et une beauté de type
slave qui, depuis l'adolescence, leur valait l'intérêt des
hommes.

Après des péripéties qu'elles omirent de détailler,
ces inséparables, embauchées comme apprenties chez
une modiste parisienne sans grande réputation, avaient,
au mieux, profité de ses leçons, et postulé pour des
ateliers plus huppés. L'habileté de Wanda à manier le
fer à coques, pour donner forme à un feutre, et la maîtrise d'Ewelina pour décorer cloches, capelines, calottes
et canotiers, valaient aujourd'hui aux deux amies de
figurer parmi les meilleures ouvrières de Caroline Reboux,
la première modiste de la capitale. Cette réussite de
bonnes professionnelles ne pouvait suffire à satisfaire
leur ambition ni leur apporter ce qu'elles convoitaient
le plus : indépendance et aisance financière.

Quand fut servie la culotte de bœuf au madère,
Armand Beyton était oublié. Venant après le champagne, un château-margaux triompha des dernières
réserves que les circonstances auraient dû inspirer aux
jeunes femmes. Contrairement à la distribution des
rôles prévue par Maximilien, Ewelina, après avoir
demandé à Tristan qu'il l'appelât simplement Ewa, se
rapprocha du pianiste. Ils partagèrent un dessert trop
copieux, puis elle abandonna à son cavalier une main

laiteuse, qu'il trouva douce et préhensile à souhait. L'évocation de Frédéric Chopin, ardent patriote, et la révélation que Tristan, professeur de piano, jouait souvent les œuvres du compositeur, adulé des exilés polonais, valurent au jeune homme un baiser spontané.

Il y prit plaisir et le rendit avec délicatesse.

— Savez-vous que le cœur de notre Chopin est enfermé dans une urne, scellée dans un pilier de l'église de la Découverte-de-la-Sainte-Croix, à Varsovie ? demanda Ewa.

— Je l'ignorais, confessa Dionys.

— Peut-être ignorez-vous encore qu'en septembre 1863 les soldats du tsar, pour venger un attentat commis par les patriotes contre le gouverneur russe de Varsovie, forcèrent le palais Zamoyski, où habitait Mme Isabelle Barcinska, la sœur de Chopin. Ils brisèrent le piano de notre héros et jetèrent le mobilier par la fenêtre[1], raconta-t-elle.

— Des façons de barbares ! s'indigna Dionys.

Pendant cet échange, la fougueuse Wanda faisait l'objet des assauts de Maximilien, dont le genou sous la nappe frôlait le sien avec insistance. La jeune femme protesta en riant, sans paraître offensée ni fuir l'audacieux contact.

— Soyez sage, voyons, nous ne nous connaissons que depuis quelques heures. Que va penser Ewa ?

— Mon ami Tristan pensera pour elle. La vie est brève, chère Wanda, et rares les occasions de plaisir sans

---

1. Ils détruisirent aussi toute la correspondance échangée entre Frédéric Chopin et sa famille, de 1830 à 1849, année de sa mort, ainsi que le portrait du musicien, peint par Ary Scheffer, à Paris, vers 1830.

contraintes. Vous êtes toutes deux des femmes libres, j'imagine ?

— Libres, c'est sûr, et plus que jamais. M. Beyton avait promis à Ewa de nous acheter une boutique de mode. Elle sait dessiner et former de beaux chapeaux, feutre taupé, castor, velours ou paille d'Italie. Moi, je les orne de fleurs, de fruits, de rubans, parfois de plumes d'autruche. Nous voulions être nos propres patronnes, au lieu de travailler pour Mme Reboux. Je suis certaine que nous réussirions à nous faire une clientèle. Mais Beyton est un maraud. Ewa n'acceptera plus rien de ce menteur et nous voilà besogneuses comme devant, conclut Wanda avec un soupir.

Max lui prit la main et, jouant de son inimitable regard velouté, auquel tant de femmes avaient succombé, il prit un ton sérieux.

— En somme, il vous faudrait un commanditaire. Je puis peut-être trouver, dans mes relations boursières, un bourgeois fortuné, qui apprécierait en même temps vos talents et une relation rafraîchissante avec de gracieuses personnes, dit Max.

— Nous voulons vendre des chapeaux, pas nos personnes, dit Wanda. Nous avons fait, toutes deux, des expériences décevantes. La dernière en date est celle d'Ewa avec Beyton. Au lit, les hommes promettent tout, et puis on découvre, un beau matin, qu'ils sont mariés et pft, pft, pft, ils disparaissent. Nous nous sommes juré de séparer, désormais, la commandite du plaisir. Nous avions cru qu'en offrant l'un nous nous assurerions l'autre, développa la jeune femme, dont le ton et le regard bleu vif exprimaient autant de mélancolie que d'amertume.

— Il vous faut donc trouver un banquier, qui consente un prêt sur recommandation, pour vous installer. Ce genre d'emprunt se pratique tous les jours, dit Leroy.

— Nous y avons pensé, mais les banquiers demandent des garanties. Nous sommes étrangères et sans aucun bien au soleil, reconnut la jeune femme.

— Si vous me le permettez, je vais réfléchir à votre cas, proposa-t-il.

La fin du dîner incita Max à poursuivre l'offensive.

— Je vais faire appeler un fiacre pour vous accompagner jusque chez vous.

— Un fiacre est inutile, nous habitons à deux pas d'ici, passage des Panoramas. Nous irons à pied, si vous nous faites un brin de conduite, ce qui nous évitera d'être importunées par des noceurs, dit Ewelina.

Chemin faisant, dans la tiédeur de la nuit de mai, les couples, à quelques pas l'un de l'autre, se soudèrent tendrement. Dans le passage couvert des Panoramas, depuis peu éclairé au gaz, les jeunes femmes annoncèrent qu'elles étaient arrivées en désignant une porte étroite et deux petites fenêtres, au-dessus de la boutique d'un graveur, peintre d'armoiries.

— Voilà, ce fut une bonne soirée, messieurs. Beyton aura, au moins, servi à nous faire rencontrer, dit Wanda en dégageant doucement sa taille du bras de Max.

— Dommage de se quitter si vite, dit ce dernier.

— Les meilleures choses ont une fin, soupira Ewa, tendrement appuyée à l'épaule de Tristan, un peu confus.

— J'aurais aimé voir votre intérieur. Si je dénichais un commanditaire, je pourrais confirmer que vous êtes bourgeoisement installées, insista Maximilien.

— Notre intérieur est bien modeste : nous avons chacune notre chambre et, en commun, un petit salon et un minuscule cabinet de toilette. Pas de quoi offrir

une garantie, car nous ne sommes que locataires, dit
Wanda.

— C'est petit, mais bien arrangé. Wanda a posé les
papiers peints à fleurs, bleu chez elle, rose chez moi,
et tous nos meubles, achetés chez des brocanteurs, ont
été, par elle, décapés et peints de motifs colorés,
comme dans nos campagnes polonaises, précisa Ewa.

— Ce doit être coquet. Et le passage est une bonne
adresse, dit Tristan.

— Nous pourrions peut-être faire visiter, en une
minute, à ces messieurs, proposa Ewa à son amie.

— Tu sais où cela peut nous entraîner, prévint
Wanda, d'autant plus clairvoyante que Max lui soufflait
à l'oreille qu'une femme libre ne doit pas se dérober
au moment d'éteindre la flamme qu'elle a allumée.

— Nous n'aurons à vous offrir que de la camomille,
dit Ewelina en mettant la clef dans la serrure.

Ils eurent vite fait le tour d'un petit appartement
douillet, tapissé dans les tons pastel, gai, ordonné,
décoré avec goût. Quand on en vint aux chambres,
Max et Wanda, brûlants du même désir, manœuvrèrent
de telle sorte que Tristan se vit seul avec Ewelina, dans
la chambre rose, alors que l'autre couple s'enfermait
dans la chambre bleue.

Si Maximilien et l'aînée des Polonaises écourtèrent
prémices et mignoteries et s'étreignirent avec la franche
sensualité de ceux qui vont au plaisir sans embarras ni
pudeur, Tristan Dionys, plus pusillanime, se sentit
dadais face à Ewa, quand elle prit l'initiative de pousser
le verrou.

— Je ne vous plais pas ? s'inquiéta-t-elle devant son
compagnon qui, bras ballants, regardait, suspendu au-
dessus du lit, un crucifix paré d'une branche de buis.

— Vous me plaisez trop, au contraire. Même si cela doit vous surprendre, Ewa, vous m'inspirez autant de respect que de désir, marmonna-t-il en lui prenant la main.

Elle eut un regard étonné, à la fois ému et moqueur.

— Aucun homme ne parle comme vous, Tristan. Oublions tout ce qui n'est pas l'instant. Amusons-nous un peu, voulez-vous, dit-elle en dégrafant sa robe.

Au matin, Ewa et Tristan apparurent les derniers au petit déjeuner. Wanda avait déjà dressé le couvert, préparé le café et Maximilien revenait de chez le boulanger-pâtissier du passage, avec une pile de brioches tièdes. L'ambiance était à l'enjouement matinal. Les sens apaisés par les plaisirs partagés de la nuit, le quatuor jouait, sans le savoir, une des *Scènes de la vie de bohème* brossées par Henri Murger[1]. Max, volubile, racontait des anecdotes cocasses, et l'on riait en se passant les confitures. Au gré des mouvements des femmes, leurs déshabillés, qui jamais n'avaient aussi bien porté ce nom, béaient, impudiques, sur des nudités qui, pour Max et Tristan, n'étaient plus à découvrir. Faisant effort pour se mêler au badinage, Dionys éprouvait une sorte de gêne et s'interrogeait sur les suites de l'aventure. Aurait-elle un lendemain ou ne serait-ce qu'un intermède, sans engagement ni conséquence ? La veille, en montant l'escalier, Max, toujours circonspect, lui avait glissé : « Ne donnez ni nom ni adresse. »

---

1. 1822-1861. Son ouvrage, composé en grande partie d'articles parus en 1847, dans le journal *Le Corsaire*, eut un énorme succès et inspira, en 1896, à Giacomo Puccini, sous le titre *La Bohème*, un opéra en quatre actes, toujours joué de nos jours.

Quand vint le moment de la séparation, Leroy transgressa cette règle. Il fut décidé que le quatuor se réunirait, chez lui, rue du Bac, le mardi suivant, à sept heures.

— J'aurai peut-être l'occasion de vous présenter un mécène digne de confiance, dit-il à Wanda en l'embrassant.

De son côté Ewa, s'étant vêtue et coiffée, tint à conduire Tristan jusqu'à la sortie du passage, rue Vivienne. Cet amant d'occasion, si différent des hommes qu'elle avait connus, l'incitait à jouer la compagne aimante et respectable.

Une lumière dorée coulait de la longue verrière du passage et dessinait des arabesques, d'ombre et de lumière, sur le pavement fraîchement lavé. Les boutiquiers qui, tous, connaissaient « les petites Polonaises », ouvraient leurs échoppes. Ils furent surpris de voir « la plus blonde », ainsi qu'ils différenciaient Ewa de Wanda, suspendue au bras d'un grand jeune homme distingué, aussi blond qu'elle.

— Elle a enfin trouvé un amoureux qui lui va, dit le fabricant de pipes d'écume à sa voisine, marchande de nouveautés.

— C'est vrai qu'il a l'air d'un artiste. Mais les artistes font rarement des maris, commenta la commerçante en secouant son paillasson.

— Tous ces gens semblent vous connaître, observa Tristan.

— Le passage est un village. Les gens s'entraident quand c'est nécessaire mais tous respectent la vie privée des panoramiens, ainsi qu'on nous appelle.

Toujours embarrassé au moment de prendre congé, Dionys dit simplement qu'il attendrait la semaine suivante avec impatience pour la revoir.

— Pendant quelques heures, vous m'avez rendue heureuse, plus heureuse que vous ne pensez, lui glissa-t-elle à l'oreille, avant de lui tendre ses lèvres pour un dernier baiser.

Puis, comme il s'éloignait, elle le rattrapa.

» Rappelez bien à votre ami qu'il a promis de nous trouver un commanditaire, ajouta-t-elle, enjôleuse.

Retrouvant Maximilien sur le trottoir de la rue Vivienne, Dionys eût pudiquement éludé les confidences si le juriste, le fixant d'un regard inquiet, ne lui avait demandé tout à trac :

— Ça s'est bien passé, avec la petite Ewa ?

— C'est une tendre polissonne, jouisseuse avec légèreté. Elle livre son corps sans malice. Au moment de… enfin pendant… elle a prononcé des mots que je n'ai pas compris, confessa timidement Tristan.

— Les femmes qui parlent à ce moment-là s'expriment toujours dans leur langue maternelle, mon ami. Peut-être vaut-il mieux que vous n'ayez pas compris, s'amusa Max.

— En tout cas, Ewa mérite le bonheur. Avec elle, j'ai appris qu'une femme, même de petite vertu, recherche dans l'étreinte plus que le plaisir des sens, le sentiment fugace d'avoir un instant triomphé de l'immanente solitude de l'être, dit gravement Dionys.

Max libéra un formidable éclat de rire, qui fit se retourner les passants. Figé par la surprise, il immobilisa Dionys et le prit, des deux mains, aux épaules.

— « Triompher de l'immanente solitude de l'être » ! Ah ! Ah ! Ah ! Voilà qui réjouirait un philosophe allemand. Croyez-moi, ce n'est pas la préoccupation d'Ewa. Ce qu'elle veut, c'est une boutique de modes, mon ami, et je vais essayer de l'aider à l'obtenir.

— Comment vous y prendrez-vous ?

— Mon député normand, grisé par sa réussite, m'a confié qu'il voudrait, comme bon nombre de ses collègues de province, souvent seuls à Paris pendant les sessions, avoir une maîtresse convenable, qu'il puisse emmener dîner. Question de position sociale plus que goût du libertinage. Il est cousu d'or mais, en bon Normand, très économe. Je vais lui présenter nos Polonaises et démontrer que la mode des beaux quartiers est un bon investissement. Meilleur que l'entretien d'une danseuse, penchant avéré des vieux sénateurs. Ensuite, ce sera à Ewa et à Wanda de jouer. Elles savent leur rôle, croyez-moi.

Comme Tristan Dionys, soudain morose, se taisait en reprenant sa marche au côté de son ami, Leroy lui prit le bras.

— Ne mettez pas de sentiment là où ne peut germer que vénalité, Tristou. Laissez-vous aller au romantisme avec votre sylphide du parc Monceau. Elle mérite de retenir vos pensées. Nos Polonaises sont légères, passionnées et ambitieuses. Du bois de lit dont on fait les courtisanes, affirma Maximilien en quittant Dionys, pour se rendre à ses affaires.

Cet après-midi-là, ce fut avec l'agréable sensation de revenir dans un monde plus austère, mais plus sain, que Tristan Dionys retrouva, au parc Monceau, son élève, Geneviève de Galvain. Dès la première leçon, s'était établie, entre eux, une aimable familiarité. Pour ne pas imposer à la jeune fille trop d'exercices, trilles et arpèges, qui l'eussent fatiguée, le professeur meublait les temps de repos, comme l'avait souhaité M. de Galvain, par des comptes rendus de pièces de théâtre, des échos sur les événements du jour, plus souvent par l'histoire de la musique et la vie des compositeurs.

Ponctuelle et soucieuse de la santé de Geneviève, la gouvernante n'hésitait pas à interrompre ces conversations quand la durée de la leçon était dépassée. Elle apparaissait, vêtue de noir, chignon serré et montre en sautoir, dans le salon de musique, sous prétexte d'un médicament à donner, d'un rideau à tirer. Dionys savait alors qu'était venu le moment de se retirer, même si son élève le priait de prolonger l'entretien.

— Vous faites beaucoup de bien à Mademoiselle, mais il arrive aussi que trop de musique occasionne, chez elle, une sorte de nervosité que le médecin juge préjudiciable à son état. Aussi, si vous me permettez un souhait, moins de piano et plus de potins, dit-elle un soir, en raccompagnant le pianiste.

Le professeur s'inclina, sans faire de commentaires. Cette duègne parfumée au chèvrefeuille l'agaçait et il jugeait ses interventions de geôlière déplacées. Geneviève devait être traitée comme une malade, non comme une recluse.

Le mardi suivant, jour de la réunion prévue chez Max, Tristan Dionys refusa de s'y rendre. Il n'avait aucune envie de voir les deux Polonaises faire assaut de minauderies pour séduire le député normand, dont Max avait annoncé qu'il était intéressé par « l'affaire ».

Le lendemain de ce comice, Leroy, devenu entremetteur, rapporta à son ami que la rencontre avait été fructueuse. Ewa et Wanda, très en beauté demi-monde, avaient si bien attendri le parlementaire qu'il avait trouvé légitime, et même utile pour la réputation d'élégance de la capitale, de satisfaire le souhait que les jolies modistes exprimaient avec candeur : exploiter à leur compte, compétence, ingéniosité et habileté professionnelles. Elles avaient déjà repéré, rue du Faubourg-

Saint-Honoré, un pas-de-porte à vendre et n'attendaient
qu'un prêteur compréhensif qui leur ferait confiance
et financerait l'acquisition de la boutique. Le Normand, catéchisé par Leroy et émoustillé par le décolleté
affriolant des jeunes femmes, lorsqu'elles se penchaient
pour arranger les volants de leur robe, avait proposé
son concours, à condition que son nom n'apparût nulle
part. L'investissement, dont le prêteur voulait ignorer
la nature, serait effectué par son notaire, qui percevrait
un modeste loyer, indexé sur la rente, jusqu'à extinction de l'emprunt aimablement consenti.

— Mais ce député est un usurier ! s'indigna Tristan.

— Les banquiers pratiquent de même et personne
ne les appelle usuriers. Et puis, je me suis porté garant
pour que, devenues propriétaires, Ewa et Wanda hono-
rent le contrat dont mon client escompte, vous l'imaginez, des avantages en nature que le notaire a négligé
d'inscrire ! ironisa Leroy.

— Et si ces demoiselles ne tiennent pas leurs engagements, que vous arrivera-t-il ? s'inquiéta Tristan.

— Il ne peut rien m'arriver, Tristou. Ma discrétion
a un tel prix que mon député ne prendra jamais l'initiative d'une action contre les modistes, dans le cas où
elles se montreraient insolvables et surtout moins
accueillantes que prévu. Il a une épouse, des enfants
et des électeurs. Je suis d'ailleurs certain qu'Ewa et
Wanda mettront un point d'honneur à payer ponctuel-
lement leur « loyer ». Elles sont frivoles mais honnêtes
et, comme tous les Polonais, elles conservent un sens
intransigeant de l'honneur.

— J'imagine que vous avez fêté cet accord, demanda
Tristan, un peu amer.

— Dîner en cabinet particulier, au Grand 6 de la
Maison Dorée, et visite prolongée de l'appartement du

passage des Panoramas. Même si vous eussiez été en surnombre, vous m'avez manqué au petit déjeuner, dit Max, gouailleur.

— Puisque nous nageons en pleine turpitude, j'imagine qu'Ewa s'est immolée, dans la chambre rose, à la lubricité du commanditaire tant espéré. Il est vrai que je ne lui ai pas demandé d'être fidèle, persifla Dionys, avec hargne.

— Non, il a préféré… s'entretenir en particulier avec Wanda et j'ai dû tenir compagnie à Ewa. À mon avis elle n'a pas encore « triomphé de l'immanente solitude de l'être ! », ironisa Maximilien.

— Je ressens tout cela comme une souillure, assena soudain Tristan.

— Prenez-le comme une leçon de vie, Tristou.

passait des Pharaons, alors, je vous assure, on ne
s'ennuierait point ici, car chaque ver peut devenir un
Maïz conquérant.

— Enquête-t-on réponse en bonne fortune. Tout
que du Bris s'est instolée, ramène une une rose à la
libraire du commanditaire sont éparse. Il est vrai que
l'une lui a pas donné qu' d'être finale qu'elle, broyera.
une largue.

— Non, il a réédère... s'entretenir se pourradier
avec Manuel qu'il dit réel, compris une Eva. Donc,
oui, elle n'a pas encore catégorie des impressions vou-
rade-ce près ? Briman Mérithulem.

— Je voudrais voir elle comme un admirable, alors,
soudain. L'huan ?

— Personne ne tarde pas faire dans s'l'instal.

6.

Depuis l'intermède du passage des Panoramas, Max craignait que son ami ne lui gardât rancune pour s'être laissé entraîner dans une ribauderie. Il ne l'avait pas revu avant de se rendre en mission à Bruxelles, pour le compte des Affaires étrangères. Dès son retour à Paris, il décida de clarifier une situation qui menaçait d'entamer une amitié devenue précieuse. Un jour de juin, en fin de matinée, il attendit Dionys à la sortie de l'Institut Sévigné, où le pianiste enseignait.

Étonné d'apercevoir Max, qui faisait les cent pas sur le trottoir en suivant, d'un regard félin, la volée pépiante des jeunes externes libérées par la cloche de midi, Tristan l'aborda.

— Quel vent vous amène ? Rien de grave, j'espère ? Ou est-ce un besoin subit de chair fraîche ?

— J'ai horreur des fruits verts, vous le savez. Et la raison de ma présence est plus sérieuse. Vous me tenez encore rigueur de la nuit polonaise, n'est-ce pas ? demanda-t-il, sans autre préambule.

— Nullement, cher ami. Je me tiens rigueur, à moi-même, d'avoir un instant pris à cœur pareille relation folâtre. Que voulez-vous, ma nature me porte à imaginer, derrière la bestialité du plaisir sensuel, une abstraction fondamentale et incommunicable. Il est certain que je me trompe. La sagesse est de vivre ce genre de situation comme vous le faites. Ne pas se poser de telles questions, à de tels moments. Vous le voyez, votre leçon a porté ses fruits, déclara Tristan, heureux de découvrir quel prix Max attachait à leur amitié.

— Alors, vous n'êtes pas fâché ? Nous sommes amis comme devant ?

— Comme toujours, Maximilien, et je l'espère à jamais, dit le pianiste en donnant l'accolade à Leroy, ému comme un collégien dont on vient de lever la punition.

— Puisqu'il en est ainsi, je vais vous conduire, cet après-midi, en un autre lieu de perdition, où l'on fait parfois d'heureuses découvertes : l'Hôtel des ventes immobilières de la rue Drouot. Tout y est mis aux enchères, même des instruments de musique, dit Leroy.

— Allons-y. J'y verrai peut-être la flûte de Pan, la cithare d'Orphée ou une trompette de Jéricho, plaisanta Tristan.

Quand Maximilien Leroy devait renflouer ses finances, c'est à la vente aux enchères qu'il faisait appel, en jouant le comparse enchérisseur pour le compte de marchands ou d'antiquaires. Faire monter la cote d'une toile ou d'un objet d'art lui rapportait une honnête commission. Il avait souvent proposé à Tristan Dionys de l'initier à ce commerce, mais le pianiste, qui n'avait aucun goût ni moyens pour ce genre de transactions, s'était jusque-là dérobé. Ce jour-là, heureux de resserrer une amitié que son intransigeance avait failli compromettre, il grimpa, allègre, dans un fiacre, au côté de Max.

Chemin faisant, Leroy révéla qu'à l'occasion de la grande vente de tableaux annoncée ce jour un marchand de rue de la Chaussée-d'Antin, avait, comme en d'autres occasions, sollicité son concours.

— Il compte sur moi pour faire monter la cote de toiles militaires dont il n'a pu se défaire. On appelle ça « bourrer dans le vide ». À l'Hôtel des ventes, un acheteur patriote, bien mené, paiera un bon prix une charge de lanciers ou une parade de mousquetaires, honnêtement peintes dans le goût de Detaille mais passées de mode, confia Max.

Dans le pavillon central de l'ensemble des trois bâtiments dévolus à la Compagnie des commissaires-priseurs, Maximilien évoluait comme un habitué, salué par le crieur et les commis de l'homme au marteau d'ivoire. Tandis que Tristan examinait les toiles, meubles et bibelots présentés, Max fit un signe discret à un homme d'âge mûr, à la chevelure blanche, visage talqué, lèvres peintes, fort élégamment vêtu.

— C'est mon marchand. Ici, nous ne nous connaissons pas, souffla-t-il.

Face à l'estrade du commissaire-priseur, les deux amis s'assirent, au milieu des amateurs venus pour acquérir, au meilleur prix, le tableau ou la sculpture convoités.

C'était là un public disparate, où se côtoyaient, sans gêne apparente, négociants fortunés, dandies, spéculateurs professionnels, comédiennes accompagnées d'un lord ou d'un banquier en gilet blanc, aristocrates à monocle, belles dames entretenues, coiffées de larges capelines fleuries ou de chapeaux Pamela à plumes d'autruche, bibeloteurs anonymes, prêts à se priver de dîner pendant un mois pour s'offrir une boîte à musique, censée avoir distrait la Montespan, ou un éventail égaré par Pauline Borghèse.

— L'œuvre d'un artiste mort peut valoir son pesant d'or, comme le collier de perles d'une actrice tombée dans la dèche ou une statuette de Tanagra, arrivée ici on ne sait comment. Les bourgeois ont pris goût à la peinture et à la sculpture et collectionnent aussi bien les tabatières que les chandeliers. On voit ici de plus en plus d'étrangers, surtout des Américains, enrichis par le pétrole, des Brésiliens et des Argentins, marchands de bœufs. Ils sont prêts à payer cinquante mille francs une baigneuse d'Ingres, dont un Français n'eût pas donné mille francs du vivant du peintre. Après avoir, le 8 mars 1860, inauguré cet hôtel restauré, l'empereur Napoléon III emporta, pour douze mille six cents francs, deux terres cuites de Clodion, qu'on vendrait dix fois plus cher aujourd'hui, expliqua Leroy.

— Je suis curieux de voir comment cela fonctionne, dit Dionys, intrigué.

— Un marchand expérimenté repère, d'emblée, à son comportement, l'amateur qui se laissera entraîner. À l'importance des sommes qu'il engage, il jauge son entêtement et subodore ses moyens financiers. Il sait, d'un signe discret, arrêter l'enchère quand il devine que l'amateur ne montera plus.

Restait à Tristan Dionys, intrus naïf dans le petit monde discret de l'Hôtel des ventes, d'en découvrir les codes. Il fut édifié en voyant et en entendant Maximilien remplir son office d'enchérisseur. Alors qu'il ne possédait pas le moindre franc, son ami montrait l'assurance du riche amateur, capable de payer une somme exorbitante. Engagé dans le crescendo des enchères, il disputait, avec une passion ayant toutes les apparences de la sincérité, un *Passage de la Bérézina*, tragique et sanglant, œuvre, affirmaient les experts, du meilleur élève d'Ernest Meissonier.

Un toussotement du marchand, signal convenu, invita Max à cesser d'enchérir. Le commissaire-priseur, après un regard circulaire sur la salle, lança le fatidique

« adjugé » en ponctuant d'un coup de marteau le sort du malheureux épisode de la campagne de Russie.

Maximilien Leroy salua, d'un signe de tête, le jeune homme qui emportait la toile en déboursant quinze mille francs auxquels s'ajoutaient les honoraires du commissaire-priseur.

— C'est un Russe, délégué par le prince Demidoff, glissa Max à Tristan.

— Et si ce monsieur n'avait pas surenchéri, que serait-il arrivé ? Auriez-vous été contraint de payer cette croûte, et avec quel argent ? demanda Tristan.

— Heureusement, non. Dans ce cas-là, personne ne paie, mon ami.

— Comment cela ?

— Le commissaire-priseur, en accord avec le marchand, eût frappé du marteau sans prononcer le mot « adjugé » qui, seul, confirme une vente. Et la *Bérézina* serait restée propriété du vendeur, sous prétexte que le tableau n'avait pas atteint le prix en dessous duquel son propriétaire n'entendait pas le céder. Dans tous les cas, les enchères permettent de fixer la cote d'un peintre pour de futures ventes en galerie.

— Et quel est, pour vous, l'intérêt d'une telle collaboration ?

— L'opération va me rapporter cinq cents francs, mon ami. Ce soir, je passe chaussée d'Antin et j'encaisse ! développa Max, joyeux comme qui vient de gagner à la loterie.

— J'imagine que cette pratique n'est pas admise par la loi, risqua Tristan.

— Question à ne pas poser à un commissaire-priseur, répliqua Leroy en riant.

Le soir même, Maximilien écorna son pécule en réglant une dette chez son tailleur, puis il convia Dionys à dîner, tête à tête, chez Foyot, rue de Tournon, restaurant huppé de la rive gauche, prisé par ce qu'on nommait le Tout-Paris, depuis que *Le Siècle* avait lancé l'expression.

On ne parlait, ce soir-là, d'une table à l'autre, que de la mort de Mme George Sand, survenue la veille, 8 juin, dans son château de Nohant, « entourée des siens », précisaient les journaux. Dans l'après-midi du 9, les députés avaient voté, à l'unanimité, un hommage à la femme de lettres disparue à soixante-douze ans, après une vie, riche et productive pour certains, scandaleuse pour d'autres.

Entre gigot braisé et sorbet au marasquin, les deux amis, commentant cette disparition, tombèrent d'accord pour reconnaître à Aurore Dupin, devenue baronne Dudevant par un mariage qui finit en procès, un grand talent littéraire, illustré par de nombreux romans, et une foi républicaine sincère, attestée par ses articles de journaux et la création de la *Revue sociale* et de la *Revue indépendante.*

Max et Tristan, comme des dizaines de milliers de Français, avaient lu *La Mare au diable*, *Indiana*, *La Petite Fadette*, *François le Champi* et d'autres ouvrages, où le terroir, la nature et les passions humaines avaient leur place.

— Socialiste, elle défendait la liberté, pratiquait la charité et a divulgué dans ses livres quelques vérités, que trop de bourgeois préfèrent ignorer, observa Max, en guise d'oraison funèbre.

— Si l'on en juge par le nombre de ses amants connus, elle pratiquait même la liberté dans l'amour et la charité par le don fréquent de sa personne, surtout, et sans doute avec le sens social que vous lui reconnaissez, à des hommes célèbres, et cela pour leur malheur, ironisa Tristan.

— Vous pensez à Musset et à Chopin, j'imagine.

— À Musset, bien sûr. On raconte qu'à Venise, en janvier 1834, alors que le poète délirait, en proie à la fièvre typhoïde, doublée d'une infection vénérienne, dans une chambre de l'Albergo Reale Danieli, elle se délassait, dans la pièce voisine, de son service de garde-malade, en sollicitant sans pudeur l'étreinte taurine du robuste docteur Pietro Pagello.

— Casanova et lord Byron ont prouvé que le climat vénitien est aphrodisiaque, commenta Max, badin.

— Le jeune médecin satisfit si bien Mme Sand, pendant qu'Alfred de Musset dormait, qu'elle fut, un temps, la maîtresse du praticien, après le départ du poète pour Paris, compléta Dionys avec humeur.

— Musset n'avait pas attendu Venise pour se tuer. Entre les filles de joie et ses mélanges mortifères de bière, d'absinthe et d'eau-de-vie, il avait commencé tôt à se suicider, à Paris, dans les cafés du Boulevard, rectifia Maximilien.

— Passe encore Musset, mais je ne pardonne pas à Mme Sand d'avoir sans doute hâté la fin de Frédéric Chopin, reprit Tristan.

— Ah ! voilà d'où vient votre acrimonie ! Un musicien, victime de la bonne dame de Nohant. C'est impardonnable ! s'exclama Max.

— En 1836, George Sand a voulu s'offrir, elle aussi, un amant pianiste. Son amie, Marie d'Agoult, se vantait de les avoir mis à la mode depuis sa liaison avec Liszt, imitée en cela par la princesse Belgiojoso, avec Theodor von Dölher[1].

---

1. Lettre de Marie d'Agoult au major Pictet, à Genève, 26 novembre 1838.

— Les belles dames ont toujours protégé les pianistes, Tristou.

— Drôle de protection que celle de Mme Sand pour Chopin, dont tout le monde connaissait la frêle constitution. Non contente de l'épuiser par ses ardeurs priapiques, elle a aggravé ses maux en l'emmenant aux Baléares, au cours de l'hiver 38-39.

— C'était, me suis-je laissé dire, pour éviter à cet artiste les rigueurs hivernales de Paris, dit Leroy.

— Mauvaise initiative. Imaginez ce que dut être, pour un être fragile et de nature mélancolique, qui tousse et a de fréquentes hémoptysies, un séjour en montagne, à Valdemosa, dans une chartreuse à demi ruinée, battue par les vents, noyée dans le brouillard, à quatre lieues de Palma de Majorque. Dans ce climat humide, tantôt mou, tantôt glacé, le plus néfaste aux poitrinaires, loin de médecins compétents, attendant de France un Pleyel qui n'arrivait pas[1], Frédéric Chopin aurait pu mourir. Il crachait le sang, ne pouvait quitter la cellule de moine qui servait de logement au couple et aux deux enfants de Mme Sand. J'ai su que Chopin refusait les plats cuisinés à l'huile rance ou à la graisse de porc, qu'il maigrissait, ne fermait pas l'œil de la nuit, quand le vent s'engouffrait sous les sinistres voûtes du cloître abandonné, quand le fracas du tonnerre éveillait dans les ruines des échos de fin du monde. Il n'avait même plus la force nécessaire au plaisir que son insatiable compagne devait réclamer comme un dû, développa Dionys, lyrique et rageur.

---

1. Le piano arriva le 22 janvier 1839, un mois avant que George Sand et Frédéric Chopin ne quittent la chartreuse de Valdemosa pour Marseille, via Barcelone.

— Curieuse villégiature, en effet, concéda Max.

— Et c'est là, néanmoins, que Chopin a composé ses plus beaux préludes, une ballade, une sonate et deux polonaises, sur un mauvais pianino majorquin. Toutes ces œuvres sont imprégnées de la tristesse et de l'inquiétude qui l'étreignaient. Les interprètes d'aujourd'hui ont parfois bien du mal à rendre ce désarroi et cette angoisse, s'ils ne connaissent pas le climat dans lequel les œuvres ont été composées. Toutes les fois que je joue le *Prélude n° 15 en ré bémol*, sur la partition duquel Chopin a écrit « la course à l'abîme », j'entends ruisseler l'eau sur le toit de la lointaine chartreuse et le vent hurler, de façon terrifiante, dans les ruines, confessa Tristan, ému à cette simple évocation.

— Vous êtes un peu injuste avec George Sand. Nous devons tous reconnaître à cette femme, qui s'habillait en homme et fumait le cigare, le courage de ses passions. De toutes ses passions, car elle éprouvait autant de goût pour les femmes que pour les hommes. L'actrice Marie Dorval[1] avait confié un jour à l'indiscret Arsène Houssaye[2], qui s'est empressé de répandre le propos, et ne va pas manquer de le répéter : « De mes deux amants, Jules Sandeau[3] et Mme Sand, c'est Mme Sand qui me fatigue le plus », rapporta Maximilien.

Tristan Dionys lui ayant jeté un regard réprobateur, en remuant la tête comme qui désespère de l'humaine nature, Leroy enchaîna.

------

1. 1798-1849. Elle fut aussi la maîtresse d'Alfred de Vigny et d'Alexandre Dumas.

2. 1815-1896. Écrivain et auteur dramatique.

3. 1811-1883. Écrivain. Il fut l'amant de George Sand et de Marie Dorval.

» Comment croyez-vous que se comportent nos petites Polonaises quand elles n'ont pas, si j'ose dire, d'homme sous la main ? Elles sacrifient à Sapho, eh oui, depuis l'adolescence. Wanda ne me l'a pas caché et cela n'a rien de scandaleux, acheva Max.

— Alors, vous admettriez aussi que les garçons…

— L'amour grec ? Bon pour les éphèbes impubères. Ensuite, il devient sans attraits, sans grâce et, pour tout dire, incongru, asséna Maximilien.

À la réflexion, Tristan se demanda s'il eût été aussi catégorique que son ami.

Un soir de juillet, Tristan Dionys apprit à Maximilien qu'il avait reçu une proposition de la direction de l'hôtel des Roches Noires, à Trouville. On l'invitait à se produire, comme l'été précédent, chaque jour, à l'heure du thé et à l'heure du cocktail d'avant dîner.

— Non seulement mes honoraires seront doublés, mais on m'offre une chambre avec vue sur la mer. De surcroît, une entente entre la direction de l'hôtel et celle du Salon-Casino devrait me permettre de donner des concerts publics, si l'occasion s'en présente, dit Tristan.

— Bravo ! L'été à Trouville, ce sera une bonne affaire pour vous. D'autant plus plaisante que vous y retrouverez certainement votre muse étique du parc Monceau, commenta Max.

— Je pense que le comte de Galvain, actionnaire de la société du Salon-Casino, n'est pas étranger à cette offre. Mais quel sera votre été ? Viendrez-vous à Trouville perfectionner les capacités parlementaires de votre député ?

— Peu probable, hélas. Je vais être fort occupé par une affaire dans laquelle mon député, enchanté de l'active reconnaissance de nos modistes, doit jouer un rôle déterminant, qui lui donnera quelque importance, car il rêve maintenant d'un portefeuille. Ce que je vais vous dire est confidentiel, dit Maximilien.

— Vous avez déjà éprouvé ma discrétion, n'est-ce pas ?

— Il s'agit d'obtenir une aide financière du ministère du Commerce et de celui de la Marine, en charge des colonies, pour exploiter le produit de l'arbre à beurre, découvert par René Caillié, en Afrique, vers 1827.

— Un arbre à beurre ! Un concurrent des vaches, en somme, plaisanta Tristan.

— Ce ne sera pas le premier, mais peut-être le meilleur. C'est à Napoléon III que nous devons le beurre végétal, l'oléo-margarine, invention du chimiste Hippolyte Mège-Mouriès[1]. Dans les années soixante, ce savant avait été chargé par l'empereur de concevoir un corps gras, de meilleure conservation que le beurre fermier, pour les besoins de la marine de guerre. À partir d'huiles et de graisses végétales, Mège-Mouriès mit en fabrication la margarine, fort consommée de nos jours, puisque le chimiste français a obtenu, il y a trois ans, un brevet des États-Unis.

— Quel rapport avec cet arbre à beurre ? Vous m'intriguez.

— L'arbre à beurre, dont le nom savant est *Irvingia*, croît sans culture, sur d'immenses espaces, dans la vallée du Niger. Il sera d'une exploitation plus aisée et moins coûteuse que la margarine. Il produit une

---

1. 1817-1880. Il est aussi l'auteur de travaux sur les maladies de la vigne, le raffinage du sucre et du sel marin.

amande, la dika, dont le contenu soutient la comparaison avec le beurre laitier. Les indigènes en consom-
ment tous les jours et s'en portent bien. Il suffit
d'importer ces amandes par voie de caravanes jusqu'en
Algérie et, de là, les expédier par bateau à Marseille.
Elles y seront traitées de façon industrielle, dans une
usine à construire. Mon député et ses amis banquiers
comptent s'assurer le concours de M. Mège-Mouriès,
précisa Max.

— Quel est votre rôle, dans cette affaire, et votre
profit ?

— Me rendre en Algérie, avec un armateur, pour
préparer la traversée des amandes. Je serai payé en
actions de la compagnie. D'où mon incertitude en ce
qui concerne un séjour à Trouville.

— Vous me manquerez beaucoup. On dit les Algé-
riennes belles et caressantes et leurs époux jaloux.
Soyez prudent. Je compte avoir de vos nouvelles. Mon
adresse : les Roches Noires, à partir du 1er août.

L'été 1876 fut une heureuse saison pour Tristan
Dionys. La présence prévue, à Trouville, du comte de
Galvain et de sa fille lui procura, en août, une aimable
compagnie. Les habitués de la station balnéaire conservaient un agréable souvenir du pianiste. Ils se montrèrent
fidèles aux séances musicales quotidiennes, auxquelles
assistait Geneviève, dont plus d'une esseulée enviait
l'intimité qu'elle semblait entretenir avec le pianiste, en
dehors des heures de musique. Car le comte de Galvain, plus attiré par les courses de chevaux organisées
à Deauville que par les promenades bucoliques, confiait
souvent, l'après-midi, sa fille et son grand landau à
Tristan. Les gens remarquaient, trottant dans l'arrière-
pays verdoyant plutôt qu'en bord de mer, cet attelage

à deux chevaux, conduit par un cocher en livrée. Le jeune couple de Parisiens élégants éveillait la curiosité des autochtones et des estivants. Bien que leur tenue fût irréprochable et qu'ils se tinssent à distance respectueuse, sur la banquette de cuir blanc de la voiture, les Trouvillais se plaisaient à les imaginer fiancés. Pensée qui n'effleurait pas les aristocrates. Ils applaudissaient le pianiste, mais ne pouvaient imaginer ce qu'ils eussent considéré comme une mésalliance.

— Je crains que les gens ne finissent par jaser, dit Tristan à M. de Galvain, au retour d'une course dans la campagne.

— Qu'ils jasent ! Je vois ma fille heureuse en votre compagnie. Votre présence la rassure et votre musique la console. Vous n'avez pas manqué de remarquer, lorsque Geneviève a une de ces maudites quintes de toux qui me brisent le cœur, comment les hommes se détournent et comment les femmes se cachent le nez dans leur mouchoir. Comme si ma pauvre malade était une pestiférée, dont la respiration corrompt l'atmosphère, grommela Galvain.

— Les malades de la poitrine, monsieur, connaissent tous cette odieuse méfiance. Ainsi, Frédéric Chopin, lors de son séjour aux Baléares, en 1838, fut traité par les Espagnols comme un lépreux. Ils le fuyaient et, dans le meilleur hôtel de Barcelone, on lui fit même payer le lit et la literie où il avait dormi, sous prétexte que tout serait brûlé pour éviter le risque d'une infection ! rappela Tristan.

— Dieu merci, nos hôteliers sont plus raisonnables, dit M. de Galvain.

Geneviève, assistée d'un maître baigneur et de sa femme de chambre, prenait comme un remède, aussi peu goûté que l'huile de foie de morue qu'on lui faisait ingurgiter, un bain rapide en fin de matinée. Tristan, bien plus matinal, allait, loin des plages fréquentées, nager seul, pour éviter toute rencontre avec ceux et celles qui venaient l'écouter, l'après-midi, à l'hôtel des Roches Noires. Depuis qu'un envoyé de la *Gazette musicale* de Paris avait consacré un article aux « pianistes de plage », dans lequel Tristan Dionys était présenté comme « le meilleur qu'on puisse entendre sur la côte normande », Tristan était l'objet de plus d'attention.

Peu satisfait cependant de trop souvent jouer ce qu'il nommait « de la musique pour *five o'clock tea* », il répondit avec empressement à la proposition de se produire au Salon-Casino, le vendredi en soirée. Il obtint chaque semaine un succès renouvelé et put interpréter, à sa guise, des morceaux qu'il aimait, sonates de Schubert, de Beethoven ou de Brahms, nocturnes de Chopin, romances de Mendelssohn, et des œuvres de Liszt comme les *Années de pèlerinage* ou de difficiles *Études d'exécution transcendante*, inconnues du public, mais dont l'audition impressionnait.

C'est à l'issue de son dernier récital, donné fin septembre, devant une salle comble et enthousiaste, qu'il reçut le compliment qui pouvait le plus lui plaire.

Une dame âgée, coiffure neigeuse sous une mantille de dentelle noire, appuyée sur sa canne et soutenue par une garde-malade, attendit, au fond de la salle, qu'il quittât l'estrade pour l'aborder.

— Lors d'une matinée, à Paris en mai 1866, chez mon amie la princesse Marcelline Czartoryska, qui avait été élève de Chopin, j'ai entendu Franz Liszt jouer ses *Préludes*. Ce fut un ravissement. Je viens de vous écouter, monsieur, avec le même ravissement. Depuis Liszt, je n'avais jamais entendu jouer aussi bien du piano, dit la vieille dame en tendant sa main à baiser.

Tristan s'inclina et effleura des lèvres les doigts secs qui émergeaient d'une mitaine de soie.

— Si vous me faites l'honneur de venir encore m'entendre, un après-midi aux Roches Noires, avant que je ne quitte Trouville, je jouerai pour vous les *Préludes* de Liszt et vous prouverai, à mes risques et périls, que ce maître est, hélas, inimitable, dit-il.

— La Faculté, monsieur, ne me permet que de rares sorties, mais, puisque vous êtes si aimable, je vais abuser de votre courtoisie. Dites à la petite Galvain, votre élève, dont la mère était une amie, de vous conduire chez moi, à Deauville, un prochain soir. Je possède un grand Broadwood de concert, qui vaut bien le Steinway du casino. Vous jouerez pour moi.

Comme Tristan regardait cette aïeule altière et poussive s'éloigner en faisant effort pour marcher d'un pas qu'elle eût voulu plus ferme, elle se retourna.

— Autrefois, monsieur, quand je valsais, c'est Frédéric Chopin qui tenait piano, dit-elle, avec autant de fierté que de nostalgie.

Le lendemain, quand Tristan rapporta aux Galvain sa rencontre de la veille et le souhait émis par une vieille dame qu'il décrivit mais dont il ignorait le nom, le comte intervint.

— Bien sûr, c'est Rosa, la marquise de Gompré, née Rose Pipon. Son père était cocher, sa mère lavandière. Elle entra dans le monde par son mariage avec le marquis de Gompré, tué en duel à cause d'elle, il y a une quarantaine d'années. Intelligente, elle apprit beaucoup d'amants qu'elle sut choisir. Sa gentillesse, sa générosité, ses manières firent oublier sa basse extraction. À force d'intrigues, elle finit par être admise dans la meilleure société, dit le comte.

— Elle est une des rares personnes qui visitèrent maman jusqu'à la veille de sa mort. Elle savait la distraire, lui apportait des friandises rares. C'est une femme de cœur et d'esprit, qui s'est faite elle-même. Maman disait qu'elle n'était pas fille de cocher, mais d'un baron italien, séducteur de sa mère, hâtivement mariée à un brave homme qui, sans rien savoir, avait endossé la paternité, expliqua Mlle de Galvain.

— La vieille Rosa a répandu cette légende, ironisa M. de Galvain.

— Père, ne soyez pas injuste. Maman ajoutait foi à son dire. Je conduirai M. Dionys chez la marquise, déclara Geneviève, péremptoire.

Deux jours plus tard, les Galvain dépêchèrent un chasseur chez la marquise de Gompré, afin qu'elle fixât une date. Le jeune homme revint, porteur d'un billet pour Mlle de Galvain et d'un paquet, adressé à M. Tristan Dionys.

Mme de Gompré expliquait à Geneviève qu'elle souffrait une nouvelle fois d'emphysème pulmonaire. Alitée, elle regrettait de ne pouvoir l'accueillir avec son professeur, « le talentueux pianiste ». Elle priait ce dernier d'accepter un présent « qui ne pouvait avoir de meilleur dépositaire ».

Le paquet contenait une boîte en ébène de Macassar, de la taille d'un livre. Un monogramme d'or, où Tristan reconnut les initiales F. L. entrelacées, décorait le couvercle. Il ouvrit l'étui et découvrit, posé sur un capiton de velours grenat, un gant de chevreau gris aux doigts encore marqués par les pliures des phalanges. Empli de papier de soie tassé, l'objet offrait l'aspect vivant d'une main gantée. Sur une étiquette, collée dans le couvercle de la boîte, il lut, en belle anglaise d'autrefois : « Gant oublié par Monsieur Franz Liszt, le 9 mai 1866, chez la princesse Czartoryska. »

Le mot « oublié » fit sourire Dionys. Il savait, comme beaucoup de mélomanes, que les admiratrices de Liszt lui dérobaient ses gants, se disputaient ses restes de cigares, allaient, comme à Liège, jusqu'à se travestir en homme pour le suivre dans ses déplacements. Il en avait été de même pour Chopin qui, lui aussi, avait suscité, chez les femmes, des élans passionnés. L'une d'elles ne recueillait-elle pas, dans un flacon, le fond de ses tasses de thé, lorsque le compositeur habitait place Vendôme !

Tristan regardait avec émotion le moulage de la main gauche de son idole, trophée inestimable, don d'une inconnue, devant laquelle le compositeur hongrois avait un soir joué.

— Je vois que vous appréciez ce souvenir de votre musicien préféré. Si Rosa s'en sépare, c'est qu'elle vous estime seul digne de le posséder, dit Geneviève, partageant l'émotion de Tristan.

— Je vais écrire un mot à Mme de Gompré, pour la remercier de ce précieux envoi, et lui dire que je jouerai pour elle dès qu'elle sera remise, dit Dionys.

— Cette relique est le produit d'un fétichisme romantique devenu à la mode, lança M. de Galvain.

— Il ne s'agit pas d'une relique, monsieur. Franz Liszt est, Dieu merci, bien vivant. Il séjourne actuellement à Bayreuth, chez son gendre, le compositeur Richard Wagner. Un journal américain, le *New York Times* du 4 de ce mois, que j'ai lu au salon, rapporte qu'au cours d'un banquet offert après les représentations de sa *Tétralogie*, Wagner a prononcé un discours, fort élogieux pour Liszt[1]. Il a dit : « Tout ce que je suis, tout ce j'ai réalisé, je le dois à mon ami et maître Franz Liszt, sans l'aide de qui ma musique ne se serait jamais imposée », rectifia Tristan.

M. de Galvain ne commenta pas cette réplique. Comme de nombreux Français, il n'avait jamais entendu une œuvre de Wagner et détestait le compositeur qui, pendant la guerre de 1870, avait ouvertement souhaité la défaite de la France et la destruction de Paris.

Le cadeau de la marquise de Gompré devait prendre le sens d'un legs quand, quarante-huit heures plus tard, son décès fut annoncé. La vieille dame avait succombé à une altération cardiaque subite.

Avant de quitter Trouville pour Paris, Tristan fut convié par M. de Galvain à la célébration des vingt ans de sa fille.

— Je sais, par Geneviève, que trois jours seulement séparent votre naissance de la sienne. Férue en astrologie, charlatanerie sans importance, elle m'a même confié que vous êtes nés sous le même signe. Aussi, nous fêterons ensemble cet événement, décréta le comte.

Au matin de son anniversaire, Geneviève remplaça le bain par la messe. Elle apparut à l'heure du dîner, dans une robe rose, rembourrée par Charles Worth aux bons endroits, ce qui donnait un supplément de formes à son corps malingre.

Dionys, habit noir et cravate blanche, s'assit pour la première fois à la table du comte. Geneviève ayant refusé que son anniversaire se transformât en banquet

1. Cité par Alan Walker, *Franz Liszt*, Fayard, Paris, deux volumes, 1989, 1998.

mondain, une seule invitée avait été admise. Vague cousine des Galvain, veuve encore fraîche d'un armateur du Havre, Joséphine Bruneau était la cavalière habituelle du comte pendant les mondanités de saison. Le bruit courait qu'elle servait le veuf autrement qu'en simple escorte.

Dionys offrit à son élève un livre, récemment publié, que tous les estivants voulaient lire : *Les Baigneuses de Trouville*, d'Adolphe Belot. Il reçut en échange un taille-crayon serti dans un coquillage, produit des fabricants de souvenirs locaux.

— Ainsi, quand je ne serai plus, vous penserez à moi en affûtant vos crayons, dit-elle avec le pauvre sourire d'une condamnée.

— Nous aurons, je l'espère, l'occasion de célébrer d'autres anniversaires en commun, mademoiselle. En tout cas autant que vous le voudrez, dit Tristan, touché par le regard las et la pâleur de son élève.

— Puisque je puis prétendre, d'après le zodiaque, à me considérer comme votre sœur astrale, appelons-nous par nos prénoms, voulez-vous ? Laissons mademoiselle et monsieur aux étrangers, proposa Geneviève.

Le comte de Galvain, entendant ce propos, ne put qu'approuver sa fille, bien qu'il trouvât un peu trop moderne cette familiarité, entre une vicomtesse et un artiste roturier. Il supportait déjà que le pianiste l'appelât simplement monsieur sans lui donner son titre de comte.

Dès la fin du repas, Geneviève fut contrainte de se retirer, car les médecins ordonnaient à la malade de se coucher tôt. D'après eux, le sommeil réparateur était celui d'avant minuit.

Le lendemain, à l'heure du thé, une grosse pluie d'automne, associée au vent d'ouest, chassa les baigneurs des plages, les flâneurs des promenades et emplit

le salon des Roches Noires de désœuvrés des deux sexes.
Tristan Dionys, interprétant, pour la centième fois
depuis un mois, la *Lettre à Élise* de Beethoven et *Rêve
d'amour* de Liszt, que lui réclamaient souvent les dames,
fut étonné de ne pas voir Mlle de Galvain à sa place
habituelle. À l'heure du cocktail, sous les lustres allumés pour la première fois de la saison, elle n'apparut
pas au côté de son père. Il s'inquiéta de cette absence.
Interrogé, le comte, plus contrarié qu'éprouvé, le ren-
seigna. Au cours de la nuit, Geneviève avait eu un accès
de faiblesse, des crachements de sang. Encore fié-
vreuse, elle restait consignée dans sa chambre. Comme
Tristan Dionys se préparait à quitter l'hôtel le jour
même, il fit porter à la jeune fille des roses thé, avec
ses vœux de prompt rétablissement.

Dans l'après-midi, tandis qu'il attendait sur la terrasse de l'hôtel le fiacre qui devait le conduire à la gare,
avec ses bagages, le pianiste leva les yeux sur le balcon
de l'appartement des Galvain où, souvent, se tenait
Geneviève, assise sous une ombrelle, un livre à la main.
La porte-fenêtre était close mais, dans l'entrebâillement
des rideaux, la jeune fille, qui devait guetter son départ,
lui fit un signe de la main et osa, du bout des doigts,
lui envoyer un baiser. Elle ne se retira qu'au moment
où Tristan prit place dans la voiture. Ce geste tendre,
assez inattendu, ressemblait à un adieu. Le sort de
Geneviève occupa longtemps la pensée du pianiste,
alors que le rapide roulait vers la capitale.

Ses prestations à Trouville avaient rapporté à Dionys
plus de mille francs, forte somme pour un pianiste de
sa catégorie, et, de surcroît, un contrat l'engageant, à
de meilleures conditions, l'été suivant.

Au cours des semaines écoulées, Tristan n'avait reçu

que deux lettres de Maximilien Leroy. Dans la première, son ami avait brossé un tableau enthousiaste
d'Alger et dit combien les prostituées arabes savaient,
avec la complicité du soleil, user des transparences
imprécises de la djellaba et du litham, pour révéler leur
beau corps nu et souligner leur langoureux regard.

La seconde lettre, datée de Marseille, beaucoup moins
lyrique, prédisait la faillite inéluctable de la Compagnie
de l'Arbre à beurre. Le transport des amandes dika de
la vallée du Niger à la mer prenait trop de temps, gâtait
les fruits et coûtait beaucoup plus cher que prévu. « Les
chameliers des caravanes nous ont vu venir, comme des
dindons bons à plumer. Du jour au lendemain, conseillés
par des cheiks qui les rançonnent, ils ont multiplié par
dix les salaires prévus », écrivait Max. Il ajoutait que les
actions de la Compagnie ne valant plus que le quart du
prix d'émission, il s'était débarrassé de celles reçues en
honoraires, pour payer son passage vers la France. Il
comptait, pour rétablir ses finances, faire un détour par
Monte-Carlo comme chevalier servant d'une flamboyante
Italienne, rencontrée sur le bateau. « La baronne Emilia
Stroza a enterré deux maris fort riches et vient de licen-
cier un fiancé, titré mais bête comme une oie. J'ai eu
l'heur de lui plaire. Je la conseillerai pour les jeux de
casino, seule activité qui, avec celle de votre serviteur, lui
procure des émotions fortes », concluait Leroy.

Tristan ne s'attendait pas à revoir Max avant plusieurs semaines et ce fut sans enthousiasme qu'il
retrouva son petit appartement du Marais et, le premier
lundi d'octobre, ses élèves de Sévigné. Il aurait voulu
renoncer à ses prestations bi-hebdomadaires à la Folie-
Pompadour, car il redoutait qu'un jour ou l'autre
M. de Galvain n'apprît que le professeur de sa fille
assurait l'ambiance musicale dans un établissement de

prostitution. Mais ce salaire, que la tenancière augmenta quand elle vit l'hésitation du pianiste à reprendre ses fonctions, lui restait indispensable.

Il se félicita de cette prudence quand, mi-octobre, une lettre de M. de Galvain l'informa que sa fille et lui, sur conseil des médecins, se rendraient directement de Trouville à Nice, sans passer par Paris. « L'automne pluvieux serait aussi préjudiciable à la santé de Geneviève que les frimas de l'hiver. » La jeune fille avait joint une carte postale de la plage de Trouville à la lettre de son père. « Je suis bien malheureuse, cher professeur, de ne pouvoir profiter de vos leçons et de votre si aimable compagnie avant le printemps. Envoyez-moi des partitions annotées de votre main car je dispose, à Nice, d'un bon demi-queue d'Érard. En votre absence, seule la musique me permettra de supporter de longues journées d'immobilité. Votre élève, fidèle admiratrice et amie. Geneviève. »

Tristan Dionys reçut ce message comme une sorte d'appel angoissé. Il se rendit aussitôt chez un éditeur de musique, acheta des partitions, dont celle de *Mazeppa*, poème symphonique de Franz Liszt, dont la version pour piano à quatre mains venait d'être publiée. Il joignit à son envoi une lettre affectueuse, se disant assuré que le climat méditerranéen allait restaurer la santé de son élève. Puis il reprit le ton professoral pour ajouter : « Travaillez, dans *Mazeppa*, la partie annotée à votre intention, afin que nous puissions, quand avril vous ramènera à Paris, jouer ensemble, à quatre mains, cette œuvre étonnante, inspirée à Liszt par un poème de lord Byron[1]. » Il

---

1. Byron tira le sujet de son poème de l'histoire de Mazeppa, jeune Polonais qui fut, au XVIIe siècle, attaché nu sur le dos d'un

conclut : « Née d'un amour commun pour la musique, notre relation, devenue chaleureuse et confiante, est précieuse au solitaire que je suis. » Après hésitation, il se résolut à signer. « Tristan Dionys, votre professeur et ami dévoué. »

Dès son retour dans le petit appartement du Marais, Tristan avait posé sur son vieux piano droit, sous le portrait de Liszt, le gant du compositeur offert à Trouville par la marquise de Gompré, la veille de sa mort. Bien que roturière née Rose Pipon, comme se plaisait à le rappeler le comte de Galvain, cette femme avait possédé l'humaine noblesse dont beaucoup, malgré leur titre, paraissaient dépourvus. Pour Tristan Dionys, seule l'alliance du cœur et de l'intelligence fondait la véritable aristocratie.

Quelques jours avant Noël, Maximilien reparut, dans Paris enneigé et déjà décoré pour les fêtes. Il s'annonça par un Petit bleu, fixant rendez-vous chez lui, le soir même. Tristan, à qui l'ami avait manqué plus qu'il n'osait se l'avouer, se précipita rue du Bac. Il trouva Max amaigri, morose et bizarrement vêtu d'un complet bleu à rayures vertes, ouvert sur un gilet à ramages et une cravate bouffante. Cet accoutrement inhabituel l'intrigua.

— Mode italienne ! dit Leroy, constatant l'étonnement de Dionys.

— Influence de votre muse ? risqua Tristan, amusé.

---

cheval sauvage, à la suite d'une intrigue, à la cour de Pologne, avec la femme d'un noble. Emporté par son coursier jusque dans les déserts de l'Ukraine, il fut délivré par les Cosaques, qui l'adoptèrent et en firent leur chef. Liszt a composé, sur ce thème, une fougueuse chevauchée pianistique.

En servant le porto, Max se fit plus loquace pour satisfaire la curiosité de son ami.

— Pendant trois mois, nous nous sommes amusés comme des fous. Avec la baronne, j'ai croqué la vie à pleines dents. Pas une minute de gravité, ni même de sérieux. Nous n'avions qu'un seul but : rechercher le plaisir sous toutes ses formes. Et, pour cela, Emilia est superbement douée, commença Leroy.

— Vos rares cartes postales m'ont prouvé que, tel Goethe, vous faisiez votre voyage d'Italie, observa Tristan.

— Tout a commencé à Monte-Carlo. J'ai gagné deux mille francs, au concours de tir aux pigeons, que je me suis empressé de perdre au baccara. Emilia, pour qui perdre ou gagner est sans importance, a décidé, lassée du jeu, de me faire connaître son pays, l'Italie, mère des plaisirs autant que des arts. Elle y compte partout des amis, à la fois riches et bohèmes. À Gênes, nous sommes allés vider une bouteille de champagne sur la tombe de son second mari, un armateur qui lui a laissé la moitié d'une compagnie de navigation. À Parme, elle a tout de même dû vendre un domaine, hérité de son premier époux, pour renflouer nos finances. À Florence, nous avons fait la fête, jour et nuit, avec des peintres et des patriciennes délurées. Emilia s'est fait peindre nue, dans une vasque en forme de conque, telle une réplique de la Vénus de Botticelli. À Venise, sa ville natale, elle a été reçue comme une reine de carnaval, par une société délirante, qui ne pense qu'à inventer de nouvelles griseries. À Naples, elle a voulu gravir les flancs du Vésuve en espérant une éruption magique. Nous n'avons fait qu'un bref séjour à Rome, où la gauche vient de remporter les élections, ce qui crée de l'agitation et contraint le pape à rester enfermé au Vatican. Emilia, qui n'est jamais à court d'idées généreuses, a fait porter au souverain pontife son portrait en Vénus sortant de l'onde, « pour que Sa Sainteté ait sous les yeux une autre femme que des Vierges compassées » comme elle a précisé.

— Quelle a été la réaction du pape ?

— Il a envoyé sa bénédiction, avec un chapelet, et fait savoir, par un camérier, fardé comme une cocotte, qu'il serait heureux d'accorder audience au modèle « de cette évocation virginale de la beauté octroyée par Dieu à Sa créature ». Ce sont les termes de son message ! s'exclama Max, hilare.

— Et comment s'est achevée la saison des plaisirs ?

— À Rome, Emilia a fait ses comptes et a décidé qu'elle devait trouver un nouveau mari. Nous nous sommes séparés à Milan car, de nos jours, la fortune n'est plus chez les patriciens du Sud ; elle est au Nord, chez les grands industriels et les hommes d'affaires.

— Cette séparation a dû vous faire de la peine après ce que vous avez vécu, pendant trois mois, avec une femme de cet acabit. Cela crée des liens, non ? Il y avait tout de même de l'amour entre vous ?

— Incorrigible Tristou ! Vous mêlerez donc toujours les sentiments au plaisir. Aux yeux du monde, les apparences de l'amour valent l'amour. Emilia et moi, nous avons été des partenaires de circonstance, engagés avec lucidité et complaisance dans la seule recherche du plaisir. C'était une gageure et nous avons gagné. Nous avons raflé la mise de la vie, dit Leroy, triomphant.

— Alors, pourquoi ne pas continuer ? dit Dionys, un peu agacé par cette exubérance paillarde.

— Parce qu'on se lasse de tout, même des plaisirs épicés. Quand la comédie devient monotone, quand chaque jour et chaque nuit ne sont que répétition de la veille, quand on perd le goût de l'invention, quand l'effort remplace la spontanéité, tout menace de sombrer dans la plus triviale banalité. Il faut alors chercher ailleurs l'inspiration. Chacun s'en va de son côté, avec des souvenirs qui ne résisteront pas tous au temps, expliqua Max.

— En somme, pour votre baronne italienne, que fûtes-vous de plus qu'un camarade de jeu ?

— Un étalon ! lança Max, hilare.

— Vous êtes vraiment un être à part. Ne ressentez-vous aucun sentiment ?

— Détrompez-vous, Tristan. Le seul sentiment que je ressente est l'amitié que vous m'avez fait découvrir et que nous partageons, dit Max en prenant, affectueusement, la main de Dionys.

— Trouville m'a rapporté quelque argent. Nous pourrions peut-être aller dîner chez Vefour ? suggéra Tristan, ému par le propos et le geste de l'ami.

7.

Sortis des bals, redoutes et cotillons de Noël, les Parisiens, dégrisés, ressentirent, dès les premiers jours de 1877, le marasme des affaires. Sur les boulevards, les maisonnettes de bois, constructions éphémères où l'on trouvait, dès le jour de l'An, toutes sortes d'articles de pacotille, jouets à deux sous – cri-cri, boxeurs ou trapézistes de carton, que l'on manœuvrait avec des ficelles, grenouilles sauteuses, toupies, crécelles – et confiseries artisanales, étaient trois fois moins nombreuses que l'année précédente.

Maximilien Leroy et Tristan Dionys, allant déguster une glace au Café Napolitain dont c'était la spécialité, se mêlèrent un soir, sur le boulevard des Italiens, aux badauds amateurs de sucettes en sucre filé. Les plus demandées de ces sucreries étaient à l'effigie du ténor Victor Capoul et de la cantatrice Émilie Ritter, créateurs, au Théâtre-Lyrique, des rôles de Paul et de Virginie. Les mille cinq cents fauteuils étaient, chaque soir, occupés. Les malheurs des héros de Bernardin de Saint-Pierre, mis en opéra par Victor Massé, faisaient pleurer, des loges au poulailler, la bourgeoise comme la grisette, le dandy comme le tâcheron, même le machiniste et le pompier de service, assurait un journal satirique.

La désaffection du petit commerce, lors de la brève foire boulevardière, fondée en 1869, ne suffisait pas à expliquer l'atonie des affaires.

Maximilien Leroy, toujours bien informé par ses relations à la Chambre des députés et au Quai d'Orsay, brossa pour Tristan, peu attentif à la conjoncture, un tableau de la situation économique du pays.

— Les affaires régressent, l'industrie et le commerce souffrent de la concurrence des pays qui commencent à produire et à exporter ce que nous fabriquons. La Russie, les États-Unis, le Canada, l'Argentine développent leurs industries et leur commerce, d'où réduction de l'activité des nôtres, à cause de la diminution sensible de nos exportations. Depuis plusieurs mois, le bilan du commerce extérieur est défavorable. On constate aussi un ralentissement du commerce intérieur et, partant, une menace de chômage, la crainte d'une agitation ouvrière, ce qui influence fâcheusement la Bourse, expliqua Leroy.

— J'ai lu, dans *L'Illustration*, que nos difficultés présentes seraient imputables à ce qui se passe dans les Balkans, observa Dionys en attaquant d'une cuillère prudente une pyramide de glace vanille-chocolat-pistache, nappée de crème fouettée, tel un pic des Alpes à la fonte des neiges.

— En partie, seulement. La révolution à Constantinople, le suicide du sultan Abdul Aziz, dont l'esprit dérangé n'a pas résisté à la conspiration des Jeunes-Turcs, ces réformateurs ottomans ; l'assassinat à Salonique, par des musulmans, des consuls de France et d'Allemagne, qui portaient secours au consul des États-Unis, soupçonné d'avoir enlevé une jeune Bulgare, récemment convertie à l'islam, n'arrangent en rien nos affaires et nos relations avec la Turquie.

— D'après le journal, le sultan est bien occupé par ce qui se passe aux frontières de son pays, émit Tristan.

— Ce n'est pas d'hier. De juillet à octobre 1876, les Serbes et les Monténégrins, révoltés par les atrocités commises par les Bachi-Bouzouks, irréguliers turcs à demi sauvages, se sont battus contre l'armée régulière du sultan, jusqu'à ce qu'un armistice, imposé par le tsar, figeât la situation. Mais les Turcs viennent de rompre l'accord et Alexandre II a très mal pris la chose. Allié des Serbes et des Monténégrins, le Russe se prépare à déclarer la guerre à la Turquie, pour protéger les sujets chrétiens du nouveau sultan Abdalwadide. D'après ce que j'ai appris aux Affaires étrangères, le tsar a déjà cinq cent mille hommes sous les drapeaux, cent mille chevaux et deux mille canons. En face, le sultan ne dispose que de deux cent mille soldats et mille cinq cents canons, mais il compte sur des musulmans, qui viendront de Syrie et de Perse, pour l'aider à combattre le tsar et les chrétiens.

— Souhaitons que les Russes l'emportent, risqua Dionys.

— Rien n'est moins sûr. Polonais, Roumains, Bosniaques, Moscovites, Bulgares, Cosaques, Kalmouks et Kubans, qui tous ont envie de se débarrasser des jougs turc, russe ou autrichien, vont entrer dans la danse. Nous allons voir une belle mêlée, sur les rives du Danube, croyez-moi, conclut Maximilien, amusé comme s'il s'agissait d'une épreuve sportive.

— La guerre n'est jamais belle, Max. Elle s'abreuve du sang des hommes, quelles que soient leur race et leur religion. Beaucoup de gens vont mourir, souffrir dans leur chair, laisser des veuves et des orphelins, dit Dionys.

— Tristou, cher Tristou, dégustez votre glace et
gardez votre compassion pour qui la mérite. Ces barbares vont se battre, entre eux, pour imposer les lois
édictées par des despotes, qu'ils soient chrétiens ou
musulmans. La seule inquiétude que nous puissions
avoir est de nous laisser entraîner à prendre parti dans
ces conflits. Bismarck, qui courtise à la fois les Russes,
les Turcs et les Habsbourg, nous guette. Il pourrait
profiter du moindre prétexte pour envahir à nouveau
la France. Notre redressement rapide, les cinq milliards
d'indemnité de guerre, payés par un emprunt quarante
fois couvert et l'Exposition universelle que nous pré-
parons agacent les Teutons, rendus flambards par l'unité
nationale toute neuve du Reich. Les Allemands croyaient
avoir écrasé la république et mis la France à genoux :
ils ont fortifié l'une et rendu fierté à l'autre. Et cela,
vous le savez comme moi, au prix du sang de nos pères,
acheva Leroy.

L'apathie des transactions commerciales et les lointains conflits des Balkans n'empêchaient pas les Parisiens aisés de construire, d'embellir leur intérieur et de
s'amuser. La ville se couvrait de chantiers. Les démolisseurs achevaient de déblayer les décombres de la
Commune, pour faire place nette aux bâtisseurs. Un
nouvel Hôtel de Ville allait remplacer, à l'identique,
celui incendié par les communards et, sur l'emplacement de l'ancien ministère des Finances, lui aussi détruit
au cours de la semaine sanglante, on achevait les fondations, entre les rues de Rivoli, du Mont-Thabor et
de Castiglione, de ce qui serait bientôt le plus luxueux
et le plus confortable des palaces d'Europe, l'hôtel
Continental. Sur le boulevard des Italiens, M. Henri
Germain, fondateur du Crédit lyonnais en 1862, faisait

bâtir pour sa banque, dans le style néo-classique, à la place de l'ancien hôtel de Boufflers, entre les rues de Choiseul et Gramont, un véritable temple dédié au veau d'or. Dans le même temps, les expropriations allaient bon train sur la butte Saint-Roch. Celle-ci serait rasée, pour permettre le percement de l'avenue de l'Opéra, large voie qui conduirait du palais Garnier à la rue de Rivoli. Max Leroy assurait que la terre enlevée servirait à niveler le Champ-de-Mars, un des lieux réservés à l'Exposition universelle de 1878, pour laquelle la municipalité venait de voter une subvention de six millions.

Ce rendez-vous universel, destiné à prouver au monde entier le relèvement spectaculaire de la France, était évoqué dans toutes les conversations. Les curieux se pressaient sur la colline de Chaillot, arasée par le baron Haussmann, autour du chantier d'un palais dans le style oriental, le Trocadéro[1], que construisaient les architectes Jules Désiré Bourdais et Gabriel Davioud. Le bâtiment central serait le symbole architectural de l'Exposition. Il serait composé d'une haute et large rotonde à colonnade, surmontée de deux minarets et flanquée d'ailes courbes, sorte de déambulatoire claustral, qui, comme des bras, enlacerait la colline.

Sur la rive gauche de la Seine, les pavillons des nations et ceux des exposants – on en attendait plus de cinquante mille – occuperaient le Champ-de-Mars

---

1. Le palais devait son nom au site consacré au souvenir de la bataille du fort du Trocadéro, l'un des plus importants de la défense de la ville de Cádiz, enlevé par le duc d'Angoulême, dans la nuit du 30 au 31 août 1823, au cours de l'expédition d'Espagne. Démoli pour l'Exposition universelle de 1937, le Trocadéro parisien de 1878 a été remplacé par l'actuel palais de Chaillot.

et une partie du quai d'Orsay. Du Trocadéro, une cascade, en cours de construction, déverserait en gradins, jusqu'au bas de la colline, un torrent d'eau discipliné, dans un grand bassin hérissé de multiples jets. Le coût de ce spectacle aquatique, établi à six cent cinquante mille francs, serait en partie couvert, comme celui du reste de l'Exposition, par la vente des bons de la Souscription nationale d'Encouragement aux Beaux-Arts et à l'Industrie, vendus un franc aux citoyens.

Maximilien Leroy et Tristan Dionys ne manquaient jamais, au cours de leurs déplacements dans Paris, de s'intéresser à l'avancement des chantiers. Ces jours-là, ils éprouvaient, l'un et l'autre, un regain de patriotisme.

Un matin, les deux amis, revenant d'une promenade hygiénique au bois de Boulogne, par l'avenue du Trocadéro, assistèrent, sur la colline de Chaillot, à l'arrivée, à bord de lourds chariots, des six statues dorées qui devaient décorer la tribune centrale du Trocadéro et représentaient les femmes des six continents[1] : Europe, Afrique, Amérique du Nord, Amérique du Sud, Asie, Océanie. Les préférences de Max allèrent à l'Afrique et à l'Océanie, les plus dévêtues !

— Heureusement que le président de la République n'a pas cédé aux pessimistes, quelques républicains radicaux du Sénat, qui demandaient le report de l'Exposition à 1879, en raison des conflits d'Orient et de la crise économique. Après avoir visité les travaux

---

1. Lors de la démolition du Trocadéro, en 1935, ces statues furent envoyées à Nantes. En 1963, les Nantais les expédièrent dans un débarras, d'où les tira de l'oubli, il y a quelques années, le conservateur du musée d'Orsay. Sylvain Ageorges, *Sur les traces des Expositions universelles*, Parigramme, Paris, 2006.

du Champ-de-Mars et du Trocadéro, Mac-Mahon a déclaré qu'il s'opposerait « à toute remise de la grande fête du travail et de la civilisation ». Et il a ajouté : « La France ne se mêlera à aucune complication extérieure », rapporta un commis d'architecte.

— Voilà qui va rassurer le bon peuple, commenta Max.

Pour rendre confiance à la bourgeoisie comme à ce qui restait d'aristocrates, de monarchistes et de bonapartistes, le gouvernement venait d'autoriser le retour du bal de l'Opéra, supprimé depuis la guerre. Le 13 janvier, Maximilien Leroy, ayant obtenu des invitations, se vit confier deux cavalières sérieuses et proposa à Tristan de l'accompagner. Avant le bal, il instruisit son ami. Ses conseils tranchaient sur ses habituelles façons donjuanesques.

— Nos cavalières sont les épouses respectables de deux hauts fonctionnaires de mes amis, actuellement en mission au Tonkin. Ce sont eux qui m'ont demandé de conduire leurs femmes à l'Opéra, afin que leur absence ne privât pas ces dames de l'événement mondain de l'année. Pas une raison pour leur conter fleurette. Badineries de gentlemen, compliments circonstanciés, sans plus. En valsant, la main légère sur la taille, même si, sait-on jamais avec les femmes, elles mouraient d'envie d'être serrées d'un peu plus près. Nous sommes gais, attentifs, galants mais respectueux. De bonne compagnie, pour un soir, mais nous aimons ailleurs. À une heure du matin, nous les raccompagnons chez elles. Baisemain devant la porte, c'est tout. Il y va de ma réputation au ministère des Affaires étrangères. Les femmes parlent beaucoup, Tristou.

— Je n'aurai aucun effort à faire, mais vous allez devoir contenir vos instincts libertins, plaisanta Dionys.

— Le tout est de savoir où l'on va et qui l'on accompagne. Le bal de l'Opéra n'est pas le bal Mabille. On ne peut s'y rendre avec des cocottes, sauf si elles ont un statut de courtisanes établies et reconnues, compléta Max.

Ce fut la soirée la plus élégante à laquelle le pianiste eût jamais participé. Olivier Métra et Johann Strauss se relayèrent à la direction d'orchestre et l'on dansa, au son des valses, des polkas et des quadrilles. Dans une ambiance qui n'allait pas sans rappeler les beaux jours du second Empire, Tristan Dionys suivit, en tous points, les consignes de Maximilien. Sa cavalière, assez intimidée par l'afflux des personnalités, ministres, parlementaires, ambassadeurs étrangers, membres de la haute finance, qui plastronnaient en habit, constellés de décorations, au foyer de l'Opéra, ne voulut pas d'autre danseur que lui.

Dionys constata, dès la première valse, qu'elle s'essoufflait vite et jouait abondamment de l'éventail entre deux danses. La mode nouvelle expliquait ces incommodités. Le règne de la robe du soir moulante, du fourreau de soie à petite traîne plissée, retenue par un gros nœud sur le bas du dos, avantageait les femmes minces aux formes harmonieuses. Resserrées du bas, ces toilettes les obligeaient à ne faire que de tout petits pas. Démarche gracieuse mais, au bal, la valse devenait un tournoiement risqué. Les courtaudes et celles d'un embonpoint débordant devaient se serrer la taille, jusqu'à l'étouffement, dans les nouveaux corsets de Charles Worth, en satin rose baleiné qu'on laçait dans le dos. L'opération devait être conduite par une femme de chambre musclée, un mari sachant doser sa force ou un amant résigné.

La cavalière de Tristan, Méridionale épanouie au buste opulent, portait cuirasse sous sa robe, d'où un souffle court et un teint vermillon. Il la conduisit à plusieurs reprises au buffet et sur un balcon aéré en faisant la conversation. Intelligente et instruite, elle comprit l'attention de son cavalier et sut meubler ces temps de repos en parlant musique et littérature. Au moment de la séparation, à l'heure dite, devant un bel immeuble du faubourg Saint-Honoré, elle se dit consciente, sans vaine minauderie, d'avoir imposé à Dionys une corvée protocolaire. Le pianiste s'en défendit avec l'accent le plus sincère, en répétant tout le plaisir qu'il avait pris en la compagnie d'une femme dont l'esprit ne le cédait en rien à l'élégance.

— Tout cela sonnait faux comme un piano désaccordé, ironisa Tristan quand les deux amis se retrouvèrent seuls.

— La bonne éducation use d'un vocabulaire hypocrite, bourré de superlatifs. Ça ne trompe personne, mais ça met du liant dans les rapports. Mon cher, la société frivole, invitée ce soir à l'Opéra, a ses codes et son langage. Bien que je connaisse votre intransigeance morale, vous avez, comme moi, parfaitement joué le jeu. Je nous reconnais, à tous deux, quelque mérite, car j'ai vu plusieurs très jolies personnes accessibles, que nous aurions pu échanger contre nos cavalières. J'ai entendu l'une d'elles, femme d'un ministre, demander à son mari, en vous désignant d'un regard velouté : « Qui est ce beau jeune homme blond ? »

— Ah ! Avez-vous entendu la réponse de l'époux ?

— En dansant, j'ai manœuvré pour. Il a déclaré du ton péremptoire de qui connaît son gotha : « Sans doute un attaché de l'ambassade de Suède. Tous les Suédois sont blonds, ne portent pas de décorations et, étant donné le climat de leur pays, ont une prédilection pour les femmes grasses », révéla Max, riant sans retenue, ravi qu'il était de rapporter ces propos.

— Cet homme mérite d'être cocu, lança Tristan.

— Si ce n'est déjà fait, il le sera, Tristou.

La restauration du bal de l'Opéra remit la danse mondaine à la mode. Maximilien Leroy, disposant par relation de nombreuses invitations, entraîna Tristan Dionys dans une série de bals où ils furent accompagnés par des cavalières moins gourmées que celles du palais Garnier, mais tout aussi élégantes et présentables. On vit les deux amis à l'Élysée, au bal de la Présidence, pour lequel le caricaturiste Gavarni avait fabriqué de fausses invitations que le Tout-Paris s'arrachait. On y lisait : « Chacun est libre d'amener son amante. Les hommes seront reçus en faux-col, les femmes en jarretières. » À l'ambassade de Grande-Bretagne, au ministère des Affaires étrangères, au cercle de l'Union artistique, au cirque des Champs-Élysées, le divertissement fut le même, comme les airs joués par les meilleurs orchestres de la capitale. De quoi lasser assez vite Dionys, qui trouvait plus d'agrément au souper que l'on prenait à quatre, après la fête, dans un restaurant des boulevards.

Le dernier jour de mars, le pianiste reçut une lettre de Geneviève de Galvain : elle annonçait son retour à Paris avant la fin du mois d'avril. « Notre séjour n'a pas été prolongé à la demande des médecins, comme vous sembliez le craindre dans votre dernière lettre, mais par mon père. Il ne veut pas manquer un jour de la saison hippique, qui dure ici tout un mois. C'est son seul plaisir, je ne voulais pas l'en priver. J'espère que vous serez content de votre élève, car j'ai fait de vrais progrès dans l'extension aisée de la main droite et celle des accords brisés à tout le clavier. J'ai hâte de retrouver nos entretiens parc Monceau. Au risque de vous paraître un peu bécasse, je vous avoue que ce sont les meilleurs moments que je puis vivre. D'où mon impatience à vous revoir. »

Quand Tristan fit part de ce message à Max, dans le fiacre qui les portait au tir aux pigeons du bois de Boulogne, l'ami fut catégorique.

— Cette petite Galvain est amoureuse de vous, c'est clair.

— Votre tournure d'esprit vous conduit toujours à penser qu'il ne peut y avoir de relation autre qu'amoureuse entre un homme et une femme, protesta Tristan.

— Je connais les femmes mieux que vous. D'ailleurs, je me demande si vous n'êtes pas, vous-même, amoureux de votre élève ?

— Je n'ai pour Geneviève ni amour ni désir, au sens où vous entendez penchant et instinct. Geneviève est l'incarnation de la sylphide évanescente, chère à M. de Chateaubriand. Elle inspire un sentiment de tendre pitié. J'ai diablement envie de la voir en meilleure santé et heureuse. Je suis prêt à tout pour lui apporter espérance et joie de vivre, avoua Tristan.

— Iriez-vous jusqu'à l'épouser ? osa Max, taquin.

— La question ne peut se poser. Mais, si elle se posait, oui, j'irais jusqu'à l'épouser, si cela suffisait à la guérir et à lui ouvrir un avenir serein. Mais elle a vu mourir sa mère et j'ai vu mourir la mienne de la maladie dont elle souffre. Elle a deviné que je sais ses jours comptés. Et je suis certain qu'elle pense, qu'elle souhaite, que je l'accompagne jusqu'au fatal dénouement, expliqua Tristan, d'un ton empreint de gravité.

— J'admire votre générosité, Tristou, votre naturelle grandeur d'âme, la façon dont vous considérez le sort des autres, sans référence au vôtre. Je ne suis plus sûr, moi le païen, jouisseur, paillard, égoïste et sans égard pour autrui, de mériter l'amitié que vous m'accordez, reprit Max, porté par une émotion sincère.

— Ne vous faites pas plus mauvais que vous n'êtes. Vous tenez à faire croire que vous ne prenez ni la vie ni les êtres au sérieux. Tout cela, Max, est à la fois un masque et un écran. Je suis certain qu'il y a, en vous, de grandes qualités de cœur, étouffées par une angoisse secrète. La banalité de la vie vous effraie et, comme le Méphisto de Faust, vous voulez être celui qui, toujours, nie. J'attends le jour où tombera le masque, où se déchirera l'écran. Peut-être souffrirez-vous. Ce jour-là mon amitié sera utile, dit Tristan, aussi ému que son ami.

De cet entretien confiant naquit, entre les deux hommes, une nouvelle intimité. Dans leurs échanges, s'établit, au fil des semaines suivantes, une sorte de résonance, pareille à celle du diapason, accord impalpable que seuls les amants croient parfois connaître.

Entre Max et Tristan, l'harmonie se situait bien au-delà de conjonctions charnelles qu'ils n'auraient pu concevoir. Leur complicité dépassait le jeu subtil des partages intellectuels et des plaisirs épicuriens, pour atteindre à une connivence intuitive, presque télépathique. C'est ce qu'ils nommaient, faute d'un autre mot, leur amitié.

Ils pouvaient rester, l'un près de l'autre, silencieux, fumant, lisant, l'un spéculant, crayon en main, sur un profit boursier, l'autre triturant sur du papier à musique un thème de sonate. Ennemis du parler pour ne rien dire, ils acceptaient les vides de la conversation.

Tous deux assistèrent à la création, le 16 avril aux Folies-Dramatiques, d'une opérette dont le succès fut immédiat, *Les Cloches de Corneville*. Bien que les librettistes, Louis-François Clairville et Charles Gabet, aient qualifié leur œuvre d'opéra-comique, Tristan n'applaudit guère la musique de Jean Robert Planquette, qu'il qualifia de « musiquette pour grisettes et calicots ». Même s'il reconnaissait un vrai talent à un autre compositeur de musique légère, son condisciple de l'École Niedermeyer, Edmond Audran – dont l'opéra-bouffe *Le Grand Mogol* était partout joué, depuis sa création à la Gaîté, en septembre 76 –, Tristan tenait l'opérette pour genre mineur.

— Une musique facile à retenir, pétillante, pleine de sensibilité niaise, composée sur mesure pour soutenir le déroulement d'histoires simplettes, qui finissent bien : telle est l'opérette. Elle est destinée à satisfaire le besoin de rêve, d'amours idylliques, de rengaines à fredonner après banquet, du bon peuple des faubourgs. De quoi flatter, en même temps, l'insouciance du bourgeois prospère, du boutiquier, de tous ceux qui croient à la paix définitive, aux vertus du commerce et à cette fée nouvelle, porteuse de lumière et de force, qu'on nomme électricité, décréta Dionys en sortant du théâtre.

— Comme je me suis bien amusé, le but que vous prêtez aux auteurs est atteint, répliqua Max.

— Grand bien vous fasse. Vous vous contentez de peu, dit Tristan.

— Vous êtes un véritable rabat-joie, Tristou. Laissez donc les gens rire, danser, chantonner, s'imaginer un instant que la vie peut se dérouler comme une opérette

de Robert Planquette. Le destin aura trop souvent
l'occasion de leur montrer que tout ne va pas ainsi.

Comme pour prouver à Max que la musique pouvait
exprimer des sentiments profonds, des mouvements de
l'âme, l'incertitude liée à la marche du temps, les malé-
fices d'une sensualité exaltée, l'indicible rivalité du bien
et du mal s'affrontant dans le cœur et l'esprit de l'homme,
le pianiste convainquit son ami de l'accompagner au
Théâtre du Châtelet, pour entendre l'orchestre des
Concerts Colonne dans *La Damnation de Faust.* L'ora-
torio qu'Hector Berlioz, mort en 1869, avait lui-même
tiré de son opéra en quatre actes, n'était plus joué à
Paris, depuis sa désastreuse création, en 1846, à l'Opéra-
Comique.

— Alors qu'il s'agit d'un pur chef-d'œuvre, proclama
Dionys.

À la fin du concert, donné devant un public clair-
semé, Maximilien avoua avoir été impressionné par
cette musique d'une exubérance tragique, propre à
réveiller tous les tourments que chacun s'efforce, en
soi, d'endormir.

— La musique d'Hector Berlioz, souvent maltraitée
par la critique, rend en effet un son d'une grandiose
et douloureuse barbarie. Il faudrait l'entendre plusieurs
fois, pour tout apprécier de ce drame, secrète expression
de celui du compositeur. On entend Faust se débattre,
entre instinct et raison, égaré dans « le monde des sym-
boles et des brouillards » défini par Goethe, commenta
Tristan.

— Mais c'est une libre interprétation du poème de
Goethe, dont je possède une belle édition. Moi, j'ai toujours eu un faible pour le vrai Faust, celui qui a existé
au XVe siècle, du côté d'Erfurt, et dont les vieilles chroniques racontent l'histoire.

— Ou la légende, coupa Tristan.

— C'était un magicien, un faux savant, qui dévoyait la science pour asseoir ses charlataneries. Astrologue, chiromancien, philosophe de taverne et même théologien en chambre, ce trousseur de jupons, immoral, incorrigible païen, se disait capable de faire des miracles. Des princes et des évêques le crurent, qui payèrent à prix d'or horoscopes et prédictions, développa Maximilien.

Il ne pouvait cacher son indulgence admirative pour l'aventurier sulfureux, inspirateur des poètes et des compositeurs depuis trois siècles.

— On dit qu'il est mort, une nuit, étranglé par le diable qu'il avait servi et trompé, fit observer Tristan.

— Quelle belle mort ! lança Max.

— Méphisto fut peut-être l'exécuteur d'une sentence divine. Méfiez-vous ! Il y a en vous un Faust qui sommeille, dit Tristan, toujours amusé par le démonisme de son ami.

Le maître de musique reprit ses cours du lundi et du jeudi, chez les Galvain, dès que Geneviève eut confirmé sa présence parc Monceau. La saison niçoise avait été bénéfique à la malade et les médecins disaient leur espoir de la voir, sinon vaincre, du moins contenir sa maladie. Un nouveau traitement, à base de lait de chèvre, devait encore améliorer son état. Bien qu'ayant constaté au clavier les progrès de son élève, Tristan différa l'essai d'une interprétation à quatre mains de *Mazeppa*, œuvre d'une exécution difficile, qui eût fatigué Geneviève. Pour la jeune fille, la conversation de son professeur, plus que les cours de musique, donnait plaisir et bien-être. Par moments, elle posait sur Tristan de tels regards effarés, avides de tendresse, avait parfois les gestes impulsifs de qui se noie et cherche un

secours, qu'il se demanda si Max ne voyait pas juste
en supposant Geneviève amoureuse de lui. Ni encourager, par compassion protectrice, ni rebuter, par
froide indifférence : tel était le dilemme où Dionys se
vit enfermer au fil des semaines. La gouvernante, dra-
gon attentif, crut voir dans cette intimité accrue, dans
le fait que Geneviève passât une heure à se parer, les
jours de cours, pour apparaître les joues poudrées de
rose et l'œil allongé au mascara, ce qui donnait à son
regard intensité et profondeur, qu'elle mit le comte de
Galvain en garde. Elle donna à entendre que le pianiste
pouvait être un coureur de dot, capable de séduire une
faible femme, isolée par sa maladie.

— Et si cela était ? Voir ma fille heureuse vaudrait
toutes les dots. J'ai confiance en M. Dionys. Laissez ces
jeunes gens en paix, je vous prie, ordonna sèchement
le comte.

Au printemps, alors que les Parisiens guettaient dans
les jardins et sur les avenues l'éclosion des fleurs de
marronniers, une soudaine agitation politique enfla, au
point de faire redouter des troubles.

Tout avait commencé le 3 avril. À cette date devait
se réunir, à Paris, une assemblée générale des Comités
catholiques, dont les autorités connaissaient les intentions. Ces Comités avaient décidé de s'unir, pour
demander au gouvernement français d'intervenir, afin
que fussent rétablis, dans leur intégralité, les pouvoirs
temporels du pape.

Depuis l'achèvement de l'unité italienne, depuis que
Rome était capitale du royaume d'Italie, sous le règne
de Victor Emmanuel II, le pape Pie IX se disait prisonnier au Vatican. Il avait interdit aux catholiques de
briguer un mandat électoral et, même, de participer

aux scrutins. Si le Saint-Père ne disposait plus de
l'autorité civile de ses prédécesseurs, il conservait,
grâce à la loi des Garanties, votée en mai 1871 par le
gouvernement italien, pleine souveraineté sur le Vatican, le Latran et Castel Gandolfo. Une importante
dotation annuelle lui était allouée par l'État et le droit
de représentation diplomatique lui restait acquis.

Redoutant des manifestations, le gouvernement de
Jules Simon avait interdit le rassemblement catholique
mais, sans tenir compte de cette décision, les Comités
avaient adressé un message de soutien au pape et une
pétition aux autorités françaises. Ils demandaient au
gouvernement de « rompre toute solidarité avec la
révolution italienne ». Jules Simon soutenait le gouvernement italien et, à la Chambre des députés, Léon
Gambetta, qui s'était toujours appliqué à faire la distinction entre la religion et l'intervention du clergé
dans les affaires publiques, avait lancé une phrase partout reprise : « Le cléricalisme, voilà l'ennemi ! » Les
conservateurs avaient aussitôt relevé ce propos
comme « une déclaration de guerre aux croyances »
et bon nombre de républicains catholiques se disaient
meurtris.

Agacé par le nonce du pape, qui avait annoncé
l'intention du Vatican de rompre toute relation avec
la France, le président de la République avait congédié
Jules Simon et son gouvernement républicain, pour les
remplacer par le duc de Broglie et un ministère à tendance monarchiste. Tout en assurant les élus « qu'il
était résolu à réprimer les menées ultramontaines », le
maréchal de Mac-Mahon avait décidé, le 16 mai, de
« faire appel au pays » en demandant au Sénat de voter
la dissolution de l'Assemblée. Cette décision fut immédiatement considérée comme un coup d'État parce que

dirigée contre un gouvernement qui détenait la majorité dans les deux Chambres. La Constitution ne pré-
voyait pas, en effet, que la dissolution pût être un acte
personnel du président de la République. Tout en rendant hommage au patriotisme et à la loyauté de Mac-
Mahon, Gambetta, jamais plus à l'aise et éloquent que
dans les périodes de crise, avait clamé sur tous les tons
sa crainte « que derrière les calculs de dissolution ne
se cachent d'autres calculs ». La gauche avait finalement admis que « la France ayant la parole » par de
nouvelles élections, la République sortirait plus forte
que jamais des urnes populaires.

Entre partisans et opposants à la dissolution, les discussions avaient été vives et la campagne s'annonçait
orageuse.

Si Tristan Dionys la suivait assez distraitement, à travers les articles des journaux qui reproduisaient les discours des tribuns, Maximilien s'y intéressait de près.

— Je suis persuadé que, si les républicains l'emportent largement aux élections fixées en octobre, le pouvoir en place devra, suivant l'injonction de Gambetta,
« se soumettre ou se démettre ». Déjà, les amis d'Adolphe
Thiers pensent que l'ancien chef de l'exécutif qui, après
avoir anéanti la Commune, s'est rallié à la république,
pourrait succéder au maréchal-président. Tous reconnaissent à Mac-Mahon franchise et civisme, mais lui
reprochent, en plus de ses sympathies monarchistes, un
manque de sens politique évident, expliqua-t-il.

— On a vite oublié Sedan, observa Tristan.

— La mémoire des peuples est un tamis, qui laisse
passer les faits déplaisants, Tristou. En attendant, me
voilà avec mon député normand sur les bras ! Depuis
qu'il a goûté au pouvoir, à la vie parisienne et aux
caresses d'Ewa et de Wanda, il ne pense qu'à sa réé-

lection en octobre. Nos Polonaises, dont le magasin de mode prospère, au-delà de ce qu'elles avaient espéré, se conduisent fort bien avec leur mécène. Elles sont venues plaider sa cause rue du Bac et sont prêtes à tout pour qu'il soit réélu.

— Vous m'accompagnerez donc à Trouville cette année. Pendant que je pianoterai aux Roches Noires ou promènerai Geneviève dans les collines, vous préparerez le combat d'automne, dit Dionys.

— Hélas, non. Pour cette élection, tout va se jouer à Paris. Victor Hugo a déjà réuni, chez lui, les sénateurs de l'extrême gauche, Peyrat, Crémieu, Schœlcher, et l'Alsacien Scheurer-Kestner. Léon Gambetta, pour ne pas être dépassé sur sa gauche par Georges Clemenceau, va formuler des exigences nouvelles. Il a dit : « La guerre est déclarée ; on nous offre la bataille. Nos positions sont inexpugnables ; nous occupons les hauteurs de la loi. » Et il voit juste. Les républicains l'emporteront.

— J'ai lu quelque part que l'on redoute une guerre avec l'Allemagne. Qu'a-t-elle à voir dans nos affaires ? demanda Tristan.

— Bismarck, qui rêve d'en finir avec la papauté et les catholiques, craint que n'apparaisse, en France, un régime qui les soutiendrait comme le demandent ces Comités catholiques d'un autre âge. Les Italiens ont les mêmes craintes. Victor Emmanuel II, souverain d'un royaume à régime parlementaire, où la gauche domine, a fait un voyage à Berlin. Depuis, les Italiens se disent prêts à se manifester. Le préfet des Alpes-Maritimes a signalé une concentration de troupe et de matériel à Vintimille. J'ai su, aux Affaires étrangères, que l'armée italienne organisait un grand parc d'artillerie à Plaisance et des dépôts d'armes à La Spezia. Naturelle-

ment, les Italiens n'ont nulle intention véritable d'en
découdre pour soutenir la république française. Tout
cela n'est qu'intimidation. Mais intimidation efficace,
en période électorale, mon cher.

— Que va faire votre député monarchiste ?

— Il va devenir républicain bon teint, pardi ! Je l'ai
déjà fait voter avec la gauche contre la dissolution. Me
reste à le faire admettre à l'Union républicaine. Je
compte sur l'aide de nos modistes polonaises, qui cha-
peautent la maîtresse de Gambetta, expliqua Leroy.

Il était tout excité à la perspective d'une stratégie
machiavélique, à conduire sans état d'âme : le député
sortant lui avait promis deux mille francs d'honoraires,
s'il retrouvait un siège à l'Assemblée.

L'effervescence politique ne réduisit pas l'affluence
au Salon des beaux-arts, organisé comme l'année précédente au palais de l'Industrie. Ouvert le 16 mai, le
jour même où Mac-Mahon obtenait du Sénat la dissolution de l'Assemblée nationale, il fermerait ses portes
le 25 juin, à la veille des vacances.

Avant de se séparer pour l'été, Max et Tristan s'y
rendirent, animés par la même curiosité. Côté sculptures, ils ne s'attardèrent pas devant un marbre destiné
à orner la tombe de la comtesse d'Agoult, au Père-
Lachaise. Nommée *la Pensée* par son auteur, Henri
Michel Chapu, la statue représentait une femme assise,
drapée d'un linceul qu'elle soulevait pour porter un
regard sur le ciel.

— Sans l'amour de Liszt, elle n'eût été qu'un bas-
bleu, écrivassier, commenta Tristan.

Le pianiste était toujours injuste envers la défunte.
En Marie d'Agoult, il ne voulait voir que Daniel Stern,
auteur hargneux de *Nélida*.

Parmi les peintures, ils retinrent le *Salut aux blessés allemands*, d'Édouard Detaille, illustrant un des rares succès français de la guerre de 70. S'ils passèrent rapidement devant les portraits d'Adolphe Thiers, par Bonnat, et d'Alexandre Dumas, par Ernest Meissonier, le tableau de Lucien Mélingue, *Robespierre massacré par ses anciens complices conventionnels*, les immobilisa, comme bon nombre de visiteurs. Le peintre avait représenté le révolutionnaire, déjà promis à l'échafaud, gisant sur une table, la mâchoire fracassée par un coup de pistolet. Ce spectacle macabre suscitait plus de curiosité que de compassion. D'un hochement de tête, les bourgeois approuvaient la scène. « Il est bon de montrer comment le conventionnel sanguinaire, inventeur du culte païen de l'Être Suprême, a été rattrapé par la justice immanente », grommela l'un d'eux.

Tristan et Max passèrent en revue, sans indulgence, la cohorte habituelle des femmes dévêtues, infatigables inspiratrices des peintres. Vénus aguichantes ou alanguies, Dianes chasseresses, filles de Loth, Médée, Psyché, Chloé, naïades, nymphes retenaient plus le regard libidineux des collégiens que les modèles sagement costumés des peintres pompiers. *Bretonne de Plougastel*, *Parisienne à Cancale*, *Noce bourguignonne*, *Baptême bressan*, *Mariage provençal*, *Jeune fille des champs* illustreraient bientôt les éphémérides.

Comme les critiques, les deux amis tombèrent en arrêt devant une huile de Jean-Jacques Henner[1], peintre alsacien. L'artiste, qui militait dans les associations de réfugiés d'Alsace et de Lorraine, avait représenté, sur un plateau, la tête tranchée de saint Jean-

---

1. 1829-1905.

Baptiste, « prête à servir dans un restaurant », observa
Leroy. Le martyr à barbe brune, bien en chair, paisible,
les yeux mi-clos, affichait une sérénité surprenante
pour qui connaissait l'horreur de l'épisode biblique.

— A-t-on jamais vu un tel barbu sur les bords du
Jourdain ? grommela un amateur éclairé.

— C'est un commis d'octroi, surpris pendant la
sieste ! ironisa un rapin de passage.

— Je connais celui qui a posé pour Henner. C'est
un ami du peintre, un chemisier du boulevard du Temple,
que toutes ses pratiques reconnaissent. Au jour de
l'inauguration, sa femme s'est évanouie en découvrant
le chef de son époux décapité, précisa un gardien.

— Comme tout le monde voudra voir si ce brave
homme a toujours sa tête sur les épaules, la clientèle
de la chemiserie va décupler, commenta Leroy.

— De nos jours, on appelle ça se faire de la réclame
à bon compte, lança le jeune peintre avec humeur en
s'éloignant.

— C'est un jaloux. Il fait partie des barbouilleurs
refusés par le jury, souffla le gardien.

— Quand on connaît les belles nymphes rousses,
fessues à souhait, que peint Henner, je me demande
si ce n'est pas pour payer ses chemises qu'il a peint la
tête sanctifiée de son chemisier, dit Leroy.

L'été à Trouville fut, pour Dionys, des plus plaisant.
Sa réputation de pianiste virtuose étant bien établie sur
la côte normande, il dut refuser plusieurs propositions
de concerts. Il voulait tenir ses engagements, tant à
l'hôtel qu'au Casino-Salon, où il fit salle comble, chaque
vendredi. Cependant, à la demande de l'amie du comte
de Galvain, Mme Joséphine Bruneau, il accepta de se
produire, un dimanche, en matinée, au Havre, pour le

cercle des Armateurs. Un public huppé et mélomane lui fit ovation après son interprétation vertigineuse de *La Campanella* de Franz Liszt, troisième *Étude d'après Paganini*. Ce soir-là, son cachet fut de deux cent cinquante francs, somme qui eût satisfait un artiste de grande renommée. Autre avantage, le quotidien local lui consacra un article élogieux et, pour la première fois, il vit son portrait reproduit dans une feuille. Le dessinateur l'avait croqué de profil, tandis qu'il jouait, cheveux flottants, mine sévère, regard levé sur les cintres. Même si les mains lui parurent mal placées, il se déclara satisfait de cette image.

Deux jours plus tard, Geneviève de Galvain lui montra le dessin original. Elle avait obtenu de Mme Bruneau qu'elle l'achetât au dessinateur du journal. La jeune fille le fit encadrer et l'exposa dans sa chambre, ce qui fit sourire son père et grommeler sa gouvernante.

Ce fut au cours d'une de leurs promenades en landau que Geneviève fit confidence à Tristan du souci que lui causait le mode de vie du comte de Galvain.

— Mon père, encore fort bel homme et d'un commerce agréable, aurait eu dix fois, depuis la mort de ma mère, l'occasion de se remarier. Mais il a décidé, comme vous pouvez le constater chaque jour, de consacrer sa vie à me soigner. Je souhaite qu'il épouse Mme Bruneau, une femme qui peut le rendre heureux. Je sais que l'on dit ici qu'elle est sa maîtresse, mais ce ragot n'est pas fondé. Joséphine est une femme sérieuse, croyante, ennemie de toute incartade. Tous deux sont donc malheureux, dit la jeune fille.

— Votre confiance me touche, Geneviève. Pourquoi me dites-vous cela ?

— Parce que je voudrais que vous parliez à mon père du sujet qu'il refuse d'aborder avec moi. Je ne veux pas qu'il attende ma mort pour se marier, dit-elle, d'un ton ferme.

Tristan, troublé par ces mots, pour la première fois, prit la main de sa compagne, qu'il serra tendrement.

— Ne parlez pas ainsi. Il est dans l'ordre des choses que votre père quitte ce monde avant vous. Vous êtes jeune, donc avec nous pour longtemps, Geneviève.

— Moins longtemps que vous ne voulez me le faire croire. Mais c'est encore trop. Je veux partir en sachant que mon père ne reste pas seul. Il faut une femme près de lui.

— Mais enfin ! Vous allez de mieux en mieux. Permettez-moi ce compliment, vous n'avez jamais été aussi jolie. Votre fragilité vous confère une grâce particulière. Je suis certain que vous êtes beaucoup plus solide que votre nature ne le laisse paraître, développa Dionys, se voulant convaincant.

Les yeux pleins de larmes, la jeune fille prit à son tour les mains de son professeur.

— Vous êtes mon ami le plus cher. Près de vous, Tristan, je serais prête à accueillir toutes les illusions. Mais je connais mon mal, sa marche inexorable là, dit-elle en se frappant la poitrine.

Tous deux se turent, conscients du douloureux contraste, ressenti comme une profonde injustice, entre cet été triomphant, le chaud soleil, l'ondoiement câlin des vagues, le sable doré où s'ébattaient des baigneurs insouciants et le refus d'une malade d'être dupée.

La première, elle rompit le silence.

— Promettez-moi de parler à mon père et d'être près de moi tant que Dieu me prêtera vie.

— C'est promis. Bientôt, nous jouerons *Mazeppa* à quatre mains. Vous y trouverez cette espérance que vous refusez aujourd'hui. Liszt a très bien rendu, par un rythme de marche glorieuse, le moment où le héros martyrisé renaît à la vie. Car lord Byron terminait ainsi son poème : « Quel mortel peut prévoir sa destinée. Que nul ne se décourage, que nul ne désespère », cita Tristan.

— Vous êtes bon. Rentrons à l'hôtel, l'heure du thé approche. Vos admiratrices vous attendent, dit-elle.

— Vous avez été la première et depuis, pour moi, vous êtes la seule. Tout à l'heure, je jouerai pour vous la *Barcarolle en* fa *dièse majeur*, de Chopin, que vous aimez tant, ajouta Tristan.

Elle le remercia d'un baiser sur la joue. Il n'oublierait jamais ces lèvres innocentes, brûlantes de fièvre.

C'est à Trouville que Tristan Dionys apprit, comme tous les Français, la mort d'Adolphe Thiers, à Saint-Germain-en-Laye. L'ancien président de la République était âgé de quatre-vingts ans et se préparait à la campagne électorale quand, victime d'un malaise soudain, il avait succombé, en quelques heures, le 3 septembre. Celui que l'on donnait déjà comme le successeur de Mac-Mahon était devenu le vrai chef de la gauche, le meneur des trois cent soixante-trois députés républicains qui avaient refusé la dissolution de l'Assemblée. Paris, où son corps fut aussitôt porté, dans son hôtel particulier de la place Saint-Georges lui fit, le 8 septembre, d'impressionnantes funérailles. Les journaux évaluèrent à un million le nombre de Parisiens que l'on vit, chapeau bas, au passage du cortège funèbre, entre l'église Notre-Dame-de-Lorette et le cimetière du Père-Lachaise.

Le comte de Galvain, dont le monarchisme s'était effiloché depuis la guerre de 70, tint à Tristan un discours de bon citoyen.

— Entré à la Chambre, malgré Napoléon III, qui l'avait fait arrêter le 2 décembre 52, puis s'exiler un temps à Vevey, en Suisse, Thiers avait prophétisé la triste fin de l'Empire, comme la désastreuse issue d'une guerre contre la Prusse. Les Français lui doivent d'avoir sauvé Belfort de l'annexion, mais aussi la libération du territoire, le paiement des cinq milliards de l'indemnité de guerre imposée par Bismarck. Chaque Français, à quelque parti qu'il appartienne, doit reconnaissance à ce patriote, déclara M. de Galvain.

Quand, début octobre, Dionys retrouva Maximilien Leroy, à Paris, rue du Bac, le juriste émit une réflexion plus terre à terre.

— La mort du petit père Thiers, en pleine campagne électorale, va arranger provisoirement les affaires de Mac-Mahon et freiner les ambitions de Gambetta. Thiers, devenant président de la République, avait promis, au chef de l'Union républicaine, la présidence du Conseil des ministres et le portefeuille des Affaires étrangères. Le borgne devra encore attendre, dit-il.

Les élections législatives, organisées le 14 octobre, ne furent pas le plein succès escompté par les républicains. Ils remportèrent certes cinquante-quatre pour cent des suffrages contre quarante-six pour les monarchistes et bonapartistes, mais ils perdirent quarante sièges à la Chambre et se retrouvèrent, majorité amenuisée, trois cent vingt-trois face à deux cent huit conservateurs. Du coup, le président de la République ne voulant ni se démettre ni se soumettre, suivant l'alternative envisagée par Gambetta, décida de ne rien

décider. Le 23 novembre, il remplaça, à la présidence
du Conseil, le royaliste duc de Broglie par le général
Gaétan de Grimaudet de Rochebouët, qu'il chargea
d'expédier les affaires courantes. Mais la nouvelle
Assemblée refusa d'accorder sa confiance à ce gouvernement et, le 13 décembre, le président de la République confia les affaires au chef du centre gauche,
Armand Dufaure, qui ne laissa pas à Mac-Mahon le
choix du ministre des Affaires étrangères. Résigné, le
chef de l'État fit une déclaration en forme de constatation : « La Constitution de 1875 a fondé une république parlementaire en établissant mon irresponsabilité,
tandis qu'elle a institué la responsabilité solidaire et
individuelle des ministres. »

— Cette fois, nous sommes vraiment en république,
commenta Maximilien, dont le député avait été confor-
tablement réélu.

— Autant celui-ci qu'un autre, n'est-ce pas ? commenta Tristan.

— Je ne désespère pas d'en faire un ministre, quand
le maréchal prendra sa retraite et que nous aurons un
président de gauche, répondit Leroy.

Sa fréquentation des politiciens de tous bords avait
dissous, chez lui, toutes les illusions offertes aux électeurs.

Les honoraires promis, et aussitôt versés par le parlementaire à son conseiller privé, permirent à ce dernier
d'acquérir plusieurs dessins d'Ingres, des nus féminins,
qu'il montra avec délectation à Tristan.

— Voici la preuve, Tristou, que le suffrage universel
est au service de l'art, conclut-il, railleur.

Lorsque les deux amis se retrouvèrent chez Foyot,
pour célébrer l'An neuf, Max apparut porteur d'une

triste nouvelle. Gustave Courbet était mort à La Tour-de-Peilz, le 31 décembre, dans les bras de son père, venu d'Ornans.

— Au mois de mai, le Tribunal civil, par jugement définitif, avait confirmé la créance due par Courbet, pour la restauration de la colonne Vendôme : 323 091 francs et 68 centimes. Admirez, en passant, la précision administrative ! Le peintre devait s'acquitter de cette dette par annuités de 10 000 francs, la première étant fixée au 1er janvier 1878. Depuis, le brave homme ne décolérait pas. Après le succès républicain aux élections de 76 et la demande d'amnistie, présentée au Sénat par Victor Hugo, il avait connu un moment d'espoir, vite déçu.

— Pourquoi n'est-il pas rentré en France, après ce jugement du mois de mai ? Il le pouvait, dit-on.

— Par solidarité avec les proscrits. Il répétait qu'il ne passerait la frontière qu'une fois votée la loi d'amnistie générale. Quand il apprit, début décembre, que le 27 novembre, à l'hôtel Drouot, avaient été vendus, à des sommes dérisoires, les tableaux, meubles et objets d'art saisis dans son atelier parisien par le directeur des Domaines – son fameux portrait de *Proudhon et sa famille* fut adjugé mille cinq cents francs –, son hydropisie ne fit qu'empirer. On m'a écrit, de Vevey, qu'il cessa de lutter contre la cirrhose due surtout à l'abus de vin blanc. Ni les médecins ni les guérisseurs vaudois ne purent le maintenir en vie. Il a été enterré à La Tour-de-Peilz, près du temple[1]. Avant de passer, il a exprimé la volonté que son corps reste en Suisse,

---

1. À l'emplacement de cette tombe figure, encastrée dans un rocher, une plaque de marbre portant ces mots : « Ici, reposa, de 1878 à 1919, le corps du peintre Gustave Courbet, né à Ornans, le 10 juin 1819, mort à La Tour-de-Peilz, le 31 décembre 1877. »

jusqu'au vote de l'amnistie de tous les proscrits[1]. Les siens respecteront sa volonté, acheva Maximilien.

— La postérité rendra, un jour, hommage à ce noble cœur romantique, dit Tristan.

— Il arrive que la postérité ait des trous de mémoire, plaisanta Max.

— Elle oubliera le communard destructeur de la colonne Vendôme, mais le peintre hantera tous les musées, compléta Dionys.

---

1. En juin 1919, à l'occasion du centième anniversaire de sa naissance, le corps de Courbet fut rapatrié à Ornans, bien longtemps après la loi d'amnistie, qui avait été votée en juillet 1880.

... ...
... ...
... ...

DEUXIÈME ÉPOQUE

L'Alsace à Paris

1.

L'Exposition universelle d'Art et d'Industrie, inaugurée à Paris le 1er mai 1878 attesta, dès l'ouverture, la vitalité d'une nation inventive et travailleuse. Après l'humiliation d'une guerre perdue, une révolution sanglante et l'instauration d'une troisième république, le redressement de la France étonna l'Europe et le monde.

Maximilien Leroy et Tristan Dionys, comme des centaines de milliers de visiteurs – on en compta plus de deux cent cinquante mille la première semaine –, passèrent des journées entières à déambuler dans un immense édifice constitué, derrière une façade de pierre, de neuf galeries parallèles, tout fer et verre. Le bâtiment provisoire occupait, sur sept cents mètres de long et trois cent quarante de large, toute la surface du Champ-de-Mars, des berges de la Seine à l'École militaire.

Les deux amis passaient souvent sur la rive droite du fleuve par le pont d'Iéna, maintenant élargi, pour flâner autour de la cascade et des bassins, au pied du palais du Trocadéro, au milieu d'un champ de tulipes en fleurs. En ce printemps doux mais obstinément pluvieux, chassés par l'ondée, Tristan et Max se réfugiaient parfois dans les galeries du Trocadéro, réservées aux beaux-arts, ou dans la vaste rotonde, qui abritait une salle des fêtes de cinq mille places.

Sur les rives de la Seine se trouvaient ainsi rassemblés, pour quelques mois, tous les prodiges d'art et d'industrie proposés par une civilisation avide de progrès.

Les pavillons étrangers donnaient une idée de la prodigieuse diversité des styles, des goûts, des mœurs répandus sur une planète dont la taille semblait se réduire du fait de l'accélération des transports et des nouveaux modes de communication. Alors qu'à l'époque les pays lointains étaient connus des seuls explorateurs et des grands voyageurs, Paris, pendant quelques semaines, les ouvrait à tous. Et cela si généreusement que l'on apprit bientôt par les journaux que la population de la capitale, chiffrée à deux millions deux cent mille habitants, s'était soudain augmentée d'un million de provinciaux et d'étrangers.

En allant des cinq pavillons britanniques – dont celui où Son Altesse royale le prince de Galles livrait ses collections d'art indien à la curiosité publique – jusqu'au pavillon russe, réplique de la maison natale de Pierre le Grand, les visiteurs croyaient s'expatrier un moment en Suisse, en Norvège, en Suède, en Inde, en Afrique, aux États-Unis, en Belgique, en Italie, en Autriche, en Hongrie ou en Espagne.

Au fil des jours, Max et Tristan découvrirent, pêle-mêle, au gré de leurs curiosités, dans un foisonnement de nouveautés, un marteau-pilon de soixante tonnes, venu du Creusot, une machine capable de rouler dix mille cigarettes par jour[1], une autre qui produisait cent

---

1. En 1877, les Français avaient fumé six cent quarante-neuf millions de cigarettes.

fers à cheval à l'heure. Leur plurent davantage celles qui fabriquaient de la glace, du chocolat, des savonnettes moulées. La machine à écrire américaine Writer, la machine à coudre Singer, le pyrographe capable de reproduire un document en cinq cents exemplaires retinrent moins leur attention que le télescope de Léon Jaubert et le téléphone d'Alexander Graham Bell, devant lequel chacun pouvait entendre, pendant trois minutes, la musique jouée au même instant par l'orchestre de l'Opéra. Au pavillon des parfums, produits auxquels on reconnaissait enfin droit d'exposition, les deux amis humèrent le Vinaigre aromatique de Lubin, l'Eau de Cologne de Jean Marie Farina, dont Napoléon Ier s'aspergeait, le Lait d'iris de L.T. Piver, l'Eau de fête de Sarah Felix. Max remarqua une eau de toilette de l'Anglais William Henry Penhaligon, chez qui il allait se faire raser, lors de ses séjours à Londres. Il fit l'emplette d'un flacon de Fleur de harem et offrit à Tristan une Eau de Cologne impériale que Pierre-François-Pascal Guerlain avait créée pour l'impératrice Eugénie, en 1853, et qu'avait adoptée la cour de Napoléon III. Chemin faisant, dans cet antre odorant réservé aux « objets de beauté », ils virent des élégantes essayer les cosmétiques d'Eugène Rimmel et la poudre de riz à l'effigie de Mme Sarah Bernhardt.

Quand venait le moment des repas, chaque nation ayant son restaurant, ils goûtaient aux cuisines étrangères. Après bien des expériences, ils jugèrent que le bien manger restait français ou italien.

L'attraction la plus courue de l'Exposition fut, tout au long de l'été, la gigantesque tête de la statue de la Liberté que l'Union franco-américaine, fondée par l'historien Édouard Laboulaye, avait décidé d'offrir aux Américains, pour commémorer l'alliance de la

France et des États-Unis pendant la guerre de l'Indépendance. Conçue et exécutée par le sculpteur Frédéric Auguste Bartholdi, la statue, haute de quarante-
six mètres, serait la plus grande au monde depuis la
disparition du colosse de Rhodes[1]. On visitait, par
groupe de quarante personnes, le chef creux – quinze
mètres de diamètre, huit mètres de hauteur, du menton au pariétal – de cette géante, coiffée d'un diadème
étoilé. Sur un escalier intérieur, les curieux ayant payé
un sou montaient jusqu'au front, pour regarder de
haut, par les orbites de la matrone, le panorama de
l'Exposition. Dionys et Leroy ne manquèrent pas ce
spectacle.

— J'ai toujours su que la déesse Liberté était
dépourvue de cervelle ! ironisa Max en retrouvant la
terre ferme, après la visite.

Dès leur retour à Paris, après l'hivernage niçois, les
Galvain se rendirent à l'Exposition avec Tristan. Ils
avaient une raison toute personnelle de commencer par
le pavillon des arts indiens, dont le directeur, M. John
Kipling, conservateur du musée de Lahore, était
devenu leur voisin. Cet érudit logeait, avec son fils
Rudyard[2] et d'autres Anglais, dans un hôtel tranquille
du parc Monceau. Pendant que son père recevait à
l'Exposition, le petit Rudyard, âgé de treize ans, qui
bafouillait quelques mots de français, se faisait raconter

---

1. Placée dans la baie de New York, la statue fut inaugurée par
le président des États-Unis, Grover Cleveland, en présence de Bartholdi et de Ferdinand de Lesseps, le 22 octobre 1886. Aux États-
Unis, elle est classée monument national.
2. Futur auteur du _Livre de la jungle_, né à Bombay en 1865,
mort à Londres en 1936.

par le concierge de l'hôtel, qui parlait anglais, les batailles de la guerre de 1870.

De cet enfant né en Inde, Geneviève enviait une liberté de mouvement qu'elle n'avait jamais connue.

— Il a l'air passionné par tout ce qui touche à la guerre. Le reste du temps, ce gamin déluré parcourt Paris, infatigable marcheur, curieux de tout. Son père lui donne chaque jour quatre sous pour qu'il puisse manger dans un Bouillon Duval, au hasard de ses promenades, dit-elle, admirative, à Tristan.

Quand elle apprit qu'Édouard Colonne donnerait au Trocadéro, avec son orchestre et trois cent cinquante choristes, une interprétation de *La Damnation de Faust* d'Hector Berlioz, Mlle de Galvain voulut s'y rendre. Sachant que le comte ne goûtait, en musique, que les marches militaires, les airs à danser et les opérettes de Jacques Offenbach, jouées au Théâtre des Bouffes-Parisiens, elle obtint l'autorisation d'assister au concert, accompagnée de Tristan et de Joséphine Bruneau, chaperon attitré.

Au soir de la représentation de gala, le landau du comte, capoté à cause de la pluie, déposa à l'entrée du palais du Trocadéro le professeur de musique et les deux femmes en tenue de soirée. Chacune lui prit un bras pour franchir le parvis et pénétrer dans le hall, illuminé au gaz, où se pressaient, à l'écart des mélomanes anonymes, des couples issus de l'aristocratie et de la haute bourgeoisie. Geneviève, toujours frileuse, portait, sur un fourreau de soie bleu Nattier, une étole d'hermine. Un petit diadème étincelait sur ses cheveux bruns, tirés sur la nuque en tresses mêlées selon la mode du jour. Tristan composait avec son escorte un élégant trio, qui ne pouvait passer inaperçu. Il lut dans le regard des hommes autant d'envie que de curiosité, tandis que certaines dames à face-à-main, reconnaissant « la petite Galvain », s'interrogeaient : Geneviève serait-elle enfin fiancée ? « L'autre femme, à trois rangs de perles et coiffée de plumes d'autruche, est-elle la mère du bel inconnu romantique, aux longs cheveux blonds et profil de médaille ? » se demandait-on.

Pour la première fois, depuis qu'il enseignait le piano à Mlle de Galvain, Tristan eut le sentiment que son élève était heureuse. L'œuvre de Berlioz enthousiasma la jeune fille qui se promit d'apprendre la ballade du roi de Thulé, chantée par Marguerite alors qu'elle dénoue les tresses de ses cheveux, avant de succomber au désir de Faust, introduit par Méphistophélès. Comme beaucoup de femmes, Geneviève pleura au final, déluge sonore illustrant l'envoi aux enfers du philosophe qui avait vendu son âme au diable. Vinrent ensuite des mesures sereines, qui accompagnaient une Marguerite absoute, portée au paradis par des anges. Cette légende dramatique, qualifiée par son auteur défunt de « symphonie-opéra », fut interprétée par un orchestre brillant et un puissant chœur mixte ; elle connut, ce soir-là, un immense succès.

— Puissent les mânes de Berlioz, si mal compris de son vivant, être enfin satisfaites, dit Dyonis.

À la sortie du concert, Geneviève insista pour que le pianiste, après l'avoir raccompagnée avec Mme Bruneau parc Monceau, fût reconduit chez lui par le cocher du comte de Galvain.

Alors qu'il s'apprêtait à prendre place dans la voiture, sur la banquette, en face de ses compagnes, Joséphine Bruneau lui imposa, d'un geste, de s'asseoir près de Geneviève. Dans la pénombre du landau, la jeune fille quitta un gant et posa une main brûlante sur celle de Tristan.

— Marguerite est une âme pure, égarée par l'amour, ce n'est donc pas une pécheresse consciente. N'est-ce pas ? demanda-t-elle.

— Les égarements d'un cœur pur sont toujours pardonnables, n'est-ce pas M. Dionys, intervint le chaperon.

— À condition qu'ils soient sans conséquences, répondit Tristan.

— Considérez-vous le bonheur comme une conséquence possible ? relança Geneviève.

— La seule acceptable, en vérité. Chez Berlioz, Marguerite empoisonne sa mère ; chez Goethe elle commet, en plus, un infanticide. Funestes conséquences, qui écartent toute chance de bonheur, compléta Tristan.

— Cela fait beaucoup à pardonner, en effet, murmura la jeune fille.

— Mais c'est du théâtre et de la musique, ma chérie ! s'exclama Mme Bruneau.

Au moment de la séparation, Geneviève eut un aparté avec son professeur.

— Je sais que vous avez su dire à mon père combien je souhaitais qu'il se marie, comme je vous l'avais demandé l'an dernier. Je crois qu'il va se décider à épouser Joséphine. Votre intervention a donc été salutaire. Ainsi, je partirai tranquille, dit-elle sans marquer trop d'émotion.

— Si vous parlez encore ainsi de départ, je vous quitte, menaça Dionys, mimant la contrariété.

— Ne dites pas cela, je vous en prie, implora-t-elle, soudain tremblante.

— N'étions-nous pas heureux, ce soir ? Alors, promettez-moi de croire encore et toujours à la vie.

— Je vous promets d'essayer. Mais ne m'abandon-
nez pas, ajouta-t-elle à voix basse, avant de rejoindre
Mme Bruneau qui, s'étant discrètement éloignée de
quelques pas, attendait devant le porche.

Dans le landau qui le portait chez lui, dans le Marais,
Tristan se souvint que Geneviève avait annoncé son
départ pour Trouville. Comme les années précédentes,
ils s'y réuniraient. Cette perspective le réjouit autant
qu'elle le préoccupa. La jeune fille se montrait avec lui
de plus en plus familière, presque tendre, avec, semblait-il, la complicité de Mme Bruneau. Cette main fié-
vreuse, un instant posée sur la sienne, avait été un geste
d'amoureuse. Il serait déloyal d'encourager un sentiment qu'il ne partageait pas et cruel de repousser une
inclination qu'il se plaisait à imaginer bienfaisante pour
la malade. Avant de s'endormir, ce soir-là, il jeta sur
le papier à musique un thème d'une douceur désespé-
rante.

Début juin, Maximilien Leroy apprit, au ministère
des Affaires étrangères, que Franz Liszt, l'abbé Liszt,
comme l'appelaient, par dérision, ses détracteurs, serait
à Paris dès le 8 juin. Connaissant le culte que Tristan
Dionys vouait au pianiste et au compositeur, Max
s'empressa d'informer son ami.

— Le ministre de l'Éducation publique de Hongrie,
Agoston Trefort, a désigné Franz Liszt, conseiller royal
et président de l'Académie royale de musique de Budapest, comme représentant de la Hongrie à l'Exposition.
Il siégera au jury international, nommé pour juger les
qualités des instruments de musique présentés par une
foule de pays dans la section française. Je puis vous
obtenir une invitation pour ce jour-là, offrit Leroy.

Tristan saisit l'occasion de voir, et peut-être d'approcher, son idole dont *Le Ménestrel* annonça, au dernier moment, la présence à Paris. Le 8 juin, Dionys se posta, dès l'ouverture des portes de l'Exposition, devant le hall où les facteurs d'Europe et d'Amérique présentaient pianos, violons, mandolines, flûtes, trompettes, guitares et autres instruments.

À l'entrée du jury, conduit par Eduard Hanslick, critique musical autrichien, qui venait de faire désigner Liszt comme président d'honneur, Dionys reconnut sans peine, au milieu du groupe, le musicien qu'il admirait le plus. Franz Liszt, vêtu d'un long vêtement noir, élégant compromis entre soutane et manteau, n'avait rien d'un ecclésiastique. Seuls le col clérical blanc et le grand chapeau rond qu'il tenait à la main rappelaient qu'il avait, le 30 juillet 1865, reçu les ordres mineurs de la main de Mgr Hohenlohe, grand aumônier du Vatican. Grand, sec, maigre, légèrement voûté, ses cheveux gris frôlant les épaules, nez puissant, regard sombre, le compositeur parut s'intéresser à tous les instruments admis à concourir pour des médailles d'or et d'argent.

Un ancien de l'École Niedermeyer, maintenant organiste en province, ayant reconnut Dionys, lui apprit que Liszt logeait 13, rue du Mail, chez son ami Sébastien Érard, facteur de pianos.

— Je me demande comment il va pouvoir juger des pianos sans s'attirer les foudres des fabricants qui ne seront pas primés, dit le condisciple de Dionys.

— Liszt les a, à peu près tous, joués, du Pleyel au Steinway en passant par les Boisselot, Bösendorfer, Chickering, Bechstein et autres, précisa Tristan.

— D'où la difficulté et le risque, pour lui, de se prononcer, observa l'organiste.

Comme Tristan s'étonnait de ne pas voir, dans la foule qui suivait le cortège, leur professeur de piano de l'École Niedermeyer, Camille Saint-Saëns, ami fidèle de Liszt, son camarade lui révéla les malheurs de leur ancien maître.

— Il y a quelques jours, le 28 mai, le petit garçon de Saint-Saëns, âgé de deux ans et demi, est tombé par une fenêtre du cinquième étage de l'appartement familial. Il a été tué sur le coup. De quoi expliquer l'absence du père. On dit que Saint-Saëns, après cet accident, en veut beaucoup à sa femme[1], ajouta le musicien.

Tristan Dionys aurait voulu être présenté à Liszt, lui dire combien il admirait en lui le virtuose, le compositeur et le zélateur de la musique de l'avenir. Celle, souvent critiquée par ce même professeur Hanslick qui, aujourd'hui, pilotait le jury au milieu des instruments. Le Viennois détestait Wagner et déniait à la musique nouvelle toute capacité de représentation. Dionys aurait aussi voulu entendre jouer Liszt. Il aurait offert de l'escorter pendant son séjour à Paris pour recueillir ses conseils mais, pris dans le tourbillon des mondanités qu'il appréciait tout en disant les détester, le Hongrois demeurerait inaccessible. En cette matinée, Tristan connut la frustration du dévot privé de bénédiction. Retrouvant Max le soir même, il confia à l'ami sa déception.

— Les idoles, Tristou, doivent être vues de loin. J'ai entendu dire que Liszt aime à recevoir les acclamations

---

1. Six semaines après ce tragique accident, un autre enfant du compositeur, un bébé de quelques mois, succomba à une maladie infantile. Saint-Saëns se sépara de sa femme en 1881.

du public, les sourires des dames, l'hommage des puissants et des décorations. Il a été fait commandeur de la Légion d'honneur, dit Max.

— Vous avez raison. Le génie et la grandeur de Liszt sont dans sa musique. J'ai tout reçu de l'artiste, je n'attends rien de l'homme, concéda Tristan, amer.

Dès la fermeture annuelle de l'Institut Sévigné pour les vacances d'été, Tristan Dionys se prépara à partir pour Trouville, où de nouveaux engagements l'attendaient. Maximilien Leroy le rejoindrait après le 15 août, ses affaires et une vente importante de souvenirs napoléoniens à l'Hôtel Drouot le retenant à Paris jusque-là.

Alors qu'il regagnait son domicile, la veille de la distribution des prix, cérémonie au cours de laquelle le professeur produisait ses élèves, Dionys reconnut devant sa porte, près d'un cabriolet, le cocher du comte de Galvain. L'homme se découvrit en l'approchant et, avant que le pianiste ne s'étonnât, expliqua sa présence.

— M. le Comte vous prie de venir parc Monceau, monsieur. Je dois vous conduire, dit le domestique.

— Mais les Galvain ne sont pas à Trouville ? s'étonna Dionys.

— Ils n'ont pas pu partir comme prévu. Mademoiselle souffre d'une rechute de sa maladie. Elle a besoin d'un peu de distraction et demande après vous, monsieur.

— Allons ! dit Tristan en montant dans le cabriolet après une brève hésitation.

Chemin faisant, au grand trot, il eut le temps de se préparer à une situation qu'il imagina déplaisante. Être ainsi convoqué relevait sans doute d'un caprice de la malade, déçue de ne pouvoir quitter Paris pour le bord de mer. Il n'était pas dans sa nature d'artiste de se laisser traiter comme simple fournisseur de musique.

Il oublia cette égratignure d'amour-propre en voyant le visage fermé du majordome qui lui ouvrit la porte. Tristan avait pour ce serviteur une certaine sympathie, née de leur commune méfiance de la gouvernante revêche, vestale intransigeante des lieux.

— Que se passe-t-il, Georges ? demanda-t-il aussitôt.

— Mademoiselle ne va pas bien du tout, monsieur. Elle a craché le sang, cette nuit encore. Vous allez trouver Mademoiselle bien faible, bien changée. Un peu bizarre, aussi. Elle vous attend, monsieur.

Tristan gravit le grand escalier au pas de charge et, n'ayant rencontré personne, entra dans le salon de musique. Cette pièce communiquait par une simple porte, pour l'heure entrouverte, avec la chambre de Geneviève. Indécis, Dionys n'osa s'avancer, mais le bruit de ses pas sur le parquet grinçant fit apparaître la gouvernante.

— Mademoiselle a demandé à vous voir. Une folie dans son état ! Enfin ! M. le Comte et le médecin ont autorisé votre visite. Attendez un peu qu'on vous appelle, grinça la femme en quittant le salon de musique.

Dionys s'assit devant le Pleyel dont, machinalement il découvrit le clavier. Aucun bruit ne venait de la chambre, faiblement éclairée par une lampe Carcel. Dans la pénombre, par l'entrebâillement de la porte, seule la blancheur floue des draps situait le lit où devait reposer Geneviève. Las d'attendre et puisqu'on l'avait fait venir « parce que Mademoiselle avait besoin d'un peu de distraction », il se mit à jouer, sûr de plaire à son élève, un nocturne de Chopin qu'ils avaient travaillé ensemble.

Dès les premières mesures, le comte de Galvain, sortant de la chambre de sa fille, vint à lui.

— Ah ! Monsieur Dionys. Ma pauvre Geneviève vous attendait. Allez la voir, mais cachez, je vous prie votre émotion. La fièvre pulmonaire la dévore et, cependant, elle est d'une affreuse pâleur. Par moments, elle dit des choses incohérentes. N'y prenez pas garde. Les médecins lui ont trouvé de l'œdème des membres inférieurs et des palpitations éprouvantes. Ils ne savent que faire. Créosote, révulsifs, sulfate d'atropine sont maintenant sans effet. Allez, monsieur, parlez-lui doucement, ordonna le comte, visiblement désemparé.

Dans la chambre, derrière contrevents clos et rideaux tirés, alors qu'en cette fin d'après-midi un franc soleil d'été baignait Paris saturé d'averses, Tristan inhala l'air confiné des lieux investis par la maladie, mélange douceâtre de fumigations, d'exhalaisons fiévreuses, de parfums assainissants.

Il s'agenouilla près du lit, ne sachant que dire.

Adossée à des oreillers, Geneviève lui tendit avec effort une main moite.

— Merci d'être venu, Tristan. J'ai eu, ces jours-ci, une rude attaque aux bronches, dit-elle d'une voix enrouée. Mais, je ne vais pas mourir, ajouta-t-elle, serrant avec ce qui lui restait de force nerveuse les doigts du pianiste.

— Non, vous n'allez pas mourir. Je suis venu pour faire un peu de musique, pour vous distraire. Que voulez-vous que je joue ?

— Attendez, attendez. Prenez d'abord cette bague, dit-elle en faisant glisser le saphir qu'elle portait au majeur.

— Mais... je ne puis, bafouilla Tristan, interloqué et, de plus, effrayé par le regard soudain halluciné de la malade.

— Si, si, c'est mon gage, le gage que je vous donne, une bague de fiançailles. Nous pourrons nous marier avant Noël, car il faut que je reprenne quelques formes. Vous ne voudriez pas d'une décharnée dans votre lit, pouffa-t-elle, en proie à une excitation démente.

Tristan, stupéfait par la liberté de langage et l'exaltation insensée de son élève, prit cependant le bijou, bien qu'il fût incapable de le passer, même à l'auriculaire, étant donné l'étroitesse de l'anneau.

De cela, Geneviève n'eut pas conscience. Son geste accompli, elle s'abandonna sur les oreillers, yeux révulsés, respiration courte, dans une immobilité proche de l'inanition. Perplexe devant cette apathie inquiétante, Tristan se releva et se tourna, interrogateur, vers M. de Galvain, de retour dans la chambre.

— Elle est ainsi depuis ce matin. Des alternances d'excitation et de profonde indolence. Allez jouer pour elle. La musique la rendra peut-être à la conscience du réel, murmura le comte, sans conviction.

Tristan se mit au piano et attaqua l'adagio de la *Sonate n° 14*, dite *Au clair de lune*, de Beethoven, que la jeune fille lui avait souvent réclamé. Aucun signe ne venant de la chambre où, après le père, étaient entrés le médecin et la gouvernante, il enchaîna avec le *Nocturne n° 3* de Franz Liszt, *Rêve d'amour*, autre morceau souvent joué à Trouville. Il allait choisir une mazurka de Chopin, longtemps répétée par la jeune fille, quand il se ravisa et choisit un très bref prélude, que Geneviève étudiait quelques jours plus tôt. Tandis qu'il plaquait le dernier accord, indécis sur la suite à donner à cet étrange récital, il perçut une agitation autour de la malade. La porte de la chambre fut brusquement close. Dionys couvrit le clavier avec le pressentiment qu'il n'aurait peut-être plus l'occasion de jouer sur ce Pleyel. Après une attente qui lui parut interminable, le comte de Galvain vint à lui, blême et défait.

— C'est fini, monsieur Dionys, c'est fini. Geneviève n'est plus des nôtres. Elle est partie comme sa mère, dit-il, sans retenir ses larmes.

Ne restait à Tristan, bouleversé, qu'à se retirer après les vains propos d'usage, quand la gouvernante, elle aussi en pleurs, sortit de la chambre mortuaire.

— N'oubliez pas de rendre à Monsieur le Comte la bague que Mademoiselle vous a donnée dans un moment d'inconscience, hoqueta-t-elle entre deux sanglots.

Sans un mot, Tristan désigna le bijou, posé sur le piano. La femme allait s'en emparer quand le comte, irrité par une telle ingérence à un tel moment, intervint.

— Cette bague appartient à M. Dionys. Vous n'allez pas transgresser une volonté de ma fille ! Allez plutôt aider l'infirmière et la femme de chambre à faire la toilette de Mademoiselle, ordonna-t-il.

Puis il se tourna vers Dionys et lui tendit la main.

» Conservez ce saphir en souvenir d'elle. Je le lui avais offert pour ses vingt ans, à Trouville. C'était aussi votre anniversaire, souvenez-vous.

— Ce fut un jour inoubliable. Geneviève était belle et gaie. C'est l'image vivante que je veux garder d'elle, dit Tristan.

— Elle vous aimait, monsieur Dionys. Oui, je crois qu'elle vous aimait d'amour. Et vous auriez pu devenir mon gendre. Sachez, monsieur, que je ne m'y serais pas opposé, conclut le père avant de retourner près de la morte.

Abasourdi par la disparition si rapide de celle qui n'avait jamais été une élève ordinaire et par l'ultime confirmation qu'elle avait été amoureuse de lui, le pianiste évalua le vide que la mort creusait dans sa vie routinière. Geneviève, incluse dans le cortège des jours et des saisons, allait lui manquer. Deux fois par semaine, quand elle résidait à Paris, pendant deux mois de fréquentation quotidienne à Trouville, à travers séances musicales et promenades, Geneviève de Galvain avait occupé dans son existence une place réservée.

Quittant l'hôtel du parc Monceau, il choisit de rentrer chez lui à pied, par la rue Saint-Honoré et la rue de Rivoli. Paris, décoré pour l'Exposition, était en liesse depuis le 30 juin. Partout où les Parisiens avaient pu en suspendre frémissaient banderoles, drapeaux, écussons, portiques de feuillage, draperies. On avait compté quatre-vingt mille auditeurs, lors d'un concert de plein air, donné dans les jardins des Tuileries. Chaque soir, le bois de Boulogne, illuminé par deux cent mille lanternes vénitiennes, suspendues aux branches des arbres, attirait des milliers de badauds : feux de Bengale et d'artifice, fulgurances tonnantes, déchiraient la nuit d'été.

Cette exhibition populaire, cet apparat de pacotille, ces réjouissances orchestrées, de tout temps peu goûtés par Tristan Dionys, auraient dû l'atteindre comme un odieux contraste au deuil qu'il partageait. Sa nature le conduisit au contraire à voir dans la fête publique, indifférente aux chagrins privés, l'ignorance dédaigneuse, mais rassurante, d'une populace à jamais séparée d'une société aristocratique, en voie d'extinction, où les jeunes filles mouraient en musique.

Il eût aimé, ce soir-là, confier à Maximilien Leroy ce qu'il ressentait, lui dire qu'il avait fait une juste évaluation des sentiments de Mlle de Galvain, mais l'ami était parti impromptu pour Berlin, où se tenait, depuis le 3 juin, un congrès organisé par Bismarck et destiné à mettre fin à la guerre des Balkans[1]. Porteur de quelque message confidentiel pour les négociateurs français[2], Max ne serait pas de retour avant son départ pour Trouville.

Trois jours plus tard, les obsèques de Geneviève étant fixées le matin du départ de Tristan pour Trouville, le pianiste obtint de l'organiste de Saint-Philippe-du-Roule de le remplacer pour une improvisation, pendant la bénédiction, à l'issue de la messe. Ce moment octroyé au musicien, après les exigences de la liturgie, devint adieu bouleversant à la jeune morte. Tout ce que Paris comptait encore de représentants des vieilles familles nobles emplissait le sanctuaire quand Tristan s'installa devant un vieil orgue, de médiocre facture. Il sut en tirer, sur des thèmes illustrant la fraîcheur de Geneviève vivante, son départ annoncé, sa foi dans une éternité sereine, des accords d'une résignation doulou-reuse. Mais il ne put s'empêcher, dans une sortie toni-truante et rageuse, de marquer l'insoumission de l'homme face à l'injustice du destin, faucheur d'une trop jeune vie. Cette improvisation subversive effara les fidèles. Ils crurent entendre les trompettes de Jéricho

---

1. Il se termina le 13 juillet 1878, par la signature d'un traité qui annulait celui signé, le 13 mars de la même année, à San Stefano. Le nouveau traité, qui livra la Bosnie-Herzégovine à l'Autriche, fut un échec pour les Slaves, un succès pour Bismarck, initiateur de la conférence de Berlin.

2. William Waddington, ministre des Affaires étrangères, Raymond de Saint-Vallier, diplomate, et Félix Hippolyte Desprez, ministre plénipotentiaire, conseiller d'État.

annonçant le Jugement dernier. Ils quittèrent l'église, silencieux et pensifs, avec le sentiment que l'organiste aux cheveux blonds, à qui M. de Galvain serra longuement les mains sur le parvis, devant le corbillard, faisait de l'orgue un instrument de révolte.

Un fiacre réservé porta aussitôt Dionys à la gare Saint-Lazare.

Le soir même, à Trouville, devant les résidents de l'hôtel des Roches Noires, le pianiste retrouva son public estival : douairières poudrées, couples compassés, épouses dépourvues de mari cinq jours par semaine, belles entretenues, baigneurs et baigneuses au teint doré, dilettantes maussades, piliers de casino impatients de perdre leurs louis sur les tapis verts. Parmi ces gens, se glissait parfois un mélomane, capable de distinguer une étude de Chopin d'une romance de Mendelssohn.

Dès le lendemain, Dionys découvrit que son statut avait changé. Depuis que la *Gazette musicale* lui avait consacré un article élogieux, le présentant comme « un des meilleurs pianistes de sa génération », il n'était plus, à Trouville, le croque-notes de l'hôtel des Roches Noires, mais un artiste en renom, qui se produisait, l'été, sur la plage la plus huppée. Ses honoraires avaient triplé et il disposait d'une belle chambre, avec balcon sur la mer. Il constata que ses prestations en soliste du vendredi, au Casino-Salon, constituaient, cette année, l'événement mondain hebdomadaire. On y venait habillé comme pour un gala. Les femmes les plus élégantes se disputaient les places proches de l'estrade. À la sortie, certaines lui demandaient de signer leur éventail. Une admiratrice, ayant eu connaissance, par l'indiscrétion d'un domestique, de la marque des cigares qu'il fumait, lui fit porter un coffret de

havanes ; une poétesse lui dédia un sonnet en vers de
mirliton que reproduisit le journal local. On ne lui
volait pas encore ses gants, comme à Liszt ou à Chopin,
mais on le saluait, sur la promenade, aussi bas que les
célébrités en villégiature. Les appréciations, que ne
manquait pas de lui rapporter le directeur du Casino-
Salon, flattaient Tristan. Bien que tête froide, il savait
faire la part des engouements passagers. Pour les uns,
sa virtuosité éblouissante au clavier rappelait celle de
Paganini au violon ; pour d'autres sa maîtrise austère
était celle d'un maître romantique, qui jouait la *Sonate
pour piano n° 23*, dite *Appassionata*, de Beethoven
comme personne. Son physique séduisant lui valait la
dévotion des demoiselles en attente de roman, Geneviève de Galvain n'étant plus là pour leur faire
ombrage. Mais Tristan Dionys ne se laissait pas approcher aisément. La distance qu'il maintenait avec les
étrangères, fussent-elles belles femmes, était une
manière de protéger l'intégrité de son art. Sans condescendance ni vanité, quand on évoquait devant lui, avec
plus ou moins de tact, son talent, il disait volontiers
avoir reçu à sa naissance certains dons, que sa mère et
ses maîtres avaient su cultiver. Modestie trompeuse, car
il estimait, en son for intérieur, être un artiste hors du
commun. Il savait aussi préserver l'aura mystérieuse
autour de sa personne en allant, très tôt, chaque matin,
nager dans une crique, loin des plages fréquentées par
la bonne société. Les Trouvillais regrettaient de ne
l'avoir jamais vu en baigneur.

Les habitués de la station, relations vacancières des
Galvain, qui, souvent avaient rencontré Tristan en
compagnie de Geneviève, imaginaient qu'après la mort
de celle-ci l'artiste cachait un chagrin secret. S'il l'eût

souhaité, il eût trouvé à l'heure du thé, d'ardentes consolatrices.

Comme annoncé, Maximilien Leroy débarqua le 16 août, en compagnie d'une grande lady anguleuse et gaie, dont le mari, officier de la garde royale, veillait à l'Exposition, à la fois sur les bijoux de la Couronne britannique et sur les vaches laitières de Windsor, que Sa Très Gracieuse Majesté la reine Victoria avait prêtés à la France.

— Ce brave capitaine m'a confié sa femme pour la conduire aux bains de mer. La vague étant aphrodisiaque, nous allons passer de bons moments. C'est une fausse maigre, des plus attractive, confia Max, avec un clin d'œil à Tristan.

Après des retrouvailles chaleureuses, Leroy fut ravi de constater combien la notoriété de son ami s'était affirmée.

— La première chose que j'ai vue en sortant de la gare est votre nom, en lettres de dix centimètres, sur une affiche annonçant votre concert de vendredi prochain, dit-il.

— Il en est ainsi chaque semaine. Je joue à guichets fermés et je suis, en ville, aussi connu avec mon piano que le garde-champêtre avec son tambour, confirma Tristan, plus amer que flatté.

Dès leur premier dîner, Max commenta son voyage à Berlin. S'il ne savait rien de plus du traité signé par les représentants des puissances européennes qu'on ne connût déjà par les journaux, il estima le nouveau découpage des Balkans peu respectueux des aspirations des peuples slaves.

— J'y vois une source de conflits. Un jour ou l'autre, les Slaves voudront assurer l'indépendance de leurs patries. Parmi les erreurs de jugement du petit père Thiers, je me souviens de cette phrase, qu'il répétait à propos des Tchèques et des Russes : « Il n'y a pas de principe plus faux et plus dissolvant que celui de la nationalité. » Or, l'instinct national est une force à ne pas négliger, dit Leroy.

— L'histoire inflige parfois de sanglants démentis aux politiciens. Laissons la diplomatie et parlez-moi des Berlinoises, dit Tristan, proposant à Max son sujet favori.

— Ce sont de grandes et fortes femmes, aux chairs pulpeuses mais fermes. Elles ont un teint laiteux, d'immenses yeux marron et des toisons léonines. Des walkyries qui, en place d'hydromel, vous servent de délicieux vins pétillants. Je ne sais pourquoi, celles que j'ai connues, au sens biblique du terme, m'ont toutes fait penser à une corne d'abondance. Chez elles, tout est abondant. De timides dans les prémices, elles deviennent impétueuses dans l'étreinte. Elles ont, hélas, une touchante propension à mettre partout du sentiment. Elles pleurent quand on les quitte, acheva Max, goguenard.

Abandonnant brusquement l'inventaire de ses conquêtes teutonnes, il fit part à son ami d'un événement parisien qui l'avait scandalisé.

» Le 1er août, jour de mon retour à Paris, je me suis rendu à la salle des ventes immobilières. On mettait aux enchères des souvenirs napoléoniens, dont une miniature de Pauline Borghèse, que j'avais repérée et que j'ai pu m'offrir. Figurait aussi le chapeau que Napoléon Ier portait pendant la désastreuse campagne de Russie. À cette occasion, les Français ont, une fois de plus, fait montre de leur ingratitude envers l'empereur, attitude aujourd'hui à la mode. Le croirez-vous ?

Ce feutre historique a été adjugé pour la somme, déri-
soire, de cent soixante-quinze francs. C'est un peintre[1]
qui l'a acquis, sans doute comme modèle pour une
nature morte. Oui, mon cher ! Voilà ce que vaut,
aujourd'hui, le chapeau du conquérant le plus génial
que le monde eût connu depuis Alexandre le Grand,
débita Leroy, indigné.

Tristan Dionys ne partageait pas l'admiration incon-
ditionnelle de son ami pour un génie qui avait fait tuer
des millions d'hommes. Aussi, abandonnant le sujet, il
raconta les derniers moments de Geneviève de Galvain,
sans omettre la conversation qu'il avait eue avec le
comte.

— En somme, tout le monde savait qu'elle était
amoureuse de vous... sauf vous, dit Max.

— Disons que je ne voulais pas savoir, rectifia Tristan.

— Et, qu'allez-vous faire du beau saphir qu'elle vous
a légué ? Le vendre ? L'offrir à une belle ? demanda
Leroy.

— Le vendre ! L'offrir ! Ce serait insulter la
mémoire de celle qui m'en fit don. Non, Max. Je vais
le faire monter en chevalière et je le porterai comme
un talisman, dit Tristan, contrarié par l'incapacité de
son ami à comprendre qu'une pierre précieuse peut
être précieuse de bien des façons.

Au cours de l'été, Tristan Dionys fut invité à donner
un concert de bienfaisance par la Société hippique de

---

1. Charles Édouard Armand-Dumarescq (1826-1895). Élève de
Couture. Il a dessiné les uniformes de la garde impériale de Napoléon III et peint des batailles du premier Empire et des scènes de
la guerre de 1870.

Deauville, station rivale de Trouville. La direction de l'hôtel des Roches Noires apprécia qu'il eût demandé l'autorisation de traverser la Touques. Sa prestation dans la ville concurrente ne pouvait qu'accroître la réputation mondaine du palace.

Quelques jours plus tard, le cercle des Armateurs du Havre sollicita son concours, comme l'année précédente, à l'occasion de son gala annuel. Chaque récital fut un succès, dont l'écho se répandit sur toute la côte normande. Les journaux publièrent des comptes rendus louangeurs, que Max découpa et colla dans un cahier.

— Plus tard, vous serez heureux de relire ce que furent vos débuts de concertiste, commenta-t-il.

L'offre la plus intéressante vint d'un Belge, organisateur de concerts. Après avoir assisté à plusieurs récitals, il proposa à Dionys de se produire, en soliste, à Bruxelles et à Liège, au cours du mois de novembre. Tristan réserva sa réponse et fit part du projet à Maximilien.

— Je suis tenté d'accepter mais crains de décevoir.

— Décevoir ? Certes pas ! Je savais que vous auriez un jour besoin d'un impresario. Je suis là pour vous servir... et... bénévolement, jusqu'à ce que vous ayez fait fortune ! Je vais discuter avec ce Belge car, ignorant tout des contrats, vous négligeriez vos intérêts. Laissez-moi faire ! lança-t-il, enthousiaste.

Quarante-huit heures après, les contrats furent établis. Dionys donnerait deux concerts, le même jour, à Bruxelles, en matinée et soirée, et deux autres, à Liège, dans les mêmes conditions. Chaque prestation lui rapporterait trois cents francs.

— J'ai obtenu de ce Belge que vous soyez, comme vous le souhaitez, maître du choix des morceaux à interpréter. Vos récitals seront annoncés dans la presse et par affiche. Vous serez logé dans les meilleurs hôtels. J'ai dû ferrailler un peu pour qu'il assume vos frais de voyage et l'intervention de l'accordeur de piano, que vous exigez avant chaque représentation. C'est un homme d'affaires avisé, mais honnête. Il m'a garanti que vous auriez, dans les deux théâtres, des pianos de concert Bechstein. Comme je n'y connais rien, j'ai réservé ma réponse en attendant de savoir si ces instruments vous agréent, rapporta Max, après une entrevue avec l'organisateur de concerts.

Tristan, stupéfait de se voir traiter en virtuose international, donna son accord. Les trois hommes se réunirent, les contrats furent signés et des dates arrêtées.

— Vous avez un bon impresario, monsieur Dionys. Méfiant comme un renard et qui pense à tout, dit le Belge, beau joueur.

Un dîner scella les accords.

Un matin, le courrier apporta au pianiste une lettre du comte de Galvain. Le père de Geneviève disait avoir trouvé dans le bonheur-du-jour de sa fille une lettre, à lui adressée.

« Geneviève, dans ce billet, daté du mois de juin, demande qu'après sa mort son piano soit offert à son professeur de musique, "artiste qui n'a pas les moyens d'acheter un Pleyel", a-t-elle écrit. Respectueux de ce souhait et comprenant le sens qu'elle a voulu attacher à ce legs, je tiens l'instrument, qui ne peut être confié à de meilleures mains, à votre disposition. Faites-moi connaître le lieu, le jour et l'heure où je puis vous le faire porter. » Le comte concluait en insistant pour que la mort de Geneviève « n'interrompe pas une relation si confiante ». Il assurait Tristan Dionys de son « estime » et de son « amitié ».

Un moment sans réaction, tant cet héritage le comblait, Tristan se rendit compte, très vite, qu'il ne pourrait jamais loger un demi-queue de cette taille et de ce poids dans son petit logement du Marais. Dès qu'il fit part de cette décevante constatation à Maximilien, celui-ci proposa spontanément une solution.

— Ce piano, faites-le livrer chez moi, rue du Bac. Mon salon, que vous connaissez, est assez vaste pour l'abriter. Vous viendrez jouer quand vous voudrez en attendant que, du train où vont vos engagements, vous puissiez disposer d'un appartement plus spacieux. Souvenez-vous, la première fois que vous avez visité mon intérieur, vous m'avez fait compliment de son confort et de son décor, mais vous avez ajouté « ne manque qu'un piano ». Eh bien, il y aura le vôtre, désormais, offrit Max.

Tandis que Leroy, qui avait loué un sulky, trottait du champ de courses de Deauville au casino de Trouville, après des matinées à la plage succédant à des nuits au service d'une sujette de Sa Très Gracieuse Majesté, Tristan Dionys préparait le programme de ses concerts. Il savourait l'aubaine qui allait lui permettre de jouer, en soliste, dans deux théâtres où Franz Liszt avait été acclamé, en 1842 et 1846.

Alors que la saison touchait à sa fin, un drame plongea dans la consternation la colonie britannique de Trouville et la compagne de Max.

Le 3 septembre, le *Princess-Alice*, un bateau de croisière, avait coulé dans la Tamise, après une collision avec un autre vapeur. Sept cent quatre-vingt-six personnes, passagers et membres d'équipage, avaient trouvé la mort. Le *Times*, livré chaque jour à Trouville, augmenta encore la désolation quand on lut que beaucoup de femmes avaient péri noyées à cause de leur toilette ! « Tous les mariniers de la Tamise se sont accordés sur ce fait. Beaucoup de victimes auraient été sauvées, n'avaient été leurs robes, qui, serrées au-dessous des genoux, ont formé de vastes sacs remplis d'eau et, par suite, alourdis. Bon nombre d'hommes ont été entraînés au fond du fleuve par le fardeau de ces femmes, cramponnées à eux et trop lourdes pour être ramenées à la surface et soutenues au-dessus de l'eau », révélait le quotidien britannique.

Deux jours plus tard, le directeur du Casino-Salon, ayant appris par une gazette parisienne que les sociétaires de la Comédie-Française s'étaient cotisés pour envoyer cinquante livres sterling aux victimes du naufrage, décida de donner un gala de bienfaisance. Tristan Dionys fut la principale attraction de cette soirée. Il abandonna son cachet au bénéfice des rescapés de la catastrophe, ce qui lui valut un baiser reconnaissant de la maîtresse éphémère de Maximilien.

De retour à Paris, il trouva, le premier lundi d'octobre, à l'Institut Sévigné, une nouvelle promotion d'élèves, adolescentes dont les parents exigeaient la pratique de ce qu'ils nommaient les arts d'agrément, dont la musique et l'aquarelle. Les demoiselles de cette volée lui parurent plus délurées que celles de la précédente et plus coquettes, bien que le règlement de l'institution les obligeât toutes à être coiffées « à la vierge », cheveux serrés, rassemblés dans un filet sur la nuque.

Le Pleyel de Geneviève de Galvain ayant été livré et placé dans le salon de l'appartement de Max, ce qui obligea ce dernier à déplacer un guéridon et des sièges, Tristan ne put cacher son émotion. Leroy le vit caresser le flanc de l'instrument, comme s'il se fût agi d'un corps vivant. Après avoir frappé quelques accords, Dionys referma le cylindre du clavier.

— Il faut le laisser s'habituer à l'atmosphère, à la température, à l'aération de votre salon. Le transport l'a un peu troublé. Le bois, les cordes, les marteaux, les feutres, le mécanisme ont souffert d'être déplacés et cahotés. Ce demi-queue doit se reposer. Plus tard, j'enverrai un accordeur qui le réglera à mon goût, dit Tristan.

— Vous parlez de ce piano comme s'il s'agissait d'une personne, observa Max, aussi attendri qu'étonné.

— Mais, c'est une personne, Max. Lui et moi nous nous connaissons depuis deux ans. Le piano est un compagnon, un complice, toujours prêt à faire écho à vos sentiments, à votre humeur. Un ami peut vous contredire, vous mentir, vous trahir ; le piano jamais ne ment, ne contredit ni ne trahit le pianiste. C'est un confident, toujours prêt à l'écoute. Il ne répète ce qu'on lui confie que si le compositeur le lui impose.

Maximilien, bien conscient que son ami disposait avec la musique d'un langage dont il ne possédait pas, lui-même, toutes les subtilités, confia à Tristan une clé de son appartement, afin qu'il puisse, pendant ses absences, venir s'entretenir avec son piano.

En novembre, ayant obtenu cinq jours de congé exceptionnel, Tristan Dionys se rendit en Belgique. Ses récitals à Bruxelles et à Liège, suivis par de vrais amateurs de musique, furent des succès. Chaque fois, il dut donner deux bis. Il en profita pour jouer, pour la première fois en public, une étude en *mi* majeur de sa composition. Ce morceau fut applaudi, comme l'avaient été précédemment les œuvres de Schubert et de Chopin. À la sortie du concert, plusieurs mélomanes

lui demandèrent le titre de cette pièce, d'une troublante mélancolie, et le nom du compositeur.

— Le titre de cette étude est *le Secret des vagues*,
répondit-il.

Les curieux durent insister pour qu'il avouât en être
l'auteur, tant cette confidence lui paraissait vaniteuse.

Il ne révéla pas, en revanche, que le thème, repris
sous différents motifs mélodiques, mais toujours recon-
naissable, comme la respiration de la mer, à travers
colorations, ornementations, simplifications diverses,
exhalait la tristesse d'un été à Trouville, en l'absence
de celle qui, au seuil de la mort, lui avait avoué son
amour.

2.

Les girandoles du Nouvel An à peine éteintes, la République, troisième du nom, fit une crise de croissance.

Le 5 janvier 1879, le renouvellement du tiers du Sénat envoya, d'une façon inattendue, une majorité républicaine à la Chambre haute. Les républicains enlevèrent soixante-six des quatre-vingt-deux sièges à pourvoir, n'en laissant que treize aux monarchistes et trois à leurs alliés opportunistes. Les conservateurs passaient ainsi dans l'opposition.

— La dernière forteresse monarchiste a été investie. Désormais, les deux chambres sont républicaines, se réjouit Maximilien Leroy.

Tandis que, dans la nuit du 9 au 10 janvier, la Seine se couvrait de glace et que les thermomètres affichaient moins dix degrés centigrades, les républicains radicaux, réchauffés par leur succès sénatorial, demandèrent au président de la République et au gouvernement « une épuration administrative ». Ils n'avaient pas oublié qu'au cours de la campagne électorale de 1877 le ministre de l'Intérieur, Marie François Bardy de Fourtou[1], avait des-

---

1. Réélu député de la Dordogne, il dut démissionner, ses adversaires ayant exigé une enquête sur ses abus de pouvoir.

titué trois mille maires ou conseillers municipaux et
révoqué soixante-dix-sept préfets, supposés trop timides
dans « la lutte entre l'ordre et le désordre ». Ceux restés
en place étant, aujourd'hui, considérés comme conservateurs, devaient être, à leur tour, remplacés. Les
radicaux exigeaient aussi la mise à la retraite, d'office,
de neuf généraux de corps d'armée, qui avaient
dépassé la durée de leur commandement. Le maréchal
de Mac-Mahon refusa le congédiement de ses anciens
compagnons d'armes. « Je m'en irai plutôt que d'y
consentir. Si, depuis un an, j'ai avalé tant de cou-
leuvres, c'est pour protéger l'armée. Si je l'abandonnais
aujourd'hui, je n'oserais même plus embrasser mes
enfants », s'écria-t-il, avant d'annoncer sa démission, le
30 janvier.

Le même jour, le Parlement, réuni à Versailles, porta
Jules Grévy, un républicain venu de l'extrême gauche,
réservé et froid, jusque-là président de la Chambre des
députés, à la présidence de la République.

— Sûr qu'il va confier à Léon Gambetta le soin de
former un gouvernement républicain. Gambetta est un
homme d'État dont la réputation a franchi nos frontières, risqua Tristan.

Le pianiste admirait le tribun à l'œil de verre[1], celui
qui, en 1870, refusant la défaite de la France, avait souhaité poursuivre les combats.

---

1. C'est en 1849, à l'âge de onze ans, que le petit Léon avait
subi une profonde blessure à l'œil droit. Pendant ses vacances à
Cahors, il regardait un ouvrier coutelier, voisin de ses parents, percer le manche d'un couteau, quand le foret se brisa. Un éclat frappa
l'œil de l'enfant. La blessure ne devait jamais guérir, mais ce n'est
qu'en 1867 qu'un chirurgien procéda à l'énucléation, pour remplacer l'œil sans vision par un œil de verre.

— Mon cher, vous ne connaissez pas Jules Grévy. Il a soixante et onze ans. C'est un grand bourgeois, un galant homme, un lettré. Il sait par cœur les stances d'Horace et les tragédies de Racine. Il vous récite une centaine de vers de Musset comme un acteur de la Comédie-Française. Il ne voudra pas de Gambetta, chef du parti républicain, qui se réfère plutôt à Rabelais et à Mirabeau. Grévy, c'est connu, redoute l'éloquence parfois outrée de Gambetta. À ce propos, mon député normand, devenu parfait opportuniste, m'a rapporté ce mot de Grévy sur Gambetta : « Il ne parle pas, il hennit. Ce n'est pas du français, c'est du cheval ! » Je crois que l'heure de Gambetta n'est pas venue et ses vrais amis pensent qu'il devrait, pour l'instant, se contenter de la présidence de l'Assemblée, expliqua Max, informé des tractations politiques en cours.

Les événements lui donnèrent raison. Jules Grévy nomma le ministre des Affaires étrangères du précédent gouvernement, William Waddington[1], président du Conseil des ministres. Le 31 janvier, Léon Gambetta fut élu président de la Chambre des députés, par trois cent quatorze voix sur quatre cent cinq votants.

Maximilien, qui avait assisté à la séance, s'amusa beaucoup de l'éloge que Gambetta fit, ce jour-là, de Jules Grévy, dès son élection. Il lut à Tristan le compte rendu de cette intervention.

----

1. 1826-1894. Fils d'un riche filateur anglais établi en France, naturalisé français, et d'une Française. Archéologue, numismate de réputation internationale, fondateur de l'École des hautes études, ministre de l'Instruction publique en 1873 et 1877, ministre des Affaires étrangères en 1878, membre de l'Institut. La collection Waddington a été acquise par le cabinet des médailles de la Bibliothèque nationale en 1897.

— Avec une chaleur qui avait tous les accents de la sincérité politique, laquelle n'est pas toujours sincère, fluctue au gré des appétits de pouvoir et masque souvent de solides inimitiés, voilà ce qu'a dit Gambetta : « Je succède au grand citoyen, à l'homme d'État que les suffrages des représentants du pays ont spontanément appelé à la présidence de la République. » Et d'ajouter : « S'il est aujourd'hui le chef de la nation, il reste, ici, notre instituteur et notre modèle. » Instituteur ! C'est bien trouvé, pour un docteur en droit, se gaussa Max.

— Gambetta est beau joueur, commenta Tristan.

— Joueur, certes. Mais je l'ai cru plus sincère quand il a conclu son discours en disant : « Nous devons tous, à l'heure actuelle, sentir que les gouvernements de combat ont fait leur temps. Notre République, enfin sortie victorieuse de la mêlée des partis, doit entrer dans la période organique et créatrice », acheva Maximilien.

— Eh bien, nous y entrerons avec elle ! lança gaiement Dionys.

Les jeux parlementaires, le heurt des ambitions devant les leviers du pouvoir, la complicité d'élus qui, tels des acteurs, ne s'opposaient en public que pour amuser la galerie et assurer le succès de la pièce, ne pouvaient longtemps retenir son attention.

La nature de Tristan Dionys le portait, comme celle de la plupart des humains, à oublier les événements extérieurs, fussent-ils considérables, et les heurs et malheurs des contemporains, quand le destin l'atteignait personnellement. Cette disposition d'esprit faisait prendre pour égocentrisme ce qui n'était que réflexe protecteur.

La veille des vacances de Pâques, la mère supérieure de l'Institut Sévigné retint le pianiste, à la fin de son cours. Aimable et souriante, la religieuse l'invita à la suivre dans son bureau, le fit asseoir et prit place derrière une table encombrée de piles de cahiers. Derrière elle, dans un cadre tarabiscoté, Mme de Sévigné, protectrice tutélaire du collège, peinte par Mignard, posa sur Tristan un regard amical.

— Cher monsieur Dionys, plusieurs mères de nos élèves nous ont parlé du succès qu'ont connu, l'été dernier, les concerts que vous avez donnés à Trouville et Deauville. Nous nous réjouissons de voir vos talents, que nous connaissions déjà, reconnus et applaudis par les gens de qualité, commença la nonne, chez qui tout était terne : teint, regard, cheveux, vêtement.

Tristan, étonné par ce préambule, s'inclina sans un mot.

» Cette considération rend ma tâche plus aisée pour vous dire que notre conseil de Fabrique m'a demandé de pourvoir, dès la fin des vacances de Pâques, à votre remplacement comme professeur de musique, dit-elle, avec un sourire confus, indice d'un effort déplaisant.

— Ai-je démérité ? s'inquiéta Tristan.

— Nullement, monsieur. Vous êtes un maître estimé et les succès de plusieurs de vos élèves aux concours du conservatoire prouvent la qualité de votre enseignement.

— Mais alors ?

— Alors, monsieur, vous êtes aussi un jeune homme séduisant. Or, plusieurs de nos grandes éprouvent à votre égard, comment dirais-je... une attirance qui n'a rien de pédagogique. En un mot, vous avez suscité chez certaines de nos adolescentes, rendues naïvement sentimentales par la lecture, en cachette, des poètes décadents, comme Musset, une exaltation de l'esprit que je n'oserais qualifier d'amoureuse.

— Je n'ai jamais encouragé ce genre d'intérêt pour ma personne, madame.

Il avait toujours refusé de donner du « ma mère » ou « ma sœur » à des femmes dont il ne se sentait en rien le fils ou le frère.

— J'en suis convaincue, mais le fait est là. Nous avons saisi, lors d'une inspection des armoires de nos pensionnaires, les journaux intimes que tiennent certaines de vos élèves. Nous y avons lu avec stupéfaction des considérations vous concernant et les rapports qu'elles souhaiteraient avoir avec leur professeur de musique, d'une indécence inqualifiable. Je n'oserais même pas vous les soumettre, dit-elle avec répugnance.

— Dommage ! ironisa Tristan, que cette comparution commençait à agacer.

— La dépravation ne s'accommode pas d'humour, monsieur, dit la supérieure en frappant la table d'une main sèche.

— Saisir et lire le journal intime d'une jeune fille est une action basse que je désapprouve, madame, lança Dionys, excédé.

Cette vive réaction décontenança son interlocutrice et ce fut d'un ton patelin qu'elle justifia son action.

— Nous sommes des éducatrices, monsieur Dionys, chargées de préparer les demoiselles qu'on nous confie à leur destin d'épouse et de mère chrétiennes. Il est nécessaire de tuer, chez elles, les mauvaises pensées dans l'œuf, monsieur, c'est notre mission, à Sévigné.

Seuls les professeurs de dessin, de musique et de langues vivantes, recrutés en ville, appartenaient au sexe masculin. La supérieure apprit à Tristan qu'ils seraient, eux aussi, remplacés par des femmes.

Dionys s'était toujours montré insensible aux charmes des jeunes bourgeoises qui suivaient ses cours. Il pouvait apprécier leur fraîcheur et leur joliesse un peu acide, sans être troublé. Son prédécesseur ayant été licencié pour nympholepsie – euphémisme médical pour dire que ce professeur caressait avec insistance les adolescentes –, la supérieure de l'institution s'était toujours plu à reconnaître la distance austère que lui-même maintenait avec des élèves ne comptant que quatre ou cinq ans de moins que leur maître.

Il savait cependant que plusieurs de ces pucelles, tourmentées par les agaceries de Cupidon, étaient amoureuses de lui. Elles le donnaient à entendre par leur application à solfier ou à déchiffrer les partitions de la Méthode rose, par des mines extatiques, des sourires enjôleurs, parfois des coups d'œil hardis, qui cherchaient le sien, alors que la règle voulait que, s'adressant à un homme, ces demoiselles eussent le regard fixé sur le bout de leurs bottines ! Il avait parfois constaté, chez certaines, une accélération de la respiration quand, penché sur le clavier pour corriger un faux accord, il frôlait leur épaule.

Une seule avait osé glisser dans son cahier de solfège un billet à son intention. Il avait restitué sans un mot, par la même voie, cette déclaration touchante et niaise, après avoir corrigé les fautes d'orthographe !

La supérieure avait aussi mis la main sur ce message.

— Vous auriez dû, monsieur, me l'apporter au lieu de le rendre à son auteur. C'est le seul reproche que nous ayons à vous faire, ajouta-t-elle.

— C'eût été violer le secret de la correspondance et donner trop d'importance à une gaminerie de collégienne, ironisa Tristan.

— La coupable a été envoyée à confesse et ses
parents ont été informés. Désormais, les cours de
musique seront, chez nous, donnés par une dame. Ce
qui évitera toute dérive sentimentale.

— Croyez-vous ? dit Tristan, au fait des amitiés
particulières, exutoire sensuel des internats.

Il quitta son siège aussitôt imité par la religieuse.

— Naturellement, nous allons vous remettre un cer-
tificat élogieux et vos honoraires du quatrième tri-
mestre seront payés, comme si vous assuriez votre
enseignement jusqu'aux grandes vacances.

Elle le raccompagna, puis, rougissant jusqu'aux
oreilles, mue par une émotion incontrôlée, elle le retint
sur le seuil.

» Je regretterai ne plus vous voir, monsieur Dionys.
Vous apportiez, avec votre musique, dans ces vieux
murs, un peu de la vie attrayante dont nous sommes
sevrées.

— Il ne tient qu'à vous de vous échapper, dit Tristan, étonné par cet abandon inattendu.

— Il est trop tard, monsieur Dionys. Nous avons
prononcé des vœux. Là où la chèvre est attachée, elle
broute, murmura la supérieure.

— Alors, soyez un peu indulgente pour les filles qui
ne sont pas disposées à pareille résignation, acheva
Tristan en effleurant d'un baiser mondain la main
qu'on lui tendait.

Avant de quitter la pièce, il jeta un dernier regard
au portrait de Mme de Sévigné et sourit. La marquise,
d'un index nonchalant, désignait la porte.

Comme souvent, l'après-midi, Tristan Dionys se rendit rue du Bac, dans l'appartement de Max, où le piano

de Geneviève, maintenant accordé, le retenait pendant des heures, le plus souvent en l'absence de son ami.

Le musicien prenait toujours soin de sonner avant de glisser la clef dans la serrure. Il aurait pu surprendre le locataire en pleine activité donjuanesque !

Le plaisir de jouer son Pleyel fit bientôt oublier au pianiste son licenciement et la faille qu'allait creuser dans son budget la perte d'un salaire régulier. Il devrait, pour compenser, donner de nouvelles leçons et se produire plus souvent dans les hôtels.

Maximilien Leroy entra comme une bourrasque. Il trouva Tristan travaillant une des dernières compositions de son ancien professeur de l'École Niedermeyer, Camille Saint-Saëns. Le pianiste cessa de jouer. Volubile, Max jeta sur son bureau une liasse de dossiers et négligea de saluer son ami.

— Mon cher, me voilà courtier temporaire pour une banque de la rue Lafayette, chargée de placer les nouvelles actions des mines d'or de la couronne de Russie. On va émettre 32 000 actions de 500 francs, pour l'exploitation des gisements aurifères de Miass, gouvernement d'Orenbourg, qui occupent trois cent mille hectares. On évalue à plus d'un milliard et demi de francs la quantité d'or à extraire, annonça-t-il, enflammé par ces chiffres.

— Vous reviendra-t-il un peu de ce pactole ? demanda Tristan, amusé.

— Je suis déjà assuré de trois francs de commission par action placée. Et je puis vous dire qu'elles trouvent aisément preneurs quand j'explique et prouve, documents comptables à l'appui, qu'au cours du dernier exercice on a tiré de ces mines deux mille cent quatre-vingt-neuf kilos d'or, ce qui a laissé un bénéfice d'un million six cent trente-sept mille francs. Les banquiers estiment que le rapport des actions, dans les ans à venir, sera de dix-huit à vingt pour cent. Si vous avez un peu d'argent à placer, Tristou, c'est le moment.

— Non seulement je n'ai pas d'argent à placer, mais je vais en avoir de moins en moins pour vivre. La mère supérieure de Sévigné m'a signifié mon congé. Certaines élèves avaient le béguin de votre ami et les nonnes l'ont lu dans leur journal intime, révéla Tristan.

— Ces femmes confites en dévotion, à l'esprit racorni, ont lu les journaux intimes de ces petites ! Mais c'est un viol des consciences ! s'indigna Max.

— C'est à peu près ce que j'ai dit à la mère supérieure. Mais, en attendant, je perds les deux cents francs mensuels que m'assuraient mes cours, compléta Dionys.

— Je vais vous aider à compenser cette perte, laissez-moi y réfléchir. En attendant, Tristounet, quittez cette mine d'enterrement. Je vous emmène dîner chez Foyot. Aucune contrariété ne résiste à un vieux margaux, décréta Max, jovial.

Au cours du repas, Leroy, que tourmentait le peu de cas que son ami faisait des femmes, ne pouvant imaginer qu'un artiste si séduisant fût sans maîtresse, s'enquit, avec son aplomb habituel, des véritables goûts de Tristan en matière féminine. Le margaux capiteux eut raison de la réticence du pianiste à parler de choses si intimes.

— Puisque vous voulez le savoir, mon ami, les femmes qui retiennent mon attention sont les femmes de trente ans, les femmes faites, mariées, mères sans doute. Je me plais à imaginer qu'elles ont un passé fait de passions éteintes, d'espoirs déçus, de souvenirs cachés, de roses séchées, de lettres – dont un poète a dit qu'elles étaient « les déchets de la passion » – du temps où elles étaient sûres d'être aimées, où elles aimaient encore. Aujourd'hui vouées à la routine conjugale par l'amour affadi d'un mari, elles regardent passer la vie comme on suit la course des nuages sur un ciel gris.

— Comment savez-vous ça ? fit Max, étonné.

— On lit, dans leur regard, résignation, soumission, désintérêt pour les choses de l'amour, même si, parfois, on peut soupçonner telle ou telle dans l'attente coupable d'une aventure qu'elle découragera par fidélité à l'époux, à une observance religieuse, au respect des convenances, plus banalement au confort d'une position sociale.

— Toutes, heureusement, ne découragent pas les entreprises des consolateurs, observa Max.

— Ces femmes dissimulent leur solitude, trompent leurs frustrations inavouables en lisant des romans anglais, en se dévouant aux bonnes œuvres, en donnant des thés, en peignant des aquarelles mièvres, en faisant de la tapisserie. Certaines, plus audacieuses, qui prennent conscience de l'usure de leur jeunesse, du déclin de leur beauté, lassées des infidélités d'un mari ou pire encore de son indifférence, s'amourachent d'un célibataire dans votre genre, heureux jouisseur d'une liberté perdue, qu'elles croient pouvoir partager en devenant leur maîtresse.

— Le rôle des individus de mon acabit est donc utile, plaisanta Max.

— Je n'en disconviens pas. Mais un galant homme peut aussi être fidèle à sa maîtresse, dit Dionys.

— Dans ce cas-là, méfiance. La maîtresse se comporte souvent, non pas en épouse mais en mari ! Elle tient l'amant en laisse, lui fait des scènes de jalousie, le veut chaque jour, l'exhibe devant ses amies intimes,

pour montrer qu'elle reste séduisante et capable de susciter la passion. En fait, elle impose à l'amant les
contraintes dont elle souffre dans le mariage. Pour un
homme sensible comme vous, les jeunes filles, phti-
siques ou non, devraient être plus séduisantes ?

— Les jeunes filles sont des pages blanches, les
femmes de trente ans des récits raturés, dont il faut
deviner les épisodes censurés, dit Tristan.

— Mon cher, la plupart de ces dernières attendent
celui qui les aidera à écrire un nouveau chapitre.
Qu'attendez-vous, alors, pour suivre vos penchants
samaritains pour les épouses déçues ? répliqua Max.

— Il y a toujours le mari, observa Tristan.

— Le mari n'est qu'un possesseur légitime. Quand
je convoite une femme mariée, j'en veux au mari de
l'avoir obtenue d'un maire et d'un curé, d'avoir abîmé
son corps en lui imposant des maternités. Je lui en veux
d'en faire une demi recluse, de la réduire au rôle de
mannequin mondain, support de parures et de bijoux
qui attestent la réussite sociale de son seigneur et
maître, acheva Leroy.

Il était maintenant conscient que son ami ne marquait nul enthousiasme pour s'aventurer, comme lui,
dans les liaisons éphémères. Les petites patineuses américaines du cirque des Champs-Élysées, pas plus que
les épouses des réservistes, rencontrées sur un bateau-
mouche, ou les modistes polonaises n'avaient su combler ses désirs.

Cette nuit-là, Maximilien Leroy s'interrogea longtemps sur le manque d'appétit pour la femme de celui
qu'il aimait comme un frère et qu'il eût voulu voir heureux à son aune. Il finit par se demander si Tristan ne
souffrait pas de ce que les médecins appelaient ana-
phrodisie.

Depuis la mort de Geneviève, Dionys avait eu l'occasion de rencontrer plusieurs fois M. de Galvain. Un matin, il trouva dans son courrier une lettre du comte. Ce dernier le conviait à la « très intime cérémonie » qui devait suivre son mariage avec Joséphine Bruneau : « Veuve et veuf, nous avons décidé d'unir nos solitudes. Ainsi que vous me l'avez dit un jour, cette union était souhaitée par Geneviève. J'avais toujours différé de lui imposer une marâtre, fût-elle au grand cœur. Aujourd'hui, ma fille ne court plus le risque de souffrir des humeurs humaines. Vous serez le bienvenu, en mon hôtel du parc Monceau, le 18 mars, à dix-huit heures. »

Au jour dit, Tristan Dionys, qui n'avait pas franchi le seuil de l'hôtel Galvain depuis la mort de Geneviève, se trouva mêlé au petit cercle des intimes du comte et de son épouse. On lui fit un accueil chaleureux et la nouvelle comtesse de Galvain le remercia avec émotion pour l'envoi d'une gerbe de roses thé.

Après les congratulations d'usage, tandis que circulaient les plateaux portant flûtes de champagne et canapés, la conversation s'orienta vers la Hongrie inondée. On avait appris, le matin même, avec retard du fait de la rupture des fils télégraphiques, que le 11 mars, une ville de plus de soixante-dix mille habitants, Szeged, située à deux cents kilomètres au sud de Budapest, avait été en grande partie détruite par une forte crue de la Tisza, affluent du Danube. Des pluies diluviennes, survenues lors de la fonte des neiges, expliquaient cette catastrophe. On ignorait à ce jour le nombre des victimes, sans doute plusieurs centaines, mais les journaux rapportaient qu'un millier de maisons seulement, sur les six mille que comptait Szedeg, étaient encore debout. Plus de trente mille personnes se trouvaient sans abri.

Le comte de Galvain, grand voyageur, connaissait la région concernée.

— La ville, qui fut, en 1849, la capitale provisoire du révolutionnaire Lajos Kossuth, est située dans une vaste plaine, où la Tisza s'étire en d'innombrables méandres. Cette grosse rivière prend sa source dans les Carpates. Elle roule des eaux limoneuses et les Autrichiens l'accusent de souiller le Danube, qui n'est pas bleu comme voudrait le faire croire Johann Strauss fils, précisa-t-il.

Comme toute l'assemblée s'apitoyait sur les malheureux inondés, le comte se tourna vers Tristan.

— Souvenez-vous du beau concert que vous avez donné à Trouville, il y a deux ans, pour les inondés de Toulouse. Si vous me suivez, monsieur Dionys, je puis en organiser un pour les inondés de Szeged. Ne pouvons-nous avoir, aujourd'hui, pour les Hongrois, le même geste charitable que nous avons eu, hier, pour les Toulousains ? demanda Galvain à l'assemblée.

Tristan acquiesça aussitôt et tous les invités promirent leur concours et celui de leurs relations.

Un soir de mai, Tristan Dionys se produisit donc dans la salle de concerts aménagée par Camille Pleyel, en 1835, aux 24-26, rue de Rochechouart. Ces immeubles abritaient la fabrique de pianos d'où sortaient deux mille instruments chaque année. Les invitations, envoyées par les Galvain pour ce récital de bienfaisance, furent toutes honorées et c'est devant un auditoire élégant, de plus de cinq cents personnes, que Tristan prit possession du Pleyel à sept octaves, mis à sa disposition par le facteur de pianos. Camille Pleyel, qui avait accueilli naguère les plus grands artistes,

n'avait pas dédaigné de recevoir les nouveaux talents
qui seraient susceptibles, plus tard, de faire la promotion de ses pianos. Son successeur et associé, Auguste
Wolff, continuait la tradition.

En s'asseyant devant le clavier, Dionys se sentit intimidé. Dans cette vaste rotonde, dont l'estrade occupait
le centre, Frédéric Chopin avait donné son dernier
concert le 16 février 1848. On y avait applaudi les plus
grands, dont Friedrich Kalkbrenner, Sigismund Thalberg, Anton Rubinstein, César Franck et Saint-Saëns.
Que lui, modeste professeur de piano, se trouvât à la
place de ces maîtres, le troublait. Il dut faire effort pour
se persuader qu'il servait la musique, comme ses aînés
avaient su le faire.

Il avait inscrit au programme dix des *Rhapsodies
hongroises* de Franz Liszt, des pièces de circonstance.
La huitième, dite *Capriccio*, et la neuvième, *Carnaval
de Pest*, furent bissées. Le succès dépassant ses espérances, il dut, pour satisfaire un public insatiable, terminer avec la *Marche de Rákóczy*, qui fit se lever les
auditeurs et crépiter les bravos.

Acclamé, félicité par le maître des lieux, il connut
la consécration parisienne qui lui faisait encore défaut.
Au cours du souper qui suivit, le pianiste ayant refusé
tout cachet, il reçut du comte de Galvain un étui à
cigares frappé à ses initiales et plusieurs femmes lui
demandèrent de signer leur éventail.

Le concert rapporta plus de vingt mille francs pour
les inondés de Szeged. Quelques jours plus tard, les
Cahiers de la musique, une revue lue par les mélomanes
européens, consacra au pianiste un article élogieux.

« Nous aurions pu l'entendre, sans être lassé,
enchaîner toutes les *Rhapsodies hongroises* les plus
acrobatiques. Le piano flambe sous son doigté. Nous

voyons en ce jeune homme blond, long et mince, économe de ses gestes, austère comme un officiant, peu
souriant, dont les mains tirent des touches des cascades
de cristal, un virtuose de l'école de Liszt. Sans crainte
de nous tromper, nous lui prédisons un avenir brillant,
pour peu qu'il décide d'humaniser son irréprochable
mécanisme. »

Rien ne pouvait plaire davantage à Tristan que cette
reconnaissance de son talent, même si le journaliste
regrettait une froideur naturelle à l'artiste. Sa satisfaction fut encore plus grande quand il apprit, par *Le
Figaro*, que Franz Liszt, qui se trouvait à Budapest dans
le temps des inondations, avait donné plusieurs
concerts de bienfaisance au bénéfice des inondés de
Hongrie et d'Autriche.

Maximilien, qui avait assisté au concert de Pleyel,
le félicita à son tour et rapporta les appréciations flatteuses des auditeurs, entendues à l'entracte. Dionys
émit un rire grinçant.

— Si ces gens savaient qu'il m'arrive de jouer le
matin dans une église, l'après-midi dans un hôtel et le
soir dans un bordel, ils seraient peut-être moins admi-
ratifs. Comprendraient-ils qu'un pianiste ne vit pas que
de l'air du temps ?

— Le temps approche, Tristou, où vous vivrez de
vos seuls concerts et de quelques leçons bien rétri-
buées, sans être contraint à galvauder votre art.

— Ce n'est pas demain la veille, mon ami.

— Détrompez-vous. Le Belge qui organisa vos récitals à Bruxelles et à Liège m'a écrit. Il propose une
tournée qui vous conduirait, l'automne prochain, à
Bruxelles, Gand, Liège, Anvers, Ostende et Amsterdam. Je lui envoie copie de l'article de la revue de
musique et je fixe vos honoraires d'après ce que j'ai

appris de ceux de Thalberg. Je demande une garantie de cinq cents francs par concert, plus un pourcentage à fixer sur la location des places et, naturellement, tous frais de voyage et de séjour payés, expliqua Leroy.

— Vos prétentions me paraissent exorbitantes, observa Tristan.

— Un tel engagement oblige l'organisateur de concerts à des annonces, par affiches, par placards dans les journaux. Il doit remplir les salles pour faire du bénéfice, dit Max.

Une quinzaine s'était écoulée quand Leroy présenta les contrats à signer. Du 10 novembre au 10 décembre, Tristan Dionys, pianiste virtuose, serait en tournée entre Belgique et Pays-Bas.

Le 7 juin, imitant l'initiative du comte de Galvain, la direction de l'Opéra de Paris organisa un grand gala de bienfaisance au bénéfice des inondés de Szeged. Tristan Dionys, dont le nom, après le concert de Pleyel, était apparu dans les revues musicales, fut convié à jouer les accompagnateurs des chanteurs et danseurs. Le programme annonçait une soirée folklorique avec ténors et sopranos, exécution de danses hongroises bizarrement mêlées de farandoles provençales.

— Ce genre de soirée où les ministres, les grands bourgeois, les parvenus et les nouveaux politiciens en mal de reconnaissance vont faire étalage de leur réussite, avec des épouses embijoutées, n'est pas pour vous. Un artiste de votre talent se produit seul et ne joue pas les faire-valoir, même pour des têtes d'affiche, qui glaneront les bravos en ignorant l'accompagnateur. Croyez-moi, il faut refuser cette invitation pour montrer que Tristan Dionys se situe hors du commun, insista Max.

Ces arguments que, par modestie, Dionys n'eût osé
avancer, convainquirent aisément le pianiste de décliner l'offre des organisateurs.

Cette année-là, la célébration du 14 Juillet fut marquée par la première revue de l'armée reconstituée, ce
qui donna l'occasion aux Parisiens de manifester, en
foule, leur patriotisme, contrarié depuis la défaite de
1870 par la présence des soldats allemands. Les derniers occupants avaient quitté Paris depuis des mois
et l'on ne prenait pas au sérieux les bruits répandus
sur la présence d'une division allemande en Lorraine.
Bismarck craignait, disait-on, l'installation en France
d'une république rouge, au service de laquelle une
armée nouvelle préparerait la revanche de 1870. Pour
bon nombre de catholiques, cependant, l'unité nationale souhaitée par Gambetta avait, depuis le renvoi des
religieuses de Saint-Vincent-de-Paul des hôpitaux, un
goût amer. Il ne faisait nul doute que l'anticléricalisme
des républicains intransigeants laissait présager une
offensive contre les écoles libres. Maximilien Leroy
savait que les radicaux, conduits par Georges Clemenceau, se préparaient à proposer aux députés et sénateurs des décrets interdisant aux congrégations le droit
d'enseigner.

— S'il en est ainsi, nous allons vers une nouvelle
guerre de religion, fit remarquer Tristan.

— Mon cher, la république ne reconnaît pas l'existence de Dieu. Elle se veut entièrement laïque, c'est-
à-dire à l'abri de toutes les croyances et influences religieuses. Pour nos radicaux, Auguste Comte, mort en
1857, un mathématicien qui avait été interné pour
« désordre mental caractérisé avec accès de violence »,
est le premier philosophe des temps nouveaux. Cet

ancien polytechnicien se disait lui-même grand prêtre d'une religion de l'humanité qu'il a nommée positivisme. Elle aurait dû avoir ses temples, son catéchisme, ses prêtres et même ses anges gardiens !

— Organisation inspirée de l'Église romaine, en somme, remarqua Tristan.

— Cette nouvelle religion laïque tenait en trois commandements : « L'amour pour principe, l'ordre pour base, le progrès pour but », sans doute destinés à remplacer les vertus théologales que m'ont enseignées les frères des Écoles chrétiennes, développa Max.

— Ces principes complètent assez bien liberté, égalité, fraternité, commenta Dionys.

— Ils devaient plutôt être substitués aux préceptes révolutionnaires. Pour Auguste Comte, la science allait un jour tout expliquer. En attendant, l'homme devait éviter de se poser des questions métaphysiques auxquelles, il est vrai, n'existent pas de réponses accessibles. Notre mathématicien a remplacé le Dieu des chrétiens par le Grand-Être qui est l'humanité entière, laquelle se constitue et se renouvelle en permanence en déité évolutive, compléta Max.

— Aujourd'hui, les disciples de Comte, tombés dans le plus banal athéisme, assurent que le mythe du Créateur prépotent sert aux nantis, à faire croire au bon peuple que ce qui est refusé aux pauvres, en ce bas monde, leur sera servi dans un autre, dont personne ne peut attester l'existence, dit Dionys.

— Les politiciens matérialistes ne prennent chez les philosophes que ce qui les arrange, Tristou.

— Mais, d'après M. Comte, comment l'univers, la terre, les planètes, le soleil, les étoiles, sont-ils nés ? demanda naïvement Tristan.

— Question oiseuse, que ne pose pas le fondateur du positivisme. Pour lui, l'esprit humain, ayant admis une fois pour toutes l'impossibilité d'obtenir des notions absolues sur l'origine et la destination de l'univers, doit se satisfaire de l'observation scientifique du monde. Un point c'est tout, dit Max en riant.

Les Parisiens eurent, cet été-là, l'opportunité de découvrir la capitale vue du ciel, grâce au ballon captif de l'ingénieur Henry Giffard, installé dans le jardin des Tuileries. La nacelle, heureusement tenue en laisse par des câbles qui lui interdisaient tout vagabondage, pouvait accueillir quarante passagers. Elle s'élevait à plus de cent mètres et était rappelée au sol par une machine à vapeur. Maximilien Leroy et Tristan Dionys firent, un après-midi, cette ascension sans risques, en compagnie de leurs amies polonaises, Ewa et Wanda, qui n'avaient pas voulu se lancer seules dans l'aventure.

Le succès de leur magasin de mode du faubourg Saint-Honoré, fréquenté par les femmes les plus élégantes sinon les plus vertueuses de Paris, leur assurait de bons revenus. Au cours d'un thé chez Rumpelmayer, rue de Rivoli, elles annoncèrent aux deux amis qu'elles se préparaient à ouvrir une succursale à Deauville, où bon nombre de leurs pratiques se rendaient chaque été.

Au cours de son séjour à Trouville, où il était attendu comme chaque année par les baigneurs mélomanes, Tristan ne fut pas étonné de reconnaître Ewa et Wanda parmi les auditrices d'un de ses concerts du vendredi, au Casino-Salon. Ce récital avait été, comme toujours, annoncé par affiches sur les deux rives de la Touques. Pour plaire à Ewa, dont il connaissait le culte qu'elle vouait à Frédéric Chopin, son compatriote –

bien que son adulation allât plus au patriote exilé qu'au compositeur –, Dionys ajouta en bis au programme la *Grande Polonaise brillante en mi bémol*, morceau de bravoure toujours frénétiquement applaudi.

À l'issue du concert, il convia les deux associées à souper et constata leur changement d'attitude à son égard. Ces jeunes femmes aux mœurs libres, s'exprimant parfois en argot d'atelier, après avoir monnayé au plus haut prix leurs faveurs d'aventurières frivoles, étaient devenues commerçantes de bon ton. Elles se montrèrent soudain intimidées, gracieuses avec retenue, presque déférentes. Flattées d'être vues en compagnie du pianiste que tout le monde saluait, et qui retenait le regard des bourgeoises fortunées comme celui des jouvencelles, elles firent assaut de belles manières et de langage châtié, devinant que beaucoup de femmes présentes dans le restaurant eussent aimé être à leur place. Ce comportement amusa Dionys qui découvrait l'impact fallacieux d'une notoriété naissante. Celui qu'elles avaient pris autrefois pour un croque-notes famélique se révélait être un artiste connu et applaudi dans les stations les plus huppées de la côte normande. Quand, par malice, Tristan fit allusion à leur première rencontre parisienne, en évoquant le nid douillet du passage des Panoramas, « décoré avec tant de goût », elles éludèrent le souvenir et décrivirent avec force détails leur nouvel appartement de la rue du Faubourg-Saint-Honoré.

Rentrant seul à l'hôtel, dans la tiède nuit d'août et le chuchotement des vagues, sous les girandoles de la promenade, Tristan Dionys, à l'aise dans son frac, une longue écharpe de soie blanche négligemment jetée sur les épaules, et savourant un havane, se sentit d'humeur enjouée. Les petites Polonaises avaient prouvé que la

mémoire est un tamis. Sa nuit avec Ewa, passage des
Panoramas, n'avait pas été retenue par le filtre. Avait-
elle jamais existé ?

Dès son retour à Paris, fin septembre, Dionys, dont
la saison trouvillaise avait restauré les finances, se
consacra à la préparation de la tournée de concerts
organisée en Belgique et Hollande. Quand Maximilien
Leroy regagnait, en fin de journée, son domicile de la
rue du Bac, il trouvait son ami répétant inlassablement
les morceaux déjà inscrits au programme de ses récitals. Tristan était capable de passer six ou huit heures
au piano pour parfaire ses interprétations. Un soir,
Max arriva porteur d'une nouvelle d'importance.
— Cette fois, c'est décidé, les Chambres quittent
Versailles où, ayant suivi le gouvernement de Thiers,
elles siégeaient depuis avril 1871. Les députés s'instal-
leront au Palais-Bourbon fin novembre. Les commerçants et hôteliers de Versailles font triste mine, mais
nos parlementaires se réjouissent de redevenir parisiens, révéla-t-il.
De cette translation de la représentation nationale,
dernière séquelle politique des événements sanglants de
la Commune, Tristan Dionys ne connut que les
comptes rendus publiés par les journaux, lus au cours
de sa tournée de concerts, et les commentaires souvent
moqueurs que lui adressait par lettre son ami Maximilien. Sa description de la Chambre des députés au
Palais-Bourbon aurait pu figurer dans une gazette satirique.

« Cher Tristou,
» Tandis qu'au son de pianos que j'espère de votre
goût, vous faites se pâmer les belles dames de Bruxelles

et d'Anvers, j'ai assisté à la reconquête du Palais-Bourbon par nos députés. Dans l'hémicycle, entre les colonnes ioniques des anciens salons de la duchesse de Bourbon, témoins muets de tant de marivaudages, nos élus se croient revenus au temps du Conseil des Cinq-Cents. Est-ce un effet de l'encaustiquage récent des boiseries ? J'ai trouvé qu'il régnait dans cette salle une odeur de portefeuilles ministériels à saisir !

» J'ai vu entrer nos braves élus républicains, chauds ou tièdes, radicaux, opportunistes, monarchistes et bonapartistes repentis. Beaucoup de costumes neufs, de bonne coupe, dans les tons à la mode, havane ou gris. Quelques redingotes démodées dénonçaient l'élu rural, qui s'efforce d'imiter l'aisance, voire la désinvolture des vieux marcheurs de la politique, ceux dont le mandat a survécu à plusieurs scrutins comme on se remet d'une rechute de bronchite. Ces vétérans plastronnent, ils sont chez eux, alors que ceux qui découvrent, pour la première fois, les statues de Pradier, plus que jamais républicaines, *La Liberté* et *L'Ordre public*, qui encadrent le perchoir du président Gambetta, se sentent isolés, comme ces cousins de province tombés dans une redoute du Tout-Paris. Seuls les huissiers ont appris leur nom et s'efforcent de les identifier pour les conduire dans les travées.

» Les célébrités qui ont leur portrait dans *L'Illustration*, ceux qui ont été ministres et souhaitent sans doute le redevenir se montrent volontiers courtois avec les méconnus. Ils auront besoin de leur vote quand ils défendront une loi, qui portera peut-être leur nom dans les manuels scolaires. Ils disent à ces supplétifs nouveaux venus : "Asseyez-vous là. Soyez sages. On vous appellera quand on aura besoin de vous."

» Les plus sympathiques des anciens sont ceux qui étaient déjà républicains en 1848. Il faut les distinguer des républicains de salons et de cafés de 1875. Ces derniers, dont mon élève normand fait partie, n'ont pas toujours cru que la république vivrait. Ils ont longtemps ménagé les monarchistes, même recherché leurs bonnes grâces et leurs suffrages, comme s'ils estimaient encore possible une nouvelle restauration, l'accession au trône du petit Henri V, autrefois exilé avec son grand-père, Charles X, à Prague. Mais la Constitution de 1875 s'est révélée un excellent outil démocratique. Nous savons, maintenant, vous et moi, qu'en dépit des intrigues, rivalités, heurts partisans, dont le Palais-Bourbon va être le théâtre en plein cœur de Paris, la république vivra. De quoi réjouir les bons citoyens que nous sommes, comme cela eût réjoui nos glorieux pères.

» Vos succès belges ont retenti jusque dans les gazettes parisiennes. Je découpe, je classe, je conserve, en impresario dévoué.

Votre ami Max »

Leroy avait ajouté un post-scriptum.

» Quand vous serez à Ostende, ne manquez pas de déguster des huîtres. Ce sont les meilleures d'Europe. »

En retour, Tristan Dionys, dont le succès s'était amplifié au fil des concerts, adressa à Leroy « pour ses archives d'impresario » un article publié par la première revue musicale de Belgique. Ce soir-là, le pianiste avait joué, à Liège, trois *Rhapsodies hongroises* de Liszt, une berceuse et des mazurkas de Chopin, deux sonates, l'une de Mozart et celle dite *Pathétique* de Beethoven. Le lendemain, sous le titre « Un concert de M. Tristan Dionys au Grand Théâtre », un critique avait écrit :

« La qualité du jeu de M. Dionys a rendu la salle muette jusqu'aux applaudissements répétés. Il y a certes la qualité exceptionnelle de l'exécution, mais aussi le charme indéfinissable qui émane de l'artiste, dont la chevelure blonde prend, sous les lumières, des reflets d'or. Mince, rigide, sans un regard pour la salle tandis qu'il joue comme s'il se trouvait seul avec son instrument, un excellent Bechstein, M. Dionys est tout entier dans la musique de M. Liszt, dont il se veut l'un des disciples. Peut-on parler d'envoûtement ? C'est possible, quand on a vu comment des dames de la bonne société, mondaines réputées frivoles, écoutaient béates, sans même jouer de l'éventail. Le directeur du Grand Théâtre avait espéré un concert supplémentaire au cours des jours suivants mais M. Tristan Dionys, virtuose international, a un programme strict à respecter. Il est attendu à Amsterdam. »

Cette critique avait donné le ton et quand, début décembre, le pianiste retrouva Paris sous la neige, il disposait de plus de vingt mille francs, somme qu'il n'avait jamais possédée. Pour marquer cette réussite, il convia Max et les Polonaises à dîner au Vefour.

Le lendemain, 10 décembre, alors que les thermomètres étaient descendus à moins 25,6 degrés – un record depuis le terrible hiver de 1867 –, et que la Seine coulait sous une couche de glace de trente centimètres d'épaisseur, Tristan Dionys se rendit rue de la Paix, chez Mellerio, le premier joaillier de Paris. Seul le célèbre fournisseur, depuis 1613, des rois, des impératrices, des princesses et maintenant des égéries fortunées de la IIIe République, pouvait monter avec élégance, en chevalière masculine, le saphir offert par Geneviève de Galvain au seuil de la mort.

L'orfèvre proposa un serti clos, simple mais épais anneau d'or jaune, dans lequel la pierre serait enchâssée. Ce travail prendrait un mois. Tristan, tel Siegfried, le héros de Wagner, porterait cette bague comme un talisman, gage d'amour protecteur de la sylphide défunte.

Quittant la joaillerie, Dionys retrouva la ville grelottante sous sa parure blanche. De gros flocons, tombant mollement en rideaux qui limitaient le regard, tapissaient rues et trottoirs d'une ouate brillante, dans laquelle s'engluait le pied. Des stalactites de cristal pendaient aux lanternes des réverbères, les fontaines s'étaient tues, saisies par le gel intense. Au bout de la rue de la Paix, la colonne Vendôme se dressait, tel un phare jailli de l'écume figée d'une mer polaire. La plupart des fiacres étaient restés aux dépôts et la Compagnie des Omnibus avait doublé les attelages de ses voitures. Les chevaux rétifs glissaient sur le verglas, dissimulé sous la couche de neige qui virait déjà au gris sale. Balayeurs et cantonniers répandaient du sable, les commerçants pelletaient devant leur boutique. À pleins tombereaux et par douzaines de brouettes, les employés municipaux allaient jeter la neige dans la Seine où elle s'amoncelait en contreforts pentus contre les piles des ponts.

En franchissant celui du Louvre, pour se rendre rue du Bac où, devant un bon feu de cheminée, l'attendait Maximilien, Dionys marqua un temps d'arrêt pour jouir du spectacle, sur la Seine, des péniches prises dans les glaces, comme, si l'on en croyait les journaux, le *Discovery* des explorateurs anglais était immobilisé dans la banquise du pôle.

Ce rude hiver réservait bien d'autres surprises aux deux orphelins de la Commune.

Au matin du 3 janvier 1880, alors que la neige fondante transformait les rues de Paris en bourbier et les gouttières en fontaines, un bruit alarmant se répandit dans la ville : le pont des Invalides venait de s'écrouler.

C'est en arrivant au cercle de l'Union artistique, place Vendôme, où il devait retrouver Tristan Dionys, récemment admis comme membre, sous le parrainage du comte de Galvain, que Maximilien Leroy apprit les détails de l'événement.

Le manteau de glace qui couvrait la Seine depuis décembre s'était fracturé, à l'aube, sous l'effet du dégel. Tels des béliers poussés par les eaux libérées, d'énormes débris de cet abrégé de banquise avaient emporté les piles du pont en cours de restauration. La passerelle de bois, dont les piétons usaient pendant les travaux, s'était disloquée et sa charpente s'en allait au fil du courant. Le fleuve, grossi par la fonte des neiges que les cantonniers y déversaient depuis des semaines, se vengeait par une crue spectaculaire. Son niveau s'étant élevé de deux mètres en quelques heures, les berges devenaient impraticables. Au pont de l'Alma, le zouave de pierre de

Georges Diébolt[1], impavide étalon des crues depuis 1855, voyait l'eau glacée lui caresser les genoux.

Après la réception marquant, au cercle, l'avènement de l'An neuf, Max et Tristan décidèrent de se joindre aux badauds qui, malgré la bouillie sale des chaussées et trottoirs, se dirigeaient vers les quais, pour voir le pont ruiné. Les deux amis, pataugeant avec entrain, allaient s'engager dans la rue de Castiglione quand survint l'accident dont ils ne pouvaient alors imaginer l'influence qu'il aurait sur leur destin.

Ils virent une silhouette, vêtue de fourrure, glisser dans la neige molle, perdre l'équilibre et s'affaler en poussant un cri qui immobilisa les passants. Max fut le premier à porter secours, tandis que Tristan ramassait le manchon de petit-gris de l'inconnue.

Les deux amis aidèrent la femme à se relever, découvrant qu'elle était jeune et plutôt jolie, genre bourgeoise aisée. En remettant en place, sur ses cheveux blonds, une toque de fourrure, elle remercia sans pouvoir retenir une grimace tandis que Max, toujours galant, tirait sa pochette pour essuyer la fourrure souillée. Mise sur pied, la dame eût fait une nouvelle chute si Tristan ne l'avait promptement retenue.

— Je crains de ne pouvoir marcher. Ma cheville est fort douloureuse. Pouvez-vous, messieurs, s'il vous plaît, arrêter un fiacre ?

— Les fiacres sont plus que rares aujourd'hui et les cochers ne font pas de zèle, par un temps pareil, observa Max.

---

1. Sculpteur français, né à Dijon en 1816, mort à Paris en 1861. On lui doit aussi la statue de d'Alembert figurant sur la façade de l'Hôtel de Ville, à Paris.

— Bien que j'habite tout près, rue Saint-Honoré, je me sens incapable de me déplacer. Il me faut une voiture, confirma-t-elle, pâle, au bord du malaise.

— Eh bien, madame, en l'absence de fiacre, nous allons, mon ami et moi, vous porter chez vous à bras, décréta Leroy, jovial.

— À bras ! Vous n'y pensez pas ! s'offusqua la dame.

— Mon ami a raison, madame. Vous ne pouvez attendre l'apparition d'un fiacre, renchérit Tristan.

— Le temps d'emprunter une chaise, lança Max en s'éloignant vers le cercle, sans laisser à la blessée loisir de protester.

Pendant l'absence de Leroy, Dionys, soutenant la jeune femme adossée contre un mur, dispersa les curieux, volontiers rieurs.

— Comme je suis sotte. Je me suis sans doute abîmé la cheville. Je sens une enflure. Ma bottine devient un supplice, dit-elle en découvrant une chaussure fine, haut boutonnée, que Tristan jugea inadaptée à la saison et à l'état des rues.

Maximilien revint bientôt, suivi d'un huissier du cercle, qui portait un fauteuil cabriolet. L'apparition insolite de ce siège de salon dans le décor nivéen amusa la victime.

On l'aida à s'asseoir et, quand elle eut saisi les accotoirs, Max et Tristan soulevèrent, chacun de son côté, en parfaite harmonie, le siège par son cadre. La jeune femme, résignée à son sort, se décida à sourire, révélant un naturel enjoué.

— Rue Saint-Honoré, messieurs ! dit-elle, dominant sa confusion.

On se mit en route, l'huissier à chaîne, en habit noir, suivant gravement le convoi avec le souci de rapporter le fauteuil à l'Union artistique après usage.

Entre les piétons, ébahis par cet équipage, le trajet ne dura que quelques minutes.

— C'est ici, dit la jeune femme, désignant le porche d'un hôtel XVIIIᵉ.

Au fond d'une cour pavée, la maison de maître, dont la façade avait été récemment reblanchie, apparut, pimpante et cossue. Un chemin, ouvert dans la neige, encore gelée à l'ombre des bâtiments, conduisit le groupe au pied d'un perron, sur lequel apparut une forte matrone à l'œil sévère, joues vermillon, mains épaisses, vêtue de noir et coiffée d'un bonnet de dentelle. À la vue du cortège immobilisé au bas des marches, elle ne put retenir une exclamation.

— *Ach Min Gott !* s'écria-t-elle.

Max et Tristan déposèrent leur fardeau, tandis qu'avec une volubilité coléreuse la domestique s'adressait à la femme assise en une langue incompréhensible aux deux amis.

— Calmez-vous, Ursule, ouvrez la porte à deux battants, ordonna la jeune femme.

» Notre cuisinière parle plus souvent le dialecte alsacien que le français, expliqua-t-elle.

Max et Tristan, ayant repris leur charge, gravirent le perron. Guidés par la blessée, ils arrivèrent dans un grand salon, tapissé de damas azur, où ils déposèrent le cabriolet.

Quand la blessée fut installée sur un sofa, par un maître d'hôtel à favoris blancs et une femme de chambre émue, Max s'empressa de porter le fauteuil à l'employé du cercle, resté au bas du perron. Il trouva l'huissier en conversation animée avec la grosse cuisinière. Alsacien réfugié, il parlait la même langue qu'elle, ignorée de Dionys et Leroy. Par lui, toute la domesti-

cité connut, avant le maître de maison, l'accident survenu.

— Vous devez voir un médecin sans tarder, conseilla
Leroy, de retour dans le salon et se préparant à prendre
congé avec Dionys.

— Attendez un instant, je vous prie. Je ne sais à qui
je dois d'être ainsi rendue chez moi sans encombre.
Mon père, Hans Ricker, voudra vous remercier... Mais
j'ignore vos noms.

Les deux amis achevaient de se présenter quand le
maître de maison, effaré, fit, d'un pas vif, irruption
dans la pièce. Homme puissant, visage large au teint
coloré, menton carré, pourvu d'une épaisse toison
blanche, M. Ricker prit avec émotion les mains de sa
fille, s'informa de son état avec une véhémence angoissée, en dialecte alsacien.

— Parlez français, père. Ces messieurs ne vous comprennent pas.

— Pardonnez-moi, messieurs. Je suis le père de Clémence, qui vient de m'apprendre sa chute et comment
vous l'avez portée jusqu'ici. Prenez un siège et accordez-
moi un instant. Permettez que je fasse conduire ma fille
dans sa chambre, avant d'envoyer quérir notre
médecin.

Doué d'une superbe voix de basse, le maître de maison, malgré son inquiétude, se montrait accueillant et
chaleureux.

Tristan et Max se nommèrent à nouveau, s'inclinèrent sur la main de celle dont ils venaient d'apprendre
nom et prénom. Le maître d'hôtel et la femme de
chambre, l'un et l'autre aussi robustes que la cuisinière,
enlevèrent Mlle Clémence dans leurs bras, comme s'il
se fût agi d'un enfant.

— Je compte revoir bientôt mes sauveteurs, dit la blessée en passant la porte, suivie de son père.

Maximilien et Tristan, répondant à l'invitation du maître de maison, s'assirent dans des bergères capitonnées, autour d'un guéridon.

Un coup d'œil au décor révéla une famille fortunée. Les hautes fenêtres, surmontées de lambrequins à volumineux festons, et encadrées de doubles rideaux, plissés de velours châtaigne, tenus entrouverts par de gros cordons à glands, éclairaient un mobilier que Max identifia comme « du Biedermeier badois des années cinquante ». Pour accréditer son assertion, il désigna un secrétaire à abattant de noyer gris veiné. Un énorme poêle de faïence blanche à étages, enrobé de moulures et décoré en bleu vif de scènes bibliques, dont les Noces de Cana, confirma aux visiteurs qu'ils se trouvaient chez des Alsaciens.

— Le nom de Ricker me donne à penser que nous sommes peut-être chez le fameux fabricant de toiles peintes et d'indiennes de Cernay, dans le canton de Thann, souffla Max.

— En tout cas, la demoiselle Clémence est musicienne, dit Tristan.

Et il désigna, au fond du salon, un piano droit, pourvu de chandeliers de bronze. Sur le pupitre, une partition ouverte attestait que l'instrument n'était pas que décoratif, comme souvent dans les intérieurs bourgeois.

Dionys, dominant la curiosité qui l'eût incité à quitter son siège, pour lire le titre du morceau, attira l'attention de Max sur un portrait de femme en vêtements de deuil. La coiffe noire en papillon, ornée d'une cocarde tricolore, laissant déborder une opulente chevelure châtain aux reflets cuivrés, désignait une Alsacienne. Les deux amis convinrent que ce portrait de facture sobre, dépourvu d'effet pittoresque, illustrait le souvenir d'une tragédie.

— Ce beau visage révèle un chagrin dominé, assimilé, mais inoubliable. Ce regard farouche et ces lèvres closes prononcent une condamnation sans appel, observa Tristan.

— Vous ne pouviez dire plus juste, monsieur, intervint M. Ricker, surprenant par un retour inopiné dans le salon les commentaires des curieux.

— Pardonnez notre indiscrétion, mais cette peinture capte le regard, monsieur.

— Vous êtes tout excusé. Cette toile est une bonne copie du tableau qu'un artiste alsacien, Jean-Jacques Henner, a peint à la demande de la veuve d'un autre Alsacien, mort en 70, mon ami Charles Kestner, industriel à Thann et élu républicain. L'original a été offert par Mme Kestner à Léon Gambetta[1], en qui tous les Alsaciens et tous les Lorrains placent désormais leur espérance. Du tableau de Henner, Jules Castagnary, critique d'art et conseiller d'État, a écrit dans *Le Siècle* du 31 juillet 1871 : « Ce n'est pas une Alsacienne, c'est l'Alsace. »

— Émouvante évocation des malheurs de votre province, en effet, dit Max.

---

1. Ce tableau, vendu par les héritiers de Gambetta à des descendants du peintre, figure, depuis 1972, au musée national Jean-Jacques Henner, 43, avenue de Villiers, Paris XVIIe. Ce musée, entièrement restauré, devrait être réouvert fin 2009. Henner avait acheté en 1921 cet atelier du peintre Édouard-Marie-Guillaume Dubufe (1853-1909), fils d'Édouard-Louis Dubufe et petit-fils de Claude-Marie Dubufe, tous trois peintres, notamment de portraits.

— Henner a donné un titre à ce tableau : *L'Alsace. Elle attend*. Et d'ailleurs Gambetta dit d'elle : « C'est ma fiancée », précisa M. Ricker.

— Et qu'attend-elle ? demanda naïvement Dionys.

— Voyons, Tristou, elle attend ce qu'attendent tous les Alsaciens et tous les Lorrains. Elle attend la restitution à la France des provinces que Bismarck nous a ravies. Cette Alsacienne attend la revanche ! N'ai-je pas raison, monsieur ?

— Revanche est un mot à éviter, messieurs. Comme nous l'a demandé Gambetta : « Y penser toujours, n'en parler jamais. » Le moment de l'action n'est pas encore venu. Nos armées ne sont pas prêtes et les alliances nécessaires ne sont pas conclues, dit Hans Ricker.

— Et les Français n'ont nulle envie d'une nouvelle guerre, observa Maximilien.

Fin connaisseur des positions politiques et de l'opinion publique, il savait que bon nombre de citoyens acceptaient avec une résignation teintée d'indifférence, l'annexion par l'Allemagne des provinces de l'Est.

— Nous ne pouvons donc que maintenir la flamme patriotique en attendant des jours meilleurs, messieurs, dit le maître de maison en invitant les visiteurs à reprendre leurs sièges.

— Ma fille, qui suit chaque semaine des cours d'infirmière à Passy, pense souffrir d'une simple entorse. Notre médecin dira si ce diagnostic est exact. Puis-je vous offrir un verre de tokay ?

L'invitation fut acceptée et Maximilien eut confirmation que leur hôte était bien l'entrepreneur dont les indiennes et toiles peintes étaient vendues dans le monde entier.

L'arrivée du médecin mit fin à l'entretien. Les deux amis se retirèrent, après un échange de cartes de visite.

— Je dois vous transmettre un message de ma fille. Elle souhaite revoir ceux qui lui ont si spontanément offert leurs bras, ajouta M. Ricker en reconduisant les deux amis.

Quittant l'hôtel, ils décidèrent d'aller dîner dans un restaurant auvergnat des Halles, où l'on servait, assura Max, la meilleure viande de bœuf charolais de Paris.

Au cours du repas, Tristan fit observer que l'aventure qu'ils venaient de vivre en les introduisant dans une famille alsacienne rappelait qu'ils avaient, l'un et l'autre, un peu oublié le drame vécu par les Alsaciens et les Lorrains, après l'annexion de tout ou partie de leurs provinces.

— Comme beaucoup de Français, nous sommes absorbés par nos propres affaires et nous prêtons plus d'attention à l'évolution politique et économique qu'à l'amputation du territoire national, reconnut Max.

— Et cependant, on dit qu'il y a plus de cent mille réfugiés, Alsaciens et Lorrains, dans la région parisienne. Tous n'ont pas l'aisance financière des Ricker, pour supporter l'exil et se refaire une vie acceptable, ajouta Tristan.

— Ces gens sont entreprenants et travailleurs. Félix Alcan, qui possédait une maison d'édition à Metz, s'est installé à Paris et publie d'excellents ouvrages dans sa Bibliothèque de philosophie contemporaine[1]. Nous devons aussi aux Alsaciens, grands buveurs de bière, quelques belles brasseries nouvelles comme, sur le boulevard Saint-Germain, la Brasserie des bords du Rhin[2],

---

1. Devenue les Presses universitaires de France en 1921.
2. Devenue Lipp.

tenue par Léonard Lippman, et la Brasserie Breitel, rue
Saint-Laurent. Et les artisans du faubourg Saint-
Antoine ont accueilli nombre de bons ébénistes alsa-
ciens, développa Max.

— Les jeunes Alsaciennes font, paraît-il, d'excellentes bonnes d'enfants, dit Tristan.

— J'en croise souvent, dans le jardin du Luxembourg. Ce sont de saines gaillardes, poitrine ample,
chair savoureuse, teint de rose et tresses blondes. Des
modèles pour Rubens. Mais elles répondent aux avances,
même les plus respectueuses, par un regard farouche
de vierges offensées, précisa Leroy, qui avait dû essuyer
de vertueuses rebuffades.

— Allez-vous tenter votre chance auprès de Mlle Ricker ? ironisa Tristan.

— Eh ! C'est une grande et belle fille. Son buste a
des rondeurs propres à remplir la main d'un honnête
homme, observa Leroy.

— Elle a fait preuve d'une mâle assurance dans
l'adversité. Malgré sa cheville douloureuse, l'humiliation de la chute et la façon dont nous l'avons transportée, telle une madone andalouse un jour de procession,
elle ne manque ni d'assurance ni d'humour. Ce pourrait être une maîtresse agréable, dit Tristan.

— Mon cher, dans ces riches familles de l'Est, souvent bigotes, on ne va au lit que la bague au doigt,
avec pour dessein la production d'une demi-douzaine
d'enfants. Pas mon genre, Tristou. Peut-être le vôtre ?

— J'ai déjà un piano, répliqua Dionys en riant.

Trois jours plus tard, Dionys étant retenu par une
messe de mariage à Saint-Eustache, Maximilien Leroy
se fit annoncer, seul, rue Saint-Honoré.

Clémence Ricker le reçut avec un plaisir évident. Allongée sur une méridienne, vêtue d'une longue tunique de velours turquoise, elle tendit avec une gracieuse simplicité sa main au visiteur. Quand ce dernier s'informa de l'état de sa cheville, elle traita son mal avec désinvolture.

— Une simple et légère entorse, ce que j'avais tout de suite deviné. Cependant, sans vous et votre ami, qui m'avez évité la marche après l'accident, les dégâts eussent été plus sérieux. Je dois subir encore quelques massages et supporter des compresses d'eau-de-vie camphrée, qui empuantissent ma chambre, mais, dans une semaine, je pourrai trotter, expliqua-t-elle.

— Mon ami Tristan Dionys sera bien aise de vous savoir sur le chemin de la guérison. Il m'a chargé de déposer ses hommages à votre pied bandé, dit Max gaiement.

— Nous avons assez parlé de moi. Mon père vous a dit sa reconnaissance, mais j'aimerais mieux connaître ceux qui m'ont, au sens propre, ramassée dans le ruisseau, dit-elle en riant.

Maximilien se présenta comme juriste et polygraphe dilettante.

— Et, que fait votre ami, M. Dionys ?

— Plus qu'un ami, c'est pour moi un véritable frère. C'est un pianiste de grand talent. Professeur de musique et organiste suppléant, il aborde depuis peu une carrière de virtuose. Je suis un peu son impresario. L'autre jour, il a remarqué ici la présence d'un piano et m'a dit : « Mlle Ricker doit être musicienne. »

— J'aime la musique, je pianote pour mon plaisir, qui ne serait sans doute pas celui de vrais mélomanes. J'aurais bien besoin de leçons, monsieur.

— Tristan serait enchanté de vous aider à perfectionner votre jeu, dit Max, toujours prêt à pourvoir Dionys de ressources nouvelles.

— Pourquoi pas ? répondit-elle sans s'engager.

— En parlant, je découvre que la place Vendôme tient une place à part dans nos destinées. Tristan et moi nous sommes rencontrés, en 1875, au pied de la colonne Vendôme, alors en cours de relèvement, et c'est près d'elle que nous avons eu l'honneur de vous porter secours, dit-il.

— Alors, il ne faut pas en rester là. Je n'ai pas d'amis masculins à Paris et, puisque le ciel m'en envoie, accepterez-vous que mon père vous convie, tous deux, à dîner avec moi un soir prochain ?

— C'est votre cheville qui décidera de la date, dit gaiement Leroy en écourtant l'entretien.

Quand, par un carton envoyé rue du Bac, Hans Ricker pria Max et Tristan à dîner chez lui, le 17 janvier, Dionys fut tenté de décliner l'invitation.

— Ce jour-là, en fin d'après-midi, je tiens absolument à assister, à la Société nationale de musique, à la création du *Quintette en fa mineur* de mon ancien maître de l'École Niedermeyer, César Franck. C'est un autre de mes professeurs, Camille Saint-Saëns, qui sera au piano. Je suis invité au concert. Je ne veux pas rater ça, dit Tristan, catégorique.

— Pourquoi n'inviteriez-vous pas Mlle Clémence à vous accompagner ? Elle doit être sur pied et elle m'a dit aimer la musique. Vous m'excuserez, mais la musique de chambre m'endort. Si la proposition lui plaît, je vous rejoindrai à l'heure du dîner, dit Max.

Bien qu'il eût préféré entendre seul le quintette annoncé, Dionys admit le projet de Maximilien, qui se chargea d'inviter Clémence Ricker.

Celle-ci fit rapidement savoir qu'elle acceptait avec joie la perspective d'une première sortie depuis sa chute. Elle attendrait Dionys chez elle, d'où sa calèche les conduirait à la Société nationale de musique.

Au jour dit, Tristan Dionys découvrit, chez Clémence Ricker, une étrange beauté. Long visage de porcelaine rosée, nez droit aux narines serrées, yeux d'un violet velouté, rappelant l'améthyste, et battus de longs cils, lèvres bien ourlées, elle portait ses cheveux blonds tressés en fines nattes, enroulées en conques sur les oreilles. En un éclair, Tristan vit une Athéna désarmée, gardienne d'on ne sait quel mystère. L'Alsacienne se montra sans affèterie, enjouée, en femme qui ne force ni ne dissimule sa nature. Son parler lent, coloré d'un léger accent, ajoutait à la simplicité distante et à l'aisance distinguée des héritières de vieilles fortunes.

— Quel plaisir de vous revoir. Pendant ma séquestration, j'ai souvent pensé à vous et à votre ami M. Leroy. Nous avons décidé, lors de sa dernière visite, puisque, à quelques mois près, nous avons tous trois le même âge, de nous appeler par nos prénoms, dit-elle, tandis que la voiture remontait l'avenue de l'Opéra.

— Alors, appelez-moi Tristan, mais ne me demandez pas si je suis à la recherche d'Yseult, dit Dionys avec malice.

— Je n'aurai jamais cette indiscrétion, même si je vous vois, avec Maximilien, tels deux chevaliers de la Table ronde, répliqua-t-elle sur le même ton.

Dionys offrit son bras à Clémence pour traverser la salle, où il reconnut bon nombre d'anciens élèves de l'École Niedermeyer.

Après que violons, violoncelle et alto eurent accordé leurs instruments, Camille Saint-Saëns, président de la Société nationale de musique, prit possession du clavier et attaqua le *Quintette pour piano et cordes* de César Franck. Tristan apprécia que Clémence observât le respectueux silence de ceux qui tiennent la musique pour un art majeur. Dès les premières mesures, il fut transporté par les thèmes, par le rappel cyclique du chant de l'orgue, instrument que le compositeur enseignait depuis peu au Conservatoire. Tristan décela avec bonheur, dans cette musique si neuve, une passion contenue, une mélancolie palpitante, une romance pathétique, un chromatisme ardent, qui n'apparaissaient pas, jusque-là, dans la manière de son ancien maître, auteur de musique religieuse, teintée de mysticisme un peu mièvre.

Quand cessèrent les applaudissements d'un auditoire conquis, il se tourna vers sa compagne, dont il devina qu'elle attendait son avis.

— Il y a là une nouveauté, une manière inédite de donner de l'ampleur à la musique de chambre, jusqu'à la rendre bouleversante. J'aimais déjà les *Trios*, de Franck, que Liszt lui-même apprécie mais, dans le *Quintette*, il y a autre chose, une sorte de libération sensuelle, inattendue chez ce chrétien pratiquant, dont le talent n'est pas assez reconnu. Pensez qu'à cinquante-huit ans Franck court encore les cachets, comme moi, pour arrondir son salaire de professeur et ses honoraires d'organiste à Sainte-Clotilde. Je me plais à penser qu'un événement est intervenu dans sa vie, qui a rendu sa musique plus charnelle, commenta le pianiste.

— Il y a peut-être une femme là-dessous, risqua Clémence, elle aussi sensible à l'exaltation de certains passages de la mélodie.

— Un amour tardif, à la fois brûlant et inquiet, murmura Tristan.

— Vous avez l'air de savoir, insista Clémence, mutine.

— Je ne commets pas une indiscrétion en vous disant que, dans les milieux musicaux, certains prêtent, depuis peu, à César Franck, une agréable maîtresse. Mais M. Franck est un bon père de famille, marié depuis 1848 à Félicité Desmousseaux, une épouse dominatrice.

— De l'utilité des muses, dit la jeune femme, amusée.

— La muse serait une de ses élèves, Augusta Holmès, pianiste d'origine irlandaise, âgée de trente-quatre ans. Elle joue du piano, peint, poétise et même compose. Je suis certain que vous connaissez d'elle cette gentille rengaine de Noël *Trois anges sont venus ce soir*[1], dont César Franck a fait une transcription pour orgue.

— Elle est au répertoire de notre chorale alsacienne mais j'ignorais le nom de son auteur, dit Clémence.

— Cette Augusta, compagne de Catulle Mendès, qui lui a fait cinq enfants, aurait allumé chez mon ancien maître une passion dévorante. Si cela peut lui donner du bonheur et lui inspirer d'aussi belles pièces que le quintette que nous venons d'entendre, je bénis Mme Holmès. Car, voyez-vous, tout à l'heure, j'ai souffert pour mon vieux professeur. Vous n'avez sans doute pas remarqué que Saint-Saëns, en quittant assez vite le piano, avait négligé d'emporter sa partition. J'ai trouvé cet oubli, dont j'aimerais qu'il ne fût pas volontaire, de la dernière incorrection. Car, mademoiselle, c'est à Saint-Saëns que le quintette est dédié. Était-ce dédain

---

1. Pierre Belfond, dans ses souvenirs, rapporte que cette chanson fut un des « tubes » du XIXe siècle, que de nombreux artistes l'ont chantée, au XXe, comme Tino Rossi et la cantatrice Mady Mesplé. *Scènes de la vie d'un éditeur*, Fayard, Paris, 1994, édition augmentée 2007.

ou jalousie rentrée ? Quand César Franck a ramassé la
partition abandonnée, je suis sûr qu'il avait le cœur
gros[1], acheva Dionys, d'autant plus éprouvé qu'il portait une estime égale à ses deux anciens professeurs.

Comme pour faire comprendre à Clémence Ricker que
son indignation ne visait que l'homme et non l'artiste, il
lui confia qu'il allait souvent écouter les improvisations
de César Franck, à l'orgue de l'église Sainte-Clotilde, et
celles de Saint-Saëns, à l'église de la Madeleine.

— Comment savez-vous quand ils jouent ?

— Je guette, dans *Le Figaro*, l'annonce de funérailles
solennelles ou d'épousailles à falbalas. Lors de ces
offices pompeux, je suis certain d'entendre mes maîtres
improviser d'éclatantes sorties.

Le dîner servi rue Saint-Honoré permit à Leroy et
Dionys d'apprécier la gastronomie alsacienne. Hans
Ricker avait tenu à faire connaître à ses invités quelques
mets de sa province. Après le foie gras de Strasbourg
« dont la recette, due au cuisinier du maréchal de
Contades, date du XVIIIᵉ siècle », expliqua Clémence,
vinrent les bouchées à la reine, version alsacienne du
vol-au-vent, puis un coq au riesling, accompagné de
boules de pâte levée, le fromage de Munster et des
pâtisseries, éclairs au miel farcis de crème, petits
gâteaux à l'anis. Le maître de maison, renonçant à la
bière par courtoisie pour les gosiers parisiens, ne fit
servir que des vins blancs : riesling, gewurztraminer et
crémant.

---

1. César Franck ne tint pas rigueur à Saint-Saëns de cet « oubli »,
mais il offrit, plus tard, la partition méprisée à son élève, le compositeur Pierre Onfroy de Bréville, devenu professeur de contre-
point à la Schola Cantorum.

Ce soir-là, Max et Tristan devaient beaucoup apprendre sur la famille où le sort les avait introduits.

Hans Ricker se définit comme simple fabricant d'indiennes et de toiles peintes, successeur de son grand-père et de son père, Armand Ricker, l'un des fondateurs, en 1826, de la Société industrielle d'Alsace.

— J'ai pris les commandes de l'entreprise familiale à la mort de mon père, en 1852, alors que la prospérité était revenue en Alsace, après une série de crises économiques, dont la dernière, en 1828-1830, avait conduit plusieurs entreprises de Haute-Alsace, dont la nôtre, au bord de la faillite. Mon père avait mis des années à rétablir la situation en faisant preuve d'audace. Il a été l'un des premiers à utiliser la machine à vapeur, pour mouvoir ses métiers. Il a aussi amélioré le procédé d'impression mécanique, imaginé sous le premier Empire par Oberkampf, dans ses ateliers de Jouy-en-Josas, ce qui, depuis, vous le savez, vaut aux toiles ainsi imprimées le nom de toiles de Jouy.

— Nous savons que les filés fins et les toiles peintes ont assis la réputation de votre entreprise, dit Max.

— À la veille de la guerre, en 1869, nous avons eu notre part dans la production des dix-huit millions de mètres d'indiennes que l'Alsace a exportés cette année-là, précisa Hans Ricker, avec une fierté teintée de mélancolie.

Encouragé par l'attention que lui portaient ses invités, le père de Clémence se laissa aller à des confidences que devaient retenir les deux amis.

Les Ricker appartenaient à la caste quasi féodale des grands entrepreneurs alsaciens, au nombre desquels on comptait, en Haute-Alsace, les Kœchlin, Mantz, Ziegler, Hartmann. Comme ces capitaines d'industrie paternalistes – catholiques, protestants ou israélites –, ils avaient

concouru au développement social et culturel de la
Haute-Alsace. On y parlait le plus souvent l'allemand
ou le dialecte alsacien, variante du bas-alémanique.

» Mais nous pensons en français, insista Hans. Les
Ricker ont fondé une école de dessin sur textile, participé à la création d'une caisse d'épargne et d'une caisse
de secours mutuel pour les ouvriers. Ils ont investi dans
les bains et lavoirs publics, dans une société des cités
ouvrières, qui a construit des maisons et des dispen-
saires. À la veille de l'annexion, nous patronnions
des cours pour adultes et nous financions des bibliothèques.

— Et les rivalités religieuses ? osa Max.

— Catholiques pratiquants, mais nullement sectaires, nous prônions la trilogie, instruction, morale,
religion, domaines où les notables des cultes officiels,
dont l'État rétribuait les clergés, les séminaires et les
facultés de théologie, ont exercé une influence bienfaisante, pour assurer une vie décente à leurs ouvriers et
employés, afin d'éviter les conflits sociaux. Chez les
Ricker, nous gardons en mémoire la grande grève de
février 1870 quand, partout, des cortèges se sont for-
més pour réclamer la journée de dix heures. Nous nous
souvenons aussi que le conflit a été désamorcé par un
échange de messages, secrètement organisé par ma
famille, entre le président du comité de grève et Napoléon III.

Cette intervention avait valu à Hans Ricker l'estime
de l'empereur, la Légion d'honneur et la confiance
renouvelée des travailleurs.

— Mais la défaite a dû changer beaucoup de
choses ? demanda Tristan.

— La défaite de Sedan, l'invasion et l'annexion par
la Prusse ont, en effet, bouleversé notre vie quotidienne

et compromis les situations établies. L'entreprise Ricker possédait des bureaux d'exportation à Paris. Une partie de la famille a donc quitté Cernay pour s'établir rue Saint-Honoré. Clémence vous a peut-être dit que sa mère est morte en 1860, d'une fièvre maligne, après avoir mis au monde mon dernier fils, Gaspard, qui suit, à Paris, des cours de droit. Mon fils aîné, Marcellin, né en 1855, est resté en Alsace pour maintenir l'activité de nos fabriques.

D'un mouvement de sourcils, Tristan eut l'air de s'étonner de cette situation. Ricker le vit et compléta l'exposé.

» La décision fut prise le 10 mai 1871, lors d'un conseil de famille, après la signature du traité de Francfort et l'annexion de ce que les Allemands nomment aujourd'hui l'Alsace-Lorraine[1].

Clémence, dont la susceptibilité était en éveil, intervint à son tour.

— Mon frère aîné affiche hypocritement des sentiments pro-allemands. En 1872, quand il se vit contraint au choix, imposé par l'occupant à tous les jeunes Alsaciens en âge de porter les armes, opter pour la nationalité française et quitter l'Alsace ou demeurer sur place et faire son service militaire dans l'armée allemande, il négocia avec le Statthalter, le délégué de l'empereur d'Allemagne pour la Haute-Alsace, en se faisant passer pour borgne, expliqua-t-elle.

_____

1. C'est-à-dire l'Alsace, moins une partie de l'arrondissement de Belfort, plusieurs communes des Vosges et la plus riche région de la Lorraine, en tout 14 500 kilomètres carrés, que les occupants appelèrent Reichsland, terre d'empire. Alsaciens et Lorrains refusèrent toujours, et refusent encore, les appellations Alsace-Lorraine et Alsaciens-Lorrains.

— Gaspard a une tache sur la pupille de l'œil gauche, révéla le père.

— Ce qui, affirme-t-il, l'empêche de viser au fusil, persifla Clémence.

— Il a cependant été incorporé comme secrétaire traducteur et doit suivre, le matin, certains cours d'instruction militaire. L'après-midi, il est libre de s'occuper de notre entreprise. Il a fait admettre aux Prussiens qu'il s'agit, dans leur intérêt, de maintenir la production d'indiennes. Pour les amadouer, il a trouvé une formule plaisante : « préparer l'adaptation économique de l'Alsace au marché allemand », dit Hans Ricker, avec un rire malicieux.

— Comprenez que nous prévoyons le jour où nous redeviendrons maîtres chez nous. En attendant, nous devons ruser, occuper nos ouvriers qui, comme leurs parents avant eux, n'ont pas d'autres moyens de gagner leur vie que le textile, précisa la jeune femme.

Elle tenait à justifier un comportement considéré par certains comme une association des industriels fortunés avec l'envahisseur.

— Nos amis Dreyfus ont agi comme nous. Jacques, le fils de Raphaël Dreyfus, fabricant de calicot, de drap et de percale à Mulhouse, n'a pas opté pour la nationalité française, afin de rester à Mulhouse, pour faire fonctionner l'entreprise familiale, comme le fait mon fils Marcellin, à Cernay. Alors que le frère de Jacques, Alfred[1], élève à Polytechnique, a, comme Gaspard, mon second fils, opté pour la France.

---

1. Il s'agit du futur capitaine Dreyfus, héros involontaire d'une célèbre affaire d'espionnage qui allait diviser, pendant des années, la société française.

Après le dîner, quand Clémence se retira, laissant les deux amis avec son père en compagnie d'une bouteille de vieux kirsch, Hans Ricker offrit les cigares puis congédia les serviteurs. Ayant bourré de tabac noir une pipe à long tuyau et foyer de porcelaine, marquée à ses initiales, il fit part du souci que lui causait sa fille.

— Messieurs, à quelque chose malheur est bon. Depuis qu'elle vous a rencontrés, Clémence semble reprendre goût à la vie. J'ai été étonné qu'elle accepte de se rendre au concert de cet après-midi, elle qui ne veut jamais m'accompagner au théâtre, ni même faire une promenade au Bois. Alors que toutes les femmes passent du temps à courir les boutiques de mode et de nouveautés, elle ne sort que pour faire des emplettes indispensables, Au Bon Marché ou à La Cour Batave. Notre médecin craint de la voir sombrer dans ce qu'il nomme neurasthénie. Or, l'accident dont vous l'avez tirée semble lui avoir redonné un peu d'intérêt pour le monde. De cela, je vous suis reconnaissant et souhaite que vos relations se poursuivent, déclara Ricker.

— Mais à Paris, Clémence peut établir des relations hors de ce que j'ose appeler la colonie alsacienne, où l'on doit ressasser malheurs et griefs. Ce soir, elle ne m'a pas donné l'impression de morosité maladive que vous décrivez. Après le concert, nous avons bavardé et j'ai apprécié sa finesse de jugement. Elle m'a paru plutôt gaie, observa Tristan.

— Il y a longtemps que je ne l'avais vue aussi à l'aise, en effet, reconnut Hans Ricker.

— Est-ce un sentiment d'exil qui influence l'humeur de votre fille ? Une séparation sentimentale peut-être… risqua Max.

— Une séparation, certes, mais pas celle que vous imaginez. Clémence n'a laissé ni fiancé ni amant en Alsace. Non. Mais elle a perdu ses deux meilleures amies de pension qui, toutes deux, avec leurs parents, ont quitté la France, sans doute définitivement. Comme bon nombre d'Alsaciens et de Lorrains spoliés par la Prusse et déçus par la France, ces familles aisées ont choisi l'exil. L'une s'est installée en Algérie, l'autre plus loin encore, aux États-Unis.

— N'est-ce pas la meilleure solution ? demanda Tristan.

— Détrompez-vous. Je suis de ceux qui pensent que tous les bourgeois alsaciens, notables et gens instruits ne doivent pas émigrer. Rester en Alsace, c'est rendre un double service à la France, en maintenant une présence dans l'économie et la culture alsaciennes, pour contrer la germanisation, voulue par Bismarck, et permettre une pénétration des valeurs françaises en Allemagne. Subir l'inévitable et ne rien céder de sa langue, de sa culture et de ses intérêts, c'est ce que conseille Gambetta. En attendant, bien sûr, ajouta M. Ricker.

— Nobles principes patriotiques, monsieur, dit Max.

— Pour certains, cette forme de patriotisme fait soupçonner chez nous le souci primordial, et même unique, de nos intérêts. On nous voit, les Ricker et autres industriels, comme ayant un pied dans chaque camp et, en cas de nouveau conflit, à l'abri des changements de nationalité. J'ai déjà entendu des gens dire : « Alsaciens et Lorrains, toujours en guerre, jamais vaincus ! »

— Propos odieux, lança Max.

— Vous comprendrez que, sur des cœurs sensibles comme celui de Clémence, cela puisse aggraver l'impres-

sion de rejet et son désir d'isolement. Elle a le sentiment que nous sommes des intrus. Elle n'a jamais reçu
la moindre invitation à un bal ni à aucune fête ou célébration, autres que celles organisées par l'AGAL[1],
notre association alsacienne. Pendant les travaux de
remise en état de cet hôtel, nous avons constaté que
des ouvriers craignent, en cette période de marasme
et de chômage, que les Alsaciens ne viennent prendre
leurs emplois à meilleur marché, dit Hans Ricker, d'un
ton las.

— Si vous nous confiez, de temps en temps, votre
fille, nous ferons tout, Tristan et moi, pour la distraire. Nous allons souvent ensemble au théâtre, au
concert, au Skating-Rink des Champs-Élysées, au tir
au pigeon, aux courses, aux bals de l'Opéra et aux
redoutes mondaines, où nous sommes l'un ou l'autre
invité. En sortant avec un homme seul, Mlle Clémence pourrait compromettre sa réputation, avec
deux, aucun danger. Ne croyez-vous pas ? proposa
Maximilien.

— Je vous connais à peine, mais vous m'inspirez
confiance et sympathie. Distrayez Clémence, faites
d'elle une Parisienne... si elle y consent, bien sûr,
conclut Hans Ricker.

---

1. Association Générale d'Alsace et de Lorraine, fondée le
19 août 1871, à Paris. Elle avait pour but de maintenir les liens de
solidarité et de fraternité entre les provinces annexées et la France
républicaine. Elle se proposait de « prêter aide et protection, sans
distinction d'opinions politiques et religieuses » à tous les Alsaciens
et à tous les Lorrains contraints, par la conquête, d'abandonner leur
terre. L'association n'a jamais manqué à cet engagement. Son président actuel est M. Michel Hoca et son siège se trouve 39, avenue
des Champs-Élysées, 75008 Paris.

Clémence Ricker consentit et, au cours des semaines qui suivirent, se forma un trio qui allait devenir inséparable. En suivant ses deux amis dans leurs escapades, Clémence eut la sensation de pénétrer une autre vie, une sorte de bohème décente, société joyeuse où l'on ne conservait des conventions bourgeoises que celles relevant de la morale élémentaire. Au cours de leurs promenades en ville ou au Bois, tous trois allaient du même pas, Clémence entre Max et Tristan, l'un offrant le bras droit, l'autre le gauche.

Un soir, alors qu'ils arpentaient l'avenue des Champs-Élysées pour se rendre à l'Alcazar d'été, où Emma Valadon, dite Thérésa, chanteuse de café-concert, triomphait chaque soir dans *La Femme à barbe*, *C'est dans le nez que ça me chatouille* et autres chansons burlesques que le Tout-Paris applaudissait, Clémence sembla faire une découverte.

— Je suis une femme fin de siècle, dans une France qui s'ouvre au progrès, proclama-t-elle soudain, avec conviction, ce qui amusa Max et Tristan.

— Fin de siècle, nous le sommes tous. Mais où voyez-vous un progrès bouleversant, à part l'électricité et le parlophone ? dit Dionys.

— Je le vois d'abord dans l'instruction du peuple et la formation des étudiants, répliqua-t-elle.

La jeune femme faisait référence – car elle suivait, avec son père, l'évolution de la société républicaine – à la loi de laïcisation des universités que venait de faire voter, le 21 février, le ministre de l'Instruction publique, Jules Ferry, Lorrain de Saint-Dié, marié à une Alsacienne. Elle approuvait aussi le projet de loi proposé par Camille Sée, Alsacien de Colmar, député de la gauche républicaine. Il exigeait la créa-

tion d'au moins un lycée de jeunes filles par département[1].

— Ces lois vous paraissent bonnes parce que leurs
auteurs sont alsaciens et lorrains et qu'il y a dans votre
caractère un peu de suffragette, ironisa Max.

— D'après un journal de Strasbourg, on compte, en
France, vingt-sept pour cent d'illettrés alors qu'ils ne
sont que trois pour cent en Prusse. Il est temps qu'on
envoie, de gré ou de force, tous les enfants de ce pays
à l'école, insista-t-elle.

Le pianiste et le juriste, qui ne s'intéressaient guère
à cette situation, échangèrent des regards ébahis.

— En fait d'école, on vient de dissoudre la Compagnie de Jésus et d'interdire d'enseignement les frères
des Écoles chrétiennes, qui fournissent depuis des
siècles les meilleurs éducateurs. J'ai été leur élève, rappela Maximilien.

— Bien que bonne chrétienne, je pense que l'école
doit être ouverte à tous et laïque, comme on dit
aujourd'hui, asséna Clémence avec autorité.

Même si l'on regrettait, chez les Ricker, l'anticléricalisme opportuniste de Jules Ferry, avocat aisé, devenu
politicien habile, on admettait que les universités
devaient être à l'abri de toute influence confessionnelle.
M. Ricker répétait volontiers le mot de Ferry, arrivant
au ministère encore imbu des principes des Lumières :
« La première République a donné la terre ; la
deuxième le suffrage universel ; la troisième doit donner le savoir. »

---

1. La loi fut votée en décembre 1880. Un an plus tard, ce fut à
l'instigation de Sée que fut créée l'École normale supérieure de
Sèvres.

Après la soirée à l'Alcazar, où tous trois rirent beaucoup, Max invita ses amis à traverser les Champs-Élysées pour souper chez Le Doyen, restaurant à la mode.

Une coupe de champagne en main, Mlle Ricker fit soudain part de ses scrupules à ceux qu'elle appelait maintenant « mes anges gardiens ».

— Depuis des semaines, je suis à votre charge. Billets de théâtre, fiacre, repas fins, vous m'offrez tout avec une générosité et des attentions qui coûtent cher et m'emplissent de confusion, dit-elle.

— Ne soyez pas confuse, soyez heureuse, dit Max.

— Heureuse, je le suis comme je ne croyais plus l'être, mais je suis aussi gênée. Je sais que ni l'un ni l'autre ne roulez sur l'or. Et moi, parce que femme, je ne puis payer mon écot. Ursule, qui a son franc-parler, me l'a fait remarquer en grognant. J'ai lu dans son regard qu'elle n'est pas éloignée de me prendre pour une fille entretenue, plaisanta Clémence.

— Il se pourrait qu'un jour de dèche nous vous emmenions dîner dans un Bouillon Duval, dit Tristan.

— À moins que votre Ursule ne nous cuise une poularde ou des saucisses blanches, risqua Max.

— Bien sûr ! C'est là le moyen de rendre vos bontés et mon père sera toujours enchanté de bavarder avec vous, dit Clémence, rassérénée.

C'est ainsi que périodiquement les « anges » furent conviés à un repas alsacien. Maximilien, usant de son charme, eut tôt fait d'entrer dans les bonnes grâces de la cuisinière. Il en vint même, certains soirs, à faire son menu. Après le repas, Dionys se mettait au piano et jouait une pièce de Schubert ou de Brahms, les compositeurs les plus prisés des Ricker. Au moment de la séparation, Ursule, émue par la minceur de Tristan, qu'elle tenait pour famélique, glissait sous le bras du pianiste, un gros kouglof, truffé de raisins secs et d'amandes, dont il faisait ses délices au petit-déjeuner.

Il ne se passa plus de semaine, désormais, sans que le trio ne se reformât pour des expéditions mondaines, instructives, récréatives ou sportives.

Au Cirque d'Hiver, Clémence apprit à patiner avec les Hirondelles américaines, amies de Leroy. Elle encouragea Max, lors du concours annuel de tir aux pigeons du bois de Boulogne et voulut, assurée par les bras amis, monter sur un vélocipède.

Quand elle décida de constituer une garde-robe à la mode du jour, les deux amis l'accompagnèrent chez Mme Laferrière, la fameuse couturière de la rue Tait-bout, qu'elle préféra à Worth, trop mondain à son goût. Elle se fit chapeauter par les modistes polonaises Ewa et Wanda, dont la boutique de la rue Saint-Honoré était proche de son hôtel.

Chez Guerlain, 15, rue de la Paix, fournisseur, pour Leroy, de savon à barbe, dit *Ambrosial Soap*, et d'eau de lavande, Clémence adopta l'Eau de Judée, une crème émolliente au suc de concombre et de la poudre de riz rosée. Ils lui firent connaître la chocolaterie Debauve et Gallais, 30, rue des Saints-Pères, où, depuis 1800, on vendait les meilleurs chocolats fins, dits « de santé ».

Le 8 mars, tous trois assistèrent, à l'Opéra-Comique, à la création de *Jean de Nivelle* de Léo Delibes, l'auteur du beau ballet *Coppélia* et, le 22 du même mois, ils se rendirent à l'Opéra, pour la première représentation d'*Aïda* de Giuseppe Verdi. Ce soir-là, entre Max et Tristan, frac et cravate blanche, Mlle Ricker apparut dans une robe longue de satin tilleul, à dessins d'ombelles, retenue par des épaulettes à gros nœuds de mousseline. Un décolleté carré, profond, tamisé d'une guimpe arachnéenne, voilait à peine un buste haut et ferme.

Un collier de chien, ruban de velours constellé de perles, cadeau de son père, complétait une toilette qui, au grand étonnement de celle qui la portait, fut abondamment commentée au foyer pendant les entractes.

Certaines dames, lectrices assidues des *Usages du monde*, de la baronne Staffe, condamnaient comme indécentes les robes du soir à épaulettes : « Celles-ci ne restent jamais en place et font que la robe semble toujours prête à tomber. » Clémence, assez frondeuse, s'était amusée d'une réflexion du même genre, émise par sa femme de chambre.

Malgré les conseils de ses chevaliers servants, elle n'avait pas voulu changer sa coiffure.

— Avec vos nattes enroulées sur les oreilles, vous avez l'air d'une gouvernante de pensionnat, répétait Max, sans obtenir de Clémence qu'elle se coiffât d'une façon moins austère.

Mlle Clémence Ricker n'était pas de nature à modifier ses goûts et comportements pour sacrifier à une mode capillaire, encore moins pour se ranger à l'avis d'un homme.

4.

Le 14 juillet 1880, cent mille Parisiens se levèrent à
l'aube pour se rendre à l'hippodrome de Longchamp.
Ils allaient assister à la remise des nouveaux drapeaux
aux armées de la République. Cette grand-messe
patriotique solennisait pour la France, amputée de
l'Alsace et de la Lorraine, une promesse de reconquête.
Les Alsaciens et les Lorrains réfugiés à Paris ne s'y
trompèrent pas. Ils étaient nombreux, certains en costume national, dans la foule exubérante du bois de
Boulogne. Un ciel d'azur tendre, un soleil jovial et le
léger vent, sans lequel les drapeaux ne sont qu'étoffes
pendantes, assuraient l'ambiance d'une belle journée.

Maximilien Leroy, ayant obtenu des places dans une
tribune, y entraîna Tristan Dionys, Hans et Clémence
Ricker.

Face aux gradins des invités où ils prirent place, on
avait construit trois pavillons. Au centre, celui du président de la République où Jules Grévy parut entouré
des ministres et des diplomates, parmi lesquels on
remarqua deux Chinois en robe bleue. De part et
d'autre de l'abri présidentiel, les pavillons étaient dévolus aux sénateurs et députés.

M. Ricker fit observer que la loge du Jockey-Club,
dans la tribune du champ de courses, restait déserte.

— Ces messieurs du Jockey n'ont pas grand goût pour les manifestations républicaines et populaires. Comme beaucoup de conservateurs, ils désapprouvent que, le 21 juin dernier, les chambres aient choisi l'anniversaire de la prise de la Bastille comme fête nationale. Ils eussent préféré le 4 août qui, d'après eux, eût mieux illustré la réconciliation des Français, commenta Max.

— Ils doivent aussi désapprouver l'amnistie générale des communards, votée le même jour, après bien des tergiversations, à la demande de Gambetta, dit Tristan.

Leroy, qui connaissait le personnel politique, se prit à citer des noms et des titres. Si tous reconnurent Léon Gambetta et les ministres, beaucoup s'étonnèrent de voir apparaître, sur la piste sablée, un cavalier d'un âge certain, moustaches blanches à la gauloise, en uniforme de maréchal et bardé de décorations, dont la grand-croix de la Légion d'honneur.

— Mais, c'est le vieux François-Certain Canrobert ! s'écria M. Ricker. À soixante et onze ans, il ne perd pas l'assiette !

— Il a fière allure, en effet, reconnut Tristan.

— Ce saint-cyrien, messieurs, a fait la campagne d'Algérie. Devenu général et aide de camp de Louis Napoléon, il a pris part au coup d'État du 2 décembre 1851, que bon nombre d'Alsaciens ont approuvé. Il s'est illustré pendant la guerre de Crimée, à Sébastopol notamment, et fut blessé à l'Alma. Ensuite, on le vit en Italie, à Solferino et à Magenta. En 1870, Napoléon III lui confia le commandement du 6ᵉ corps d'armée, qui se battit vaillamment à Gravelotte. S'il fut fait prisonnier à Metz et emmené en Allemagne, il le dut au traître Bazaine. Le maréchal Canrobert est un grand soldat, conclut Hans Ricker.

— Comme sénateur du Lot, il aurait dû se tenir dans la tribune du Sénat, observa Maximilien.

— Il a sans doute préféré caracoler en uniforme, au milieu de ses frères d'armes, commenta M. Ricker.

La remise des nouveaux drapeaux aux chefs de corps, par le président de la République, fut ponctuée par le roulement des tambours et les sonneries réglementaires. Les nouveaux drapeaux tricolores, en soie double, frangée d'or, portaient, sur une face le nom des batailles auxquelles le régiment avait pris part, sur l'autre la devise « Honneur et Patrie » et l'inscription « République Française ».

— Savez-vous que les drapeaux des troupes à pied coûtent trois cent quatre-vingts francs pièce et trois cent quarante-cinq francs les étendards de la cavalerie ? révéla Max, informé par son député.

— Mais on distribue aussi des secours aux indigents, dit Clémence.

Après la revue, le défilé valut aux militaires les applaudissements de la foule, dispersée sur le champ de courses, tandis que les gamins dégringolaient des arbres, où ils s'étaient perchés, pour courir derrière les régiments qui regagnaient les casernes.

Sitôt la fin des cérémonies, Hans Ricker invita Max et Tristan à prendre place dans sa calèche, près de Clémence, pour se rendre place Denfert-Rochereau, afin d'assister, avec les Alsaciens et les Lorrains de Paris, à l'inauguration de la réplique en bronze du lion, sculpté dans la roche, à Belfort, par le statuaire alsacien Frédéric Auguste Bartholdi[1].

Leroy et Dionys connaissaient, depuis 1875, le nom

---

1. De son vrai nom Amilcar Hasenfratz, né à Colmar le 2 août 1834, mort à Paris le 4 octobre 1904. Le sculpteur avait choisi le

de Bartholdi, artiste choisi pour construire une statue géante, *La Liberté éclairant le monde*, que le gouvernement français offrait aux États-Unis, à l'occasion du centenaire de leur indépendance.

M. Ricker, comme beaucoup d'Alsaciens, aimait à évoquer le patriotisme du sculpteur.

— Pendant la guerre de 70, Bartholdi a défendu le pont d'Horbourg, à la tête des gardes nationaux, puis il a fait la campagne des Vosges, en qualité de chef d'escadron, dans l'état-major de Garibaldi. La municipalité parisienne lui a commandé, en 74, un monument en hommage « aux aéronautes du siège de Paris en 1870 ». Occupé par d'autres travaux et un long séjour en Amérique, il ne l'a pas encore achevé. Les aéronautes, le plus souvent des marins, assuraient en ballon, au risque de leur vie, la liaison avec le gouvernement de Défense nationale établi à Tours[1], expliqua M. Ricker.

— Ma mère m'a dit que, pendant le siège de Paris, les ballons transportèrent Gambetta, le photographe Nadar et trois millions de lettres, rappela Tristan.

— Ils transportèrent aussi Bartholdi, allant prendre ses ordres de Gambetta, avant de rejoindre Garibaldi, compléta Ricker.

— Souvenez-vous, père, qu'en 79 nous sommes allés en famille voir son gigantesque *Lion de Belfort*, taillé

---

nom de Bartholdi pour exposer, au Salon de 1856, des peintures des bords du Nil après un voyage en Égypte, en Grèce et en Orient, avec le peintre Gérôme.

1. Ce monument aux aéronautes, élevé à Paris, porte des Ternes, aujourd'hui place du Général-Kœnig, ne fut inauguré qu'en mars 1906, deux ans après la mort de Bartholdi, qui n'avait pu l'achever lui-même. Il comportait un ballon de bronze qui fut envoyé à la fonte par les Allemands en 1942.

à même la colline en grès rouge des Vosges, rappela Clémence.

— Vingt-deux mètres de long, onze mètres de haut. Superbe hommage à la résistance héroïque de la ville en 70, sous les ordres du colonel Pierre-Philippe Denfert-Rochereau, compléta Hans Ricker, alors que la voiture traversait la ville parée de drapeaux, de banderoles, d'arcs fleuris.

— Dites aussi, père, que Denfert-Rochereau ne se rendit que sur injonction du gouvernement de la Défense nationale, le 18 février 1871, ajouta Clémence.

— J'ai su que le conseil municipal de Belfort, pour ne pas agacer Bismarck, avait demandé que le fauve en colère tournât le dos à l'Allemagne, émit Max.

— C'est exact, mais cette statue reste un défi à l'envahisseur, car un lion en colère a tôt fait de se retourner, répliqua Ricker.

Tandis que Gambetta se faisait acclamer par les Parisiens en se rendant, en calèche découverte, place du Trône, renommée ce jour-là, place de la Nation, pour voir la maquette, grandeur nature, du *Triomphe de la République*, commandé au sculpteur Jules Dalou[1], ancien communard, les Alsaciens et les Lorrains de Paris se rassemblaient place Denfert-Rochereau.

— La ville de Paris a payé ce lion vingt mille francs, révéla Max en considérant le monument décoré de festons tricolores.

La cérémonie terminée, un nouveau parcours en calèche conduisit le groupe, à la demande de Clémence,

---

1. 1838-1902. Membre de la Commune, il fut de ceux qui mirent les collections du Louvre hors d'atteinte des incendiaires et des pillards. Exilé à Londres, il regagna Paris en 1879 et reçut des commandes officielles.

place de la Concorde. Elle tenait, comme d'autres réfugiés, à fleurir la statue de Strasbourg qui, depuis l'annexion, portait un crêpe.

— Des huit statues consacrées aux grandes villes de France, reconnaissez que Strasbourg est la plus belle ; et le ministre des Beaux-Arts a eu raison de faire reproduire l'original en bronze quand la pierre, sculptée en 1836, fut rongée par les intempéries, dit M. Ricker.

— Il faut dire qu'avec l'épée appuyée au creux du bras gauche, la main droite sur la hanche, coiffée d'une couronne murale et le pied posé sur un canon, cette belle femme, d'une orgueilleuse assurance, a de quoi inspirer confiance dans le destin de l'Alsace et de la Lorraine, commenta Dionys.

Comme beaucoup de Parisiens, le pianiste traversait souvent la place de la Concorde, sans un regard aux statues.

Clémence crut lire sur les lèvres de Maximilien un sourire ironique.

— Peut-on penser que cela vous amuse ? demanda-t-elle, un peu irritée.

— Ce qui m'amuse, c'est de voir ainsi honorée et fleurie, comme une Sainte Vierge, la maîtresse de Victor Hugo, comédienne ratée mais amoureuse réussie, répondit Max en riant.

— Que voulez-vous dire ? insista Clémence.

Maximilien désigna la statue d'un geste emphatique.

— Mesdames, messieurs, voici Juliette Drouet, qui fut la dulcinée du sculpteur genevois James Pradier, dont je possède plusieurs œuvres, auteur de cette statue. Elle fut aussi la maîtresse de l'écrivain Alphonse Karr, du peintre Charles Séchan, du prince Anatole Demidoff et de quelques autres, avant d'entrer, en

1833, dans le lit de Totor, notre poète national, à qui, dit-on, elle est fidèle depuis bientôt un demi-siècle.

— Tiens, tiens. Vous en savez des choses, vous autres Parisiens, constata Hans Ricker.

— Eh oui, monsieur, Juliette servit de modèle pour Strasbourg[1], après avoir posé, nue, en bacchante enamourée, en odalisque et en Vénus callipyge, développa Max sur le ton d'un camelot.

— Cette femme s'est donc vouée aux arts et aux artistes : le théâtre, la peinture, la sculpture, la poésie, badina Tristan,

— Et, même, la musique, car Pradier, qui voyageait avec sa guitare, a composé quelques jolies romances, précisa Max.

— Ne considérons que la statue, allégorie de notre cité martyre. Oublions le modèle de chair, conclut l'Alsacien.

Les Ricker devaient rejoindre les membres de l'Association Générale d'Alsace et de Lorraine, pour une célébration privée. Leroy et Dionys, qui auraient volontiers emmené Clémence aux concerts prévus dans les jardins des Tuileries, du Luxembourg et à la Bastille, avant d'aller béer, du haut de la colline de Chaillot, devant les feux d'artifice, se résolurent à courir les bals. Dépourvus de cavalières, ils décidèrent de

---

1. En 1870, Juliette Drouet confirma, dans une lettre à Victor Hugo, avoir été le modèle de Pradier pour la statue de Strasbourg en écrivant : « C'est moi qui triomphe puisque l'on illumine ma statue et qu'on la couvre de fleurs. » Juliette Drouet, de son vrai nom Julienne Gauvain, avait été la maîtresse de Pradier de 1825 à 1833, année de sa rencontre avec Victor Hugo. En 1826, elle avait mis au monde une fille, nommée Claire, dont Pradier reconnut la paternité mais qui fut officiellement adoptée et entretenue, jusqu'à sa mort à l'âge de vingt ans, par Victor Hugo.

risquer une invitation aux deux modistes, toujours prêtes à « lever la jambe », comme disait Max.

Ils trouvèrent Ewa et Wanda se morfondant tête à tête dans leur boutique du faubourg Saint-Honoré. Le commanditaire des jeunes femmes, le député normand, ne pouvait ce soir-là les sortir car il assistait, avec son épouse, à la grande sauterie donnée, au palais Bourbon, par le président de l'Assemblée nationale, Léon Gambetta.

Les Polonaises accueillirent les deux amis avec des cris de joie et des baisers, se parèrent en un rien de temps et les couples se lancèrent dans la cohue populaire. En déambulant sur les boulevards, tous se gaussèrent des badauds qui se recueillaient devant les autels-reposoirs de la laïcité, habillés de grosses cocardes bleu, blanc, rouge, fleuris comme ceux du saint sacrement et surmontés du buste de Marianne. La Junon républicaine, coiffée du bonnet phrygien cher aux radicaux, moulée à des centaines d'exemplaires par des marchands avisés, était partout présente.

— C'est l'anti-Vierge Marie – qui procréa, dit-on, par l'opération du Saint-Esprit – car Marianne s'est, au contraire, donnée à beaucoup d'hommes avant d'accoucher de la république, dont personne ne sait aujourd'hui qui est le véritable père, se moqua Max.

— Depuis l'Antiquité, les peuples ont besoin de divinités à vénérer et à prier, celle-ci en vaut bien une autre, dit Tristan.

— Je lui préférerai toujours Aphrodite, proclama Max.

Les deux amis se moquèrent pareillement de ceux qui arboraient au revers du veston de petites figurines de la Bastille, estampées dans du laiton doré.

— Vive la révolution mercantile ! Elle ne coupera pas la tête des femmes, lança Wanda.

— Nos nouveaux chapeaux à la Lamballe plaisent beaucoup, ajouta Ewa en enfonçant jusqu'aux yeux le feutre de Tristan.

« C'est le carnaval des rouges », grommelaient aristocrates et monarchistes. Après s'être rendus dans les églises, pour prier le saint du jour, Bonaventure, cardinal d'Albano[1], ils s'étaient enfermés, volets clos, dans leurs hôtels du faubourg Saint-Germain.

Comme toujours insatisfaits, les excités d'extrême gauche voyaient, dans cette commémoration orchestrée par le gouvernement, « une kermesse bourgeoise », ce qui n'empêchaient pas les Parisiens de se dire heureux de vivre en république et de chanter *La Marseillaise*, décrétée, quelques jours plus tôt, hymne national.

Le puissant rayon jaune émis par le gros projecteur électrique de l'armée, installé au Trocadéro, caressait les nuages ventrus, apparus à la fin de l'après-midi. Le nez en l'air, on appréciait en famille que la fée Électricité, ainsi nommée depuis peu par les journaux, étendît son bras, fluide et lumineux, sur la liesse républicaine.

— À croire que, cette nuit, tous les Parisiens sont dans les rues, constata Dionys qui, goûtant peu la foule, même joyeuse et bon enfant, eût préféré se rendre au bal Bullier, fréquenté par les artistes et les grisettes.

Dans tous les quartiers de la capitale, aux carrefours et sur les places, des orchestres, juchés sur des estrades drapées de tricolore et éclairées par des lampions,

---

1. 1221-1274. Ami de Thomas d'Aquin. Dante célébra sa science et son humilité dans son *Paradis*.

jouaient valses et polkas. Aux tonneaux de vin, mis
en perce par des marchands généreux, les assoiffés
s'abreuvaient gratis. On pouvait, sur une œillade, changer de cavalière entre deux danses, ce dont Maximilien
ne se priva pas, jusqu'au moment où l'orage, qui cou-
vait depuis la fin de l'après-midi, déversa sur la ville
une brève et rafraîchissante ondée. On ouvrit les para-
pluies et l'on se précipita sur les quais de la Seine, pour
ne pas manquer le spectacle pyrotechnique offert par
la Ville de Paris.

Dès que les dernières fusées, gerbes et bouquets des
feux d'artifice furent retombés, les modistes déclarè-
rent que cette agitation leur avait ouvert l'appétit.

— Allons souper au Napolitain, proposa Maximilien
en voyant Tristan donner des signes de lassitude.

Sur toutes les tables du restaurant, de petits drapeaux avaient remplacé roses et œillets. Pendant que
la plèbe des carrefours se désaltérait au vin rouge, le
champagne pétillait dans le cristal pour ceux qui, le
temps d'un culte patriotique, s'étaient mêlés, parfois
avec condescendance, mais en toute égalité et fraternité, au bon peuple de Paris.

À l'aube naissante, Dionys laissa Leroy raccompagner seul Ewa et Wanda. Les partageuses coquines ne
rendirent la liberté à leur amant qu'au soleil de midi.

Par une chaude journée de fin juillet, Max et Tristan
furent heureux de reprendre leurs sorties avec Clémence Ricker. Le trio décida une croisière sur la Seine,
pour remonter le fleuve jusqu'à Croisset. Clémence
voulait visiter la maison où Gustave Flaubert, son écrivain préféré, avait vécu et où il était mort, le 8 mai.

Ce pèlerinage, qu'effectuaient beaucoup d'admirateurs de l'auteur de *Madame Bovary*, devait être la der-

nière rencontre avant les vacances des deux hommes et de leur amie.

Trouville attendait, comme chaque été, le retour de son pianiste préféré, ce qui assurait à ce dernier de bons cachets. Max, qui le 17 avril avait assisté à la conférence de Ferdinand de Lesseps, sur le projet déjà bien avancé de percement de l'isthme de Panama, allait voyager à travers la France, pour placer des actions de la Compagnie universelle du canal transocéanique, activité dont il escomptait de fortes commissions.

— La Compagnie sera au capital de trois cents millions et l'on attend un revenu annuel de quatre-vingt-dix millions. Les actionnaires recevront, en plus de l'intérêt à cinq pour cent de l'emprunt, onze et demi pour cent en dividende. Donc, des actions faciles à placer ! précisa Leroy.

Clémence passerait l'été à Dieppe, avec son père. En automne, les sorties à trois reprendraient, suivant un programme qu'on établirait à la rentrée.

Avant de se disperser, le trio se réunit pour un dîner chez Vefour et, quand les deux amis raccompagnèrent Clémence rue Saint-Honoré, la jeune femme leur dit combien, en quelques mois, leur rencontre avait changé sa vie.

— Vous m'apportez le mouvement, l'envie de découvrir toutes les richesses artistiques de Paris et, surtout, la franche gaîté et l'amitié loyale dont j'avais perdu le goût.

Au moment de la séparation, elle demanda un baiser fraternel, qu'ensemble les deux amis lui donnèrent.

— Une chance que vous ayez deux joues ! dit Max.

Leroy fut le premier à comprendre que leur relation avec Clémence Ricker était devenue, au fil des mois, une amitié amoureuse. Lors de retrouvailles au cercle de l'Union artistique, dès que Tristan fut rentré de Trouville, il en fit la remarque.

— Vous croyez ? Amitié amoureuse ? s'étonna Dionys.

— On pourrait dire amouritié, proposa Max, qui ne craignait pas d'inventer des mots.

— Le néologisme est sonore mais, indique-t-il que vous pourriez tomber amoureux de Clémence, comme vous l'êtes si aisément de tout jupon qui passe ? ironisa Tristan.

— Je puis vous faire la même question, rétorqua Max.

La discussion, mi-badine mi-dogmatique, aboutit à un accord que scella un serment. Maximilien et Tristan s'engagèrent à ne pas pousser séparément leur avantage auprès de la jeune femme, même si l'envie les en prenait. Clémence formulerait elle-même son choix, le jour où sa relation avec l'un ou l'autre changerait de tonalité.

Quittant le cercle et passant devant la colonne Vendôme, ils eurent l'idée de laisser dans le bronze une trace de leur engagement. Sur un des grands bas-reliefs du piédestal, mélange de canons, casques, uniformes, sabres, dépouilles des armées autrichiennes, ils repérèrent un tambour. Max tira alors de sa poche un couteau pliant et grava, de la pointe de la lame, un mot en trois syllabes : CLEMATRI.

— Nous nous conduisons comme des vandales. Ça vous a un petit air de déclinaison latine ou de déesse grecque, dit Tristan.

— La signature de notre contrat, répondit Max.

Après cette soirée, l'amitié entre Dionys et Leroy se trouva ainsi bizarrement renforcée par l'intérêt affectueux, mais platonique, que tous deux portaient à l'Alsacienne.

Cette situation plaisait davantage au sensible Tristan, qui, lorsqu'on parlait sculpture, trouvait toujours plus de beauté au corps masculin qu'au corps féminin. Il pouvait aisément se passer de relations physiques avec une femme alors que certains soirs, Max, sensuel ardent, eût volontiers mis Mlle Ricker dans son lit.

Souvent, la femme fracture les amitiés masculines. À l'abri de la convoitise de ses cavaliers, qui l'informèrent dès leurs retrouvailles, courant septembre, de leur engagement de ne pas la courtiser et de la traiter « comme un garçon », ce qui parut lui convenir, Clémence s'inséra à nouveau avec naturel entre Max et Tristan. Elle ne manquait jamais de les plaisanter sur leurs attentions réciproques et le partage dont elle était l'objet.

— Vous êtes une véritable paire. Je vous aime ensemble, parce que vous êtes complémentaires. Ah ! si l'on pouvait dans le même homme fondre vos deux personnalités, je le verrais comme le mari idéal, dit-elle un jour.

Si elle admettait parfaitement que deux célibataires aient des aventures, voire des maîtresses attitrées, pour prendre ailleurs le plaisir qu'elle ne saurait donner, elle ne souhaitait ni connaître ni entendre parler de ces femmes, afin, affirmait-elle, de ne pas susciter de jalousies triviales.

« J'ai la meilleure part : je règne sur les pensées et les cœurs » disait-elle parfois.

En novembre, la tournée de concerts, organisée par Maximilien Leroy, fit reconnaître Tristan Dionys comme un virtuose, que les critiques n'hésitèrent pas à classer parmi les meilleurs pianistes de l'époque. Cependant, cette notoriété n'étant connue que des mélomanes lecteurs de la *Gazette musicale*, les engagements restaient rares et saisonniers. Manquait à Dionys le revenu, modeste mais régulier, dont l'avait privé son éviction de l'Institut Sévigné. Ne subsistaient que ses prestations à la Folie-Pompadour, activité dont il eût voulu se passer.

Au commencement de l'année 1881, comme le pianiste regrettait que le marasme des affaires raréfiât les leçons particulières de piano, qu'il donnait aux jeunes bourgeoises, Maximilien intervint.

— Je traverse, moi aussi, une mauvaise passe financière. J'ai des dettes chez mon tailleur et mon bottier. C'est pourquoi je donne, deux fois par semaine, un cours d'anglais à la fille d'un agent de change un peu excentrique, Albert Lépineux, rencontré à la Bourse. Mon élève, Aline, une adolescente insolente au teint gris, maigre comme un candélabre, a une sœur cadette qui apprend le piano avec une vieille femme cathareuse. Mme Lépineux trouve que sa fille ne fait aucun progrès. D'après ce que j'ai entendu dire, elle souhaite donner à la petite un professeur plus compétent. Si vous m'y autorisez, je vous propose. Avec vos références, nul doute que vous soyez agréé, proposa spontanément Max.

— Faites, cher Max. N'êtes-vous pas mon impresario ? dit Dionys.

Une semaine plus tard, Tristan fut présenté, dans son hôtel particulier de la rue de Penthièvre, proche de l'église Saint-Philippe-du-Roule, à Mme Lépineux qui l'accueillit aimablement, mais manifesta une légère réticence.

— Je vous trouve bien jeune, monsieur, dit-elle avec douceur et un sourire bienveillant.

— C'est un défaut que chaque jour atténue, madame, dit Tristan.

— Mais nous n'allons pas attendre que vous ayez des cheveux blancs. Je vais vous confier Émilie. Je la crois douée.

Mme Lépineux envoya chercher sa fille.

À treize ans, Émilie, qui affichait deux ans de plus que son âge, apparut comme une adolescente placide, grassouillette, joues pleines, buste déjà formé. Elle fit à Dionys une révérence silencieuse et interrogea sa mère du regard.

— Votre nouveau professeur de musique, M. Tristan Dionys, voudra certainement vous poser quelques questions, dit Mme Lépineux.

— Je connais M. Dionys, dit la demoiselle, ce qui étonna autant sa mère que l'intéressé.

— Vous connaissez M. Dionys ! Comment cela se peut-il ? demanda Mme Lépineux.

— Enfin, c'est la première fois que je vois M. Dionys mais, l'été dernier, j'ai lu, dans la *Gazette musicale*, que M. Dionys avait donné de beaux concerts à Trouville et en Belgique. Mireille de Mijola, mon amie de collège, qui était en vacances en Normandie avec ses parents, m'a dit qu'elle avait entendu M. Dionys jouer au Casino-Salon de Trouville, dit Émilie.

Prenant soudain conscience de la hardiesse de son propos, elle rougit et saisit la main de sa mère, comme pour quêter un pardon.

— Ainsi, nous avons donc déjà fait connaissance, dit Tristan pour rassurer Émilie.

Il lui demanda aussitôt quelles pièces elle travaillait et ne fut pas étonné de l'entendre répondre que son professeur, pour lui délier les doigts, lui faisait répéter des études de Carl Czerny[1] et des exercices de Muzio Clementi[2].

— Eh bien, montrez-moi, demanda Tristan.

Mme Lépineux, précédée de sa fille, conduisit Dionys au salon de musique, où il découvrit un piano droit Érard. L'adolescente se mit au clavier et joua, avec application, quelques mesures d'une sonatine de Clementi. Tristan imputa à l'émotion son jeu un peu irrégulier et sa façon de jeter ses doigts sur les touches, sans doser sa pression.

— Il vous faut acquérir un peu d'assurance et maîtriser mieux votre doigté, tantôt timide tantôt hardi. Mais il y a en vous toutes les possibilités, mademoiselle, dit Tristan avec franchise.

Rougissante, Émilie se retira quand, de retour au salon, on en vint à discuter les conditions pour trois leçons d'une heure par semaine. Mme Lépineux se montra généreuse.

— Vous n'êtes pas un professeur ordinaire et, puisque ma fille m'a donné sur vous des références que vous-même n'aviez pas évoquées, pensez-vous que trente francs par séance constituent des honoraires honnêtes ?

Dionys s'empressa d'accepter. C'était le double du tarif habituel des maîtres de musique les plus cotés. Son enseignement ne commencerait qu'après les petites vacances de Pâques, car Mme Lépineux entendait don-

---

1. Compositeur et professeur de musique viennois, 1791-1857. Il écrivit plus de huit cents pièces, destinées à l'enseignement. Parmi ses élèves figure Franz Liszt.

2. Pianiste et compositeur italien, 1752-1832. Il est l'auteur d'une méthode pour pianoforte et du fameux recueil *Préludes et exercices dans tous les tons.*

ner congé avec égards à l'actuel professeur de piano
de sa fille.

Assuré d'un revenu suffisant pour vivre entre deux
concerts, Tristan Dionys accepta, le 25 février, d'accompagner Clémence et Max à l'hommage national rendu
à Victor Hugo, pour son entrée dans sa quatre-vingtième
année. Un arc de triomphe avait été dressé à l'entrée de
l'avenue d'Eylau[1], décorée comme au 14 Juillet. Devant
le domicile du poète, deux estrades, drapées de bleu
et de rose, encadraient le perron de l'hôtel particulier.
Des huissiers y déposaient bouquets et gerbes, apportées par des délégations de citoyens venus de province.
Les autorités municipales et un comité, présidé par
Louis Blanc, ayant invité le peuple de Paris à défiler sous
les fenêtres de l'écrivain, le cortège, constitué place de
l'Étoile, se mit en route à midi. La procession dura
plusieurs heures, derrière fanfares et drapeaux d'une
centaine de sociétés musicales et de chorales. Celle des
Alsaciens et des Lorrains était conduite par un vieil
homme qui brandissait une bannière noir et argent, sur
laquelle avaient été brodés les blasons enchaînés des
deux provinces enlevées à la France.
— Celui qui porte cette bannière est un vieil ami
de mon père, un vieux soldat, dont les Prussiens ont
brûlé la maison et tué les fils, commenta Clémence en
essuyant une larme.
D'une fenêtre, au premier étage de sa demeure,
l'auteur de *L'Art d'être grand-père*, debout entre Georges

---

1. Devenue avenue Victor-Hugo en 1881, dans sa section com-
prise entre la place et l'avenue Henri-Martin, puis, en 1886, sur
toute sa longueur, le nom d'Eylau étant alors attribué à une voie
nouvelle, toute proche.

et Jeanne, deux de ses petits-enfants, recevait les acclamations des délégations ouvrières, précédées de leurs
bannières. Le poète, dont la virilité restait surprenante
– au dire des servantes et tisanières qui recevaient ses
visites nocturnes –, répondait aux vivats par des gestes
de la main, traduisant ainsi une émotion teintée d'orgueil
et de mélancolie. Il applaudit quand apparut le char
des typographes, surmonté d'une presse d'imprimerie
sur laquelle étaient juchés des apprentis compositeurs.
La célébration rassembla plus de six cent mille Parisiens et provinciaux.

Maximilien rapporta que, la veille, le président de
la République, Jules Grévy, avait rendu visite à Victor
Hugo pour lui offrir, au nom du gouvernement, une
amphore de vieux Sèvres adornée de camées et de
miniatures de Fragonard.

Au soir de cette journée, le trio se rendit au théâtre
des Variétés pour assister à la reprise de *Lucrèce Borgia*,
le drame hugolien créé en 1833.

Après Pâques, Tristan Dionys se prépara à donner
ses leçons à Émilie Lépineux. Comme le pianiste s'étonnait d'avoir été engagé sans présentation au maître de
maison, Maximilien, informé qu'il était par ses relations
boursières, crut utile de le mettre au fait de la situation
du ménage Lépineux.

— Albert Lépineux a épousé, en 1867, Laure de Costelaine, alors âgée de seize ans, fille du comte André
de Costelaine, associé de Louis Lépineux, père d'Albert,
dans la banque Lépineux-Costelaine. Lépineux père
s'est suicidé, après faillite due à des investissements très
spéculatifs sur les chemins de fer en Amérique du Sud.
Après le suicide de son père, Albert s'est découvert
une soudaine passion pour Laure de Costelaine, dotée

d'une fortune personnelle, héritage de sa mère et de ses tantes. Cet argent permit à Laure de sauver son propre père du désastre de la banque. Bien qu'étranger aux spéculations de Lépineux, le comte était en partie responsable sur ses biens. Cette aventure conduisit M. de Costelaine, brave homme, aimable dilettante, épris de musique et de peinture, à renoncer à toute profession pour gérer ses affaires et celles de sa fille unique, qu'il adore et qu'il sait protéger contre les débordements affairistes de son mari.

—Je comprends que ce soit elle qui engage les professeurs de ses filles, observa Tristan.

—Après son mariage, qui lui assure une vie confortable, car les lois et le code civil traitent encore la femme en mineur et confient à l'époux l'administration des biens du couple et des biens personnels de la femme, même si le mariage a été conclu sous le régime de la séparation de biens, Albert a acheté, avec la dot de son épouse, une charge d'agent de change.

—De nos jours, il faut bien avoir une profession qui confère une position sociale. Surtout quand votre père s'est suicidé après une faillite, admit Tristan.

—Lépineux, contre toute attente, a été agréé par le ministre des Finances et la Chambre des agents de change. Après qu'eut été versé le cautionnement légal à la Caisse des dépôts et consignations, il est devenu officier ministériel. Il traite donc des opérations, en son nom propre, pour des investisseurs dont il ne doit pas révéler l'identité. Il est responsable envers ses clients de la bonne fin des opérations, dont on lui a confié la charge. On dit à la Bourse qu'il s'est mis plusieurs fois en position délicate en jouant, pour son compte, l'argent de ses clients et, bien sûr, en le perdant. Chaque fois,

Mme Lépineux l'a tiré d'affaire, en dédommageant les victimes, ajouta Max.

— N'est-ce pas ce qu'on appelle un chevalier d'industrie ? demanda Dionys.

— Lépineux est franc-maçon et jouirait, à ce titre, de protecteurs haut placés. Naturellement, vous êtes censé tout ignorer de cette situation familiale, conclut Leroy.

Nanti de ces informations confidentielles, Tristan Dionys se présenta, au jour dit, pour son premier cours de piano chez les Lépineux.

Dès les premières leçons, s'instaura entre le maître et l'élève une bonne entente qui, au fil des semaines, devint une aimable complicité, née d'un amour sincère de la musique chez Émilie et de la satisfaction, chez Tristan, d'avoir rencontré une apprentie douée. Émilie était une tendre, aussi peu démonstrative que son professeur, mais dont la volonté ferme, contenue par une réserve d'enfant bien élevée, se manifestait par son ardeur à répéter, après le cours, les pièces étudiées. Quand, pour la distraire entre deux exercices, Dionys joua la plus facile des *Études d'exécution transcendante* de Franz Liszt, et que l'adolescente y prit plaisir, il se mit à penser qu'il ferait peut-être d'Émilie Lépineux une adepte de la musique de l'avenir.

Aline, la sœur aînée d'Émilie, vint se présenter avec désinvolture au milieu d'un cours. Elle examina le professeur, de la tête aux pieds, d'un regard impertinent. Tristan la trouva sans attraits, regard insistant et lèvres minces, « du genre dont on fait les garces », se dit-il.

— Elle voulait voir à quoi ressemble mon nouveau professeur, commenta Émilie.

Laure Lépineux, qui apparaissait parfois de façon inopinée dans le salon de musique, se déclara, auprès de Leroy, enchantée de son choix et le remercia de lui avoir fait connaître « un véritable artiste, bon pédagogue, dont la modestie égale le talent ».

Maximilien avait le goût des diminutifs et appelait souvent Tristan, Tristou, voire Tristounet, les jours où son ami lui paraissait particulièrement morose. Au printemps 1881, il décida de nommer Clémence, Cléa.

— Pourquoi donc Cléa ? s'étonna Mlle Ricker.

— Parce que, à part la fille de Charles Martel, roi de Hongrie, épouse et veuve de Louis X, qui finit au couvent, il n'existe pas de Clémence célèbre. Tandis que Cléa, belle Grecque d'une naissance distinguée, fort érudite et initiée aux mystères d'Osiris, est celle à qui Plutarque dédia son traité sur *Les Vertus des femmes*, expliqua Maximilien.

— Vos vertus et votre bibliothèque justifient donc ce nom, ajouta Tristan en riant.

— Allons donc pour Cléa, mais entre nous seulement, dit Clémence, toujours amusée par les fantaisies de Maximilien Leroy.

M. Ricker, ravi de constater que sa fille retrouvait le sourire et le goût des sorties, depuis qu'elle fréquentait le pianiste et le juriste, ne vit pas d'inconvénient à ce changement, tout relatif, de prénom. Il considéra le groupe d'un œil attendri.

— Quel trio fantasque ! Tout à fait à mon goût, dit-il, jovial.

— Un trio fantasque ! Monsieur, bien trouvé ! Ce sera désormais notre raison sociale et mondaine ! compléta Maximilien.

Souvent au cours de leurs rencontres, les inséparables commentaient les événements politiques, tou-

jours évalués chez les Ricker, comme par la majorité
des Alsaciens et des Lorrains de Paris, en fonction de
l'avenir de leurs provinces.

Depuis que, le 12 décembre précédent, au cours
d'une conférence à la Sorbonne, Léon Gambetta, président de la Chambre des députés, avait publiquement
adhéré à la doctrine positiviste et déclaré Auguste
Comte « le plus puissant penseur du siècle », une coalition haineuse s'était formée contre lui.

Cet engagement irritait les catholiques et amplifiait
les craintes de ceux qui, se souvenant du discours que
le tribun avait prononcé le 10 août 1880 à Cherbourg,
imaginaient une prochaine guerre avec l'Allemagne.

À l'occasion de la remise des drapeaux à la marine,
Gambetta, faisant allusion à l'amputation du territoire
national, avait dit : « Les grandes réparations peuvent
sortir du droit », avant de conclure : « Il y a dans les
choses d'ici-bas une justice immanente, qui vient à son
jour et son heure. »

Les Alsaciens, les Lorrains et ceux que les pacifistes
à tous crins dénonçaient comme dangereux revanchards, avaient vu là une promesse de reconquête, à
plus ou moins long terme. Hans Ricker et ses amis,
qui allaient répétant « n'en parler jamais, mais y penser
toujours », avaient tendance à interpréter ainsi les propos voilés de Gambetta.

— Une brochure, tirée à plus de cent mille exemplaires, est partout distribuée en France sous le titre
Gambetta c'est la guerre, rapporta un soir Maximilien.

— Cela ne l'a pas empêché d'être réélu président
de la Chambre en janvier, fit observer Clémence.

— Certes, mais il piaffe au perchoir. Il attend toujours la présidence du Conseil des ministres, que Jules

Grévy a donnée à Jules Ferry quand le cabinet de Freycinet s'est effondré, dit Tristan.

— Les polémiques nées du discours de Gambetta à Cherbourg ont certainement pesé dans le choix du président de la République. Et l'engagement positiviste du chef de l'Union républicaine ne va pas améliorer les relations entre le Palais-Bourbon et l'Élysée. Un député, qui faisait le reproche à Grévy de ne pas avoir confié le ministère à Gambetta, s'est entendu répondre : « Je garde Gambetta comme une réserve », dit Maximilien.

— Il faut donc que les affaires aillent plus mal pour qu'il l'appelle, maugréa Clémence.

— Nous verrons ce que donneront les législatives, prévues en août. Leur résultat pourra changer bien des choses, avança Max.

En attendant les élections, députés et sénateurs s'activaient. L'immense succès populaire du premier 14 Juillet officiel ayant, semblait-il, stimulé les républicains réformistes, les chambres votèrent, le 21 juillet, les lois qui libéraient la presse de toute censure. Désormais, pour fonder un journal, il suffirait de déclarer son titre, le nom du gérant et celui de l'imprimeur. La librairie et le colportage étaient libérés de toutes les entraves. Les cafetiers, brasseurs et taverniers se voyaient débarrassés de toute surveillance policière, et la liberté de réunion était partout admise. Les autorités se réservaient, cependant, le droit d'intervenir en cas de troubles publics.

Ces mesures, exemplaires pour la démocratie, eussent paru insuffisantes aux radicaux, amis de Clemenceau, si le gouvernement n'avait pas affiché un brusque accès d'anticléricalisme. Le 25 juillet, vingt-cinq élèves officiers de Saint-Cyr furent renvoyés de l'École spéciale militaire pour avoir, dix jours plus tôt, assisté en uniforme à une messe, à Saint-Germain-des-Prés. Au moment où se reconstruisait l'armée française, cette punition exagérée, triste exemple d'intolérance, survenant un mois avant les élections générales, fut jugée démagogique par un grand nombre de républicains.

Fort opportunément, l'Exposition internationale d'Électricité, associée à un congrès scientifique au palais de l'Industrie, fournit aux Parisiens un dérivatif instructif. Autour du grand phare à feux électriques tournants, clou de l'exposition, on ne parlait que de Thomas Edison, fils d'un brocanteur et savant américain qui, à trente-quatre ans, avait fait fortune avec ses inventions, dont plusieurs étaient exposées à Paris. M. Bachelor représentait à Paris M. Edison, retenu aux États-Unis, dans son laboratoire de Menlo Park, en Ohio. Si les badauds s'ébaubissaient dans la clarté douce et fixe des nouvelles lampes à filaments de carbone, les visiteurs les plus instruits admettaient que la fée Électricité allait entraîner un changement complet dans les habitudes d'éclairage des foyers et des villes, comme dans la marche des usines. Il suffirait, dans chaque quartier de Paris, de quelques machines dynamo-électriques d'Edison, pour alimenter en courant électrique toutes les habitations, les commerces, les rues, faire se mouvoir les ascenseurs, aussi bien que les machines à coudre ! Lampes appliques, lustres à trois lampes, lampes sur genouillères, régulatrices de courant apparaissaient, aux yeux des béotiens, comme des matériels capteurs de l'immatériel fluide lumineux.

Le trio fantasque admit que l'homme allait triompher, sans aléas, de l'obscurité, sinon de l'obscurantisme, alors que le passage de la comète de Halley, déjà vue en 1807, annonçait, d'après certains superstitieux, la très prochaine fin du monde.

Le 21 août, les élections donnèrent à la Chambre une forte majorité aux républicains, qui obtinrent quatre cent soixante-sept sièges contre quatre-vingt-dix aux conservateurs.

Léon Gambetta, sentant proche son accession à la présidence du Conseil, se laissa élire président de l'Assemblée, par trois cent dix-sept voix sur trois cent soixante-quatre votants, avant de préciser « qu'il ne s'agissait pas d'une présidence définitive, car il se tenait à la disposition du président de la République » !

— Sacré politicien, Léon ! Il détient, maintenant, le pouvoir occulte. Jules Ferry n'a plus qu'à s'en aller et l'autre Jules à appeler Gambetta, pronostiqua Maximilien.

Dès son retour au perchoir, Léon Gambetta exigea un vote clair sur le traité du Bardo, qui assurait le protectorat de la France sur la Tunisie. Habilement négocié par Jules Ferry, ce traité avait été signé, en mai, avec le Bey de Tunis, après une intervention militaire française à la suite de l'assassinat de soldats français dans la province de Constantine. Jules Ferry avait envoyé, devant Bizerte, l'escadre de la Méditerranée et déployé plus de trente mille soldats autour de Tunis, menaçant le Bey d'occuper sa capitale. Cette intervention, rapidement couronnée de succès, suscitait encore en France les violentes critiques de l'extrême gauche. Le journal de Georges Clemenceau, *La Justice*, osait comparer l'expédition de Tunisie à celle du Mexique, sous Napoléon III ! Le ridicule de cette comparaison n'avait, en rien, troublé les républicains. On savait comment les Italiens, en mal de colonies, avaient conseillé au Bey de ne rien céder à la France.

Gambetta, ayant obtenu de la Chambre, par trois cent cinquante-cinq voix contre soixante-cinq, l'approbation du traité du Bardo, considéra que son intervention l'ayant engagé, il était maintenant « obligé de discourir avec le président de la République ».

Le propos fut entendu et, le 10 novembre, Jules Ferry remit sa démission à Jules Grévy, qui, cette fois, se vit contraint d'appeler Léon Gambetta pour former un nouveau gouvernement.

Chez les Ricker, comme dans de nombreux foyers alsaciens et lorrains, on applaudit à l'arrivée au pouvoir de celui qui n'avait jamais accepté la défaite militaire de la France, en 1870, ni les humiliantes conditions du traité de Francfort de 1871.

Le ministère, constitué en décembre, dans lequel Gambetta cumulait les fonctions de président du Conseil et de ministre des Affaires étrangères, était au travail quand les Français se préparèrent à célébrer Noël et le jour de l'An.

Tristan Dionys et Maximilien, conviés à une fête alsacienne, virent, pour la première fois, Clémence en costume traditionnel de sa province : longue jupe de bombasin rouge, sertie au bas d'une ganse de velours noir, corselet noir sur corsage blanc, mettant en valeur un buste pudiquement couvert d'un châle de twill de soie, aux motifs colorés, et surtout, posée sur ses cheveux blonds, la coiffe à nœud, grand papillon de soie noire, dont une aile portait, tel un ocelle, la cocarde tricolore.

— Que vous êtes belle, Cléa ! s'exclama Max.

— Belle comme l'Alsacienne de Jean-Jacques Henner ! Mais tellement grave ! renchérit Tristan.

— Car, comme elle, j'attends, dit Clémence avec un sourire mélancolique.

5

La langueur urbaine qui succède habituellement aux célébrations de Noël et du jour de l'An fut troublée, dès le 7 janvier 1882, par une manifestation révolutionnaire.

À l'occasion du premier anniversaire de la mort d'Auguste Blanqui, les derniers blanquistes, conduits par Émile Eudes, le général de la Commune, quêtant pour élever une statue au « révolutionnaire professionnel », se heurtèrent à la police. Bien que républicaine, celle-ci usa de la méthode forte, mit en déroute les manifestants et opéra de nombreuses arrestations, dont celle de la « vierge rouge », Louise Michel. L'ancienne communarde, « farouche démolisseuse », ayant bénéficié de l'amnistie de 1880, après sa déportation en Nouvelle-Calédonie, entendait reprendre ses activités politiques pour « assurer le bonheur universel ». Deux jours après la manifestation, les juges la renvoyèrent en prison, pour deux semaines, avec plusieurs de ses dévots.

Au cours d'une soirée au Skating-Rink des Champs-Élysées, Clémence et ses amis commentèrent les récentes échauffourées qui avaient terrorisé les bourgeois.

— Ceux qui ont tant fait pour l'avènement de la république voudraient, aujourd'hui, la détruire pour la remplacer par ce que le vieux Blanqui, qui passa plus de temps en prison que chez lui, appelait « une dictature prolétaire fondée sur un parti ouvrier militairement organisé », dit Leroy.

— En 70, Blanqui était, comme Gambetta, pour la poursuite de la guerre à outrance contre les barbares. Mon père disait que Blanqui avait écrit dans son journal *La Patrie en danger* : « Le seigneur a marqué la race germaine du sceau de la prédestination ! Elle a un mètre de tripes de plus que la nôtre », cita Dionys.

— Aujourd'hui, les blanquistes et leurs alliés du Comité central révolutionnaire appellent notre république « bourgeoise » et détestent Léon Gambetta, alors qu'il est un véritable ami du peuple. Son grand ministère va proposer de bonnes lois, dit Clémence.

— Que notre république soit bourgeoise, on ne peut le nier. Reste à savoir si c'est un plus grand mal qu'une dictature à la Blanqui ou un chaos libertaire, à la Louise Michel ? demanda Tristan.

— Cette Louise Michel serait un garçon manqué. Voici son portrait brossé par un journaliste de *L'Illustration*, dit Maximilien.

Il ouvrit l'hebdomadaire illustré et lut :

« Solidement charpentée et plus riche de force que de grâce féminine, elle est revenue [de déportation] aussi énergique qu'au départ. La nature, qui probablement avait commencé par en vouloir faire un homme, a dû se raviser à moitié de son ouvrage et l'a faite aussi peu femme que possible ; de sorte qu'elle participe des deux natures, sans avoir au complet les dons de l'une ou de l'autre. » En fait, cette femme est une anarchiste, puisqu'elle refuse toute société constituée, ajouta le juriste.

— Même si je n'approuve pas que l'on soutienne l'utopie du « bonheur universel » à coups de fusil, je trouve, en tant que femme, ce portrait méchant, s'indigna Clémence Ricker.

— À voir sa photographie, je le trouve exact, dit Maximilien.

— Pour moi, Louise Michel est de la trempe dont on fait les martyrs. Elle est de bonne foi, opiniâtre, certainement sensible et naïve. On dit qu'elle a supporté, sans jamais se plaindre, les misères de la déportation à Nouméa en enseignant le dessin à ses compagnons. Et ce n'est pas parce qu'elle est affligée de traits épais et qu'on ne lui connaît ni mari ni amant qu'il faut en faire un hermaphrodite hargneux, développa Clémence en prenant, au grand étonnement de ses amis, la défense de l'ancienne institutrice.

— Savez-vous que le premier prénom de Louise Michel est Clémence ? lança Max, narquois.

— Alors, appelez-moi Cléa, dit Mlle Ricker, amusée.

L'échauffourée blanquiste était oubliée quand, le 20 janvier, Tristan Dionys qui, comme chaque fin d'après-midi s'exerçait, rue du Bac, sur le piano hérité de Geneviève de Galvain, vit apparaître Maximilien plus tôt que de coutume, la mine défaite, le regard las.

— La banque de l'Union générale est en déconfiture. C'est le krach ! Plus un centime dans les caisses pour rembourser les déposants ! Je sors de la Bourse. Depuis hier, c'est la panique à la corbeille. J'ai vu des gens ruinés en deux heures par la dégringolade des valeurs. J'y laisse aussi des plumes, mais peu à côté de certains. Un agent de change se serait pendu.

— J'espère que ce n'est pas Albert Lépineux, le père de mon élève, s'inquiéta Tristan.

— Oh ! lui ne se pendra pas ! Il dira, comme tous ses confrères, que c'est la faute d'Eugène Bontoux, député conservateur, le fondateur de la banque. Et, s'il a besoin d'argent, il fera appel à sa femme.

— Mais, comment une telle catastrophe peut-elle arriver ? Je ne plains pas les spéculateurs, mais je voudrais comprendre comment une banque, sérieuse et réputée prospère, peut se laisser ainsi surprendre, demanda Dionys.

— Nous assistons, Tristou, à un règlement de comptes international entre financiers avides. Eugène Bontoux, polytechnicien, constructeur de chemins de fer, en France comme en Autriche, et chrétien un peu bigot, eut, en 1878, l'idée de fonder, avec la bénédiction du pape, une banque catholique, pour concurrencer les puissances financières qui font la pluie et le beau temps à la corbeille. Il voulait donner le goût de l'épargne productive aux catholiques et aux monarchistes, pour qui l'argent gagné par les jeux, y compris ceux de la Bourse, a toujours eu des relents sulfureux.

> *Le Veau d'or est toujours debout*
> *On encense*
> *Sa puissance*
> *D'un bout du monde à l'autre bout*[1],

chantonna Dionys, moqueur.

— Certes, mais en plaçant leurs économies à l'Union générale, pour les faire fructifier en profitant de la hausse des valeurs proposées par Bontoux, les braves gens pensaient ne pas déroger aux principes chrétiens. Eugène Bontoux, qui est aussi ingénieur, a aidé à la

---

1. *Faust*, opéra de Charles Gounod. Chant de Méphistophélès à l'acte II.

constitution de la Banque des Pays autrichiens et obtenu la concession des chemins de fer serbes pour la construction de la ligne Vienne-Budapest-Belgrade, jusqu'aux frontières bulgares et ottomanes. La multiplication des participations de l'Union générale créa une fièvre spéculative, qui attira des déposants aisés et d'autres modestes, dont bon nombre de curés. Ils reçurent, pendant quelques mois, de beaux dividendes. Il faut dire qu'entre 79 et 81 les actions du textile rapportaient jusqu'à quinze pour cent l'an et que la métallurgie offrait des dividendes de trente-cinq pour cent. Bontoux assurait à ses clients qu'ils pourraient, en cinq ou six ans, doubler leur capital.

— Et là-dessus, la crise est arrivée, dit Tristan.

— Et comment ! Le cours du blé a baissé, du fait de la concurrence étrangère, le produit agricole s'est amenuisé, le phylloxera a détruit les vignobles, les exportations ont diminué, ce qui a eu de fâcheuses répercussions sur l'activité industrielle, d'où le chômage. Mais le marasme économique que nous connaissons n'a pas été la seule cause du krach de l'Union générale. La prospérité insolente de celle-ci et les réseaux qu'elle tissait pour drainer les capitaux dérangeaient les financiers cosmopolites, qui voyaient leurs intérêts menacés, aussi bien en Autriche-Hongrie qu'à Londres, Paris ou Berlin. On peut penser qu'ils se sont entendus en secret, pour mettre à mal Bontoux par le moyen de spéculations boursières bien orchestrées, en jouant à la baisse. Dès lors l'Union générale connut des difficultés de trésorerie ; les déposants s'inquiétèrent et voulurent retirer leurs dépôts, qui n'étaient plus là. Bontoux pensa faire front en provoquant la hausse fictive en Bourse, par des actions de sa propre banque, et en falsifiant des augmentations de capital, ce qui est illégal.

— C'est, en somme, en Europe, un conflit de gros sous, assez sordide, entre grands rapaces, observa Tristan, d'un air dégoûté.

— Mon cher, l'argent n'a ni odeur ni patrie. Un lingot d'or est partout reçu en ami, s'amusa Max.

— Je suis bien aise de n'avoir en portefeuille que de la rente d'État à trois pour cent, héritée de ma mère, dit Tristan.

— Aujourd'hui le trois pour cent est à 81 et le cinq pour cent à 110. Mais le Río Tinto est à 620 et la Banque ottomane à 811. La rente placement de bon père de famille ne vous enrichira pas. En Bourse, seul le risque paie... ou ruine ! précisa Max.

— Vous m'étourdissez, dit Dionys.

— Et attendez, l'Union générale n'est pas la seule banque en difficulté. J'ai vu, ce matin, des petits actionnaires mendier un billet de cent francs, compléta Max avant de retrouver bonne humeur et désinvolture.

— Fermez votre piano et allons dîner chez Brébant, le restaurant des journalistes et des boursiers. Nous y entendrons des ragots et nous verrons des coulissiers en deuil, lança Leroy.

Trois jours plus tard, le 26 janvier, alors qu'un dîner était prévu chez les Ricker, on attendit longtemps Maximilien, en sirotant un tokay.

— Il est toujours scrupuleusement à l'heure, fit remarquer Dionys, que cette absence inquiétait.

Leroy se présenta avec une heure de retard, alors que l'on se préparait à passer à table sans lui.

— Je sors de la Chambre, Gambetta est tombé. Nous n'avons plus de gouvernement, lança-t-il, avant de présenter des excuses aisément acceptées, étant donné la gravité de la nouvelle.

Pressé par tous de donner des détails sur la chute du grand ministère qui n'avait vécu que soixante-treize jours, Leroy, présent depuis le matin au Palais-Bourbon, raconta le déroulement de cette journée historique.

— Quand les députés en sont venus à discuter de la révision de la Constitution, j'ai tout de suite compris que les débats seraient vifs. Au cours d'un premier vote, les élus repoussèrent, à une forte majorité, le projet d'un certain Désiré Barodet, député de Lyon, qui voulait une révision intégrale de la Constitution et surtout, bizarre idée, la publication d'un recueil indiquant les articles portés sur leur programme par tous les candidats à la députation[1].

— Je trouve que ce serait une bonne chose. Les Français pourrait, ainsi, comparer les promesses électorales et ce qu'il en advient après élection, dit Tristan, narquois.

— Passé cette première escarmouche, on en vint aux choses sérieuses. La Chambre déclara utile une révision de la Constitution par voix parlementaire, mais le gouvernement refusa une décision qui attribuerait au

---

1. L'édition de cet ouvrage, le *Barodet*, du nom de son inventeur, fut décidée l'année suivante. Pendant de nombreuses législatures, il fut édité, conformément aux souhaits de son fondateur, et mis en vente. Aujourd'hui, ce recueil a minci. Il n'est plus constitué par le programme de tous les candidats à la députation, mais par un résumé succinct des programmes électoraux, fournis par les différents partis politiques. Il n'est tiré qu'à cinq exemplaires (!) par les services de l'Assemblée nationale, au commencement de chaque législature. Il n'est plus commercialisé pour l'information des électeurs !

Congrès le droit à une révision intégrale. Le président du Conseil, Léon Gambetta, intervint, pour signifier aux députés qu'il ne pouvait poursuivre la discussion et quitta l'assemblée, suivi de tous les ministres. Peu de temps après cette sortie spectaculaire, la Chambre, par trois cent cinq voix contre cent dix-neuf, rejeta le projet relatif à l'élection des députés, au scrutin de liste et non plus au scrutin d'arrondissement. Demain, Gambetta remettra sa démission et celle de son gouvernement à Jules Grévy, qui sera enchanté de l'accepter. Il ne peut en être autrement, conclut Max.

— Comment en être arrivé là ? demanda Hans Ricker.

— Gambetta a eu contre lui l'extrême gauche, qui déteste sa personne, la droite, son ennemie naturelle, les amis de Grévy, la gauche du centre droit, une bonne moitié de la gauche radicale, qui voit dans l'homme à l'œil de verre un futur dictateur. À ces opposants se sont joints les prébendiers du capitalisme, vexés par l'accueil glacial que fit le président du Conseil aux grands noms de la banque. Et puis, il a eu aussi contre lui tous les partisans du scrutin d'arrondissement, certains d'être évincés si le scrutin de liste était adopté. Chez ces derniers, l'instinct de conservation a supplanté la discipline de parti. Face à une telle coalition d'intérêts divers, pas toujours avouables, Léon Gambetta, fidèle à ses principes républicains, ne pouvait que succomber, conclut Leroy.

— Il reste cependant la plus fidèle personnification de la république, alors que la démocratie ne sort pas grandie de cette affaire, commenta Dionys.

— En perdant Gambetta, l'Alsace et la Lorraine perdent leur meilleur allié. Il ne faudra guère compter

sur les républicains opportunistes pour nous protéger
de la germanisation à outrance, dit M. Ricker.

— Et puis, les journaux ne le publieront peut-être
pas, il y a derrière cette défaite politique, que l'on dit
avoir été orchestrée par Daniel Wilson, le gendre du
président de la République, la victoire des seigneurs
de la haute finance internationale. Les champions des
combinaisons cosmopolites juteuses, membres des
conseils d'administration qui règnent sur la banque, le
commerce, les mines, l'industrie lourde. Les « richards »,
comme on dit, ont gagné sur tous les plans. Ils ont eu
la peau d'Eugène Bontoux et liquidé l'Union générale,
devenue redoutable. Et maintenant, ils se débarrassent
de Gambetta, qui voulait nationaliser les chemins de
fer, à commencer par la Compagnie d'Orléans, et obliger les grands capitalistes à soutenir la conversion de
la rente d'État. Mes amis, le veau d'or va devenir tau-
reau. Malheur à qui agitera un chiffon rouge sous son
mufle, ironisa Maximilien.

Tout se passa comme Leroy l'avait prédit. Le lendemain de son échec à la Chambre, Léon Gambetta
remit sa démission et celles des ministres au président
de la République, qui appela Charles Louis de Saulces
de Freycinet pour former un nouveau gouvernement.
On vit aussitôt réapparaître aux Finances Léon Say,
économiste libéral, opposé à toute dérive socialiste, ce
qui rassura les Crésus omnipotents, à qui le bon peuple
imputait le retrait de Gambetta. La seule consolation,
pour les Ricker, vint du retour, à l'Instruction publique,
de l'Alsacien Jules Ferry.

Comme pour rassurer pleinement la haute banque,
le nouveau ministre de la Justice, Gustave Humbert,

fit déclarer l'Union générale en faillite et arrêter Eugène Bontoux[1].

Le 20 mars, Maximilien Leroy donna, par un Petit bleu, rendez-vous à Tristan au cercle de l'Union artistique, place Vendôme, sans rien révéler de ses intentions. Depuis que le pianiste avait été admis au nombre des mirlitons, ainsi qu'on nommait couramment les membres du cercle, il y faisait de fréquentes apparitions, toujours prêt à se mettre au piano à l'occasion des réceptions organisées par le comte de Galvain, membre fondateur. Cet après-midi-là, alors que les premiers bourgeons annonçaient l'équinoxe de printemps, Leroy rejoignit son ami.

Sans attendre, il commanda au barman une bouteille de Veuve Clicquot et des canapés, avant de poser une main affectueuse sur le poignet de Dionys.

— Savez-vous, Tristou, qu'il y a aujourd'hui exactement sept ans que nous avons fait connaissance, au pied de la colonne Vendôme, alors en morceaux, rappela-t-il, désignant le monument à travers la porte fenêtre.

— Sept ans, déjà ! C'était, comme aujourd'hui, le dernier jour de l'hiver. Et ce fut pour moi, avec l'offre spontanée de votre amitié, le dernier jour de la saison des solitudes, compléta Dionys, ému.

— Notre amitié a donc l'âge de raison. Voilà ce que nous allons célébrer ici, avec Cléa, que j'ai invitée. Car, c'est aussi au pied de la colonne redressée que nous l'avons rencontrée, il y a deux ans, ajouta Max.

---

1. Bontoux fut condamné le 15 mars 1883, à l'issue d'un long procès, à cinq ans de prison et trois mille francs d'amende. Il quitta la France pour la Grande-Bretagne et ne rentra qu'une fois la prescription close. Il remboursa son passif sur sa fortune personnelle et écrivit, en 1888, un livre pour dénoncer l'injustice commise par Humbert à son égard.

— Ah ! vous avez invité Clémence, dit mollement Tristan.

Au ton, Max comprit que le pianiste ressentait l'invitation à l'Alsacienne comme une intrusion dans leur intimité. Il subodora dans ce « Ah ! vous avez invité Clémence » un fumet de jalousie. Aussi s'empressa-t-il de faire une proposition.

— Ne pensez-vous pas qu'à l'occasion de cet anniversaire nous pourrions, après avoir raccompagné Cléa, qui habite à deux pas d'ici, dîner tête à tête chez Vefour, comme au premier soir ? demanda-t-il.

— Pourquoi pas, cher Max. Mais ne devrions-nous pas convier Cléa ? observa Tristan, pris de scrupules mondains.

— Ah ! non. Pas ce soir. Restons entre hommes. Nous avons à parler de tout ce qui s'est passé depuis sept ans et aussi de votre carrière. Cléa est notre amie, mais c'est, comment dire ?… une pièce rapportée.

Pour Dionys, ce distinguo ne pouvait que conforter leur amitié et surtout – mais en eut-il conscience ? – marquer la différence dans ses rapports avec Max et ceux que tous deux entretenaient avec Clémence Ricker. L'Alsacienne restait une étrangère.

Elle se présenta bientôt, pimpante et curieuse de connaître la raison de cette invitation imprévue. Informée, elle dit combien elle était touchée d'être associée à un tel anniversaire.

— Vous seriez mari et femme, on croirait que vous célébrez vos noces de laine, ou de sucre, comme nous disons en Alsace. Mais, je vous vois plutôt comme Castor et Pollux, commenta-t-elle gaiement.

— Souvenez-vous qu'ils délivrèrent leur sœur, Hélène, des assiduités libidineuses de Thésée, rappela Max.

— Je compte sur vous en cas de nécessité, s'exclama Cléa.

Avec l'arrivée du comte de Galvain, toujours chaleureux avec Tristan, apparut une nouvelle bouteille de champagne et, quand un membre du cercle, un avocat connu de Max, demanda ce que l'on célébrait, Dionys intervint aussitôt.

— Nous célébrons la fin de l'hiver. Demain, 21 mars, est le premier jour du printemps, dit-il, coupant court à toute confidence de la part de Maximilien.

— Bonne idée, très bonne idée, lança l'homme.

Les mirlitons, toujours disposés à boire, jouer la comédie et faire la fête, suggérèrent, après de nouvelles libations, de descendre en groupe sur la place Vendôme pour danser, autour de la colonne, une ronde dédiée au printemps.

— Comme le faisaient autrefois les hamadryades célébrant l'arrivée de Déméter, le dieu qui réveille les plantes, les fleurs et le sang des amoureux transis, dit Maximilien.

C'est ainsi qu'au crépuscule, les passants amusés virent, se tenant par la main et chantant *la Capucine*, pour effrayer le bourgeois et intriguer les sergents de ville, une bande joyeuse tourner en sautillant autour de la colonne impériale.

> *Dansons la capucine*
> *Y'a du plaisir chez nous*
> *On pleur' chez la voisine*
> *On rit toujours chez nous.*

Quand la ronde – dont tout Paris connaissait l'air et les paroles popularisés par Emma Valadon, dite Thérésa, la vedette de L'Eldorado – se rompit, chacun retourna à ses affaires et le trio fantasque se dirigea vers la rue Saint-Honoré.

En quittant ses anges gardiens devant le porche de l'hôtel Ricker, Clémence ne dit mot. Ayant depuis longtemps évalué l'amitié affectueuse et touchante qui liait les deux hommes et qui, aux yeux des malveillants, eût pu passer pour ambiguë, elle se tenait à sa place. Ce soir-là, elle comprit qu'elle resterait au seuil de leur intimité. Elle les imagina, plus bohèmes que jamais, faisant la noce avec des grisettes ou avec les gentilles modistes polonaises qui lui avaient été présentées, au cours d'une rencontre fortuite aux Bouffes-Parisiens, lors d'un entracte.

Clémence eût été bien étonnée d'entendre le sérieux de la conversation des deux amis au cours du dîner. Si Tristan se dit très satisfait de son élève, Émilie Lépineux, douce, gentille et appliquée, Max se demanda s'il pourrait longtemps enseigner l'anglais à Aline, sœur aînée de la petite pianiste.

— Vous n'imaginez pas ce que cette fille laide est perverse. Elle a déjà le feu sous la jupe. On l'a renvoyée du pensionnat le plus huppé et le plus coûteux de Paris, après qu'une surveillante l'eut surprise, se déhanchant nue derrière une fenêtre pour exciter un jardinier. Je dois sans arrêt me défendre de ses assauts. Quand elle a réussi un thème ou une version, devinez ce qu'elle demande... Me donner un baiser ! Oui, un baiser ; et j'ai du mal à limiter l'élan aux joues !

— Ce ne devrait pas vous déplaire, ironisa Tristan.

—Détrompez-vous. Les laiderons de quatorze ans ne valent pas un regard et je n'ai jamais goûté aux fruits verts. J'ai menacé Aline de me plaindre à ses parents. Elle m'a dit qu'elle raconterait que j'ai tenté de l'embrasser et qu'ils la croiraient plus que moi. Si je n'avais pas besoin d'argent, si le Panama se plaçait mieux et si la Bourse remontait, si le ministère des Affaires étrangères me donnait plus de missions, je quitterais les Lépineux sur-le-champ, expliqua Maximilien.

— Eh bien, moi, je n'ai pas à me plaindre de mon élève. Au contraire. Sa mère, toujours triste, se montre peu et ne se soucie en deux phrases que des progrès de sa fille. Quant au père, je ne l'ai jamais vu. Je voudrais bien enseigner une demi-douzaine d'élèves comme cette petite. Je suis dans la même situation financière que vous. Si j'en avais les moyens, je quitterais la Folie-Pompadour, mais cette ressource m'est nécessaire, surtout depuis que le Grand Hôtel a réduit mes prestations à une par semaine. « Conséquence de la crise financière », m'a dit le directeur. J'espère, l'été prochain, un nouvel engagement à Trouville. Deux mois de vie confortable assurés, dit Dionys en attaquant un sorbet.

— À ce propos, Tristou, je dois vous dire qu'après vos succès de l'an dernier en Belgique, en Hollande et en France, vous ne pouvez plus être un pianiste d'hôtel. Ou alors, à titre exceptionnel, pour un gala par exemple, très bien payé. Vous êtes un artiste, un virtuose : tous les critiques l'on écrit...

— ... Ça me fait de beaux revenus ! interrompit Tristan.

— Il vous faut des concerts, des récitals, des tournées. Je vais m'en occuper. Je dois d'abord pénétrer le milieu des organisateurs de concerts. Mais j'y arriverai, promit Max, catégorique.

— Vous aurez quinze pour cent de mes cachets, comme l'impresario belge, assura Tristan en riant.

Pour la première fois depuis qu'ils se connaissaient, les deux amis partagèrent sans façon l'addition.

Au cours du mois de mai, Cléa annonça à ses anges gardiens que son père venait d'adhérer à la toute nouvelle Ligue des Patriotes, fondée par un de leurs amis, le poète et chansonnier Paul Déroulède. C'est sous les auspices de Léon Gambetta que l'auteur des *Chants du soldat* avait décidé de créer un mouvement patriotique, ouvert à tous les partis. Présidée par l'historien Henri Martin, la Ligue avait pour objet « la révision du traité de Francfort, la restitution de l'Alsace et de la Lorraine à la France et, pour tâche, la propagande et le développement de l'éducation patriotique et militaire ». Afin d'assurer cette dernière fonction, la Ligue proposait la création de sociétés de gymnastique et de tir, capables de donner aux jeunes hommes force et santé en les préparant à la vie militaire.

Parmi les premiers adhérents, tous gambettistes, on trouvait plusieurs membres du gouvernement démissionnaire, Félix Faure, ancien sous-secrétaire d'État aux Colonies[1], Pierre Waldeck-Rousseau, ancien ministre de l'Intérieur, Joseph Reinach, chef de cabinet de Gambetta, le député lorrain Alfred Mézières, mais aussi les peintres Édouard Detaille et Alphonse de Neuville, le compositeur Jules Massenet, l'historien Ferdinand Buisson.

Il ne fit nul doute, pour Tristan et Max, que cette ligue, inspirée des Sokols[2], préparait la revanche. Ils en eurent confirmation quand, invités quelques jours

---

1. Futur président de la République (1895-1899).
2. La Société des Sokols (faucons en tchèque) avait été fondée en 1862, à Prague, par le philosophe Miroslav Tyrs, pour éveiller dans la jeunesse tchèque une conscience nationale et faire, par l'éducation physique, une race forte. Les Sokols se multiplièrent dans les pays slaves, puis se fédérèrent en une puissante union. Ils furent interdits en 1948, après la prise du pouvoir, à Prague, par les communistes.

plus tard à une soirée alsacienne par Clémence, ils entendirent l'assemblée reprendre en chœur, avec ardeur, la chanson créée par Marie Joséphine Euphrosine Chrétiennot, dite Alexandrine Chrétienno, vedette de café-concert.

> *Vous n'aurez pas l'Alsace et la Lorraine*
> *Et malgré vous nous resterons français.*
> *Vous avez pu germaniser la plaine*
> *Mais notre cœur, vous ne l'aurez jamais.*

Gambetta avait conseillé à ceux qui rêvaient de reconquérir les provinces annexées : « N'en parler jamais, y penser toujours. » Dans les familles, comme dans les brasseries où se retrouvaient fréquemment les réfugiés des frontières de l'Est, on en parlait beaucoup, sans critiquer ceux qui, amers pour avoir été abandonnés par la France, étaient restés au pays. Ces derniers semblaient se résigner à l'annexion, préférant la paix teutonne à une nouvelle guerre, mais les exilés en Île-de-France savaient bien quel serait le choix des annexés en cas de conflit. Même si certains, soucieux de continuer à exploiter leurs affaires et jouir de leurs biens, se référaient au dialecte alsacien en disant : « Nous sommes germaniques mais pas allemands. » Les Ricker, comme d'autres industriels, jouaient sur les deux tableaux, au risque de passer, à Paris, pour de tièdes patriotes et, en Alsace comme en Lorraine, pour d'opportunistes collaborateurs.

Les deux amis, introduits par Cléa dans la colonie très solidaire des Alsaciens et des Lorrains, admiraient la volonté d'entreprendre, le plus souvent ignorée du peuple parisien, de ces cent mille réfugiés des provinces annexées.

Dès 1873, un groupe de Strasbourgeois, animé par Frédéric Rieder, fils de pasteur, avait fondé, rue Notre-Dame-des-Champs, une École alsacienne, qui accueillait de plus en plus d'élèves parisiens, sans attaches avec l'Alsace ou la Lorraine.

Qualifiée de « boîte protestante » parce qu'une grande partie des professeurs et des élèves, comme son directeur, appartenaient à la religion réformée, l'école se voulait, avant tout, laïque et républicaine. On y développait une pédagogie neuve, pour enseigner, sans préjugés, le respect des humanités et la recherche du progrès, en assurant développement intellectuel et formation morale.

Le but était, aussi, de promouvoir l'épanouissement personnel des jeunes en leur inculquant le sens de l'utilité sociale, en instaurant la confiance en l'initiative privée, sans négliger le bien commun[1].

Abritée dans des bâtiments de brique rouge, œuvre d'un architecte messin, Émile Auburtin, l'École alsacienne était la première à disposer d'un gymnase, le corps devant être, par le sport, aussi bien formé que l'esprit.

L'Association générale d'Alsace et de Lorraine animait une société de gymnastique et de tir, une chorale, un orphéon, une Société de Prévoyance et de Secours mutuel. Elle fournissait, depuis 1872, une assurance vieillesse aux réfugiés sans ressources, disposait d'un service juridique, organisait chaque année un arbre de Noël pour plus de cinq mille enfants, distribuait des bourses d'études aux fils et filles des exilés, avait aidé, depuis sa fondation, plus de trente mille chômeurs à

---

1. Aujourd'hui, l'enseignement dispensé conduit au baccalauréat. Au cours de l'année scolaire 2007-2008 l'école comptait 1 687 élèves.

trouver un emploi. On pouvait lire, dans quatre-vingt-
deux cafés et brasseries tenus par des Alsaciens ou des
Lorrains, *Le Journal d'Alsace*, mensuel depuis peu hebdomadaire. Grâce aux subventions, donations, cotisa-
tions et souscriptions, l'AGAL disposait, cette année-
là, d'un budget de plus d'un million de francs.

— Ces réfugiés donnent une belle leçon de solidarité à ceux qui, confits, comme nous, dans l'indivi-
dualisme, ne se préoccupent guère des maux d'autrui,
dit Tristan.

En juin, le trio se réunit pour visiter le musée de
cire qui, depuis quelques jours, drainait tous les Parisiens curieux de nouveautés. Arthur Meyer, directeur
du journal *Le Gaulois*, ayant estimé que le reportage,
même assorti de dessins et de portraits, ne pouvait
satisfaire les lecteurs adeptes d'un naturalisme sans
concessions, venait de fonder ce qu'il appelait un
« journal plastique ». Abrité dans une sorte de palais,
construit par l'architecte Esnault-Pelterie sur l'emplacement du Café de Mulhouse, entre passage Jouffroy
et boulevard Montmartre, cet espace fut aussitôt
nommé musée Grévin, du nom de son véritable créateur, le dessinateur et caricaturiste Alfred Grévin,
illustrateur de *L'Almanach des Parisiennes*, ami du
commanditaire.

Le public y trouvait reproduits, avec un respect
scrupuleux de leur physique, de leur personnalité, les
hommes et les femmes, grandeur nature, qui s'étaient
acquis dans l'histoire, les arts, la politique, les affaires,
les faits-divers, une notoriété incontestable.

Disséminés dans des salles aux décors somptueux,
adaptés à leur époque, à leur activité et mode de vie,
ces mannequins, visage et mains de cire moulés, figés

dans leur attitude familière, restituaient d'impressionnantes présences. Telle une collection de revenants, immobilisés pour la postérité.

L'inauguration du musée, le mardi 6 juin, avait été un de ces événements mondains dont le Tout-Paris raffolait. Ce jour-là, les sergents de ville avaient dû canaliser les beaux équipages, car l'engouement soudain de l'aristocrate, du bourgeois et de l'ouvrier pour cette féerie nouvelle, étonnait les boulevardiers[1].

La princesse de Metternich, la marquise de Gallifet, la comtesse de La Rochefoucauld, la princesse de Chimay, la comtesse de Pourtalès et d'autres patriciennes du gotha, côtoyant des courtisanes connues, des actrices, des bohèmes et des politiciens de tous bords, figuraient parmi les premières visiteuses.

On vit des femmes du monde se lamenter devant la reconstitution de l'assassinat du président des États-Unis, James Garfield, tombé un an plus tôt sous les balles d'un solliciteur éconduit, et des grisettes, passer de la frayeur au gloussement de satisfaction en découvrant, en sept tableaux, l'histoire d'un crime, du meurtre d'un garçon de recettes jusqu'à l'exécution de l'assassin par le guillotineur de service.

Maximilien Leroy, qui avait visité à Londres, sur Baker Street, le musée de cire de Mme Tussaud, où figurait la décapitation de Louis XVI avec, pièce historique, la guillotine utilisée pour l'exécution du roi, fut moins impressionné que Clémence et Tristan par les cent trente-cinq mannequins à visage de cire.

---

1. L'intérêt dure encore de nos jours. En 2008, le musée Grévin a accueilli plus de sept cent mille visiteurs. C'est le cinquième des sites parisiens le plus visités.

Après avoir parcouru une longue galerie fleurie, ils découvrirent, dans les salons, une série de tableaux mettant en scène, aux dimensions humaines, une foule de personnages disparus ou encore vivants. Ils reconnurent Victor Hugo attendant l'inspiration devant son pupitre, Louise Michel tenant avec exaltation une réunion féministe, Rosita Mauri, la danseuse étoile de l'Opéra, idole des vieux sénateurs, Alexandre Dumas s'entretenant avec Victorien Sardou, Charles Gounod fredonnant à Jules Massenet sa dernière mélodie, Ferdinand de Lesseps montrant à sa petite-fille les plans du canal de Panama. Si les empereurs Guillaume II et François-Joseph n'éveillèrent, comme le cheik Bou-Amena prêchant la guerre sainte, qu'une irritation contenue, la vue de Bismarck, moustache sévère, regard arrogant, casque à pointe, fit frémir Clémence Ricker. L'Alsacienne eût volontiers souffleté le visage, emprunté au gâteau des abeilles, du « pillard de l'Alsace et de la Lorraine ».

Les tribuns du jour n'avaient pas été oubliés. Gambetta, Clemenceau, Jules Ferry et même le président de la République, Jules Grévy, méditant dans sa bibliothèque, suscitaient parfois les quolibets partisans de ceux qui, n'ayant aucune chance de jamais approcher ces sommités, houspillaient sans risque leur effigie.

Parmi les nombreuses actrices, celle qui retenait le plus l'attention était Sarah Bernhardt. La tragédienne, en longue robe blanche, était occupée dans son atelier à sculpter le buste d'Émile de Girardin, grand maître de la presse contemporaine.

— Sarah a offert sa robe pour habiller son mannequin, comme d'autres ont offert à Grévin, costumes et chapeaux. Savez-vous que dix sculpteurs, des mouleurs, des coiffeurs, des costumiers, des anatomistes et des décorateurs ont été mobilisés pour mettre au monde cette population de cire et de fils de fer, révéla Max.

La visite s'acheva par un instant de recueillement dans la chapelle ardente où, sur un lit d'apparat et veillée par un pope barbu, reposait l'effigie du tsar Alexandre II, dont l'assassinat par les nihilistes, le 13 mars 1881, était dans toutes les mémoires.

C'est au bar, ouvert sur le jardin d'hiver, que les amis se rendirent pour commenter cette extravagante incursion dans un monde factice, mais d'un réalisme charnel envoûtant.

— Avez-vous remarqué la sibylle de Cheops, accroupie devant la grande pyramide, un serpent lové à ses pieds, comme un chat de concierge ? Elle accepte les questions des visiteurs, auxquels elle répond avec moins de sérieux que d'humour, par le truchement d'une actrice, dissimulée dans un sarcophage, observa Tristan.

— Je lui ai demandé si la Bourse allait remonter. Elle m'a répondu « Pas avant longtemps », ce qui me paraît, hélas, une juste prédiction, dit Max.

— Je ne passerais pas volontiers la nuit dans ce palais, où morts et vivants se rencontrent en une seule génération, hors du temps, dit Clémence.

— Il doit être plus dangereux d'avoir affaire aux modèles qu'à leur mannequin, ironisa Tristan.

— Avant six mois, on verra des gens qui se croient importants intriguer pour avoir leur mannequin au musée Grévin. Bientôt, on voudra en être, comme de l'Institut, dit Max.

— Quand M. Dionys aura atteint la notoriété qu'il mérite, il figurera aussi dans ce musée, avec son piano, conclut Cléa, posant sur le bras de Tristan une main affectueuse.

Dès l'été, la capitale offrit un éventail de distractions de tous ordres : fête de la Jeunesse française, dans le jardin des Tuileries, courses à Longchamp, ouverture d'un musée ethnographique au Trocadéro, au Cirque d'Hiver, hommage à Giuseppe Garibaldi, mort le 2 juin, à Caprera, traversée de la Seine sur un filin par le funambule Jean-François Gravelet, dit Blondin. L'équilibriste avait franchi de la même façon les chutes du Niagara en s'arrêtant à mi-parcours pour cuire une omelette !

Le trio trouva ainsi, chaque semaine, prétexte à rencontre et distraction. Le Salon de peinture, ouvert le 17 juin, restait la manifestation artistique que Max et Tristan ne manquaient jamais. Ils s'y rendirent avec les Ricker car, cette année-là, les œuvres de soixante-deux artistes alsaciens et lorrains avaient été retenues par le jury, dont celles de Jean-Jacques Henner, Gustave Doré et du sculpteur Auguste Bartholdi.

Bien qu'Ernest Chesneau, le critique d'art du *Constitutionnel*, n'ait vu au Salon 1882 « qu'une vingtaine de bonnes toiles ayant une saveur originale », Cléa et son père, un peu chauvins, admirèrent, en plus des œuvres de leur ami Henner, *les Parques*, tableau de l'Alsacien Alfred Agache, qui venait d'obtenir une mention honorable.

— Ces trois vieilles femmes sont vraiment les entremetteuses de la mort. Les filles de Jupiter et de Thémis étaient certainement moins laides, dit Tristan.

— Pendant la guerre de 70, Agache a vaillamment combattu, sous les ordres d'Athanase Charette de la Contrie, précisa Hans Ricker, indiquant ainsi que l'ori-

gine alsacienne du peintre et ses vertus guerrières ajoutaient à son talent.

Le père et la fille eurent le même plaisir à considérer
les toiles de Jules Bastien-Lepage, auteur d'un portrait
de Juliette Drouet. Ce Lorrain, de Damvillers, était lui
aussi un ancien combattant de la guerre de 70, blessé
au siège de Paris.

Max et Tristan, tout en respectant les goûts pictu-
raux des Ricker, tombèrent en arrêt, tels deux épagneuls
sur la voie d'un lièvre, face à un tableau d'Édouard
Manet, *Le Bar des Folies-Bergère*. Les deux amis fréquentaient le café-concert où l'on rencontrait, parmi les
bourgeois en goguette, des demi-mondaines en quête
d'une intrigue. Ils reconnurent tous deux la liquoriste
blonde, que le peintre avait campée au centre de sa
toile, derrière le bar, et son massif de bouteilles de
champagne et d'alcool.

— Il a bien réussi Suzon, son joli visage, sa coiffure
à la chien, son regard mélancolique et indifférent, son
air las, car elle est toujours debout dans l'attente d'une
commande. Quel talent, ce Manet ! dit Max.

Leroy connaissait la serveuse et le peintre dont il
avait visité l'atelier. Il aimait ce Parisien pur sang, flâ-
neur invétéré, toujours prêt à suivre un jupon et à
peindre, une fois qu'elle l'eût enlevé, celle qui le
portait.

Comme Hans Ricker et Cléa ne semblaient pas goûter le tableau, sans oser approuver les détracteurs du
peintre dont on entendait les commentaires – « C'est
une marchande de consolation » ou « Ces excentricités
ne sont pas de l'art » –, Leroy, un peu agacé, revint
au sujet.

— Édouard Manet est le peintre des femmes
d'aujourd'hui. Et il a dit : « Il faut être de son temps

et peindre ce que l'on voit. » George Moore, un poète ami de Manet, a lancé une profession de foi que j'ai faite mienne : « La femme est le légitime objet des désirs de l'homme. Si nous oublions les femmes en pensant à l'art, c'est très peu et pour peu de temps », asséna Maximilien.

Clémence se détourna, faisant mine de ne pas avoir entendu. Son père, qui appréciait la liberté de langage de Max et portait au jeune homme une véritable affection, parut réfléchir un instant.

— Il y a bien du vrai dans cela, finit-il par lâcher.

— On dit qu'Antonin Proust, le ministre des Beaux-Arts, avait proposé Manet pour la Légion d'honneur et que le président de la République s'est opposé à sa nomination[1], avança Tristan.

— Sans doute à cause de l'*Olympia* et du *Déjeuner sur l'herbe*. Jules Grévy n'aime pas les femmes nues, surtout quand elles pique-niquent au pied d'un arbre, en compagnie de rapins habillés. Grévy, qui a cependant donné sa fille Alice à Daniel Wilson, l'un des plus enragés noceurs du temps de Napoléon III, est d'une pruderie de chaisière, compléta Max.

Le 13 juillet, avant que Tristan Dionys ne parte pour Trouville et Deauville, où il avait des engagements, Max, ayant obtenu des laissez-passer, le conduisit avec Clémence à l'inauguration du nouvel Hôtel de Ville. Le bâtiment, incendié par les communards en 1871, avait été reconstruit à l'identique par les architectes Théodore Ballu et Pierre Deperthes.

---

1. Édouard Manet fut cependant nommé chevalier de la Légion d'honneur en décembre 1881, grâce à l'appui de Léon Gambetta.

Max montra d'abord à ses amis une photographie de l'Hôtel de Ville en ruine, prise en 1871 par Hippolyte-Auguste Collard, qu'il conservait comme une relique, afin de ne pas oublier un des méfaits de la Commune auquel avait participé son père, avant de tomber sous les balles des versaillais.

Derrière la façade dite du Boccador, le trio parcourut les trois cours, décorées de tourelles, de statues et de médaillons. Les blasons des villes de France, l'horloge monumentale entre les allégories de la Seine et de la Marne, celles de la Prudence et de la Patience, ainsi que les groupes symbolisant le Travail et la Ville de Paris, retenaient l'attention des invités, tandis que les badauds flânaient sur la place, autour de la fontaine dont les cascades scintillaient dans le soleil.

Clémence fit observer que le nouvel Hôtel de Ville était entouré d'un saut-de-loup, fossé qui, autrefois, ceinturait les châteaux forts.

— Lors de la prochaine révolution, il suffira de remplir le fossé d'eau pour retarder les assauts, dit Tristan.

— Ne manque qu'un pont-levis, en guise de perron, et des meurtrières, à la place des fenêtres, pour que le conseil municipal soit à l'abri des émeutiers, ajouta Max, moqueur.

L'été dispersa les membres du trio fantasque. Les Ricker quittèrent Paris pour un séjour dans les montagnes suisses ; Tristan, libéré de ses leçons à Émilie Lépineux, en vacances à Dieppe avec ses parents, se produisit avec succès à Trouville, à Deauville et au Havre ; Maximilien Leroy, sollicité par le ministère des Affaires étrangères, pilota pendant des semaines, de rendez-vous diplomatiques en soirées théâtrales et nuits dans les cabarets, le prince Paul Demidoff, en mission secrète à Paris. La France s'efforçait de faire prévaloir, discrètement, pour ne pas exciter Bismarck, une alliance avec l'Italie et la Russie, dans la perspective, à plus ou moins long terme, d'une reconquête des provinces perdues. Plus que tous autres, les Alsaciens et les Lorrains soutenaient cette politique alors que la plupart des Français, résignés à l'amputation du territoire, redoutaient une nouvelle guerre.

Accompagnateur officieux du prince, dont la famille possédait le fameux Sancy, diamant de cinquante-cinq carats[1], Maximilien rendait compte au ministère de l'emploi du temps du Russe. Le gouvernement français apprit ainsi que Demidoff était en relation avec Mme Juliette Adam, fondatrice en 1879 de la *Nouvelle Revue*, épouse d'Edmond Adam, républicain radical, ancien préfet de police devenu sénateur. Les Adam appartenaient au parti des revanchards.

En septembre, Tristan, Max et Cléa reprirent leurs habitudes. Ils assistèrent, le 7 novembre, à la finale du Concours international de coiffure, organisé au Cirque des Champs-Élysées par la Chambre syndicale de l'industrie des cheveux. Le grand prix fut attribué à un coiffeur parisien, M. Perrin, mais ce fut un Allemand, de Cologne, M. Schneider, qui remporta le prix international.

---

1. Le Sancy, trouvé sur le cadavre de Charles le Téméraire, après la bataille de Morat, appartint à Henri IV, à Élisabeth Ire d'Angleterre, qui le vendit à Mazarin pour la couronne de France. Volé à la Révolution, il reparut en 1828, quand il fut acheté à un banquier berlinois par la famille Demidoff. Les Demidoff le cédèrent, en 1900, à William Waldorf Astoria, dont l'épouse le porta jusqu'à sa mort, en 1964. Il a été remis au Louvre en 1979.

L'année se terminait de façon plaisante, avec une exposition de plus de cent cinquante œuvres de Gustave Courbet à l'École des Beaux-Arts. Le 1er janvier 1883, la France, qui célébrait l'année nouvelle, apprit la mort de Léon Gambetta.

Le tribun républicain, âgé de quarante-quatre ans, s'était éteint la veille, 31 décembre, peu avant minuit, dans sa propriété des Jardies, à Ville-d'Avray. Il était à la veille, disait-on, d'épouser sa maîtresse, Léonie Léon, fille d'un colonel d'infanterie, mère d'un enfant dont elle n'admit jamais que Gambetta fût le père.

Quelques semaines plus tôt, un armurier parisien, M. Claudin, avait envoyé à Gambetta deux petits revolvers que, le 27 novembre, le chef du parti républicain se prit à manipuler. Or, l'une des armes était chargée. Quand le tribun – « maladroitement » assura-t-on – pressa la détente, le coup partit et la balle lui traversa le bras, perforant une artère. Bien que la blessure parût sans réelle gravité, les médecins prescrivirent le repos couché. Cette immobilisation d'un homme corpulent avait provoqué, pour certains, une occlusion intestinale, d'où une double perforation de l'appendice caecal, pour d'autres, une péritonite, qu'on hésita à opérer étant donné l'état général du blessé.

Dès l'annonce du décès, des bruits coururent sur les circonstances exactes de la mort d'un homme dont on savait cependant la santé chancelante. S'il fut établi que l'algarade que Gambetta avait eue, le matin du 27 novembre, avec son jardinier, était restée sans conséquence, le fait qu'une arme offerte en cadeau eût été chargée ce jour-là autorisait des interrogations sur l'origine et les effets du coup de feu. Était-ce bien au bras que Gambetta avait été blessé ?

Le 1er janvier, Maximilien, revenant du Palais-Bourbon où se préparait un hommage solennel à Gambetta, fit part des derniers potins aux Ricker, chez qui il devait, avec Tristan, célébrer l'An neuf.

— Certains malveillants insinuent que le coup de revolver du 27 novembre aurait pour auteur la maîtresse du tribun. Mme Léon avait certes des raisons d'être jalouse, puisqu'on prêtait à Gambetta une liaison avec la Païva et une autre avec une beauté américaine, née en Louisiane, Mme Gauthereau, de qui il aurait partagé les charmes avec le docteur Pozzi, révéla Max.

— On ne prête qu'aux riches, dit Tristan.

— Gambetta était un homme sérieux, rectifia Clémence.

— On sait maintenant que, le 27 novembre, Léonie Léon était près de lui. Après ce qu'on nomme, avec un air entendu, « le coup accidentel de revolver », alors que l'entourage, désolé, ne voyait nul mystère dans cet accident, Gambetta se préoccupa immédiatement de mettre sa maîtresse hors de cause. Il exigea des médecins que son nom ne fût à aucun moment prononcé. Mme Léon se fit désormais encore plus discrète qu'elle ne l'était depuis 1872, compléta Max.

— J'ai entendu dire que le coup aurait été perpétré par les anarchistes ou par les jésuites, que Gambetta fit chasser de leurs maisons, dit Hans Ricker.

Comme tous les Alsaciens et tous les Lorrains, il ressentait la mort de l'ancien président du Conseil comme un deuil personnel.

Le 4 janvier, le corps de Léon Gambetta avait été transporté au Palais-Bourbon, dont les marches, devant la colonnade, disparaissaient sous les gerbes et les couronnes. De nombreuses délégations, venues de province, se relayèrent pour le veiller. Les notabilités de la politique, des arts et des sciences défilèrent dans la chapelle ardente. Victor Hugo, accompagné de ses petits-enfants, vint se recueillir devant le cercueil.

Le 7 janvier 1883, la France fit au chef de l'Union républicaine des funérailles nationales. Parti au commencement de l'après-midi du Palais-Bourbon, le corbillard, tiré par six chevaux et suivi par des milliers de Parisiens, n'arriva qu'à la nuit tombante au cimetière du Père-Lachaise. Les exilés des frontières de l'Est, marchant en tête du cortège, avaient marqué un arrêt place de la Concorde, devant la statue de Strasbourg, voilée de crêpe.

— Un véritable triomphe funéraire, commenta Hans Ricker, au retour de la cérémonie.

Quelques semaines plus tard, les Alsaciens et les Lorrains firent déposer une plaque aux Jardies. Sous les blasons de leurs villes prisonnières, ils avaient fait graver, en souvenir de Gambetta : « Nos espérances restent attachées à sa mémoire, comme elles étaient liées à sa vie. »

la politique sur laquelle ces colonnes débutèrent dans la
Chapelle-aux- ... Victor Hugo, accompagné de ses
petits-enfants, qui se recueillit devant le général.

Le 7 août 1851, et alors qu'on était à l'Union
républicaine des funérailles nationales, dont un certain
conseil de l'Apre-Midi du Palais-Bourbon. Il constata ...
ait pas été chevauté et tôt par des militaires de l'instance
... arriva qu'il n'ont combattre en ... dans les
Cochons d'un telle les Frochères, au l'Est, marquant en
1835, du concours avaient marqué ... ait enfin place sur la
Cordone devant la statue du Strasbourg bronze, de cette
— ... véritable triomphe, l'aurore van porte Haut-
Riclen, au rappel de la cérémonie.

Quelques semaines plus tard, ici, Alsatien et les
lorrains, ayant déposé une plaque que les dies. Sous
les blason de leurs villes prisonniers, ... avaient été
gravés ... souvent de Coulans : « Nos enfances ...
... ayant attendes à vous ... Et ceux elles seront
... jours à vivre ... »

6.

Au matin du 15 janvier 1883, les Parisiens découvrirent, fraîchement collée sur les murs de leur ville, une grande affiche blanche, titrée « À mes concitoyens ». Un long manifeste invitait les « Français inquiets » à exiger un plébiscite pour réformer la République. « Tout ce qui est fait sans le peuple est illégitime », concluait le texte, peu lisible et filandreux, sobrement signé Napoléon.

Les initiés identifièrent aisément ce Bonaparte, qui entendait profiter de la mort de Gambetta pour revenir sur le devant de la scène politique. Il s'agissait du prince Napoléon, Jérôme, fils de Jérôme Bonaparte, le dernier frère de Napoléon Iᵉʳ, ancien roi de Westphalie. Marié à Clotilde de Savoie, fille du roi d'Italie, le prince Napoléon avait toujours flatté les démocrates. Élu député d'Ajaccio, il avait siégé à gauche et applaudi aux décrets de 1880 contre le clergé et les congrégations. Les bonapartistes conservateurs le tenaient pour un révolutionnaire, les bonapartistes catholiques pour un anticlérical, les bonapartistes modérés le disaient capable de tout pour satisfaire ses ambitions.

La mort de Léon Gambetta avait remis tant de choses en question que le ministère Freycinet s'était effondré et que le président de la République avait désigné

Charles Duclerc, pour former un gouvernement ayant
toutes les apparences du provisoire. C'est cependant
ce ministère qui, le 17 janvier, fit arrêter le prince
Napoléon à son domicile, 20, avenue d'Antin[1]. Présenté
à un juge d'instruction, le gendre du roi d'Italie avait
été interné à la Conciergerie.

— Ce prince ne représente que lui-même. Personne
n'en veut. Il est inoffensif, dit Maximilien.

Comme l'immense majorité des Parisiens, Leroy et
Dionys avaient d'abord cru à une mystification, puis
ils avaient ri en lisant un appel qui ne trouva pas le
moindre écho dans la population et remplit de confusion les nostalgiques du premier Empire.

— C'est tout de même un neveu du grand empereur, fit observer Tristan.

Le coup de fièvre bonapartiste eût été oublié avec
la remise en liberté, le 13 février, du prince Napoléon,
si la Chambre n'avait décidé de mettre à l'ordre du
jour un projet du député de Perpignan, Charles
Floquet[2]. Cet élu, ancien président du conseil municipal de Paris, demandait l'expulsion du territoire national de tous les princes d'Orléans pouvant encore
prétendre au trône de France. Pour mettre la république à l'abri de toute surprise, certains radicaux souhaitaient qu'on joignît aux réprouvés le prince Jérôme
et sa sœur, la princesse Mathilde, dont le salon passait
pour actif foyer bonapartiste.

— Ce fut une grande dispute, du genre de celles
qui plaisent tant aux parlementaires bavards. Le gou-

---

1. De nos jours, avenue Franklin-D.-Roosevelt.
2. Ce républicain radical avait acquis une popularité, dès 1867,
lors de la visite d'Alexandre II au Palais de justice de Paris en criant
au tsar : « Vive la Pologne, monsieur. »

vernement ayant demandé que l'expulsion visât seulement « les plus dangereux », la commission de la
Chambre soutint le projet Floquet sans tenir compte
de l'avis du président du Conseil. Ce dernier a donné
sa démission et ses ministres l'ont suivi. Nos amis alsaciens seront contents : c'est Jules Ferry qui est chargé
de constituer un nouveau gouvernement, expliqua Max
à Tristan.

Dès sa prise de fonction, le nouveau président du
Conseil, qui s'était réservé le portefeuille de l'Instruction publique, sa passion, obtint de l'Assemblée plus
de mesure. On oublia les bonapartistes, mais on mit
en non-activité les princes d'Orléans en service aux
armées. Le duc d'Aumale, membre de l'Académie française, général de division, qui avait présidé le Conseil
de guerre lors du procès de Bazaine et présentement
inspecteur général des corps d'armée, fut rendu à la
vie civile. De même pour son frère le duc de Chartres,
colonel commandant le 12e régiment de chasseurs et
pour le duc d'Alençon, capitaine au 12e régiment
d'artillerie. Le comte de Paris et le duc de Nemours
feraient l'objet d'une surveillance.

— Je juge scandaleux, de la part des députés, qu'ils
traitent ainsi des officiers qui servaient avec courage et
constance dans les armées de la République. Et aussi
que le comte de Paris et le duc de Chartres, son frère,
soient mis au rang des princes « dangereux ». Tous
deux se sont engagés pendant la guerre de Sécession
pour combattre aux États-Unis, contre les Sudistes
esclavagistes. Avec le grade de capitaines d'état-major
comme aides de camp du général George McClellan,
commandant en chef de l'armée du Potomac, ils ont
prouvé leur attachement à la liberté et à la dignité de
l'homme, s'indigna Maximilien.

— Comme l'a dit Goethe : « Le parlementarisme est une des formes les plus claires de l'éparpillement désorganisateur et l'une des plus éclatantes illustrations de la stérilité verbale », renchérit Tristan, citant l'auteur de *Faust*.

Si le décès de Richard Wagner, survenu le 13 février, à Venise, et son inhumation, le 18 février, à Bayreuth, causèrent quelque émotion chez les zélateurs de la musique de l'avenir, dont Tristan Dionys, seules les convenances retinrent Hans Ricker de dire, comme bon nombre d'Alsaciens et de Lorrains, que la mort débarrassait la France d'un ennemi fielleux.

Clémence, comme tous les siens, ne pouvait oublier que le génial compositeur de *L'Anneau du Liebelung*[1] avait voulu, en 1870, inciter Bismarck à détruire Paris à coups de canon. Il avait écrit au chancelier : « L'incendie de Paris serait pour le monde le symbole de la délivrance de tout mal », les Français étant traités de « pourriture de la Renaissance ».

Tristan s'abstint, au cours d'un dîner chez les Ricker, de relever ce propos de Cléa. Il avait autant souffert de la méchanceté aveugle de Wagner, à l'égard de la France et des Français, que du rejet des œuvres du compositeur par le public parisien. Mais, comment faire admettre à ses amis alsaciens qu'il distinguait nettement l'Allemand vindicatif du musicien génial ? Une fois de plus, il se persuada que l'artiste doit se tenir à l'écart de tout engagement qui n'est pas son art et,

---

1. Cycle d'opéras inspirés d'une vieille épopée germanique, la fameuse Tétralogie regroupe *L'Or du Rhin*, *La Walkyrie*, *Siegfried* et *Le Crépuscule des dieux*.

notamment, de la politique et des conflits. Goethe refusait de lire les gazettes, pour ne pas se troubler l'esprit quand l'œuvre était en gestation, et les patriotes allemands ne lui avaient jamais pardonné son admiration pour Napoléon Ier et sa tiédeur nationaliste pendant les guerres de libération.

— Vous semblez rêveur, monsieur Dionys, émit Hans Ricker, s'efforçant d'interpréter un moment d'inattention du pianiste.

— J'imagine, monsieur, le jugement que la postérité portera sur Richard Wagner. Les forfanteries et excès de langage de l'homme allemand seront oubliés. On ne retiendra que les œuvres du fondateur de la musique de l'avenir. Celle qui, liant le charnel au spirituel, devient force novatrice, développa Tristan sans convaincre.

Si le manifeste cocasse du prince Napoléon n'avait suscité aucune manifestation populaire, il n'en fut pas de même, le 9 mars, d'un rassemblement ouvrier sur l'esplanade des Invalides. Des centaines de chômeurs affamés réclamaient que le gouvernement s'intéressât à leur sort, quand un groupe d'anarchistes, conduits par Louise Michel, les incita à passer à l'action violente. De l'esplanade, on se rendit rue des Canettes, où la vestale rouge invita ses partisans à piller une boulangerie, geste symbolique de la part de ceux qui manquaient de pain. L'arrivée des gardiens de la paix mit fin à l'expédition et, une nouvelle fois, Louise Michel et d'autres meneurs furent arrêtés.

Sans que les bourgeois comprennent le sens d'une touchante et naïve solidarité avec les chômeurs, les élèves du lycée Louis-le-Grand entrèrent, le 13 mars, en rébellion. Deux jours plus tard, la police intervint et cent cinquante lycéens furent renvoyés de l'établissement, ce qui valut à ces garçons de rudes admonestations de leurs parents.

Le soir même, alors que Maximilien Leroy ne cachait pas sa morosité, face à une situation économique désastreuse, les deux amis se retrouvèrent rue du Bac.

— La république ne survit que par le manque de combativité et d'audace de ses adversaires, dit Max.

— Seriez-vous, fils de communard, pour le retour à l'empire ou à la monarchie ? ironisa Tristan.

— Il n'en est pas question, mais reconnaissez que ces régimes avaient une autre allure, une autre prestance, dignité que n'aura jamais la république bourgeoise, celle des révolutionnaires assagis par les prébendes.

— Et nos généraux ?

— Ce sont aussi de petits bourgeois en uniforme. Ceux de Napoléon Ier ont gagné leurs étoiles sur les champs de bataille. Ceux de notre république les ramassent dans les alcôves des courtisanes et les antichambres des ministres. Qui est ce général Jean Thibaudin, qu'on a nommé ministre de la Guerre ? Personne ne le connaît. Son seul exploit, en 1870, est de s'être évadé de Metz, où les Prussiens l'avaient fait prisonnier, ce qui n'a rien de glorieux. On ferait mieux de l'envoyer au Tonkin, où nos troupes ont fort à faire.

— Eh bien, moi, fils de versaillais, je continue à faire confiance à la république. Malgré ses faiblesses et ses manquements, elle reste le régime le plus capable d'approcher de la trop généreuse utopie révolutionnaire : liberté, égalité, fraternité, déclara Dionys avec conviction.

— Quoi que fasse Jules Ferry, fort critiqué pour l'expédition du Tonkin, il n'y aura pas, d'ici longtemps, de hausse à la Bourse ! Ces conquêtes coloniales coûtent cher, rétorqua Max.

— La France s'agrandit par ses colonies, mon ami.
Les Français devraient comprendre la mission civilisa-
trice de notre peuple et les profits que nos industries
et nos maisons de commerce pourront tirer de l'exploitation partagée des ressources naturelles de ces pays.

— Quels pays ?

— En Afrique du Nord, l'Algérie, où des Alsaciens,
chassés de leur province, ont déjà fondé trois villages,
et le protectorat sur la Tunisie ; en Afrique noire, le
Congo, bientôt la Côte française des Somalis[1] ; en Asie,
l'Annam, le Tonkin, le Cambodge ; en Océanie, les îles
Gambier, la Nouvelle-Calédonie, Tahiti ; en Amérique,
les Antilles et, demain, la Guyane, si l'on finit par
s'entendre avec les Pays-Bas, seront terres françaises.

— Et lointaines !

— Les Allemands s'intéressent au Cameroun, au
Tanganyika et à Zanzibar. Les Anglais, qui nous ont
évincés de l'Égypte, ont un empire colonial, pourquoi
pas nous ?

— Je vais, demain, m'acheter un pyjama de soie à
quarante-cinq francs, avant que les prix chinois n'aug-
mentent ! annonça Max.

Aux yeux du juriste, comme pour beaucoup de
Français, les conquêtes coloniales coûtaient aux contribuables ce qu'elles rapportaient aux exploiteurs des
indigènes, ces derniers fussent-ils de race noire ou jaune.

Fin avril, la mort d'Édouard Manet, paralysé depuis
1879, fut ressentie comme une perte irréparable par
ceux qui, comme Maximilien Leroy, admiraient le
peintre d'*Olympia*. Les collectionneurs se précipitèrent

---

1. République de Djibouti depuis l'indépendance, en 1977.

pour acquérir les œuvres déposées chez les marchands. Tristan, dont la situation financière s'était améliorée, depuis qu'il enseignait le piano à Émilie Lépineux, réussit à se procurer une sanguine du peintre défunt. Il l'offrit, comme cadeau d'anniversaire à son ami, avant de le convier à dîner chez Foyot, rue de Tournon.

Le restaurateur le plus mondain de Paris accueillait, ce soir-là, un couple de dîneurs qui retenaient l'attention.

Max apprit bientôt par le maître d'hôtel qu'il s'agissait de deux poètes anglais, Oscar Wilde et Robert Sherard[1]. La toilette du premier, qui revenait d'une tournée de conférences aux États-Unis, avait fait sensation quand il était entré dans la salle, vêtu d'un manteau vert, doublé de fourrure, coiffé d'un haut-de-forme et jouant d'une canne à pommeau d'argent incrusté de turquoises. Débarrassé par le groom du vestiaire, il dînait en redingote puce, ouverte sur un gilet que Max compara à un parterre de fleurs printanières. Pantalons étroits, chemise à jabot et manchettes de dentelle, Wilde portait les cheveux courts, bouclés sur le front. Entre lui et Sherard, les liens paraissaient des plus intimes et des plus tendres. Quand Wilde, s'étant penché vers son compagnon, donna à celui-ci un baiser sur la bouche, les dames cachèrent leur regard scandalisé derrière leur éventail.

— Ils sont tous deux membres de ce qu'on nomme, à Londres, le club de l'Œillet vert, glissa Max à Tristan.

Dionys, qui avait lu quelques articles sur le poète, installé depuis peu à l'hôtel Voltaire, sur la rive gauche,

---

1. Arrière-petit-fils du poète William Wordsworth, fils d'un pasteur anglican qui fut l'ami de Victor Hugo à Guernesey. Il publia, plus tard, plusieurs ouvrages biographiques sur Oscar Wilde.

ne fut donc pas étonné de voir Oscar Wilde allumer
une cigarette avant de l'offrir à son vis-à-vis.

— Ils ont, entre eux, ce genre d'habitude, commenta
Max, visiblement agacé par le spectacle impudique
offert par les Anglais.

— Ne soyez pas plus prude que vous ne l'êtes avec
les femmes ! persifla Tristan à la vue de la mine sévère
de son ami.

— Je ne condamne pas l'amour grec, Tristou. Je
condamne son expression publique. Vous ne m'avez
jamais vu embrasser une femme dans un restaurant, dit
Max.

Oubliant bientôt les Britanniques, Max et Tristan
commentèrent le fait-divers qui emplissait les colonnes
des journaux. Boulevard des Italiens, un coulissier, sortant de la Bourse, avait déchargé son revolver sur les
passants, faisant de nombreux blessés, dont un agent
de change connu pour ses spéculations audacieuses.

— J'espère qu'il ne s'agit pas du père d'Émilie, dit
Tristan.

— Rassurez-vous, les apparitions d'Albert Lépineux
à la corbeille sont rares. Le bonhomme a d'autres distractions. Au fait, vous ne me parlez jamais de votre
élève, ni de sa mère, observa Max.

— Il n'y a rien à dire. Émilie est une élève appliquée, d'une douceur angélique ; quant à sa mère, je la
vois peu. Et je n'ai jamais vu son père. Je trouve, chaque
mois, mes honoraires dans une enveloppe, posée sur
le piano. Les Lépineux sont gens discrets, conclut le
pianiste.

Tous deux ignoraient, ce soir-là, que cette situation
allait bientôt changer.

Il y avait, chez Mme Lépineux, un peu de Mme de Warens. Cette vague ressemblance, avec la mère-maîtresse de Jean-Jacques Rousseau, se révéla au cours du printemps, après que Tristan, bien installé dans son rôle de professeur de musique, eut raconté que son père, officier de cavalerie, avait été tué en 71 par les communards et que sa mère était morte de chagrin.

Laure Lépineux se montra aussitôt pleine de compassion pour l'orphelin. Alors qu'elle n'avait fait, jusque-là, que de rares apparitions dans le salon de musique, pour s'enquérir des progrès d'Émilie, elle y vint à chaque cours, suscitant l'occasion de converser avec le pianiste. Elle eut bientôt de touchantes attitudes, des chatteries maternelles, de délicates attentions. Elle prit l'habitude de convier Tristan au thé, qu'elle prenait tous les jours, à l'anglaise. Soit qu'elle trouvât Dionys maigre ou qu'elle imaginât qu'il se nourrissait peu et mal, elle insistait souvent pour que, après la collation, il emportât le gâteau du jour.

Dès les premières semaines de son engagement, Tristan avait trouvé la mère de son élève d'une beauté junonienne. C'était une grande femme aux cheveux aile-de-corbeau qui, souvent, sur la nuque, se dérobaient à la rigidité sculpturale du chignon. Il imaginait, dans ce désordre capillaire, le refus inconscient des conventions bourgeoises, que Mme Lépineux observait cependant avec suavité.

Teint rosé, peau soyeuse, hanches rondes, taille serrée dans un corset, seins exhaussés par un bustier comme pommes en panier, beaux bras, doigts fuselés, bouche large aux lèvres rouges, telle une pastèque ouverte un jour d'été, conféraient au physique de cette plantureuse mère de famille de trente-deux ans un attrait charnel plus candide que provocant. Sous l'arc des sourcils, de grands yeux noisette, frangés de longs cils épaissis par le mascara, dardaient un regard anxieux et doux. Tristan se plut à y lire secrets renoncements et aspirations confuses. Certains jours, voyant les yeux de Laure cernés d'une touche fauve, il supposait une insomnie prolongée, des pleurs solitaires.

Sachant par Max que l'agent de change Albert Lépineux était un époux sans le moindre respect pour la simple bienséance conjugale, un viveur aux goûts dépravés, aux ostentations ridicules et à l'égoïsme affiché, Dionys, cœur sensible, regrettait que cette femme ne fût pas heureuse.

Le jour où, dans une conversation, échappa à Laure un « mon petit » attendri, dont elle usa pour déguiser peut-être une plus intime appellation, Tristan subodora que les attentions maternelles dont Mme Lépineux l'entourait cachaient une complaisance moins innocente.

Un après-midi, la voyant encore plus morose que d'habitude, il osa, quand Émilie eut disparu, lui prendre la main et fut déconcerté par la réaction que provoqua ce geste affectueux. Le visage de Laure s'empourpra, il perçut le trouble de sa respiration, vit le frémissement de la poitrine sous la guimpe de dentelle et, quand elle posa une main moite sur la sienne, il conçut la divulgation d'une attente.

Deux jours plus tard, dès qu'ils se trouvèrent seuls dans le salon de musique, Laure demanda à Tristan de jouer pour elle la *Lettre à Élise*, pièce de Beethoven qu'elle aimait entendre. Bien que surpris, il s'exécuta en mettant le plus de romantisme possible dans son jeu. Quand il se tourna vers Mme Lépineux, il lui vit un sourire extatique et les larmes aux yeux.

— Cette musique fait du bien au cœur, dit-elle.

Elle invita le pianiste à venir s'asseoir près d'elle, sur le canapé, et entra aussitôt en confidence. Elle dit combien elle avait été déçue par son mariage et que, pour elle, la vie stagnait.

— Seul, l'avenir de mes filles justifie ma patience, ma lâcheté et ma résignation, murmura-t-elle.

Tristan, qui savait à quoi s'en tenir sur les manières d'Albert Lépineux, ses frasques, son goût du jeu, la désinvolture avec laquelle il traitait son épouse, ne sut que formuler une protestation lénifiante.

Des larmes jaillirent des yeux de Laure et Dionys commit l'imprudence de lui passer un bras autour des épaules en prononçant des mots apaisants. Elle interpréta de la manière qui lui convenait ce geste affectueux et se blottit contre lui, avec une telle fougue qu'il fut interloqué par cet abandon hardi. Le menton dans les cheveux de Laure, il resta dans l'expectative, redoutant l'entrée d'un domestique, imaginant le scandale et la perte d'un emploi bien rémunéré. Au bout d'un temps qui parut long, alors qu'il ne savait comment sortir de cette situation embarrassante, sans être désobligeant, Mme Lépineux leva sur lui des yeux implorants, barbouillés de fard. Ému par ce chagrin, il tira son mouchoir et lui tamponna les pommettes avec délicatesse.

— Embrassez-moi, ordonna-t-elle dans un souffle.

Tristan ne put refuser cette bouche offerte. Il y appliqua légèrement ses lèvres et sentit Mme Lépineux frémir de tout son être, le souffle court, paupières closes. Elle se dressa, prit les joues de Tristan entre ses mains tremblantes et lui imposa des baisers gloutons, insistants, prolongés. Sous la guimpe de soie, il vit darder la pointe des seins et quand, enfin, elle se détourna pour rétablir l'équilibre de son chignon mis à mal par cette étreinte, elle le fixa d'un regard angoissé.

— Je suis folle, n'est-ce pas ? Je suis folle ! Je suis folle ! Qu'allez-vous penser d'une mère de famille qui se conduit comme une fille !

Dionys la fit taire d'un froncement de sourcils.

— Je pense, madame, que vous êtes une femme malheureuse, privée de tendresse et assez imprudente pour vous jeter au cou du premier venu, dit-il.

— Vous n'êtes pas le premier venu, Tristan. Vous êtes un artiste plein de sensibilité, le genre d'homme dont toute femme voudrait être aimée, dit-elle, l'appelant pour la première fois par son prénom.

Il l'interrompit d'une caresse sur la joue, tandis qu'elle s'emparait du mouchoir taché de mascara.

— Laissez-le-moi, je le ferai blanchir et vous le rendrai.

Il tenta de s'y opposer mais elle sourit tristement.

— Que dirait une femme, si elle trouvait cette baptiste tachée de fard, celle, peut-être, qui vous a offert ce beau saphir ? demanda-t-elle, désignant l'anneau qu'il portait au doigt.

— Celle qui m'a légué ce saphir est morte, madame, dit simplement Dionys.

— Elle vous aimait et vous l'aimiez ? osa-t-elle, un peu confuse.

— C'était une de mes élèves, madame, conclut-il, renonçant au mouchoir et laissant la question de Laure sans réponse, avant de se diriger vers la porte.

En cheminant vers la rue du Bac, où l'attendaient ses exercices pianistiques, le musicien analysa l'épisode, à la fois cocasse et attendrissant, qu'il venait de vivre. Il imagina Laure Lépineux en amoureuse romantique, contrariée par l'éducation trop stricte des religieuses ursulines. Une femme qui eût voulu un destin édifiant ; pas une vie bourgeoise réglée. Il lui apportait le ton de l'artiste ; lui faisait découvrir, en dilettante, l'art et la musique, autrement que *Le Musée des Deux Mondes*, revue dans laquelle sévissait Huysmans. Peut-être attendait-elle qu'il lui offrît l'aventure peccamineuse de l'adultère, l'occasion de se venger des frasques d'un mari que Max nommait « entreteneur de filles ». Il n'avait eu qu'à se mettre au piano et, telle la comtesse Marie d'Agoult succombant au charme de Liszt, Laure avait décidé de tenter de s'étourdir un moment. Il évalua le vide d'un cœur, sans imaginer qu'il pourrait le combler.

Dionys sortit de cet intermède inattendu, et de ses propres réflexions, troublé et perplexe.

Le soir même, encore sous l'effet de la surprise, il rapporta l'événement à Maximilien en usant d'un ton badin pour réduire l'aventure à celle du genre qui pouvait plaire à Leroy.

— Figurez-vous que, tel Pétrarque, j'ai rencontré une Laure. Non dans une église, au jour du vendredi saint, comme le poète il y a cinq cents ans, mais cet après-midi même, chez elle. Il s'agit de Mme Lépineux.

— Bien sûr, elle se nomme Laure ! Cette bourgeoise m'a toujours paru, avec ses beaux yeux de vache normande, aussi languide que désœuvrée, apathique, pour tout dire.

— Eh bien, mon ami, détrompez-vous. Ses baisers sont brûlants, ses sens incandescents et sa mélancolie touchante.

— Vous n'allez pas vous mettre à pétrarquiser !

— Cette Laure bourgeoise me paraît aussi coquette que la Provençale du poète, mais certainement moins cruelle. Et, si j'en voulais, je n'aurais même pas à faire l'effort d'un sonnet ! précisa Tristan en riant.

— C'est ce qui pourrait vous arriver de mieux, Tristou. Pour un artiste jaloux de son indépendance, cette bonne dame, aux charmes mûrs, est l'exutoire le plus sûr. La femme mariée et, qui plus est, mère de famille, n'importune pas ses amants à tout moment. Elle est tenue en laisse au foyer et le séducteur n'a d'elle que le meilleur. Et puis, en cas de conséquence, le responsable est à l'abri du Code civil, car notre république a eu le bon goût de conserver la loi romaine, restaurée par Napoléon Ier : *is pater est quem nuptiae demonstrant*[1], cita Max en juriste.

— C'est faire bon marché des sentiments de Mme Lépineux, observa Tristan.

— Il ne faut pas confondre sentiment et galipettes, Tristou. Et puis, ne perdez pas de vue que la pâtissière des Lépineux est fameuse, ajouta-t-il en mordant dans une tranche du cake aux fruits rapporté par son ami.

— Surtout, n'allez pas raconter cette aventure à Cléa, s'inquiéta Tristan.

— Pas plus que je ne lui raconterai comment Aline, la sœur d'Émilie, me demande, en récompense, un baiser quand elle a réussi sa version anglaise. La prude Cléa vous prendrait pour un gigolo et, moi, pour un dépravé, défloreur de pucelles.

Les vacances arrivèrent fort à propos pour interrompre une relation dont Tristan ressentait l'équivoque. Les Lépineux allaient passer deux mois dans leur manoir de Dieppe. Jusqu'à l'interruption de son

---

1. Celui-là est le père que le mariage désigne.

cours à Émilie, le pianiste s'arrangea pour ne jamais se trouver seul avec Laure. Elle comprit fort bien cette dérobade et contint son dépit.

— Accepterez-vous, en octobre de reprendre vos cours à Émilie ? demanda-t-elle, l'après-midi où il prit congé.

— Votre fille a fait de grands progrès, ces dernières semaines. Elle manque encore un peu d'assurance et de vivacité, mais c'est une élève très douée et travailleuse. Nous en ferons une bonne pianiste. Si vous souhaitez que je poursuive mon enseignement, je serai, madame, enchanté de reprendre nos leçons à la rentrée.

— Alors, nous vous attendrons, dit-elle, donnant sa main à baiser, avec toute la dignité requise.

Tandis que le gouvernement se décidait, enfin, à faire raser les ruines du palais des Tuileries, incendié par les communards en 1871, les juges condamnèrent, le 25 juin, Louise Michel à six ans de réclusion, pour avoir incité des grévistes à piller la boulangerie de la rue des Canettes.

— C'est cher payé, car le boulanger a reconnu que, l'agression ayant eu lieu en fin de journée, ses rayons étaient presque vides. Il n'avait perdu que trente francs de pain dans l'échauffourée, dit Tristan.

— Ils ont fait payer Louise au prix de la brioche, ironisa Max.

Paris se préparait à célébrer le 14 Juillet quand Leroy entraîna Clémence et Tristan à l'École des beaux-arts où avait été organisée une exposition des œuvres de Gustave Courbet. Comme la plupart des visiteurs, ils stationnèrent longtemps devant le tableau – de six mètres de long et trois mètres cinquante de haut – qui faisait, depuis des années, se poser mille questions aux critiques : *l'Atelier*. Il s'agissait de celui du peintre, qui s'était représenté assis, occupé à terminer un paysage, que regardait, debout derrière lui, un modèle, femme dénudée, retenant avec un reste de pudeur, sans rien cacher de son corps lumineux, la parure qu'elle venait de quitter.

— On devine qu'elle admire la toile posée sur le chevalet et veut ignorer les gens groupés, à droite et à gauche du tableau, dit Clémence.

— Pour qui connaît un peu Courbet, que j'ai vu plusieurs fois en Suisse, il faut se garder de prendre comme simple œuvre d'art cette toile, qu'il qualifiait d'allégorie réelle. Son tableau doit être déchiffré comme un message codé. À droite, ce sont ceux qu'il appelle « les actionnaires », c'est-à-dire les gens qui le soutiennent, ses amis, les amateurs d'art, les mécènes. Le groupe de gauche représente ce qu'il a nommé « la vie triviale », le peuple, les miséreux, les riches sans cœur, exploités et exploiteurs. Et il s'est arrangé pour que certains soient, d'emblée, reconnus. À gauche, le braconnier ressemble à Napoléon III, à droite, l'homme qui lit, indifférent à ce qui l'entoure, est le poète Charles Baudelaire. La plupart des autres personnages ont été identifiés, avec plus ou moins d'assurance, par les critiques, quand Courbet ne les a pas nommés lui-même, expliqua Maximilien Leroy.

— Courbet est maintenant réhabilité et reconnu par la critique. Les cuistres oublient enfin les incartades d'un artiste devenu communard par générosité sociale, dit Tristan.

— La critique le reconnaît en effet « comme un virtuose de premier ordre qui a désormais sa place marquée parmi les maîtres de l'École française », confirma

Max, enchanté de voir l'affluence pour une exposition propre à faire monter la cote du peintre dont il possédait quelques toiles.

Comme chaque année, les vacances dispersèrent le trio. Jusqu'au moment de son départ pour Trouville où il était attendu, Tristan Dionys espéra que Max l'accompagnerait, pour quelques séances de bains de mer. Il fut déçu.

En quittant l'hôtel des Ricker, où ils avaient partagé le dernier dîner amical, avant la séparation d'avec Clémence, en marchant rue Saint-Honoré, Max prit le bras de Tristan. Cette familiarité relevait d'une gestuelle bien connue de Dionys. En cas d'expectative, Maximilien se lissait avec insistance la moustache ; les soirs de fête, il donnait à son melon une inclinaison canaille ; le fait qu'il eût pris affectueusement le bras de Tristan annonçait une confidence, avec lui seul partageable.

— Je ne puis vous suivre à Trouville, car une affaire très importante est en train de prendre corps à Paris, commença-t-il.

— Peut-être le corps de cette jeune beauté qui chantait la suivante de *Lakmé*, l'autre soir, à l'Opéra-Comique ? persifla Dionys.

— Soyons sérieux. Vous avez lu, partout, que le gouvernement a prévu de célébrer avec faste, en 1889, le centenaire de la Révolution.

— J'ai lu, en effet, qu'une Exposition universelle serait organisée à cette occasion.

— Cela comporte un projet du gouvernement, qui souhaite une construction originale, susceptible de frapper l'opinion mondiale. Édouard Lockroy, le ministre de l'Industrie, commissaire général de la future Exposition, qui devrait voir le triomphe du fer, pense à une

immense galerie des machines mais, aussi, à une sorte
de trophée élevé, qui dominerait la capitale. Or, deux
ingénieurs de l'entreprise de Gustave Eiffel, le grand
spécialiste des constructions métalliques, Émile Nou-
guier et Maurice Koechlin ont déjà dessiné un pylône
de trois cents mètres de haut, tout métal. Ce serait
la plus haute tour jamais construite par les hommes.
Il y faudrait, m'a-t-on dit, sept mille tonnes de fer-
raille.

— Une nouvelle tour de Babel, en quelque sorte,
ironisa Tristan.

— Eiffel a construit partout des ponts, des gares,
des lycées et même une synagogue. On lui doit l'armature
intérieure – on pourrait dire le squelette – de la statue
de la Liberté, dont nous avions vu la tête en 78 et que
l'Union franco-américaine offre à l'Amérique. La
géante a été assemblée à vis pour être symboliquement
présentée, le 4 juillet, à l'ambassadeur des États-Unis
à Paris. Elle ne sera rivetée qu'après livraison à New
York, dans deux ans. Je suis allé la voir, rue de Cha-
zelle. Elle est impressionnante, précisa Max.

— Mais je ne vois pas, dans cette affaire de tour
géante, ce qui peut vous retenir à Paris, s'étonna Dionys, revenant au propos initial.

— Ce qui me retient, c'est le concours qui sera organisé dans deux ans. Vous pensez bien qu'il y aura, qu'il
y a déjà, d'autres projets de tours pour 89[1]. Tous les
cabinets des prix de Rome d'architecture sont au travail. Les plans et maquettes seront examinés par un

---

1. Notamment celui d'un des architectes du palais du Trocadéro,
Jules Bourdais, qui proposait un phare en fonte et granit de trois
cents mètres de haut.

jury, dont on dit qu'il sera présidé par Jean-Charles
Alphand, collaborateur du baron Haussmann. L'ami de
mon défunt père, qui dirige aujourd'hui les Affaires
réservées au ministère des Affaires étrangères, m'a
demandé de suivre de près, mais fort discrètement, les
projets étrangers, anglais et américains surtout. Telle
est la mission qui m'empêche de vous suivre aux bains
de mer, acheva Max.

Tristan Dionys n'avait jamais redouté la solitude
et sa saison de concerts, fort copieuse, le conduisit
plusieurs fois hors de Trouville. Bien que très sollicité
dans les casinos et théâtres de la côte normande, il
tint à rester fidèle, cette année encore, à l'hôtel des
Roches Noires. Il y était maintenant accueilli et écouté,
non comme un pianiste de salon de thé, mais comme
un virtuose, qui attirait les vrais mélomanes. Ces derniers allaient aussi l'entendre en concert, de Deauville
au Havre. Quand, en septembre, il prit congé du directeur de l'hôtel, ce dernier lui offrit une coupe en
argent.

— Votre place n'est plus dans un hôtel, même aussi
huppé et aussi bien fréquenté que le nôtre, monsieur.
Votre notoriété doit vous conduire ailleurs, dans les
grandes salles de concert. On vous demande à Paris,
à Bruxelles, à Gand, à Anvers, en Allemagne, à
Londres, ai-je lu dans un journal. Nous vous regrette-
rons, dit l'homme, un peu contrit.

En lui serrant la main, Dionys le rassura.

— Je n'oublierai jamais que ma carrière a commencé
ici. Je viendrai jouer chez vous, lors de deux ou trois
galas, chaque été, promit-il, aussi ému que son interlocuteur.

Le 5 octobre, quand il se présenta chez les Lépineux pour donner sa leçon de musique à Émilie, il trouva la maîtresse de maison seule.

— Je n'ai pas voulu empêcher votre élève et sa sœur de participer à un goûter d'enfants, donné pour l'anniversaire de leur cousin. J'aurais dû vous faire prévenir, pour vous éviter une visite inutile, mais je n'entendais pas me priver du plaisir de vous revoir. Je suis seule, cet après-midi, et si vous n'avez rien de mieux à faire, jouez-moi cette pièce de Beethoven que j'aime tant, vous savez : la *Lettre à Élise*. Ensuite nous prendrons le thé dans mon boudoir. Pour bavarder.

Tristan s'exécuta et enchaîna une barcarolle plus virtuose, que Laure écouta, pâmée.

— Quelle chance vous avez, de pouvoir jouer ainsi, dit-elle.

— On m'a déjà dit cela, observa Dionys, se souvenant des propos de Céline, épouse légère d'un réserviste.

— Accepteriez-vous de venir jouer, un vendredi après-midi, chez une de mes amies qui tient salon ? Elle adore Chopin, qu'elle a connu autrefois, quand il habitait place Vendôme. Naturellement, vous seriez défrayé, et assez généreusement, je crois, dit-elle.

Pour un pianiste dont les fins de mois commençaient parfois le quinze ou le vingt, une telle offre ne se refusait pas. Tristan accepta la proposition de Mme Lépineux. Il irait jouer dans les salons bourgeois ; en espérant que les pianos qu'il y trouverait ne seraient pas des casseroles.

Quand ils se retrouvèrent, assis côte à côte sur l'étroit canapé du boudoir, Mme Lépineux lui prit la main.

— Ma conduite, ou plutôt mon inconduite, d'avant les vacances, me la pardonnez-vous ?

— Je ne sais à quoi vous faites allusion, dit Tristan, avec un sourire amusé.

— Vous avez oublié ! s'inquiéta-t-elle, déçue, presque offensée.

— Je n'ai rien oublié... parce c'est inoubliable, ajouta-t-il, se prêtant au marivaudage.

— Depuis, je me suis beaucoup tourmentée. J'ai eu honte. D'autant plus honte que je crois comprendre que je ne vous plais guère, que je suis déjà une femme mûre, que vous devez avoir de belles et jeunes amies. Bref, je me suis conduite comme une gourgandine et j'ai pensé à ne pas vous revoir... si ce n'est qu'Émilie doit encore faire des progrès, bafouilla-t-elle.

— Détrompez-vous. Vous n'avez rien d'une femme mûre. Je vous trouve belle et d'une douceur extrême. J'aimerais vous savoir heureuse, madame.

— Appelez-moi Laure et aimez-moi un peu ! Oui, aimez-moi ! répéta-t-elle d'une voix rauque, en approchant son visage de celui de Tristan.

Il se mit à l'embrasser doucement, jusqu'à ce qu'elle se dressât en proie à une forte émotion.

— Oui, aimez-moi, aimons-nous comme des amants ! Je ne serai pas gênante, ni jalouse. Les artistes ne sont pas tenus à la fidélité. Même si cela ne doit pas durer, aimez-moi un peu. J'ai tellement besoin d'amour, de tendresse, de caresses, s'écria-t-elle, cette fois sans retenue.

Brusquement, elle quitta le canapé, se dirigea vers la porte, poussa le verrou et revint se jeter dans les bras de Tristan.

Ils s'abandonnèrent, sans un mot mièvre ni réticence, aux exigences soudaines des sens. Le pianiste découvrit que cette bourgeoise pouvait, comme un volcan assoupi, libérer soudain un franc désir de volupté, une ardeur tumultueuse et brûlante. Dans le fatras des jupes et jupons, ils ne goûtèrent qu'une étreinte animale, fortuite, incomplète, mais, dès lors, Mme Lépineux circula, les jours de leçon de musique, sans corset sous sa robe, prête à provoquer un assaut si l'occasion s'en présentait. Avec imprudence, tout moment de solitude, si bref fût-il, devint propice aux amants.

Quand Tristan confia à Max comment Mme Lépineux était devenue sa maîtresse et l'audace inouïe dont elle faisait preuve, son avidité quasi bestiale de plaisir, Leroy partit d'un rire franc.

— Ah ! mon Tristou, on voit bien que vous ne connaissez pas les femmes. Elles ont le feu sous la jupe et se faire prendre entre deux portes, comme des filles, décuple leur jouissance. Vous êtes un cérébral, un poète, un artiste. Vous cantonnez l'animal à la chambre à coucher, mais dites-vous bien qu'Épicure a raison, quand il écrit que les seuls vrais plaisirs sont physiques. Ce n'est ni malsain ni malséant de l'admettre. Soyez heureux d'avoir trouvé sur votre chemin, nouveau Plutarque, une Laure à consoler. D'ailleurs, je vais vous dire quelque chose. Ne le prenez pas mal, mais depuis le jour où nous nous sommes rencontrés, place Vendôme, j'ai compris que vous étiez né consolateur.

— Beau métier ! s'exclama Tristan.

— Votre musique est consolation. Consolateur, vous l'avez été pour cette pauvre Geneviève de Galvain, que vous avez accompagnée jusqu'à la mort. Pour une femme malheureuse comme Laure, la consolation est amour, ajouta Max.

— Quelle perspicacité ! L'appliquez-vous à vous-même ?

— Et comment ! Au contraire de vous, je suis conquérant et jouisseur de mes conquêtes sans arrière-pensée. Au jour de ma mort, je voudrais pouvoir dire, comme Casanova : « Cultiver le plaisir de mes sens fut, de toute ma vie, la principale affaire, je n'en ai jamais eu de plus importante. »

— C'est peu de considération pour les femmes ! objecta Tristan.

— Pour moi, les femmes sont, dans la vie comme au théâtre, un décor plaisant, et je les sais autant portées à l'étreinte sensuelle que les hommes. D'ailleurs, n'est-ce pas la belle Mme Lépineux qui vous a provoqué ?

— Mais je crains de lui faire du mal. Elle est capable de m'aimer vraiment, bien au-delà de nos... rapprochements osés. Je perçois en elle, à mon égard, une tendresse protectrice, presque maternelle. J'ai peur de la faire injustement souffrir. Elle souffre assez de la muflerie de son mari.

— Laissez-vous aimer, Tristan. Cessez de vous poser des questions oiseuses, d'agiter des scrupules que les femmes n'ont pas. Et, que votre art en bénéficie ! Souvenez-vous de ce que disait je ne sais plus quel Grec : « Pour s'unir avec intelligence au mouvement des choses, il ne faut ni trop se soucier du lendemain ni trop regretter ce qu'hier nous donna », cita Leroy, soudain grave. Car un artiste a besoin de passions, ajouta-t-il.

— Il est aussi dangereux d'être aimé que d'aimer, énonça Tristan, d'un ton lugubre.

Maximilien partit d'un grand éclat de rire.

— Mais ce sera, pour vous, bénéfique, au sens matériel du terme. La belle Laure vous introduira dans les salons où l'on écoute un pianiste en sirotant des oran-

geades. Vous allez vous faire des relations et je ne
donne pas longtemps avant que ces dames ne se dis-
putent votre présence, pour leurs réunions. Préparez
un répertoire à leur goût, Tristan.

— La musique à programme n'est pas mon fort.

— Vous ferez le difficile quand vous aurez un
compte en banque bien garni. Jusque-là, jouez ce
qu'aiment les bourgeoises parfumées à l'Eau de
Guerlain, acheva Max.

7.

Parmi les manifestations mondaines les plus courues de l'époque, la première place revenait aux redoutes. Celles-ci, toujours privées, tenaient à la fois du concert, du bal et du raout huppé. On s'y rendait souvent masqué, parfois affublé d'une toilette inspirée des garde-robes romantiques.

Quand, en 1884, Maximilien Leroy apprit que l'homme de lettres fortuné, administrateur de la Comédie-Française, Arsène Houssaye, donnait une redoute dans son hôtel Renaissance, 39, avenue de Friedland, il n'eut de cesse d'obtenir des invitations.

Au soir de la fête, Maximilien avait endossé un authentique manteau vénitien, surbrodé de fil d'or, et coiffé un tricorne. Clémence portait un domino de soie bleu de nuit, et une guirlande de pierres de lune festonnait son chignon, sorte de pièce montée capillaire. Tristan, peu enclin aux déguisements, avait revêtu l'habit classique, gilet de soie gris perle et cravate blanche. Chacun d'eux, pour être dans le ton, s'était pourvu d'un loup de velours noir, ce qui avive le regard.

Sur une estrade, dressée au bout de la longue galerie ornée de médaillons du sculpteur Jean-Baptiste, dit Auguste, Clésinger, la chanteuse Thérésa, vedette de l'Alcazar, interpréta quelques airs de son répertoire, puis l'orchestre commença à jouer un pot-pourri d'airs de Jacques Offenbach. À cet auteur d'opérettes fameuses, Dyonis reconnaissait un grand talent de mélodiste. Les compositions, rythmées et entraînantes, de ce contemporain de Richard Wagner annonçaient aussi, dans leur genre, la musique de l'avenir. Avec Max et Cléa, Tristan avait particulièrement goûté, en octobre 1881, *Les Contes d'Hoffmann*, qu'Offenbach, mort le 4 octobre 1880, n'avait pu voir représenter.

Dès l'ouverture du bal, sur les premières mesures du *Beau Danube bleu*, la célèbre valse de Johann Strauss, Leroy enleva Cléa, tandis que Dionys s'éloignait vers le buffet, devant lequel péroraient des invités, plus amateurs de champagne que de mazurkas.

Le pianiste se tenait, comme souvent, à l'écart, pour suivre les évolutions des danseurs, quand une jeune fille, vêtue en Colombine, vint à lui.

— Bonsoir, Monsieur mon Professeur, dit-elle en abaissant le masque de carton qui cachait ses traits.

Dionys reconnut son élève et ôta son loup.

— Émilie ! Quelle surprise !

— Accepteriez-vous, Monsieur le Professeur, de me faire danser ?

« Comment refuser à une demoiselle de seize ans un tour de valse ? » pensa Tristan en entraînant son élève au milieu des danseurs.

Tandis qu'ils tournoyaient avec décence, sur un air de Strauss, Dionys s'étonna.

— Dites-moi, jolie Colombine, êtes-vous venue seule ?

— Avec maman et papa, bien sûr.

D'ordinaire timide et réservée, Émilie, dodue, rougissante et un peu surexcitée par l'ambiance, attendit que l'orchestre marquât une pause.

— Je vais chercher mes parents. Il vous faudra faire danser maman. Elle sera jalouse, quand elle saura que nous avons valsé ensemble, dit-elle en s'éloignant.

Tristan Dionys se demanda si Émilie, par suite d'une imprudence de sa mère, ne soupçonnait pas le genre de relation qu'il entretenait avec Laure. Sa gêne s'accrut quand il vit son élève revenir avec les époux Lépineux. Laure, en robe de percale verte avec manches à la mameluk, style premier Empire, et chapeau Pamela, paraissait discrète à côté de l'agent de change, accommodé en aide de camp bonapartiste, avec bicorne à plume d'autruche.

Très à l'aise, Mme Lépineux tendit sa main à baiser, se tourna vers son époux et fit les présentations.

— Monsieur Dionys, que vous ne connaissiez pas encore, est le professeur de musique d'Émilie, dit-elle.

— Je n'ai pas eu, il est vrai, l'occasion de vous remercier des leçons profitables que vous donnez à ma fille. Je suis très occupé par de multiples fonctions, ce qui explique que nous ne nous soyons jamais rencontrés. Voilà qui est fait, dit-il avec désinvolture.

Tristan eut vaguement conscience d'avoir déjà entendu cette voix, au timbre nasillard. Quand, ayant déclaré qu'il mourait de chaleur et de soif, M. Lépineux ôta son bicorne et son loup pour se diriger vers le buffet, le pianiste eut du mal à réprimer sa stupéfaction. Il venait de reconnaître, dans le père d'Émilie, un des plus assidus habitués de la Folie-Pompadour, la maison de rendez-vous du boulevard Suchet. Le client le plus choyé des filles, parce que le plus généreux, celui qu'elles nommaient familièrement Bébert.

— Faites donc danser Mme Lépineux pendant que je me désaltère, ordonna l'agent de change en tournant les talons.

Dominant sa confusion, Dionys conduisit Laure au milieu des danseurs.

— C'est la première fois que nous dansons ensemble, serrez-moi fort, murmura Laure, vite émoustillée et recherchant le contact avec son amant.

— Respectons les distances ; Émilie et votre mari pourraient s'offusquer de trop d'abandon, dit Tristan, décidé à ne rien révéler.

— Émilie sait que j'ai beaucoup d'affection pour vous et je me moque de ce que peut penser Lépineux. Celle dont nous devons nous méfier, c'est Aline, mais elle n'est pas là, ce soir, dit Laure.

— M. Leroy, lui, est ici. Il danse avec notre amie alsacienne, Mlle Clémence Ricker, dont je vous ai parlé. J'aimerais que vous la connaissiez, dit Tristan.

— Je sais que M. Leroy a rencontré mon mari à la Bourse. C'est ainsi qu'il est devenu professeur d'anglais d'Aline et vous le maître de musique d'Émilie. En somme, je vous dois à M. Leroy, dit Laure, le regard enamouré.

— Nous pouvons donc nous réunir, dit Dionys, mal à l'aise et souhaitant une diversion.

— Soit ; trouvez vos amis et rejoignez-moi au buffet ; Lépineux va y passer la nuit, si aucun jupon ne l'en détourne, dit Laure, se séparant à regret de Tristan.

Un quart d'heure plus tard, Maximilien Leroy présenta Albert Lépineux à Cléa, que l'agent de change s'empressa d'inviter pour une mazurka. Quand elle rejoignit ses amis, seule comme si son cavalier l'avait abandonnée, l'Alsacienne se déclara fatiguée et demanda à ses anges gardiens de la raccompagner. Si Max fut dépité par cette brusque interruption de la soirée, Tristan ressentit un soulagement. Il prit cérémonieusement congé de Laure et s'éclipsa avec les deux autres.

Tandis que le fiacre roulait vers la rue Saint-Honoré, Clémence donna libre cours à une irritation jusque-là contenue.

— Ce M. Lépineux est un polisson. Je lui ai dit son fait. Ses mains s'égarent et il a une façon lubrique de vous serrer en osant des propositions plus que malhonnêtes, révéla Cléa, encore sous le coup de l'assaut.

— Ma chère, Lépineux est un coureur de jupons de type rustique. Il a tenté sa chance avec une belle femme. C'est humain.

— Il aurait dû voir que je ne suis pas du genre qui cède aux avances des lovelaces, lança Clémence, offusquée.

— Chère Cléa ! Votre réserve même est provocation. Vous n'avez pas conscience de l'effet que produisent vos innombrables charmes. Personne ne peut y résister… sauf Tristan et moi ! persifla Max.

— Vous ne m'avez, heureusement, jamais donné l'occasion d'évaluer votre résistance, plaisanta Cléa, enfin détendue.

Dionys attendait le moment de se retrouver seul avec Max pour lui faire part de sa découverte de la soirée.

— Et Lépineux ne vous a pas reconnu ? demanda Leroy, une fois informé.

— À la Folie-Pompadour, mon piano et moi sommes dissimulés derrière un haut paravent. Ce n'est que par les interstices, entre les panneaux de laque japonaise, que je me fais une idée de la clientèle de l'établissement. J'ai souvent eu l'occasion d'apercevoir ce noceur, une sorte de célébrité du lieu, que toutes les filles appellent Bébert. Il organise des concours de seins et de cuisses, joue à cache-mouchoir avec les pensionnaires en buvant du champagne avant de disparaître, à moitié gris, vers les chambres du premier étage, avec une ou deux femmes, développa Tristan.

— Allez-vous raconter ça à l'ardente Laure ?

— Certes pas. Elle ignore que je joue, deux soirs par semaine, dans un bordel, et je ne tiens pas à lui infliger une humiliation supplémentaire en ajoutant au catalogue des turpitudes de son mari, dit Tristan.

— Gardons Bébert en réserve. On ne sait jamais ce qui peut advenir avec pareil loustic, dit Max.

Au printemps 1884, après une leçon à Émilie, comme Tristan quittait l'hôtel particulier des Lépineux, Laure lui donna rendez-vous, pour le lendemain matin, devant un immeuble du boulevard Saint-Germain, proche de la rue du Bac.

— Je veux vous faire une surprise, souffla-t-elle quand il prit, devant les domestiques, un congé cérémonieux.

La surprise fut de taille quand, pénétrant dans la cour d'un immeuble de trois étages, récemment ravalé, Laure l'entraîna vers un grand rez-de-chaussée, largement éclairé, qu'elle qualifia d'ancien domicile de l'intendant, du temps où sa famille aristocratique occupait les lieux.

Dans cet appartement, tout était neuf : plancher, plafond, fenêtres, éclairage au gaz et eau courante, dans le cabinet de toilette et la cuisine. Ce que l'on pouvait trouver de plus moderne en matière d'habitat parisien.

— Vous serez ici chez vous, proche de votre ami Leroy. Mais il me faut votre avis pour savoir ce que mon tapissier doit poser sur les murs. À cause de votre musique, bien sûr. Vous pourrez jouer tout votre saoul, sans importuner les voisins.

— C'est vaste et confortable, mais…

— Vous n'aurez pas de loyer. Cet immeuble m'appartient. Vous n'aurez pas, non plus, à vous soucier des notes de gaz et d'eau courante.

Tristan fronça le sourcil et prit la main de Laure, puis s'écarta d'elle, l'air sévère.

— Votre offre est d'une extrême générosité, mais je ne puis accepter. Il y a des femmes entretenues par des hommes, ce qui est fréquent, mais on appelle gigolo, l'homme qui se fait entretenir par une femme.

— Ne soyez pas stupide. Vous êtes un artiste de bel avenir, j'en suis certaine. Moi, je suis le mécène qui va vous aider, le temps d'asseoir votre réputation. Autrefois, les princes entretenaient des artistes : peintres, musiciens, orfèvres, céramistes. Je ne suis que comtesse, mais je saurai tenir ce rôle… et de plus, vous le savez, je vous aime, dit-elle.

Après une ultime protestation et bien que de nature peu démonstrative, Dionys, tous scrupules abolis, se jeta au cou de Laure et la couvrit de baisers.

— Je pourrai faire porter ici le vieux piano droit de ma mère et le Pleyel, qui est en pension chez Leroy. Je suis comblé, vraiment comblé, chère Laure. Je ne sais que dire, que faire pour vous remercier, dit Tristan.

— Aimez-moi, le temps qu'il vous plaira. Vous m'avez rendu jeunesse et confiance. Jusqu'à notre rencontre, je me fanais. Vous m'avez donné un but : vous aider à devenir un grand pianiste et un compositeur sensible. Ce sera mon dernier devoir et mon dernier plaisir sur cette terre, dit-elle avec émotion.

Depuis des années, Mme Lépineux avait tout oublié de la jouissance physique, adjuvant du sentiment amoureux. Elle l'avait retrouvée avec Tristan, poussée par une fougue désespérée et craignant que cette passion ne fût brève. Elle avait voulu, pour eux, un abri neuf, où ne subsisterait aucun souvenir de leurs passés respectifs. Un temple consacré à Éros et à Euterpe, à l'amour et à la musique.

Les amants s'installèrent bientôt dans ce que Max qualifia de vie néo-conjugale. Laure rendait visite, tous les jours à l'heure du thé, à Tristan, sans jamais oser le surprendre. Quand elle dérogeait à leur habitude, elle lui faisait porter un message par sa femme de chambre, seule personne à connaître, avec Maximilien Leroy, le secret de sa liaison.

— En somme, dit Max, vous êtes mariés tous les jours entre cinq et sept !

— Ne vous moquez pas !

— Je me réjouis, au contraire, de vous voir ainsi choyé. Et l'amour va bien à Mme Lépineux. Je la trouve rajeunie, pimpante, gaie, désirable. Heureux effets de vos soins amoureux, j'imagine. Car vous êtes enfin amoureux, n'est-ce pas ?

Dionys prit le temps de la réflexion, comme s'il évaluait la gravité de la question.

— J'ai pour Laure une immense tendresse et beaucoup de reconnaissance. Je vais naturellement vous prêter à rire en disant que j'ai, aussi, pour elle du respect....

— ... du respect ! s'étonna Max.

— Oui, du respect, car l'amour sincère qu'elle me porte — et qui engage sa vie plus que la mienne — est respectable, précisa Tristan.

— Les femmes tiennent à être respectées dans un salon, pas dans un lit. N'oubliez pas cela, persifla Leroy.

— Je sais ce que doit un gentleman à sa maîtresse et je fais de mon mieux pour satisfaire la mienne, confessa naïvement Tristan.

Le rire sonore de Maximilien, son regard à la fois compatissant et malicieux, piquèrent au vif l'amant de Laure.

— Riez, esprit fort, cœur sec ! Un jour, la flèche empoisonnée d'Éros blessera l'homme à femmes que vous êtes. Vous connaîtrez alors le désordre d'une passion dévorante, prédit Dionys, avec une grandiloquence affichée.

— Ce jour-là, Tristou, votre amitié fera office d'antidote, conclut Max, en posant sur l'épaule du pianiste une main affectueuse.

Le soir quand, sur un dernier baiser, Laure quittait l'appartement du boulevard Saint-Germain, après remise en ordre, Tristan renouait contact avec la réalité matérielle. Tel un comédien quittant la scène, après une représentation réussie, il goûtait, dans la solitude et le confort, la quiétude de son home. Meubles, bibelots, vases, lampes aux abat-jour perlés, choisis par Laure, ajoutés aux tableaux et objets familiers venus de son logement du Marais, avec le piano droit de sa mère, composaient un décor cossu. Le demi-queue de Pleyel, héritage de Geneviève de Galvain, occupait un angle du salon. Maintenant, il goûtait pleinement la sonorité de l'instrument et affinait sa maîtrise du clavier par des heures d'exercices. Avec plus d'assurance, il se mit à composer, stimulé par la foi qu'avait en son art une maîtresse attentive.

Pour Laure, grande lectrice d'écrivains tels que Chateaubriand, Mme de Staël, Lamartine, Musset ou Vigny, son amant possédait, au plus haut degré, le charme romantique. Depuis que Tristan lui avait lu des pages d'*Oberman*, le roman de Senancour, son livre de chevet, elle croyait le pianiste atteint de ce « mal du siècle », plaie des âmes angoissées et des amours saturniennes. Grand, frêle, d'une élégance naturelle, longs cheveux aux reflets cuivrés couvrant les oreilles, traits fins, joues creuses, teint pâle, regard tilleul, glacial ou chatoyant suivant l'instant, Dionys représentait le type d'homme dont elle avait toujours rêvé être la compagne. Lassée de la routine d'une existence rythmée par le calendrier mondain – premières à l'Opéra, courses à Longchamp, bals compassés, expositions, thés babillards, ventes de charité, promenades au Bois ou aux Champs-Élysées, avec des amies de pension malheureuses en ménage ou nanties d'amants fugueurs –, Mme Lépineux avait enfin assigné un sens à sa vie. Offrir à Tristan Dionys les moyens de se consacrer à la musique, pour devenir un virtuose, comme Liszt, son modèle, et un compositeur reconnu : tel était le but qui l'absolvait de l'adultère. Elle avait, d'abord, vécu son attirance pour Tristan comme une aventure scandaleuse et frivole. Maintenant, elle aimait passionnément et trouvait pleine et entière justification à sa passion.

Souvent, après l'étreinte, car elle ne dissimulait plus un furieux appétit de caresses, Tristan détaillait l'admiration qu'il vouait à Franz Liszt, dont il avait suspendu au mur le portrait de 1839, que beaucoup prenaient pour le sien. Puis, il se mettait au piano et jouait *Les Années de pèlerinage*, répétait *La Vallée d'Oberman*, que goûtait infiniment Laure. Ayant tout appris de la vie de Liszt par son amant, elle se voyait, telle une sœur de Marie d'Agoult et de la princesse Carolyn de Wittgenstein, ancienne et actuelle maîtresses du compositeur hongrois.

Femme aux chairs un peu épaisses mais fermes, Laure prenait maintenant grand soin de son corps. Elle usait avec constance de tous les antidotes aux morsures du temps : bains saturés de résines aromatiques, onguent au sésame, savon d'Alep, baies de laurier, crème à l'iris, pâtes dentifrices et Eau de Botot. Une vieille Japonaise, dont courtisanes et grandes dames avaient fait la réputation, venait la masser et l'épiler deux fois par semaine. Paraître moins de trente ans, alors que Tristan, à vingt-six ans, était donné pour trentenaire, rassurait Mme Lépineux.

L'amoureuse refusait de croire, comme le prédisaient perfidement ses amies, que son amant ne verrait bientôt plus en elle qu'une femme mûre aux désirs inassouvis, doublée d'une bienfaitrice méritant reconnaissance et affection. Elle mettait sur le compte de l'envie les propos de ces femmes déçues. Plusieurs, dont Tristan acceptait parfois d'animer les réunions, roucoulaient comme chattemites prêtes à l'offrande, sans éveiller chez le pianiste, courtois mais volontiers caustique, le moindre intérêt. Confiante dans l'attachement de Dionys, Laure ne pouvait cependant se défendre de redouter la fin d'une relation qui la comblait. Aussi ne voulait-elle rien perdre du langoureux présent.

La liaison du pianiste se révéla sans influence notable sur les habitudes du trio fantasque. Seul le fait d'être devenus proches voisins facilita et multiplia les rencontres entre le musicien et le juriste dilettante. Tristan, qui répugnait autrefois à recevoir dans son étroit logement du Marais, accueillait maintenant Max dans sa confortable thébaïde du boulevard Saint-Germain. Le bar était pourvu en porto et armagnac, les cigares reposaient dans un coffret de pitchpin muni d'un humidificateur dernier cri, cadeau du comte de Galvain.

Le calendrier des sorties des deux amis avec Clémence Ricker, théâtre, concert, courses, tir aux pigeons, était, comme les visites d'exposition, les réunions alsaciennes ou les bals, établi chaque quinzaine. Il fallait satisfaire à l'esprit méthodique de Mlle Ricker, qui tenait son agenda comme un livre de comptes. Ces prévisions datées déroutaient un peu Maximilien, porté à l'impromptu et à la capture du hasard.

Cette année-là, tous trois durent s'adapter à l'évolution de la carrière de Tristan et aux missions confidentielles de Max.

Depuis ses succès répétés, tant sur la côte normande qu'en Belgique et dans les salons des amies de Mme Lépineux, Tristan Dionys amorçait une carrière de concertiste. La presse musicale, longtemps indifférente, ne pouvait plus ignorer les prestations d'un pianiste qui emplissait les salles, partout où il se produisait. Les critiques voyaient maintenant, en « cet artiste altier », un « nouveau virtuose », dont « la maîtrise du clavier et la sensibilité d'expression » rappelaient les plus grands. Prudents, les polygraphes de service n'osaient pas encore, au contraire des mélomanes avertis, habitués des salles de concerts, proclamer que Tristan Dionys était le digne émule des Franz Liszt, Sigismund Thalberg, Carl Tausig, Frédéric Chopin ou Anton Rubinstein.

Grâce à l'entregent de Maximilien Leroy, admis dans le cercle des organisateurs de concerts, Dionys était attendu, non seulement dans les grandes villes de province, comme Lyon, Nice ou Strasbourg, mais aussi à Londres, à Munich, à Genève. Des engagements bien rémunérés permirent au pianiste de mettre un terme à ses prestations à la Folie-Pompadour. Sa notoriété naissante restait à la merci d'une indiscrétion, qui l'eût fait identifier et classer comme croque-notes de maison close. Il avait, de même, renoncé aux après-midi du Grand Hôtel et de l'Hôtel du Louvre.

Ayant longtemps connu privations et fins de mois impécunieuses, le pianiste, percevant des cachets élevés, s'était résolu à ouvrir un compte en banque. Pour Max, cette décision marquait la consécration sociale de son ami. Par souci d'équité, Dionys fit établir un contrat, en bonne et due forme, le liant à Leroy, devenu son impresario. Bien que Max eût refusé avec hauteur toute rétribution, Tristan tint à ce que son ami, dont les revenus, tirés d'expédients, fluctuaient comme les cours de la Bourse, perçût le pourcentage en vigueur sur des honoraires qu'il eût été lui-même incapable de discuter et d'obtenir.

« Vous m'avez dit un jour, chez Vefour, alors que j'étais dans la dèche et que, nabab d'un soir, vous aviez composé un menu gargantuesque : "Entre amis, l'argent est le pain commun." Aujourd'hui, je vous retourne la formule », avait insisté Tristan.

Il advint de plus en plus souvent, du fait des déplacements du pianiste et de ceux, moins prévisibles, de Leroy, pour le service des Affaires réservées, que le trio se réduisît au duo. Clémence, se retrouvant pour sortir avec un seul de ses anges gardiens, demandait alors à son jeune frère ou à une amie de jouer les chaperons. Bien qu'ayant « coiffé sainte Catherine[1] », elle ne voulait pas être vue seule avec l'un ou l'autre de ses cavaliers habituels. Elle eût alors donné l'impression d'avoir

---

1. Atteindre vingt-cinq ans sans s'être mariée. Par allusion au bonnet à épingles que porte la patronne des demoiselles.

fait son choix pour former un couple. Sa prudence, proche de la pruderie, était d'autant plus justifiée qu'en l'absence de Tristan Dionys Maximilien se montrait volontiers flirteur.

Les gens heureux, pris par leurs affaires d'argent ou de cœur, accueillent souvent avec indifférence les événements qui ne les concernent pas. Malgré leur propension à se tenir à l'écart de tout ce qui eût risqué de les distraire de leurs occupations ou de leurs plaisirs, Leroy et Dionys, comme tous les Parisiens, s'émurent des explosions de gaz, de plus en plus fréquentes et meurtrières dans la capitale. Rue des Belles-Feuilles, rue Lecourbe, à Saint-Ouen dans la fabrique de feux d'artifice Ruggieri, les déflagrations n'avaient fait que des dégâts matériels et quelques blessés légers, tandis que l'éclatement d'une conduite au restaurant L'Écrevisse, rue Saint-Denis, avait tué deux personnes et blessé une vingtaine d'autres. Quant à l'accident sur le chemin de fer du Nord, près de La Plaine-Saint-Denis, responsable d'une trentaine de blessés, il fut présenté par les exploitants de la ligne comme un progrès en matière de sécurité puisqu'on ne déplorait pas de morts !

Depuis que Maximilien, toujours à l'affût de gains faciles, avait découvert les courses de lévriers au Champ-de-Mars, il invitait ses amis à parier sur les chiens, dont il étudiait le pedigree comme s'il se fût agi de pur-sang. Grande fut sa déception, après quelques pertes incontrôlées, quand la police découvrit que certaines compétitions canines étaient truquées par des bookmakers britanniques.

Au cours de la saison, les deux amis accompagnèrent Clémence à la réception offerte par la Ville de

Paris à la reine de Tahiti, applaudirent au succès de *Manon*, de Massenet, à l'Opéra-Comique, allèrent au Chalais-Meudon voir voler l'aérostat dirigeable, à hélice et moteur électrique, du commandant Charles Renard et du capitaine Arthur Krebs. Plus tard, ils approuvèrent, comme tous les citadins, l'arrêté du préfet de la Seine, Eugène Poubelle, instituant les « boîtes à ordures[1] » pour chaque immeuble.

Plus animée fut, le 14 juillet 1884, leur participation à la manifestation des Alsaciens et des Lorrains, outrés de voir des drapeaux allemands flotter sur l'hôtel Continental, rue de Castiglione. À cette occasion, Maximilien, retrouvant ses ardeurs d'étudiant, fit le coup de poing contre des touristes allemands et des sergents de ville, au cours d'une brève échauffourée. Le soir, Hans Ricker donna un dîner pour ceux qui avaient si vaillamment soutenu les exilés et obligé le directeur du premier palace parisien à amener les couleurs abhorrées.

Au cours de l'été 84, Tristan Dionys se produisit à Dieppe, Ostende et Anvers, avec le sentiment religieux de mettre ses pas dans ceux de Liszt, souvent applaudi en Belgique. Fin août, après un gala de fidélité à l'hôtel des Roches Noires, à Trouville, commença pour le pianiste une tournée d'automne, organisée par Leroy, devenu impresario patenté. Cette série de récitals conduisit Tristan de Nice à Monte-Carlo, puis à San Remo et Pise, villes où il se rendit accompagné de Max. Tandis que le pianiste, dont les journaux reproduisaient le portrait sous les plus flatteuses critiques, faisait

---

1. Ces grands seaux prirent bientôt le nom de celui qui les imposa.

l'apprentissage de la célébrité en signant des auto-
graphes et fuyant les admiratrices fétichistes, Maximilien connaissait des fortunes diverses dans les casinos.
Il lui arriva d'emprunter sans vergogne à son ami de
quoi « se refaire », quand il avait perdu, mais il mettait
un point d'honneur à rembourser ses dettes, dès que
la chance le favorisait.

À Paris, Laure Lépineux se morfondait en l'absence
de son amant et, chaque après-midi, se rendait boulevard Saint-Germain. Méditative, elle fleurissait le portrait photographique que Nadar avait fait de Tristan,
devant son piano. Elle écrivait à son amant des lettres
d'une dilection sensuelle qu'elle n'osait envoyer, sachant
combien Tristan détestait tout ce qui ressemblait, même
en musique, à de la « sensiblerie dégoulinante », suivant
son expression. Leurs retrouvailles suscitaient grandes
effusions et récits circonstanciés du voyageur ; chez
Laure, questionnement fureteur sur les auditrices des
concerts où perçait, pour le plus grand amusement du
pianiste, un soupçon de jalousie.

— Comme j'aimerais vous accompagner dans ces
tournées, pour m'occuper de vous, veiller à votre repos,
à votre confort, soupirait-elle souvent.

Tristan l'assurait, en y mettant le plus de conviction
possible, de son regret qu'il ne pût en être ainsi.

Durant l'hiver, les juges parisiens emprisonnèrent
une marchande de poisson, qui avait jeté son mari par
la fenêtre, mais les magistrats de Marseille acquittèrent
l'épouse du député Clovis Hugues, qui avait tué de six
coups de revolver, en plein palais de justice, un individu poursuivi pour diffamation et chantage à son
égard.

— Les époux Hugues tuent facilement. Rappelez-vous qu'en 1877 Clovis, militant d'extrême gauche, a tué en duel un rédacteur de *L'Aigle*, journal bonapartiste, rappela Max.

— En somme, des gens à ne pas fréquenter, conclut Tristan.

Ces faits-divers, rapportés avec force détails par les journaux, conduisirent Max à répéter qu'il fallait se méfier des femmes, même des adolescentes, car il avait de plus en plus de mal à se défendre des mignoteries impudentes d'Aline Lépineux.

— Lors de sa dernière leçon d'anglais, elle m'a dit, avec un aplomb outrancier : « Je veux être une femme qu'on regarde. Je suis faite pour être admirée. Je déteste les gens qui passent sans me voir, comme ce pianiste, dont Émilie s'est entichée et que ma mère invite au thé, comme s'il était de notre monde. Je veux épouser un prince russe ou un lord qui chasse le renard. » Telles sont les ambitions de cette montée en graine, qui me fourre ses petits seins pointus sous le nez pour m'émoustiller. Mais je me méfie. C'est le genre de fille qui recherche l'expérience du coït, prête ensuite à crier au viol, révéla Maximilien.

— Émilie est bien différente de sa sœur. C'est une tendre, timide, sentimentale, mais à bon escient volontaire. Nous nous entendons bien. Je tremble qu'elle ne découvre ma liaison avec sa mère, s'inquiéta Tristan.

— À mon avis, Aline est plus dangereuse. C'est une perverse et la préférée de son père, prévint Max.

Après un début d'année 1885 qui vit l'ouverture d'une buvette à la Bourse, la première compétition de nage réservée aux femmes, à la piscine de la rue Château-

Landon, et l'arrivée à New York de la statue de la
Liberté, de Bartholdi, le printemps fut marqué par un
deuil national et par une émeute.

Le 22 mai, Victor Hugo rendit au Créateur, dont il
doutait de l'existence, son âme de poète, et le 25, dans
l'après-midi, d'anciens communards, devenus zélateurs
de Karl Marx et réclamant l'avènement de « la révolution sociale », se heurtèrent à la police, au cimetière
du Père-Lachaise, autour du monument dédié aux
fusillés de 1871. On évalua à près de cinq mille manifestants, plus ou moins combatifs, ceux qui tentèrent
de transformer le champ des Fédérés en champ de
bataille contre la république bourgeoise. Pour en
découdre avec la garde républicaine, chargée de saisir
et détruire les drapeaux rouges des communards et les
bannières noires des anarchistes, des groupes s'étaient
armés de bâtons et de pierres. En deux heures,
l'émeute fut maîtrisée et le Père-Lachaise rendu au
recueillement. L'émeute avait fait une trentaine de blessés, dont deux gardiens de la paix, grièvement atteints
par des jets de pierres. On comptait une vingtaine
d'arrestations.

Les Parisiens, plus émus par la mort du chantre
national que par un coup de fièvre révolutionnaire
sans conséquences, convergeaient vers l'hôtel particulier où s'était éteint Victor Hugo. Les gerbes de fleurs
affluaient sur le perron et des milliers d'hommes et de
femmes semblaient décidés à attendre la levée du
corps.

Les députés avaient obtenu, pour l'illustre défunt,
par quatre cent quinze voix sur quatre cent dix-huit,
des funérailles nationales, et un cortège était prévu,
qui conduirait les restes du poète jusqu'à l'ancienne
basilique consacrée à Sainte-Geneviève, qui redevien-

drait, par décision politique, le jour des funérailles, le Panthéon républicain créé par la Constituante en 1791.

Si le trio fantasque s'abstint d'une visite au domicile mortuaire de Victor Hugo, assiégé par autant de curieux que de fervents lecteurs, les trois amis attendirent que fût achevée, le 31 mai, place de l'Étoile, la mise en scène grandiose, conçue par Charles Garnier, architecte de l'Opéra, pour se mêler à la foule éplorée. Comme des dizaines de milliers de citadins, Cléa, Tristan et Max, auxquels se joignit Hans Ricker, montèrent, dans la cohue, les Champs-Élysées, pour voir, sous la voûte de l'Arc de triomphe, le catafalque de vingt-deux mètres au sommet duquel reposait, depuis six heures du matin, le cercueil de l'auteur des *Misérables*.

Le spectacle, voulu par les autorités, devint une attraction nocturne quand, au cours de la nuit du 31 mai au 1er juin, date des funérailles, furent allumées, autour de l'arc, trente-six lanternes en forme d'urne à flamme verte, tandis que douze cuirassiers, brandissant des torches, montaient la garde au pied du cénotaphe orné du médaillon de la république.

— On a dit que, depuis la mort de Juliette Drouet, en mai 1883, Hugo avait perdu le goût d'écrire, qu'il survivait sans plaisir, en attendant ce qu'il nommait lui-même « l'appel de la terre », observa Clémence.

— Ma chère, Juliette a eu des remplaçantes, Léonie d'Aunet et Blanche Lanvin, entre autres, dit Max.

— Plus que ses maîtresses, ses œuvres traverseront les siècles, car elles sont par tous compréhensibles, du prince au crocheteur, prédit Tristan.

— Et nous n'oublierons jamais ce qu'il déclara à la tribune de la Chambre, au lendemain de la démission

des députés d'Alsace et de Lorraine[1], retrait qu'il refusa
d'accepter. Tous les Alsaciens et les Lorrains ont,
comme moi, retenu ces phrases : « La Lorraine et
l'Alsace sont prisonnières de guerre. Conservons leurs
représentants. Conservons-les indéfiniment, jusqu'au
jour de la délivrance des deux provinces, jusqu'au jour
de la résurrection de la France », récita, larme à l'œil,
le père de Clémence.

Le 1er juin, le convoi funèbre, précédé par un régiment de cuirassiers, quitta l'Étoile à onze heures et
demie. Il fut salué, sur le parcours de l'Arc de triomphe
au Panthéon, par plus d'un million de Parisiens, massés
sur les trottoirs. Si le cercueil, sous un simple drap noir,
se devinait dans l'humble corbillard des pauvres, voulu
par Victor Hugo, cette voiture ordinaire, légère et sans
parure, tirée par deux chevaux nus et conduite par un
seul cocher, tel Charon, passeur du Styx, fut jugée par
Tristan et Max d'une simplicité ostentatoire par
contraste avec le convoi d'allure carnavalesque de onze
énormes chars, dont celui des Alsaciens et des Lorrains. Attelés de quatre chevaux coiffés de plumets et
caparaçonnés de drap noir constellé de larmes d'argent,
tous étaient surchargés de gerbes ou de couronnes,
offertes par les nombreuses délégations patriotiques et
ouvrières, venues de province. Ce défilé dura trois
heures, avant que les restes du poète ne fussent déposés
sous le dôme majestueux de l'ancien sanctuaire laïcisé.

---

1. Le 1er mars 1871, après l'adoption par les députés, par 546
voix contre 107 et 23 abstentions, du traité de cession des provinces
de l'Est à l'Allemagne, les représentants élus de l'Alsace et de la
Lorraine avaient remis leur démission, estimant avoir été « livrés,
au mépris de toute justice et par un odieux abus de la force, à la
domination de l'étranger. »

Hans Ricker, au contraire du trio, resta au premier rang des réfugiés d'Alsace et de Lorraine, jusqu'à la fin de la cérémonie. Il entendit quinze discours, prononcés par des personnalités des arts et de la politique, sur le péristyle fleuri du Panthéon.

Le même soir, une association alsacienne de Paris organisa une réception pour les délégués des provinces annexées, venus assister aux obsèques de celui qui, sans parler d'une guerre de revanche, avait su entretenir l'espoir d'une reconquête.

Septembre devait permettre à Tristan Dionys de franchir un nouveau palier dans sa carrière de concertiste. Pour la première fois, il fut sollicité par l'impresario belge qui l'avait déjà engagé pour remplacer un pianiste, gravement malade. Il s'agissait d'assurer un concert de gala, au cours duquel il devrait, en première partie, avec un orchestre réputé, jouer le *Concerto pour piano n° 5* de Beethoven, dit *L'Empereur*, déjà inscrit au programme. Au cours de la seconde partie de la soirée, après l'entracte, il se produirait seul, en tant que pianiste invité, dans un programme de son choix.

Ne s'étant jamais associé à une grande formation, Dionys hésita un moment à s'engager dans l'aventure. Le chef d'orchestre retenu ce soir-là passait pour être d'une autorité pointilleuse et favorable à l'accueil d'artistes étrangers.

Après réflexion, encouragé par Laure et par Maximilien, Tristan donna son accord, quand eut été approuvé son programme pour la deuxième partie de la soirée. Il choisit d'interpréter le *Nocturne n° 2* de Chopin, des *Romances sans paroles* de Félix Mendelssohn et l'*Impromptu n° 2* de Schubert. Puis il se mit à travailler, certains jours pendant dix heures, le concerto de Beethoven, avant de se rendre à Bruxelles où trois répétitions avec l'orchestre étaient prévues.

— Ne vous laissez pas impressionner par le chef. Qu'il comprenne tout de suite que vous lui faites l'honneur de jouer sous sa baguette et que ses musiciens doivent s'accommoder de vos tempi, conseilla Maximilien Leroy.

Il avait appris, par les organisateurs de concerts, à protéger un artiste de l'indifférence affichée de certains chefs, jaloux de leurs prérogatives, qui ne faisaient pas d'effort pour valoriser le jeu du soliste.

Ce fut accompagné de son ami que Tristan se rendit à Bruxelles. Dès le premier moment, les musiciens lui firent sentir qu'il n'était qu'une doublure, un pis-aller, désigné pour remplacer un pianiste adulé par la bonne société bruxelloise. Après un bref entretien avec le directeur artistique et sa présentation au chef d'orchestre, d'une courtoisie forcée, on se rendit dans la salle.

Nullement impressionné par le décor à l'italienne, distant et serein comme à son habitude, Dionys, ayant convoqué un accordeur, veilla à ce que le grand Steinway de concert fût réglé à son goût. Il prit ensuite le temps d'adapter la hauteur de son tabouret à ses longues jambes et se mit au clavier. Comme pour flatter l'instrument, s'attirer ses bonnes grâces, il caressa les touches d'ivoire, évaluant leur résistance à la pression puis se lança dans d'impétueuses « octaves à la Liszt » et une double gamme chromatique, extrait fameux de la *Rhapsodie hongroise n° 1*. Cette démonstration, destinée à préparer le Steinway à ce qui l'attendait, fit soudain taire quelques musiciens bavards. Leur surprise fut encore plus grande quand ils virent que Dionys se préparait à répéter sans partition. Ils n'avaient encore

jamais vu un pianiste jouer ce concerto sans le garde-
fou de la musique imprimée.

— Nous pouvons commencer quand vous voudrez,
dit Tristan au chef d'orchestre, assumant d'office le
choix du moment.

Dès les premières mesures, mécontent de l'acoustique, il fit signe d'interrompre et demanda le déplacement du piano afin que le couvercle, aile unique de
l'instrument, fût ouvert face à la salle, sur le côté
gauche de la scène.

— Ce n'est pas la situation habituelle d'un soliste.
On vous verra de profil et vous serez en partie caché
aux yeux du public des loges latérales. Les gens d'ici
payent pour voir le pianiste, fit observer le chef avec
humeur.

— Je croyais qu'ils venaient pour entendre de la
musique, ironisa Tristan en se rasseyant.

Après cette entrée en matière un peu rude, la virtuosité de Tristan, jouant de mémoire, imposant son
rythme et tirant du piano une sonorité franche, subju-
gua bientôt les instrumentistes. Ces gens aimaient la
musique et surent apprécier l'interprétation d'un pianiste qui, sans tenter de donner, par effet de manchettes et branlements de tête, le spectacle de l'artiste
inspiré et souffrant, tirait du Steinway, avec une
sobriété de geste allant jusqu'à la désinvolture, des sons
d'une envoûtante sensibilité. Le chef, lui aussi conquis,
entra pleinement dans le jeu du Français et y prit manifestement plaisir. Lors de la seconde répétition, les
remarques courtoises que fit Dionys pour donner plus
de relief aux cordes et modérer les vents furent bien
accueillies. La troisième prit des allures de première et
suscita les applaudissements de quelques invités privilégiés, dispersés dans l'obscurité de la salle.

Au soir du concert, le succès privé devint triomphe public. Dionys, qui n'avait prévu qu'un bis, dut se remettre au clavier pour jouer Liszt, *Rêve d'amour*, puis après dix rappels, pour terminer avec cette *Marche de Rákóczy*, qui produisait toujours un effet électrique sur les auditeurs.

Salué par un orchestre conquis, qui avait eu l'occasion de briller, acclamé par les spectateurs debout, Tristan Dionys savoura cet instant unique, vécu comme une récompense par celui qui a offert le meilleur de son art. Abandonnant sa raideur naturelle, il embrassa spontanément la jeune fille qui lui remit une gerbe de roses.

Le souper, dans le meilleur restaurant de la ville, fut le bienvenu après l'effort de concentration de la soirée. Max jubilait en montrant les propositions d'un impresario allemand, présent au théâtre ce soir-là.

En regagnant son hôtel, Tristan découvrit une énorme boîte de chocolats, offerte par le directeur de la salle, et le bristol armorié d'une princesse royale qui, ayant assisté incognito au concert, lui adressait les compliments les plus chaleureux.

Le lendemain, avant de regagner Paris par le train, il fit porter, au pianiste malade qu'il avait remplacé, la gerbe de roses reçue la veille. « Ces fleurs vous étaient destinées », écrivit-il sur sa carte, avant de formuler des souhaits de prompt rétablissement.

Au retour dans la capitale, les deux amis retrouvèrent l'ambiance la plus plaisante pour les Français depuis l'avènement de la IIIe République : les affrontements verbeux des politiciens, en vue des élections législatives des 4 et 18 octobre 1885.

Maximilien Leroy était contraint de s'intéresser à la campagne, pour tenter d'assurer la réélection du député normand qu'il servait depuis des années. Les Ricker se faisaient un devoir de soutenir les candidats de la gauche républicaine, dont Jules Ferry, natif de Saint-Dié, restait le chef incontesté, bien que son gouvernement eût chuté le 30 mars, après un discours virulent de Georges Clemenceau, chef de l'extrême gauche radicale, surnommé « le tombeur des ministères ». S'appuyant sur l'incident de Lang Son, démesurément grossi par les Chinois, qui auraient voulu voir, dans une courte retraite stratégique du général Oscar de Négrier, une défaite de l'armée française engagée au Tonkin, le député du Var s'en était pris à la politique coloniale de la France, conduite par Jules Ferry.

— Même renversé, Ferry, le Lorrain, reste un homme d'État, à qui les Français sont redevables de grands progrès. Il a institué l'enseignement primaire laïque, gratuit et obligatoire ; il a ouvert aux jeunes filles les enseignements secondaire et universitaire ; il a mis au pas les congrégations, dispersé les jésuites et poursuivi la formation, malgré les opposants, d'un empire colonial français en Afrique et en Asie, développa Hans Ricker.

— Sans oublier le droit de réunion, la liberté de la presse et la liberté syndicale, ajouta Maximilien.

— Quant à Clemenceau, il a dû être bien marri quand, le 6 avril, la Chine, par le traité de Tien-Tsin, nous a abandonné l'Annam et le Tonkin, reprit le père de Clémence, qui tenait le chef des radicaux pour un extrémiste dangereux.

Les républicains abordèrent les législatives avec assurance. Pour préparer cette cinquième législature de la IIIᵉ République, la Chambre avait voté le scrutin de liste par département et, au commencement de l'année, lors du renouvellement de quatre-vingt-sept sièges de sénateurs, les républicains, toutes nuances confondues, en avaient remporté soixante-sept.

Cependant, lors du premier tour, les choses se passèrent moins bien et, au soir du 4 octobre, on constata que les conservateurs avaient enlevé d'emblée vingt-cinq départements, y ayant acquis tous les sièges. On comptait en tout cent soixante-dix-sept conservateurs face à cent quatre-vingt-neuf républicains.

Dès l'annonce des résultats, les conservateurs, s'imaginant capables de venir à bout de la république exécrée, menèrent grand tapage à Paris. Arthur Meyer, propriétaire du journal *Le Gaulois*, organe des monarchistes, et Paul Granier de Cassagnac, directeur du journal *Le Pays*, porte-parole des bonapartistes, amplifièrent un succès qui agaça les républicains et les rendit plus pugnaces.

Bien que détendu – son député conservateur avait été réélu, dès le premier tour, comme Jules Ferry chez les républicains –, Maximilien Leroy suivait la campagne du second scrutin, pour deux cent soixante-huit sièges restant à pourvoir, avec une vague inquiétude qu'il communiqua à Tristan Dionys et aux Ricker.

— Si monarchistes et bonapartistes obtiennent une majorité à la Chambre et s'entendent pour gouverner, nous allons à la guerre civile. Le bon peuple ne voudra pas que soient remises en cause les libertés octroyées par la majorité précédente.

Ces craintes se révélèrent vaines car, au soir du 18 octobre, les républicains conservaient, avec trois cent quatre-vingt-deux élus, une majorité, certes amoindrie par rapport à la Chambre élue en 1881, mais assez large, face à deux cent deux conservateurs, dont cent vingt-neuf monarchistes et soixante-treize bonapartistes.

— Les républicains ont perdu soixante-dix-sept sièges et les conservateurs en ont gagné cent quatorze, ce qui prouve que notre république adolescente doit encore se protéger des nostalgiques de la royauté et de l'empire, grommela Tristan Dionys.

— Et, pareillement, des excités du genre Henri Rochefort, qui a été réélu de justesse, alors que les violents révolutionnaires, comme Édouard Vaillant et François Eudes, communards amnistiés, ont été éconduits avec sagesse par les électeurs, renchérit Maximilien Leroy.

— C'est assez réjouissant de voir l'orphelin du communard et l'orphelin du versaillais unis pour la défense du régime parlementaire, dit Clémence avec un rien de malice.

Maximilien et Tristan échangèrent un regard complice, puis le premier répondit :

— Ma chère Cléa, nos honorables pères, sans le savoir, sont morts pour la même cause, à laquelle nous, leurs fils, avons donné le nom de république.

En attendant la revanche

1

Adolescente hardie, parfois indécise, souvent sermonnée par monarchistes et bonapartistes, sans cesse aiguillonnée par des extrémistes de gauche et de droite, qui eussent voulu cette fille de communard, élevée par les bourgeois, plus sociale ou plus conservatrice, la IIIe République connut des crises de croissance.

Celle qui se déclara, le 26 janvier 1886, à Decazeville, dans l'Aveyron, frappa de stupeur les Parisiens, quand ils apprirent, par leurs journaux, comment des mineurs grévistes avaient défenestré le sous-directeur de la Société nouvelle des Houillères et Fonderies de l'Aveyron, Jules Watrin, avant de l'achever à coups d'embarres[1].

Ayant découvert, sur les bordereaux de paie, que leurs salaires avaient été diminués de façon drastique, les mineurs, indignés, s'étaient mis en grève.

Après concertation, les délégués avaient fait connaître leurs revendications : cinq francs par jour pour un mineur, trois francs soixante-quinze centimes pour un manœuvre, la limitation à huit heures de la journée de

---

1. Lourdes pièces de fer ou de fonte, en forme de fuseau, servant à bloquer les roues des wagonnets de mines.

travail[1], la paie « toutes les deux semaines ». S'y était ajoutée l'exigence de l'éviction du sous-directeur, Jules Watrin, lequel était soupçonné de toucher un pourcentage de dix pour cent sur la réduction progressive des salaires !

La grève étant effective dès le matin, les délégués guettèrent l'arrivée de Watrin. Lorrain de naissance, ce brillant ingénieur, sorti en 1859 de l'École des mines de Saint-Étienne, incarnait, aux yeux des mineurs, la rigoureuse gestion imposée par les actionnaires de la compagnie. Celui que tout Decazeville, commune de neuf mille habitants, nommait « le Prussien » concentrait ainsi sur sa personne les rancœurs d'une population qui le traitait couramment d'affameur.

Jules Watrin convainquit cependant les grévistes de désigner des ouvriers pour veiller à la sécurité de la mine, les incendies, dus à la présence de pyrites, étant fréquents et dévastateurs. La consigne acceptée, les délégués réitérèrent leurs exigences et s'entendirent répondre, par le sous-directeur, qu'il n'était pas habilité à en discuter, encore moins à les satisfaire. Il fallait attendre une décision du président de la compagnie, Léon Say, ancien ministre des Finances dans le gouvernement de Freycinet après la chute de celui de Léon Gambetta. Déçus, exaspérés par cet atermoiement, les grévistes, conduits par un certain Bedel, réputé forte tête, orphelin d'un mineur tué par un coup de grisou, se firent menaçants. Watrin, protégé par deux autres ingénieurs et par le docteur Jules Cayrade, maire de Decazeville, n'eut que le temps de se réfugier dans

_____

1. Elle était alors de neuf heures trente aux houillères de Decazeville.

les bureaux de la direction de la mine, dont le maire tenta d'interdire l'accès aux meneurs. Loin de calmer ces derniers, maintenant soutenus par une foule où figuraient femmes et enfants, suivis de citadins, cette dérobade enflamma les plus excités. Ceux-ci finirent par forcer l'entrée des bureaux, bousculèrent le maire, montèrent au premier étage et se saisirent de Jules Watrin. L'un d'eux lui asséna un coup violent à la tête, les autres le jetèrent par la fenêtre. L'ingénieur était encore conscient quand des hommes le frappèrent à nouveau, tandis que des femmes, vraies furies, le piétinaient et proposaient de le mutiler. Transporté dans un bâtiment annexe, l'ingénieur expira tandis que le sous-préfet, impuissant, demandait l'intervention de la troupe.

Bientôt, trois compagnies du 81e régiment d'infanterie, un escadron de dragons et un bataillon du génie vinrent occuper le carreau de la mine, pendant que la gendarmerie procédait à l'arrestation de plusieurs mineurs, dont les assassins de M. Watrin.

Le lendemain, l'arrivée du procureur général de Montpellier, M. Baradat, incita la direction des houillères à étudier les revendications des mineurs, qui acceptèrent de reprendre le travail.

Au cercle de l'Union artistique, où se retrouvèrent en habitués, Tristan Dionys, Maximilien Leroy et Hans Ricker, les commentaires équivalaient le plus souvent à une condamnation des émeutiers, déjà prononcée en termes véhéments par les journaux conservateurs, comme *Le Matin*, *Le Gaulois*, *Le Français*, mais aussi, avec plus de nuances, par les feuilles républicaines, comme *Le Courrier républicain*, que Max et Tristan estimaient objectif. Dans ce dernier, on pouvait lire : « La République a donné aux ouvriers la plus grande somme de liberté. Ils ont pour eux l'organisation professionnelle et la Fédération des Syndicats. Qu'ils en profitent pour discuter pacifiquement leurs intérêts, mais qu'ils repoussent la colère et la violence. Nous les en adjurons. Autrement, ils laisseraient croire qu'ils sont indignes de la liberté. »

Hans Ricker se montra beaucoup plus catégorique. Le fait que l'ingénieur assassiné, Jules Watrin, fût un Lorrain bon teint entrait en considération dans la colère que lui inspirèrent les événements de Decazeville.

— Jamais les ouvriers n'ont eu autant la possibilité de faire connaître leurs besoins et d'exiger que les patrons y prêtent attention. Mais, se sont glissés, dans les usines et les mines, des meneurs marxistes, des anarchistes, des fauteurs de troubles, qui poussent à l'insurrection et répandent, parmi les travailleurs, calomnies et mensonges, propres à mettre les honnêtes gens en colère, dit-il avec humeur.

Leroy, qui revenait de la Chambre, où l'affaire de Decazeville avait été évoquée, intervint :

— Un groupe parlementaire socialiste s'est, depuis peu, formé à l'Assemblée. Il se dit solidaire des mineurs de Decazeville. Bien que peu nombreux, ces députés, souvent anciens communards amnistiés, comme Clovis Hugues et Zéphirin Camélinat, se veulent actifs. Ils ont interpellé le gouvernement, pour demander que soit fixé, pour les mineurs, un minimum de salaire. Georges Clemenceau, cependant radical de gauche, qui vient de faire sortir de prison Louise Michel, s'y est opposé. Il a dit que le minimum de salaire serait du communisme pur et qu'il ne pouvait accepter cette doctrine. « Ce serait organiser une prime à la paresse et amener fatalement les patrons à rogner le gain du laborieux pour aider celui du fainéant », a-t-il ajouté.

— La mort d'un ingénieur, sans pouvoir de décision sur les salaires des mineurs, aura des suites politiques. On peut craindre une exploitation de ce crime, aussi bien par les conservateurs que par les révolutionnaires utopistes, qui rêvent d'une nouvelle Commune. Louise Michel, à peine sortie de prison, a lancé, avec son exaltation coutumière : « Nous étions endormis, le coup de canon de Decazeville nous a réveillés. Le peuple se prépare, encore une fois, à sauver le monde », récita Tristan.

— Et Jules Guesde, apologue de la Commune, qui n'obtint que quatre cent quatre-vingt-une voix aux élections de 81, attise les rancœurs dans *Le Cri du peuple* et organise des manifestations, espérant les voir déboucher sur une révolution, qui supprimerait le droit de propriété, compléta Max.

— Ces gens se conduisent en ennemis de la république, qui a eu tant de mal à imposer ses lois, fit observer M. Ricker.

— La république n'a pas à s'inquiéter. À l'Assemblée, il n'y a que neuf députés, plus ou moins socialistes, qui s'applaudissent entre eux, ce qui amuse les autres. À part ces anciens communards, tous les élus, de la gauche à la droite, sont prêts à punir les assassins de Watrin, afin de décourager les extrémistes de tout bord, compléta Leroy.

Le pianiste, se souvenant de l'époque où il vivait de pain bis et de fromage, en buvant de l'eau claire ou, les bons jours, du thé dix fois allongé, revint au concret du quotidien.

— Mais enfin, quand le kilo de pain blanc coûte quarante-deux centimes et le kilo de viande de bœuf un franc soixante-six, comment fait, pour nourrir et loger sa famille, un ouvrier ou un mineur, qui gagne

moins de cent cinquante francs par mois ? Il faut que
les propriétaires des mines et les maîtres de forges, qui
n'ont jamais connu la faim, acceptent de rétribuer plus
justement ceux qui, à la sueur de leur front, leur permettent de remplir leur compte en banque et de parer
leurs épouses de bijoux, dit Dionys, soudain agacé.

— Il y a de bons et de mauvais patrons, comme il
y a de bons et de mauvais ouvriers. Qu'on prenne partout exemple sur nos provinces de l'Est. En Alsace et
en Lorraine, nous avons construit des maisons, à très
faible loyer, pour les ouvriers de nos filatures et de
nos usines. Nous avons fondé des écoles, des dispen-
saires, des coopératives, des bibliothèques. Et nous
avons encouragé nos travailleurs à économiser, pour
devenir, avec notre aide, propriétaires. Car, la propriété
rend son possesseur plus laborieux, le retient dans sa
famille, l'éloigne des brasseries et occupe utilement le
temps que l'ouvrier ne passe pas au travail. À ce système, beaucoup en Alsace ont trouvé leur compte, les
industriels comme les salariés. Le patron, au sens premier du terme latin *patronus*, doit être aussi un protecteur, expliqua Hans Ricker.

— Allez proposer cette définition à Léon Say. Vous
serez bien reçu ! conclut Maximilien en riant.

Au cours des semaines qui suivirent, des événements
d'ordre privé prirent, pour Max et Tristan, le pas sur
l'agitation politique, née du drame de Decazeville.
Chez les Lépineux, éclata, par la faute d'Aline, le scandale redouté par Tristan Dionys.

La fille aînée de Laure avait remarqué combien sa
mère était devenue, depuis quelques mois, enjouée et
pleine de vivacité. Finies les migraines, les après-midi
passés dans la pénombre de son boudoir, volets clos,

rideaux tirés, repas éludés. Elle avait entendu Mme Lépineux, appeler par son prénom le professeur de musique et avait surpris leurs conciliabules. De surcroît, elle avait constaté que sa mère sortait souvent, quand Émilie n'avait pas de leçon de musique. Un après-midi d'avril, elle décida de la suivre discrètement dans une de ses promenades et la vit entrer, boulevard Saint-Germain, dans la cour d'un immeuble qu'elle savait être la propriété de sa mère. Ayant franchi le porche, Aline perçut le son d'un piano. Quand la concierge lui demanda ce qu'elle cherchait et qu'elle eut répondu « un professeur de musique », elle connut l'identité du pianiste et fut édifiée : sa mère rejoignait M. Dionys, le maître d'Émilie.

Dès le lendemain, Aline, bien décidée à user de sa découverte pour faire avancer sa relation avec Maximilien Leroy, de qui elle croyait être amoureuse, renouvela, auprès de son professeur d'anglais, une offensive jusque-là improductive. Elle se mit à le cajoler avec plus d'audace que jamais, osant ouvrir sa blouse sur sa maigre poitrine. Comme Leroy demeurait, comme toujours, insensible, et riait de ces avances, elle le menaça :

— Si vous ne faites pas, avec moi, ce que maman fait avec le pianiste, dans son logement du boulevard Saint-Germain, parfois dans son boudoir, ici même, je rapporterai à mon père tout ce que je sais ! s'écria-t-elle, le feu aux joues, en proie à la plus juvénile concupiscence.

Maximilien comprit que l'heure était venue de rompre avec cette pucelle tourmentée par les sens, et de clarifier une situation qui l'embarrassait autant que son ami Tristan. Bien conscient qu'il allait déclencher le scandale, il repoussa vivement Aline, la pria de rétablir l'ordre de sa toilette et, comme elle le défaisait, fit mine de la gifler.

— Rapportez ce que vous voudrez à votre père, vous rendrez service à tout le monde. À moi, le premier, car je mets fin, ce jour, à mes leçons, dit-il en se préparant à quitter la pièce.

Cette réaction inattendue laissa l'adolescente pantoise. Elle ne s'attendait guère à un tel encouragement.

Le soir même, tandis qu'Albert Lépineux s'habillait pour sortir, elle le rejoignit et dit tout ce qu'elle avait découvert, avant d'accuser Leroy d'avoir tenté, à plusieurs reprises, de l'embrasser et, cet après-midi encore, de porter la main sur son buste.

— J'ai dû me défendre avant de lui demander de prendre la porte, ajouta-t-elle, jouant les vierges offensées.

— Je me doutais bien qu'il y avait quelque intrigue entre ta mère et le musicien, mais je ne croyais pas Maximilien Leroy capable d'une telle inconduite. Je dois sortir : un dîner important. Mais je réglerai ça demain. Jusque-là, pas un mot à ta mère… ni à ta sœur, n'est-ce pas !

— J'espère que vous allez le congédier, ainsi que le pianiste, qui abuse de la gentillesse de maman, acheva-t-elle avec force.

— C'est mon intention. Mais, motus, ma petite.

C'est en sifflotant, assez satisfait d'une dénonciation d'adultère qui le laissait indifférent, mais dont il espérait bien tirer profit, que Lépineux sonna le majordome.

— Convoquez, pour demain matin, onze heures, MM. Dionys et Leroy. J'aurai à leur parler. Et tenez votre langue ! ordonna-t-il en endossant son habit.

Firmin sourit en s'inclinant.

Chez les Lépineux, comme dans toutes les familles pourvues d'une nombreuse domesticité, du majordome à la cuisinière, tout était connu de ce que les maîtres croyaient tenir caché. Si Mme Lépineux était aimée de son personnel, son mari, dont on connaissait les turpitudes, était plus méprisé que craint.

Avant d'envoyer un commissionnaire chez les professeurs, Firmin s'empressa de prévenir Mme Lépineux de ces convocations, dont il devinait la raison. Le vieux domestique, comme la femme de chambre de Laure, savait à quoi s'en tenir, aussi bien sur la relation de Madame la Comtesse avec M. Dionys que des élans libidineux d'Aline, qu'ils avaient vue à l'œuvre avec d'autres que M. Leroy.

— Laissons venir, mon brave Firmin. Demain, je sortirai pendant l'entrevue, qui promet d'être orageuse, dit Laure, sans s'émouvoir.

Max et Tristan s'étaient préparés à l'entrevue.

— Laissez-moi parler. Si nous ne sortons pas de là avec de quoi nous offrir un dîner chez Foyot, je me laisse pousser la barbe, dit Leroy en arrivant chez Lépineux, à l'heure dite.

Dans le hall, ils croisèrent Laure, pimpante et amusée, prête à sortir.

— Quoi qu'il arrive, vous resterez le professeur d'Émilie, dit-elle à Dionys.

— J'y compte bien, répondit Tristan.

Assis derrière un grand bureau, aussi net et dégarni de dossiers qu'un meuble d'exposition, M. Lépineux, adossé dans son fauteuil, les pouces dans les emmanchures de son gilet, prit un air sévère.

— Messieurs, j'ai décidé, en raison du trouble grave que vos façons de faire ont semé dans cette maison, chez Mme Lépineux et chez ma fille Aline surtout, de me passer de vos services. En ce qui concerne la relation… particulière et offensante que M. Dionys a tenté d'établir avec une honnête et vertueuse mère de famille, je lui interdis désormais mon seuil. Quant à M. Leroy, j'ai hésité à prévenir un commissaire de police de ma connaissance. Une tentative de viol sur une adolescente sans défense est un crime, que la loi punit sévèrement.

— La loi prévoit-elle une peine, pour tentative de viol d'un professeur d'anglais, par une pucelle qui a le feu sous sa jupe ? demanda Max avec sérieux.

— Comment osez-vous porter pareille accusation sur une adolescente ? s'indigna Lépineux.

Maximilien, jusque-là serein, se dressa de toute sa taille.

— Assez plaisanté ! Nous n'avons pas, M. Dionys et moi, de temps à perdre. Écoutez Bébert – le sobriquet fit sursauter Lépineux –, coqueluche des prostituées de la Folie-Pompadour ; écoutez Lépineux, agent de change véreux, qui va se retrouver bientôt en prison ; écoutez, suborneur connu des petits rats de l'Opéra : nous n'avons que mépris pour qui déshonore sa femme et ses filles. Payez ce que vous nous devez, plus dix louis chacun, au titre de préjudice moral, pour vos accusations infondées, ou je vais, de ce pas, raconter à Monsieur le Procureur de la République ce que je sais de vos agissements.

— Que savez-vous donc ? dit Lépineux, s'efforçant à la vigueur, bien que visiblement atteint.

— Mon vieux Bébert, vous figurez dans le dossier du canal de Panama, en cours d'instruction, et aussi, dans celui de votre ami, le marquis de Rais[1], à propos

---

1. Le marquis du Breuil de Rais – ou Rays ou Retz – mourut dans un asile d'aliénés, après avoir purgé une lourde peine de prison.

des concessions imaginaires que vous avez tous deux vendues, à Port-Breton, en Nouvelle-Irlande[1], à de braves gens, des Italiens, des Espagnols et des Français. Ils sont près de cinq cents, qui vous ont versé mille huit cents francs or, il y a six ans, et n'ont trouvé que la jungle en arrivant sur une île qui n'avait rien du paradis bien organisé, décrit dans les brochures trompeuses que vous avez rédigées et illustrées. Ceux qui ne sont pas morts de fièvre dans la jungle vont vous demander des comptes ! De quoi vous envoyer en prison pour de nombreuses années, comme le cher marquis, déjà condamné pour escroquerie il y a deux ans. Alors, cessez de jouer à l'homme digne. Vous êtes un chevalier d'industrie, un faquin, doublé d'un Sardanapale[2] de bas étage. Sans la fortune de votre femme, vous seriez déjà au bagne. Alors, payez et cachez-vous, acheva Maximilien Leroy.

— Vous ne croyez tout de même pas que je vais céder à pareil chantage ! dit Lépineux.

Blême, il quitta son fauteuil et se mit à marcher nerveusement, apeuré, incapable de dominer un désarroi d'animal traqué.

— Le ministre des Affaires étrangères et le procureur de la République, eux, y céderont ! compléta Max.

---

1. La Nouvelle-Irlande ou Tombara, dans l'archipel Bismarck, en Mélanésie (Océanie), comprend de nombreuses îles, au nord-est de la Nouvelle-Guinée. En 1878, elle était française avec, pour capitale, Port-Breton.

2. Roi légendaire d'Assyrie, menait une vie dissolue. Attisa une rébellion conduite par le gouverneur de Babylone. Pour ne pas tomber aux mains des rebelles, se jeta avec ses femmes dans un gigantesque bûcher. A inspiré un poème à Byron et, à Eugène Delacroix, un des chefs-d'œuvre de la peinture du XIXe siècle, exposé au salon 1827-1828, *La Mort de Sardanapale*, aujourd'hui conservé au musée du Louvre.

Vaincu, Lépineux se rassit, tira une clef d'une poche de son gilet, ouvrit un tiroir et sortit une bourse de velours.

— Cette fois, vous me ruinez vraiment, c'est tout ce qui me reste, dit-il en comptant vingt louis sur son sous-main.

Max s'empressa de les empocher et fit un signe à Tristan, muet de stupéfaction, de le suivre.

— Laissons ce bon époux et honorable père de famille à ses remords, dit Leroy en se dirigeant vers la porte, après un dernier regard glacial au père d'Aline.

Comme annoncé, le soir même, les deux amis dînèrent chez Foyot, bien que Tristan eût du mal à dissimuler son inquiétude quant au sort de Laure.

— Ne vous faites pas de souci. Mme Lépineux, s'adressant au juriste et non au professeur d'anglais, est venue, il y a quelques jours, me demander conseil. Elle sait maintenant comment agir pour se libérer du gibier de potence qu'elle a épousé, dit Max.

Levant sa coupe de champagne, il porta un toast « à la justice et à l'amour ».

— Espérons ! concéda Tristan d'un ton lugubre, qui amusa son ami.

— Mon vrai souci vous concerne, Tristou. Je crains que Laure, femme libre, ne vous accapare et ne devienne vite envahissante, risqua Max.

— À ce jour, elle ne l'a pas été et je ne souhaite que son bonheur.

— Même au prix de votre liberté ?

— Au prix de ma liberté d'amant, pas de celle de mon art, dit Dionys avec force.

— Je vais être indiscret : êtes-vous vraiment amoureux de Laure ? osa Max.

— Je l'aime... parce qu'on ne peut l'approcher et la connaître sans l'aimer.

— Mais, pas plus que moi, vous ne succombez à l'aveuglante passion amoureuse, insista Max.

— Y succomber simplifierait pourtant les choses, soupira Tristan.

— Bon Dieu ! que vous avez l'esprit chantourné, s'exclama Leroy en riant.

Lassée des frasques humiliantes et coûteuses de son mari, Laure Lépineux avait, longtemps, regretté que le divorce, institué par l'Assemblée constituante en 1792, eût été supprimé sous le premier Empire, en 1816. Elle s'était donc réjouie quand, le 7 juillet 1884, la loi sur le divorce avait été rétablie par les députés, sur proposition du sénateur Alfred Naquet. On avait estimé, à l'époque, qu'un ouvrage, fort discuté[1], d'Alexandre Dumas fils, n'avait pas été sans influencer les parlementaires.

Après les scènes causées par les révélations de sa fille Aline, suivies du licenciement de Tristan Dionys et de Maximilien Leroy par son mari, elle se résolut, enfin, à entreprendre l'action conseillée par son père et par Max, consulté en cachette. Au lendemain de l'entretien de son mari avec les deux professeurs, Laure décida d'imposer à Lépineux une séparation de corps et de biens, en attendant le prononcé du divorce.

Cela lui permettrait de vivre librement sa liaison avec Tristan et de retrouver les droits dont la loi privait les femmes mariées. D'après Maximilien, juriste avisé, sa demande serait certainement reçue par le juge des Affaires matrimoniales, parce que justifiée par la loi.

---

1. *La Question du divorce*, Calmann-Lévy, Paris, 1880.

Celle-ci accordait, en effet, la séparation en cas « de violations graves et répétées des obligations du mariage, qui rendent intolérable la vie commune ».

Au matin, Mme Lépineux annonça abruptement à son mari son intention d'engager la procédure.

— Il est temps que je me sépare d'un tel débauché, si peu soucieux du respect de sa famille, acheva-t-elle.

Comme elle s'y attendait, Lépineux regimba au cours d'une scène digne d'un vaudeville à la mode. Il s'écria que sa conduite avait toujours été irréprochable et que tout ce dont sa femme voudrait l'accuser ne serait que médisance.

Connaissant la détermination dont Laure était capable, il choisit de passer à la contre-attaque.

— Je puis prouver que vous êtes une mère indigne. Que vous avez un commerce coupable avec certain professeur de musique, que j'ai jeté dehors. Vos filles ont été témoins de scènes que la plus élémentaire pudeur réprouve. Hein ! Pourrez-vous le nier, si je vais raconter ça au juge dont vous me menacez ?

— Vous oseriez mêler Aline, une fille de quinze ans, à nos affaires ?

— Elle s'en est bien mêlée toute seule.

— Je sais ce qu'elle vous a rapporté. Je sais, aussi, pourquoi elle l'a fait. Demandez-lui donc ce que cette petite vicieuse, qui vous ressemble tant, voulait obtenir de son professeur d'anglais, dit Laure.

— Celui-là, je l'ai mis à porte, avec votre croque-notes. Il aurait pu violer Aline.

Laure partit d'un grand éclat de rire.

— On aurait pu penser ça, bien sûr. Mais, mon cher, c'est l'inverse, qui aurait pu se produire. Ma femme de chambre et Firmin ont vu comment notre fille se conduisait avec M. Leroy. Il devait se défendre de ses manœuvres maladroites, de baisers réclamés avec insistance. Voulez-vous que j'appelle Marie et le majordome, pour vous dire ce qu'ils ont vu et entendu, pendant les cours d'anglais ? Avec un homme moins honnête que M. Leroy, votre fille fût devenue le jouet d'un amateur de chair fraîche dans votre genre. Vous savez comment procéder, vous qui payez des mères, cupides et sans entrailles, de petits rats de l'Opéra, pour qu'elles vous livrent leurs filles. Alors Albert, tenez-vous coi, sinon je ne ferai aucun obstacle au scandale public, dit calmement Laure.

— Ragots de votre pianiste ! s'insurgea avec moins de conviction l'agent de change.

— Si vous le prenez ainsi, je serai contrainte de produire des témoins, qui attesteront que vous entretenez une maîtresse, dont j'ai le nom et l'adresse, que vous fréquentez les prostituées d'un établissement du boulevard Suchet. Vous y jouissez même, à ce qu'on dit, d'une certaine notoriété. Les filles vous appellent Bébert et se livrent avec vous à des séances de débauche. Vous êtes, aussi, bien connu dans les coulisses des Folies-Bergère, pour votre assiduité auprès des danseuses. Un régisseur a même dû intervenir, récemment, pour vous faire reconduire à la sortie par des machinistes ! jeta Laure.

Albert Lépineux pâlit en entendant ce réquisitoire, bien étayé. Comment sa femme était-elle si bien renseignée ? Laure vit sa main trembler, quand il ralluma le cigare qu'il avait laissé s'éteindre.

— Que comptez-vous faire et où cela vous mènera-t-il ? finit-il par articuler, courroucé.

— Au divorce, que je vais demander !

— Au divorce ! Pensez à nos enfants, madame.

— C'est à elles que je pense, justement. Si vous acceptez la procédure de divorce, par consentement mutuel pour incompatibilité d'humeur, je n'aurai pas à produire d'autres motifs devant le juge des Affaires matrimoniales. Vous éviterez ainsi l'opprobre de vos amis et, à votre famille, le scandaleux étalage de vos turpitudes.

— Il ne vous reste donc aucun sentiment pour moi, gémit Albert.

— Du mépris, seulement.

— Vous me tuez ! Je vais consulter un avocat, dit-il, hargneux.

— S'il est sage et compétent, il vous dira qu'il existe une alternative : l'acceptation de ce que je propose ou le scandale public, suivi de la condamnation, fort préjudiciable à un agent de change, dont la réputation à la Bourse n'est déjà pas flatteuse.

Le débit, calme et assuré, de sa femme laissa Albert Lépineux pensif. Retors et sans vergogne, il tenta de monnayer une acceptation, qu'il savait ne pouvoir longtemps différer.

— Si votre père désintéresse, comme il l'a déjà fait à votre demande, mes créanciers les plus belliqueux, je vous suivrai, dit-il.

— Il paiera vos dettes en cours, pour vous éviter la prison, avant de vous faire signifier, par notaire, qu'il n'en sera plus de même à l'avenir, dit-elle.

Les effets du divorce que Lépineux fut contraint d'accepter, sous peine de se voir traîner devant le juge des Affaires matrimoniales et de devenir la risée du Palais de justice et du palais Brongniart, lui causèrent un vrai préjudice.

Laure, et c'est ce qu'elle avait souhaité avant tout, échappait désormais au devoir de la cohabitation, recouvrait sa pleine responsabilité civile, bénéficiait de la séparation concrète de ses biens d'avec ceux d'un homme qui avait dilapidé les siens. La séparation privait aussi Lépineux du droit à la succession de sa femme, ainsi que des avantages qu'elle lui avait, jusque-là, consentis, par l'intermédiaire de son père. Il devrait, néanmoins, assurer la subsistance des enfants, ce dont il comptait bien se dispenser, et pourrait user du droit légal de visite à ces dernières.

L'hôtel particulier où logeait le couple appartenant au père de Laure, Lépineux fut aussi contraint de vider les lieux, comme le lui avait signifié le juge.

— Vous me mettez sur le pavé ! Où vais-je loger ? s'écria-t-il alors.

— Dans votre garçonnière de la rue de Rivoli : il paraît qu'elle est très confortable ! Ou dans cet hôtel du boulevard Suchet, dont vous semblez être actionnaire ! Ou encore dans la loge d'une comédienne, persifla-t-elle.

Aline, consternée par les conséquences de ses révélations, mais hargneuse et butée, décida de suivre son père, quand il quitta le domicile autrefois conjugal.

— Papa a une belle situation en vue, dans la banque, à Londres. Je pars avec lui. Il aura besoin qu'on s'occupe de son intérieur et, moi, j'épouserai un lord ou un millionnaire de la City, déclara-t-elle sur le ton du défi.

— Si tu es malheureuse, si tu manques de quoi que ce soit, tu pourras toujours revenir près de moi, dit Laure à sa fille aînée.

Elle redoutait l'inconfort, peut-être la misère, dans lesquels Aline serait sans doute contrainte de vivre avec un père qu'elle ne voyait pas s'amender.

Émilie pleura beaucoup, plaignit sa sœur et se consola en voyant sa mère plus sereine, séparée d'un mari dépravé. Elle-même accepta sans regrets d'être éloignée d'un père qui ne l'avait jamais aimée.

À la fin de l'après-midi du 5 mars, Maximilien Leroy se présenta, comme d'habitude, en coup de vent et très excité, chez Dionys, occupé à travailler une œuvre de César Franck qu'il voulait donner en concert.

— Un anarchiste a jeté une fiole d'acide prussique[1] à la corbeille de la Bourse et, comme ce geste, d'abord incompris, a été inopérant, il a sorti un revolver et tiré cinq balles à l'aveuglette. Les projectiles n'ont atteint personne, mais ils ont causé une vraie panique, expliqua Max sans reprendre souffle.

— Un fou, sans doute ! observa Tristan.

— Non, un anarchiste. Il a été arrêté. C'est un Italien[2], croit-on, mais, à coup sûr, un de ces illuminés qui prennent au mot les appels à la destruction de la république, dite bourgeoise, que lancent périodiquement Louise Michel et ses amis. Car, on sait, au ministère de l'Intérieur, que d'autres anarchistes sont prêts à passer à l'action, expliqua Leroy.

— Ces gens n'ont aucune chance de réussir.

— Certes, car la population les déteste, mais ils peuvent encore tuer des innocents, acheva Max.

Quelques semaines plus tard, Laure, plus pimpante que jamais, rejoignit Tristan dans le nid du boulevard Saint-Germain.

---

1. Poison violent, à base de cyanure d'hydrogène.
2. Il fut condamné, la même année, à vingt ans de travaux forcés. Après son agression d'un gardien, sa peine fut transformée en condamnation à mort, puis commuée en travaux à perpétuité, le 30 décembre 1887.

— Ce soir, nous faisons la fête. Invitez votre ami Leroy et la belle Alsacienne. Nous dînerons chez Foyot. Et cette nuit, je resterai ici, avec vous. Je suis maintenant une femme libre. Le juge m'a fait signifier, cet après-midi, ma séparation définitive d'avec Lépineux, lança-t-elle, radieuse.

Pendant le repas, Tristan eut la vague et irritante intuition que le trio fantasque menaçait de virer au quatuor bourgeois. Face au couple déclaré qu'il formait avec Laure, Max et Cléa offraient toutes les apparences d'un autre duo. Leroy ne fit rien, au cours de la soirée, pour détromper l'assistance. Le personnel ne manqua pas de commenter, en aparté, et de se réjouir de voir deux habitués du restaurant enfin accompagnés de femmes.

— J'avais cru, jusque-là, que MM. Dionys et Leroy appartenaient au même club qu'Oscar Wilde, osa, avec plus de franchise que de tact, la demoiselle du vestiaire.

— Pas plus aujourd'hui qu'hier ! Ne vous fiez jamais aux apparences ! dit sèchement le maître d'hôtel.

Tristan et Laure, que Max avait déjà, avec son aplomb coutumier, surnommée Laurette, passèrent leur première nuit ensemble. La divorcée eut le sentiment coquin de vivre une page du roman de Dominique Vivant-Denon, *Point de lendemain*, qui lui tirait des larmes à chaque lecture.

— Ce fut une vraie nuit de noces ! commenta-t-elle au matin en préparant maladroitement le petit déjeuner, ce qui ne lui était jamais arrivé.

Dès qu'elle eut regagné son hôtel, Tristan se prit à penser que l'apparition de Laure risquait de compromettre l'équilibre du trio fantasque, fixé depuis cinq ans par un pacte avec Max. Cette idée reçut confirmation quand, par une matinée printanière, Leroy

entraîna ses deux amis à la fête des Fleurs organisée
dans le jardin des Tuileries.

Après avoir demandé au pianiste des nouvelles de
sa maîtresse – « femme superbe et qui a l'air de vous
adorer » – Clémence, au cours d'un aparté avec Dionys, émit une crainte.

— Je sais que Max ne compte plus ses maîtresses
d'une nuit ou d'un mois. C'est une façon de vivre en
chasseur, que nous acceptons. Elle ne peut amoindrir
l'amouritié, sentiment composite, dont il paraît être
l'inventeur et que tous deux me portez, puisque, d'un
commun accord nous sommes unis par nos seuls penchants affectifs. Or, maintenant, vous, Tristan, vous
êtes pris, plus par le cœur que par les sens, dit-elle.

Dionys comprit que Cléa s'estimait soudain privée
d'une part de l'amour platonique que lui portaient, en
un seul faisceau de tendresse et d'attentions, les deux
hommes dont elle partageait les passe-temps, charme
et prix de son existence depuis qu'elle avait rencontré
les deux amis.

— Ma relation avec Laure ne modifie en rien
l'amouritié – pour reprendre le mot de Max – que je
vous porte, Cléa. Et cela ne changera pas, non plus,
nos habitudes de sorties à trois. Laure ne tient pas à
s'immiscer dans notre trio, qui est un bloc indépendant, assura Tristan.

Le retour de Max, qui apportait des glaces en cor-
net, mit fin au dialogue, sur un sourire satisfait de
Mlle Ricker.

Dès sa présentation à Laure, Clémence avait subodoré qu'un de ses anges gardiens avait perdu tout ou
partie de sa liberté affective et qu'elle apparaîtrait, tôt
ou tard, comme la seule cavalière attitrée de Leroy.

Aussi, décida-t-elle de ne plus jamais accepter de sortie à quatre.

Les craintes de Maximilien Leroy, de voir son ami assujetti à l'emploi du temps et aux caprices de sa maîtresse, se révélèrent vaines. Dès qu'elle fut installée dans son indépendance de femme divorcée, Laure insista pour ne rien changer à leurs habitudes, sauf si Tristan souhaitait, parfois, la retenir la nuit près de lui ou l'emmener en voyage. Elle ne voulut pas, non plus, qu'Émilie, maintenant informée de la relation amoureuse entre sa mère et son professeur de musique, ce qui semblait lui plaire, éprouvât, du fait de l'absence de son père et de sa sœur, le sentiment d'être abandonnée, dans une maison peuplée des seuls domestiques.

Un soir, dans la thébaïde du boulevard Saint-Germain, Laure, sensitive à l'extrême et peut-être éclairée à demimot par Leroy, ennemi juré de ce qu'il nommait « le collage », aborda l'évolution de leur liaison.

— Je ne saurais vous contraindre à me voir plus que vous ne le souhaitez, ni même à m'être fidèle au-delà de vos désirs. Moi, je ne puis plus aimer personne, mais vous devez développer un talent déjà reconnu. Vous aurez, sans doute, besoin de nouvelles sources d'inspiration. Je veux respecter votre liberté d'artiste, car l'artiste n'est pas un homme ordinaire, on ne peut lui appliquer les règles du commun des mortels… même en amour, dit-elle, pensant que l'inspiration ne pouvait venir que des femmes.

Tristan, sourit, lui prit la main et la rassura.

— Ce qu'on nomme inspiration, Laurette, est la faculté de capter dans la vie courante, dans la nature, chez les êtres rencontrés ou seulement croisés, parfois dans les événements ou à la lecture d'un poème, ce qui suscite en moi une réaction intime et spontanée. Ainsi, notre dernière promenade à Saint-Cloud m'a fourni le thème d'une petite ballade, encore sans titre, que je vous livre, dit-il, se mettant au piano.

Elle écouta religieusement le morceau, un air bucolique et serein tout en nuances, avec réminiscences identifiables, de la lenteur des pas de promeneurs enlacés, du vent dans les frondaisons et, motif discret et répétitif, des notes voilées du chant simplet de la mésange bleue.

— C'est beau ! C'est beau ! Je reconnais tout de cette heureuse matinée de printemps. Appelez cette pièce _Au matin dans les bois de Saint-Cloud_, proposa-t-elle, naïvement.

— Cette ballade vous appartient. Nous l'appellerons ainsi, dit Tristan en écrivant le titre proposé sur la partition.

Le 20 mars, jour anniversaire de sa rencontre avec Maximilien Leroy, au pied de la colonne Vendôme, Tristan Dionys apprit que Franz Liszt était arrivé, la veille, à Paris, venant de Liège et d'Anvers, où il avait donné des concerts. Comme souvent, il vit, dans cette coïncidence de dates et dans le fait que Liszt venait de jouer dans des villes belges où il s'était lui-même produit, un signe du destin, ce qui fit rire Maximilien.

On sut par les journaux que « le plus grand pianiste du siècle » était descendu à l'Hôtel de Calais, « où il avait trouvé sa suite jonchée de bouquets de fleurs, envoyés par des admirateurs ». Deux jours plus tard, on publia que Liszt résidait, maintenant, chez le peintre hongrois von Lieb Mihály Munkácsy et sa femme, Cécile. Ces fortunés habitaient un hôtel particulier de l'avenue de Villiers, somptueusement meublé. La première maison de Paris à être éclairée à l'électricité, assuraient les chroniqueurs. Quand Laure fut invitée, le 23 mars, par Mme Munkácsy, qu'elle connaissait, à une soirée en l'honneur de Liszt, elle s'y rendit, accompagnée de Tristan. Celui-ci fut intimidé quand Laure lui désigna, dans la foule des invités, Alphonse Daudet, le comte de Hoyos, le comte et la comtesse de Pourtalès, et qu'il reconnut son professeur de l'École Niedermeyer, Camille Saint-Saëns, et le compositeur Charles Gounod, au milieu de personnalités politiques.

L'intermède musical étant dédié à Liszt, Camille Saint-Saëns et Louis Joseph Diemer se mirent au piano pour interpréter, à quatre mains, les *Préludes*, puis ils accompagnèrent la belle Mme Conneau[1] dans des mélodies, avant de jouer *Consolation*, pièce de Liszt pour piano et violoncelle. Ils terminèrent par la *Rhapsodie hongroise*, que Franz Liszt venait de dédier à l'hôtesse. Le pianiste hongrois, bien que visiblement las, se mit à son tour au clavier, pour improviser un épilogue fort applaudi.

Tristan aurait voulu s'adresser à son idole, mais il ne put approcher Liszt. Aucun des musiciens, dont ses anciens professeurs de l'École Niedermeyer, qui avaient reconnu, dans le cavalier de l'ex-Mme Lépineux, le pianiste présenté par les critiques comme le nouveau grand virtuose, ne se soucia de présenter Dionys au héros de la soirée. Réaction mesquine de gens en place, peu désireux de mettre en vedette un nouveau venu, dont la réputation naissante, publiquement confirmée par Liszt, aurait pu porter ombrage à la leur.

---

1. Veuve d'Henri Conneau – médecin de Napoléon III, devenu homme politique – et dame d'honneur de la princesse Mathilde.

Tristan Dionys eût été encore plus dépité s'il n'avait ressenti une sorte de gêne à la vue du vieillard aux longs cheveux blancs, abbé mondain, vêtu d'un habit mi-manteau mi-soutane, affligé de verrues au front, au nez, à la joue, au menton et jouissant manifestement de la flagornerie des invités titrés de son hôtesse. Liszt redevint impétueux et envoûtant dès qu'il fut au clavier, bien qu'il eût dit, à ceux qui l'isolaient jalousement de la foule, une phrase immédiatement rapportée : « Depuis quelque temps, Bülow, Saint-Saëns et Rubinstein jouent mes compositions infiniment mieux que mon humble personne, car mes vieux doigts de soixante-quinze ans ne s'y prêtent plus[1]. »

Tristan eût aussi souhaité, ce soir-là, soumettre au zélateur de la musique de l'avenir une de ses compositions, mais il ne put le faire, car Liszt, très entouré par des admiratrices, accablé de cadeaux et de compliments, parut soudain pressé de se retirer.

Le 2 avril, Dionys revit, de loin et pour la dernière fois, le compositeur génial qui, sans le savoir, avait décidé de sa vocation. À la veille de son départ de Paris, Franz Liszt présida, à Saint-Eustache, une deuxième audition de sa *Messe de Gran*, dirigée par Édouard Colonne.

Les journaux rapportèrent, le lendemain, que Franz Liszt avait fait remettre à des œuvres charitables le produit du concert, soit quarante-deux mille francs.

Après ces heures d'intense émotion, Tristan confia sa déception à Max.

---

1. Liszt se vieillit : il aurait eu soixante-quinze ans le 22 octobre 1886. Cité par Alan Walker, *Franz Liszt*, Fayard, Paris, deux volumes, 1989, 1998.

— J'ai découvert que Liszt est un homme et, comme tous les hommes qui ont le sentiment d'avoir accompli quelque chose d'unique, il est sensible aux honneurs et à la niaise adulation des foules. Le journal *La Vie parisienne* consacre aujourd'hui, sous le titre « Fantaisie brillante sur Liszt », une page de caricatures assez cruelles[1]. On moque ses décorations, le sabre d'honneur qu'il reçut en Hongrie, son entrée dans le monde, au bras de Mme Munkácsy, ses muses, ses czardas copiées des Tziganes et même sa *Messe de Gran*, « la moins religieuse qu'on eût jamais entendue ». C'est méchant mais, hélas, en partie vrai, même si la *Messe de Gran* est une superbe composition, dont les béotiens ne peuvent apprécier les beautés harmoniques et la profondeur mystique, confessa Dionys.

— Moralité : si vous voulez conserver intacte l'admiration que vous inspire, à travers ses œuvres, un grand artiste, ne l'approchez pas.

— Le vrai Liszt est dans sa musique. C'est là que je le retrouverai toujours. Je suis bien aise de partir en tournée en Belgique et aux Pays-Bas. J'emmène Laure. Nous allons quitter un moment cette société, où tout est minauderies mondaines, faux-semblants, souci de paraître. Plus d'une chère amie de Laure prend avec elle des airs pincés, depuis qu'elle a divorcé de Lépineux. Pour ces perruches de salons, toutes abondamment trompées par leur mari, Laure aurait dû rester la fidèle épouse d'un dépravé, subir avec hypocrisie une situation humiliante et payer les frasques de Bébert. Cette société est, on ne peut plus, philistine ! s'indigna Tristan.

---

1. Reproduite dans l'album *Franz Liszt,* d'Ernst Burger, Fayard, Paris, 1988.

— Le fait que Laurette ait un amant jeune, beau, talentueux pianiste dont on parle, ne doit pas arranger ses affaires auprès des envieuses. Hier encore, j'ai entendu dire, dans les couloirs de la Chambre, que vous apparaissez aux yeux, ou plutôt aux oreilles, des mélomanes, comme le digne successeur de Liszt, compléta Max, ce qui lui valut une accolade fraternelle de Tristan.

C'est à La Haye, où il dut donner un second concert imprévu, pour satisfaire les amateurs qui n'avaient pu trouver de places lors du premier, que Dionys et Laure apprirent, le 14 juin, la mort tragique de Louis II de Bavière. Le roi, ami et longtemps mécène de Richard Wagner, s'était noyé dans le lac de Starnberg, au cours d'une promenade en barque. Cet événement priva Tristan d'une présentation à la famille royale des Pays-Bas, qui devait assister à son second concert. Le deuil, qui frappait toutes les cours d'Europe, interdisait à Guillaume III et à la reine de paraître au théâtre.

Après les funérailles nationales, qui se déroulèrent à Munich, le 19 juin, devant une foule dense et recueillie, avant que le corps du souverain ne fût enfermé dans un sarcophage à l'église Saint-Michel, des bruits commencèrent à se répandre sur l'étrange fin du roi, esthète original, qui faisait convoquer ses ministres par son coiffeur et dînait tête à tête avec un gendarme.

Laure, jouant de son titre de comtesse de Costelaine, obtint, dans la société aristocratique de La Haye, des révélations qui n'étaient peut-être que des ragots. Dans le train qui les reconduisait à Paris, elle les rapporta à Tristan, avec une gourmandise potinière.

— Pour certains, il semble que ce pauvre Louis II, si beau, si artiste, était fou. D'autres disent qu'il était

seulement plein d'originalité et d'une prodigalité déme-
surée.

— Il semble, d'après ce que m'a dit le chef d'orchestre,
un Allemand, qu'un conseil de famille avait décidé,
avec l'appui de Bismarck, de mettre le roi sous tutelle,
dit Tristan.

— Vos renseignements ressemblent à ceux que j'ai
recueillis. Dès le 8 juin, une commission médicale avait
constaté sa démence, ordonné son retrait des affaires
et sa résidence, sous étroite surveillance, dans son château de Berg, au bord du lac de Starnberg. C'est de
là que, le 13 juin, il partit, en fin d'après-midi, avec
son médecin, le docteur Gudden, pour une promenade
au bord du lac. Comme, à la nuit tombée, les promeneurs
n'étaient pas rentrés, on s'inquiéta et des recherches
furent ordonnées, qui aboutirent, à onze heures du
soir, à la découverte, sur la berge, du corps du médecin, près de la veste et du chapeau du roi, et à quelque
distance, dans le lac, du corps du roi, en manches de
chemise, noyé. On dit que le roi, sans doute victime
d'une congestion, donnait encore de petits signes de
vie, mais que tous les efforts pour le ranimer furent
vains. Il se pourrait, d'après la baronne Tromstein, très
introduite dans la bonne société bavaroise, que Louis II
ait étranglé son médecin pour fuir ses geôliers, en
nageant vers la rive opposée du lac, où le même jour
était discrètement arrivée, dans un petit hôtel, sa cousine Sissi, l'impératrice Élisabeth d'Autriche, son amie
d'enfance. Elle aurait, dit-on, organisé l'évasion de
Louis II, pour le cacher au Tyrol. La baronne m'a assuré
que des gens avaient vu, ce soir-là, des voitures en
attente, près du parc de Berg. Réussie, cette évasion eût
été d'un romantisme achevé, conclut Laure, captivée
par ce drame.

— On se souviendra de Louis II comme bâtisseur de châteaux et mécène, très généreux, de Richard Wagner, car il avait une vraie passion pour la musique d'opéra, dit Tristan.

Un instant plus tard, Laure vit le pianiste extraire de son portefeuille du papier à musique et le porte-mine en argent qu'elle lui avait offert la veille. Respectueuse du soudain isolement de son amant, elle se rencogna dans l'angle de la banquette, pour regarder en silence défiler le plat paysage.

Le récit de la mort mystérieuse d'un roi mélomane inspirait peut-être à Dionys une pièce pleine de compassion et de mélancolie, comme elle les aimait.

Le premier journal qu'ils lurent, à Paris, en arrivant le lendemain, revenait sur le drame du lac de Starnberg. Un pêcheur, familier du roi, avait raconté que Louis II, excellent nageur, n'avait pu se noyer dans aussi peu d'eau et que ceux qui avaient ramassé ses vêtements sur la berge avaient remarqué que la veste du souverain portait un orifice peut-être fait par une balle[1]. « A-t-on tué le roi pour éviter la ruine de la Bavière ? » demandait le chroniqueur.

Sur la même feuille, figurait un autre article, plus propre à intéresser les Parisiens que les spéculations sur la mort d'un seigneur bavarois.

Entre le 15 et le 20 juin, la cour d'assises de Rodez avait jugé neuf mineurs et une ouvrière de Decazeville, poursuivis pour le meurtre de l'ingénieur Jules Watrin. Six avaient été acquittés. Bedel, considéré comme l'ins-

---

1. La veste que portait Louis II ce jour-là a été brûlée en 1947, ce qui, aujourd'hui encore, ajoute au mystère de cette mort tragique.

tigateur du crime, était condamné à huit ans de travaux forcés, trois autres meneurs, Lescure, Blanc et Caussanet, se voyaient infliger cinq, six et sept ans de réclusion. À Paris, le marquis Henri de Rochefort-Luçay, dit Henri Rochefort, avait, pour marquer sa réprobation des poursuites contre les mineurs, démissionné de son poste de député. Louise Michel et Jules Guesde appelaient le peuple à la vengeance.

Les mineurs de Decazeville, à nouveau en grève depuis le 26 février, avaient obtenu, le 12 juin, de la Compagnie une augmentation de la benne de charbon gros, qui passait d'un franc quatre-vingt-dix à deux francs, « boisage payé à part ».

Depuis le 14 juin, ceux qu'on nommait « gueules noires » étaient redescendus dans la mine, après avoir vécu, plus que chichement pendant près de quatre mois, des dons des sympathisants, comme Max et Tristan, et des secours envoyés par des municipalités républicaines, Paris, Lyon, Marseille et Perpignan.

Une longue disette à dix centimes !

2.

Le 14 juillet 1886, sur l'hippodrome de Longchamp,
les Parisiens firent connaissance avec le nouveau ministre
de la Guerre, le général Georges Ernest Boulanger.

Précédé d'un peloton de spahis à l'uniforme exo-
tique — manteau rouge, large pantalon bleu, turban
blanc —, l'officier apparut, hiératique, sur un cheval au
pelage de laque noire. Barbiche en pointe et moustache
blondes, regard bleu dur, torse bombé sous le dolman
à épaulettes d'or, cravate de la Légion d'honneur,
l'ancien directeur de l'Infanterie, âgé de quarante-neuf
ans, avait fait une carrière militaire rapide mais exemplaire. Chaque montée en grade, depuis sa sortie de
Saint-Cyr, en 1855, correspondait à un fait d'armes,
assorti d'une blessure. En Kabylie, en Italie, en Cochin-
chine, il s'était distingué par son mépris du danger.
Une fracture l'avait empêché de prendre part à la
répression de la Commune en 1871, ce qui le servait
auprès des républicains radicaux. Général de division,
il commandait les troupes d'occupation en Tunisie
quand, en janvier, Charles de Freycinet, président d'un
gouvernement, dit « de replâtrage » par les journalistes,
lui avait confié le portefeuille de la Guerre.

Par ses relations parlementaires, Maximilien Leroy
connaissait le dessous des cartes. Il assura les Ricker,

père et fille, qui, comme chaque année, l'accompagnaient avec Tristan pour assister à la revue, que Freycinet s'était résolu à nommer Boulanger pour se concilier Georges Clemenceau.

— Boulanger est un condisciple de lycée du redoutable chef de la gauche radicale qui, l'an dernier, rappelez-vous, a provoqué la chute du ministère Ferry, révéla le juriste.

Tandis que se déroulait la revue, sous les acclamations de la foule, Hans Ricker intervint :

— Certains de nos amis, alsaciens ou lorrains, voient en Boulanger un homme décidé à rendre force et enthousiasme à l'armée, pour préparer cette revanche à laquelle, comme l'a souhaité Gambetta jusqu'à sa mort, il faut toujours penser, sans jamais en rien dire, observa à voix basse le père de Clémence.

— Le fait est que Boulanger cajole les militaires. Il a fait repeindre les guérites en tricolore, il vient de créer un quatrième régiment de spahis, il offre un cheval à tous les capitaines et autorise le port de la barbe aux rengagés. Surtout, il a obtenu du ministre des Finances de quoi moderniser l'armement et améliorer le sort de l'homme de troupe, développa Leroy.

— Il ne fait que son devoir de ministre et de patriote, fit remarquer M. Ricker.

— Et il a fière allure, ajouta Clémence, sensible à l'élégance virile du cavalier.

— Ceux qui l'approchent lui trouvent, en effet, un charme indéniable et disent qu'émane de sa personne une impression de forte détermination, compléta Max.

Tristan Dionys, bien que peu intéressé par les joutes et intrigues politiques, intervint :

— Dans *Le Figaro*, Octave Mirbeau n'est pas aussi admiratif. Il trouve au général « un front trop fuyant pour contenir de hautes pensées » et je sais que ce pamphlétaire se répand dans les salons en annonçant, sur un ton de Cassandre : « J'ai vu l'homme qui fera le coup d'État. C'est Boulanger », rapporta le pianiste, informé par Laure.

— Vous n'allez pas tenir compte de l'opinion de Mirbeau, bourgeois déserteur de sa classe ! C'est un fils de notaire. Il est devenu pêcheur breton par détestation de son père, puis sous-préfet, aigre polygraphe, royaliste bigot, converti à la république, avec une indulgence niaise pour les anarchistes ! dénonça Max, qui détestait un homme de lettres dont la misogynie était de tous connue.

— Boulanger est aussi maudit par les monarchistes, depuis qu'il a déplacé des régiments de cavalerie soupçonnés de royalisme et approuvé la loi de proscription des princes[1], ajouta M. Ricker.

— Il a même fait preuve d'ingratitude à l'égard d'Henri d'Orléans, duc d'Aumale, qui, en 1880, alors inspecteur général de l'armée, avait fait du colonel Boulanger un général de brigade. Je peux vous dire que le duc d'Aumale, dont la carrière prouve qu'on ne peut mettre en doute ni le patriotisme ni même les sentiments républicains, a adressé, le 11 juillet, une lettre au président de la République. Le texte circule à l'Assemblée. J'ai retenu la dernière phrase, qui est une leçon de civisme. Après avoir signifié à Jules Grévy

---

1. Le 22 juin 1886, les députés, par trois cent quinze voix contre deux cent trente-deux, et les sénateurs, par cent quarante et une voix contre cent sept, avaient voté la loi de proscription des princes, dont l'article premier stipulait : « Le territoire de la République est et demeure interdit aux chefs des familles ayant régné en France et à leurs héritiers directs, dans l'ordre de primogéniture. »

qu'il osait toucher à la charte de l'armée, le duc a écrit :
« Quant à moi, doyen de l'état-major général, ayant
rempli, en paix comme en guerre, les plus hautes fonctions qu'un soldat puisse exercer, il m'appartient de
vous rappeler que les grades militaires sont au-dessus
de votre atteinte. » Cette belle sortie a valu, hier matin,
au quatrième fils de Louis-Philippe, notification de son
bannissement du territoire français[1], révéla Maximilien.

L'expulsion des princes eut, pour Leroy, une conséquence inattendue, dont il s'empressa, sous le sceau du
secret, de faire part à Tristan.

— Je viens d'être investi, par un fonctionnaire des
Affaires réservées – qui ne fait, sans doute, que suivre
des instructions venues d'en haut – d'une mission délicate et tout à fait officieuse. Je dois suivre les gens qui
vont porter à Londres les bijoux de la princesse
Mathilde[2]. Elle est la seule Bonaparte oubliée par la loi
de proscription des princes. Mais elle craint que son
expulsion ne lui soit notifiée, d'un jour à l'autre, et veut
mettre ses bijoux à l'abri en Angleterre. Il faut dire que
ces bijoux ont toujours été réclamés par Anatole Demidoff, son premier mari, dont elle avait divorcé en 1847.

— Ma mère connaissait la lectrice de la princesse.
Elle disait que Demidoff battait sa femme comme
plâtre, rappela Tristan.

---

1. Le 30 septembre 1886, le duc d'Aumale, membre de l'Académie des beaux-arts, fit don à l'Institut de France de son domaine
et du château de Chantilly afin, écrivit-il, « de conserver à la France
cet ensemble, qui forme comme un monument complet et varié de
l'art français, dans toutes ses branches, et de l'histoire de ma patrie,
à des époques de gloire ».
2. Nièce de Napoléon Ier, fille de Jérôme Bonaparte, ancien roi
de Westphalie.

— Et comment ! Pour faire admettre son divorce par le tsar Nicolas Ier, la princesse lui avait envoyé un toupillon de sa tignasse blonde, sous enveloppe, avec une carte ainsi conçue : « Sire, voici la dernière touffe de cheveux que mon mari m'a arrachée », rapporta Max, hilare.

— Et le destinataire fut-il convaincu ?

— Par décision personnelle du tsar, le mariage de Mathilde fut annulé, en 1847, et le tsar obligea Demidoff à verser à la princesse une pension annuelle de deux cent mille francs. Divorcée, cette femme aux sens inflammables, tomba aussitôt, pour quelques saisons, dans les bras d'Émilien de Nieuwerkerke, que Napoléon III, sans doute pour plaire à sa nièce, fit, en 1869, surintendant des Beaux-Arts. La princesse Mathilde a gardé des liens avec la cour de Russie, ce qui intéresse notre gouvernement. Elle entretient aussi, depuis quinze ans, une relation amoureuse, que l'on dit fluctuante, avec le peintre émailleur et poète Claudius Popelin, précisa Leroy.

— Tout cela me paraît à la fois romanesque et sordide.

— Plus sordide encore, quand on sait que Jérôme Bonaparte, ayant besoin d'argent, avait vendu des bijoux de famille à Demidoff avant le mariage de sa fille, en 1840. Mathilde a toujours considéré que ces parures constituaient sa dot. Quand elle a quitté le domicile conjugal, elle a donc emporté le lot. Demidoff n'a jamais cessé, jusqu'à sa mort, en 1870, de réclamer restitution des bijoux qu'il avait, il est vrai, payés fort cher.

— Mort, il ne peut plus réclamer, dit Tristan, que l'affaire amusait.

— La princesse imagine des héritiers Demidoff reprenant les prétentions de l'ex-époux défunt. Des

politiciens, qui fréquentent son salon très couru de la
rue de Berri ou son château de Saint-Gratien, lui ont mis
dans l'idée que la République, voulant être au mieux,
ces temps-ci, avec la Russie, pourrait penser à satisfaire
les héritiers Demidoff dont aucun, s'il en existe, ne s'est
jusque-là manifesté, expliqua Max.

— Curieuse mission, ce transport de bijoux ! Comment
allez-vous vous y prendre ?

— Je sais déjà où les porteurs vont se rendre. La
princesse manque à ce point de discrétion que la destination de ses émissaires est connue de nos services.
Je n'aurai qu'à vérifier que les bibelots précieux sont
bien livrés là où on les attend. De Londres, je rapporterai ces sublimes cigarettes de tabac de Virginie, rou-
lées à la main, qu'on ne trouve que dans une boutique
de Saint James Street, conclut Max avec un clin d'œil.

Leroy venait de quitter Paris pour l'Angleterre et
Dionys préparait une tournée de concerts d'été, quand
on apprit, le 2 août, la mort de Franz Liszt, à Bayreuth.
Le compositeur, déjà atteint d'hydropisie, avait succombé
à une pneumonie, contractée au cours de son voyage
entre Luxembourg et la cité bavaroise où sa fille,
Cosima, veuve de Richard Wagner, organisait, chaque
année, un cycle de représentations des œuvres de son
défunt mari. Malgré sa grande fatigue, Liszt, au seuil
de sa soixante-quinzième année, avait voulu assister, le
23 juillet, à une représentation de *Parsifal* et, le 25 juillet,
à une représentation de *Tristan*. Au retour du théâtre,
exténué, il s'était alité pour ne plus se relever. Veillé par
Cosima et les enfants de celle-ci, il avait expiré, le
31 juillet, à vingt-trois heures. Ses funérailles avaient été
célébrées le lendemain, 1er août.

La disparition du plus grand pianiste du siècle, qu'il vénérait depuis son adolescence et qu'il avait approché quelques mois plus tôt, sans pouvoir lui parler, laissa Dionys hébété. Tant que ce génie vivait, même si Liszt ignorait tout d'un émule français au talent reconnu, le seul fait que le compositeur hongrois existât constituait, pour Tristan, une sorte de tutelle occulte, une raison de progresser dans son art et d'affirmer sa foi dans la musique de l'avenir.

En l'absence de Maximilien, c'est auprès de Laure qu'il trouva l'apaisement de son chagrin.

— Savez-vous que le dernier opéra de Wagner que Liszt ait vu, au *Festspielhaus* de Bayreuth, est *Tristan*. Cela me trouble. Avec quelque présomption, j'y vois comme un appel à prendre un relais sacré. Si Max était là, il dirait encore que je crois discerner partout des signes du destin. Pour lui, ce ne serait que coïncidence.

— Les coïncidences sont peut-être organisées par une puissance inconnaissable, hors de toute compréhension humaine. Votre ami Leroy est un esprit fort. Il explique tout par le hasard, qu'il dit aveugle. Mais si, comme moi, l'on croit en Dieu et à la vie éternelle, à la communion des âmes, il faut se montrer modeste et reconnaître notre ignorance. Seuls les artistes et les mystiques sont capables de reconnaître les signes à eux destinés. Je suis sûre que vous êtes désigné comme le successeur de Franz Liszt, dit Laure, avec autant de conviction que de tendresse.

Au lendemain de cette conversation, Laure quitta Paris, avec son vieux père, le comte André de Coste-laine, et Émilie, pour passer l'été à Dieppe, tandis que Tristan se rendait à Deauville, première étape d'une tournée qui le conduisit à Biarritz, Nice, Menton et San Remo.

Pour rendre partout hommage à Liszt, ce qui fut apprécié des mélomanes, il inscrivit à son programme les œuvres que le compositeur avait jouées lors de son dernier concert, donné au Casino de Luxembourg, le 19 juillet, douze jours avant sa mort. *Rêve d'amour*, *Mélodies polonaises*, *Soirée à Vienne* furent partout applaudis avant que Tristan ne donnât, en bis, *Mazeppa* et *La Lugubre Gondole*. Il voyait dans cette dernière pièce, écrite par Liszt à Venise, pendant un séjour chez Wagner, six semaines avant la mort du compositeur, un signe prémonitoire du destin, envoyé au virtuose hongrois[1].

Cette année-là, Paris comptait plus de cinq mille abonnés au téléphone et l'éclairage électrique forçait l'entrée des immeubles neufs, où les premiers phonographes à cylindre modulaient des valses de Strauss, quand les Parisiens découvrirent ce que les journaux nommaient « la voiture à vapeur ».

Cet étrange véhicule, construit par le comte[2] Jules-Albert de Dion et ses associés, Georges Bouton et Charles-Armand Trépardoux, fabricants de machines à vapeur à Puteaux, était destiné, d'après ses inventeurs, « à améliorer la locomotion routière ». Montée au milieu d'un châssis porté par quatre roues de charrette – deux petites à l'avant, deux grandes à l'arrière – une chaudière à vaporisation rapide, pourvue d'une cheminée, animait, par un système de disques dentés et de

---

1. Liszt raconta, plus tard, à l'éditeur de musique hongrois Nandor Raborszky : « Comme mû par un pressentiment, j'ai écrit cette élégie à Venise, six semaines avant la mort de Wagner. » Cité par Alan Walker, *Franz Liszt*, Fayard, Paris, deux volumes, 1989, 1998.

2. Deviendra marquis au décès de son père, en 1921.

chaînes, les roues arrière de l'engin, pompeusement nommé phaéton. Le conducteur, cocher des chevaux-vapeur, dirigeait le véhicule au moyen d'un volant qui permettait de manœuvrer les roues avant. Assis à l'arrière, un chauffeur s'occupait de maintenir la chaudière en pression, tandis qu'à l'avant trois passagers trouvaient place près du conducteur.

Si les journalistes estimaient cet engin « d'une élégance remarquable », le trio fantasque, Cléa, Max et Tristan, invité à suivre une démonstration aux Champs-Élysées, ne vit qu'une locomotive, émancipée des rails du chemin de fer et dont le bruit effrayait les chevaux.

— M. de Dion assure que cet engin peut rouler à la vitesse de trente kilomètres à l'heure, qu'il gravit les côtes sans s'essouffler et parcourt cinquante kilomètres avec une seule provision d'eau et de combustible, dit Tristan, après lecture d'un prospectus.

— Le comte mécanicien soutient aussi que la traction à vapeur est moins onéreuse que la traction animale. L'eau et le charbon coûtent en effet moins cher que l'orge et l'avoine, ironisa Max.

— Mais il faut se protéger des escarbilles, constata Clémence en chassant d'une pichenette un grain de suie, tombé sur sa manche.

Plus dérangeante fut la grève des garçons de café, en conflit avec les gérants des bureaux de placement. Les mécontents formèrent une ligue et défilèrent dans la capitale, derrière des drapeaux tricolores. Les plus excités n'hésitèrent pas à saccager les bureaux des placeurs, établis dans les rues Saint-Honoré, de Cléry, Saint-Denis, Montmartre et quai des Orfèvres.

Au cercle de l'Union artistique, où se réunissaient souvent, à l'heure de l'apéritif, le comte de Galvain, Tristan et Maximilien, auxquels se joignaient parfois

Hans Ricker et d'autres membres, le personnel accorda discrètement sa sympathie aux manifestants, mais assura le service sans récriminer.

— Les garçons de café gagnent, en moyenne, de cent cinquante à deux cents francs par mois, salaire auquel s'ajoutent les pourboires, profit très variable suivant les établissements. Un plongeur ne touche que soixante à soixante-dix francs mais, comme le précise cette semaine *L'Illustration*, « il a pour lui les graisses, les os et tous les détritus de la cuisine, dont il sait tirer bon profit », expliqua M. Ricker, scandalisé par les manifestations.

— Dans la basoche, les clercs expérimentés ne gagnent que cent ou cent vingt francs par mois, un employé de commerce touche, au mieux, cent cinquante francs par mois et dans les grands magasins, une vendeuse, qui a des frais de toilette, commence à six cents francs par an et monte par échelon de deux cents ou trois cents francs. Et ces gens, à qui l'on demande plus de connaissances et de ponctualité qu'aux garçons de café, ne reçoivent pas de pourboire, fit observer Maximilien.

— Certes, mais les limonadiers, cuisiniers, serveurs de restaurant et autres représentants du petit peuple des cafés et brasseries s'estiment exploités par les placeurs, rétribués à des taux jugés usuraires par ceux qui cherchent un emploi. Leur ligue a demandé aux députés de fermer les bureaux de placement, ce qui, bien sûr, est impossible. Nos élus ont seulement conseillé aux mécontents d'administrer eux-mêmes de nouveaux bureaux de placement, qu'ils fonderaient, ce qui créerait une concurrence susceptible de faire baisser les rétributions exigées par les placeurs, révéla le comte de Galvain.

— Il faut bien nous attendre, dès l'an prochain, à une vague de grèves car, au moment où commenceront de grands travaux pour l'Exposition universelle de 1889, tous les corps de métier, du terrassier au cocher de fiacre, de l'allumeur de réverbères aux employés d'hôtel, ne manqueront pas de réclamer des augmentations de salaire, prédit Leroy.

— Cela constituerait une forme de chantage, car le gouvernement républicain souhaite ardemment que l'Exposition de 89, célébration du centenaire de la Révolution, soit une réussite, même si plusieurs États, comme l'Allemagne, ont déjà refusé leur participation, grommela un membre du cercle.

— Les monarchies n'entendent pas célébrer le souvenir d'une époque où l'on tranchait aisément les têtes, y compris celles du roi et de la reine de France, commenta Max.

— Les républicains d'aujourd'hui m'agacent. Ils voudraient nous faire croire que l'histoire de la France a commencé en 1789 ! dit le comte de Galvain.

Ces commentaires étaient attisés par la publication du plan des travaux de l'Exposition qui, pendant trois ans, allaient transformer Paris en chantier, du Champ-de-Mars à l'esplanade des Invalides, du Trocadéro à la Concorde.

Toutes les familles préparaient les fêtes de fin d'année et, chez les Ricker, les réunions amicales allaient se succéder autour du sapin enguirlandé quand on apprit la chute du cabinet Freycinet. Le 3 décembre, un conflit sur le budget avait conduit les députés à retirer leur confiance au gouvernement, qui avait démissionné. Freycinet, ayant été incapable de se succéder à lui-même pour réunir une nouvelle équipe, le président de la République, Jules Grévy, fit appel à René Goblet, membre actif de l'aile droite du parti radical.

« C'est un gouvernement Freycinet sans Freycinet »
écrivirent les chroniqueurs, peu confiants dans la capacité du nouveau cabinet à contenir l'opposition.

Ce changement de ministère n'eût pas affadi la célébration de la Nativité du Sauveur, si les réjouissances
ne s'étaient teintées d'inquiétude, quand un bruit de
bottes se répandit à Paris. Bismarck rassemblait des
troupes de réserve, près de la frontière imposée entre
les provinces annexées et la France.

Le chancelier, agacé par la campagne en faveur de
la restitution de l'Alsace et de la Lorraine, qu'encou-
rageaient les partisans du général Boulanger, la Ligue
des Patriotes de Paul Déroulède et des journaux comme
La France militaire et *La Revanche*, semblait craindre
un nouveau conflit. Le fait que les épargnants français,
sollicités par leurs banquiers, se préparent à souscrire
aux emprunts russes[1], destinés à compenser la réduction des prêts, jusque-là consentis par les Allemands,
confirmait un rapprochement susceptible d'aboutir à
une alliance entre la France républicaine et la Russie
autocratique.

Maximilien Leroy, habitué de la Bourse, savait que
la Société du grand chemin de fer russe et la Société
du chemin de fer transcaucasien proposaient déjà des
titres de cent vingt-cinq roubles à trois pour cent
d'intérêt.

— Fort heureusement, le nouveau président du
Conseil a conservé le général Boulanger comme
ministre de la Guerre, se réjouirent les Ricker, comme
la plupart des réfugiés alsaciens et lorrains.

---

1. Les banques françaises placèrent trois cent vingt-cinq millions
de francs sur un emprunt de cinq cents millions.

— Les rodomontades de Boulanger semblent inquiéter, non pas les radicaux, amis de Clemenceau, mais les républicains modérés, rapporta Maximilien, qui revenait de la Chambre.

— Ces opportunistes sont de tièdes patriotes, monsieur, et c'est bien dommage que la droite bourgeoise, qui préfère la résignation à la perspective d'une reconquête de nos provinces de l'Est, devenues Reichsland, ait empêché Boulanger de faire adopter sa réorganisation démocratique du service militaire de trois ans, ajouta, avec un peu d'humeur, le père de Clémence.

— Quand Boulanger a dit qu'il n'y aurait plus ni exemptions ni volontariat et que « les curés comme les autres devront mettre sac au dos », la droite a rugi et obtenu l'ajournement de la réforme[1], compléta Max.

— Les curés sont des Français comme les autres, et le service militaire leur permettrait d'acquérir une connaissance des hommes que ne leur apportent guère les bavards de confessionnal et les grenouilles de bénitier ! observa Tristan.

— Souhaitons que l'année nouvelle nous permette de retourner chez nous tête haute, dit Hans Ricker, portant un toast à 1887.

Maximilien Leroy, que le ministère des Affaires étrangères avait requis, dès 1884, pour surveiller les projets des rivaux de Gustave Eiffel, présentés au concours de 1886, invita Tristan, fin janvier 1887, à l'accompagner au Champ-de-Mars. On venait d'y donner le premier

---

1. Elle fut adoptée le 15 juillet 1889. La nouvelle loi conservait le principe du tirage au sort et réduisait le service militaire de cinq à trois ans.

coup de pioche pour la construction de ce que Max nommait, avec chaleur, « la grande demoiselle de fer ».

— Il semble qu'Eiffel l'ait aisément emporté, observa Dionys, moins enthousiaste.

— Il faut dire que la commande par l'État d'un monument, colonne ou phare, destiné à signer, pour l'opinion mondiale, l'Exposition universelle du centenaire de la Révolution, était faite sur mesure pour Eiffel.

Malgré le froid sec, les deux amis virent des douzaines de terrassiers, occupés à creuser les fondations des énormes blocs de maçonnerie où seraient ancrés les quatre pieds de la tour de trois cents mètres.

— Quand, le 8 janvier, a été signée la convention entre l'État, représenté par le ministre de l'Industrie, Édouard Lockroy, la Ville de Paris, représentée par le préfet Eugène Poubelle, et l'ingénieur Eiffel, les opposants à la tour et les architectes dont les projets ne furent pas retenus ont fait grise mine. Plus encore quand la teneur du contrat a été connue. Si Gustave Eiffel prend l'entière responsabilité de la construction de sa tour, qu'il craignait de voir détruite après l'Exposition, on promet pérennité à son ouvrage en lui accordant le droit d'exploitation pendant vingt ans. Belle affaire, car les visiteurs désireux de voir Paris d'en haut promettent d'être nombreux et l'on sait déjà qu'un restaurant occupera le deuxième étage. De surcroît, l'État octroie au bâtisseur une subvention d'un million cinq cent mille francs. De quoi faire des jaloux ! expliqua Max.

Quelques semaines plus tard, le 14 février, *Le Temps*, dont le directeur, le sénateur Adrien Hébrard, était un ami de Gustave Eiffel, publia, sous le titre

« Les artistes contre la tour Eiffel », un véritable réquisitoire[1].

C'est avec jubilation que Maximilien Leroy lut à Tristan, qui, comme Goethe, trouvait la lecture de la presse quotidienne dérangeante, voire stérilisante pour un créateur, cette diatribe outrecuidante.

— Écoutez ça, dit-il en déployant le journal considéré comme le plus sérieux. « Nous venons, écrivains, peintres, sculpteurs, architectes, amateurs passionnés de la beauté jusqu'ici intacte de Paris, protester de toutes nos forces, de toute notre indignation au nom du goût français méconnu, au nom de l'art et de l'histoire français menacés, contre l'érection, en plein cœur de notre capitale, de l'inutile et monstrueuse tour Eiffel », déclama Max.

— Qu'est-ce que le goût français méconnu ? demanda Tristan, amusé.

— Celui de ces messieurs, pardi ! Ils prononcent d'ailleurs une condamnation sans appel, ainsi rédigée : « Nous refusons de voir la Ville de Paris associée plus longtemps aux baroques, aux mercantiles imaginations d'un constructeur de machines, pour s'enlaidir irréparablement et se déshonorer », acheva Leroy.

— Et qui sont ces procureurs ?

— L'article est suivi de quarante-sept signatures, dont vingt-six de membres de l'Institut, précisa Max.

— Mais encore ?

— L'architecte de l'Opéra, Charles Garnier, le compositeur Charles Gounod, des écrivains, comme Guy

---

1. *Gustave Eiffel*, publié à l'occasion de l'exposition *1889, la tour Eiffel et l'Exposition universelle*, présentée au musée d'Orsay du 18 mai au 13 août 1989, Adam Biro - Club France Loisirs.

de Maupassant et Alexandre Dumas, des peintres, Meissonnier, Bouguereau, Gérôme, des poètes, tels François Coppée, Leconte de Lisle, Sully Prudhomme et d'autres, moins connus du grand public.

— Et cependant, Eiffel a fait, depuis longtemps, ses preuves de maître en constructions métalliques. Ses ponts, en France, au Portugal, en Hongrie, en Cochin-chine, au Caire, et ses gares, à Toulouse, Agen et Buda-pest, sont partout cités en exemple, débita Dionys.

— Vous oubliez le pensionnat des frères de Passy, qui a remplacé, rue Raynouard, l'affreuse caserne, où j'ai été enfermé pendant cinq ans, ajouta Maximilien.

— Vous oubliez, vous, le casino des Sables d'Olonne, où vous avez beaucoup perdu, il y a trois ans. Sans mon cachet de pianiste, nous n'aurions pu payer ni l'hôtel ni le train du retour, compléta Dionys en riant.

La condamnation de la tour par les artistes bilieux resta sans effet. Les travaux ne furent pas interrompus, comme l'avaient souhaité les opposants. Alors que les terrassements allaient bon train et attiraient au Champ-de-Mars de nombreux badauds et que circulaient dans les magazines, comme *L'Illustration*, des croquis de la tour Eiffel, Maximilien arriva, un soir, chez Dionys, porteur d'un nouvel épisode de la querelle des anciens et des modernes.

— Mon cher, Édouard Lockroy ne manque pas d'humour. Après avoir pris connaissance de la mercu-riale des artistes, il a écrit à Jean-Charles Alphand, directeur général de l'Exposition, une lettre dont le texte circule chez les amis d'Eiffel. Le ministre conseille à Alphand de recevoir la protestation des artistes et de la conserver. Il écrit : « Elle devra figurer dans les vitrines de l'Exposition. Une si belle et si noble prose, signée de noms connus dans le monde entier, ne pourra

manquer d'attirer la foule et, peut-être, de l'étonner. »
Dans quelques années, si la demoiselle de fer séduit les
Parisiens, les pétitionnaires de 87 seront-ils encore fiers
de leur jugement ? dit Max.

Entre deux tournées de concerts, Tristan Dionys
retrouvait, avec un plaisir renouvelé par les séparations
de plus en plus fréquentes, les sorties, dîners et escapades champêtres avec ses amis. Il goûtait tout autant,
hors du cercle protégé du trio, la chaude intimité de
sa liaison avec Laure.

Installée dans un bonheur dont elle n'entendait pas
donner le spectacle à Maximilien Leroy et Clémence
Ricker, acteurs d'une autre vie, volontairement consen-
tie à son amant, Laure dégustait avec gourmandise les
heures que lui consacrait Tristan. Le jour où il composa une cavatine, effusion lyrique à la fois tendre et
virile, pleine de résonances intimes, elle s'empara discrètement du manuscrit. S'en estimant dédicataire, elle
le porta chez un éditeur de musique qui, enthousiaste,
publia la pièce sous le titre *Ode à l'aimée*. Tristan
apprécia peu que sa maîtresse eût, sans le consulter,
donné un titre à cette œuvre. Le jour où il interpréta
cette petite pièce chez les Ricker, il fut applaudi. Cléa,
d'ordinaire peu sentimentale, tint à conserver la partition, avec la secrète intention de la jouer, comme s'il
se fût agi d'une déclaration.

Février s'annonçant d'une douceur inhabituelle
cette année-là, Laure faisait souvent, en fin de matinée,
atteler sa calèche et conduisait Dionys au bois de Boulogne pour prendre, disait-elle, « un bol d'air ». Alors
qu'un soleil neuf tentait de repousser l'hiver hors du
calendrier, tous deux s'égayaient au spectacle de la gent
oisive. Au long des allées cavalières, trottaient des ama-

zones, coiffées d'un haut-de-forme grège, escortées de galants – veste cintrée, bottes vernissées, haute cravate blanche et melon gris – ou d'officiers à monocle et décorations, que des caporaux, en tenue de fantaisie, à l'assaut de porteuses de pain flâneuses, devaient saluer. Des enfants jouaient dans le sable, surveillés par des nurses anglaises, en robe bleue et bonnet blanc tuyauté, sous le regard attendri des couples âgés qui occupaient les meilleurs bancs.

Il arrivait que l'ex-Mme Lépineux fût reconnue par une amie ou simple relation et l'on se saluait, d'un signe de tête ou d'un haussement d'ombrelle, d'une voiture à l'autre. Les portraits du pianiste ayant été répandus depuis qu'il avait été photographié par Nadar, c'était à Tristan, parfois, que s'adressaient les saluts. Les amateurs de musique, habitués de la salle Pleyel, rue Rochechouart, du Concert national d'Édouard Colonne, des salons Pape ou Dietz, tous lieux où Dionys se produisait, reconnaissaient les longs cheveux blonds, le fin profil – « de médaille », disait Laure –, le regard froid et l'air souverainement distant du virtuose, considéré par la critique comme le meilleur successeur de Liszt et de Thalberg.

« Ces dames, qui ne sont pas toujours avec leur mari, doivent jaser », commentait parfois Laure, ravie de susciter l'envie, aussi bien des cocottes que des aristocrates et des bourgeoises, en affichant un bel amant, connu du Tout-Paris mélomane.

Après le circuit au Bois, un déjeuner au Pavillon d'Armenonville prolongeait la matinée. Tristan accompagnait ensuite sa maîtresse chez Guerlain, le parfumeur de la rue de la Paix, chez Mme Doucet, où elle avait un essayage, avant un arrêt, rue des Saints-Pères, chez Debauve, « le fabricant de chocolat de Sa Majesté

Charles X ». Laure y faisait provision de friandises et de croquignoles à la vanille pour Émilie ; elle y ajoutait du « chocolat pectoral préparé au tapioka des Indes », dont elle assurait qu'il calmait agréablement la toux.

L'après-midi, boulevard Saint-Germain, était consacré à l'étreinte amoureuse, plus souvent à la musique. Tristan, que Maximilien estimait d'une grande tiédeur avec les femmes, s'appliquait à satisfaire avec tendresse les ardeurs sensuelles de Laure. Patient et soucieux de procurer à sa maîtresse le plaisir dont cette voluptueuse refoulée avait longtemps été privée, il n'exigeait que le silence dans les transports. Il se perdait alors dans la chair d'une opulence maternelle, goûtait la souplesse veloutée des seins, le creux vibrant du cou, le poli soyeux des cuisses et se délectait, regard d'esthète dénué de concupiscence, du contraste d'une toison brune sur le dôme nacré du ventre.

— Enfin, comment ça se passe, au lit, avec Laure ? demanda un jour Max, qui ne mettait nulle discrétion dans le récit de ses propres ébats.

— C'est comme savourer une brioche tiède, dorée à point, répondit Dionys, un peu confus.

— Quel esprit chantourné ! s'était, une fois de plus, exclamé Max.

En 1886, obnubilés par le drame de Decazeville, les Parisiens n'avaient pas prêté attention à une manifestation d'étudiants en médecine et de médecins des hôpitaux, organisée, dans le même temps, au Quartier latin. À l'époque, les carabins et leurs maîtres avaient fait connaître leur opposition à l'admission des femmes au concours de l'internat, autorisée, dès juillet 1885, par un arrêté préfectoral. En dépit de l'opposition du doyen de la faculté de médecine, de la Société des chirurgiens et de l'Association des anciens internes des hôpitaux de Paris, l'administration de l'Assistance publique avait été contrainte, à la demande du ministre de l'Instruction publique, Paul Bert, d'ouvrir l'internat aux femmes qui, depuis 1868, avaient accès aux études de médecine. En 1886, malgré les quolibets des médecins hospitaliers et les insultes grossières des étudiants, deux Américaines avaient été admises à concourir. Toutes deux avaient été reçues, le 28 janvier 1887 : Augusta Klumpke, née à San Francisco, fille d'un pionnier venu de La Nouvelle-Orléans, comme interne titulaire, et Blanche Edwards, comme interne provisoire. Les étudiants n'avaient pas, pour autant, désarmé. Après avoir tenté de perturber les épreuves du concours, dès l'annonce des résultats, ils s'étaient rassemblés avenue Victoria, devant le siège de l'Assistance publique, pour rappeler leur refus catégorique de voir les nouvelles internes pourvues de postes hospitaliers. Sans tenir compte des récriminations, Mlle Klumpke était entrée dans le service du docteur Balzer, à l'hôpital Lourcine[1], et Mlle Edwards, à la Salpêtrière.

Depuis le divorce qui lui avait octroyé la liberté, Laure se disait résolument féministe. Dès la première manifestation des étudiants en médecine et lors de la campagne de presse, organisée par les opposants à l'internat des femmes médecins, elle avait réagi.

— On accepte les femmes à l'école de médecine, mais on ne veut pas d'elles comme internes des hôpitaux. On leur refuse aussi l'accès à l'École des beaux-arts. Celles qui croient avoir une vocation de peintre doivent étudier chez Rodolphe Julian, où les deux

---

1. Aujourd'hui hôpital Broca.

sexes sont encore séparés pendant les séances de pose d'un modèle dévêtu. Les épouses ne peuvent servir de témoin dans les actes notariés ou d'état civil et ne peuvent accepter de legs, sans l'autorisation de leur mari, s'indigna-t-elle, un après-midi, devant Tristan.

— Ce matin, à ma banque, le Crédit lyonnais, j'ai appris une disposition des plus cocasse. Plus de deux cents dames ou demoiselles, des institutrices brevetées ou des diplômées en comptabilité, employées dans le siège palatin du boulevard des Italiens, ne doivent avoir aucun contact avec leurs collègues masculins. Pour éviter toute rencontre fortuite, elles doivent, pour entrer ou sortir de la banque, emprunter un escalier particulier, à elles seules réservé, rapporta Tristan, mis en joie par cette découverte.

— Rien n'empêche ces dames de rencontrer leurs collègues, dans la rue ou ailleurs, loin des regards de ces banquiers obscurantistes ! s'exclama Laure.

Dionys trouvait très légitimes les revendications de Laure, quand elle jugeait nécessaire l'émancipation des femmes, entièrement soumises par la loi à ceux qui se disaient volontiers seigneurs et maîtres.

En dépit des moqueries de Maximilien, il avait approuvé la mère d'Émilie quand elle avait décidé d'adhérer à la société Le Droit des femmes, fondée en 1851 par la belle Hubertine Auclert[1] qui, en 1880, avait refusé de payer ses impôts et venait, lors des dernières élections, de renverser une urne dans un bureau de vote.

Jeanne d'Arc, adulée, comme lorraine et libératrice du territoire, par les Alsaciens et les Lorrains de Paris,

---

1. Femme de lettres (1848-1914). Elle se targuait d'avoir relancé le mot « féministe » dont usait déjà Fourier en 1830.

était devenue, pour Hubertine et ses amies, l'égale de l'homme, puisqu'elle avait porté les armes. Comme les membres de la ligue des Patriotes, qui, chaque année, en août, allaient, en procession, du Quartier latin à la place des Pyramides, fleurir la statue dorée de Jeanne d'Arc, inaugurée en 1879, les amies de Mlle Auclert affichaient, ce jour-là, un féminisme patriotique en honorant la petite bergère de Domrémy.

En plus de sa cotisation annuelle de vingt-cinq francs à la société Le Droit des femmes, Laure soutenait de ses deniers le journal *La Citoyenne*, édité par Hubertine Auclert. Elle assistait aux réunions de la salle Pétrelle, boulevard Poissonnière, au cours desquelles les militantes réclamaient l'égalité politique et administrative des femmes. L'ex-Mme Lépineux, qui avait repris son nom de jeune fille, Laure de Costelaine, tentait de convaincre ses amies, épouses soumises, qu'elles étaient traitées comme des esclaves. Dans ce milieu aristocratique, ses abjurations n'éveillaient que peu d'échos. De surcroît, la divorcée, d'une beauté posée, était devenue une menace pour les ménages. De nombreuses maîtresses de maison se gardaient de l'inviter, même accompagnée d'un cavalier aussi honorable que son père, le comte de Costelaine.

— L'épouse, légalement libérée des liens du mariage, même aux torts exclusifs d'un mari dont la mauvaise conduite était depuis longtemps connue, constitue un appât pour époux volages ; une divorcée est supposée femme facile. Il convient donc de tenir les divorcées à distance, de ne les admettre qu'aux réunions de dames, quitte à leur faire sentir, avec plus ou moins de délicatesse et tact, que le divorce a fait d'elles des déclassées, que l'on ne fréquente plus que par charité chrétienne ! dit-elle un jour à Tristan.

Laure se moquait de cet ostracisme et, comme elle pouvait avoir la réplique acide, ses bonnes amies s'interdisaient de lui demander si elle comptait « refaire sa vie avec un fameux pianiste qu'on lui prêtait comme fiancé », car elles n'osaient prononcer le mot amant.

Le printemps révéla soudain la menace d'une nouvelle guerre avec l'Allemagne, quand les journaux rapportèrent, avec une indignation toute patriotique, l'arrestation, le 21 avril, par les Prussiens, sur la nouvelle frontière entre Lorraine et Allemagne, d'un commissaire spécial des chemins de fer français.

Le lendemain, une grande effervescence régnait chez les Ricker, quand Max et Tristan se présentèrent pour conduire Clémence à l'inauguration d'un nouveau musée, dédié aux artistes vivants, dans l'orangerie du palais du Luxembourg.

— Le général Boulanger, ministre de la Guerre, a demandé au gouvernement d'envoyer un ultimatum à Bismarck, se réjouit Hans Ricker, comme sans doute beaucoup d'Alsaciens et de Lorrains.

Maximilien Leroy doucha aussitôt son bellicisme.

— Il n'y aura pas d'ultimatum, parce que le président de la République s'y est formellement opposé. J'ai appris, à la Chambre, que les diplomates sont au travail.

— Les diplomates, pouah ! Ces échines souples vont encore céder à l'outrecuidance prussienne ! s'indigna M. Ricker.

— Que s'est-il exactement passé ? Les journaux donnent des versions différentes de ce que l'on nomme partout « l'incident de Pagny », demanda Clémence.

— J'ai eu en main le rapport de M. Sadoul, le procureur général de Nancy. Ce document, remis aux par-

lementaires, rapporte ainsi les faits. Le 20 avril,
Guillaume Schnaebele, commissaire spécial de la police
des chemins de fer près la gare de Pagny-sur-Moselle,
a été mandé par son collègue allemand, M. Gautsch,
pour une rencontre, le lendemain, sur la route de
Novéant, c'est-à-dire sur la ligne de démarcation
franco-allemande, près de la commune d'Arnaville. Il
s'agissait, semble-t-il, de régler une affaire de bornage
frontalier. Il faut dire que les deux hommes, tous deux
alsaciens, sont sûrement rivaux, l'un étant resté français, l'autre ayant opté pour l'Allemagne. Quand
Schnaebele s'est présenté, le 21 avril, à l'heure dite, à
l'entrée du territoire allemand, M. Gautsch n'était pas
au rendez-vous. Comme notre commissaire faisait les
cent pas, en attendant son collègue, avec qui il entretient de bons rapports apparents, deux hommes, bizarrement vêtus de longues blouses blanches et coiffés de
casquettes, se sont emparés de lui de vive force. Malgré
ses protestations, ils l'ont entraîné en territoire allemand et lui ont passé les menottes en le traitant
d'espion, rapporta Max.

— C'est un peu fort ! Menotter un commissaire
français, dans l'exercice de ses fonctions, comme s'il
s'agissait d'un voleur de grand chemin ! s'écria Hans
Ricker, au bord de l'apoplexie.

Sa fille le calma d'un geste et Max put poursuivre.

» Depuis, Schnaebele a été conduit à Metz et incar-
céré, sous l'inculpation d'espionnage. Quand ces nouvelles sont parvenues au Conseil des ministres, le
général Boulanger a, il est vrai, aussitôt proposé de
dépêcher un ultimatum à Bismarck et d'envoyer des
troupes à la frontière.

— Sûr que notre général Revanche voyait là une
occasion d'en découdre ! commenta Tristan.

— Une occasion de rentrer dans nos terres ! renchérit Ricker.

— Monsieur Ricker, soyons sérieux. Jules Grévy, et d'autres, savent que notre armée n'est pas prête, et que les alliances attendues avec la Russie et l'Italie ne sont pas encore fiables. La sagesse conseille donc, pour l'instant, la diplomatie. Le ministre des Affaires étrangères a bon espoir de prouver, grâce à des témoignages, la bonne foi de Schnaebele.

— Mais la mauvaise foi des Prussiens est déjà prouvée et mérite d'être punie ! lança Ricker.

Comme entraient dans le salon plusieurs invités, alsaciens et lorrains, tous aussi belliqueux que le maître de maison, Leroy pressa ses amis de partir pour l'orangerie du Luxembourg, mais Clémence décida de rester chez elle, pour recevoir les visiteurs de son père. Ces derniers, sous le coup de l'émotion, oubliant leur français, exprimaient, en dialecte alsacien, leurs sentiments revanchards.

Chemin faisant, Max confia à Tristan que le commissaire Schnaebele occupait un poste d'une importance stratégique.

— Il renseigne le gouvernement français sur tout ce qui se passe au long de la grande ligne de chemin de fer de Paris à Metz et de son prolongement, jusqu'à Cologne, par Strasbourg.

— En somme, c'est peut-être bien un espion, avança Dionys.

— Disons, un patriote attentif. Déjà, en août 1870, il portait les dépêches secrètes à Mac-Mahon, à travers les lignes prussiennes. Fait prisonnier, il s'évada. Ce qui lui valut d'être décoré par Thiers.

— Croyez-vous que nous aurons la guerre ?

— Nous n'aurons pas la guerre, Tristou, parce ni le gouvernement, ni les députés, ni les sénateurs, ni même les Français ne la souhaitent. Tous veulent la paix, même au prix de ces humiliations, que ne supportent pas les Ricker et leurs amis. Et puis, cet après-midi, à la Chambre, on commençait à dire qu'il fallait se débarrasser de Boulanger, un va-t'en-guerre, capable de conduire le pays à de coûteuses aventures, conclut Maximilien.

Quelques jours après que l'affaire Schnaebele eut été heureusement conclue[1], par la mise en liberté du commissaire français, un autre incident, plus tragique, eut lieu sur la frontière franco-allemande des Vosges. Près du petit village de Luvigny, un soldat allemand, garde forestier auxiliaire, Richard Kauffmann, fit feu à trois reprises sur des chasseurs, qui cheminaient en territoire français, sur un sentier parallèle à la frontière. Ces Vosgiens se rendaient dans une clairière voisine, pour déjeuner en compagnie d'autres chasseurs du cru et de leurs familles, après une battue organisée dans la propriété de l'administrateur du Crédit nancéen, M. Bègue. Un des chasseurs, M. Brignon, avait été tué d'une balle dans l'aine, un autre, sous-lieutenant au 12e dragons, M. de Wangen, avait été blessé à la cuisse. Le procureur de la république de Nancy, venu sur les lieux du crime, n'obtint du commissaire allemand de

---

1. Le commissaire français fut libéré le 30 avril, Bismarck ayant reconnu que la demande de rencontre, formulée par le commissaire allemand, constituait bien un sauf-conduit. On apprit, plus tard, que le commissaire allemand avait convoqué Schnaebele parce que, sur un poteau frontière, avait été apposé, sous le drapeau tricolore, l'inscription : « Habitants et cheminots, prenez confiance, nous viendrons bientôt vous libérer des Cosaques. »

Saverne qu'une version mensongère des faits. L'homme soutint celle de son subordonné : les Français s'étaient avancés en territoire allemand et n'avaient tenu aucun compte des sommations.

Les Alsaciens et les Lorrains de Paris, que la libération de Schnaebele avaient apaisés, manifestèrent une nouvelle colère, cette fois bien justifiée, et demandèrent au gouvernement français de faire preuve d'un peu plus de fermeté, à l'égard de l'assassin d'un citoyen qui n'avait rien à se reprocher.

Début mai, entre deux concerts en province, Tristan Dionys accompagna Laure au pavillon de Flore, où étaient exposés les diamants de la Couronne de France, que le gouvernement de la République avait décidé de vendre aux enchères, dès le 12 mai. Ces joyaux, expédiés à Cherbourg et cachés à bord d'un navire de guerre, en 1870, pour échapper à l'envahisseur prussien, étaient, depuis leur retour à Paris, entreposés dans les caveaux du ministère des Finances. Maintenant, on les offrait, sous bonne garde, à la convoitise des collectionneurs fortunés et à l'admiration critique de ceux qui n'avaient aucune possibilité de les acquérir.

Bien que présenté dans son écrin, le Régent, diamant de cent trente-huit carats, acheté plus de trois millions de francs à William Pitt par Philippe d'Orléans, pendant la minorité de Louis XV, était exclu de la vente. Le gouvernement souhaitait le conserver au Louvre. Restait disponible de quoi éblouir toutes les visiteuses. Parures, diadèmes, broches, boucles de ceinture, épingles à cheveux, peignes, bouquets de corsage, tous sertis de brillants, de rubis, de saphirs ou de perles, étincelaient, sous un éclairage électrique spécialement conçu pour attiser les feux des pierres précieuses.

Laure de Costelaine, qui se satisfaisait des bijoux hérités de ses ancêtres, admira longuement la pièce considérée comme la plus exceptionnelle par les experts : le Grand nœud[1] de corsage, à deux glands, de l'impératrice Eugénie. Composée de deux mille six cent trente-sept brillants et huit cent soixante roses, cette pièce de joaillerie faisait l'objet de l'attention des boursiers chanceux et des Américains enrichis dans le pétrole et les chemins de fer.

Dans l'étalage, Laure désigna un petit croissant d'or blanc, parsemé de roses.

— J'enverrai mon joaillier enchérir pour ce bijou de jeune fille. L'an prochain, Émilie aura vingt ans. Ce pourrait être son cadeau, confia-t-elle à Dionys en quittant l'exposition.

C'est au retour de cette visite que Tristan apprit par Max que le gouvernement Goblet était tombé, que Boulanger n'était plus ministre de la Guerre et qu'on l'envoyait commander le 13e corps d'armée, à Clermont-Ferrand.

— La droite et les républicains modérés se sont unis pour obtenir ce résultat. Mais, les amis de Boulanger sont furieux. Ils préparent des actions, pour ameuter l'opinion publique, et l'on voit partout des portraits du général. Une nouvelle coalition est née : le boulangisme. On y retrouve en plus des revanchards et de la ligue des Patriotes, Rochefort, directeur de *L'Intransigeant*. Il demande aux Parisiens, appelés aux urnes pour une élection partielle le 27 mai, d'ajouter le nom de Boulan-

---

1. Cette pièce de joaillerie, achetée par un Américain en 1887, réapparut, le 18 avril 2008, à une vente de Christie's, à New York. Elle a été acquise par le musée du Louvre, pour la somme de six millions sept cent vingt mille euros. Le Grand nœud de corsage d'Eugénie est, aujourd'hui, exposé dans la galerie d'Apollon.

ger sur les bulletins de vote. Tout cela a un parfum de futur coup d'État. On va peut-être s'amuser un peu, prédit Maximilien en riant, car toute agitation le réjouissait.

Le boulangisme prenait de l'ampleur et ses zélateurs stigmatisaient sans retenue « l'oligarchie parlementaire », quand Tristan Dionys dut se rendre en Suisse, pour une série de récitals organisés, sur suggestion de Maximilien Leroy, par un impresario helvète. Après s'être produit au Grand Théâtre, à Genève, le pianiste se rendrait à Lausanne, puis à Neuchâtel, Lucerne et Zurich, avant une dernière prestation à Bâle, d'où il regagnerait Paris.

Laure, qui toujours redoutait les séparations prolongées, tint à conduire son amant en calèche à la gare de Lyon, la première à être éclairée à l'électricité.

Quand Tristan quitta la voiture, elle dit son regret de ne pouvoir l'accompagner, ainsi qu'il le lui avait proposé, quelques jours plus tôt.

— J'aurais aimé vous suivre, mais je ne puis laisser Émilie seule pendant deux semaines. Et puis, j'ai promis à mon père, plus très ingambe à soixante-douze ans, de l'accompagner à l'Opéra-Comique, le 27 mai. On y donnera *Mignon*, d'Ambroise Thomas, expliqua Laure.

L'œil humide, elle tendit sa main à baiser et Tristan s'éloigna vers les quais.

Il prit place dans la cabine que Max lui avait réservée dans un des wagons-lits de l'Engadine-Express qui, par Dijon, Mâcon, Culoz et Bellegarde, le porta, en douze heures, au bord du Léman.

Attendu par le directeur des Concerts classiques, il découvrit Genève sous un ciel gris, le lendemain en fin de matinée. Ses bagages déposés à l'hôtel Beau

Rivage, il se rendit au théâtre, pour voir quel instrument il aurait à jouer le soir même. L'expérience lui avait enseigné qu'il pourrait se trouver face à un piano de piètre facture, sonnant comme une guitare. Il découvrit avec satisfaction un grand Steinway de concert. Rassuré, il risqua quelques gammes, arpèges, trilles et notes répétées, puis se laissa guider par son hôte, pour une visite du Grand Théâtre de mille trois cents places, dont les Genevois paraissaient très fiers. Avec sa façade agrémentée de huit colonnes en roche du Jura et six autres, en granit rouge de Berne, sous un fronton en grès de Saint-Gall, le bâtiment, inauguré en 1879, lui parut une copie un peu étriquée de l'Opéra de Charles Garnier, dont l'architecte genevois, Jacques-Élisée Goss, s'était manifestement inspiré.

En descendant le grand escalier, le cicérone lui désigna, parmi les bustes sculptés, celui de Jean-Jacques Rousseau, enfant de Genève.

Après un déjeuner de filets de perche et d'émincé de veau à la zurichoise, dans un restaurant du quai des Bergues, le pianiste se lança, seul, dans un pèlerinage lisztien.

Genève avait été, du mois d'août 1835 au mois d'octobre 1836, la ville où son idole et la comtesse Marie-Sophie d'Agoult de Flavigny avaient connu un éphémère bonheur. Tristan gravit d'abord la rue de la Cité, pour voir, dans la vieille ville, à l'angle des rues des Belles-Filles et Tabazan, la maison qu'habitèrent les amants[1]. Derrière les fenêtres, il se plut à les imaginer, libres et

---

1. Actuellement numéro 22, rue Étienne-Dumont. Une plaque, apposée sur la façade en 1896, porte l'inscription : « Franz Liszt (1811-1886), célèbre pianiste, a demeuré dans cette maison, 1835-1836 ». En juin 1938, la municipalité de Budapest a fait apposer une

gais, Liszt composant *Les Cloches de Genève*, une pièce des *Années de pèlerinage*, puis, le soir, recevant en couple ceux qui acceptaient de fréquenter une épouse en fuite et son amant. Le professeur d'esthétique Adolphe Pictet, le botaniste Pyramus de Candolle, le politicien radical James Fazy, fondateur du journal *L'Europe centrale*, et le professeur de musique Pierre-Étienne Wolf avaient été les plus assidus. C'est là aussi qu'un jour de décembre Marie d'Agoult avait mis au monde la première fille de Liszt, Cosima, aujourd'hui veuve de Richard Wagner et grande prêtresse de Bayreuth.

De là, Dionys se rendit au conservatoire, que son maître, Louis Niedermeyer, avait visité en 1859 en appréciant l'ordre qui régnait dans toutes les classes. Mais, plus que le souvenir de son ancienne école parisienne, Tristan recherchait, là encore, celui de Liszt. Dans ce palais italianisant, adorné de rondes-bosses à l'antique, l'amant de Marie d'Agoult avait enseigné le piano à une dizaine de jeunes filles de la bonne société. Précédé de sa réputation de virtuose, Tristan Dionys fut respectueusement accueilli et obtint, sans difficulté, l'autorisation de lire, écrites de la main de Franz Liszt, dans le registre de classe, les observations, parfois sévères, du maître sur ses élèves.

« Calame, Amélie : jolis doigts. Travail assidu et très soigné ; presque trop. »

« Demellayer, Marie : méthode vicieuse (si méthode il y a). Zèle extrême. Dispositions médiocres. Grimaces et contorsions. Gloire à Dieu dans le ciel et paix aux hommes de bonne volonté. »

---

seconde plaque, en pierre de Hongrie et portant l'effigie de Liszt, pour rappeler que « le maître François *[sic]* Liszt » était hongrois.

« Gambini, Jenny : beaux yeux !... »

« Wallner, Joséphine : molle, flasque et paresseuse. Facilité pour déchiffrer. Nul soin dans l'étude. Peu d'avenir, à moins d'un travail forcé. »

« Milliquet, Ida :... flasque et médiocre. Assez bon doigté ; assez bonne tenue au piano ; assez d'*assez* qui ne valent pas grand-chose au total[1]. »

Tristan lut avec amusement ces appréciations, d'un professeur alors âgé de vingt-quatre ans, en pensant que ces demoiselles de 1835 devaient, aujourd'hui, être grand-mères. « Peut-être que ce soir, au Grand Théâtre, certaines d'entre elles viendront m'entendre », se dit-il en refermant le précieux registre.

Si des anciennes élèves de Franz Liszt se rendirent au concert, aucune ne se présenta à Tristan, dont le succès fut tel qu'il dut donner deux bis, avant de conclure, devant un parterre en délire, par la fougueuse cavalcade de *Mazeppa*. Il reçut une gerbe de roses et une médaille d'argent de la Société de musique. Fatigué, il se fût volontiers abstenu de souper avec les membres de cette honorable compagnie, mais ce genre d'agapes d'après récital faisait partie des obligations « de qui est engagé dans une carrière internationale », soutenait Maximilien.

Dans les autres villes, tant en Suisse romande qu'en Suisse alémanique, Tristan Dionys obtint d'identiques succès et se déclara fort satisfait de sa tournée helvétique. Une audition de cors des Alpes, longues trompes de bois d'épicéa, au son d'une puissante basse, enten-

---

1. Cité dans *La Vie musicale à Genève au dix-neuvième siècle, 1814-1918*, de Claude Tappolet. Mémoires et documents publiés par la Société d'histoire et d'archéologie de Genève. Tome XLV. Alex. Jullien, libraire, Genève, 1972.

due au pays de Vaud, lui avait inspiré des sonorités hâtivement notées, comme l'air fameux du *Ranz des vaches*, chanté par une chorale fribourgeoise. Il le transcrivit aussitôt en variations pianistiques, pour le plus grand plaisir des choristes.

Dans son unique lettre à Laure, il observa qu'en Suisse les villes mélomanes se situaient, le plus souvent, au bord des lacs, du Léman à celui des Quatre-Cantons, en passant par ceux de Neuchâtel et de Zurich.

Le 25 mai, il put, de Bâle, adresser un télégramme à Maximilien Leroy : « Excellent séjour. Retour jeudi 26 mai après-midi, gare de Strasbourg[1]. Amitié. Tristou. »

1. Elle deviendra gare de l'Est en 1895.

3.

En débarquant à Paris, Tristan Dionys fut bien étonné de voir, sur le quai de la gare, Maximilien venir à sa rencontre, à grands pas. Dans un éclair, sa première pensée fut heureuse et reconnaissante. Max avait donc hâte de le revoir. Quand il découvrit que l'ami n'était pas rasé et portait des vêtements fripés, l'idée lui vint que Leroy sortait d'une nuit de goguette. Mais la forte accolade empreinte de gravité que lui donna, sans sourire, l'homme d'ordinaire exubérant et chaleureux, éveilla en lui une crainte soudaine.

— Que se passe-t-il, Max ?

— Vous n'avez pas lu les journaux, ce matin, à Bâle ?

— Non. Pourquoi me dites-vous cela ?

— Parce que l'Opéra-Comique a brûlé, hier soir, en pleine représentation de *Mignon*. Il y a des douzaines de morts.

— Hier soir ! Ah ! Dieu ! *Mignon* ! Laure devait y conduire son père... elle n'est pas blessée ? Dites-moi !

Maximilien entoura d'un bras solide les épaules de Dionys et se résolut à parler sans détour.

— Soyez courageux, Tristou. Oui, soyez courageux... Laure est morte.

— Morte... morte brûlée !

— Asphyxiée, Tristou, comme beaucoup d'autres.

— Mais, comment est-ce arrivé ? Que savez-vous ?

— Émilie, ne sachant que faire, a débarqué chez moi, tôt ce matin, après avoir appris le drame et constaté que sa mère n'était pas rentrée de la nuit. Ensemble, nous sommes allés rue Favart, devant le théâtre incendié, pour questionner pompiers et rescapés, puis nous avons visité les morgues, improvisées à la mairie de la rue Drouot et à la Bibliothèque nationale. C'est là que nous avons retrouvé Laurette. Un peu de mousse blanche aux lèvres, signe de la mort par asphyxie, mon ami.

Il dut soutenir Tristan, près de défaillir.

— Conduisez-moi. Je veux la voir et parler à Émilie.

— J'ai un fiacre et je peux vous accompagner. Mais, épargnez-vous le spectacle de la morgue. Conservez de celle qui vous aimait sa dernière image.

— Je ne vais pas laisser la mort l'emporter sans que je l'aie revue, Max. Je serai courageux. Mon père m'a, très tôt, appris à ne pas pleurer. Je vous assure. Allons-y tout de suite.

— Puisque vous le souhaitez, dit Max, résigné, en prenant le bras de Tristan.

Dans le fiacre, Leroy expliqua qu'il avait conseillé à Émilie de télégraphier à sa sœur Aline, à Londres, pour annoncer la mort de leur mère.

En arrivant à la Bibliothèque nationale, Max et Tristan durent se frayer un passage, au milieu des familles éplorées, le plus souvent rendues muettes par l'effroi. Dans l'alignement des civières, posées à même le sol et couvertes de toiles à raies bleues et blanches, des hommes et des femmes, hagards, tentaient de reconnaître, parmi ces cadavres, souvent à demi consumés, et ces visages tuméfiés, maculés de cendres, parfois déformés par d'affreux rictus, celui ou celle dont on était sans nouvelles depuis la veille. Max guida Tristan vers l'endroit où il avait vu Laure, mais ne put la retrouver.

Le commissaire de police, qui présidait aux indentifications, détenait une liste des personnes reconnues et évacuées.

— Des agents des pompes funèbres, mandatés par la fille de la victime, ont pris en charge la dépouille de cette dame, pour la porter à son domicile. C'était le mieux, n'est-ce pas ?

— Le mieux, concéda Tristan.

Avec Maximilien, il se rendit aussitôt à l'hôtel particulier de la rue de Penthièvre, que tous deux fréquentaient depuis des années.

Ils trouvèrent Émilie en robe noire, le visage pâle, les yeux rouges, les lèvres trémulantes. Si réservée d'habitude, la jeune fille se jeta dans les bras de son professeur de musique, l'étreignant avec maladresse en sanglotant sur son épaule.

— Partir si brutalement, à trente-six ans ! Mon Dieu ! Maman ! Quelle injustice ! murmura-t-elle.

— Petite Émilie, votre chagrin est le mien. Nous ferons ensemble ce qu'il faut pour votre mère. Je voudrais la voir, dit Tristan.

— Venez. Je sais combien elle vous aimait. Elle est dans sa chambre, la toilette a été faite, dit Émilie, se forçant à la maîtrise.

Dionys vit une Laure bien différente de celle qu'il avait quittée lors de leur séparation, deux semaines plus tôt, devant la gare de Lyon. L'embaumeur des pompes funèbres avait su dissimuler la pâleur grise de la mort, sous un fard discret, mais il n'avait pu rendre à l'asphyxiée la sérénité des fins paisibles. Les traits crispés de Laure reflétaient une douloureuse soumission au destin.

Émilie et Max quittèrent bientôt la chambre. Seul avec la morte, Tristan s'agenouilla dans la ruelle, caressa doucement les mains glacées, jointes sur le drap et, enfin, libéra ses larmes, les premières depuis la mort de sa mère. Quelques minutes passèrent puis, se relevant, il effleura de ses lèvres la bouche close, qu'il avait connue si gourmande de baisers, et quitta la pièce.

Émilie était au bord du désespoir.

— L'abbé Tiercelin, vicaire de notre paroisse, confesseur de maman, que j'ai fait prévenir, est venu me dire une chose affreuse. Les divorcés ne peuvent être enterrés religieusement. Est-ce vrai ? hoqueta la jeune fille.

— La religion catholique considère, en effet, le sacrement de mariage indissoluble. Sauf après décision d'annulation par la Curie romaine. Ce qui demande des relations au Vatican et coûte fort cher, la simonie de certains cardinaux étant connue. En attendant, les curés refusent tous les sacrements aux divorcés, précisa Max.

— Mais, c'est horrible ! On ne peut enterrer maman sans messe, sans prières, sans bénédiction, gémit Émilie.

— De cela, je fais mon affaire, dit Leroy avec autorité.

Émilie leur apprit que son grand-père, le comte de Costelaine, grièvement blessé aux reins par la chute d'une poutre, se trouvait entre la vie et la mort, à l'hôpital de la Pitié.

— Je vais aller le voir, mais, s'il a sa connaissance, je tremble à l'idée de lui annoncer la mort de maman, dit-elle.

— Ne lui dites rien pour l'instant, conseilla Max.

En quittant l'hôtel des Costelaine, où arrivaient des amies de Laure et les premières condoléances, les journaux de l'après-midi ayant publié une liste incomplète des victimes identifiées, Max décida de se rendre au Palais-Bourbon.

— Je vais demander à mon député normand, membre influent de la commission des Cultes, de convaincre l'évêché d'autoriser les obsèques religieuses de notre divorcée.

— Et si l'évêché refuse ?

— Mon cher, j'ai des arguments. Je sais où et quand vont forniquer des ecclésiastiques de haut rang. Sûr que certains journaux seraient fort aise de donner noms, adresses et références, dit Max, retrouvant le goût de la bagarre anticléricale.

Tristan souhaita d'abord rester seul avec son chagrin. Il s'isola dans sa thébaïde du boulevard Saint-Germain, où il découvrit, comme à chacun de ses retours, un vase débordant de roses, placé sur son piano, dernier geste tendre de la disparue.

Chaque fois qu'une intense émotion l'étreignait, le pianiste demandait réconfort à la musique. Sous ses doigts, vinrent spontanément quelques mesures lentes, en *mi* mineur, qui exprimaient, mieux que les mots, le vide laissé par la disparition de celle qu'à sa façon, il avait aimée. Il répéta le thème plusieurs fois et le nota pour, plus tard, le développer en souvenir de ce jour maudit.

En partie rasséréné, il s'en fut acheter les journaux, qui, à l'appui de photographies[1] ou de dessins, rapportaient les circonstances de la catastrophe.

_____

1. Paul Nadar, fils du célèbre photographe Félix Tournachon, dit Nadar, prit des clichés des ruines de l'Opéra-Comique.

Le mercredi 25 mai, vers 9 heures du soir, salle Favart, la sept cent quarante-cinquième représentation de *Mignon*, opéra d'Ambroise Thomas, dont le livret est inspiré d'une ballade de Goethe, venait de commencer, devant mille six cents spectateurs.

On en était à la scène des bohémiens, au moment où Mignon, incarnée par Annette Merguillier, remet son bouquet à Wilhelm Meister, quand des flammèches descendirent en voletant des frises. Les artistes en scène évaluèrent le danger et comprirent qu'une herse à gaz avait enflammé un décor. Le baryton Alexandre Taskin, interrompant son jeu, se voulut rassurant en s'adressant au public. « Ce n'est rien. Il n'y a pas de danger ! Quittez la salle sans vous presser », lança-t-il en éteignant, du pied, les débris incandescents tombés sur les planches. Mais, dès les premières lueurs d'incendie, les spectateurs s'étaient levés et la panique s'empara bientôt du parterre. S'ensuivirent désordre et bousculade, puis affolement, dans les galeries supérieures, menacées par les flammes, qui léchaient le plafond du théâtre.

Dans le hall, les portes, ouvrant vers l'intérieur, se trouvèrent bloquées par la poussée farouche de ceux qui voulaient sortir. Emprisonnés dans le théâtre devenu un immense brasier, ils durent attendre que des passants enfoncent les vantaux pour se précipiter dehors.

Les journalistes décrivaient des scènes hallucinantes, où hommes et femmes, torches humaines, hurlaient de douleur en jaillissant sur la place Boieldieu, tandis que d'autres, pour échapper aux flammes et aux fumées asphyxiantes, se jetaient dans le vide, du haut des corniches de la façade. Ceux qui, dans la cohue, tombaient, pris de faiblesse, étaient piétinés par la foule, en rage de survie. L'arrivée des pompiers, des grandes échelles et des pompes à bras, vingt minutes après le premier appel, donna un instant l'espoir d'évacuer les prisonniers des étages, mais l'effondrement des galeries et du dôme condamna la plupart d'entre eux à la mort.

Au petit matin, alors qu'une fumée âcre se répandait dans le quartier, les sauveteurs retiraient, des ruines noircies, des corps sans vie, devant une foule murmurante, tenue à distance par les agents de police. Dans les gravats de la buvette du théâtre, on découvrit un amas de vingt-sept asphyxiés. Ailleurs, soixante-seize corps furent extraits des décombres, dont ceux de trois choristes, quatre danseuses, douze employés de l'Opéra-Comique. À midi, la première estimation du préfet de police faisait état d'une centaine de morts, mais on craignait que ce chiffre ne fût dépassé[1].

Les yeux brûlants, maxillaires noués, gorge sèche, Tristan, frissonnant malgré la douceur de fin mai, se rendit rue du Bac. Il avait besoin de la chaude amitié et de la force tonique de Max, pour chasser de son esprit les visions effrayantes, nées de la lecture des journaux.

Il se tenait prostré, depuis des heures, dans un fauteuil, quand Leroy rentra chez lui, en fin d'après-midi.

— Les obsèques de Laure seront célébrées, dans deux jours, par un évêque, dans sa paroisse. Je me suis peut-être avancé en promettant à Émilie que vous tiendriez l'orgue, dit Maximilien en tirant, du placard aux alcools, une bouteille de porto et deux verres, qu'il posa sur un guéridon.

---

1. Le nombre définitif des victimes fut officiellement fixé à cent quinze, les travaux de déblaiement ayant permis de recueillir des restes carbonisés, qui ne purent être identifiés.

— La vie continue, Tristou. Laure vivra dans votre musique, j'en suis certain, dit-il en versant le vin.

— Sans vous, je ne saurais comment regarder la vie en face. Il semble que je porte malheur aux femmes qui ont l'imprudence de m'aimer. Rappelez-vous : ma mère, Geneviève de Galvain et, maintenant, Laure. Même cette vieille dame, qui m'offrit un gant de Liszt à Deauville, est morte le lendemain, dit Dionys, accablé.

— Allons ! Allons ! Quittez cette idée. La mort aime faire irruption sans s'annoncer. Vous découvrirez que nos vies ne sont qu'une suite d'événements, pas toujours heureux. Il faut maintenir la porte verrouillée entre ce qui fut et ce qui est. Ne pas laisser le champ libre aux fantômes, Tristou.

Ce soir-là, Maximilien emmena Dionys dîner, boulevard Saint-Germain, à la Brasserie des bords du Rhin. Ils évoquèrent les charmes et qualités de Laure, le chagrin d'Émilie, mais aussi, et Leroy fit volontairement dévier la conversation, ils étudièrent le calendrier des prochains récitals de Dionys. Le pianiste devait, dans les mois à venir, se produire en Angleterre, en Allemagne et, comme souvent, en Belgique et aux Pays-Bas. Ces tournées exigeaient une véritable organisation matérielle et Tristan, d'un naturel peu ordonné, fit observer qu'ayant maintenant des moyens financiers suffisants il pourrait engager un secrétaire.

— Il faudrait quelqu'un pour m'aider à répondre au courrier, de plus en plus volumineux, que je reçois, après chaque concert, à éconduire ceux qui veulent, à tout prix, me soumettre leurs œuvres, à tenir en ordre mes papiers, ainsi que mes comptes, m'aider à faire face aux aléas que je rencontre souvent lors de mes déplacements à l'étranger.

— Je ne puis, hélas, vous accompagner partout. Il faudrait, en effet, étant donné les proportions prises par votre carrière, que vous soyez assisté par une personne de confiance et libre de ses mouvements.

— Quelqu'un qui connaîtrait assez de solfège pour lire et classer mes partitions et, à l'occasion, copier de la musique, ajouta Tristan.

— Pourquoi ne proposeriez-vous pas ce travail à un ou une de vos élèves ? suggéra Max.

— Franz Liszt eut souvent un élève pour secrétaire, en effet. Vous pensez sans doute à Émilie.

— Après la mort de sa mère, elle va se trouver bien seulette dans cette immense maison, avec des domestiques qui vont sans cesse se lamenter. Je sais l'admiration et le respect qu'elle vous porte… et puis, elle doit connaître vos petites manies de virtuose.

— Je n'oserai jamais lui faire cette offre. Puis, quand la succession de Laure sera réglée, il me faudra quitter l'appartement du boulevard Saint-Germain, dit Tristan.

— N'imaginez pas, toujours, la situation la plus noire, que diable ! conclut Max.

Au cours d'une nuit sans sommeil, Dionys évalua tout ce que la mort de Laure allait changer dans sa vie. Il fit l'inventaire de ce que cette femme lui avait apporté, non seulement comme mécène plein de générosité, mais comme confidente et compagne attentive, respectueuse de sa liberté. Sans elle, il n'eût jamais acquis la confiance en soi qui, souvent, lui avait fait défaut. Son art eût manqué d'audace dans l'expression. Aussi étrange que cela pût paraître, pour un amant soudain privé des caresses de sa maîtresse, il ne revit pas Laure en amoureuse ardente, mais en égérie protectrice.

Pour lui, tout ce qui touchait à l'expression physique de l'amour restait disposition mentale. Il avait toujours ressenti l'étreinte charnelle comme banal assouvissement des sens, concession animale faite aux organes de la procréation. C'est pourquoi sa lucidité le frustrait de tout véritable abandon dans le plaisir. Même attentif à satisfaire sa partenaire, il pouvait, à l'instant où le mâle perd tout sens des contingences, penser à une notation musicale, à une obligation prochaine, à une lecture en cours. La volupté devenait une notion abstraite, qu'il eût été bien incapable de définir avec des mots. Seule la musique, impénétrable aux indiscrets, pouvait la transcender intimement. Mais il s'était toujours conduit de manière à ce que Laure ne pût, dans leurs enlacements, soupçonner cette évagation, qu'elle eût prise pour de l'indifférence, ou pire, pour du désamour.

Aline et Albert Lépineux arrivèrent la veille de l'enterrement. Émilie les reçut sans chaleur, mais avec dignité. Elle annonça qu'elle avait pris toutes les dispositions nécessaires aux funérailles et à l'inhumation, dans le caveau des Costelaine, à Passy.

Comme Albert Lépineux s'enquérait déjà, avec son impudence habituelle, de l'existence du testament de son ex-épouse, la jeune fille se rebella.

— À cette heure, père, votre demande me paraît incongrue. Je convoquerai le notaire après les obsèques de maman.

— Comment… tu… convoqueras le notaire ? Ta sœur Aline a les mêmes droits que toi, souviens-t'en, ma fille.

— Je n'aurais garde de l'oublier.

— En attendant, je vais ici reprendre ma chambre et Aline la sienne, dit Lépineux avec aplomb.

— Ma sœur peut habiter ici, certes, mais vous non, dit calmement Émilie.

— Comment, non ! Ne suis-je pas ici chez mes filles ? C'est-à-dire chez moi ?

— Vous savez que la loi en a décidé autrement. Le toit de ma pauvre maman n'est plus le vôtre, depuis longtemps.

— Et où irais-je loger ?

— À l'hôtel, j'imagine, dit Émilie.

Le ton était si rude et assuré qu'il rappela fâcheusement à l'ancien agent de change celui de sa femme, au jour de la rupture.

— Comment oses-tu parler ainsi ? Ne suis-je pas ton père ? lança-t-il.

— Si peu, dit Émilie, dédaigneuse.

Pendant cette algarade, Aline, décontenancée par l'autorité de sa cadette, s'était cantonnée dans un silence attentif.

— Je voudrais te parler, seule à seule, glissa-t-elle à sa sœur.

Lépineux se rendit, en pestant, dans le hall pour demander au portier d'appeler un fiacre.

Au premier regard, Émilie avait trouvé Aline amaigrie, mal fagotée, le cheveu terne et dépourvue de son arrogance passée. Dès qu'elles furent tête à tête l'aînée se confia.

— Ne m'en veux pas si je vais suivre père à l'hôtel. Je ne veux pas le laisser seul. Il fait le fanfaron, mais il est très malade : la syphilis, m'ont dit, à Londres, les meilleurs médecins.

— La syphilis ? Quelle est cette maladie ?

— Les Anglais l'appellent le mal napolitain. Il est donné aux hommes par les femmes de mauvaise vie, les prostituées souvent. C'est comme une infection qui se répand dans le corps, aux reins, au foie, au cerveau parfois. Et c'est douloureux. On soigne papa avec des pilules qui contiennent du mercure et de l'opium. Elles provoquent des nausées, et il reste souvent sans pouvoir sortir, rapporta Aline.

Comme Émilie se taisait, hésitant entre la pitié et la honte, Aline ajouta :

» Il reconnaît que cela vient, bien sûr, de la vie dissolue qu'il a menée. Je comprends, maintenant, combien maman a dû souffrir.

— La punition est sévère, reconnut Émilie.

— De surcroît, sa situation financière est désastreuse. Les hommes d'affaires de la City sont durs et méprisants. Les renseignements qu'ils ont pris sur père, par leurs correspondants à Paris, lui ont porté grand préjudice. Ne pouvant se poser en agent de change, il a voulu s'installer comme simple changeur, mais les banques ont refusé les garanties nécessaires à un étranger.

— Alors, de quoi vivez-vous ?

— *I keep the pot boiling*, comme on dit à Londres, c'est moi qui fait bouillir la marmite. Je travaille comme interprète à la chambre de commerce. Je crains, certains soirs, que papa ne se donne la mort, comme l'a fait son père. Il en parle souvent, quand la maladie le torture.

— As-tu besoin d'argent ? demanda Émilie, émue.

— C'est-à-dire que le voyage de Londres à Paris ne nous a pas laissé grand-chose. Maman m'envoyait, de temps en temps, des petites sommes, en cachette de notre père. Maintenant, je ne puis compter que sur

mon travail… en attendant mon héritage, murmura-
t-elle.

Émilie disparut un instant et revint avec une enveloppe gonflée de billets de banque.

— Ne donne rien à papa. Il irait jouer. Mais je ne
veux pas que tu manques du nécessaire. Tu seras toujours bienvenue dans notre maison, déclara Émilie.

Avant de se séparer, les deux sœurs, toutes deux
en larmes, s'étreignirent longuement.

Au jour des obsèques, les jeunes filles et leur père se
rendirent ensemble à l'office, donnant à la foule des
amis et connaissances le spectacle d'une famille récon-
ciliée par le deuil.

Tristan Dionys, ayant reçu l'accord de l'organiste
titulaire, pénétra seul dans le sanctuaire, par une porte
latérale, et monta aussitôt s'asseoir devant les claviers
de l'orgue, au buffet impressionnant.

La messe solennelle, au cours de laquelle il accompagna la liturgie des funérailles, lui déplut. Des
femmes, trop élégantes, accompagnées d'hommes, en
costume sombre le plus souvent, cravatés de soie noire,
s'adressaient des signes de reconnaissance, comme s'il
se fût agi d'une réunion mondaine. Ces gens, qui, pour
la plupart, s'étaient éloignés de Laure après son
divorce, oubliaient leur conduite récente. Sans doute
s'y sentaient-ils encouragés par l'accueil inattendu que
faisait l'Église à la divorcée. M. Lépineux, qui, devant
Dieu, restait le mari de la défunte, ne figurait-il pas au
premier rang avec ses filles ? Avant que les officiants
ne paraissent, Tristan ressentit la somme des murmures
comme une attente d'opéra.

« Qu'a bien pu raconter Maximilien aux autorités
ecclésiastiques pour obtenir une aussi pompeuse réha-

bilitation d'une proscrite des sacrements ? » se demanda-
t-il en préludant sur l'orgue.

L'office, concélébré par un évêque auxiliaire et deux
chanoines, confirma son aversion pour pareille mise en
scène. Les dalmatiques violettes des prêtres, le prélat
mitré, la cascade des fleurs sur les marches de l'autel
et, autour du catafalque, la froide lumière des vitraux,
qui teintait de jaune, de bleu et de rouge ce rassemblement humain autour d'un cercueil, les flammes
vacillantes des cierges, le ballet des servants affétés et
des enfants de chœur blasés, les effluves douceâtres
de l'encens, l'escouade des choristes, figés telles des
quilles, face au coryphée gesticulant et, plus tard, les
antiennes et cantiques, chantés par une soprano et un
ténor qui rivalisèrent, comme dans l'espoir d'applaudissements : tout le blessa. Laure, victime invisible,
couchée dans le chêne clair, sous un drap semé de
larmes d'argent, n'était plus la femme qu'il avait aimée
à sa manière. On enterrait, ce matin-là, une étrangère,
membre d'une caste dont il restait ignoré.

Sur le pupitre, il avait placé la partition de la *Fugue
en* la *bémol mineur* de Johannes Brahms, pièce poi-
gnante, d'une rare intensité émotionnelle, qui traduisait
son intime chagrin. « Ô tristesse, ô deuil du cœur, comment ne pas se lamenter ? » disait le texte qui avait
inspiré le compositeur. Après la consécration, Dionys
interpréta la fugue avec une telle ferveur que les assis-
tants, accablés, conçurent enfin l'inéluctable supréma-
tie de la mort.

À la fin de l'office, tandis que les fidèles quittaient
le sanctuaire en papotant à voix basse, il ouvrit les
grands jeux de l'orgue et improvisa, avec fougue, une
sortie en forme de paraphrase éclatante de *L'Étude
n° 12* de Frédéric Chopin, dite *Révolutionnaire*. Émilie

fut seule à entendre, dans cet adieu profane de M. Dionys à sa mère, un cri de révolte, jeté à la face de Dieu, dans son église.

Sur le parvis, Tristan, décidé à s'esquiver pour échapper à la curiosité publique, ne put éviter de se trouver face à Lépineux. Pendant qu'on glissait le cercueil de Laure dans le corbillard, l'ex-mari le retint.

— Monsieur Dionys, monsieur Dionys, je vous suis reconnaissant d'avoir procuré à la mère de mes filles, le bonheur que je n'ai su lui donner, dit-il en soupirant d'un ton patelin.

— Je n'ai que faire de votre reconnaissance, lâcha Tristan en s'éloignant vers Max et Clémence Ricker, qui l'attendaient près d'un fiacre.

M. de Costelaine ne survécut qu'une semaine à sa fille. Il mourut sans avoir repris conscience, si bien qu'Émilie et Aline n'eurent pas à lui révéler la mort de leur mère.

Après les obsèques de son grand-père, Émilie convoqua le notaire qui, en présence des deux sœurs et de leur père, donna lecture du testament de Laure.

Les volontés dernières de Laure de Costelaine ex-épouse Lépineux, étaient clairement exprimées. Elle léguait tous ses biens, vastes terres à blé de la Beauce, forêts solognotes, villa à Dieppe, hôtel Costelaine, rue de Penthièvre, à ses filles Aline et Émilie. Suivaient des legs divers, dont plusieurs à ses domestiques, un à l'orphelinat de la Société de protection des Alsaciens et Lorrains demeurés français, qu'elle avait plusieurs fois visité, avec Clémence Ricker. Un autre don allait à la société Le Droit des femmes. En un geste de charité louable, Laure attribuait à son ex-époux un pavillon de chasse, situé dans un village de l'Oise, « afin qu'il ait un toit où finir ses jours ».

Tous furent surpris d'apprendre que Tristan Dyonis recevait, en pleine propriété, le petit immeuble du boulevard Saint-Germain où il résidait. « Afin que M. Tristan Dionys, pianiste, puisse développer son art en toute tranquillité », avait précisé la testatrice.

Le notaire crut utile de préciser que le comte André de Costelaine était mort sans avoir exprimé de volontés.

— M. de Costelaine ayant, depuis longtemps, fait don de tous ses biens à sa fille unique, ne reste que l'immeuble de l'avenue de Villiers, où il a toujours vécu. Celui-ci revient à ses petites-filles, dans l'héritage de leur mère, conclut l'homme de loi.

La lecture des actes terminée, l'officier ministériel prit congé en présentant ses condoléances à Aline et Émilie, puis revint sur la succession du comte.

» Je ne saurais trop conseiller à ces demoiselles de vendre l'immeuble de l'avenue de Villiers. Le quartier se transforme. Je suis à leur disposition pour rechercher un acquéreur, proposa-t-il, imaginant le profit à venir.

Informé plus tard par le tabellion, Tristan fut à la fois étonné et confus du legs qui lui était attribué.

Albert Lépineux eût été fort mécontent de cette répartition s'il n'avait déjà prévu que l'héritage d'Aline lui permettrait de se lancer à nouveau dans les affaires.

Avant que sa sœur et son père ne quittent, ensemble, Paris pour Londres, Émilie mit Aline en garde.

— Ne cède pas à ses caprices, sinon tu seras vite ruinée, avertit-elle.

— Je compte user de mon héritage comme d'une dot, pour trouver un mari, dans la bonne société britannique, et fonder un foyer, dit Aline.

— Tu penses encore à un duc ou à un lord, qui chasse le renard, persifla la cadette.

— Je ne suis plus certaine que ces hommes fassent de bons maris. J'ai appris la sagesse, Émilie. Et toi, que vas-tu faire ?

— Je pense que M. Dionys, qui n'a aucun sens pratique, comme disait maman en riant de ses étourderies, aura besoin que je m'occupe un peu de son intérieur en attendant qu'il trouve un secrétaire et une gouvernante.

À l'heure de la séparation, les deux sœurs mêlèrent, une fois encore, leurs larmes, se promettant de ne jamais rester sans nouvelles l'une de l'autre.

Les semaines et les mois qui suivirent firent du pianiste Tristan Dionys, dont la notoriété de virtuose enflait de concert en concert, un véritable vagabond de la musique. On le réclamait hors des frontières : en Grande-Bretagne, en Allemagne, en Autriche. Chaque fois qu'il touchait Paris, il retrouvait Maximilien, les Ricker et Émilie Lépineux.

À dix-neuf ans révolus, l'adolescente, autrefois pataude et joufflue, avait grandi et minci. C'était maintenant une belle fille, taille fine, buste insolent, gestes aisés et gracieux. Ses traits affinés rappelaient ceux de Laure, dont elle possédait le regard assuré, d'un brun profond, abrité par de longs cils. Tristan se plaisait à perfectionner le jeu de son élève, devenue bonne pianiste et, parfois, l'invitait à jouer avec lui un morceau à quatre mains. Cependant, depuis la mort de Laure, les rapports de maître à disciple avaient évolué. L'orpheline avait pris, tout naturellement, le relais de sa mère pour gérer le quotidien de Tristan, quand il résidait à la thébaïde. Elle se présenta d'abord, chaque après-midi, pour mettre de l'ordre, puis, à la demande de son professeur, elle vint, dès le matin, classer les partitions, aider à la préparation des récitals, répondre au courrier, relire les contrats, tenir la comptabilité. Ayant reçu de Laure la propriété d'un immeuble, Dionys ajoutait désormais à ses cachets le produit de loyers, qu'il eût été bien incapable de percevoir lui-même.

Pendant les absences du pianiste, Émilie assurait le suivi des affaires et entretenait avec Tristan une correspondance de gestionnaire. Au bout de quelques mois, elle se révéla si parfaite collaboratrice, ponctuelle, capable d'initiatives, qu'elle devint indispensable. Quand Dionys voulut régulariser cette activité prenante, elle s'offusqua qu'il osât lui proposer un salaire.

— Servir un artiste a toujours été ma vocation. Je suis certaine que maman l'eût souhaité ainsi. Les revenus de mes biens m'assurent une vie large. Je suis une femme riche, monsieur Dionys. Vivez votre art et votre carrière. Laissez-moi les besognes d'intendance.

— Tout cela est bel et bon pour moi, Émilie, mais vous devez penser à votre avenir. Vous êtes jeune et plus que jolie ; vous avez des amies. Il faut sortir, aller dans le monde. Ce n'est pas derrière un piano et au milieu des paperasses que vous trouverez un mari.

— Je ne suis pas en quête d'un mari et je n'ai nulle envie de me marier. J'ai vu ce que peut devenir un mariage, monsieur Dionys.

Ce jour-là, Tristan se garda d'insister.

Émilie lui avait été léguée comme une grâce. Offrant une touchante ressemblance avec Laure, la jeune fille avait décidé, comme s'il se fût agi d'une prédestination, de vouer sa vie au pianiste, sans contrepartie, sans manifester, en apparence, d'autre sentiment que ceux d'une disciple enthousiaste et zélée. Dionys acceptait égoïstement cette situation en s'interdisant de penser que celle qu'il avait connue enfant pourrait être, un jour, amoureuse de lui. Et cela, bien que Maximilien, d'un réalisme brutal, lui eût déclaré, un soir, avec un sourire satanique : « La fille semble prête à prendre en tout, y compris au lit, la succession de sa mère. »

Émilie Lépineux s'était donc faite gouvernante, secrétaire, accompagnatrice et copiste à l'occasion. Comme pour affirmer une position professionnelle, elle portait des tailleurs stricts, dans les tons neutres qui convenaient aussi à son deuil, tirait ses cheveux bruns en gros chignon sur la nuque, limitait son maquillage et ne portait d'autre bijou qu'une montre suspendue à un sautoir. Se doutait-elle qu'ainsi dépourvue d'artifice, sa beauté devenait plus éclatante ? Quoiqu'elle combattît parfois une attirance indécise pour celui qu'elle appelait toujours M. Dionys ou Maître, elle trouvait bonheur et sérénité à vivre à son côté, à lui épargner tout souci domestique, administratif et d'organisation de sa vie de grand musicien.

Accompagner Tristan dans ses voyages, en factotum attentif, la comblait, même si, le soir, elle se retrouvait souvent seule, dans un hôtel d'une ville étrangère, pendant que le pianiste, adulé, allait de réceptions en dîners. Archiviste des partitions, glaneuse d'articles de presse qu'elle collait dans des cahiers, comptable réglant les notes d'hôtel, louant places de train et voitures, comptant les bagages à chaque déplacement, elle offrait de surcroît à Tristan, sans manifestation démonstrative, une tendre affection, dont il ne décelait pas encore l'ambiguïté.

Quand vint l'été, ils effectuèrent ensemble la tournée annuelle des plages, de la côte normande à la côte basque. Ce circuit assurait au pianiste, fidèle aux casi-

nos de ses premiers succès, une série de récitals bien
rémunérés.

Fort de sa notoriété, Dionys limitait maintenant à
la simple courtoisie les réceptions mondaines d'après
concert. Sa réputation de virtuose international austère,
distant, peu prolixe, décourageait les familiarités, mais
non certaines démonstrations outrées.

Une riche admiratrice le suivait, de ville en ville,
s'asseyait toujours au premier rang d'orchestre, lui faisait livrer ses cigares préférés, dont elle avait appris
l'origine par indiscrétion domestique. Plusieurs fois
éconduite, elle avait surnommé Tristan Dionys « le
génie sauvage », ce qui amusait Émilie autant que
l'intéressé.

La présence d'une belle fille au côté de l'artiste aurait
pu faire jaser, mais les observateurs les plus attentifs,
comme les commères curieuses et le personnel des
hôtels, se persuadèrent très vite que Mlle Émilie Lépineux n'était rien plus qu'une secrétaire, doublée d'un
cerbère. Ce statut valait à la jeune fille d'être traitée
avec condescendance par celles qui tentaient d'approcher le pianiste. Elles allaient jusqu'à proposer une
bonne main pour obtenir un rendez-vous du maître ou
quelques confidences sur sa vie privée. Une Américaine, exaltée et folle de son corps, tendit à Émilie,
lors d'un concert à Biarritz, un billet de vingt dollars,
en échange du numéro de la chambre du virtuose. Une
autre la supplia de dérober une partition annotée de
la main de M. Dionys ; une troisième se déclara prête
à payer, très cher, un des gants que le virtuose jetait
négligemment sur le flanc de son piano en s'installant
au clavier.

— C'est la gloire, ma chère, si mes gants, comme
ceux de Liszt, deviennent négociables ! dit Tristan en

riant, quand Émilie lui fit part des propositions incongrues.

Ces façons amusaient Mlle Lépineux, mais elle découvrait aussi, avec un peu d'irritation, que sa condition de secrétaire la mettait au rang des domestiques corruptibles.

Fin septembre, lors d'un séjour à Paris, au cours d'un dîner chez les Ricker, Maximilien Leroy tira de sa poche le journal de Georges Clemenceau *La Justice*, feuille que ne lisaient pas ses hôtes conservateurs.

— Écoutez ce qu'a écrit, le 21 septembre, Camille Pelletan, député radical, dit-il en dépliant la gazette.

« La France a un passif de vingt à trente milliards ; tous les ans, elle paie douze cents millions environ d'arrérages. C'est-à-dire que, tous les ans, les contribuables français paient un milliard pour les dépenses d'autrefois, sans qu'un centime de ce milliard aille à un besoin présent ! C'est là un fait unique. Une dette si prodigieuse ne s'est vue en aucun temps, ne se voit en aucun pays. » Et Pelletan ajoute, plus loin : « Si cela devait continuer, la menace de banqueroute ne serait plus une hyperbole », asséna Max, gouailleur.

— Il apparaît, reconnut Hans Ricker, que la République continue à vivre au-dessus de ses moyens, alors que les États-Unis et l'Angleterre s'emploient à éteindre leurs dettes.

— Dépenser plus qu'on ne gagne est un mal français, mon cher Hans. Max en est la vivante preuve ! s'exclama Dionys qui, dans l'après-midi, avait réglé la dette de son ami chez un tailleur qui menaçait Leroy de saisie !

D'autres événements allaient faire passer dans les coulisses politiques le déficit du gouvernement de Charles Floquet.

Le 25 octobre, tandis que les boulangistes s'agitaient de toute part, en prévision des élections, un bruit avait commencé à courir dans les salons parisiens. Le gendre du président de la République, Daniel Wilson, député d'Indre-et-Loire, affairiste notoire, pouvait, moyennant finance, faire obtenir la croix de la Légion d'honneur à qui était prêt à payer un bon prix.

Maximilien Leroy, bien informé par ses relations parlementaires et du ministère des Affaires étrangères, confirma, en novembre, que les ragots répandus étaient devenus scandaleuse réalité.

— Nous allons à une affaire d'État, dont la République se serait bien passée. Hier encore, la croix de la Légion d'honneur, au tarif de Wilson, valait deux cent mille francs. Aujourd'hui, elle n'est plus cotée ! s'exclama Max, toujours prêt à se réjouir quand les turpitudes des politiciens apparaissaient au grand jour.

— Comment un tel trafic peut-il exister ? s'étonna Tristan.

— Très simplement, quand on est le mari d'Alice Grévy. Les candidats à la décoration devaient faire, sous couvert d'un contrat de publicité pour *Le Moniteur de l'Exposition*, journal qu'a lancé Wilson, en prévision de l'Exposition de l'an prochain, une somme de deux cent mille francs, prix supposé d'une campagne de presse dans *Le Moniteur*. Quand Wilson apprit qu'un rapport avait été demandé par les députés, il a falsifié les registres de son journal en minorant le coût de ces contrats... particuliers. Mais le pot aux décora-

tions est découvert ! Les députés, entraînés par
Georges Clemenceau, ont obtenu, hier, 17 novembre,
par cinq cent dix voix contre une seule, l'autorisation
de poursuites judiciaires à l'encontre de Wilson. Des
voix s'élèvent déjà, à la Chambre, pour demander la
démission de Jules Grévy, qui a mal choisi son
gendre. L'audience de la 10e chambre correctionnelle
est fixée au 9 janvier[1]. Je ne veux pas rater le spectacle, dit Leroy, se délectant à l'avance de l'embarras
du vendeur, comme de celui des acheteurs de décorations.

— Quand il créa l'ordre de la Légion d'honneur, en
1802, Napoléon eût fait fusiller ce genre de concus-
sionnaire, dit Dionys.

— Je gage que les juges ne tireront pas au cœur,
mais au portefeuille. C'est l'organe le plus sensible,
chez les Wilson, prédit Max.

Le 2 décembre, un mois avant que son gendre ne
comparaisse devant les juges, tandis que des manifestants se rassemblaient devant le Palais-Bourbon,
le président de la République, Jules Grévy, attaqué
de toute part, dut donner sa démission et quitter
l'Élysée.

— Souvenez-vous que, le 2 décembre 1805, Napoléon remportait, à Austerlitz, la bataille des Trois
empereurs. Aujourd'hui, nous vivons une défaite politique, dont notre république se serait bien passée, commenta Tristan en apprenant la nouvelle.

---

1. En mars 1888, Wilson fut condamné à deux ans de prison et
trois mille francs d'amende. Il fut, plus tard, acquitté par la chambre
des appels correctionnels, mais avec un arrêt qui confirma l'accusation ! Réélu député d'Indre-et-Loire en 1893, il fut invalidé, mais
aussitôt réélu.

Le 3 décembre, l'Assemblée nationale[1] élut un nouveau président de la République : Sadi Carnot, membre actif de la gauche républicaine, député de la Côte-d'Or et plusieurs fois ministre.

Chez les Ricker, comme dans beaucoup de foyers, on célébra cette élection comme l'arrivée au pouvoir d'un honnête homme.

— Ministre des Finances dans le gouvernement Freycinet, Carnot a eu le courage, en 1886, de révéler aux Français la vraie situation économique et financière du pays, dissimulée par ses prédécesseurs. Cette franchise et son insistance à prêcher de sévères économies lui coûtèrent son portefeuille, dit l'Alsacien.

— C'est aussi un beau barbu, bon mari et bon père. On dit qu'il est à son bureau dès sept heures du matin, rapporta Clémence, qui avait lu les journaux.

Maximilien Leroy tenait Carnot pour un faux modeste, qui avait jusque-là dissimulé ses ambitions, Tristan ignorait tout de ce polytechnicien, entré très jeune en politique.

Quand, au printemps 1888, eut été célébrée une messe de bout de l'an à la mémoire de Laure et du comte de Costelaine, Dionys convainquit Émilie de quitter ses vêtements de demi-deuil. Comme il accompagnait autrefois Laure chez les couturiers, il escorta Émilie chez Mme Doucet. Il l'aida à choisir des étoffes claires, à ramages, comme l'y invitait la mode, puis il conduisit son élève chez les modistes polonaises qui chapeautaient la meilleure société.

---

1. Sous la IIIe République : réunion de la Chambre des députés et du Sénat, en une seule assemblée, à Versailles. De nos jours : le Congrès.

— Votre fiancée est joliment bien faite, dit Wanda à Tristan, en parcourant d'un œil gourmand la silhouette d'Émilie.

— Et quelle peau de pêche veloutée ! compléta Ewa en caressant de l'index la joue de la jeune fille.

— Venez nous voir souvent, mademoiselle. Vous avez une tête à chapeau, reprit la première en offrant des bonbons à la menthe, lorsque les essayages furent terminés.

Dans la rue Saint-Honoré, Émilie prit le bras de Dionys.

— Elles sont gentilles. Un peu familières, peut-être. Vous avez vu comme l'une d'elles m'a caressé la joue, dit-elle.

— Ces dames sont en effet très caressantes... avec les jeunes filles, Émilie.

— J'étais un peu gênée qu'elle me prissent pour votre fiancée. Pourquoi ne les avez-vous pas détrompées ?

— Sans doute parce que je me suis senti infiniment flatté, Émilie, répliqua Dionys en riant.

Quand il fut question de la célébration des vingt ans de la jeune fille, Maximilien proposa les salons du cercle de l'Union artistique, place Vendôme. Approuvé, il se chargea de l'organisation d'une simple réception, suivie d'un dîner intime. Émilie avait refusé qu'on prolongeât la soirée d'un bal, ni même d'une sauterie. Le souvenir de sa mère était encore douloureux. Elle convia quelques amies de pension, dont les frères faisaient déjà figure de prétendants à la main d'une héritière bien nantie.

La veille de la célébration, Tristan, rentré depuis peu d'une tournée aux Pays-Bas, choisit l'heure du thé pour faire une révélation.

— Votre mère avait prévu un cadeau pour vos vingt ans. J'étais avec elle quand elle le retint, lors de la vente, l'an dernier, des bijoux de la Couronne. Il s'agit d'un croissant d'or, monté en broche, dit-il.

— Je le porterai demain. Dans le bonheur-du-jour de maman, j'ai trouvé un paquet, enrubanné comme un cadeau de Noël. Il était écrit : « Pour les vingt ans d'Émilie ». Je l'ai ouvert, ce matin, en pensant très fort à elle, dit la jeune fille, les larmes aux yeux.

Dionys se pencha vers Émilie et lui prit la main.

— Cet après-midi de printemps, votre mère était superbe et gaie comme une collégienne, devant l'étalage des bijoux. Elle a remarqué ce croissant d'or en pensant à vos vingt ans, dit Tristan, ému au rappel d'un heureux moment.

— Que vous ayez été là quand maman a choisi cette broche, me la rend encore plus précieuse, monsieur Dionys, murmura Émilie en s'éloignant pour sécher ses pleurs.

Le lendemain, avant la réception au cercle de l'Union artistique, où ils se préparaient à se rendre ensemble, Tristan Dionys remit à Émilie un écrin.

— Mon cadeau d'anniversaire, dit-il simplement.

En ouvrant le petit coffret de cuir de Russie, Émilie fit apparaître un bracelet, simple jonc d'or, serti de vingt petits saphirs.

La jeune fille balbutia des remerciements, qu'elle eût voulus plus enthousiastes, si l'émoi ne l'avait emporté sur la joie du moment.

— Puis-je vous embrasser ? finit-elle par articuler.

— Vous le devez, dit Tristan en lui ouvrant les bras.

— Comme je suis heureuse, ce soir, s'empressa-t-elle de dire, en faisant jouer le bijou qu'elle avait, aussitôt, passé à son poignet.

Au cours de la réception au cercle, Maximilien Leroy enleva, avec autorité, la jeune fille à ses amies et soupirants, et l'entraîna devant la porte-fenêtre, ouverte sur la place Vendôme. Il désigna la colonne, dont le bronze prenait des reflets mordorés, sous le soleil couchant.

— Il y a treize ans, c'est au pied de ce monument, alors en ruine, que Tristan Dionys et moi avons fait connaissance. Nous avons parlé de nos pères, tous deux morts, dans des camps opposés, pendant la Commune, et au fil des années, les orphelins sont devenus des frères. Cette colonne tient une place particulière dans notre amitié.

— Pourquoi me dites-vous cela, monsieur Leroy ?

— Parce je veux que vous sachiez que votre ancien maître de musique, aujourd'hui l'un des plus grands pianistes de notre temps, est l'homme le plus droit, le plus sincère, le plus fidèle, mais aussi le plus sensible et le plus réservé, quand il s'agit de sentiment, et partant, le moins démonstratif qui se puisse trouver. Je voudrais que vous appreniez, Émilie, à le voir autrement qu'en amant de votre défunte mère.

— Vous touchez là, monsieur Leroy, à des choses très intimes. S'il vous plaît, rejoignons les autres… et apportez-moi une coupe de champagne, dit-elle froidement.

Plus tard, Clémence donna chez son père un dîner pour Émilie, à qui elle offrit un châle alsacien ancien, en twill de soie noire, brodé, sur une pointe, d'un motif coloré, sur l'autre, du même motif blanc.

— Il a été tissé dans les ateliers de mon grand-père, en 1850. Nous appelons ce modèle *Freid und Leid*, c'est-à-dire fête et deuil. Les jours de fête, quand le châle est plié en triangle, le motif coloré est placé de façon visible, dans le dos. Les jours de deuil, on le retourne, pour que n'apparaisse plus que le motif blanc, expliqua Clémence.

Émilie, dominant son trouble, mit le châle sur ses épaules et fit apparaître le motif coloré en fixant Tristan d'un regard fervent.

— En deçà d'une fête, il y a souvent un deuil, dit-il.

4.

L'année du centenaire de la révolution de 1789 commença dans un climat politique inquiétant et une conjoncture économique morose.

L'atonie des affaires, qui sévissait depuis 1881, après le krach de l'Union générale, connut une soudaine aggravation, le 6 janvier 1889, quand on apprit le suicide du directeur du Comptoir d'escompte de Paris, Eugène Denfert-Rochereau, geste consécutif à la faillite de sa banque. Quelques semaines plus tard, le 4 février, quand le tribunal de commerce de Paris prononça la dissolution de la Compagnie du canal de Panama, les milieux financiers s'affolèrent et les épargnants effectuèrent de prudents retraits dans les banques.

Au cours de l'été 88, Maximilien Leroy s'était démené pour placer les nouvelles obligations à lots de l'emprunt de sept cent vingt millions demandé par Ferdinand de Lesseps à l'État. Les fonds manquaient pour achever le canal de Panama, dont le percement se heurtait à des difficultés imprévues. Gustave Eiffel, qui s'était engagé à construire deux écluses géantes, avait dû abandonner ce projet, le franchissement d'une zone rocheuse élevée rendant impossible l'usage d'écluses. Devenu indispensable, le nouvel emprunt reposait sur l'émission de deux millions d'obligations à lots, chacune de trois cent soixante francs. Celles-ci devaient rapporter quinze francs par an aux souscripteurs. L'opération n'avait pu être lancée qu'après modification de la législation par la Chambre des députés, les emprunts à lots étant interdits en France. Or le bruit commençait à courir que le vote de certains parlementaires avait été acheté.

Interrogé par Hans Ricker, qui avait souscrit, par admiration pour les ingénieurs Lesseps et Eiffel, Leroy reconnut que plusieurs députés et un ministre, au moins, passaient pour vénaux.

— On murmure, dans les couloirs du Palais-Bourbon, que le ministre des Travaux publics, Charles Baïhaut, aurait reçu trois cent soixante-quinze mille francs de la Compagnie de Panama. Le gouvernement reste muet sur cette affaire mais, si les amis nationalistes de Boulanger, dont Rochefort et son journal *L'Intransigeant*, s'activent, un scandale risque d'éclater.

— Surtout que le boulangisme vient de se renforcer par l'élection, en janvier, du général Boulanger comme député de Paris, avec une avance de plus de soixante mille voix sur Remy Jacques, sénateur d'extrême gauche et président du conseil général de la Seine, rappela Hans Ricker.

— Dommage que le général ait refusé de marcher sur l'Élysée, au soir de l'élection partielle du 27 janvier, quand plus de cent mille Parisiens l'ont acclamé, place de la Madeleine, alors qu'il sortait du restaurant Durand. Il a sans doute laissé passer une chance de coup d'État, qu'il ne reverra pas. Car la police était prête à le suivre. Maintenant, les politiciens vont lui mener la vie dure. Ils l'ont déjà chassé de l'armée, en mars de l'année dernière, précisa Max.

— Ce qui ne l'avait pas empêché d'être élu, en avril 88, député du Nord, compléta Ricker.

— Élection qui faillit lui coûter la vie, cher Hans. Souvenez-vous : quand, en décembre, au cours d'un débat houleux, le général-député monta à la tribune, pour suggérer à la Chambre de se dissoudre, le président du conseil, Charles Floquet, s'estimant insulté, provoqua Boulanger en duel. Personne n'imaginait Floquet en bretteur, mais il se montra hargneux sur le terrain et, après avoir été deux fois touché, sans gravité, par le général, il administra à Boulanger une sérieuse blessure au cou, rapporta Leroy.

— En tout cas, il y a, à Paris, des juges sensés. Déroulède et mes amis de la ligue des Patriotes, poursuivis pour constitution de société secrète, viennent d'être acquittés. Ils paieront, chacun, cent francs d'amende, pour tapage nocturne au soir de l'élection de Boulanger, conclut l'Alsacien.

Il rit si fort que deux boutons du gilet de soie tendu sur sa bedaine jaillirent de leurs boutonnières.

— Le général Boulanger ne veut pas sortir de la légalité. C'est un honnête républicain. Ce qui est tout à son honneur, mais déçoit ses partisans moins scrupuleux. Il veut la dissolution des Chambres et une nouvelle Constituante pour réviser la Constitution, dit Clémence.

— En attendant celle des Chambres, la dissolution de la Compagnie du canal de Panama est acquise. Vous auriez pu, hier encore, mon cher Hans, revendre vos obligations, mais aujourd'hui, après la décision des juges consulaires, vous ne trouverez plus preneur. Elles n'ont de valeur que comme papier peint, dit Max, moqueur.

— Les accusations contre les parlementaires sont, sans doute, diffamatoires. Ferdinand de Lesseps, aujourd'hui âgé de quatre-vingt-quatre ans et, dit-on, fort malade, reste, à mes yeux, un homme intègre, s'insurgea Ricker.

— L'avenir dira ce qu'il en est de cet emprunt, dont la mévente me prive de quelques bonnes commissions, grommela Leroy.

— Qui oserait, pendant l'Exposition universelle qui va attirer en France des dizaines de milliers d'étrangers, compromettre la réputation d'une entreprise française, dirigée par le constructeur du canal de Suez ? relança Clémence.

— Des hommes de science craignent que la tour Eiffel, faisant office de paratonnerre, n'attire les orages sur Paris. Il se pourrait, chère Cléa, qu'un lointain canal attirât sur la France des orages politiques, plaisanta Maximilien, sans illusion sur la vénalité de certains politiciens.

— Et ce pauvre Denfert-Rochereau, cousin du héros de Metz, pourquoi s'est-il donné la mort ? demanda Clémence.

— Parce qu'il n'a pas supporté la faillite de la banque de crédit, où il était entré en 1865 et qu'il gérait fort honnêtement, comme directeur, depuis 1880. Avant de commettre son geste fatal, il a confié à un ami, qui me l'a répété : « C'est pour moi l'unique épilogue possible de cette aventure financière », révéla Maximilien.

— Cependant, en 1886, le chiffre d'affaires du Comptoir avait dépassé neuf milliards, s'étonna Hans Ricker.

— Mais, depuis, la banque a été victime des spéculateurs, Secrétan, Laveissière et Hentsch, fondateurs de la Société industrielle et commerciale des Métaux, dont le Comptoir commit l'imprudence de soutenir les opérations. Les trois loustics, qui sont poursuivis par la justice, avaient mis en œuvre un plan de stockage des métaux. Des hausses fictives des cours devaient leur assurer la maîtrise du marché mondial du cuivre, métal dont l'industrie commence à faire une grande consommation. Quand la société croula sous la masse de ses achats, les acheteurs ordinaires ayant refusé les prix gonflés et suspendu leurs commandes de cuivre, la déconfiture fut amorcée et, par contrecoup, celle du Comptoir d'escompte, qui avait financé les achats de cuivre.

Les scandales financiers, venant après celui des décorations, ne pouvaient qu'exaspérer les passions politiques. En avril, quelques semaines avant l'ouverture de l'Exposition universelle, l'agitation boulangiste, animée par l'Union conservatrice et le Parti national, dont les militants arboraient un œillet rouge à la boutonnière, provoqua une réaction, aussi soudaine que sévère, du gouvernement, présidé, depuis février, par Pierre Tirard.

Le 17 mars, à Tours, le général Georges Boulanger, en campagne pour les élections législatives, prévues les 22 septembre et 6 octobre 1889, avait prononcé un discours rassembleur. Cet appel était destiné à rallier les catholiques, qui lui reprochaient son anticléricalisme, et à rassurer certains socialistes qui, implicitement, le soutenaient. Les républicains les plus radicaux du Parti ouvrier français et les blanquistes du Comité central révolutionnaire entendaient user du général comme d'un bélier contre le régime, quitte à s'en défaire, les Chambres mises au pas. Bien que les monarchistes, amis de la duchesse d'Uzès, fussent ses principaux bailleurs de fonds, le général Revanche ne leur avait laissé aucun espoir d'une nouvelle restauration, ce qui, aux yeux des citoyens, confirmait son républicanisme.

Le ministre de l'Intérieur, Jean Constans, « exécuteur des congrégations », annonça que, le général Boulanger étant député, il allait le faire traduire en Haute Cour, pour « attentat à la sûreté de l'État ». Cette réaction disproportionnée incita le général à prendre le large, comme le lui conseillait sa maîtresse, la vicomtesse Marguerite de Bonnemain, opportunément informée par Constans des risques encourus par son amant ! Ainsi, alors que la France allait jouir des plaisirs instructifs et variés de l'Exposition et célébrer le centenaire de la Révolution, le général trouble-fête méditerait, à Bruxelles, sur les aléas de l'action politique.

Maximilien Leroy, informé de l'intrigue ourdie par Constans, estima que Boulanger avait eu tort de s'exiler prématurément.

— Ceux qui, en 87, tentèrent d'empêcher le départ du train qui devait le porter à Clermont-Ferrand[1], auraient su imposer sa présence, au premier rang des personnalités, lors des cérémonies annoncées, dit-il.

— La police, que Constans s'est empressé d'épurer, serait-elle restée aussi passive qu'autrefois ? interrogea Hans Ricker.

L'achèvement de la tour Eiffel et l'inauguration, le 6 mai 1889, par le président Sadi Carnot, de la plus importante Exposition universelle jamais organisée en France, rejeta la menace boulangiste à la deuxième page des journaux et mit un onguent de fierté sur le prurit des hommes d'affaires pessimistes.

Au soir du premier jour, le Champ-de-Mars, la galerie des Machines, les pavillons des Arts libéraux et des

---

1. Le 8 juillet 1887, alors que le général était contraint de gagner Clermont-Ferrand, où il avait été nommé à la tête du 13e corps d'armée, une foule de partisans avait envahi la gare de Lyon et retardé, de plusieurs heures, le départ du train.

Beaux-Arts, ainsi que les centaines de pavillons étrangers, avaient reçu plus de cinq cent mille visiteurs. Beaucoup avaient risqué un torticolis en levant les yeux quand, au sommet de sa tour de trois cents mètres, Gustave Eiffel, assisté de François Émile Chautemps, président du conseil municipal de Paris, avait hissé un immense drapeau tricolore, tandis que vingt et un coups de canon annonçaient aux Parisiens, à la fois, l'ouverture officielle de l'Exposition et la célébration du centenaire de la Révolution.

Si les Ricker, père, fils et fille, effectuèrent, avec ou sans Maximilien, de fréquentes visites à l'Exposition, Tristan Dionys, souvent absent de Paris pour concert ou récital, n'y fit que quelques apparitions. Il goûtait peu cette ambiance de fête foraine cosmopolite, non plus que la promiscuité de ceux qu'il nommait, par atticisme, les Nombreux.

Avec la tour Eiffel et la galerie des Machines, l'Exposition illustrait de façon péremptoire l'audace spectaculaire de la construction métallique. Le fer, s'immisçant dans la chasse gardée de l'architecture, assurait, cette année-là, ses positions.

La tour de trois cents mètres, principale attraction, fut, dès les premiers jours, plébiscitée par le peuple, au grand dam des détracteurs de Gustave Eiffel. En une semaine, trente mille visiteurs payèrent cinq francs, somme considérable, équivalant au salaire journalier d'un garçon de magasin ou d'un tapissier, pour gravir les trois étages, par les ascenseurs hydrauliques[1].

---

1. En novembre, à la fermeture de l'Exposition, après cent soixante-treize jours d'exploitation, la tour Eiffel avait accueilli un million neuf cent soixante-huit mille visiteurs.

Hans Ricker offrit l'ascension à ses amis, avant de les convier à dîner, au restaurant ouvert au deuxième étage de la tour.

Des milliers de visiteurs arrivaient, chaque jour, de province, grâce à des billets de chemin de fer à tarif réduit. La Compagnie Paris-Lyon-Méditerranée, dite P-L-M, offrait, réduction de vingt-cinq pour cent incluse, un ticket d'accès à l'Exposition pour quarante centimes. Les compagnies de navigation assurant le service avec la Grande-Bretagne proposaient, elles aussi, des passages à moindre coût. Des Américains, du Nord et du Sud, ne reculaient pas devant les longues traversées pour venir faire la fête à Paris. De tous les territoires de l'Empire français d'Afrique, d'Asie et d'Océanie, dont les pavillons regorgeaient de produits exotiques, débarquaient notables, artisans, musiciens, danseurs, baladins, derviches tourneurs, charmeurs de serpents et bayadères. Les envahisseurs étrangers se mêlaient avec aisance aux foules françaises, même si certains se plaignaient parfois d'une grève des cochers de fiacre ou des garçons de café. Indispensables, ces travailleurs profitaient de l'afflux de clients pour réclamer des augmentations de salaires.

Du printemps à l'automne, Max et Clémence, à qui se joignaient parfois Dionys et Émilie Lépineux, parcoururent les halls parallèles de la galerie des Machines, où se trouvaient rassemblés, avec les engins bruyants qui meublent les usines, les dernières locomotives, grues, générateurs d'électricité et une quantité d'outils mécaniques, substituts supposés efficaces des muscles ouvriers.

Si Hans Ricker s'intéressa aux nouveaux métiers à tisser, Maximilien Leroy retint de sa visite la machine à voter, invention de l'Américain Dayex.

— Enfin un scrutateur impartial ! Ce mécanisme donne accès au suffrage universel à tous les illettrés. Ils n'ont qu'à mettre des billes de couleur dans les boîtes au nom des candidats pour choisir leur député, dit-il.

Mais c'est la nuit que Tristan et Max préféraient déambuler, entre hommes, à travers l'Exposition. Désertée par les familles, les officiels et les gens d'affaires, elle accueillait, jusqu'à minuit, les fêtards, dans les cafés et restaurants de toutes les nations, et, pour un franc, donnait accès aux concerts, marocain ou égyptien, comme au théâtre annamite.

Du sommet de la tour, deux puissants projecteurs tournoyaient sans cesse, enlaçant Paris dans leurs bras de fluide lumineux, tandis que la « dame de fer », dont on vendait par milliers des reproductions de toutes tailles, se parait d'une robe étincelante, grâce à quatre-vingt-dix mille becs de gaz sous verre opalin. Dans le même temps, l'électricité transformait l'eau des cascades et des fontaines en gerbes multicolores, alors que les allées et pavillons, grande nouveauté, étaient éclairés par dix mille lampes à incandescence et plus de mille lampes à arc. Le dôme vitré, qui coiffait l'entrée monumentale de la galerie des Machines, petit frère de celui des Invalides, s'embrasait comme s'il abritait un feu de forge, d'où jaillissait, défiant les lois de l'équilibre, l'allégorie dorée de *la France distribuant des couronnes aux nations*[1].

---

1. Œuvre d'Eugène Delaplanche (1836-1891), sculpteur français. Plusieurs de ses statues sont maintenant exposées au musée d'Orsay, à Paris ; une *Sainte Agnès* figure à Saint-Eustache, Paris Iᵉʳ ; une autre représentation de sainte Agnès, en marbre blanc, se trouve en l'église Sainte-Croix, à Paulhan (Hérault).

—Cette nymphe au pied léger, portant lauriers et flambeau, semble, par-delà le Champ-de-Mars, tendre sa couronne à la tour Eiffel, qui la mérite bien ! commenta Tristan.

À chaque visite nocturne, Max entraînait le pianiste dans le quartier arabe, établi entre le palais de l'Industrie et l'avenue de Suffren. On y trouvait, le long d'une voie nommée rue du Caire[1], des échoppes d'artisans et des cafés orientaux. Dans l'un d'eux, aux lumières tamisées, un orchestre de tambours et de flûtes animait les danses lascives de belles filles aux chairs flavescentes, aux yeux immenses, paupières et cils empesés de khôl, virtuoses de la danse du ventre. La préférée de Max, toujours généreux en pourboire, se nommait Zohra. Entre la soie d'un court caraco et une ceinture de sequins tintinnabulants, prête à tomber des hanches, les trépidations rythmées du ventre nu animaient son nombril de pulsations érotiques, aussi aguichantes que ses œillades.

Un soir, à l'heure de la fermeture, Max invita Tristan à rentrer seul chez lui. Il avait amorcé une relation avec la danseuse, sensible aux attentions d'un Parisien à moustache mousquetaire, ayant l'argent facile.

—J'ai convaincu Zohra de venir, après le spectacle, donner chez moi une… représentation privée. Je veux savoir comment cette fille use, au lit, de son talent chorégraphique. C'est une expérience à ne pas manquer, n'est-ce pas ?

—Cette Salomé vous a déjà fait perdre la tête, ironisa Dionys.

---

1. Ne pas confondre avec la rue du Caire, quartier du Sentier, Paris IIe.

— Je n'ai rien de Jean-Baptiste, rassurez-vous, répliqua Leroy.

Rentrant boulevard Saint-Germain, Tristan ressentit un peu d'irritation contre Maximilien. Celui à qui, depuis quatorze ans, il vouait une amitié passionnée, n'avait pu, une fois encore, approcher une femme sans l'imaginer soumise à ses désirs de mâle conquérant. Cette quête virait, avec l'âge, au satyriasis. Tristan avait remarqué sans plaisir, ces derniers temps, la manière dont Leroy, tel un matou épiant une souris, évaluait du regard les formes juvéniles d'Émilie en lissant sa moustache, tic dont il connaissait trop la signification. Seule, Clémence Ricker échappait à cet insatiable appétit sensuel. « Il est vrai, se dit Tristan, que nous avons conclu un pacte de non-séduction et que Cléa, bien que belle femme de trente ans, n'a jamais encouragé, ni même involontairement inspiré, d'autre sentiment qu'une franche amitié. »

C'est avec quelque impatience que, le lendemain, le pianiste se présenta rue du Bac.

— Alors cette représentation... très privée ?

— J'imagine combien ma déconvenue vous eût réjoui, Tristou. Ah ! certes, je me suis trouvé Gros-Jean comme devant. Zohra a débarqué rue du Bac, accompagnée de quatre musiciens, et m'a répété le spectacle de l'Exposition avec autant de charme... et de distance. Car ces danseuses, artistes honorées et respectées dans leur pays comme des vestales, sont des femmes vertueuses. Oui, mon cher, pas des hétaïres ! Leurs œillades prometteuses font partie de l'expression de leur art. Elles miment les avances, sans rien céder.

Tristan Dionys ne put retenir un rire étouffé devant la mine déconfite de Max.

— C'est un des mystères de l'Orient, dit-il.

— J'ai dû payer cent francs la représentation, les flû-
tistes ont vidé ma cave à liqueurs et, ce matin, les voisins
sont venus, en délégation, exprimer leur indignation
pour avoir été privés de sommeil par une musique qu'ils
ont qualifiée de barbare, compléta Leroy, fataliste.

Cet épisode burlesque masqua, pour le trio fantasque qui s'en amusa, l'épilogue de la campagne anti-
boulangiste.

Quelques jours avant le grand banquet des maires
de France, organisé le 18 août, illustration démocratique de l'unité républicaine, le gouvernement obtint
la dissolution de la ligue des Patriotes et la réunion de
la Haute Cour. Le 14 août le général Boulanger, son
ami Arthur Dillon et Henri Rochefort furent condamnés à « la déportation à vie dans une enceinte fortifiée ». Les trois condamnés, à l'abri en Belgique, se
virent du même coup rendus inéligibles aux élections
d'automne.

— C'est la fin du boulangisme, diagnostiqua Leroy.

— En effet, les Français n'ont pas l'air de réagir et,
si les partisans du général se débandent – les monarchistes l'ont déjà abandonné –, le mouvement patriotique de relèvement national, conduit par un brave,
sera étouffé par les opportunistes et prébendiers de
tous bords, commenta en soupirant Hans Ricker.

Il traduisait l'opinion de bon nombre d'Alsaciens et
de Lorrains. Avec la proscription de fait du général
Revanche, tous voyaient s'éloigner la reconquête de
leurs provinces en voie de germanisation.

Le 21 septembre, veille du premier tour des législatives, alors que Paris célébrait, par défilés et bals publics,
la majorité de la République, troisième du nom, Maxi-

milien Leroy invita Tristan Dionys, rentré de sa tournée d'été, à un pèlerinage à la colonne Vendôme.

— Notre république est née du double sacrifice de nos pères. Si la Commune l'avait emporté, nous vivrions sous ce que Karl Marx et ses amis nomment la dictature du prolétariat. Si l'empire s'était maintenu, par une victoire sur la Prusse, nous ne jouirions pas des libertés acquises depuis 1875, dit Max.

— Estimons donc les mânes de nos pères satisfaites. Il me plaît d'imaginer qu'aujourd'hui ils condamneraient, d'une seule voix, les pratiques corruptrices qui ont conduit à l'affaire des décorations, au scandale de Panama, à la faillite du Comptoir d'escompte, aux grèves et au drame de Decazeville, aussi bien que les attentats anarchistes, compléta Tristan.

Après un dîner tête à tête chez Vefour, comme au soir de leur rencontre, Dionys convainquit son ami de l'accompagner au Trocadéro, où les vingt et un ans de la République étaient célébrés en musique, en même temps que le centenaire de la Révolution. Ils entendirent une *Ode triomphale*, composée par Augusta Holmès, l'élève la plus douée de César Franck, un temps maîtresse du compositeur. Tristan trouva cet hommage, exécuté par mille deux cents choristes et instrumentistes, tonitruant, frénétique et tintamarresque, car il faisait exagérément appel au son des fanfares révolutionnaires.

— D'Augusta Holmès, wagnérienne convaincue, je préfère, de beaucoup, sa symphonie *Lutèce*, qu'on donne rarement et qui est une belle œuvre, dit-il en quittant la salle, où cinq mille personnes avaient communié dans la foi républicaine.

En prévoyant, dès le mois d'août, la fin du boulangisme, Maximilien Leroy avait vu juste. Au soir du 6 octobre, après le second tour des élections, on sut que si les Parisiens de Clignancourt avaient réélu l'inéligible Boulanger, élection aussitôt annulée au profit de son concurrent, Jules Joffrin, la province n'avait pas suivi. Les boulangistes n'obtenaient que quarante-quatre sièges. La nouvelle Chambre des députés comptait désormais, avec les monarchistes, cent soixante-douze conservateurs, face à trois cent soixante-six républicains.

Quand, le 6 novembre, au son du canon, l'Exposition universelle ferma ses portes, après une fête grandiose au Champ-de-Mars, où quatre cent mille personnes se trouvèrent rassemblées, on publia partout que la manifestation avait été un succès pour la France, même si les monarchies européennes l'avaient boudée. En effet, rois, reines et princes avaient peu apprécié cette manière de commémorer une révolution qui avait fait trembler les trônes. Malgré ces défections de principe, car les sujets des boudeurs avaient été nombreux à passer les frontières, les soixante et un mille exposants, dont vingt mille étrangers, avaient reçu trente-deux millions de visiteurs et, fait financier inédit, l'Exposition offrait quatre millions de bénéfice aux organisateurs, l'investissement de quarante et un millions étant largement couvert par quarante-neuf millions de recettes.

Cette année heureuse s'acheva sur une épidémie d'influenza[1] qui se prolongea au-delà de Noël et du jour

---

1. Sorte de grippe violente et épidémique. Mot emprunté, dès le XVIIIᵉ siècle, à l'italien, par l'intermédiaire de l'anglais. Vieilli, n'est plus guère utilisé. Remplacé par le mot grippe.

de l'An. Elle provoqua la fermeture des écoles, tandis que les queues d'enrhumés s'allongeaient devant les pharmacies et que l'on dressait, dans les jardins de l'hôpital Beaujon[1], une tente infirmerie pour abriter les malades que les hôpitaux ne pouvaient accueillir, faute de lits. En janvier, la situation sanitaire inquiéta si fort les Parisiens que les médecins durent les rassurer : « L'influenza ne tue pas ceux qui n'ont aucune raison de mourir », publièrent-ils. Ce à quoi répliqua, dans *L'Illustration*, une femme d'esprit : « ... mais il peut décider les hésitants ! »

L'épidémie ne dissuada pas Max et Tristan d'accompagner, le 8 janvier, Clémence et son père au théâtre de la Porte-Saint-Martin, pour assister à la première de *Jeanne d'Arc*, drame mièvre de Jules Barbier. Sarah Bernhardt y tenait le rôle de la bonne Lorraine, si chère au cœur des Alsaciens et des Lorrains, pour qui elle symbolisait la résistance à l'envahisseur prussien, comme autrefois à l'envahisseur anglais.

— Le Vatican étudie, dit-on, la béatification de Jeanne. Mais il faudra, ensuite, quatre miracles confirmés pour la faire admettre comme sainte[2], révéla Cléa.

— Ce soir, nous avons déjà assisté à un premier miracle, dit Maximilien.

— Comment cela ?

— En voyant Sarah, à quarante-six ans, jouer la Pucelle, qu'elle ne se souvient même plus avoir été ! ironisa Max.

---

1. Construit en 1785 par Nicolas-Claude Girardin, 208, rue du Faubourg-Saint-Honoré. Hospice jusqu'au début du XIXᵉ siècle. Désaffecté en 1935, suite à la construction du nouvel hôpital Beaujon, à Clichy.

2. Jeanne d'Arc fut béatifiée le 18 avril 1909, puis canonisée par Benoît XV, le 16 mai 1920.

— Pendant la Commune, elle a dirigé l'hôpital de campagne établi à l'Odéon. C'est une comédienne patriote, intervint Hans Ricker.

— Et même, altruiste, car elle collectionne les amants. Elle ne sait même pas, a-t-elle dit à un journaliste, si son fils Maurice, aujourd'hui âgé de vingt-six ans, est de Victor Hugo, de Gambetta ou de Boulanger, qu'elle connut lieutenant. Veuve récente de Jacques Damala, un séducteur grec morphinomane, on lui prête un retour au célèbre docteur Samuel Pozzi, qu'elle aima, étudiant en médecine en 77, compléta Leroy.

— Sa vie privée ne nuit pas à son immense talent, s'indigna Cléa.

— Il est vrai qu'on l'a souvent entendue déclamer, quand elle joue *Phèdre* :

Et ne suis-je pas de ces femmes hardies
Qui, goûtant dans la honte, une tranquille paix,
Ont su se faire un front qui ne rougit jamais !

cita Tristan en riant.

— Vous êtes tous deux de mauvaises langues et, de surcroît, iconoclastes, lança Cléa, déchaînant l'hilarité des deux amis.

C'est avec la seule Émilie que Tristan Dionys se rendit, le 19 janvier, à la Société nationale de musique pour assister à la création du *Quatuor à cordes en* ré *majeur* de César Franck. Comme toute l'assistance, composée de mélomanes avertis, Tristan fut subjugué par cette œuvre, parfaite illustration d'une architecture cyclique achevée, le mode d'écriture qu'il souhaitait acquérir. Du premier mouvement, lent et serein, jusqu'au finale, synthèse en forme de ritournelle de tous les thèmes développés et répétés dans le scherzo et le larghetto, l'œuvre apparut comme le couronnement d'une carrière jusque-là trop discrète. Après le quintette, écrit en 1880 dans le trouble de son aventure avec Augusta Holmès, Franck livrait son quatuor, tel un élan mystique, dépourvu des nostalgies et des résignations romantiques. Tristan crut discerner, dans cette œuvre, la sérénité des passions dominées et l'exaltation feutrée d'une foi chrétienne, dont il savait son ancien professeur de l'École Niedermeyer pénétré.

— Vous vous rappellerez que nous avons entendu, ce soir, la musique de chambre de l'avenir. C'est un nouveau langage musical. Il eût plu à Wagner et à Liszt qui, les premiers, se sont attachés aux constructions cycliques pour donner à la phrase une dimension mélodique particulière, commenta le pianiste.

Ovationné par le public, chaleureusement félicité par ses anciens élèves, César Franck eut un mot qui émut ses amis. « Enfin, voilà un public qui commence à me comprendre », dit-il, révélant une satisfaction, car il avait attendu soixante-huit ans pour connaître cette consécration publique.

Quittant la salle de concerts, Dionys emmena Émilie dîner chez Foyot, ce qui ajouta pour elle au plaisir d'une soirée. Pour la première fois, elle avait vu son maître de musique enthousiaste.

Au moment du dessert, elle osa une question et un aveu.

— Pourquoi ne composez-vous pas plus souvent ? En mettant de l'ordre dans les partitions, j'ai trouvé une esquisse de sonate de vous. Je l'ai jouée. C'est d'une sonorité discrète, un bruit de source répétitif, dit-elle.

— Un jour, je vous montrerai des pièces que j'ai écrites autrefois…

— … pour maman ! Je les connais, *Un matin dans les bois de Saint-Cloud*, *Sur la Seine à Bougival*, *Dans les jardins de Versailles*, ou encore, *Intimité d'un soir de pluie*. Elle me les apportait à la maison, pour que je les lui joue quand vous n'étiez pas là, interrompit Émilie.

Interloqué, Tristan ne sut d'abord que répondre, puis, par-dessus les couverts, il prit la main de la jeune fille.

— Laure… enfin votre mère, voulait toujours reconnaître, dans un morceau de musique, la description d'un paysage, d'une situation ou la claire expression d'un sentiment. Elle se voulait muse et, comme telle, toujours présente dans mes compositions simplettes de l'époque. Après audition, elle proposait des titres circonstanciés, liés, dans son esprit, au souvenir d'une promenade, d'un moment particulier. Je me gardais de la contrarier, tout en lui expliquant que la musique était plutôt, pour moi, l'écho indicible, autrement que par les sons associés ou opposés, d'une pensée, d'une humeur, d'une lumière. Car, Émilie, la musique de l'avenir ne tente plus de décrire, avec notes et mesures, un paysage ou une situation. Elle ambitionne de subtilement traduire la résonance abstraite qu'un paysage ou une situation éveille, à un moment donné, dans l'esprit du compositeur. Pour parler comme les philosophes, je perçois la musique comme un noumène, c'est-à-dire un objet en soi, un concept qui existe par lui-même, une confidence de l'esprit, n'ayant d'autre sens que musical, d'autre forme que celle de sonate, prélude, barcarolle ou caprice, développa Dionys, redevenu pédagogue.

— J'avais compris que maman vous demandait, sans jeu de mots, de tenir une sorte de carnet de notes de vos promenades. Mais je sais bien que la musique que vous souhaitez composer est tout autre que descriptive, murmura-t-elle, confuse d'avoir rappelé à M. Dionys qu'il avait été l'amant de sa mère.

— Un jour, nous parlerons plus longuement de cela, Émilie, il se fait tard, coupa Dionys en demandant l'addition.

Le 21 mars 1890, toute la ville était guérie de l'influenza, quand on fêta, doublement, chez les Alsaciens et les Lorrains réfugiés à Paris, l'arrivée du printemps. Dans les associations et dans les familles, comme chez les Ricker, on se réjouit en apprenant que, trois jours plus tôt, Otto von Bismarck, l'homme le plus détesté, avait été écarté du pouvoir par Guillaume II. L'empereur, successeur de son grand-père, Guillaume Ier, en 1888, n'appréciait pas, comme son ancêtre, la politique extérieure du chancelier ni sa détestation des catholiques, moins encore le harcèlement législatif qui, depuis 1878, rendait la vie difficile aux socialistes, influents chez les ouvriers. De surcroît, l'autoritarisme de Bismarck agaçait un souverain peu disposé à partager le pouvoir. Le 18 mars, un différend futile, que l'on disait organisé, avait conduit Bismarck à présenter une démission qu'il escomptait voir refuser. Guillaume II n'attendait que ce geste de mauvaise humeur, et la démission du chancelier avait été entérinée, séance tenante. Dépité, le plus grand homme d'État allemand du siècle, âgé de soixante-quinze ans, refusa le titre de duc, mais accepta le bâton de maréchal. Puis il s'en fut ruminer sa rancœur dans ses terres de Vazin, en Poméranie. Le lendemain, le comte Georg Leo Caprivi di Caprera, chef de l'amirauté, d'origine italienne, né à Berlin, avait été nommé président du Conseil de Prusse et chancelier d'Empire.

En invitant ses amis à déguster un crémant d'Alsace pétillant, réserve des célébrations, Hans Ricker dit son espoir de voir adouci le sort des Alsaciens et des Lorrains restés au pays. On prêtait déjà l'intention, au nouveau chancelier, d'annuler les mesures de rétorsion visant les socialistes et de porter plus d'intérêt aux traités de commerce qu'aux visées stratégiques de la Triple Alliance.

— Depuis que nous sommes à Paris, nous avons souvent eu l'occasion d'évaluer l'ignorance dans laquelle beaucoup de Français « de l'intérieur » sont tenus du sort des Alsaciens et des Lorrains restés au pays, commença Ricker.

— Sans notre relation, nous ne saurions pas grand-chose sur les provinces annexées, reconnut Tristan.

— La presse française est, en effet, peu prolixe sur le sujet, compléta Max.

— Savez-vous que, depuis 1879, l'Alsace et la partie annexée de la Lorraine sont dirigées par un Statthalter qui gouverne, avec le concours d'un ministre, de quatre sous-secrétaires d'État et d'un Conseil d'État, dont les membres sont nommés par l'empereur. Le représentant de l'Allemagne fut longtemps le maréchal baron Edwin von Manteuffel, l'ancien commandant de l'armée d'occupation en France. C'était un homme courtois, libéral, qui s'efforçait de faciliter la vie des annexés et tentait de leur éviter les vexations de la soldatesque. Mais, à sa mort, en 1885, il fut remplacé par le prince Charles Clovis de Hohenlohe. Ces derniers temps, Bismarck, ayant trouvé la germanisation des provinces conquises trop lente, s'était écrié : « Nous faisons peu de progrès en Alsace. » Il a ensuite demandé au prince, favorable aux mouvements autonomistes alsaciens, qui hélas profitent de la situation présente, de prendre des mesures plus contraignantes. Quand nous voulons nous rendre dans nos provinces occupées, nous devons demander un passeport à l'ambassade d'Allemagne. Sur nos lettres, pour l'Alsace et la Lorraine, les adresses doivent être écrites en allemand et les fonctionnaires sont tenus de s'exprimer dans la langue des Prussiens. On nous force à parler allemand, même aux chevaux ! précisa Hans Ricker.

— Je me suis laissé dire, au Palais-Bourbon, que des Alsaciens et des Lorrains seraient prêts à s'accommoder de la germanisation et à se faire allemands sans contrainte, dit Max.

Hans Ricker fronça ses épais sourcils et posa brutalement son verre sur le guéridon. Clémence, qui, conseillée par Tristan, devant son piano, annotait une partition de Chopin, se retourna vivement.

— Que dites-vous ? lança-t-elle à Max.

— Je veux dire que certains de nos compatriotes, qui redoutent une guerre de revanche, ne vous le diront pas en face mais évoquent, entre eux, des allégeances douteuses, osa Maximilien.

— Nous le savons, cher ami. Ce sont souvent des Alsaciens, comme nous installés à Paris, ou ceux à qui l'on a donné de mauvaises terres en Algérie, ceux encore qui ont traversé l'Atlantique pour se fixer aux États-Unis, qui critiquent les nôtres, restés aux pays. Je sais que d'autres, pensant ne pas avoir été bien défendus en 70, disent : « Pourquoi résister ? L'Allemagne est forte ; les Allemands sont, plus que les Français, disciplinés, respectueux des lois et de l'ordre. » Je sais aussi que des riches envoient leurs filles dans des pensionnats de Baden-Baden et que les universités d'outre-Rhin accueillent des étudiants de nos provinces. Il arrive partout, ici comme ailleurs, que l'esprit de lucre, l'égoïsme, l'appétit de confort et de sécurité, le souci de faire prospérer ses biens, supplantent le patriotisme. Mais, croyez-moi, l'immense majorité des annexés n'aspire qu'au retour de nos provinces dans le giron de la République française, dit Ricker, retrouvant son calme.

— Pardonnez-moi d'insister, Hans, mais quelques parlementaires boulangistes ont été irrités par ce qui s'est passé à Saverne. On rapporte que les habitants, craignant de voir leur tribunal d'instance supprimé et transféré en Allemagne, ont envoyé une pétition à Bismarck, dans laquelle ils ont écrit : « Nos origines, nos noms, nos mœurs, nos cœurs sont allemands. » Alors, certains disent : « Pourquoi risquer une guerre pour reconquérir une province dont les habitants sont capables de choisir la nationalité allemande », relata Max.

— Mais, c'est une très vieille histoire ! s'écrièrent, d'une même voix, Hans Ricker et Clémence.

— Une vieille histoire ? s'étonna Leroy.

— Oui, mon ami, elle date des années soixante-dix, mais les pacifistes à tous crins la ressortent, chaque fois qu'ils veulent démontrer la traîtrise des officiers ministériels, notaires, huissiers, avocats, avoués alsaciens qui, pour continuer leur activité et protéger leurs intérêts, ont souvent, il est vrai, accepté l'investiture prussienne. Saverne est une ville de cinq mille habitants, dont la plupart ne parlent pas un mot d'allemand. La pétition en question avait été rédigée en français par un avoué, nommé Fetter, et traduite en allemand par Dagobert Fischer, que tout le monde connaît chez nous comme archéologue. C'est un vieux garçon, conservateur en diable, dont les ouvrages sont, depuis toujours, publiés, avec succès, en Allemagne. Il était, lui aussi, soucieux de maintenir de bonnes relations avec ses éditeurs teutons[1]. Cette pétition, longtemps ignorée à Paris, fit, à l'époque, beaucoup de bruit en Alsace. Mais la plupart des signataires, ne lisant pas l'allemand, ont paraphé, en toute bonne foi, un texte qu'ils n'avaient pas lu. Une supplique déshonorante, fabriquée par quelques juristes locaux. On peut dire, aujourd'hui, mes amis, qu'il y eut tromperie des consciences. Et ce fut, en Alsace, le seul cas patent de prosternation devant l'ennemi. Nos associations l'ont condamné comme tous les Savernois, quand ils surent, plus tard, comment quelques notaires, qui voulaient sauver leur étude, et quelques avocats, qui voyaient leur échapper des causes, avaient abusé de leur caution, conclut Ricker en emplissant à nouveau les verres.

— Eh bien, je vais pouvoir, à l'occasion, rassurer certains élus, dit Maximilien.

Lors du Congrès international socialiste, organisé à Paris pendant l'Exposition de 89, les socialistes européens avaient décidé qu'à l'exemple des syndicats ouvriers américains, réunis à Chicago en 1884, le 1er mai serait chômé. La consigne fut suivie, dès 1890, dans tous les pays industriels. À Paris, lors de manifestations pacifiques, les travailleurs réclamèrent, comme leurs compagnons d'outre-Atlantique, la journée de huit heures pour tous les travailleurs. Une délégation, conduite par Jules Guesde, ancien communard devenu

---

1. Cette affaire est rapportée par Edmond About, dans son ouvrage *Alsace*, Librairie Hachette et Cie, Paris, 1902.

disciple de Karl Marx, fut reçue au Palais-Bourbon par le secrétaire général de la Présidence. Dans les rues, on ne déplora que quelques heurts avec la police, qui furent aussitôt attribués aux anarchistes.

Après des mois de vagabondage à travers l'Europe où, de Londres à Vienne et d'Amsterdam à Madrid, il s'était produit dans les salles de concerts les plus renommées, Tristan Dionys fut heureux de revoir Paris et ses amis.

Seule ombre au plaisir de ces retrouvailles, la mort de César Franck. L'ancien professeur de Tristan succomba, le 8 novembre, des suites d'un accident de voiture. À soixante-huit ans, le compositeur venait d'inaugurer le nouvel orgue, construit par Cavaillé-Coll, en l'église Sainte-Clotilde, dont il était organiste titulaire.

Émilie venait de faire accepter à Dionys un récital à Monte-Carlo et il répétait une sonate de Brahms, quand un cocher de fiacre se présenta à la thébaïde.

— Le monsieur qui m'envoie a dit : « C'est très très urgent », et m'a prié de vous ramener subito rue du Bac, bien que ce soit tout près d'ici, dit l'homme en tendant une enveloppe.

Tristan reconnut l'écriture de Maximilien.

Le message était bref mais impératif. « J'ai besoin de vous de toute urgence. Affaire très grave. Venez. »

Le temps de passer un manteau et Dionys sauta dans le cab qui, en quelques minutes, le déposa devant le domicile de Leroy. Il vit un autre fiacre, à l'arrêt, entouré de badauds, que maintenaient à distance deux sergents de ville.

L'un d'eux salua militairement Tristan, le prenant pour le procureur de la République qui, dit le policier, était attendu. Envahi par un étrange pressentiment, le pianiste gravit l'escalier, trouva entrouverte la porte de l'appartement, entra et aperçut son ami, affalé dans un fauteuil, blême, le regard fixe. Son valet auvergnat, dont la mine avait, elle aussi, perdu sa couleur vermillon, se tenait debout près de lui.

— Ah ! vous voilà enfin ! Mon ami, un drame épouvantable ! dit Max en jaillissant de son siège.

Il fit signe au valet de sortir, poussa la porte et s'appuya sur le bras de Dionys qui, stupéfait, n'avait pas encore proféré la moindre parole.

— Que se passe-t-il ? Les agents m'ont dit qu'ils attendaient le procureur, accident, vol, crime ? C'est pour vous qu'ils sont ici ? Dites !

— Pas encore, mais je crains bien qu'ils n'arrivent jusqu'à moi. C'est un suicide. Elle est encore dans le fiacre ! C'est affreux, mon pauvre ami, bredouilla Max.

— Un suicide ! Qui « elle » ? Pourquoi ? Expliquez-vous, que diable !

— Je dois vous dire ce qui s'est passé, mais surtout ce que personne ne sait, ce que personne ne doit savoir. Je tiens tout du cocher qui a conduit Lisbeth ici.

— Qui est Lisbeth ?

— Élisabeth de Pocheville, une amie, enfin une maîtresse de quelques mois.

— Celle-là, je ne l'ai jamais rencontrée, dit Tristan d'un ton acide.

— Vous ne la rencontrerez pas… elle est morte, oui mon ami, elle s'est tuée dans un fiacre, sous mes fenêtres, gémit Max.

— Dans le fiacre que j'ai vu, en bas, gardé par les agents ?

— Oui. Elle doit y être encore. C'est horrible, horrible.

— Expliquez-moi ce qui s'est passé, insista Dionys, s'efforçant au calme.

— Cet après-midi, ce fiacre a chargé, place de la Concorde, une jeune femme, qui s'est fait conduire rue du Bac. Arrivée devant ma porte, elle a payé la course, puis a demandé au cocher de monter dire au locataire du premier étage, c'est-à-dire moi, qu'elle l'attendait dans la voiture. Je n'étais pas encore rentré. Quand le cocher est retourné à son fiacre, il a trouvé sa passagère inanimée. Elle s'est tiré, à travers son manchon, une balle dans le cœur. Bon Dieu ! Que je m'en veux d'avoir été absent, gémit Leroy.

— C'est vous qui l'auriez trouvée. Et ensuite ? enchaîna Dionys.

— Quand je suis arrivé, j'ai vu cet attroupement. Un de mes voisins s'est écrié à l'adresse des gens : « Voilà le monsieur du premier. » Le cocher m'a ouvert la portière du fiacre et j'ai vu Lisbeth, recroquevillée sur la banquette. Il y avait du sang sur sa poitrine, un petit revolver à ses pieds. Ah ! mon ami, quel choc ! Comme j'allais prendre sa main, une voix a dit dans mon dos : « Rien à faire, elle est morte, monsieur. » C'était le médecin d'à côté, qu'on était allé chercher. Un papier dépassait du manchon de Lisbeth. Sans réfléchir, je l'ai escamoté, avant que d'autres ne le voient. Ah ! mon ami ! Quelle affaire !

— Où est ce papier ?

Leroy désigna un billet, plié sur le guéridon. Tristan le prit et lut à voix basse : « Tu ne me méritais pas. Adieu. L. »

— Sans doute, l'aviez-vous abandonnée, comme beaucoup d'autres qui, heureusement ne se tuent pas toutes, dit le pianiste, plus amer que peiné.

— Non, je ne l'avais pas abandonnée. J'ai seulement refusé de l'épouser, quand elle m'a dit qu'elle attendait un enfant. Le chantage aux bébés, je connais. C'est l'argument courant des femmes qui veulent à tout prix un mari. Mais ce n'est pas la raison de son suicide, Tristou.

— Quelle est-elle ?

— Bien sûr, vous ne lisez pas les journaux. Le 6 novembre, la police a arrêté une sage-femme, qui pratiquait les avortements dans l'arrière-boutique d'un marchand de vins, avenue de Clichy. Elle a avoué avoir « rendu service », depuis des années, à cent dix femmes, la plupart des bourgeoises aisées et des jeunes filles de bonne famille. Cette faiseuse d'anges tenait carnet de rendez-vous et comptabilité. Espérant, sans doute, qu'on étoufferait l'affaire, étant donné sa clientèle huppée, elle a livré à la police les noms de ses pratiques les mieux placées. Or Élisabeth de Pocheville est la fille d'un haut magistrat de la Cour de cassation. Quand elle a compris que son père pourrait tout apprendre de sa faute, par les journaux, elle a préféré se tuer. Mais, en le faisant devant chez moi, elle a voulu me rendre responsable de sa mort car, ces derniers temps, je lui avais encore refusé mon aide.

Tristan Dionys se laissa tomber dans un fauteuil, atterré par ce qu'il venait d'apprendre. Il observa, un moment en silence, Leroy qui, à chaque instant, écartait les rideaux pour voir ce qui se passait dans la rue.

— On attend le procureur de la République. Que puis-je faire pour ne pas être compromis ? Avez-vous une idée ? Aidez-moi, Tristou, implora-t-il.

En toutes circonstances, le pianiste restait lucide et réfléchi. Il se dirigea vers la cheminée, où brûlait un feu de bûches, et enflamma le billet.

— Déjà ça, dit-il, répondant à l'appel de Max.

— Et maintenant ? Que vais-je dire pour expliquer que Lisbeth est venue se tuer devant chez moi, de plus, en me faisant prévenir par un cocher ? insista Max qui, peu à peu retrouvait sa maîtrise.

— Vous êtes avocat, non ! Vous allez dire que cette demoiselle est une de vos clientes. Qu'elle vous avait demandé conseil, quand elle s'est trouvée enceinte, pour décider son amant à l'épouser et...

— J'ai compris, dit Max. La dernière fois que j'ai vu Lisbeth, après l'arrestation de l'avorteuse, comme elle était désemparée, je lui ai conseillé de devancer les révélations et de tout avouer à ses parents, en disant que le père de l'enfant était, par exemple, un militaire mort au Soudan, où l'on se bat depuis 89. Mais elle craignait la colère de son père, un homme dur, qui, en 71, a envoyé quelques douzaines de communards au peloton d'exécution. Finalement, elle m'a demandé d'aller, moi-même, parler à son père. Bien sûr, j'ai refusé. Sur ce, elle m'a quitté, furieuse. Je ne l'ai revue que cet après-midi, morte dans un fiacre, imagina Leroy d'un trait.

Un instant plus tard, le procureur de la République, accompagné d'un commissaire de police, plein de défiance, et de deux sergents de ville, fut introduit par le valet.

Répondant aux questions du commissaire, Max confirma la déclaration du cocher. Il était bien le locataire du premier étage et connaissait la « dame du fiacre ». Il déclina son identité, puis sa profession : « avocat, inscrit au barreau de Paris ». Le procureur, très circonspect, avait laissé le policier instrumenter, quand il se tourna soudain, tout sourire, vers Tristan, qu'il venait de reconnaître.

— N'êtes-vous pas, monsieur, le pianiste Tristan Dionys ?

Avant même que l'intéressé n'eût confirmé d'un signe de tête, le procureur, oubliant le macabre motif de sa présence, devint mélomane enthousiaste.

— Monsieur, je vous ai entendu, il y a quelques semaines, salle Pleyel, et il y a quelques jours, chez Colonne. dans la *Grande Polonaise* de Chopin et les *Rhapsodies hongroises* de Liszt. Nous avons été bouleversés, ma femme et moi, par l'excellence si personnelle de vos interprétations. Depuis le passage de Franz Liszt à Paris, en 86, nous n'avions jamais entendu jouer du piano ainsi. Permettez à un modeste musicien amateur de vous dire son admiration, déclara le magistrat en tendant une main que Tristan saisit, pour une fois, chaleureusement.

Comme le commissaire, maintenant plus respectueux, allait poser de nouvelles questions, Tristan prit la parole.

— Mᵉ Maximilien Leroy est à la fois un ami, mon conseil et mon impresario. Vous le voyez accablé par ce qui vient de se passer. Il vit, Monsieur le Procureur, l'épreuve la plus humiliante pour un avocat. Une cliente mécontente et exaltée vient se tuer devant chez lui. Femme déçue, sans doute, de ne pas trouver le juriste à son domicile. J'allais dire heureusement, car peut-être eût-elle usé de son arme contre un avocat qui ne voulait pas enfreindre la loi. Répétez à Monsieur le Procureur ce que vous venez de me rapporter, ordonna Dionys en se tournant vers Maximilien.

Max, retrouvant son sang-froid et ce que Clémence appelait parfois son toupet, broda fort habilement sur le thème proposé, un instant plus tôt, par Tristan.

— Mademoiselle de Pocheville, ma cliente, avait été séduite par un militaire, sans doute un officier, dont elle n'a pas donné le nom, qui a été tué au Soudan, avant même de soupçonner sa paternité. Craignant la colère de son père, président de chambre à la Cour de cassation, elle a opté pour l'avortement, crime qui vient d'être découvert, par dénonciation de la faiseuse d'anges de l'avenue de Clichy, développa Leroy avec aplomb.

— C'est exact, Monsieur le Procureur. Le nom de la demoiselle Pocheville figure bien sur la liste des femmes avortées par la sage-femme arrêtée le 6 novembre, confirma le commissaire.

— Que venez-vous faire dans ce drame, maître Leroy ? s'enquit le représentant du parquet.

— Quand Mlle de Pocheville m'a demandé de m'entremettre, pour que j'aille, moi-même, prévenir son père, j'ai refusé mon concours. J'ai sans doute eu tort. J'aurais dû faire ce qu'elle demandait, quitte à encourir les foudres du bâtonnier, qui eût estimé ma démarche contraire à nos principes, compléta Max.

— Vous n'avez donc rien à vous reprocher. M. de Pocheville passe pour un magistrat très sévère. Vous eussiez sans doute été fort mal reçu, estima le procureur.

Le commissaire, moins accommodant, intervint.

— Le cocher a pensé qu'il s'agissait d'une affaire sentimentale. D'ordinaire, dans ce genre de suicide, la femme laisse une lettre, un billet. Mes agents n'ont rien trouvé.

— Aucun pli ne m'a été remis ce qui prouve, à mon avis, que Mlle de Pocheville, que j'ai toujours vue fort excitée, a commis son geste dans un moment d'égarement, dit Leroy, maintenant à l'aise.

— Le cocher l'a trouvée très calme, cependant, insista le policier.

— Laissons cela, commissaire. Mᵉ Leroy n'a pas failli à son devoir. Il n'est en rien responsable. C'est moi qui vais avoir la redoutable mission d'informer le président de Pocheville, soupira le magistrat avec un sourire contraint.

— Souhaitez-vous mon témoignage ? proposa Leroy, avec l'assurance d'un innocent.

— Pour vous, maître, l'affaire est classée, dit le procureur.

— Puis-je me permettre de vous demander, pour éviter un plus grand scandale, que vous fassiez biffer de la liste de dénonciation livrée à la police par l'avorteuse, le nom de Mlle de Pocheville, suggéra Tristan.

— Cela atténuera l'effet public d'une situation très douloureuse pour la famille de Pocheville, dit le magistrat.

Comme il prenait aimablement congé, après avoir renvoyé les policiers, Dionys le retint.

— Je dois donner, en mars prochain, un récital à la Société nationale de musique. Je me permettrai, monsieur, de vous faire porter des billets, ce qui me donnera le plaisir de vous revoir, dit Tristan.

— Et à moi, monsieur, la grande satisfaction de vous entendre encore, dit le procureur en s'inclinant.

La porte refermée, après la sortie des visiteurs, Leroy retrouva sa superbe.

— Ouf ! Cher Tristou, vous m'avez fourni le meilleur scénario. Je n'ai eu qu'à broder. Et, quelle chance que ce brave procureur soit un de vos admirateurs. Tout de même, la célébrité a du bon, même en musique. La vôtre a grandement contribué à l'acceptation de mon histoire, dit Leroy, ragaillardi.

Il tira de la cave à liqueurs une bouteille et deux verres, comme pour fêter une affaire réussie.

Tristan l'arrêta d'un geste et posa sur son ami un regard peu amène.

— Vous n'avez pas de quoi être fier, de vous en sortir de cette façon, ni moi de vous avoir inspiré cette sinistre fable. Une femme, qui sans doute vous aimait, est morte, Max, ne l'oubliez pas. Cette vie, bêtement perdue, le deuil d'une famille, le scandale, n'est-ce rien pour vous ? Cela devrait tarauder votre conscience, or le danger passé, je vous vois jobard comme devant, dit Tristan, refrénant sa colère.

Maximilien posa les verres et la bouteille sur le guéridon.

— Tristou, ne m'accablez pas. Tout ce que vous pouvez dire de ma sécheresse de cœur, je le sais. Je la connais, je la cultive. Mais ne vous y fiez pas. C'est mon arme contre les agressions du destin. Et, souvenez-vous que Goethe a dit, après la mort de son fils : « Allons, par-dessus les tombeaux, en avant ! », articula Max en posant la main sur l'épaule de Tristan.

Reconquis, Dionys donna à l'ami une bourrade amicale.

— Faites vos bagages, Max. Nous partons demain pour Monte-Carlo. Là-bas, seule la ruine conduit au suicide, dit-il, acceptant le porto.

5.

Dans la douceur de l'automne monégasque, devant l'afflux inattendu des mélomanes, Tristan Dionys dut se produire à trois reprises à l'Opéra de Monte-Carlo, alors qu'un seul récital avait été prévu. Avec Émilie, entre deux promenades – au bord de la mer, sous les palmiers – et des repas pris incognito, parmi les oisifs, hors de la ville, sous des berceaux d'orangers, il accepta de donner quelques cours à une jeune pianiste italienne, recommandée par le prince Albert Ier, souverain affable et hospitalier, grand navigateur et savant océanographe, qui venait d'être élu, à Paris, membre correspondant de l'Académie des sciences. Le prince goûtait fort, rapporta-t-on à Dionys, les compositions de Franz Liszt et les interprétations que le pianiste français en donnait.

Maximilien Leroy, remis du saisissement causé par le suicide de Mlle de Pocheville – il s'en était lui-même absous –, partageait son temps entre tir au pigeon, baignade et casino. Il avait fait la conquête d'une plantureuse Hollandaise, imposante comme un donjon et, d'après le concierge de l'Hôtel de Paris, riche à millions. Leroy avait initié cette dame au baccara, à la natation et à d'autres jeux plus intimes, qu'elle prisa au point, le jour du départ, de promettre à Maximilien une prochaine visite à Paris.

Le lendemain de leur retour dans la capitale, alors que la frilosité hivernale était au rendez-vous saisonnier, Maximilien Leroy fut appelé par une estafette au bureau de la Statistique, du ministère de la Guerre. Cette désignation administrative cachait un service de renseignement et de contre-espionnage[1] auquel Max collaborait, à la demande du bureau des Affaires réservées, au ministère des Affaires étrangères. Seul Tristan Dionys connaissait l'activité extrajuridique de son ami. À l'heure du porto, Leroy lui révéla la raison de sa convocation rue Saint-Dominique.

— Savez-vous qu'avant-hier, 21 novembre, on a assassiné, à l'hôtel de Bade, au 32, boulevard des Italiens, le général russe Seliverstoff, commença-t-il.

— J'ai lu la nouvelle dans *Le Gaulois*. On dit qu'il a été tué par un compatriote, amoureux fou de Mme Seliverstoff, qui a voulu se débarrasser d'un mari gênant, dit Tristan.

— C'est la version officielle, donnée par la police à la demande du ministère des Affaires étrangères. La vérité est tout autre et plus inquiétante. Le général Seliverstoff était le chef de la troisième section de la police politique du tsar Alexandre III. Il avait pour mission, suivant un accord diplomatique, de suivre, en France, les activités des nihilistes russes, pour les désigner aux autorités françaises. C'était un gentilhomme de bonne compagnie, que j'ai plusieurs fois rencontré. Le secret de mes relations avec ce touriste un peu particulier, comme son anonymat, était bien sûr garanti.

---

1. Ce service était rattaché administrativement au 2e Bureau de l'état-major général des armées. Composé d'une demi-douzaine d'officiers, sous l'autorité, à cette époque, du colonel Sandherr, un Lorrain. Il utilisait, en plus d'agents permanents, des auxiliaires occasionnels.

— Cela n'a pas empêché qu'on le tue !

— Rappelez-vous : en mai dernier, la police française a arrêté, à Paris, une douzaine d'anarchistes russes, qui fabriquaient des bombes à la dynamite. D'où croyez-vous que venait le renseignement ? C'est sans doute pour venger ses camarades emprisonnés qu'un certain Padlewski a tué le général, avant de filer à l'étranger, avec la complicité de Mme Duc-Quercy et d'un journaliste de *La Cocarde*, Georges de Labruyère, amant de Caroline Remy, qui signe Séverine dans *Le Cri du Peuple*[1].

— On ne devrait pas se mêler d'affaires qui ne nous concernent pas, observa Tristan.

— Mon cher, elles nous concernent diablement. Les anarchistes et nihilistes russes sont, si l'on peut dire, les instructeurs des anarchistes français. Ce sont eux qui, il y a dix ans, ont assassiné le tsar Alexandre II. Et Louise Michel a dit de ses amis anarchistes : « Ils ont conquis le droit de tuer. » Vous voyez donc que l'activité des nihilistes russes, par anarchistes français interposés, constitue un risque pour la démocratie et la république, compléta Leroy.

— Mais en France, où la république est maintenant solidement établie par des lois, qui empêchent tout retour à l'absolutisme, quel qu'il soit, ces assassins n'ont aucune chance de prendre le pouvoir, émit Dionys.

— Certes. Je crois qu'eux-mêmes le savent. Mais ils veulent causer des malheurs, compenser leur incapacité

---

1. Ils seront arrêtés à Paris, le 17 décembre 1890. Quant à Padlewski, il passa aux États-Unis, via Malte et l'Angleterre. Il vécut dans une ferme du Texas, sous le nom d'Otto Hauser. En février 1892, recherché par la police américaine et repéré, il se donna la mort à San Antonio.

à faire triompher de nouvelles tyrannies. Tuer et détruire : telle est leur devise, conclut Leroy.

— Le général mort, votre rôle est donc terminé ? dit Dionys, pour se rassurer.

— Pas encore. Je dois assister, demain, aux funérailles de Seliverstoff, pour voir si ne se glissent pas dans l'assistance quelques anarchistes de notre connaissance. La cérémonie est prévue en la cathédrale russe Alexandre-Nevski, rue Ballu. Pour vous donner une idée de l'importance du disparu, l'office sera célébré, en grande pompe orthodoxe, par l'archimandrite Wassilief, et les honneurs militaires lui seront rendus par des détachements du 36e de ligne et du 6e de cuirassiers. Après quoi, le convoi mortuaire gagnera la gare de Strasbourg, où le cercueil sera chargé dans un wagon à destination de Saint-Pétersbourg, précisa Maximilien.

En accueillant ses invités, à l'occasion du premier jour de l'année 1891, Hans Ricker leur fit observer que, pour un Alsacien, la disposition d'esprit la plus surprenante du Parisien était sa capacité de passer de l'inquiétude à la béatitude, de la colère à l'indulgence, de la mélancolie à la gaieté, en l'espace de quelques jours, voire de quelques heures. Ainsi, la célébration joyeuse des fêtes de fin d'année renvoyait, dans un avenir que l'on voulait croire meilleur, les difficultés que ne manquerait pas de causer aux citoyens les plus modestes une situation économique dégradée.

— Ne laissons pas les idées moroses gâcher ces jours et ces nuits où Paris se pare, comme une cocotte, de tous les attributs de la fête. Vous avez vu les nouvelles guirlandes électriques, les rubans vert et rouge, les gros lampions vénitiens. Et les détonations, qui choquent nos tympans, sont celles des pétards et des feux d'artifice, pas celles de l'émeute des affamés, dit Maximilien, toujours optimiste.

— Vous plaidez admirablement, et je porte un toast à l'An neuf en souhaitant, mes amis, que la république assure le bien-être et la prospérité de tous, dit Hans en levant son verre.

Clémence, qui avait reçu en cadeau un appareil photographique Kodak, voulut que les invités sortent sur le perron, pour fixer, par l'image, cet heureux moment. Les pieds dans la neige, ils s'exécutèrent, émerveillés par la boîte magique.

— Cette invention, due à un Américain[1], m'a coûté vingt-sept francs. La première épreuve de chaque prise d'image revient à trente-cinq centimes, plaque, développement, tirage et virage compris. Les épreuves suivantes ne coûtent que deux centimes, expliqua M. Ricker, dont le sens de l'économie était souvent moqué par Leroy.

— Kodak, quel drôle de nom, dit Tristan en examinant l'appareil que lui présentait Clémence.

— D'après le marchand, et nous pouvons le vérifier à l'oreille, c'est le bruit du déclic de la commande... clic clac, clic clac, c'est comme ko dak en quelque sorte, compléta M. Ricker, ravi de montrer qu'il était à la pointe du progrès.

Les mois qui suivirent devaient, hélas, donner raison au père de Clémence et le spectre hideux de la misère s'annonça, dans les foyers les plus modestes, quand le

---

1. George Eastman (1854-1932), industriel. Il créa, en 1888, dans son usine de Rochester, État de New York, l'appareil photographique qu'il nomma Kodak.

prix du pain atteignit cinquante centimes le kilo. Pour
un ouvrier, qui ne gagnait guère plus de quatre francs
par jour et consommait, avec une femme et deux
enfants, près de deux kilos de pain, ce coût devenait
d'autant moins supportable que le bœuf était affiché
quatre-vingts centimes la livre, et le vin, de soixante-
dix à quatre-vingt-dix centimes le litre.

Du fait de cette augmentation des denrées indispensables, le 1er Mai prit, cette année-là, sous l'impulsion
des anarcho-syndicalistes, alliés aux socialistes radicaux,
un ton revendicatif exacerbé. Certains meneurs estimèrent le moment favorable au déclenchement d'une grève
générale, qui, conduisant au « Grand Soir », permettrait l'avènement d'une république sociale, sous l'autorité des syndicats ouvriers.

À Paris, comme dans la plupart des villes de France,
cette journée chômée – journée de grève pour les
employeurs, les manifestations des ouvriers réclamant
la journée de huit heures et un salaire minimum de
cinq francs par jour – ne donna lieu qu'à des incidents
mineurs. Il n'en fut pas de même dans le département
du Nord, à Fourmies, ville de quinze mille habitants,
vouée au textile, où l'on travaillait encore douze heures
par jour. Un rassemblement de grévistes ayant été
chargé par les gendarmes et quelques arrestations opé-
rées, des cortèges, de plus en plus denses, se formèrent,
à la fin de l'après-midi, et marchèrent sur la mairie, où
étaient incarcérés les hommes arrêtés le matin. Les gendarmes, débordés, laissèrent le terrain à deux compagnies du 145e de ligne, envoyées par le sous-préfet
d'Avesnes. Incapables de contenir la poussée de la foule
en colère, les fantassins, dotés depuis peu du nouveau
fusil Lebel, ouvrirent le feu, les sommations des officiers
étant restées sans effet. En quelques secondes, les mani-

festants, effrayés, se dispersèrent, laissant sur la place de l'église, où avait eu lieu l'affrontement, neuf morts et trente-trois blessés. Parmi les tués par balle, ne figurait qu'un seul adulte, près de huit adolescents de douze à vingt ans, dont quatre jeunes filles. L'une d'elles, Maria Blondeau, tenait encore à la main le rameau d'aubépine, offert le matin même par son amoureux. Ils avaient ainsi sacrifié à l'antique tradition qui fait du mois de mai celui d'Apollon.

Quand les Parisiens, stupéfaits, apprirent par leurs journaux ce qu'on nomma aussitôt « la fusillade tragique de Fourmies », le gouvernement et le ministre de l'Intérieur, Jean Constans, s'émurent en voyant la presse, de gauche comme de droite, se déchaîner contre les militaires et le sous-préfet d'Avesnes.

Dans les foyers, la consternation céda bientôt à la colère et il s'en trouva pour mettre en cause la redoutable efficacité du fusil Lebel. Trois des morts de Fourmies avaient été tués par une même balle. Le projectile avait traversé les deux premiers, avant d'atteindre le troisième.

Au cercle de l'Union artistique, comme chez les Ricker, on commenta l'événement et, quand Maximilien déclara, à l'heure de l'apéritif : « Avec le nouveau fusil Lebel, l'armée va faire des économies de munitions ! », personne ne rit.

Hans Ricker, homme à la fois de bon sens et de cœur, avouait, malgré sa déception, comprendre pourquoi, devant le marasme économique et le peu d'espoir que mettaient les Français dans la reconquête des provinces perdues, son plus jeune fils, Gaspard, avait décidé, après ses études, d'opter pour le commissariat à la marine marchande. Deux ans plus tôt, le soir même

où l'on fêtait son doctorat en droit, Gaspard avait dit
à son père : « Jamais je ne fabriquerai ou vendrai des
toiles peintes. C'est l'affaire de mon frère Marcellin.
Moi, je veux voir le monde. »

M. Ricker avait cru cet engouement pour les voyages
éphémère, mais il dut bientôt admettre que la vocation
maritime de son plus jeune fils était réelle. Après une
année passée à l'École d'hydrographie, Gaspard, devenu
commissaire en second sur un paquebot de la Compagnie générale transatlantique, voguait vers New York,
quand le vieil Alsacien fit à Maximilien Leroy une proposition inattendue.

— Accepteriez-vous, mon bon ami, de prendre la
direction du service contentieux de mes entreprises ?
Ce poste exige un juriste avisé et de confiance. Il devra
rendre visite, deux ou trois fois l'an, à mes ateliers de
Cernay, en Alsace occupée. Je destinais cette fonction
à Gaspard, mais comme vous le savez, il a depuis longtemps pris le large, dit le vieil homme, contenant son
amertume.

Avant de donner sa réponse, Leroy demanda l'avis
de Dionys, qui lui conseilla d'accepter.

— Il est temps que vous ayez une situation fixe et,
j'imagine, bien rémunérée. Nous allons vers des temps
difficiles et vous ne pourrez plus, longtemps, vivre de
vos butinages affairistes, parfois d'expédients risqués,
ni de votre activité de conseiller politique d'un député
normand. Il peut perdre son siège d'une élection à
l'autre, développa Tristan.

Deux jours plus tard, Maximilien Leroy prit possession d'un bureau, dans un immeuble de la rue du Sentier. Depuis 1872, ce bâtiment abritait l'entrepôt et les
services commerciaux de l'entreprise alsacienne à

l'enseigne de : Ricker et Fils, toiles peintes, imprimées et fines, maison fondée en 1816.

— Me voilà, tel un fonctionnaire, assis sur un rond-de-cuir, trois ou quatre heures par jour, dans un bureau qui sent le rance ! Toutes les employées sont d'âge canonique et, comme il est interdit de fumer, à cause des risques d'incendie, les manutentionnaires prisent et chiquent comme des grognards, confia-t-il à Dionys, après quelques semaines d'une activité qu'il organisait à sa guise.

— Plaignez-vous ! Les affaires vont si mal que la comtesse de Galvain vient de solliciter mon concours pour un concert, salle Gaveau, au profit des chômeurs, rétorqua Tristan.

C'est chez le comte Armand de Galvain que Dionys trouvait le plus d'humanité, de compassion et de générosité pour ceux que le chômage et la hausse des prix conduisaient à la misère et menaçaient parfois de famine.

Hans Ricker, produit d'une robuste oligarchie alsacienne, libérale et républicaine, ne manquait certes pas de commisération et souscrivait volontiers aux œuvres de bienfaisance. Cependant, son attachement à une morale civique, à la discipline du travail, au respect des différences sociales, rendait ce négociant circonspect devant les mouvements d'humeur et les réclamations des ouvriers.

» Aujourd'hui, les gens du peuple succombent trop aisément aux tentations de dépenses inutiles. Le tabac, les journaux, les sports, la bicyclette – ah ! la bicyclette ! – le café-concert, les voyages en train et, maintenant, les courses de chevaux, avec le Pari mutuel, qui donne à quiconque la possibilité de parier sans aller à Longchamp ! Cela coûte cher ! Après, les gens se plaignent de ne pas avoir assez d'argent pour manger et demandent des augmentations de salaire ou des secours à l'État. Or l'État doit être géré comme une entreprise familiale. Il n'a pas à intervenir dans l'économie, autrement que pour assurer la liberté du travail et la libre circulation des produits manufacturés. L'assistance aux indigents méritants – je dis bien méritants, car il y a les paresseux – doit être laissée aux œuvres de charité » avait débité un jour, Hans Ricker, dont le visage s'était empourpré à l'évocation de dépenses hors de portée des travailleurs.

Max avait reconnu, dans cette attitude et ces propos, un atavisme germanique dû au passé de sa province.

Chez les Galvain, au contraire, on osait dire que le désordre naissait de la misère et des injustices sociales trop flagrantes. Pour ces aristocrates, bons républicains, il était du premier devoir des nantis d'aider les démunis. C'est pourquoi, Joséphine, seconde épouse du comte, riche veuve d'un armateur du Havre, organisait, dans son salon du parc Monceau, parfois dans des salles louées, des réunions au cours desquelles poésie, chant et musique permettaient de recueillir des fonds pour les refuges-ouvroirs et les distributions de denrées alimentaires. Dionys, comme d'autres artistes, se produisait bénévolement lors de ces séances.

La mort de Laure avait encore resserré les liens entre Tristan et le couple. Par un curieux concours de circonstances, le comte de Galvain avait fait, autrefois, la connaissance de Mme Lépineux et de ses filles. Le comte ayant été une des nombreuses victimes d'Albert Lépineux, dans une affaire d'achat de valeurs étrangères, s'apprêtait à déposer une plainte contre l'agent de change indélicat quand il avait été dédommagé *in extremis* du préjudice subi. Ce n'est que plus tard, au moment du divorce des époux Lépineux, abondamment commenté dans son milieu, que Galvain avait appris comment Laure, alors soucieuse d'éviter des poursuites judiciaires à son mari, puisait régulièrement dans sa fortune personnelle pour désintéresser les spoliés. Aussitôt, le gentilhomme avait offert, à Mme Lépineux, la restitution de la somme reçue des années plus tôt. Laure ayant refusé ce geste chevaleresque, une relation chaleureuse et suivie s'était établie entre la divorcée et les Galvain. Quand il devint de notoriété publique que Tristan Dionys était l'amant de Laure de Costelaine, le comte, loin d'être scandalisé, se réjouit de voir l'homme qu'il eût aimé pour gendre, si Geneviève avait vécu, trouver bonheur et plaisir auprès d'une femme libre et qu'il estimait. À la mort de Laure, les Galvain s'étaient empressés d'ouvrir leur foyer à Émilie. Le comte voyait en elle une sœur cadette de sa défunte fille ; la comtesse, sans enfant, libérait un instinct maternel refoulé.

Pendant les absences du pianiste, Émilie, plus à l'aise avec les Galvain que chez les Ricker, séjournait souvent parc Monceau ou dans la gentilhommière que le comte possédait à Marly. Tristan, reçu comme un fils, y disposait depuis longtemps d'une chambre et d'un salon de musique. Ayant acquis, pour sa thébaïde, un des nouveaux pianos Érard à sept octaves, il fit transporter à Marly le Pleyel, hérité de Geneviève, sur lequel M. de Galvain aimait l'entendre jouer.

Un soir où Tristan dînait, comme souvent, avec Émilie, parc Monceau, le comte, rentrant du cercle du Commerce, se montra fort pessimiste quant à l'avenir du pays.

— Mes amis, j'ai le sentiment que la France s'abandonne. L'industrie manque de nerf ; l'agriculture, trop conservatrice, ne se soucie que de produire à moindre frais. L'école sur laquelle, depuis les lois de Jules Ferry, nous fondions de grandes espérances, fabrique des citoyens identiques et moyens, car on y enseigne sans méthode. Autrefois, les parents modestes, mais de bonne éducation, voulaient un fils curé, militaire ou instituteur, car tout le monde ne peut pas être avocat ou médecin ; aujourd'hui, ils le veulent employé de l'enregistrement, de la poste, du fisc ou des chemins de fer de l'État. Devenir gratte-papier dans un ministère est la plus haute ambition de nombreux rejetons de la petite bourgeoisie, ce qui explique que l'effectif des fonctionnaires ne cesse de croître. Dans le même temps, les Français semblent découvrir que la politique coloniale est fort coûteuse. Nos expéditions suscitent de légitimes résistances, qui dégénèrent en conflits armés. Ces guerres lointaines – je pense au Tonkin et à Madagascar – font des veuves, des orphelins et des estropiés. Les ministres de la Guerre se succèdent rue Saint-Dominique et, chaque général, ayant des appuis politiques, attend son tour de troquer l'épée contre un maroquin ! développa sans plaisir le comte.

Chacun émit ensuite un couplet morose.

— Pendant ce temps, la misère s'installe. J'ai appris, cet après-midi, qu'une mère s'est donné la mort, après avoir tué de ses mains ses quatre enfants, qu'elle ne pouvait plus nourrir. Ce fait-divers horrible, honteux pour notre société, s'est passé à Paris, cité Blanche, rapporta la comtesse.

— Depuis ce matin, les employés des omnibus sont en grève. Ils réclament de meilleurs salaires, qu'on leur refuse, dit Émilie.

— On raconte qu'une habitante de Tours, Mlle Deshayes, étant dans l'incapacité de payer ses impôts, reçut la visite d'un huissier, venu saisir son mobilier. Furieuse, elle enferma l'homme dans une pièce, avant de barricader portes et fenêtres de sa maison, prête à soutenir un siège. Il fallut l'intervention d'un escadron de gendarmerie pour libérer l'officier ministériel, ajouta M. de Galvain, réjoui par cette résistance au fisc.

— J'ai appris, à Lyon, où j'ai donné un récital la semaine dernière, que, dans les Hautes-Alpes, à Dormillouse, les membres d'une communauté de vaudois végétariens[1] meurent de faim. Après les intempéries qui ont détruit leur récolte de seigle, ces gens sont, aujourd'hui, contraints de manger l'herbe des prés, révéla Dionys.

— On connaît la même famine dans les communautés vaudoises du Queyras, de Champsaur et du Dévoluy. Le préfet a été sommé de faire porter aux habitants du pain militaire. À Paris, le baron de Turckheim, secrétaire général de la Société de Colonisation, est prêt à aider ceux qui choisissent de s'installer en Algérie, compléta Galvain.

— Nos parlementaires, qui se préparent à célébrer l'an prochain – avec faste, m'a dit Maximilien Leroy – la proclamation de la Ire République, celle de 1792, devraient assurer, au moins, le pain à ceux qui n'ont plus les moyens de l'acheter, observa Dionys.

— Nos élus, cher Tristan, tolèrent des situations encore plus scandaleuses. Savez-vous qu'un patron a le droit de retenir sur leur paye, aux ouvriers cou-

---

1. Communauté religieuse, fondée au XIIe siècle, qui n'admet comme source de foi que l'Ancien et le Nouveau Testaments. Elle fut longtemps considérée par l'Église catholique comme une secte hérétique. Regroupés depuis le XVIe siècle dans les vallées alpines, les vaudois français furent poursuivis et persécutés. Depuis 1532, cette communauté, réputée végétarienne, a adhéré au protestantisme.

vreurs, cinquante centimes chaque mois. C'est une provision pour la location de la civière, nécessaire à leur
transport à l'hôpital, quand ils tombent d'un toit, révéla
le comte, ce qui déclencha l'indignation des convives.

Un après-midi du mois de juin, alors que Tristan et
Maximilien se préparaient à quitter la Brasserie des
bords du Rhin, boulevard Saint-Germain, où ils avaient
coutume de se retrouver, un des garçons les suivit
jusqu'au trottoir. Il tenait en main un cahier d'écolier.

— Pardon, messieurs. Vous êtes des habitués, je
vous sers souvent. Puis-je vous demander de signer la
pétition que voilà ?

— Une pétition ! Pourquoi diable ? dit Max, méfiant.

— Pour défendre notre liberté et nos moustaches,
monsieur. On ne sait quel fonctionnaire a décrété que
les garçons de café ne doivent plus porter la moustache, « sauf ceux dont la physionomie serait améliorée
par la moustache ou dissimulerait une malformation de
la lèvre supérieure », récita le serveur, pourvu d'une
belle gauloise.

Max et Tristan éclatèrent de rire.

— C'est, en effet, une atteinte à la liberté, reconnut
Dionys.

— Une femme expérimentée m'a dit : « Un baiser
sans moustache est comme un œuf sans sel », compléta
Leroy en lissant de l'index sa fine mousquetaire, objet
de ses soins quotidiens.

Ainsi que l'avaient fait d'autres habitués de la brasserie de Léonard Lippman, imberbes ou moustachus,
Max et Tristan, au nom des libertés républicaines, signè-
rent la pétition du syndicat des garçons de café.

Dès le commencement de l'année, les célébrations du centenaire de la mort de Mozart, décédé le 5 décembre 1791, avaient commencé. Si les manifestations parisiennes n'eurent pas l'ampleur de celles organisées à Salzbourg, les concerts à la mémoire du grand Viennois furent nombreux et drainèrent des foules de mélomanes. À cette occasion, Tristan Dionys, très demandé, conçut un récital de sonates pour piano de Mozart, qu'il donna d'abord à Paris, salle Pleyel, puis salle Érard et au Trocadéro, avant de se produire en province et à Londres. Dans cette ville, alors qu'il passait son habit pour jouer devant les invités du prince de Galles, au Saint James Hall, il connut le plaisir, inédit, d'échanger quelques phrases avec Maximilien, au téléphone. Leroy, resté à Paris, l'appelait de son bureau.

— Soyons bref. Ça coûte au père Ricker dix francs pour trois minutes, prévint, d'emblée, Max, dont l'écouteur transmettait une voix nasillarde.

Hans Ricker, attentif à tout progrès de nature à faciliter les affaires, était un des premiers entrepreneurs du Sentier à disposer du téléphone, dont le câble Paris-Londres venait d'entrer en service.

Après un détour par Bruxelles, où l'attendait un public fidèle, Dionys fut bien aise de retrouver Paris, la veille du 14 juillet. Ce fut avec entrain que le trio fantasque se reforma, pour courir de bals en redoutes et aux feux d'artifice. On oublia de regretter l'absence d'Émilie, qui recevait les Galvain dans sa maison de Dieppe.

Rares devenaient les rencontres sans témoins entre Tristan et Maximilien depuis que le premier voyageait en pianiste virtuose et que l'autre occupait des fonctions importantes chez Ricker et Fils. Aussi, chaque occasion de se retrouver comme autrefois, en garçons,

pour une escapade, était un plaisir renouvelé. Canotage
sur le lac du bois de Boulogne, baignades aux Bains
Deligny ou de La Samaritaine, tir aux pigeons, soirées
dans les cabarets, où il n'était pas de bon ton de
conduire les dames, étaient prétextes à tête-à-tête
intimes. Dans la nuit du 24 juillet, marchant d'un pas
égal et sonore sur le quai d'Orsay, ils revenaient du
Divan japonais où ils avaient entendu Yvette Guilbert
chanter des chansons grivoises, dont ses succès du
moment, *Le Fiacre* et *Madame Arthur*, quand un attroupement retint leur attention.

— Je parie que les Casquettes noires, qui opèrent
d'ordinaire dans les jardins du Palais-Royal, s'en sont
pris à des passants. Allons voir, dit Max, brandissant
sa canne-épée.

La vue de deux sergents de ville, penchés sur des
garçonnets, accroupis sur la berge, au pied du mur,
les rassura et les intrigua.

Ils surent bientôt qu'au cours de leur ronde les
agents avaient trouvé les enfants endormis, à demi
défaillants. Ils les avaient questionnés, sans réussir à se
faire comprendre, jusqu'à ce que le brigadier, un Alsacien qui avait opté pour la France en 1872, reconnût,
dans les propos des enfants, le dialecte lorrain. Il eut
l'idée de réitérer ses questions en allemand. Les garçons comprirent aussitôt et racontèrent qu'ils étaient
venus de Lorraine pour assister, dix jours plus tôt, à
la fête du 14 Juillet, à Paris.

Ces fils de paysans, des environs de Metz, avaient
marché pendant six jours, dormi dans le foin des
granges, souvent nourris par des paysans charitables,
car ils avaient tenu à économiser leur modeste pécule.
Mais, à Paris, celui-ci avait vite fondu. Si, au cours de
leur voyage, les habitants des campagnes s'étaient mon-

trés compréhensifs et généreux, les habitants des villes, les Parisiens surtout, les avaient priés de passer leur chemin, les prenant pour petits voleurs bohémiens. N'ayant plus de quoi acheter même un morceau de pain, ils s'étaient endormis, sur le quai, exténués, résignés, sans plus de force pour marcher.

— Nous allons les conduire au poste, où nous leur donnerons de quoi manger. Ils pourront y dormir, jusqu'à demain. Mon service terminé, j'emmènerai ces deux petits patriotes chez moi. J'ai des enfants, et ma femme s'occupera d'eux. Nous verrons, ensuite, comment les aider à rentrer dans leur famille, dit le brigadier.

— Dites-leur qu'ils pourront regagner la Lorraine en train, et s'offrir en route un bon repas, dit Max en remettant au brigadier un louis de vingt francs.

— Oh ! merci pour eux, monsieur. Je les conduirai moi-même à la gare, dit le policier, ému par le sort de ces pèlerins d'une douzaine d'années.

— Ce sont de bons petits républicains, j'en suis sûr, brigadier, dit Tristan, jusque-là silencieux.

— Certes. Un jour, messieurs, ces petits Français se souviendront de leur équipée. Car, si les Prussiens, hôtes indésirables, nous ont pris l'Alsace et la Lorraine, par ce maudit traité de Francfort, ils devront nous rendre nos provinces de l'Est, qu'ils pillent et oppressent, conclut le brigadier.

— Déroulède et ses amis de la ligue des Patriotes, que le gouvernement a voulu dissoudre en 1889, promettent la revanche. Notre armée reconstituée s'y prépare, sans le dire, ajouta l'agent.

Le brigadier se chargea, avec des précautions de nourrice, d'un des enfants ; il invita son subordonné à s'emparer de l'autre, et les deux hommes, dans la nuit tiède, s'en allèrent avec leur fardeau.

Au lendemain de cette rencontre nocturne, les deux amis rapportèrent aux Ricker l'histoire des petits Lorrains.

— Peut-être avaient-ils lu *Le Tour de la France par deux enfants*[1]. Les héros de Mme Alfred Fouillée[2], André et Julien, petits orphelins de Lorraine, ont voulu connaître un pays dont ils entendaient toujours parler, dit Clémence.

Elle offrait régulièrement ce récit populaire aux pensionnaires de l'orphelinat de la Société de protection des Alsaciens et des Lorrains.

Quelques jours plus tard, le 27 juillet, une catastrophe ferroviaire consterna le pays. Un tamponnement entre deux trains, à Saint-Mandé, avait fait cinquante morts et cent cinquante blessés. Cet accident meurtrier fit que l'on porta peu d'intérêt aux colis piégés au fulminate, mais heureusement désamorcés à temps, adressés par des anarchistes au ministre de l'Intérieur, Jean Constans, et à Eugène Étienne, sous-secrétaire d'État au ministère de la Marine et des Colonies.

— Le gouvernement craint que les anarchistes ne se manifestent, en août, à l'occasion des visites du grand-duc Alexis, frère du tsar, et du roi de Serbie, Alexandre Ier, révéla Leroy.

— En août, je serai à Ostende et à Anvers, pour

---

1. Cet ouvrage illustré avait été publié en 1872 et signé du pseudonyme G. Bruno, inspiré par le nom de Giordano Bruno, philosophe italien (1548-1600), condamné au bûcher par l'Inquisition. Le livre donnait aux enfants, en soixante et onze chapitres, « une notion de la patrie concrète et pleine d'attraits ». Jusqu'à nos jours, il a été maintes fois réimprimé.

2. 1833-1923. Auteur de plusieurs autres ouvrages, dont *Francinet*, manuel d'instruction civique et de morale.

des récitals, et Émilie sera à Dieppe, dans sa maison de famille. Nous nous retrouverons à Trouville, avec les Galvain. J'ai promis de jouer pour le concert annuel de bienfaisance, dit Tristan.

— Étant donné votre notoriété internationale, vous ne devriez plus accepter de telles corvées, fit observer Max, avec un rien d'humeur.

— Jouer à Trouville n'est pas une corvée, mais un plaisant devoir. Refuser l'invitation de la station balnéaire de mes premiers succès me mettrait mal à l'aise.

— J'appelle ça altruisme, ironisa Max.

— Moi, fidélité, répliqua Tristan.

L'émotion fut grande chez les Alsaciens et les Lorrains de Paris, quand ils apprirent, à la fin de l'été, par les journaux, que la direction de l'Opéra mettait en répétition le drame romantique *Lohengrin*, dont Richard Wagner avait écrit le livret et composé la musique. Dès cette annonce, des articles hostiles à l'initiative des codirecteurs, MM. Gailhard et Ritt, invitèrent les Parisiens à manifester leur désapprobation.

Depuis qu'il avait ouvertement souhaité la destruction de Paris, Wagner, mort à Venise en 1883, restait un des Allemands les plus détestés des Français, avec Bismarck et Guillaume II. Le ressentiment anti-germanique renaissait, à toute occasion. Ainsi, le 14 juillet de l'année précédente, le glacier italien Immoda, installé au 3, rue Royale, avait été conduit à la faillite après le saccage de son magasin, imprudemment pavoisé aux couleurs allemandes. On venait d'ouvrir, à sa place, un restaurant à l'enseigne de Maxim's, du nom de son fondateur, Maxime Gaillard.

La représentation de *Lohengrin*, initialement prévue le 11 septembre, fut annulée parce que, version offi-

cielle, le ténor Van Dyck était aphone. Une nouvelle
date fut fixée et, cinq jours plus tard, le préfet de
police, craignant des troubles, fit procéder à quelques
arrestations et saisir le premier numéro d'un journal
qui incitait à l'émeute. Indignés, de nombreux Parisiens rejoignirent, par solidarité, les rangs des Alsaciens
et des Lorrains et, le 16 septembre, soir de la première,
une foule énorme de protestataires investit, dès six
heures de l'après-midi, la place de l'Opéra. Parmi eux
se trouvaient Hans Ricker, sa fille Clémence et Maximilien Leroy. Tristan Dionys, tout en estimant compréhensible la rancœur des réfugiés de l'Est, avait
répondu à l'invitation des directeurs de l'Opéra et pré-
voyait de se rendre au théâtre avec Émilie, en compagnie des Galvain. L'œuvre de Wagner, gendre de Franz
Liszt et précurseur de la musique de l'avenir, ne pouvait être, plus longtemps, ignorée des Français.

En un instant, la circulation des voitures, fiacres et
omnibus fut interrompue sur les boulevards. Tandis
qu'était distribuée une édition spéciale du quotidien
boulangiste *La Patrie*, qui estimait la France insultée,
on criait : « À bas la Prusse ! » Dans la cohue, on repé-
rait aisément les Alsaciens et les Lorrains à ce qu'ils
portaient tous, bien que la saison fût fraîche, des chapeaux de paille. Leur but était d'empêcher les invités
et les spectateurs, qui avaient parfois payé un fauteuil
d'orchestre vingt fois sa valeur[1], d'entrer dans le palais

---

1. Dans son *Histoire de l'Opéra de Paris*, Charles Dupêchez révèle
qu'une agence de la rue Halévy avait vendu « une place de parterre
250 francs au lieu de 7 francs et deux sièges d'amphithéâtre
200 francs au lieu de 4 francs », Perrin, Paris, 1984. Après cette première contestée, *Lohengrin* fut représenté, à l'Opéra, cent fois en
deux ans et demi.

Garnier où le chef d'orchestre, Charles Lamoureux, devait diriger la représentation.

Le gouvernement craignant qu'une manifestation de grande ampleur ne pût conduire à une nouvelle querelle diplomatique avec l'Allemagne, le préfet fit donner la cavalerie, pour libérer l'accès au théâtre. Un escadron de la garde républicaine ouvrit aisément un couloir dans la foule, piétinant au passage quelques femmes. Les voitures des amateurs d'opéra, dont la calèche du comte de Galvain, purent approcher le péristyle du palais Garnier, dégagé par la police, au prix d'une centaine d'arrestations.

Le calme, qui, à l'intérieur de la salle, devant un auditoire élégant et enthousiaste, présida à l'évocation lyrique de la destinée exemplaire du chevalier au cygne, contrastait avec l'émeute en cours, place et avenue de l'Opéra. Sous une bise glaciale, on en était venu aux mains et Hans Ricker, le chapeau enfoncé jusqu'aux yeux, jouait de la canne contre des zélateurs de Wagner, tandis que Max, soucieux de protéger Clémence, faisait le coup de poing contre les sergents de ville. Quand les glaces d'une brasserie de la rue de Hanovre, accueillante aux touristes allemands, furent fracassées, la cavalerie de la Garde intervint à nouveau et dispersa les manifestants.

La représentation achevée, après de nombreux rappels et le lancer, par un quidam, d'une boule puante dans la fosse d'orchestre, les spectateurs, ravis, quittèrent le théâtre sans encombre. Seuls, quelques irréductibles moins frileux que les autres, mais enroués, conspuaient encore Wagner et la Prusse.

Max, Tristan et les Ricker étaient convenus de se retrouver pour souper au Café Napolitain, boulevard des Capucines, à distance du lieu des affrontements.

Les Galvain déclinèrent l'invitation à se joindre au groupe, les montres indiquant une heure trente du matin.

Dès que les amis eurent pris place devant un consommé de volaille, Tristan s'insurgea contre les débordements de la foule.

— On doit distinguer l'homme Wagner, pour qui je n'ai pas grande sympathie, du compositeur génial Richard Wagner, qui a donné à l'opéra, longtemps mièvre, une dimension dramatique nouvelle, portée par une musique révolutionnaire, déclara-t-il.

— Je ne doute pas de son talent, encore que sa musique tonitruante me déplaise, mais nous ne pouvons oublier combien Wagner nous détestait. Comment pardonner qu'il eût dit, en 70 : « La France est la pourriture de la Renaissance » ? rappela Clémence.

— Nous autres, Alsaciens, n'oublions pas, non plus, qu'il a tourné en ridicule, dans sa comédie *la Capitulation*, Gambetta, Favre et Ferry, de grands patriotes. Souvenez-vous, cher Tristan, qu'il a souhaité la destruction de Paris, où sa veuve réclame, aujourd'hui, reconnaissance, ajouta Hans Ricker.

— Les Français souhaitaient alors la destruction de Berlin. Nous étions en guerre, rappela Max.

— Wagner craignait que Bismarck n'accordât à la France un armistice avant que Paris, « cette femme entretenue de la mode, ne soit brûlée », renchérit Clémence.

— Ce sont des propos stupides, reconnut Dionys.

— Nous avons su, en Alsace, qu'il avait écrit à Otto Bismarck, pour le prier de détruire Paris à coups de canon. Alors, que son âme ténébreuse aille se faire applaudir en Prusse, pas ici ! conclut M. Ricker.

— Quelle importance, tout ça ? Wagner est mort depuis huit ans, reprit Max, pour apaiser le débat.

— Heureusement, nous restent ses opéras. Eux, sont éternels, dit Tristan.

Depuis un moment, un couple de dîneurs suivait, sans discrétion, les propos échangés à la table voisine. L'homme, comme excédé, posa soudain brutalement son couvert et interpella Hans Ricker.

— Vous êtes alsacien, à ce que j'entends. Eh bien, laissez-moi vous dire que, dans cette ville, qui vous a généreusement accueilli, vous n'avez pas à tenir de tels propos, contre un génie de la musique, qui n'a pas, hélas, son pareil en France. Cessez d'exciter les niais, prêts à une nouvelle guerre, pour vous rendre vos provinces où, d'ailleurs, beaucoup d'entre vous continuent à faire des affaires avec les Prussiens. Le mark ou le franc, pour vous, c'est tout bon !

— Je n'ai pas pour habitude d'adresser la parole à qui ne m'a pas été présenté. Gardez vos opinions, lança Ricker, cramoisi.

— Ah ! Il vous déplaît d'entendre la vérité, sur les Alsaciens et les Lorrains opportunistes, qui ignorent tout du vrai sentiment de patrie. « Toujours en guerre, jamais vaincus » : telle est votre devise. À l'issue des batailles, vous passez du côté du vainqueur en faisant mine de regretter le vaincu. En plus de vos deux langues, vous disposez d'un patriotisme de rechange. Nos fils ne se feront plus tuer pour les vôtres ! monsieur.

Devant la violence de la diatribe, Hans Ricker, écarlate, suffoqua d'indignation, ce qui inquiéta fort Clémence. Elle prit la main de son père, qui tremblait de colère.

— Ne répondez pas à cet olibrius, père. Il incarne toute la lâcheté de ceux qui n'ont pas su nous défendre en 70 et la soumission des autres, qui ont abandonné nos provinces, à Francfort, en 72, dit-elle, avec un regard de défi à l'inconnu.

— Si vous n'étiez pas une femme, je vous dirais comment vos filles de ferme viennent à Paris, troubler les ménages, madame, dit l'homme, piqué au vif.

— Taisez-vous, intervint durement Max.

— Celui qui me fera taire n'est pas né, mon garçon !

Maximilien ôta sa serviette, se leva, fit le tour de la table, vint se placer derrière l'inconnu, lui prit la tête à deux mains et lui plongea le visage dans son assiette. Quand l'homme se redressa, suffoquant, les joues et le nez dégoulinants de sauce, les garçons accoururent, ainsi que le patron du restaurant.

— Groin de cochon à la sauce madère, à la carte aujourd'hui ! annonça Leroy aux curieux.

Autour des tables, les conversations cessèrent. On entendit plus de murmures désapprobateurs que de rires étouffés. Tristan Dionys prit la main d'Émilie, très émue par cette scène de violence.

Un garçon tendit une serviette humide à l'homme, qui disparut vers les toilettes, tandis que sa compagne, restée figée depuis le commencement de l'altercation, se mettait à pleurer.

Max reprit place à table et jeta un regard à l'ami, quêtant une approbation.

— Vous êtes allé un peu fort, dit simplement Tristan.

Tous attendaient le retour du molesté. Quand il reparut, plastron maculé et regard flamboyant, advint ce que Dionys redoutait.

— Monsieur, vous me rendrez raison de ce geste d'arsouille. Voici ma carte ! dit-il en jetant un bristol sur la table.

— Voici la mienne, dit Max, tendant celle, déjà extraite de son porte-cartes.

— J'attends vos témoins, demain à onze heures, conclut l'homme, avant de faire signe à sa compagne de le suivre vers la sortie.

— Qui est-ce ? s'enquit Hans Ricker en montrant la carte.

— Paul Riboulon-Masset, notaire, rue de Rivoli, numéro 36, lut Dionys.

— Je ne me suis encore jamais battu contre un notaire, dit Maximilien, allègre.

Clémence, le visage défait, serra fort le bras de Leroy.

— Mon Dieu, j'aurais dû me taire. Quelle sotte, je suis. S'il devait t'arriver quelque chose, je ne me le pardonnerais jamais, gémit-elle.

Dionys perçut le tutoiement inhabituel entre Cléa et Max. Il mit ce lapsus au compte de l'émotion.

Quand ils quittèrent le restaurant, le propriétaire les accompagna jusqu'au tambour.

— Je suis bien fâché de ce qui s'est passé, ce soir, et plus encore pour ce qui se prépare. Me Riboulon-Masset est, comme vous, un habitué de la maison… et mon notaire, dit-il, maussade.

— Vous risquez d'avoir à changer de tabellion, mon brave, dit Max, désinvolte.

Depuis la mort de César Franck, le 8 novembre 1890, Tristan Dionys avait inscrit au programme de ses récitals des pièces pour piano de son ancien professeur, car il voulait faire mieux connaître ses œuvres. Il répétait *Prélude, choral et fugue*, quand, le surlendemain des échauffourées de l'Opéra, Maximilien Leroy se présenta à la thébaïde.

— Mes témoins et ceux du notaire se sont mis d'accord : nous nous battrons dans trois jours, au Bois, annonça-t-il d'emblée.

— N'attendez pas que je vous félicite, dit Tristan.

— Je connais votre opposition au duel. Mais je vais me battre pour l'honneur de l'Alsace.

— Et celui de Cléa, compléta Dionys, acide.

— C'est à propos de Cléa que j'ai à vous faire un aveu, Tristou.

— Un aveu !

— Oui, un aveu. Si le notaire m'envoie *ad patres*, je ne veux pas que subsiste entre nous, *post mortem*, une dissimulation.

— Nous n'avons jamais eu de secret l'un pour l'autre, constata Dionys, intrigué.

— Eh bien, si. Depuis des semaines, je vous cache quelque chose. Je vais épouser Clémence.

Tristan fit pivoter son tabouret et rabattit violemment le couvercle du clavier.

— Vous allez épouser Clémence ? s'écria-t-il, incrédule.

— Oui. Nous nous aimons, Tristou.

— Vous vous aimez ? La belle affaire ! Qu'en est-il de notre pacte d'autrefois ? Qu'en est-il de notre amitié ? Qu'en est-il du trio fantasque ? C'est une triple trahison ! lança Tristan, blême, au comble de l'émotion.

Abasourdi par cette réaction, aussi impétueuse qu'inattendue, Maximilien demeura bouche bée, les yeux exorbités.

— Elle est votre maîtresse, j'imagine. Un tutoiement lui a échappé, hier. J'aurais dû comprendre, reprit Tristan, le regard meurtrier.

— Elle n'est pas ma maîtresse, nous ne sommes même pas encore fiancés. Vous êtes seul dans la confidence.

— Bien sûr, Cléa est de celles qui ne vont au lit que la bague au doigt, n'est-ce pas ? Pour l'avoir, il faut l'épouser et renier notre entente. Cela pour satisfaire une fringale de plaisir, qui deviendra insipide sitôt que satisfait, comme d'habitude chez vous. Pour ajouter une femme à votre tableau de chasse, où l'on relève quelques traces de sang, pensez à Lisbeth de Pocheville. Vous détruisez le temple de notre amitié.

— Je ne renie rien, je ne détruis rien et ce n'est pas une passade. J'ai trente-six ans. Il est temps de faire une fin. Même chose pour Cléa. À trente-trois ans, elle n'espérait plus un mari ni même un amant. Je lui offre les deux, développa Max, l'air satisfait.

— Faire une fin, c'est bien le mot ! ironisa Tristan.

— Du fait de vos absences, Cléa et moi, depuis des mois, nous sommes souvent sortis ensemble. Un soir, je l'ai trouvée fort désirable. J'ai tenté ma chance. Dès le premier baiser, j'ai compris qu'elle ignorait tout d'un plaisir qu'elle attendait depuis longtemps. Nous avons su que nous étions faits l'un pour l'autre.

— Pour le vieux Ricker, ce doit être une évidence. Vous aurez la fille et l'entreprise. Bien joué !

— Vous devriez vous réjouir, au lieu de vous conduire comme un jaloux. Si vous êtes amoureux de Cléa, pourquoi ne pas l'avoir dit ? Elle avait le choix ! dit Leroy avec humeur.

— Je ne suis ni jaloux ni amoureux de Mlle Ricker. Je plaçais notre relation au-dessus des accointances physiques, ordinaires entre homme et femme.

— Si vous n'avez jamais été amoureux de Cléa, je ne comprends pas votre colère, ajouta Max, éberlué.

— Je sais que vous ne comprenez pas, que vous ne pouvez pas comprendre, comment je vivais avec passion notre complicité. J'imaginais vos sentiments semblables aux miens. Je me suis abusé. Maintenant, laissez-moi.

— Mais, Tristou, que puis-je dire ? Que puis-je faire ?

— Sortir, dit Dionys en désignant la porte.

Il n'était pas dans la nature de Maximilien Leroy d'accepter un congé sans réagir.

— Vous perdez le sens commun. C'est insensé et…

— Le sens commun, je vous le laisse. Sortez ! réitéra Tristan en traversant la pièce pour ouvrir la porte.

— Vous êtes devenu fou, ma parole, lança Max, fulminant en passant le seuil.

Resté seul, Dionys s'allongea sur le sofa, les yeux clos, les mains jointes sur la poitrine, tel un gisant. Incapable d'ordonner le tumulte de ses pensées, il s'abandonna à leur fulgurance incontrôlable. Idées et images s'entrechoquaient dans son esprit, kaléidoscope intime, pour produire d'étranges visions. Du heurt inconscient entre instinct et raison, entre réminiscences et regrets, jaillissaient, en étincelles, comme d'une pierre à feu, des scènes du passé, défilant hors de toute chronologie, effacées aussitôt qu'apparues. Max, fantôme luciférien, les traversait : tir au pigeon, bains de mer, soirées bavardes, dîners mondains, modistes polonaises, épouses de réservistes, Mlle de Pocheville, la suicidée, Anglaise de Deauville, Hollandaise de Monaco, et d'autres, dont on n'avait jamais su que les prénoms. Tel était Maximilien, chasseur de femmes, dont les aventures scabreuses n'avaient jamais influé sur l'unisson de leurs pensées. Mais, en épousant Clémence, Max engageait cœur et esprit, jusque-là dévolus à l'ami.

« Ne me reste rien », marmonna Tristan, étreint par un insupportable sentiment d'abandon.

Il se leva nerveusement et, sans un regard à son piano, négligeant de passer un manteau, il quitta la maison. D'un pas sec d'automate, ignorant les dangers de la circulation, bousculant les passants sans les voir, il remonta le boulevard Saint-Germain, jusqu'à la Seine, franchit le fleuve, par le pont de la Concorde, traversa la place et, par la rue de Rivoli, arriva au pied de la colonne Vendôme. Alors que le soleil, au zénith, décourageait les ombres, il ralentit le pas, fit le tour du monument, situa l'endroit de sa première rencontre avec Max, devant l'édifice, alors en voie de restauration. Lui vint soudain, comme pour envenimer sa plaie, l'idée de rayer sur le bas-relief du piédestal nord de la colonne le mot CLEMATRI, code du serment encratique gravé au couteau par Max, sur le bronze d'un tambour, en 1882. Mais, depuis ce temps-là, des grilles avaient été dressées autour du monument, pour protéger les sculptures des vandales. Il ne put donc atteindre son but et, c'est entre deux barreaux qu'il déchiffra, avec peine, l'inscription, que l'oxydation du bronze avait voilée de vert-de-gris. Il vit dans cette protection le signe que leur contrat n'était plus qu'une pièce d'archives oubliée. Il contourna le piédestal et, avisant le gardien, assis, qui fumait sa pipe devant la porte, il l'aborda.

— Ouvrez-moi, s'il vous plaît. Je voudrais monter là-haut, dit-il, désignant le belvédère, au sommet du monument.

Le vieux soldat décoré reconnut en Dionys un membre du cercle de l'Union artistique, un mirliton, comme on les appelait.

— Midi, c'est le bon moment. Mais peu de gens se risquent à monter là-haut. Pensez, il y a cent soixante-seize marches ! prévint l'homme.

Tirant la lourde porte de bronze, il tendit à Tristan une bougie, qu'il alluma, et lui remit des allumettes.

— Faudra la rallumer pour descendre, parce qu'on n'y voit goutte, là-dedans, dit-il.

Dionys tira de sa poche une pièce de deux francs, que l'homme reçut avec gratitude.

— D'habitude, les gens me donnent un petit qué'que chose plutôt en partant, s'étonna-t-il.

— Comme ça, ce sera fait, dit le pianiste en se lançant dans l'ascension.

Gravissant l'escalier de fer en spirale, il se remémora les premières paroles de Max, le 21 mars 1875 : « Mon père, monsieur, a été tué par les versaillais », puis, des années plus tard, la chute dans la neige, au pied de la colonne, d'une inconnue, cette Clémence qui venait de lui ravir Max. Un peu essoufflé, il se hissa sur le tailloir périptère, ceint d'un garde-fou et dominé par la statue de l'empereur.

En d'autres circonstances, il eût apprécié la pureté architecturale de la place, l'harmonie géométrique de ses proportions, imaginé un cadran solaire, dont la colonne eût été le stylet, mais, ce matin-là, il ne vit que la façade du cercle de l'Union artistique, lieu de fréquents rendez-vous avec Maximilien.

Sa décision était prise. Il ne serait pas le premier suicidé de la colonne. D'autres, avant lui et comme lui, sans doute ayant fait le constat d'une solitude irréversible, avaient fait le saut, facile et libérateur, dans la doline de la mort, devenue moins redoutable que la vie.

Il allait enjamber la légère barrière quand, avant de clore les yeux par crainte d'une dernière frayeur, il remarqua, sur la place, se dirigeant à pas rapides vers l'entrée du cercle, une silhouette familière. Émilie était à sa recherche et pensait, sans doute, le trouver chez les mirlitons.

Cette apparition le dégrisa soudain, le tira d'un état second, le rappela aux réalités du moment. Il se vit, penché sur le vide et recula d'un pas, s'adossa au socle de la statue. Que faisait-il là ? Allait-il sauter ? Avait-il renoncé à la vie, à la musique ? Il eut la vision d'un pantin disloqué, étendu, membres fracassés, crâne éclaté, sur le pavement ensanglanté de la place, quarante mètres plus bas !

Il prit une forte inspiration, alluma la bougie et redescendit, encore troublé par ce que venait de vivre un individu dont il eût aisément dénié qu'il fût Tristan Dionys, le pianiste.

Apaisé, il eût embrassé le gardien, qu'il honora d'une nouvelle pièce, ce qui ouvrit droit aux confidences.

— Quand certains montent à la colonne, voyez-vous, je suis un peu pas tranquille. Y'en a, autrefois, qui se sont balancés de là-haut, parce que leur femme les avait faits cocus, et d'autres, parce qu'ils avaient perdu tout leur argent au cercle, en face. Mais vous, j'ai bien vu que c'était pas le genre qui en a assez de la vie. Pas vrai, monsieur ?

— Pas encore, mon brave, pas encore, concéda Tristan.

Quelques minutes plus tard, il aperçut Émilie, dans le hall du cercle de l'Union artistique.

— Voilà M. Dionys, dit l'huissier, le désignant à la jeune fille.

— Ah ! je vous cherchais pour vous dire qu'un télégramme de ma sœur vient de m'apprendre la mort de mon père. Je dois me rendre à Londres, pour aider

Aline, très désemparée. Je crains que notre père ne
laisse une situation confuse. Je voulais vous en prévenir, avant de réserver ma place, pour demain, sur le
train du bateau.

— Réservez deux places, Émilie, je vais avec vous.
Et, réservez aussi deux chambres au Savoy. Avant de
partir, nous devons répondre à l'impresario américain
qui me propose une longue tournée aux États-Unis, dès
le mois d'octobre. Écrivez que j'accepte ses conditions
et que je serai à New York à la date prévue.

— En attendant, vous voulez venir à Londres avec
moi ?

— Je ne vous laisserai pas seule, face aux embarras
que peut vous valoir la mort de M. Lépineux, précisa
Dionys.

— Si vous m'accompagnez, j'aurai certes plus d'assurance. Mais ce sera, pour vous, corvée et perte de
temps, dit la jeune fille.

— Aujourd'hui, je vous dois plus de temps que vous
n'imaginez, Émilie, dit Tristan, lui prenant la main.

6.

Face à son piano, Tristan Dionys sentit le besoin impératif de confier sa déréliction à la musique. Ses mains tirèrent spontanément du clavier la tonalité en mineur qui traduisait son état d'âme. Pendant des heures, ses pensées travesties en notes ruisselèrent de ses doigts, en variations sonores d'un thème plaintif, maintes fois répété. L'exaspération hargneuse et dissonante d'un torrent précéda la lamentation pudique du répudié, avant que n'apparût, plus sereine, sa résignation au destin, en ondes cristallines, tel le murmure bucolique d'une source cachée.

Quand le petit jour automnal rendit la lampe inutile, Tristan avait composé, au cours d'une nuit vécue comme une méditation hypnotique, pleine de sortilèges, les trois mouvements d'une sonate en *fa* mineur qu'il intitula *Fêlure*.

Avant de préparer son bagage pour le voyage à Londres, il décida d'écrire à Clémence Ricker. Si Max l'avait informée de leur conversation de la matinée, comme c'était probable, l'Alsacienne ne devait pas s'attendre à ce qu'il lui adressât les compliments de circonstance.

Il écrivit, avec franchise, ce qu'il ressentait.

« Cléa,

» Ainsi, vous allez vous marier avec Max. Notre trio fantasque, vécu comme une longue relation, originale et exceptionnelle, est, de ce fait, dissous. Désormais, il y aura un duo et un solo. Cette sorte d'amitié amoureuse, "amouritié" disions-nous, qui vous unissait à Max et à moi, prend fin. Vous allez entrer, avec le plus séduisant et le plus généreux des hommes, dans le moule de la banalité conjugale. C'est sans doute bien ainsi, pour vous deux.

» Pour ma part, ce ne fut jamais le désir de l'autre sexe qui m'attira, puis m'attacha, à vous. Notre union à trois, par l'esprit et le cœur, était noble et pure, parce que fondée sur l'estime et l'absolue confiance. Bien que nous fussions de tempéraments différents, il existait de grandes affinités entre nous. Au fil des années, nous les avons développées, puis exploitées, chacun à sa manière. Le gain de notre alliance fut, pour moi, inestimable, car cette complicité a gratifié ma musique d'une respiration singulière. Max et vous avez fait le pianiste que je suis. La tant regrettée Laure m'offrit, avec la sécurité matérielle, l'ancrage affectif, indispensable à tout créateur.

» Mais, en devenant l'épouse de Max, vous effacez une certaine Clémence, et Max rompt, inconsciemment, le lien inestimable tissé entre deux orphelins de la Commune. Je puis vous comprendre car, si j'avais été femme, Maximilien Leroy, truffé de défauts agaçants et pourvu de qualités supérieures, eût été l'homme que j'aurais voulu pour amant ou mari.

» Je quitte, demain, Paris pour Londres, où j'accompagne Émilie aux obsèques de son père.

» Je sais que Max, fin bretteur, expédiera votre insulteur et que l'honneur des Alsaciens sera loyalement vengé.

» Soyez heureux ensemble.

Il hésita un instant entre conclure par un « adieu »,
rupture définitive, ou l'ajout d'un « au revoir » qui eût
engagé l'avenir. Dans l'incertitude de ses sentiments
futurs, il s'abstint de toute formule et, protocolaire,
signa sa lettre : « Votre Tristan Dionys ».

Durant la traversée de la Manche, le pianiste se résolu-
lut à instruire Émilie du projet de mariage de Maximilien avec Clémence Ricker, sans parvenir à cacher
combien cette union lui déplaisait.

La jeune femme, fort attentive au comportement de
l'artiste auquel elle consacrait sa vie, connaissait les tics
annonciateurs, chez Tristan, d'une contrariété intime.
Maxillaires serrés, regard volant, longs silences l'avaient
alertée dès leur départ de Paris. L'intensité de l'affection singulière que le pianiste, jouet autant que victime
d'une sensibilité exacerbée, portait à Maximilien Leroy,
expliquait pour elle qu'à l'annonce du mariage de ce
dernier sa réaction eût été proche de la jalousie féminine.

Elle devina aisément, au jour du duel entre Leroy
et l'offenseur des Alsaciens, que Dionys, même s'il n'en
laissait rien paraître, devait être fort inquiet. Aussi, prit-
elle l'initiative d'appeler au téléphone les bureaux des
Ricker, dans le Sentier. Ce fut Maximilien qui répondit.
Il raconta brièvement qu'il avait envoyé le notaire à
l'hôpital, avec une « belle estafilade à l'épaule ». Après
avoir demandé des nouvelles de Tristan, il conclut :
« Prenez bien soin de lui et dites-lui que je souhaite,
comme Mlle Ricker, qu'il soit témoin de notre mariage,
sans doute en novembre. »

Émilie se garda de dire qu'à cette date le pianiste
serait en tournée aux États-Unis. Elle avait compris que

la précipitation, mise de façon inattendue par Dionys à donner son accord à l'impresario américain, masquait une raison particulière. Elle en conclut donc qu'il ne voulait pas assister au mariage de Maximilien.

Informé de l'heureuse issue du duel, Tristan fit mine de traiter la nouvelle avec indifférence.

— Je n'étais pas soucieux. Je savais que M. Leroy triompherait aisément. J'apprécie néanmoins que vous vous soyez préoccupée de son sort, dit-il.

Au cours des réceptions et dîners, après ses récitals à Londres, Tristan Dionys avait noué, au fil des années, des sympathies mondaines avec des membres du Parlement, lords influents, aristocrates apparentés à la famille royale. Par son intermédiaire, ces relations protégèrent, dès que la mort de l'ancien agent de change fut connue dans la City, les sœurs Lépineux de l'assaut des créanciers. En quarante-huit heures, tout fut réglé. Pour éviter les actions en justice, Émilie s'engagea à honorer les dettes de son père qui, en peu de mois, avait dilapidé l'héritage d'Aline. Les obsèques d'Albert Lépineux, rapides et discrètes, mirent fin à l'existence d'un être nuisible, qui n'avait produit que des ruines.

Émilie obtint de rester quelques jours à Londres, près d'Aline, pour régler les affaires troubles d'Albert Lépineux. Elle devait, aussi, faire la connaissance du futur mari de sa sœur. Depuis des semaines, celle-ci différait l'annonce de ses fiançailles avec un officier de l'armée des Indes, dont la famille eût certainement, comme le colonel du 3e lanciers de la reine, désapprouvé l'union du jeune homme avec la fille d'un agent de change véreux. La mort de Lépineux supprimait les obstacles et Émilie se réjouissait de voir enfin sa sœur, maintenant bien assagie, heureuse et pourvue d'un mari honorable.

— Je vais avoir besoin de vous, pour préparer la tournée américaine. Fiancez Aline et revenez vite boulevard Saint-Germain, dit Tristan à Émilie en la quittant, avant de regagner, seul, Paris.

Dionys s'abstint d'informer Maximilien et Clémence de son retour, car il ne tenait pas à les voir. Il se prit cependant à penser que son attitude à l'égard de l'ami susciterait, sans doute, chez leurs communes relations, incompréhension et, peut-être, condamnation. Aussi, quand Émilie, après les fiançailles de sa sœur, reparut à la thébaïde, il admit ce qu'elle lui présenta comme une obligation : prévoir un cadeau de mariage pour Max et Cléa.

— Que penseriez-vous d'une belle pièce d'argenterie ? J'ai vu, chez Christofle, un surtout, qui conviendrait parfaitement, quelle que soit la table de leur future salle à manger, suggéra-t-elle.

— Votre choix sera le mien. Occupez-vous de faire livrer, la veille de la noce, quand la date en sera fixée. En novembre, je crois. Moi, je serai loin.

— Je ferai pour le mieux. Mais laissez-moi une carte, avec un mot gentil pour vos amis. Je sais qu'ils vous ont, un temps, caché leur idylle, mais ne soyez pas rancunier, dit-elle.

— Il me faut le temps de m'habituer à cette situation, Émilie.

Ce jour-là, les journaux annoncèrent le suicide du général Boulanger, le 30 septembre, dans un cimetière de Bruxelles, sur la tombe de sa maîtresse, la vicomtesse Marguerite de Bonnemain. Il n'avait pu supporter la mort de celle qui l'avait accompagné dans son exil. Mme de Bonnemain avait succombé, le 16 juillet, à l'âge de trente-cinq ans, à une pleurésie mal soignée.

— Ainsi, dans notre époque matérialiste, on peut encore mourir d'amour, constata Émilie.

— Vivre sans amour demande, parfois, plus de courage que mourir, dit Tristan.

Émilie, qui retournait en Angleterre pour préparer le mariage de sa sœur, accompagna Tristan Dionys au Havre, le 3 octobre, quand il embarqua sur *La Touraine*, le dernier-né de la Compagnie Générale Transatlantique. Ce paquebot, pourvu de trente cabines luxueuses, avait relié Le Havre à New York en six jours et vingt-trois heures, lors de sa première traversée, du 20 au 27 juin 1891.

— J'espère qu'il y aura un piano à bord, dit la jeune femme, émue à la pensée que Tristan serait absent de longs mois.

— Si c'est le cas, je ne pourrai pas en jouer impunément. Mon nom figure déjà sur la liste des « célébrités attendues à bord », dit Tristan, avec une moue résignée.

La prévision du pianiste se révéla exacte et, dès le deuxième jour, le commandant, l'ayant invité à sa table, lui fit part du souhait de plusieurs passagères de l'entendre jouer.

— Notre Pleyel supporte bien la mer. Si vous aviez la bonté de satisfaire ce désir, vous ajouteriez, pour tous, au charme de la traversée, dit l'officier.

Le lendemain, à l'heure du thé, Tristan Dionys, dont le récital avait été annoncé par le journal imprimé, chaque nuit, à bord, se mit au piano installé dans le salon des premières, devant une assistance élégante, papoteuse, plus désœuvrée qu'attentive. Il fut étonné, après avoir été courtoisement applaudi dans *Rêve d'amour* de Liszt et la *Lettre à Élise* de Beethoven, qu'une dame polonaise au regard velouté vînt lui demander de jouer

Mazeppa, avouant combien elle aimait cette pièce de Liszt, inspirée par une légende de son pays.

Tristan s'exécuta et c'est avec exubérance que la plaisante passagère, qu'il devina en quête d'une amourette sans lendemain, vint le remercier. Elle se nommait Alvina Borowski et sa conversation révéla intelligence et culture. Ils prirent le thé et dînèrent ensemble, se plurent et ne se quittèrent plus jusqu'à l'arrivée à New York où le mari, comte et diplomate en poste à Washington, attendait son épouse. « Cette nuit, épisode hygiénique », nota Tristan dans son agenda.

Edward Finley, impresario américain, avait préparé, avec un soin méticuleux, la réception du pianiste français. De nombreux journalistes attendaient Tristan Dionys, qui dut répondre à un torrent de questions, souvent sans rapport avec la musique. Ainsi, fut aussitôt mise à l'épreuve sa maîtrise de la langue anglaise.

— On vous dit célibataire convaincu. Allez-vous, comme Franz Liszt, de qui vous êtes un émule, entrer dans les ordres et lequel ? lui demanda un reporter.

— Si je fais un jour ce choix, tout dépendra de la qualité de l'orgue du monastère, dit Tristan, amusé.

— On vous dit fort distant avec le public. Pourquoi ? demanda un autre.

— J'imagine que les mélomanes viennent à un concert pour entendre de la musique.

— Accepterez-vous de jouer dans les États du Sud, chez les anciens esclavagistes ? risqua un troisième.

— « Je ne joue pas des marches seulement pour les vainqueurs reconnus ; je joue des marches pour les vaincus et les victimes[1] », comme votre grand poète

---

1. Traduction de Roger Asselineau, Aubier, Paris, 1972.

Walt Whitman, répondit Tristan, citant deux vers de *Feuilles d'herbe*, un de ses livres de chevet.

Ce rappel lui valut des murmures mitigés, les cicatrices de la guerre civile, dite de Sécession, étant encore douloureuses, dans les deux camps. L'impresario mit fin à l'épreuve et entraîna le Français vers une voiture, qui les conduisit à l'hôtel Albermale, près de Madison Square. Des bouquets de fleurs, envoyés par des admirateurs, ornaient la chambre du virtuose, et plusieurs invitations à dîner l'attendaient sur le plateau du courrier.

Le lendemain, Tristan Dionys fut conduit à Astoria, quartier de Queens, sur la rive gauche de l'East River, où le facteur de pianos Steinway and Sons avait installé ses premiers ateliers en 1853. Les visiteurs furent reçus par les descendants de l'émigrant allemand Engelhard Steinweg, qui, après avoir américanisé son nom en Steinway, fabriquait de grands pianos de concert, considérés comme les meilleurs du moment. Dotés d'un cadre en fonte et de cordes croisées, ces instruments avaient résisté aux plus fougueuses interprétations de Franz Liszt.

Le pianiste français découvrit à cette occasion combien, en Amérique, on avait le sens de ce qu'on nommait ici *advertising*, réclame en français. On y vendait les artistes comme de la pâte dentifrice. Sachant qu'il était bon pour la réputation de leurs pianos qu'ils fussent joués par de grands virtuoses, les facteurs mirent deux instruments à la disposition de Dionys, pour la durée de sa tournée aux États-Unis. Deux afin qu'il en trouvât toujours un à son arrivée dans une ville, pendant que l'autre voyagerait vers l'étape suivante. Un accordeur accompagnerait les pianos. Ne restait à Tristan, éberlué par cette organisation, qu'à se mettre au clavier pour un essai. Il choisit d'interpréter *La Campanella*, troisième des *Études d'exécution transcendante* de Liszt, inspirée de Paganini. Ceux qui l'entendirent furent éblouis par sa maîtrise et l'éclat de son jeu. On lui rappela que Théodore, un des fils du fondateur de la fabrique, mort en 1871, avait offert un piano à Franz Liszt en 1873. L'instrument se trouvait toujours à Weimar, où Liszt l'avait souvent joué[1]. C'est avec quelque fierté qu'on mit, sous les yeux de Dionys, la lettre de remerciement, envoyée à cette époque par le musicien.

« [...] pour le grandiose chef-d'œuvre de force, de sonorité, de qualité de chant et d'effets harmoniques[2] », avait alors écrit Liszt.

— Après avoir joué votre piano, je ne puis que confirmer l'opinion de l'illustre virtuose, dit Tristan.

Par déférence pour les généreux prêteurs, il accepta de jouer, devant des invités privilégiés, le soir même, au Steinway Hall, salle de concerts récemment fondée par les facteurs de pianos. Ce fut son premier succès américain, qui fut suivi de deux autres, aussi éclatants, l'un au Carnegie Hall, ouvert depuis le 5 mai, et l'autre au Lennox Lyceum. Ses récitals furent donnés à guichets fermés, l'engouement pour celui que la presse désignait comme le successeur de Liszt et de Thalberg mobilisant tous les amateurs de musique classique.

Un soir, de retour à l'hôtel, il rédigea une première lettre à Émilie.

« Chère Émilie,

» Le programme de la tournée organisée par l'impresario américain prévoit que je visiterai à peu

___

1. L'instrument est aujourd'hui conservé au Museo della Scala, à Milan.
2. Cité par Ernst Burger, *Franz Liszt*, Fayard, Paris, 1988.

près tous les États de l'Union ! Je serai accompagné
d'un *manager*, Harry Gresham, sorte de factotum,
débrouillard comme un singe, qui s'occupe de l'intendance, et d'un jeune secrétaire, diplômé de l'école de
musique de la Rubinstein Society, chargé de m'assister
en toutes circonstances. Ce jeune homme, cheveux de
cuivre rouge, joues rondes, semées de taches de son,
regard bleu Wedgewood perpétuellement étonné, répond
au nom de Washington Adams Easton. Il m'a demandé
de l'appeler plus simplement Ducky, ce qui, en jargon
étudiant, signifie charmant et facilite les rapports. Je
suis impressionné par sa foi en l'Amérique. Patriotisme
et religion sont les deux mamelles de l'Union ; le dollar
est son sang.

» Edward Finley a choisi, pour le confort de mes
déplacements en chemin de fer — et, dit-il, par économie — de louer un wagon, autrefois conçu par George
Pullman pour la tournée que fit aux États-Unis, en
1881, Sarah Bernhardt. On l'accrochera aux trains
réguliers. Je l'ai visité cet après-midi, à Central Station :
c'est un vrai logement roulant. Boiseries incrustées de
marqueterie, glaces, fauteuils capitonnés, poêle à pétrole,
lampes de Tiffany, rien n'y manque. Il comporte deux
chambres, un salon, cabinet de toilette, salle à manger.
Mon secrétaire partagera avec moi cet intérieur ferroviaire. Finley a fait embarquer un pianino, sur lequel
je pourrai me délier les doigts, à défaut d'y faire vraiment de la musique.

» La demande étant forte, je dois donner un quatrième concert, non prévu, à New York, avant que mon
wagon ne m'emporte vers Boston où, en plus de trois
récitals, je jouerai, en soliste, le *Concerto n° 4* de Beethoven, avec le Boston Symphony Orchestra, le plus fameux
orchestre de Nouvelle-Angleterre, m'a-t-on dit. Grâce

à MM. Steinway, deux grands pianos à queue me sui-
vront – ou plutôt, me précéderont – dans mon périple.
Enfin, pour parler comptabilité, M. Finley m'assure
deux mille cinq cents dollars par concert, tous frais
payés. Il prévoit déjà des récitals supplémentaires, les
mélomanes étant plus nombreux que je ne croyais, dans
un pays gouverné par une "dollarocratie" qui se donne
des airs supérieurs mais veut aussi apprendre. Ici, les
habitués des concerts paraissent sans préjugés. C'est
pourquoi la musique de l'avenir a une chance d'être
plus facilement goûtée et admise que dans nos vieux
pays européens, plus conservateurs en matière d'art.

» De New York, je n'ai vu, jusque-là, que quelques
beaux hôtels particuliers, coiffés de toits à la Mansart,
adornés de colonnes corinthiennes, une maison haute
de vingt-six étages et des immeubles, avenants comme
des casernes, faits de brique sang-de-bœuf. C'est une
ville de près de deux millions d'habitants, animée, cosmopolite, affairiste et encore chaude, car notre été de
la Saint-Michel s'y prolonge en octobre. La topogra-
phie de Manhattan – New York c'est, d'abord, la
presqu'île de Manhattan – est d'une simplicité arith-
métique. Les avenues nord-sud et les rues est-ouest se
coupent à angles droits et ne portent que des numéros,
signe d'une véritable modestie urbaine. Les grands
hommes, ou ceux qui se prennent pour tels, doivent
trouver ailleurs de quoi perpétuer leur nom ! C'est ici
le règne du luxe épais. Les cochers se donnent des airs
de millionnaires démocrates et les millionnaires ressemblent à des cochers endimanchés. La plupart des
domestiques sont des Noirs et, bien que l'esclavage des
fils de Cham ait été aboli il y a vingt-six ans, la plupart
des New-Yorkais continuent à les traiter comme des
gens de race inférieure, corvéables à merci. Ils leur doi-

vent cependant un salaire et n'ont plus le droit de les
battre.

» Bien que je ne vous aie quittée que depuis trois
semaines, vous me manquez déjà beaucoup. J'éprouve,
malgré toute la sollicitude dont on m'entoure et les gra-
cieusetés des maîtresses de maison embijoutées, un
grand sentiment de solitude, que je trompe en composant de petites pièces. L'immense chaperon de l'Atlantique nous séparant, je m'autorise à vous embrasser.

                                » Votre Tristan Dionys. »

» P. S. J'ai omis de vous dire que nous entrons, ici,
déjà en période électorale. Un nouveau président de
l'Union doit être désigné en novembre 1892 par les
électeurs, ce qui ne va pas sans débats houleux et injures
entre républicains et démocrates, les deux grands partis
politiques en lice[1]. »

Cette lettre d'Amérique provoqua, chez Émilie Lépineux, un tendre émoi. C'était la première fois que cet
homme, toujours réservé, exprimait l'attachement qu'il
avait pour elle. Elle eût aimé être embrassée autrement
qu'en mots mais, déjà, cette marque d'affection la comblait. Elle répondit aussitôt, pour transmettre des propositions de concerts en instance. Elle rapporta aussi
qu'elle avait reçu la visite de Maximilien Leroy et qu'ils
avaient eu « une conversation très confiante ».

---

1. Grover Cleveland serait élu président des États-Unis, le
8 novembre 1892.

« M. Leroy et Mlle Ricker se marient le 12 novembre, au temple de l'Oratoire, l'ancienne chapelle des Tuileries, car les Ricker sont protestants, d'obédience calviniste. M. Leroy est fort déçu, car il comptait que vous seriez son témoin à la mairie. Il m'a dit : "Émilie, Tristou est mon seul véritable ami. C'est l'homme que j'aime le plus au monde, comme un frère. Il a pensé que mon mariage avec notre amie commune allait nous séparer. Il n'en sera rien. Je vous prie de lui dire combien je suis affecté par son absence à mon mariage et que j'attends avec impatience son retour." Je vous rapporte les propos de M. Leroy. Je crois que vous devriez lui écrire une lettre gentille, car il vous aime sincèrement. Le surtout de Christofle, une belle nacelle en argent massif ouvragé, sera livré, garni de roses blanches, la veille du mariage, chez Mlle Ricker. »

Elle hésita avant d'ajouter : « Vous voyez que vous n'êtes pas si seul que vous croyez. Ici, on pense à vous. Chaperonnée par Neptune, moi aussi, je puis vous embrasser.

» Votre Émilie. »

Après New York, Tristan Dionys découvrit, à Boston, une autre Amérique. Cette ville puritaine, à prétention aristocratique, pleine d'étudiants, d'associations vouées aux lettres et aux arts, lui parut dotée d'un grand appétit de savoir. Elle n'était pas que « le pays des Yankees, celui des haricots et de la morue » comme le chantait Ducky, New-Yorkais chauvin. On y respirait une certaine nostalgie du passé colonial, dont la fameuse *Tea Party* de décembre 1773 avait amorcé le déclin, quand les Bostoniens, pour une affaire de taxe, avaient jeté à la mer soixante caisses de thé.

Les mois suivants virent le pianiste français partout applaudi et choyé. Au fil des saisons, sa demeure brinquebalante l'emporta sur des milliers de kilomètres de rails, à travers les paysages variés de l'Union, ensoleillés, enneigés, noyés de brouillard ou de fumées industrielles.

En mars, à Washington, il joua pour le corps diplomatique et, à cette occasion, revit Alvina Borowsky, la belle Polonaise de *La Touraine*. Lors d'un cocktail, elle le traita avec l'aisance mondaine de celle qui ne conserve aucun souvenir de ses libertinages. Le soir même, il jeta sur le papier à musique un rondeau humoristique en *fa* majeur, qu'il titra *Beauté furtive*.

En avril, après trois concerts à Saint Louis et une descente du Mississippi en bateau à roue, tandis que son wagon vide roulait vers le Sud, il découvrit La Nouvelle-Orléans. Autrefois principal établissement de la colonie française de Louisiane, le deuxième port des États-Unis semblait soucieux de préserver son héritage *antebellum*, c'est-à-dire d'avant la guerre de Sécession. Même si les vieilles maisons du quartier historique, dit Vieux Carré, attestaient, par leurs balcons ouvragés et leurs patios à bassins, une éphémère domination espagnole, c'est à la France qu'on entendait toujours se référer, par les noms de rues et les enseignes des magasins. Le pianiste donna cinq représentations, dont deux au French Opera House, puis au Saint Charles Theatre, à l'Academy of Music et au Variety Theatre. Dans la salle de l'Opéra dont, depuis Jenny Lind, dite le « rossignol suédois », toutes les célébrités internationales de l'art lyrique avaient occupé la scène, il fut acclamé comme artiste, plus encore en tant que citoyen français. Passionnément suivi, de récital en récital, par une société créole éprise d'art et de musique, mais aussi avide de tout ce qui venait de France, il soulevait des hourras délirants depuis qu'il avait pris l'habitude de donner, en bis, *la Savane*, *le Bananier* ou *Marche de nuit*, compositions de Louis Moreau Gottschalk, un enfant du pays, mort en 1869. Ce fils d'un négociant anglais et d'une créole descendante d'aristocrates français, le plus célèbre pianiste de son temps en Amérique, avait été, à Paris, l'élève de Chopin et de Thalberg. Théophile Gautier, critique volontiers caustique, avait vanté ses talents de compositeur et d'interprète. Bien qu'il tînt les compositions exotiques de Gottschalk pour d'habiles et brillantes chopinades, Tristan, à qui plaisait cette musique pleine de fraîcheur, de naïveté et de rythmes, sut faire applaudir la mémoire du défunt compositeur. Vingt ans plus tôt, Louis Moreau Gott-schalk avait parcouru quinze mille kilomètres en che-min de fer, en cent vingt jours, pour donner cent neuf concerts ! Dionys ne souhaitait pas battre ce record.

Reçu dans des familles, qui, comme de nombreuses rues, portaient des noms français, le Parisien admira comment ces Américains, à la fin du XIXe siècle, s'effor-çaient de maintenir les manières et la langue de leurs ancêtres, sans tenir rigueur à Bonaparte, alors Premier consul, d'avoir vendu la Louisiane à Thomas Jefferson en 1803.

Sa tournée l'entraîna ensuite en Floride, à Tampa et Miami. De retour au nord, il joua à Cincinnati, Indianapolis et Philadelphie, avant d'arriver à Chicago. Sur les bords du Michigan, la ville était alors un immense chantier, car elle se préparait à recevoir The World Colombus Exposition, organisée à l'occasion du quatre centième anniversaire de la découverte de l'Amérique par Christophe Colomb. Tristan Dionys joua, lors d'un gala organisé à l'occasion de la convention du parti démocrate, qui venait de désigner, en la personne de Grover Cleveland, son candidat à la Maison-Blanche.

Après une visite aux chutes du Niagara, le pianiste passa la frontière du Canada et donna plusieurs concerts, à Montréal et à Québec, parmi des francophones restés francophiles, avant de retrouver, à Ottawa, capitale de l'État, une ambiance de colonie anglaise. De là, en deux jours et une nuit, il se rendit à San Francisco, puis à Denver.

À la fin d'une année au cours de laquelle il avait passé plus de temps en chemin de fer qu'en concert, il ne fut pas mécontent de regagner New York, après des haltes à Kansas City et, pour la seconde fois, à Saint Louis. C'est là qu'il découvrit, dans plusieurs journaux, un placard publicitaire assurant les lecteurs que Tristan Dionys, « *the best pianist in the world* », fumait exclusivement les cigares de la marque Constitution. Il comprit pourquoi, depuis son arrivée aux États-Unis, Bob Gresham, le collaborateur de l'impresario, lui fournissait gracieusement les cigares de cette marque. En interrogeant Ducky, il apprit aussi qu'Edward Finley avait vendu, à un photographe de New York, le droit exclusif de prendre et diffuser toutes ses photographies, maintes fois reproduites sur les programmes et dans la presse.

Pour suivre le conseil répété par Émilie dans ses lettres et pour mettre sa conscience en accord avec un retour à de meilleurs sentiments, Tristan s'était décidé, au cours de l'été, à écrire à Maximilien Leroy. Ayant décrit les conditions de sa vie de pianiste itinérant, et sans aller jusqu'à exprimer des regrets pour son absence au mariage de l'ami, il avait souhaité bonheur et prospérité aux époux. Après une longue réflexion, il avait conclu cette première lettre par un très banal « amical souvenir ». Cette formule de carte postale, tout en signifiant à Max un reflux mélancolique de leur complicité, n'interdisait pas la poursuite de leur relation. Il savait que ce lien n'aurait jamais plus, pour lui, l'intensité passionnelle d'autrefois.

Max lui avait répondu, sans faire allusion à son mariage autrement que par des remerciements pour « le somptueux cadeau envoyé à Clémence ». C'était un peu comme s'il ne s'était rien passé, depuis leur dernière rencontre, manière de banaliser l'événement conjugal, de le réduire à une simple péripétie administrative et mondaine. La capacité, qu'avait toujours eue Leroy, d'éluder était une force de caractère que lui enviait Tristan. Tout incident déplaisant devait être évacué de la mémoire. Max usait de l'oubli comme d'un antidote sélectif, propre à effacer le déplaisant de la vie, ainsi que la gomme efface le crayonnage d'une expression malvenue.

La lettre de Maximilien Leroy, éternel séducteur, livrait aussi un message qui fit battre plus fort le cœur du destinataire.

« Le trio fantasque, bien cher Tristou, devrait, à votre retour, devenir un quatuor joyeux, tant Émilie nous est devenue précieuse, depuis votre départ pour l'Amérique. Par elle, nous avons régulièrement de vos nouvelles, et vos succès nous comblent de satisfaction, comme ils réjouissent le comte et la comtesse de Galvain ainsi que tous ceux qui vous connaissent. Les correspondants des journaux français en Amérique ont, à plusieurs reprises, fait état de vos prouesses pianistiques. La *Gazette musicale* vous a consacré, cette

semaine, un article dithyrambique, qu'Émilie va vous
envoyer.

» Ah ! combien les oreilles devraient vous tinter quand
Émilie nous lit vos lettres ! Tristounet, vous êtes aimé
de celui et de celles qui vous attendent. Et puis, sachez
que Cléa est parfaitement disposée à nous laisser entre
hommes, quand nous aurons envie de nous retrouver
seuls, pour des escapades, comme au temps passé, depuis
le jour où nous avons fait connaissance au pied de la
colonne Vendôme, il y a eu dix-sept ans en mars. »

Max avait conclu : « Avec mon inaltérable amitié. »

Après avoir relu cette lettre, Tristan ne pouvait que
se résigner à entrer dans une accointance nouvelle.
Mais celle-ci serait dépouillée, que Maximilien l'accep-
tât ou non, de la suave intimité du passé. Par ailleurs,
Dyonis était un peu irrité par l'indiscrétion, certes bien
intentionnée, d'Émilie, qui se permettait de lire à Cléa
et Max, des lettres à elle seule destinée.

Tandis que le pianiste voyageait à travers les États-
Unis où il recueillait succès et dollars, l'année 1892
était, en France, celle des anarchistes. Les journaux
américains, peu attentifs aux événements d'Europe,
quand ils ne mettaient pas en péril la paix ou le commerce, ne rendaient compte qu'en quelques lignes des
agissements des révolutionnaires. Or, ces derniers
étaient devenus actifs, après avoir volé de la dynamite
dans un dépôt, à Soisy-sous-Étiolles. Le 29 février, ils
avaient posé une bombe rue de Berri, devant l'hôtel
de Charles de Talleyrand-Périgord, prince de Sagan,
arbitre des élégances parisiennes et organisateur de
fêtes somptueuses. L'attentat n'avait causé que des
dégâts matériels, vite réparés, quand le 10 mars, une

valise, bourrée d'explosifs, endommagea, 136 boulevard Saint-Germain, l'immeuble habité par le juge
Benoît. On avait relevé cinq blessés, dont deux gravement atteints. En août 1891, le magistrat avait envoyé
en prison, pour cinq et trois ans, deux anarchistes de
Levallois-Perret, qui, le 1er mai, avaient tiré sur les gendarmes. Une nouvelle bombe, déposée le 16 mars devant
la caserne de la rue Lobau, n'avait pas fait de victimes
et, quand le 22 du même mois, un groupe de révoltés
s'en étaient pris au père Lemoigne, qui prêchait le
carême à l'église Saint-Merri, rue Saint-Martin, les Parisiens avaient compris que les ennemis de la république
entendaient aussi combattre l'Église. Cinq jours plus tard,
poursuivant leur campagne d'intimidation, les dynamiteurs avaient, en partie, détruit un immeuble, 39, rue de
Clichy, causant des blessures à plusieurs locataires. Leur
cible était l'avocat général Bulot, qui avait requis dans
l'affaire de Levallois-Perret.

Le 30 mars, alertés par le patron et un serveur du
restaurant Véry, boulevard Magenta, les policiers avaient
arrêté un suspect, François Kœnigstein, dit Ravachol.
Le 3 avril, cet anarchiste exalté avait avoué être l'auteur
des récents attentats. Les Parisiens, rassurés par cette
arrestation, ignoraient encore la capacité de vengeance
des amis de Ravachol. Le 25 avril, une bombe explosait
au restaurant Véry, faisant cette fois deux morts et de
nombreux blessés. Quelques jours après l'explosion de
cette « marmite », ainsi que les anarchistes nommaient
leurs bombes, la police s'était saisie du coupable, François Meunier, plus tard condamné aux travaux forcés
à perpétuité. Dès le 26 avril 1892, la cour d'assises de
la Seine avait ouvert le procès de Ravachol et de ses
complices, Simon, dit Biscuit, Béala, Chaumentin et
Mariette Soubère. Tous détenaient, à leur domicile,

armes, munitions et explosifs. Convaincus d'appartenir à une association, dont le but avoué était la destruction de la république, l'anéantissement de toute société organisée, l'abolition du suffrage universel, la suppression de la propriété, de la religion, du mariage et l'obtention d'une liberté individuelle sans limites, les comparses laissèrent à leur chef, parfois en larmoyant, la responsabilité entière des méfaits. Le 26 avril, les jurés ayant accordé des circonstances atténuantes, l'anarchiste, condamné aux travaux forcés, crut avoir sauvé sa tête. Il lui restait à comparaître devant la cour d'assises de la Loire, à Montbrison, pour assassinat, vols et violation de sépulture. Cette fois, les jurés furent moins indulgents. Condamné à mort le 11 juillet, Ravachol fut exécuté le même jour.

Fin octobre 1892, à New York, avant d'embarquer pour la France, Tristan Dionys donna un dernier récital, au bénéfice de la Société de bienfaisance de la communauté française, comme l'avait fait, quelque temps avant lui, la chanteuse Adelina Patti.

Monté à bord de *La Touraine*, pour être présent jusqu'au départ du transatlantique, Ducky, le secrétaire, se mit à pleurer comme une fiancée quand les visiteurs furent invités à quitter le bord.

Au cours des mois de vie commune, Tristan avait construit avec ce jeune compagnon au cœur tendre, prévenant, zélé, affectueux et d'un absolu dévouement, une relation confiante, celle d'un maître pour son élève, mais teintée, de la part de l'aîné, d'une consonance paternelle.

— Dans deux ans, je serai majeur. Mes parents ne pourront plus m'empêcher d'aller à Paris, pour profiter encore de vos leçons car, en quelques mois, j'ai fait avec vous des progrès considérables, dit Ducky, d'une voix enrouée en se tamponnant les yeux.

— Si, d'ici-là, vous n'avez pas changé d'idée, je vous reverrai avec plaisir. En attendant, travaillez votre main gauche, dit Tristan.

Il fut plus embarrassé qu'ému quand Ducky, pris d'une soudaine ferveur, baisa, geste inattendu, la main qu'il lui tendait à serrer.

Quelques journalistes attendaient le pianiste à la gare maritime du Havre quand, après sept jours de mer sans aléas, il débarqua de *La Touraine*, le 12 novembre.

Après avoir dit tout le bien qu'il pensait des mélomanes américains et démenti le propos : « Les Américains fabriquent des locomotives, pas des musiciens[1] », il subit l'épreuve de la douane. Suivi d'un porteur, il se dirigeait vers le train en partance pour Paris, quand il vit venir à lui, sur le quai, les époux Leroy et Émilie.

Maximilien, devançant à grands pas les deux femmes, ouvrit largement les bras et les referma avec vigueur autour des épaules de Tristan, pour une accolade fraternelle.

— Tudieu ! Comme je suis content de vous revoir. Les mois sans vous ont été longs, car votre bouderie m'a beaucoup chagriné. Enfin, vous voilà de retour, plus séduisant que jamais et, de surcroît, cousu d'or, dit Max, enthousiaste.

Cet accueil fougueux mit un baume à l'amitié blessée. Oubliant sa déception, Tristan rendit affectueuse-

---

1. On prête ce propos à Pierre Zimmermann (1785-1853), pianiste et compositeur, qui enseigna le piano, pendant trente ans, au Conservatoire national de musique et de déclamation, à Paris.

ment l'étreinte à l'ami : depuis un an, il avait beaucoup réfléchi, pour arriver à la conclusion que la proximité d'âme pouvait exister entre deux êtres de même sexe ou de sexes opposés.

Clémence s'étant approchée, tout sourire, il effleura sa joue d'un baiser de nourrice, avant de donner à Émilie une embrassade plus câline.

Dans le train, Dionys dut répondre à cent questions de ses amis, sur l'Amérique, ses habitants, les mœurs politiques et l'idée que les femmes américaines se faisaient de l'élégance.

À son tour, interrogeant Max sur la situation en France, il apprit qu'en septembre on avait fêté, au Panthéon, le centenaire de la république, et que les royalistes se préparaient à célébrer, le 26 janvier 1893, le centenaire de la décapitation de Louis XVI, ce qui ne plaisait guère aux républicains radicaux. Max rappela aussi qu'en octobre, une épidémie de choléra avait mis au lit un quart des Parisiens, et qu'on avait enterré Ernest Renan. Il parut plus préoccupé en annonçant que les poursuites judiciaires contre la Compagnie du canal de Panama avaient commencé par l'arrestation de plusieurs administrateurs, dont Charles de Lesseps, fils aîné de Ferdinand de Lesseps.

— Le plus grand ingénieur français, aujourd'hui âgé de quatre-vingt-sept ans et fort diminué, n'échappera pas au procès, prévu en février prochain. Pas plus que Gustave Eiffel ! maugréa Leroy.

— Et la politique ? s'enquit Dionys.

— Édouard Drumont vient de lancer un nouveau journal, *La Libre Parole*. C'est l'organe de la droite extrême, qui veut faire pièce aux feuilles des radicaux de gauche, comme *L'Endehors*, où sévissent Octave Mirbeau et Bernard Lazare, et aux journaux anarchistes comme *La Révolte*, qui diffuse les idées du prince russe Piotr Kropotkine, fondateur de *L'Internationale*. Quant à nos anarchistes, ils ont tué, hier, six personnes, et blessé cinquante autres, au commissariat des Bons-Enfants. On y avait, sans précaution, transporté une bombe trouvée devant les bureaux de la Société des Mines de Carmaux, avenue de l'Opéra, rapporta Maximilien.

Pour célébrer le retour du pianiste, Leroy tint, le soir même, à offrir un dîner chez Foyot, auquel il convia son beau-père, Hans Ricker, et les Galvain.

Tard dans la nuit, Tristan, après avoir accompagné Émilie chez elle, rue de Penthièvre, retrouva la thébaïde où régnait l'ordre le plus parfait. Dans son cadre tarabiscoté, le portrait de Mme Lépineux, par Édouard-Louis Dubufe[1], cadeau d'Émilie, lui fit prendre conscience de la fuite du temps. « Cinq ans, déjà ! » murmura-t-il, ému et troublé par le sourire d'outre-tombe que Laure, en cet instant, semblait lui destiner. Il se plut à l'imaginer satisfaite : sa fille, comme elle autrefois, avait déposé un bouquet de roses thé sur le piano.

La relation rétablie entre Tristan Dionys et Maximilien Leroy prit, dès leur retour à Paris, une tonalité nouvelle. Le trio fantasque, qu'Émilie Lépineux ne semblait pas près de transformer en quatuor, se révéla dépourvu de l'ingénieuse fantaisie qui, pendant des années, avait régi la vie quotidienne de deux hommes et une femme.

---

1. 1819-1883. Fils de Claude-Marie Dubufe (1790-1864) et père d'Édouard-Marie-Guillaume Dubufe (1853-1909), tous deux artistes peintres.

Depuis son retour, quand il n'était pas en voyage, Tristan avait repris l'habitude de retrouver Maximilien Leroy, au cercle de l'Union artistique, place Vendôme. Apparemment, rien n'avait changé dans les rapports des deux amis, mais leurs occupations réciproques rendaient les rencontres plus aléatoires. Le pianiste, très demandé depuis sa tournée aux États-Unis, jouait plus souvent à l'étranger qu'en France, et Max le dilettante était devenu, par son mariage, un homme d'affaires très occupé. Hans Ricker, de moins en moins actif, laissait à son gendre la direction de son entreprise. Il savait que son fils Marcellin, excellent façonnier, qui dirigeait les ateliers de Cernay, n'eût pas été capable de développer des relations commerciales profitables. Max, qui s'astreignait à une présence régulière à son bureau du Sentier, était souvent contraint à des déplacements, en Belgique, en Angleterre, en Italie, où la fabrique de toiles peintes et fines comptait des dépositaires.

Max habitait maintenant, avec Cléa, l'hôtel des Ricker, rue Saint-Honoré. Un soir, ayant invité Tristan à dîner, tête à tête, chez Maxim's, rue Royale, il avoua avoir néanmoins conservé, comme garçonnière, son appartement de la rue du Bac.

— Est-ce à dire que vous vous autoriserez, à l'occasion, des galipettes extraconjugales ? badina Tristan.

— Je suis et serai un bon époux, Tristou, c'est promis. Mais, rappelez-vous, dans *Les Liaisons dangereuses*, Choderlos de Laclos fait un distinguo réaliste, en écrivant : « Pour les hommes, l'infidélité n'est pas l'inconstance. »

— Tiens ! Vous serez donc un époux constant mais peut-être infidèle.

— On ne sait, mon cher, qui, demain, on peut rencontrer.

— J'ai lu, aux États-Unis, dans un roman d'Oscar Wilde, *Le Portrait de Dorian Gray*, une phrase qui, sans vous fâcher, semble corroborer votre conception de la vie conjugale. Il a écrit : « De nos jours, tous les hommes mariés vivent comme des célibataires et, tous les célibataires, comme des hommes mariés. »

— Eh ! Eh ! C'est là une formule bonne pour nous deux, ce me semble. Célibataire, ne vivez-vous pas, avec Émilie, une existence néo-conjugale ?

— Vu de l'extérieur, nous pourrions, en effet, passer pour un ménage moderne. Nous travaillons ensemble, nous déjeunons souvent ensemble, nous voyageons ensemble, mais nous ne couchons pas ensemble ! confessa Tristan en riant.

Ce soir-là, gais comme des collégiens qui font l'école buissonnière, ils se rendirent boulevard des Capucines, pour voir, à l'Olympia, nouveau music-hall dont le Tout-Paris raffolait, le quadrille venu du Moulin-Rouge et un ballet.

Quand ils se séparèrent, vers deux heures du matin, après un dernier armagnac au Café Riche, Maximilien se souvint qu'il était marié. Cependant, depuis des mois, sa constance et sa fidélité étaient patentes. Lui qui, jamais, autrefois, ne regardait sa montre, était le plus souvent attentif à l'heure car, en temps ordinaire, attendu aux repas, par Clémence et son beau-père. L'époque où les deux amis improvisaient, à l'heure de l'apéritif, dîners fins, soirées au cabaret, expéditions conquérantes dans bals et redoutes, visites aux modistes polonaises, était révolue. Quand Leroy regagnait son foyer, tel un bon bourgeois, Dionys se sentait libre d'accepter une invitation des Galvain, du facteur de pianos Érard, d'un éditeur de musique ou de partager un dîner avec Émilie, au Café Napolitain.

Dès son retour d'Amérique, le pianiste avait constaté, chez Max, des signes d'altération physique. Traits empâtés, embonpoint naissant, démarche moins agile. Il ne retrouvait pas, chez cet homme de trente-huit ans, que les femmes avaient parfois comparé à Bel-Ami, le héros de Maupassant, l'assurance désinvolte, frisant parfois l'impolitesse, qu'un charme indéniable faisait supporter.

La beauté de Clémence s'était, au contraire, affirmée, comme libérée. L'Alsacienne semblait être devenue consciente du galbe de ses formes pleines, longtemps masquées pudiquement par des tuniques, des jupes largement drapées sur les hanches, des décolletés abrités sous des guimpes opaques. « Le corps d'une femme s'épanouit sous les caresses. Celles qui ne sont pas câlinées se fanent, se fripent, se dessèchent », disait Max. La métamorphose de Cléa attestait, à la fois, le diagnostic et le savoir-faire d'un mari. Dans le même temps, la fille d'Hans Ricker, caractère entier, parfois impérieux, qui, souvent, au fil des années, avait porté avec véhémence la contradiction dans les discussions du trio, semblait avoir abdiqué une part de sa hardiesse, laissant, en épouse soumise, l'autorité du verbe à son mari.

Tristan Dionys observait, avec un rien de nostalgie, ces mutations, mais voulait les ignorer pour ne pas augmenter la distance qui, insidieusement, s'insérait entre Max et lui. Il souhaitait, de tout cœur, voir leur amitié résister à l'épreuve, espérant secrètement qu'un jour ou l'autre celui dont il connaissait la versatilité lui reviendrait entièrement.

Pendant toute la durée du procès des administrateurs de la Compagnie du canal de Panama, pour escroquerie et abus de confiance, Leroy avait craint d'être mis en cause, comme d'autres courtiers officieux, placeurs d'actions du canal. Aussi, quand, le 9 février 1893, le tribunal condamna Ferdinand de Lesseps et son fils, Charles, à cinq ans de prison, et Gustave Eiffel à deux ans de la même peine, Max fut rassuré.

Quelques jours plus tard, le jugement fut cassé, pour vice de procédure, et les condamnés relaxés. Mais l'affaire ne connut son épilogue que le 21 mars, après une nouvelle comparution de Charles de Lesseps, cette fois pour corruption. Le fils de l'ingénieur ayant révélé comment certains ministres et des parlementaires avaient été achetés, pour faire voter un emprunt à lots, le tribunal condamna Charles Baïhaut, ancien ministre des Travaux publics, à cinq ans de prison, et Charles de Lesseps à un an de prison. Quant aux parlementaires – les « chéquards », comme l'écrivaient les journalistes –, ils s'en tirèrent avec des amendes et des condamnations de principe.

Le fait que le journal de Georges Clemenceau, *La Justice*, eût bénéficié des largesses de la Compagnie du canal valut au député de perdre son siège, aux élections du 20 août. L'usure de la première génération parlementaire de la IIIe République et l'élimination des députés compromis dans l'affaire de Panama conduisirent au Palais-Bourbon beaucoup d'inconnus. Si les républicains du gouvernement conservèrent trois cents sièges, les conservateurs en perdirent quatre-vingts et ne retrouvèrent que soixante représentants. Les catholiques ralliés conquirent trente sièges, tous gagnés sur les conservateurs. Cette nette avance de la gauche avait envoyé à la Chambre cent vingt-deux radicaux et quarante-huit socialistes. Dès leur installation, les nouveaux députés instaurèrent dans l'hémicycle une

ambiance de réunion publique. Lors des débats, les discours, autrefois argumentés, prononcés avec un souci
d'éloquence, devinrent des répliques circonstancielles,
immédiates, actualisées et supposées spontanées !

Bien qu'il fût accueilli, à tout moment, à l'hôtel Ricker, Tristan ne s'y rendait plus, comme autrefois, à
l'improviste, et n'acceptait que rarement une invitation
à dîner. Même si Hans Ricker restait, tel un patriarche,
le maître de maison, le vieil Alsacien disait vivre, désormais, au foyer de ses enfants. Max et Cléa n'étaient
pas de ces mariés tardifs qui, en public, se laissent aller
à des mignoteries niaises ou échangent des baisers. Tristan comprit que les époux entendaient maintenir, en sa
présence, par leurs manières et propos, l'ambiance des
communes années de célibat. Cette attitude, sans doute
concertée, le mettait mal à l'aise. Il décelait chez ses amis
un effort ambigu pour prolonger l'existence du trio fantasque. Or, ils n'étaient plus trois, mais deux et un,
même si Cléa continuait, lorsqu'ils sortaient ensemble,
à marcher entre les deux hommes, au bras de chacun.
Souvent, en regagnant seul sa thébaïde, Tristan ne
pouvait se défendre d'imaginer Max dans le lit de Clémence. De ces images vénéneuses, qu'il s'empressait,
honteux, de chasser, un confesseur averti eût, peut-être,
déduit que la dévorante amitié de Tristan pour Max
incluait une préférence sexuelle inconsciente. Jamais une
telle attirance n'avait effleuré le pianiste. Si, pour lui,
l'affection profonde entre deux hommes pouvait ressembler à l'amour, la plénitude résidait alors dans une
union idéale d'esprit et de cœur, dans la pure étreinte
des consciences.

Cet été-là, Paris vécut de violentes bagarres au Quartier latin à l'issue d'un monôme, organisé le 3 juillet, pour conspuer le sénateur René Bérenger. Le Père la Pudeur, comme le nommaient les journalistes, venait de faire condamner les organisateurs du bal des Quat'zarts, toujours licencieux mais bon enfant, pour outrages aux bonnes mœurs.

La manifestation n'eût été qu'un bruyant défilé si, lors d'une altercation, à la terrasse de la Brasserie d'Harcourt, entre étudiants et agents de la 4e brigade centrale, un des manifestants n'avait été atteint, à la tempe, par un lourd porte-allumettes de table, lancé par un policier. Antoine Félix Nuger, âgé de vingt-trois ans, avait été tué sur le coup. Dès lors, la colère des étudiants, bientôt rejoints malgré eux et stimulés par des anarchistes, toujours prêts à exploiter les situations de crise, déborda le boulevard Saint-Michel pendant plusieurs jours. Après l'autopsie et la mise en bière d'une victime qui n'avait pas été spécialement visée, les étudiants, craignant que les autorités n'escamotent les funérailles de Nuger, firent le siège de la préfecture de police, tandis que des groupes, étrangers à l'université, tentaient partout de ranimer l'émeute. Des tramways furent renversés, pour former barricades, un omnibus fut incendié, des vitrines furent brisées. Les charges répétées des gardes municipaux à cheval rétablirent l'ordre en faisant de nombreux blessés.

Commentant ces événements, que M. Ricker disait préjudiciables au commerce, Maximilien Leroy, que Tristan avait rejoint, la veille du 14 juillet, au cercle de l'Union artistique, se montra beaucoup moins indulgent qu'autrefois pour les fauteurs de troubles.

— Les étudiants, parfois sensibles aux menées des anarchistes, ne se rendent pas compte qu'ils se font

rosser par la police pendant que les doctrinaires,
comme Sébastien Faure, jésuite raté, fondateur du journal *Le Libertaire*, Jean Grave, fondateur de *La Révolte*,
Émile Pouget, le syndicaliste radical, et les frères Reclus,
anciens communards, coulent des jours paisibles, sans
courir d'autre risque qu'une poursuite pour délit de
presse. Ce sont les mêmes anarcho-syndicalistes, liber-
taires, antiparlementaires, ennemis d'une république
démocratique, qui envoient de pauvres exaltés, comme
Ravachol ou Meunier, poser des bombes et se faire
guillotiner, développa Leroy.

À la fin de l'année, il fut prouvé que les hommes
de main anarchistes étaient capables d'actions plus
spectaculaires. Le 9 décembre, une bombe explosa, à
la Chambre des députés, au cours de la séance de
l'après-midi. Deux jours plus tard, au cercle des mirlitons, Maximilien Leroy, absent de Paris le jour de
l'attentat, rapporta à Dionys les informations qu'il
tenait du député normand, dont il organisait, depuis
longtemps et avec succès, les campagnes électorales.
Cette relation pouvait, à l'occasion, servir les affaires
de la maison Ricker.

— D'après ce que je sais, commença Max, Léon
Mirman, député de la Marne, venait de quitter la tribune après une intervention, quand une violente déto-
nation ébranla l'hémicycle, tandis que tombait, sur nos
braves députés somnolents, une grêle de débris, et
qu'une fumée âcre obscurcissait l'atmosphère. À la vue
de visages ensanglantés, la stupeur fit place à la panique.
Les députés ne pensaient qu'à fuir, quand le président
du Conseil, Charles Dupuy, monté au perchoir et peut-
être conscient de prononcer un mot historique, lança :

« Messieurs, la séance continue ! », ce qui fut applaudi et ramena le calme.

— « Car le mot, qu'on le sache, est un être vivant[1] », cita Tristan, amusé.

— Cette bombe, Tristou, était faite pour tuer. Elle contenait de la grenaille et des caboches, d'où le nombre de blessés : une vingtaine de députés et une quarantaine de spectateurs. Les plus sérieusement touchés, l'abbé Lemire, député du Nord, et un journaliste, Eugène-Édouard Domicent, dit Bertol-Graivil, furent rapidement évacués, pendant que les gardes fermaient les issues du palais. Tous étaient certains que l'auteur de l'attentat s'était tenu dans la tribune du public. D'après les témoins, la bombe avait explosé « en l'air ». En fait, l'homme figurait parmi les blessés. On l'a retrouvé, ce matin, à l'Hôtel-Dieu. Il a avoué, avec fierté, être le fabricant et le lanceur de bombe. C'est un ouvrier d'usine, Auguste Vaillant, de Choisy-le-Roi, trente-trois ans, né dans les Ardennes, conclut Maximilien.

— J'espère qu'il sera rapidement jugé[2], intervint le barman, témoin de la conversation.

Le comte de Galvain, membre éminent du cercle, releva la réflexion.

— D'autres, qui soutiennent les anarchistes, devraient l'être avec lui, comme ce Laurent Tailhade, poète parnassien, dit-on.

— Poète médiocre, plus connu comme pamphlétaire laborieux, mais inoffensif, précisa Dionys.

---

1. Victor Hugo, *les Contemplations*.
2. Condamné à mort le 10 janvier 1894, Vaillant fut exécuté le 5 février.

— Pas inoffensif, croyez-moi. Le soir même de l'attentat, la revue *La Plume* donnait un banquet. Étaient invités des écrivains, dont Zola, Verlaine, Mallarmé et Tailhade. Au cours du dîner, un reporter du quotidien *Le Journal*, un des quatre grands de la presse parisienne, demanda aux hommes de lettres présents d'écrire sur un feuillet ce qu'ils pensaient de l'attentat de la Chambre, dont tout le monde parlait. Eh bien, Tailhade a osé écrire une phrase que *Le Journal* a reproduite : « Qu'importe les victimes, si le geste est beau ! » Je trouve cet encouragement aux poseurs de bombes parfaitement scandaleux, dit le comte, approuvé par tous.

Tristan Dionys fut enchanté d'être engagé pour des récitals à Cannes, Nice et Monte-Carlo, pendant les fêtes de fin d'année. Il n'eût pas été à l'aise pour célébrer Noël et le jour de l'An, en famille, avec les Ricker, entre distribution de jouets aux orphelins des provinces annexées et sauteries dans différentes associations d'Alsaciens ou de Lorrains.

Sur la Côte d'Azur – ainsi qu'on nommait, depuis 1888, d'après le titre d'un ouvrage du sous-préfet bourguignon Stéphen Liégeard, le littoral méditerranéen entre Cassis et Menton – résidaient, l'hiver, de riches familles anglaises, russes, et françaises. Ces oisifs constituaient un apport de mélomanes avertis. La plupart d'entre eux connaissaient Tristan Dionys comme talentueux disciple de Franz Liszt. Sur ce public tout acquis, il testa ses *Cinq études transcendantes américaines :* *Parallèle*, évocation des voyages en train, les rails de chemins de fer ne se joignant jamais ; *Prairies*, une vision des grands espaces du Middle West ; *Furtive*, souvenir de sa rencontre avec la Polonaise Alvina ;

Sillage, grande fugue, impression de ses traversées ; *Crescent City*, souvenir de La Nouvelle-Orléans, variations brillantes sur des airs de Gottschalk, le compositeur louisianais. Ces pièces, aux tonalités délicates, d'architecture cyclique ou en forme de sonate, portées par une hardiesse harmonique qui ne craignait pas les modulations surprenantes, suscitèrent un tel engouement qu'un éditeur de musique proposa, aussitôt, leur publication. Dès cette saison azuréenne, les critiques proclamèrent que le virtuose était, aussi, un compositeur génial.

« La musique de M. Tristan Dionys s'oppose à la facilité, évolue dans un climat inédit, riche d'innovations techniques, difficiles à maîtriser par un pianiste moyen. Même si l'on y devine, parfois, une coloration wagnérienne, il lui instille du sang latin et s'en évade, par une plasticité insolite, tantôt primesautière, tantôt souveraine. Ainsi conçue, la musique de l'avenir séduit, retient, envoûte. Au contraire de M. Claude Debussy, M. Tristan Dionys ne cherche pas l'inspiration dans les poèmes des autres, comme le fait aussi Gabriel Fauré, lecteur de Verlaine. C'est en lui seul, comme autrefois Liszt ou Chopin, qu'il va recueillir le chant, tout intime, que le piano révèle, dans son propre langage musical », écrivit l'un d'eux.

Quand, dans les moments de détente, Dionys parlait musique avec Émilie, il développait, en pédagogue, sa conception de l'écriture musicale. « Il ne faut pas introduire prématurément le thème. Il faut le laisser pressentir par l'auditeur, créer chez lui une sorte d'attente anxieuse, puis l'étonner, avant de le rassurer, par la répétition du motif, et de se l'attacher, par des variations. Cela découle de la composition cyclique, inaugurée en France par César Franck, qui fut mon professeur », confessait-il.

Toutefois, il n'expliquait ni ne révélait ce qui pouvait, non pas inspirer, mot qu'il détestait, mais guider, peut-être même imposer, son écriture. Il répétait souvent à Émilie, comme autrefois à Laure, à Max et à Cléa, que la musique est un langage universel, à nul autre comparable. « Il se prête à toutes les traductions, aussi subtiles, et parfois floues, que l'ambiguïté des instincts qui agitent les sens ou l'esprit des hommes », précisait-il.

— La musique, Émilie, est offerte à tous comme un miroir sonore, qui peut, chez chaque auditeur, faire apparaître des images mentales, de lui seul perceptibles. La musique accueille les confidences inexprimées et inexprimables. Ce que chaque être cache, au plus profond de soi, l'estimant incommunicable, peut-être inavouable – passions, déceptions, souffrances, désirs, colères, bonheur perdu –, se projette, dans telle ou telle musique, dont le compositeur ne peut imaginer le sens que va lui donner un auditeur, duquel il ne sait rien, sinon qu'il écoute son chant, précisa-t-il, un soir, certain, maintenant, qu'Émilie pouvait pénétrer son art et s'y brûler avec lui.

7

Les mélomanes parisiens, ne craignant plus les récriminations des Alsaciens et des Lorrains, grands pourfendeurs de Richard Wagner, purent entendre, le 14 janvier 1894, sous la baguette d'Édouard Colonne, des extraits de *Parsifal*, le dernier opéra du compositeur allemand. Tristan Dionys y conduisit Émilie et tous deux sortirent éblouis par le prélude et le chœur des filles-fleurs, dans la scène du jardin magique, partie du deuxième acte.

— Les héros de Wagner ont le sens du péché et de la rédemption par la mort, observa Tristan.

— Dans certains cas, l'amour, aussi bien que la mort, ne peut-il conduire à la rédemption ? osa Émilie.

— L'art, l'amour et la mort sont trois voies de la rédemption, Émilie. La vie d'un artiste en quête d'absolu est enclose dans ce triangle. À lui de trouver sa voie vers la transcendance de son humanité.

— Avec la musique, vous avez choisi l'art, constata la jeune femme.

Dans la pénombre du fiacre, ils se turent, chacun méditant la leçon de *Parsifal* : connaître le péché pour s'en purifier par l'art, l'amour ou la mort.

— Vous savez, Émilie, je n'exclus rien, jeta Tristan, quand elle descendit de voiture, devant l'hôtel particulier, rue de Penthièvre.

Quelques jours plus tard, l'exécution d'Auguste Vaillant relança le vieux débat sur la suppression de la peine de mort, qui ne trouvait guère d'échos favorables dans l'opinion. Tristan Dionys était de ceux qui souhaitaient l'abolition, ce qui l'opposa, une nouvelle fois, à Maximilien Leroy, chaud partisan de la peine capitale.

— Personne ne peut disposer de la vie humaine. En envoyant même le pire criminel à la mort, les juges se ravalent à son niveau. Il y a d'autres moyens, comme le bagne, pour punir et mettre, définitivement, hors de la société des honnêtes gens, ceux qui, tels les anarchistes, tuent des innocents, dit le pianiste.

— Je connais votre théorie. J'ai fait mienne l'opinion d'Alphonse Karr : « Si l'on veut abolir la peine de mort, en ce cas, que MM. les assassins commencent[1]. » Or ils n'ont pas l'air décidés à commencer. La preuve, c'est qu'hier, 12 février, pour venger Vaillant, que les anarchistes tiennent pour un héros, l'un d'eux a jeté un engin explosif, parmi les consommateurs du café Terminus, à la gare Saint-Lazare. Ce haineux a infligé la peine de mort à deux innocents et fait de nombreux blessés. J'espère qu'on lui rendra bientôt la pareille[2], dit Leroy.

Avant la comparution du criminel en cour d'assises, d'autres dynamiteurs passèrent à l'action, dont un malchanceux. Le 15 mars, alors qu'il se préparait à poser

---

1. Exprimée pour la première fois, le 31 janvier 1840, dans *Les Guêpes*, pamphlet mensuel que publia, dès 1839 et pendant dix ans, Alphonse Karr (1808-1890).

2. Condamné à mort le 27 avril, Émile Henry fut exécuté le 22 mai.

une bombe dans l'église de la Madeleine, un jeune homme, nommé Pauwels, fut tué par l'explosion prématurée de la dynamite qu'il transportait.

Le soir même, au cercle de l'Union artistique, on commenta gaiement l'événement.

— Il est maintenant prouvé que Dieu est pour la peine de mort, ironisa Maximilien.

— Louis Deibler, qui a déjà coupé plus de deux cents têtes et que l'État paie dix mille francs par an, a ainsi perdu, constata un membre.

La série d'explosions continua le 4 avril, quand ceux que le comte de Galvain nommait « les apôtres de la dynamite » s'en prirent au porche du palais du Sénat, sans causer de blessés.

Le surlendemain de cet attentat raté, Émilie arriva, effarée, à la thébaïde.

— Heureusement qu'hier soir vous ne dîniez pas chez Foyot, rue de Tournon. On a jeté une bombe dans le restaurant. Il y a eu des blessés, et le journal, que vous n'avez pas lu, rapporte que l'écrivain Laurent Tailhade, gravement blessé, a perdu un œil dans l'affaire, dit-elle.

— Tailhade rendu borgne par ceux qu'il admire ! Voilà « un beau geste », qu'il n'appréciera guère, commenta Tristan, se souvenant d'une récente déclaration du pamphlétaire.

Ce fut pour plaire à Émilie que Dionys accepta, quelques jours plus tard, une invitation au bal de l'Opéra. Maximilien Leroy y conduisit Clémence et les deux couples se retrouvèrent au foyer. Après une valse avec la jeune fille, Tristan, qui ne goûtait pas plus la danse que les mondanités, s'éclipsa vers le fumoir, abandonnant sa cavalière aux bons soins de Max, ce qu'Émilie n'apprécia guère.

Le lendemain, la jeune femme, affichant une satisfaction persifleuse, raconta qu'après la disparition de son cavalier elle avait rempli son carnet de bal et avait été fort courtisée par de jeunes hommes, animés des meilleures intentions.

— Voilà une bonne chose, chère Émilie. Vous méritez d'être courtisée. Qu'avez-vous répondu aux avances ? demanda Tristan.

— J'ai dit : « Je suis déjà fiancée. »

— Déjà fiancée ! Petite cachottière ! Quelle discrétion à mon égard ! Qui est l'heureux élu ?

— C'était une formule, pour faire cesser le marivaudage, monsieur Dionys. Je ne suis pas fiancée.

— Vous me rassurez, Émilie.

L'air pince-sans-rire de la jeune fille le gêna.

— J'ai bien conscience d'être un parfait égoïste, Émilie. Je souhaite, bien sûr, vous voir un jour fiancée, mariée, heureuse… Mais…

— … mais, je suis bien aise ainsi, et n'en demande pas plus.

— Alors, mettons-nous au travail. Rappelez-vous que je pars dimanche pour Saint-Pétersbourg où, m'a dit l'ambassadeur de Russie en me donnant mes passeports, je risque d'avoir, parmi mes auditrices, la tsarine et une flopée de grandes duchesses, dit-il.

— Qui va s'occuper de vous ? Comme j'aimerais vous accompagner, soupira Émilie.

— Hans Ricker me prête un de ses employés, Adam Schön, une sorte de géant alsacien, capable d'assurer, à la fois, les fonctions de secrétaire, d'automédon, de factotum et, même, de comptable. Il paraît qu'en vieil alsacien *schön* veut dire « en bonne santé » et, en vieil allemand, « agréable à regarder », définitions qui ont l'air de convenir à ce compagnon de voyage, précisa Tristan, enjoué.

Comme les Américains en 1892, les mélomanes russes de 1894 firent, des concerts du pianiste français, une série de succès éclatants. Dionys avait pris soin de mettre à son programme, avec des œuvres de Beethoven, de Schubert et de Chopin, celles de grands compositeurs russes, *Tableaux d'une exposition* de Modeste Moussorgski et *Nocturne et humoresque* de Piotr Tchaïkovski. Tous deux étaient morts à Saint-Pétersbourg, le premier en 1881, le second en 1893. Ses propres compositions, comme sa *Suite américaine*, furent chaque fois bissées, et un éditeur du cru acheta les droits de publication, ce qui ne s'était plus vu pour un compositeur étranger depuis Franz Liszt et Berlioz. Il sut, en arrivant à Saint-Pétersbourg, qu'il ne verrait ni le tsar ni sa famille. Alexandre III, dit le Pacifique, gravement malade, se trouvait à Livadia, en Crimée[1]. C'est au cours d'une réception à l'ambassade de France que Dionys apprit l'assassinat, à Lyon, le 24 juin, du président Sadi Carnot, par l'anarchiste italien Santo Geronimo Caserio, aussitôt arrêté et promis à la guillotine. Deux jours plus tard, on sut que Casimir-Perier avait été élu président de la République.

Après un récital dans la prestigieuse salle dite de l'assemblée des Nobles, où Franz Liszt avait joué le 8 avril 1842, devant trois mille personnes, la tsarine fit porter à Dionys une montre en or, dont le cadran, en

---

1. Il mourut le 20 octobre 1894. Son fils aîné, Nicolas II, qui lui succéda, devait être le dernier tsar de Russie : il allait être assassiné par les bolcheviques, avec toute sa famille et dix personnes de son entourage, les 16 et 17 juillet 1918, à Ekaterinbourg.

émail, représentait une leçon de musique. Sur la route du retour, comme à l'aller, le pianiste français donna des concerts à Riga, Königsberg, Berlin, Leipzig, Cassel, Cologne, terminant, à la demande de son impresario belge, par Liège et Bruxelles, où lui fut décerné, près de cinquante ans après son attribution à Franz Liszt, le Lion de Belgique, sa première décoration.

Quand il regagna Paris, en septembre, Émilie avait collationné tous les articles de presse publiés sur sa tournée internationale. Ses bagages n'étaient pas défaits et les cadeaux rapportés à ses amis pas encore distribués, qu'une lettre du ministre des Beaux-Arts lui annonçait sa nomination dans l'ordre de la Légion d'honneur.

La croix lui fut remise, comme il le souhaita, au cours d'une simple cérémonie au ministère. Tristan se souciait de ne pas attiser la jalousie de compositeurs plus âgés, qui attendaient depuis longtemps le ruban rouge. Certains, agacés par le succès international d'un virtuose touchant de gros cachets, et qui, depuis la mort de César Franck, son ancien professeur, vivait à l'écart du milieu artistique et refusait de se produire dans les salons des douairières, daubaient sur les cheveux longs, l'air distant et la discrétion d'un pianiste dont on ignorait tout de la vie privée.

Un soir d'octobre, Hans Ricker donna un dîner en cabinet particulier, au restaurant Gaillon, pour célébrer, avec les Galvain et Émilie, la Légion d'honneur de Dionys. Max, comme souvent, se fit attendre et, quand il apparut, son visage trahissait une forte préoccupation. Après s'être excusé et avoir vidé d'un trait un verre d'eau, comme qui a la gorge sèche, il attendit que les hors-d'œuvre eussent été servis et les serveurs éloignés.

— Je sors du ministère de la Guerre, où j'avais été convoqué, parce que marié à une Alsacienne, révéla-t-il en posant sa main sur celle de Clémence.

Devant la surprise générale, il baissa le ton, pour s'adresser à Hans Ricker.

— Connaissez-vous la famille Dreyfus, de Mulhouse ?

— Certes. Ce sont des industriels. Raphaël Dreyfus est fabricant de calicot, de drap et de percale. Une famille très honorable. Pourquoi me demandez-vous cela ?

Max jeta un regard vers la porte, pour s'assurer qu'elle était close.

— Je vous le demande parce qu'un fils de cet industriel très honorable, le capitaine d'artillerie Alfred Dreyfus, attaché à l'état-major du ministère de la Guerre, a été arrêté le 15 octobre, pour espionnage au profit de l'Allemagne.

— Impossible ! Un officier alsacien ne peut espionner pour la Prusse, s'écria Clémence, pour qui les Allemands restaient des Prussiens.

Max lui fit signe de baisser le ton.

— Voici ce que je tiens, sous le sceau du secret, d'un officier du bureau de la Statistique. Une femme de ménage, épouse d'un garde républicain, Marie Bastian, agent français, placée à l'ambassade d'Allemagne, transmet régulièrement au service de contre-espionnage le contenu des corbeilles à papier qu'elle vide, chaque soir, après la fermeture des bureaux. Le 26 septembre, on y a trouvé une lettre, rédigée en français, adressée à l'attaché militaire allemand, le colonel Maximilien von Schwartzkoppen. Ce document comporte une liste de sujets, sur lesquels l'auteur de la lettre proposait d'informer l'Allemand : le frein hydraulique du canon de 120, nos troupes de couverture et un projet du nouveau manuel de tir. Le traître !

— Un Alsacien ne peut avoir fait une chose pareille ! s'exclama Hans Ricker, outragé.

— Cependant, la lettre, qu'on appelle bordereau, ne peut qu'émaner d'un officier d'état-major. Les soupçons se sont portés, après une enquête sommaire, sur Alfred Dreyfus. Il est de ceux, peu nombreux, qui ont accès aux documents secrets, précisa Max.

— Mais, les Dreyfus sont riches, et leur fils n'a pas besoin de vendre des secrets militaires aux Prussiens pour satisfaire ses dépenses, renchérit l'Alsacien.

— On dit, en effet, qu'il est aisé et bien noté, mais il se trouve une similitude d'écriture entre celle de ce capitaine et celle du bordereau. Et, le fait qu'il soit juif n'arrange rien, ajouta Maximilien.

— Ça alors, c'est le comble ! Les Juifs étaient installés en Alsace avant que celle-ci eût été rattachée à la France par le traité de Westphalie, en 1648. En 1789, on comptait plus de vingt mille Juifs en Alsace, autant que dans tout le reste de la France. Ils furent faits citoyens français à part entière en 1791. Nos Juifs alsaciens qui, depuis le Moyen Âge, ont construit plus de cent cinquante synagogues, sont les plus patriotes d'entre nous. Alors, qu'un fils Dreyfus se soit fait espion pour l'Allemagne est incroyable ! développa Ricker, le feu de l'indignation aux joues.

— On ne sait pourquoi les Juifs n'ont pas bonne presse dans l'armée. De même, chez les épargnants, depuis le krach de l'Union générale en 1882. Rappelez-vous que la vindicte populaire rendit les banquiers juifs responsables de cette faillite et qu'il y eut une bombe chez Rothschild, rappela le comte de Galvain.

— L'antisémitisme est une stupidité, intolérable dans une république laïque. Pourquoi ne pas s'en prendre aux protestants et refaire la Saint-Barthélemy ? lança Tristan.

— Bien qu'aucun indice, autre que l'expertise d'écriture, sur laquelle Alphonse Bertillon, chef du service anthropométrique de la préfecture de police, a émis des réserves, ne justifie les soupçons de l'état-major, le capitaine a été arrêté.

— Mais, pourquoi diable, vous a-t-on convoqué, vous, au ministère ? demanda Clémence.

— Tristan est sans doute le seul à savoir, ici, que j'ai parfois été chargé de missions particulières par le ministère des Affaires étrangères. J'ai donc des relations, dans certains services qui veillent à la sécurité du pays. Me sachant marié à une Ricker, grande famille alsacienne, très active dans les associations d'Alsaciens et de Lorrains, on a voulu connaître, en haut lieu, la réaction des réfugiés à cette affaire d'espionnage, avant qu'elle ne soit rendue publique, expliqua Leroy.

— Eh bien, dites à ces gens qu'aucun Alsacien ou Lorrain ne peut croire qu'un des siens ait pu se mettre au service de l'occupant allemand. Chez nous, tout le monde attend l'heure du retour à la France des provinces annexées. C'est, sans doute, pour être en première ligne, au jour de la revanche, qu'un fils Dreyfus a choisi de faire carrière dans l'armée, compléta Ricker.

— Ils ont découvert que son frère, Jacques, n'avait pas opté, en 1872, pour la nationalité française, afin de rester à Mulhouse, pour faire fonctionner l'entreprise familiale, rapporta Max.

— Vous êtes mieux placé que quiconque pour savoir que c'est exactement ce qu'ont fait les Ricker et d'autres industriels, dit Cléa à son mari.

Cette réunion intime, autour de Tristan Dionys, nouveau chevalier, fut un peu ternie par les révélations de Maximilien. Les toasts furent affectueux, Mme de Galvain tendit à Tristan une châtelaine, ornée de l'effigie d'Euterpe, muse de la musique, Max et Clémence lui présentèrent, sous une belle reliure, le poème de lord Byron, *Mazeppa*, illustré d'une lithographie de Louis Boulanger, et Émilie offrit à son professeur une écritoire de voyage, afin qu'il eût « toujours sous la main de quoi lui faire une lettre », dit-elle.

Quand Tristan et son élève se retrouvèrent seuls, dans le fiacre qui les reconduisait à leurs domiciles respectifs, la jeune femme, toujours clairvoyante, fit part de son opinion sur les révélations de Leroy.

— Que cet officier soit ou non coupable, cette affaire d'espionnage va torturer tous les Alsaciens et tous les Lorrains, dont le patriotisme ne fait aucun doute.

— Et, s'il est prouvé que Dreyfus est coupable, le père Ricker mourra de honte, acheva Tristan.

L'affaire, restée un temps secrète, fut révélée par la presse fin octobre, des fuites ayant, sans doute, été organisées par l'état-major. Aussitôt, le journal *La Libre Parole*, d'Édouard Drumont, antisémite notoire, s'en prit à Dreyfus, comme toute la presse nationaliste, qui voyait partout des espions et des anarchistes. Malgré la fragilité des preuves et l'attitude digne de l'officier, qui niait tout contact avec l'attaché militaire allemand, ce que ce dernier confirma, l'accusé fut renvoyé devant le conseil de guerre. Le 22 décembre, le capitaine Alfred Dreyfus fut condamné à la dégradation militaire et à la déportation, à vie, dans une enceinte fortifiée.

Aussitôt connue la nouvelle de cette condamnation, Hans Ricker s'en fut trouver son ami Auguste Scheurer-Kestner, vice-président du Sénat et dernier représentant de l'Alsace française au Parlement. Il escomptait un réconfort et fut déçu. Le sénateur, aussi désolé que lui, déclara avoir obtenu des renseignements qui, hélas, lui faisaient croire à la culpabilité de leur compatriote[1].

Le samedi 5 janvier 1895, à 9 heures du matin, Dreyfus subit la pire humiliation pour un officier. Il vit ses galons arrachés et son épée brisée, par le général Paul-Édouard Darras, dans la cour d'honneur de l'École militaire. Les témoins l'entendirent, d'une voix enrouée, proférer une dernière dénégation : « Je jure que je suis innocent. » Des gamins, montés sur des arbres voisins, pour voir la cérémonie, le traitèrent de « salaud » et de « judas ». Le lendemain, dans *Le Figaro*, Léon Daudet décrivit la cérémonie de la dégradation sous le titre « Le Châtiment ». Il accabla le condamné de sarcasmes, jugeant « sa tête chafouine et blafarde, son regard fixe arrogant ». Le même jour, dans le *Gil Blas*, Jean Ajalbert fut plus circonspect : « Rien ne ressemble plus à un coupable qu'un innocent harassé », écrivit-il, protestant contre les cris indignes de la foule, qui avait insulté le dégradé.

En ce mois de janvier plus que frileux, un événement politique allait fournir de la copie aux polygraphes

---

1. En 1897, au fil de l'évolution des enquêtes, il modifia radicalement son jugement en disant : « J'ai l'entière conviction de l'innocence du capitaine Dreyfus. Le malheureux a été victime d'une épouvantable erreur judiciaire. » Il prit la tête du mouvement qui allait aboutir à la révision du procès, en 1899, et à la réhabilitation de l'officier, en juillet 1906.

de toutes opinions. Le président de la République,
Casimir-Perier décida, le 16 janvier, sans avoir consulté,
de se démettre de ses fonctions. Ce grand bourgeois
libéral ne supportait plus les injures, dont la presse
d'extrême gauche l'abreuvait. Léon Gérault-Richard,
polémiste sans scrupule de *La Petite République*, ayant
écrit : « Casimir-Perier a raison de haïr le peuple, car
sa haine lui est rendue au centuple », s'ensuivit un procès en diffamation. Au cours des débats, le député
socialiste du Tarn, Jean Jaurès, se fit l'avocat du journaliste en comparant la maison du président de la
République à une maison de débauche. Cette nouvelle
insulte ne fut pas relevée par le président du tribunal,
qui condamna le prévenu à la peine maximale, un an
de prison[1].

Quelques jours plus tard, le Congrès envoyait à
l'Élysée Félix Faure, « un enfant du peuple qui a réussi ».
Portant monocle, d'une élégance ostentatoire, aimant
l'apparat, l'ancien ouvrier tanneur, député, deux fois
ministre, se montra, aussitôt, moins susceptible que son
prédécesseur, et décida d'ignorer les attaques de la
presse. Même quand un journaliste rappela que, le père
de la présidente, condamné à vingt ans de travaux forcés
pour détournement et faux, s'était enfui en Espagne,
afin d'échapper au bagne !

Au cours des semaines qui suivirent, ceux qui ne
croyaient pas, comme la majorité des Alsaciens et des
Lorrains, à la culpabilité de Dreyfus, commencèrent à
rassembler témoignages et confidences, pour tenter
d'obtenir une révision du procès, tandis qu'Alfred

---

1. Deux mois plus tard, un siège de député étant vacant à Paris,
il s'y présenta et fut élu.

Dreyfus, déporté à l'île du Diable, dans l'archipel du Salut, au large de la Guyane, connaissait les affres d'un injuste exil.

Dans une opinion publique partagée, encore que la majorité des Français, faisant confiance à l'état-major de l'armée, estimât Dreyfus coupable, l'affaire donna lieu à des polémiques de presse et querelles, au sein même des familles. Dans les cercles, dans les cafés, au cours de réunions publiques, on vit s'affronter accusateurs et défenseurs de Dreyfus. Il arriva qu'on en vînt aux mains. Des hommes politiques sérieux, comme Clemenceau ou Jaurès, s'en prirent au déporté, jugeant son sort trop doux, car estimant le traître passible de la peine de mort.

Au printemps, quand fut annoncé le projet d'une Exposition universelle qui, en 1900, serait « le bilan du siècle », pour le commun des Français, le cas Dreyfus était une affaire classée.

Les Parisiens, qui venaient de subir l'hiver le plus rigoureux depuis 1880 – le thermomètre était descendu à moins quinze degrés et la Seine avait été prise dans la glace –, usaient, de plus en plus nombreux, de la bicyclette. Ils venaient de se voir interdire les Champs-Élysées et certaines artères, leurs évolutions devenant gênantes pour la circulation des fiacres et omnibus.

Clémence, qui pratiquait ce sport et lisait *L'Art de bien monter la bicyclette*, de Louis Baudry de Saunier, ne fut pas impressionnée quand le docteur Charles Petit, de l'Académie de médecine, déclara la bicyclette « mauvaise pour le cœur ». Son confrère, François Henri Hallopeau s'empressa de dire le contraire, estimant « la pratique de la bicyclette bonne pour le cœur », ce que confirma le professeur Benjamin Richardson, de la London Medical Society. Ce dernier conseillait cependant aux cyclistes de « modérer leur effort, les pulsations passant de 75 à 200, ce qui peut irriter le muscle cardiaque ».

On s'amusait encore de ces rivalités savantes, quand, le 22 mars, les Ricker et Émilie figurèrent parmi les privilégiés invités à la première séance publique du cinématographe des frères Louis et Auguste Lumière, industriels lyonnais. Dans une salle de la rue de Rennes, lors d'une séance organisée par la Société d'encouragement à l'industrie nationale, ils virent le premier film : _la Sortie des usines Lumière_. Pendant deux minutes, les images animées de la marche des ouvriers et ouvrières, quittant les ateliers après le travail, parurent aux amis plus impressionnantes par leur vérité que celles du théâtre optique, d'Émile Reynaud, qu'on voyait depuis 1892 au musée Grévin.

Tristan Dionys, une nouvelle fois en tournée à l'étranger, accompagné du fidèle Adam Schön, de qui il s'était assuré définitivement les services, ne regagna Paris qu'en septembre, alors que la capitale suffoquait de chaleur. Le thermomètre indiqua certains jours plus de trente-cinq degrés et cette canicule tardive fut, en partie, la cause de la mort subite d'Hans Ricker.

Ce fut Maximilien Leroy qui vint, un matin, à la thébaïde, annoncer à Tristan le décès de son beau-père.

— Depuis la forte chaleur, le père Ricker, âgé de soixante-quatorze ans, avait de plus en plus de mal à reprendre son souffle. Gravir l'escalier l'éprouvait, au point de l'obliger à marquer de fréquents arrêts, quand il regagnait sa chambre au deuxième étage. Les médecins expliquaient cela par un embonpoint exagéré, un goût prononcé pour les nourritures riches, les vins capiteux et un manque d'exercice.

— Il est vrai qu'il faisait atteler, pour aller de la rue Saint-Honoré au club, place Vendôme, se souvint Dionys.

— Hier matin, quand son valet entra dans sa chambre, lui portant le premier repas, il s'étonna de ne pas voir, comme d'habitude, son maître en robe de chambre, assis devant le guéridon, dans l'attente de sa collation, mais encore au lit. Il tenta vainement de le réveiller et découvrit qu'il était entré dans un sommeil définitif, sourire aux lèvres, traits apaisés, passé dans la mort sans souffrance. En somme, ce brave homme a simplement dû oublier de respirer, conclut Max, plus fataliste qu'apitoyé.

— Vous voilà maintenant le véritable patron des toiles Ricker, observa Tristan, réservant ses condoléances à Clémence.

— Mon cher, je deviens, comme directeur, l'employé de ma femme et de mes beaux-frères. Salarié n'ayant pas accès au partage des bénéfices, précisa-t-il.

Tristan perçut, dans cette réflexion aigre-douce, une vague amertume. Les Ricker n'avaient jamais confondu affaires et sentiments.

Les funérailles, célébrées au temple de l'Oratoire, dans le respect de la sobriété protestante, rassemblèrent, derrière les drapeaux des associations d'Alsaciens et de Lorrains, une foule de réfugiés des provinces annexées. Tous tenaient le disparu pour le plus digne et le plus actif de leur communauté. Inhumé dans une sépulture provisoire, au cimetière Montparnasse, Hans Ricker avait depuis longtemps exprimé ses volontés : ses restes ne seraient transférés dans le caveau familial,

à Cernay, qu'au jour où l'Alsace redeviendrait française.

Après la cérémonie, Clémence confia à Tristan que
la canicule n'était pas seule responsable de la mort de
son père.

— Il avait très mal supporté, en août, que Guillaume II
fût venu, avec des milliers de vétérans, inaugurer, à Gravelotte, en Lorraine, la Halle du Souvenir, dédiée aux
Prussiens qui tuèrent, sur ce plateau, dix-huit mille soldats français, entre les 16 et 18 août 1870, dit-elle.

— Nos soldats y tuèrent aussi dix-huit mille Allemands, fit observer Dionys.

— Ils n'avaient qu'à rester chez eux, répliqua Cléa.

Après la disparition d'Hans Ricker, homme jovial,
d'une saine rusticité, Tristan découvrit combien Maximilien sut entourer sa femme de tendresse et de sollicitude. Bien qu'accablée par la perte d'un père qu'elle
n'avait jamais quitté, Clémence Leroy-Ricker – elle tenait
à ce nom composé – s'imposa désormais dans le rôle
de chef de famille, bien qu'elle ne fût pas l'aînée.

La mort du patriarche eut pour effet secondaire
d'accroître l'éloignement entre Max et Tristan. Clémence,
comme ses frères, Marcellin, le façonnier, et Gaspard, le
marin, lui ayant conféré les pleins pouvoirs pour gérer
l'entreprise de toiles peintes, Maximilien Leroy se
trouva chargé de nouvelles responsabilités. Promu chef
d'entreprise de haute réputation, il se donna, immédiatement, l'apparence de la fonction. Ayant renoncé
aux chemises roses ou mauves, aux cravates à palmettes,
aux costumes en tissu rayé à l'italienne, aux gilets colorés, il revêtit chemises blanches à col dur, cravates de
grenadine, noire pendant le deuil, bleu marine ou bor-
deaux ensuite, et endossa des complets de flanelle grise.
Ne pouvant, comme autrefois, dépenser l'argent sitôt

gagné, tout oublier pour faire la fête ou suivre un jupon, il devint économe. Au fil de ses rencontres, de plus en plus espacées, avec Tristan, ce dernier le vit perdre, peu à peu, tout ce qui faisait l'originalité d'une personnalité hors du commun. Max surveillait ses propos, s'appliquait à une tenue sévère et se conformait, en tout, aux manières d'une société bourgeoise, dont il avait souvent transgressé les règles, moqué les travers et les tics.

Quand, après une séparation de plusieurs semaines, parfois de plusieurs mois, les deux amis se retrouvaient, seuls, pour une sortie de fin d'après-midi, il arrivait que le naturel de Max reprît le dessus. S'ils marchaient côte à côte en se donnant le bras, sur les boulevards ou sous les arcades du Palais-Royal, Tristan voyait Max suivre du regard une croupe féminine, mobile sous la soie tendue, décocher une œillade à un trottin chargé de cartons à chapeaux, faire compliment de sa toilette à une inconnue. Ces jours-là, au cercle de l'Union artistique, il commandait, de façon incongrue et provocante, une bouteille de champagne à l'apéritif et envoyait un groom prévenir Clémence qu'il ne rentrerait pas dîner. Après un repas bien arrosé, chez Vefour ou au Café Riche, il décidait, soudain, de rendre visite aux modistes polonaises, toujours accueillantes. Tristan l'abandonnait alors, pour regagner sa thébaïde, les jeux libertins d'Ewa et Wanda ne lui ayant jamais plu.

Clémence avait, semblait-il, l'intelligence d'accepter ces escapades de célibataires auxquelles elle ne participait plus.

Les Parisiens venaient de faire de grandioses obsèques au chimiste biologiste Louis Pasteur, inventeur du vaccin pour prévenir la rage, quand, le 22 octobre, à quatre heures de l'après-midi, survint, gare Montparnasse, un accident stupéfiant. En roulant entre les quais, l'express, en provenance de Granville, s'était emballé. La machine folle avait renversé les butoirs, traversé la salle d'arrivée et défoncé une grande baie vitrée de la façade de la gare, avant de plonger sur la place de Rennes. Le spectacle eût été cocasse s'il n'eût fait une victime, Mme Héguillard, épouse d'un marchand de journaux, qui avait été écrasée par l'énorme masse de fer et de fonte. Le chauffeur et le mécanicien, incapables d'arrêter la course de leur machine, avaient sauté de la plateforme de conduite avant sa chute.

En novembre, après une représentation au théâtre du Gymnase de la pièce de Marcel Prévost, *Les Demi-Vierges*, Clémence eut un aparté avec Tristan, pendant que son mari allait quérir un fiacre.

— J'ai découvert que Max a conservé son appartement de la rue du Bac. Est-ce pour y recevoir des conquêtes ?

Comme Tristan restait dans l'expectative, elle ajouta, un peu acide, en le fixant :

» Il n'a pas de secret pour vous, n'est-ce pas ?

— En fait, Cléa, c'est moi, qui use de la rue du Bac, comme garçonnière… pour ne pas offusquer la prude Émilie, mentit Dionys.

— Ah ! Ah ! Je garderai le secret, Tristan ! Alors, vous croyez à la fidélité de Max ?

— Max est un mari constant, Cléa, conclut Dionys.

Le pianiste dut attendre le 28 décembre pour voir, à son tour, une démonstration du cinématographe, quand les frères Lumière louèrent le salon indien, au sous-sol du Grand Café, boulevard des Capucines. Le programme comportait, ce jour-là, dix films de moins d'une minute, dont *Le Jardinier* (*L'Arroseur arrosé*).

– Cette « machine à refaire la vie », comme l'a écrit un journaliste, va concurrencer le théâtre, car les spectateurs ont l'air fascinés, dit-il à Émilie, qui l'avait convaincu de payer trois francs pour découvrir une invention dont le succès paraissait assuré.

Au printemps 1896, la presse parisienne consacra de longs articles à l'ouverture d'une enquête sur un projet de chemin de fer métropolitain. Il circulerait dans le sous-sol de la ville, comme le Metropolitan Subway de Londres qui, électrifié depuis 1890, transportait, chaque année, plus de douze millions de voyageurs.

— Nous serons ainsi rendus à l'état de taupes ! commenta Émilie.

— Mais ce chemin de fer, courant sous terre, réduira peut-être les embarras de la circulation, que nos agents de police, maintenant dotés d'un bâton blanc, ne parviennent pas toujours à contrôler, dit Tristan.

— Surtout, depuis que l'on voit rouler en ville ces voitures automobiles, qui effrayent les chevaux, et ces tricycles à pétrole, fort malodorants.

— L'automobile est, tout de même, une belle invention. L'été dernier, lors de la course Paris-Bordeaux et retour, la Panhard et Levassor a parcouru les mille deux cents kilomètres en quarante-huit heures et quarante-cinq minutes. Même avec de bons chevaux, une berline aurait mis deux fois plus de temps, Émilie. Un jour, qui n'est peut-être pas si lointain, les automobiles à quatre places remplaceront landaus et calèches.

— On dit que les cochers de fiacre craignent, déjà, que l'on construise des chars à moteur publics, qui les mettront au chômage avec leurs chevaux.

— Ils ont déjà dit ça, à l'arrivée des tramways électriques. De cochers, ils se feront conducteurs-mécaniciens. Le progrès va d'un bon pas, et personne ne se plaint de voir le courant électrique donner de la lumière, à la place de l'huile de colza ou du pétrole, Émilie.

La conversation fut interrompue par l'apparition de Maximilien Leroy.

— Je pars demain pour l'Alsace. Je vais à Cernay, tenter de convaincre, avec l'approbation de Cléa, Marcellin Ricker d'embaucher un nouveau dessinateur, pour nos tissus imprimés. Depuis cinquante ans, les Ricker reproduisent les mêmes motifs, genre toile de Jouy, qui se vendent de moins en moins. En Angleterre, Arthur Liberty produit des étoffes à dessins de fleurettes, sur fond blanc ou bleu tendre, qu'on utilise, aussi bien pour la confection de lingerie féminine, que pour l'ameublement. Ces tissus nouveaux sont, partout, demandés. Nous devons proposer de nouveaux décors, plus colorés, dit Max.

Tandis que Maximilien travaillait en Alsace, non sans rencontrer les réticences de son beau-frère Marcellin, à la mise au goût du jour des toiles et percales des établissements Ricker, Tristan Dionys donnait une série de récitals à Vichy. Autrefois fréquentée par Mme de Sévigné, la cité thermale du Bourbonnais hébergeait, pendant la saison, depuis Napoléon III, des milliers de curistes français et étrangers, venus « prendre les eaux », pour faire oublier à leur foie les excès gastronomiques et, surtout, participer à une vie mondaine et artistique unique en son genre.

Dès son retour à Paris, fin juillet, le pianiste reçut un message de Leroy : Max, malade et retenu chez lui,

souhaitait la visite de son ami. Intrigué, Dionys se rendit aussitôt à l'hôtel Ricker, où Clémence le conduisit
à la chambre de son mari.

Bien calé sur des oreillers, Max attendit que Cléa
eût quitté la pièce.

— Mon bon ami, j'ai de la fièvre, et je ne tiens plus
debout. Je ne suis bien qu'au lit.

— C'est peut-être le mieux, dans l'état où je vous vois.
Mais, que vous est-il arrivé ? demanda Tristan, impressionné par le teint blafard et le regard brillant de Max.

— Ah ! une sale affaire ! Asseyez-vous ; je vais tout
vous conter par le menu, dit le malade, dont la voix
restait assurée.

Dionys tira une chaise près du lit et s'assit.

— Dès qu'on sut, au bureau de la Statistique, que
j'avais pris la direction de l'entreprise Ricker, de Cernay,
on s'est dit intéressé par le fait que je puisse me rendre
en Alsace-Lorraine et y circuler, sans encombre, puisque
Guillaume a supprimé les passeports. Les officiers du
service m'ont demandé de recueillir, lors de mes séjours,
des renseignements sur les garnisons allemandes.

— C'est ce qu'on appelle, en termes clairs, faire de
l'espionnage, observa Tristan.

— Savoir ce qui se passe chez l'ennemi d'hier, et
peut-être de demain, n'est pas une curiosité condamnable, non ?

— Je vous l'accorde.

— Nous savions, depuis 1893, que les Allemands
avaient entrepris, à Mutzig, dans le canton de Molsheim,
la construction d'un immense ensemble fortifié, qu'ils
nomment fort Guillaume II[1]. Cette forteresse est des-

---

1. Il ne sera achevé qu'en 1918.

tinée, en cas d'attaque française, à fermer aux troupes la plaine d'Alsace et la vallée de la Bruche, c'est-à-dire l'accès à Strasbourg.

— Les Allemands craignent donc une guerre de revanche ?

— Nos Alsaciens et nos Lorrains font tout pour attiser cette crainte. En attendant, je puis vous dire que les Teutons mettent les moyens et le prix à la défense de leur frontière usurpée. Lors de mon dernier voyage, le bureau de la Statistique m'a confié un appareil photographique, pour que je puisse aller, à plus de quatre-vingts kilomètres au nord de Cernay, prendre des images du fameux fort, le plus grand d'Europe, croit-on.

— De quoi vous envoyer en prison, si vous étiez pris, et peut-être vous faire fusiller, dit Tristan.

— En prison, peut-être ; fusiller je ne pense pas. Le 24 avril 91, on a arrêté, en France, un espion allemand, un certain Hewitt, qui prenait des photographies des forts de la Lorraine française. On ne lui a fait aucun mal. Les Allemands ne pourraient faire pire. La loi française de 1886 prévoit de un à cinq ans d'emprisonnement et de mille à cinq mille francs d'amende. J'ignore la peine qui fut infligée à Hewitt, mais il n'en est pas mort ! Moi, en revanche, j'ai bien failli laisser ma peau en Alsace.

— Le fort en question valait-il ce risque ?

— Et comment ! Quand je me suis trouvé devant ces fortins impressionnants, ces murailles de type médiéval, qui couvrent deux cent cinquante hectares, avec tourelles, casemates, batteries de canons et de mitrailleuses, casernes pour six mille hommes et, sous terre, des cuisines, un hôpital, et un arsenal, j'ai découvert une véritable ville de béton.

— Et vous avez pu l'approcher ?

— Oui, dissimulé entre des bottes de paille, dans la charrette d'un paysan patriote. C'est au moment où je remontais dans la charrette qu'une sentinelle allemande a crié des mots, que mon guide traduisit comme une sommation. Vous pensez bien que nous avons détalé au galop, sans tenir compte de l'injonction.

— On vous a poursuivis ?

— Non, mais l'alerte ayant été donnée par télégraphe, un détachement prussien nous attendait, au pont qui franchit la Bruche. Mon guide a décidé de l'éviter, et de passer la rivière au gué, connu des gens de la région. Mais, là aussi, nous étions attendus. Pas question, bien sûr, de nous arrêter. C'est alors que les soldats ont tiré et que j'ai senti une affreuse douleur, dans l'omoplate gauche. J'étais blessé, dit Max en montrant sous sa chemise son épaule bandée.

— Vous auriez pu être tué !

— En effet, mais mon guide avait un fameux cheval. Nous nous sommes arrêtés dans une ferme, où j'ai refusé de rester, après que la paysanne m'eut fait un pansement de fortune. Mon guide m'a dit : « Allez tout droit vers le Donon, une montagne de plus de mille mètres ; derrière, c'est la frontière française, et Nancy n'est plus qu'à vingt-cinq kilomètres. » J'ai marché dans la campagne, mon bras ankylosé en écharpe, et je ne sais comment je suis arrivé au village de Blomont, où le pharmacien, après avoir amélioré le pansement, a trouvé une voiture, pour me conduire à l'hôpital militaire de Nancy, « capitale de la Lorraine mutilée », comme ils disent. Un chirurgien a extrait la balle de mon dos. Elle est là sur la table de chevet, dit Max en désignant le projectile.

— Et comment êtes-vous revenu à Paris ?

— Par le train, comme tout le monde. Cinq heures et demie de voyage, éprouvant, car la douleur était vive, et j'ai été pris de frissons et de fièvre. Cléa, prévenue par téléphone, m'attendait gare de l'Est. J'ai déposé l'appareil photographique rue Saint-Dominique, et je suis rentré ici me mettre au lit. Je n'ai pas fermé l'œil de la nuit. Donnez-moi un verre d'eau, je meurs de soif, conclut Max, que son récit avait éprouvé.

Tristan s'exécuta et Leroy réclama un second verre, qu'il vida d'un trait.

— La fièvre donne soif, c'est bien connu, commenta-t-il.

Dionys serra la main de son ami. Il la trouva brûlante et moite.

— Je reviendrai vous voir ce soir, dit-il.

— Le bureau de la Statistique m'a fait savoir, ce matin, que les photographies étaient réussies. Je n'ai donc pas fait ça pour rien, conclut Max, s'abandonnant sur l'oreiller.

Quand, en fin d'après-midi, le pianiste se fit annoncer, il trouva Clémence fort alarmée.

— Max s'est enfin endormi. Le médecin a diagnostiqué plus qu'une simple fièvre traumatique. Il pense à une infection putride aiguë, qu'il appelle aussi septicémie. Il craint que la balle, sortant d'une cartouche sans doute enduite de graisse, n'ait engendré un poison, qui se répand dans l'organisme. Il a ordonné du sulfate de quinine, pour faire tomber la fièvre, quarante et un il y a peu. Je suis très inquiète, Tristan, très inquiète. S'il devait arriver malheur, je ne me le pardonnerais jamais.

— Vous n'êtes pour rien dans cette affaire d'espionnage, Cléa.

— Oh ! si, si, si. Max n'avait nulle envie d'aller à Mutzig faire des photographies du fort. C'est moi qui ai insisté, pour qu'il accepte cette mission. Je lui ai dit : « Fais cela pour l'Alsace. »

— Pour l'Alsace ! Il y a déjà eu le duel avec le notaire ! rappela Tristan avec humeur, avant de quitter l'hôtel sans avoir revu Maximilien.

Au cours de la semaine suivante, l'état du blessé s'aggrava et les médecins les plus éminents, appelés à son chevet, confirmèrent le diagnostic de septicémie. L'un d'eux proposa de provoquer, sur l'épaule du malade, un abcès de fixation, par où pourrait s'évacuer le flux putride. Un autre s'y opposa, estimant le poumon déjà infecté et le foie congestionné. Devant Clémence, angoissée, et Tristan, apeuré, le praticien ajouta, avec une placidité toute professionnelle : « L'issue d'une telle infection n'est pas toujours fatale. »

Quand, le lendemain, Tristan revit son ami, il sut que Max risquait de ne pas survivre.

D'un naturel optimiste, tenu dans l'ignorance de la gravité de son mal, Maximilien, amaigri, assoiffé, paraissait moins inquiet que son entourage.

— Voulez-vous avoir la bonté de tailler ma moustache ? Je sens qu'elle a poussé et je ne voudrais pas ressembler à Vercingétorix, dit-il en désignant les ciseaux à lames courbes, posés sur la table de nuit.

Tristan fit de son mieux mais, quand il présenta le miroir à Max, celui-ci frémit.

— Tudieu ! Quelle tête ! commenta-t-il, dans un soupir en fermant les yeux.

Dionys tenta de le distraire, en lui racontant qu'à la revue du 14 Juillet, aux Champs-Élysées, un fou avait tiré sur le président Félix Faure, sans l'atteindre, et que des athlètes français avaient participé, sans succès, aux Jeux olympiques d'Athènes, que le Congrès international athlétique venait de rétablir, à la mode antique.

— Un Américain a gagné le cent mètres ; un Australien le mille cinq cents mètres ; un Anglais le lancement du poids et un Grec, Louis Spiridon, la course de Marathon, à Athènes, en parcourant les quarante-deux kilomètres en deux heures cinquante-huit minutes et cinquante secondes.

Avant qu'il n'eût achevé l'énoncé du palmarès, Max s'était assoupi, le visage crispé. Tristan remonta le drap sous le menton de l'alité et, d'une caresse sur sa main, prit congé, le cœur lourd.

Au cours de la nuit suivante, il fut réveillé par le cocher des Ricker.

— Monsieur va très mal. Madame vous demande, dit-il.

À trois heures du matin, toutes les lumières de l'hôtel Ricker étaient allumées, et Tristan fut accueilli par le médecin, resté au chevet de son patient depuis la veille.

— M. Leroy passe de l'abattement profond au délire. Je crains que ce ne soit la fin, monsieur. Ses dernières paroles sensées ont été votre prénom ; c'est pourquoi Mme Leroy vous a envoyé chercher, dit le praticien.

Dans la chambre, à la lumière, crue mais sans portée, des appliques à gaz, Clémence, agenouillée au pied du lit, leva sur le visiteur un visage baigné de larmes.

— Il vous a réclamé deux fois, souffla-t-elle.

Tristan aurait pu ne pas reconnaître Max, tant il était devenu autre. Visage creux, teint livide, yeux mi-clos, enfoncés dans les orbites, entre des cernes violets. Il approcha et prit une main abandonnée sur le drap. Sa flaccidité le bouleversa.

— C'est Tristan, dit-il.

Le malade fit un effort pour se dresser sur les coudes, souleva les paupières sur un regard, d'abord las puis soudain halluciné. Celui d'un homme étreint par l'épouvante.

— Tristou ! La colonne, la colonne ! Elle va tomber. Attention, attention, martela-t-il, d'une voix rauque, avant de retomber sur sa couche, exténué, la respiration courte et sifflante.

Dionys posa une main sur le front moite du mourant. Ce contact parut apaiser Max ; ses traits se détendirent, mais un peu de sang noir glissa d'une narine.

— Le vibrion septique fait son œuvre. M. Leroy est entré dans le coma, murmura le médecin dans le dos de Tristan.

Dès lors, Maximilien ne donna plus aucun signe de vie, autre que soubresauts inconscients. L'agonie lui fut épargnée et, à l'aube du vendredi 8 août 1896, Tristan, qui veillait avec Clémence, vit que l'homme qu'ils aimaient les avait quittés. La mort venait de dissoudre le trio fantasque.

Les médecins firent hâter la mise en bière, la mort par septicémie provoquant souvent une décomposition rapide du corps. Avant qu'on ne ferme le cercueil, Tristan lissa, du bout de l'index, la moustache de Max, geste qu'il lui avait vu faire si souvent, posa un baiser sur le front de l'ami et se tourna vers Clémence.

— « Qui, de lui ou de moi, va vers le meilleur destin ? C'est, pour tout le monde, chose incertaine, sauf pour la divinité » dit-il, citant Socrate au moment de boire la ciguë.

Sachant combien Maximilien se souciait peu de l'après-mort, lui qui croyait à la dilution de l'être, corps et esprit, dans la nature, Tristan admit, non sans mal,

que les obsèques de son ami fussent célébrées, trois
jours plus tard, suivant le rite luthérien et qu'il fût
inhumé au cimetière Montparnasse près d'Hans Ricker.
Après tout, Maximilien Leroy appartenait à cette famille.

Au cours des longues journées vécues dans l'angoisse,
Tristan Dionys n'avait, à aucun moment, cédé au chagrin. Il avait gardé l'esprit clair, les yeux secs, et satisfait à ses obligations en donnant plusieurs récitals à
Paris.

Ce n'est qu'après l'inhumation de Leroy que l'afflic-
tion le saisit. Silencieux et glacé, il s'isola devant son
piano. Seule, la musique pouvait partager pareille
désespérance.

Au cours de nuits sans sommeil, il acheva l'œuvre
à laquelle il travaillait depuis des mois, une sonate en
ré mineur. Restait à écrire le quatrième et dernier mouvement, dont il n'avait pu jusque-là saisir le thème ni
la couleur harmonique. L'un et l'autre s'imposèrent soudain, suggérés, puis dictés, comme si l'épilogue, longtemps quêté, avait été réservé, retenu, puis offert par
la mort de Max.

Émilie, comme souvent première auditrice, dont il
guettait l'appréciation, fut invitée, un matin d'automne,
à écouter ce que Dionys nomma sa « grande sonate à
la vie aimée ». Quand il plaqua le dernier accord, la
jeune femme ne put retenir ses larmes et se dressa,
enthousiaste.

— Mon Dieu ! C'est sublime ! Une pièce céleste.
J'ai le sentiment d'avoir entendu chanter toutes les joies
et douleurs, de la Création au Jugement dernier. Plus
qu'une sonate, maître, c'est un hymne, qui éclaire votre
philosophie. Et le dernier mouvement ! Sa modulation
résignée fait peur. J'y ai perçu le gémissement des

âmes, errant dans les ruines de la vie, dit-elle, fort émue. Comment l'appelez-vous ?

— *Sonate saturnienne*, dit-il.

— J'ai senti, en effet, l'emprise dévorante du temps.

— Vous avez senti juste, Émilie. Toute existence humaine est un champ de ruines. Mais, votre opinion m'incite à travailler encore les dernières mesures. Il faut que la coda reprenne le premier thème, pour donner plus d'équilibre à la forme sonate.

— Peut-être, concéda Émilie.

— Voyez-vous, se délecter des écroulements est néfaste. « La mélancolie est une visiteuse dangereuse », a dit Goethe. Elle nous pousse à chercher, dans le monde, les racines d'un mal qui est en nous. Bientôt, je jouerai à nouveau ce morceau pour vous, conclut Tristan.

À la veille de partir pour Bruxelles, où son récital annuel était attendu comme l'événement musical de la saison, il guetta avec impatience l'arrivée d'Émilie. Dès qu'elle parut, il se mit au piano.

— Écoutez. J'ai choisi de terminer par une coda en majeur. Un rien, le timide indice d'une renaissance possible, proposa-t-il.

Quand elle eut entendu la nouvelle version du quatrième mouvement, elle vint à lui.

— Vos dernières mesures sont plus rassurantes. Après les destins enchaînés, elles se profilent comme une délivrance, dit-elle radieuse.

Dionys sursauta et referma sa partition.

Émilie venait de qualifier le sentiment ignominieux qui, depuis peu, avançait, masqué dans son esprit. Aussi cruel et ingrat que cela pût paraître à sa conscience, la mort de Max était, aussi, pour lui, délivrance. Amputé d'une passion, mais libre, il pouvait, désormais, poursuivre son errance solitaire.

Il adopta le titre de *Sonate saturnienne* pour cette œuvre.

En octobre, le séjour à Paris du tsar Nicolas II et de la tsarine Alix donna au pianiste l'occasion de jouer, à l'Opéra, lors d'un gala, devant un parterre de ministres et de diplomates. Il y conduisit Émilie, qui portait une robe du soir de Worth, damas rose à décor de liserons de toutes couleurs : rouge, orangé, jaune, vert, bleu indigo, violet.

— Vous êtes belle comme un arc-en-ciel, dit Tristan, dont les rares compliments manquaient parfois de mesure.

— L'arc-en-ciel n'est que gouttes d'eau colorées, fit observer la jeune femme en riant.

Propriétaire, par héritage, du petit immeuble du boulevard Saint-Germain, Tristan décida, au cours de l'hiver, d'y établir un vaste logement. Il tint à conserver, comme salle de musique, la thébaïde du rez-de-chaussée, telle que Laure l'avait conçue et agencée pour lui. Bien incapable de procéder à l'éviction de vieux locataires, de conduire les travaux de restauration et d'agencement des pièces, il confia le chantier à Émilie dont il connaissait le goût sûr. Assistée d'un architecte et secondée par Adam Schön, elle rendit, en quelques mois, le petit immeuble locatif à sa destination première d'hôtel particulier coquet, tel qu'il avait été, un siècle plus tôt. Le pianiste, s'étant réservé le premier étage, disposa bientôt d'un grand et d'un petit salons, de deux chambres, d'une salle à manger et d'un cabinet de travail. Il voulut une salle de bains, avec eau courante, chaude et froide, et un dressing-room, sur le modèle de ceux des hôtels particuliers de Londres, où il lui arrivait d'être reçu. Érard livra, à l'étage, un demi-queue, indispensable au compositeur. Grâce à Schön, il put engager un couple d'Alsaciens, qu'il logea à la conciergerie. La femme s'occupa du ménage et de la cuisine, l'homme devint, suivant les jours et les heures, concierge, valet, jardinier. Quand le deuxième étage de l'hôtel fut entièrement remis à neuf, Tristan refusa de lui donner d'autre destination que celle d'un dépôt d'archives, prévoyant qu'il pourrait y loger un secrétaire. Le troisième resterait provisoirement en l'état.

Dans ce nouveau décor, il lui arrivait de ressentir, avec une troublante acuité, l'accélération de la fuite du temps. De vingt années d'amitié avec Maximilien ne subsistaient, condensées à l'extrême, que les moments retenus par la mémoire, mais non la durée de leur relation. Entre le temps réel des pendules et calendriers et le temps existentiel de l'homme, s'imposait à Tristan la notion d'un éphémère périssable. Seules, les photographies prises depuis 1891 par Clémence, au cours de leurs réunions, où il voyait Max comme il avait été, tel jour à telle heure, figeaient le temps. « Instantanés » était bien le nom qu'on leur donnait. Comment rendre cette sensation indéfinissable en musique ? Telle était la question qu'il se posait quand, seul, le soir, visitant un passé qui lui paraissait soudain ridiculement bref, il s'égarait dans le dédale des souvenirs.

La mort de Maximilien Leroy obligea bientôt Clémence et ses frères à une refonte de l'entreprise familiale. Gaspard Ricker abandonna la marine marchande et vint, à Paris, prendre la succession de Max, à la direction des affaires commerciales ; puis, de nouveaux dessinateurs furent engagés.

À la fin de l'année, la veuve, dont Tristan se tenait éloigné, car il lui imputait une responsabilité dans la mort de Max, annonça son intention de se retirer en Alsace. Elle s'installerait à Cernay, près de son frère aîné, Marcellin, toujours célibataire.

Avant de quitter Paris, elle confia à Tristan Dionys la liquidation de l'appartement que son mari avait conservé rue du Bac, et dont elle restait persuadée qu'il en usait, même après son mariage, comme d'une garçonnière.

— Je ne veux pas y mettre les pieds, dit-elle, comme si le lieu restait imbibé du stupre de l'adultère.

Invité à prendre les objets d'art et tableaux, autrefois rassemblés par Max, Tristan Dionys accepta ce legs. Il fit porter, dans son nouvel appartement, les toiles libertines attribuées à Watteau, les lampes de porcelaine à globe gravé, la pendule dédiée à Athéna et la cave à liqueurs, dont les verres au décor émaillé avaient été témoins de tant de libations fraternelles.

Quelques jours plus tard, alors qu'il se rendait au cercle pour y retrouver le comte de Galvain, Tristan reconnut Clémence, qui traversait la place Vendôme. Il l'arrêta, au pied de la colonne, et l'aspect de l'Alsacienne l'attendrit. Sous le voile de veuve, ses cheveux étaient devenus gris en peu de mois. Des joues pleines, pommettes colorées, traits fermes, menton volontaire, ne subsistaient, sous la peau fanée, que le squelette de ce visage autrefois avenant. Les yeux, d'ordinaire pétillants de gaieté, reflétaient une froide détermination. Il lui trouva une ressemblance étrange avec l'Alsacienne peinte par Jean-Jacques Henner.

— Je quitte, demain, Paris... définitivement ; et je vais, de ce pas, vendre mes bijoux. En passant, j'ai demandé si vous étiez au cercle. Tristan, c'est... sans doute, notre dernière rencontre. N'est-ce pas un méchant signe du destin, qu'elle se fasse, par hasard, à quelques pas de l'endroit où se forma notre trio fantasque quand, avec Max, vous m'avez ramassée dans la neige, avec mes paquets, par un après-midi d'hiver.

— C'était le 3 janvier 1880, Cléa. Il y aura bientôt dix-sept ans, précisa Dionys.

— Pour moi, des années de bonheur. Mais le bonheur a une fin, n'est-ce pas. Max et vous m'avez tant donné. Aujourd'hui, je puis bien vous le dire, longtemps, entre vous deux, je me suis demandé : « Qui dois-je aimer ? » Car, malgré notre pacte, il fallait bien que ça finisse à deux. C'est Max qui a choisi pour moi, alors que... alors que... je me sentais plus attirée par l'artiste que par le délicieux viveur. Et puis, vous aviez rencontré Laure. En vous disant cela, je ne trahis pas la mémoire de celui que j'aimais et que vous aimiez... presque d'amour, n'est-ce pas ?

— Il existe des amours qui ne peuvent être satisfaites dans la chair, Cléa.

— Vous vous souvenez du soir où vous avez joué, chez mon père, votre *Ode à l'aimée*. Je la sais par cœur. Ce soir-là, j'ai cru... Enfin, c'est le passé. Tenez, je l'ai toujours avec moi. Avant de nous quitter, voulez-vous y mettre votre signature ? dit-elle en sortant la partition de son sac.

Tristan, aussi troublé qu'ému, prit le papier à musique, considéra le titre, tira de sa poche son porte-plume à réservoir et, d'un trait net, raya le *e* muet du mot *aimée*.

— Une faute du copiste, dit-il en rendant la partition, après l'avoir signée.

— J'ai mis un certain temps à comprendre, répondit Clémence.

Elle releva son voile et embrassa furtivement Tristan sur la joue.

» Max est mort pour l'Alsace. Je dois le venger, souffla-t-elle.

Maintenant, tout était clair entre eux.

Dionys suivit, un moment, du regard, la haute silhouette, mince et ténébreuse, qui s'éloignait.

Comme en un mirage, il la vit, couronnée de la coiffe à nœud, grand papillon noir des jours de deuil.

C'était l'Alsace, en marche vers son destin.

Pensif, il franchit le seuil du cercle.

Déjà, le thème d'un *Requiem alsacien* s'imposait à son esprit : sous le masque d'une saine revanche, l'inéluctable victoire de la mort.

8.

Le lundi 4 mai 1897, dans l'après-midi, Tristan descendit de l'express de Lyon, où il avait interprété la veille, au Grand Théâtre, son programme habituel, Schubert, Liszt, Brahms, Franck, et sa propre *Suite américaine*. Sachant le public lyonnais connaisseur et exigeant, il avait joué, en première audition, sa grande *Sonate saturnienne*, récemment publiée. Le morceau avait obtenu un prodigieux succès et, à l'issue d'un dîner chez un soyeux, il avait dû, sur un excellent Bechstein, répéter le quatrième mouvement, que tous les auditeurs trouvaient envoûtant.

Au sortir de la gare, le porteur héla un fiacre. Le cocher, avant de s'enquérir de la destination de son client, émit une restriction.

— Ça dépend où que vous allez. Parce que je vais pas du côté de Chaillot. Y'a un gros incendie.

— Un gros incendie ?

— C'est la kermesse des gens de la haute, qui ramassent des sous pour les hospices, qu'a pris feu, à ce qu'on m'a dit.

— Vous voulez dire le Bazar de la Charité ?

— C'est bien ça. Paraît qu'y a des tas de morts.

Dionys, atterré, imagina Émilie se débattant dans les flammes. La comtesse de Galvain avait demandé à la

jeune femme de l'assister, comme vendeuse, sur son
stand de fanfreluches. Toutes deux devaient être là-bas.

— Conduisez-moi   rue   Jean-Goujon,   ordonna
Dionys.

— Oh, que non ! Mon cheval, y supporte pas l'odeur
du brûlé. Ça le rend fou.

Le pianiste, agacé, tira de sa poche une pièce de
cinq francs et la mit brutalement dans la main de
l'homme.

La vue du louis fit instantanément tomber la réticence du possesseur d'un cheval aux naseaux sensibles.

— Alors, on y va, mon prince, dit-il en ouvrant la
portière.

Durant le trajet, l'angoisse de Tristan Dionys ne fit
que croître. Dix ans, mois pour mois, après l'incendie
de l'Opéra-Comique, au cours duquel, le 24 mai 1887,
Laure avait péri, sa fille mourait peut-être par le feu.
Et, comme aujourd'hui, c'est au retour d'un voyage
qu'il avait appris le drame. Mais, ce jour-là, Maximilien
était sur le quai de la gare et l'avait accompagné. Il
vit, dans cette coïncidence maligne, un nouveau signe
de la cruauté du destin.

Dès l'entrée sur le Cours-la-Reine, avant même que
la voiture ne s'engageât rue François Ier, Tristan perçut
l'odeur âcre de l'incendie. Le fiacre, lancé au grand
trot, au cœur d'une circulation enfiévrée, fut bientôt
arrêté par un agent. Dionys sauta sur la chaussée,
ordonna au cocher de l'attendre et prit sa course vers
le lieu du sinistre. Les pompiers achevaient de noyer
le brûlis, encore fumant, de la reconstitution d'une rue
de Paris au Moyen Âge. Des vingt-deux échoppes en
bois, en carton-pâte et toile goudronnée et peinte, tenues
par des femmes de l'aristocratie ou de la grande bourgeoisie, ne restait qu'un amas de débris, autour duquel

erraient des hommes et des femmes, hagards. Vêtements souillés, souffrant de brûlures ou de plaies, ils
titubaient, soutenus par des ambulanciers, alors que
d'autres emportaient les morts. Tristan eut un haut-le-
cœur en distinguant, sur une civière, la masse noire
d'un corps carbonisé. Un frisson lui parcourut l'échine,
à la pensée qu'Émilie pouvait être une de ces choses
informes.

Comment savoir ? À qui parler ? Un rescapé, hébété,
dit ne pas connaître les Galvain ; un autre, plus lucide,
rapporta qu'il y avait là mille deux cents personnes,
quand le feu s'était déclaré, vers quatre heures et demie,
sous l'appentis du cinématographe.

Un pompier lui indiqua que victimes et blessés
avaient été transportés au palais de l'Industrie, devenu
hôpital et morgue. Il décida de s'y rendre, redoutant
la découverte qu'il pourrait y faire. Il marchait, le cœur
battant la chamade, quand il entendit son prénom, crié
par une voix familière : Émilie, le comte et la comtesse
de Galvain étaient saufs. Tous trois ressemblaient à des
évadés de la cour des miracles. Visage maculé de suie,
cheveux ébouriffés, encore couverts de cendre, Émilie
se jeta dans les bras de Tristan.

— J'ai eu si peur de mourir !

— Et moi, de vous perdre ! dit-il.

Les robes des deux femmes, brûlées par des flamm-
mèches, marbrées de traces noires, volants déchirés,
ayant été généreusement aspergées par des pompiers
zélés, leur collaient au corps. Armand de Galvain, tout
en époussetant sa jaquette, où s'accrochaient encore
des brindilles de bois brûlés, semblait ignorer cheveux
et sourcils roussis.

— Nous avons eu chaud, admit-il calmement.

— Sans Armand, nous serions toutes les deux mortes dans le brasier. Dès qu'il a vu des flammes jaillir du cinématographe, mon mari m'a prise par le bras, m'a obligée à laisser tout en plan, pour fuir vers la sortie, alors que le feu se propageait à une vitesse incroyable. Et quelle panique ! rapporta la comtesse.

— Et moi, il m'a soulevée de terre, m'a prise sous le bras, comme un paquet. Malgré la bousculade, nous sommes arrivés là. Quelle horreur ! J'ai vu des femmes, transformées en torches, qui hurlaient, compléta Émilie, avec l'excitation et la volubilité de qui devient ivre de vie après avoir vu la mort.

— Mon mari est retourné dans le brasier. Il a encore pu sauver deux femmes et un enfant, avant que tout ne s'effondre. Quelle peur atroce !

— Nous avons maintenant une idée de l'enfer. J'y ai laissé un huit-reflets tout neuf, dit Galvain.

Il ajouta qu'il attendait l'arrivée de sa calèche.

Tristan proposa à Émilie de la conduire chez elle, pour une toilette indispensable.

Dans le fiacre, il tira sa pochette et lui essuya doucement le visage, ce qui ne fit qu'étaler les traces de suie.

— Maintenant, vous ressemblez à un petit ramoneur. Mais que c'est bon. J'ai tellement eu peur, Émilie de cet incendie… en mai.

— Vous avez pensé à maman, bien sûr. C'était il y a tout juste dix ans.

Il entoura les épaules d'Émilie de son bras et l'attira contre lui.

— J'ai pensé à vous. Je n'ai pensé qu'à vous.

— Vous m'aimez donc un peu ? osa-t-elle.

— Je vous aime beaucoup, Émilie.

Elle se dégagea brusquement, s'éloigna sur la banquette et releva le menton en un geste de défi.

— Beaucoup, beaucoup, beaucoup ! s'écria-t-elle, répétant l'adverbe réducteur.

— Mais voyons…

— Oui, vous m'aimez beaucoup ! Ce qui vous retient de m'aimer tout court, je le sais, c'est maman, le souvenir de maman… et, peut-être, autre chose ! ajouta-t-elle, rageuse.

Comme le fiacre s'arrêtait rue de Penthièvre, devant l'hôtel de Costelaine, elle ouvrit brutalement la portière et se jeta sur le trottoir, sans un mot.

Tristan, interdit, la vit courir vers le porche, où elle s'engouffra sans se retourner.

— Maintenant, nous allons boulevard Saint-Germain, dit-il au cocher, qui n'en était pas à sa première querelle d'amoureux.

Au lendemain de l'incendie du Bazar de la Charité, les journaux publièrent le bilan de la tragédie. On comptait cent vingt-neuf morts, dont cinq corps qui n'avaient pu être identifiés. Les femmes – cent quinze d'entre elles – payaient le tribut mortel. Son Altesse Royale la duchesse d'Alençon, née Sophie-Charlotte de Bavière, sœur de l'impératrice Élisabeth d'Autriche, dite Sissi, avait péri dans les flammes. Cinq hommes seulement figuraient parmi les victimes, car tous ne s'étaient pas conduits aussi courageusement que le comte de Galvain.

Dans *Le Journal*, sous le pseudonyme de Séverine, Caroline Remy, l'amie des anarchistes, fustigeait la conduite des mâles : « Parmi ces hommes, ils étaient environ deux cents, on en cite deux qui furent admirables et jusqu'à dix, en tout, qui firent leur devoir.

Le reste détala, non seulement ne sauvant personne, mais encore se frayant un passage dans la chair féminine à coups de pied, à coups de poing, à coups de talon, à coups de canne. » Une rumeur courait le Tout-Paris, donnant à entendre que le comte Albert de Montesquiou était un de ceux qui usèrent de leur canne pour « se frayer passage dans la chair féminine ». Bien qu'il fût bientôt établi que le dandy ne se trouvait pas rue Jean-Goujon au jour de l'incendie, le poète Henri de Régnier, continuant à répandre la calomnie, venait d'être provoqué en duel par Montesquiou[1].

Quant aux causes de l'incendie, elles furent clairement établies. Le feu avait bien pris dans l'appentis où était projeté, tous les quarts d'heure, un court film des frères Lumière. C'est au moment où l'opérateur avait débouché une bonbonne d'éther, pour emplir le réservoir de la lampe de projection, que son assistant, frottant une allumette pour l'éclairer, avait provoqué l'inflammation des vapeurs. Le feu s'était communiqué à un rideau, puis aux constructions voisines, avec les terribles conséquences que l'on déplorait[2].

---

1. La rencontre à l'épée se fit le 9 juin 1897, au bois de Boulogne, sur le Pré-aux-Clercs. Maurice Barrès était le témoin de Montesquiou, Henri Béraud celui de Régnier. Après avoir reçu une légère blessure au pouce, l'offensé estima son honneur sauf. Le docteur Samuel Pozzi donna les soins au blessé.

2. Le 24 août, le tribunal correctionnel de Paris condamna le baron Ange Ferdinand de Mackau, principal organisateur du Bazar, à cinq cents francs d'amende, et Bachagrow, responsable du cinématographe, à huit mois de prison et deux cents francs d'amende. Une chapelle commémorative, Notre-Dame-de-la-Consolation, a été construite, en 1898, par l'architecte Albert Guilbert, à l'emplacement du Bazar de la Charité, 23, rue Jean-Goujon.

Toute la semaine qui suivit, Émilie ne parut pas à la thébaïde. « Elle boude », se dit Tristan. Alors que le courrier s'amoncelait, le pianiste commença à s'inquiéter de cette défection prolongée et dépêcha Adam Schön rue de Penthièvre. L'Alsacien revint dépité.

— Le majordome m'a dit que Mademoiselle était partie en voyage et ne l'avait pas autorisé à donner son adresse.

Un télégramme conciliant, envoyé à la résidence des Costelaine, à Dieppe, resta sans réponse. Peut-être était-elle à Londres, chez sa sœur ? Dionys ignorait l'adresse d'Aline. Oscillant entre agacement, inquiétude et tristesse, il se résigna, suspendit les recherches et prit le train pour la Côte d'Azur, où l'attendait une série de concerts.

De retour à Paris, une quinzaine de jours plus tard, il dut se rendre à l'évidence : la compagne de tant d'années ne reviendrait pas.

Il conçut alors l'importance qu'avait prise Émilie dans sa vie d'artiste et d'homme. Elle avait eu une fonction efficace après la mort de Laure, apaisante après la trahison de Max, consolatrice après sa disparition. Musicienne sensible, pianiste douée, elle l'aidait à clarifier ses aspirations, à tester ses trouvailles rythmiques et harmoniques. Elle le délestait, aussi, avec une parfaite discrétion, des besognes matérielles et administratives. Sa présence quotidienne avait permis au pianiste de jouir, égoïstement, sans souci, d'une vie confortable.

Dans cette solitude imposée, il découvrit qu'il aimait Émilie, sans en être amoureux, au sens commun du terme. Il l'aimait, sans désir charnel, qu'il se fût d'ailleurs interdit pour la fille de Laure. Depuis l'adolescence, il avait formé Émilie, comme pianiste, mais aussi, tel un précepteur, l'avait instruite, hors des routines pédago-

giques, en poésie, littérature, art et philosophie. Si bien
qu'il était près de considérer son élève, devenue
femme, comme une création de sa pensée, en Pygma-
lion serein. « On n'aime bien que ce qu'on a créé », avait
dit un philosophe. Il aimait celle qui lui avait échappé,
avec le respect jaloux que mérite une œuvre d'art
accomplie, et la jugeait ingrate.

Il fut bien aise d'apprendre, par une lettre de New
York, que le jeune Washington Adams Easton, dit
Ducky, arriverait à Paris à la fin de l'été. Depuis son
séjour aux États-Unis, Dionys entretenait avec le jeune
Américain une correspondance suivie. Les lettres de
Ducky débordaient de déférence, d'admiration, d'affection, presque de tendresse, pour le célèbre aîné. Tristan
répondait sur le ton d'un maître s'adressant à un disciple élu. Ducky proposait maintenant de reprendre,
en France, auprès du maître, la fonction de secrétaire,
qu'il avait tenue pendant la tournée américaine. Il ne
remplacerait, certes, pas Émilie mais, bien conduit, rendrait de bons et loyaux services, Adam Schön étant
accaparé par la gestion domestique.

Depuis la mort de Maximilien Leroy, Tristan portait
peu d'intérêt à la politique et aux événements ou ragots
de la vie parisienne. La prise de possession de Madagascar par la France, la menace d'une guerre, entre les
États-Unis et l'Espagne, à cause de Cuba, retinrent
moins son attention que l'expulsion d'Alsace des trois
arrière-petits-fils de François Guizot. Ces descendants
de l'homme d'État protestant, mort en 1874, avaient
rendu visite à leur grand-père maternel, M. Schlumberger, de Guebwiller, président du Landshauschutz, que
les Allemands venaient d'anoblir. Les autorités allemandes n'avaient pas admis que des jeunes gens, petits-

fils d'un notable alsacien, eussent choisi de rester français, alors que le moment était venu, pour eux, de signer une déclaration de nationalité et de servir dans l'armée allemande. Cette intransigeance de l'occupant suscita une forte réaction des familles d'Alsaciens et de Lorrains, qui souvent, comme les Schlumberger, les Dreyfus, les Ricker et d'autres industriels, avaient choisi, pour protéger leurs intérêts, de répartir les options de nationalités, allemande et française, entre les membres de leur famille.

La présence à Dieppe, à l'hôtel de la Plage, depuis le 19 mai, d'Oscar Wilde, libéré de la geôle de Reading, où il croupissait depuis sa condamnation, le 26 mai 1895, à deux ans de prison, pour « avoir commis des actes indécents avec de jeunes hommes », suscitait des réactions diverses. Dès l'arrivée de l'écrivain, le journal *L'Éclaireur* avait publié, sous le titre anodin « Un visiteur », un entrefilet : « Oscar Wilde, le fameux esthète anglais, écrivain fort connu, récemment sorti de prison, est à Dieppe depuis quelques jours. Il est descendu dans un de nos hôtels, avec quelques amis. Oscar Wilde et les jeunes gens qui l'accompagnent font, chaque jour, de longues excursions. »

Cette information réjouit Tristan, car il était de ceux qui avaient soutenu, en décembre 1895, le projet de Stuart Merrill de lancer, dans *La Plume*, une pétition pour que fût adouci le sort du condamné. Les écrivains français sollicités s'étant tous récusés, sauf Maurice Donnay et Lucien Descaves, la pétition avait été abandonnée.

Périodiquement, ce qu'on nommait l'affaire Dreyfus suscitait des articles dans les journaux et agitait l'opinion. Auguste Scheurer-Kestner, vice-président du Sénat, et Gabriel Monod, directeur de l'École pratique des hautes études, se disaient maintenant convaincus de l'innocence du capitaine Alfred Dreyfus et tentaient de faire avancer une nouvelle enquête visant à prouver que l'officier n'était pas l'auteur du bordereau. Une brochure, rédigée par Bernard Lazare, *Une erreur judiciaire – La vérité sur l'affaire Dreyfus*, incitait les citoyens à poser des questions auxquelles l'autorité militaire se souciait peu de répondre.

Dès qu'avaient été publiés, par l'*Almanach Hachette* 1896[1], les plans et dessins de la future Exposition universelle de 1900, les organisateurs avaient demandé à Tristan Dionys de composer une pièce pour les concerts prévus au Trocadéro. Le thème devrait être en rapport avec l'avènement du XXᵉ siècle, dont les millénaristes assuraient qu'il marquerait la fin du monde. Dionys fit observer aux solliciteurs qu'il serait plus juste d'évoquer la fin du XIXᵉ siècle.

— Le XXᵉ ne commencera que le 1ᵉʳ janvier 1901, rappela-t-il.

Tandis que les Allemands développaient leur marine militaire et mettaient l'air en bouteille, le moine Hehnin prédisait que Guillaume II serait le dernier empereur Hohenzollern et que le siècle s'ouvrirait sur une grande guerre européenne.

Pendant des semaines, ceux qui estimaient que le passage de 1899 à 1900 marquerait le commencement d'un nouveau siècle s'opposèrent à ceux qui défendaient la juste conception mathématique de Dionys. Le Bureau des longitudes, consulté, trancha le débat en donnant raison à ces derniers, et Tristan se mit au travail, sur une pièce qu'il intitula *Fugue XIXᵉ en do majeur*.

---

1. Hachette et Cⁱᵉ, Paris, 1896.

Invité à jouer au Crystal Palace, à l'occasion du jubilé de la reine Victoria, en juin, il se mit en route pour Londres avec, pour la première fois, un réel manque d'enthousiasme. Depuis le départ d'Émilie, il caressait l'idée de réduire ses déplacements à travers l'Europe, pour ne plus donner qu'une douzaine de récitals par an, afin de se consacrer à la composition.

Deux semaines de concerts et de festivités, dans une ville en fête, illuminée, fleurie, parée de banderoles, hérissée de gradins, où s'agglutinait une foule enthousiaste, lors des défilés, et un concert à l'Alexandra Place, où il avait joué le grand orgue qu'on venait d'y construire, avaient éprouvé Tristan. Il ne pensait plus qu'à rentrer chez lui et à retrouver son piano.

Après une dernière matinée au Royal Albert Hall, donnée au profit des œuvres de la Royal Navy, au cours de laquelle le public lui avait réclamé une improvisation sur les airs joués dans la marine de Sa Très Gracieuse Majesté, Tristan traversait le vestibule du Savoy, quand le concierge le retint.

— Une dame vous attend, au petit salon privé, *sir*.

— Que veut-elle, à votre avis ?

— Cette dame n'a émis aucun souhait, *sir*. C'est une personne distinguée. Une étrangère, croyons-nous.

Le pianiste, trop souvent poursuivi jusque dans les hôtels par des admiratrices, jeunes et délurées ou âgées et verbeuses, se rendit au salon, bien décidé à se débarrasser au plus vite de la visiteuse. Il poussa vivement la porte et s'immobilisa, ébahi. Devant la fenêtre, Émilie suivait du regard, sur la Tamise, une procession de navires de guerre, sous grand pavois. Elle se retourna vivement et resta figée, redoutant un affrontement. Le regard sévère de Dionys justifiait cette crainte.

— Enfin, vous voilà ! dit-il, forçant volontairement le ton.

Comme elle se taisait, il ferma la porte et s'avança.

— Je suis sans nouvelles de vous depuis des semaines. Quelles sont maintenant vos intentions ? demanda-t-il.

— Je suis venue vous demander la permission de revenir. Oui, reprenez-moi, s'il vous plaît. Je suis trop malheureuse.

L'enrouement de la voix traduisait une émotion intense.

— C'est vous, qui m'avez quitté, Émilie. Et de quelle façon ! rappela-t-il.

— Ne m'obligez pas à trop m'humilier. J'ai voulu, dans la solitude, m'interroger sur moi-même.

— Et, quelle est la réponse ?

— Je ne suis consciente de mon existence qu'à travers la vôtre. Vous m'avez faite ce que je suis. Permettez-moi de revenir. Reprenez-moi. Je m'efforcerai d'être telle que...

Chancelante, au bord de la défaillance, elle ne put finir sa phrase. Cessant de jouer le courroux, Tristan se précipita et la fit s'asseoir dans une bergère. Le visage dans les mains, elle se mit à pleurer, en silence.

Il se pencha, lui dénoua les mains pour l'embrasser avec douceur. Il connut, pour la première fois, le goût amer des larmes de femme.

— Vous ne me quitterez plus jamais, dit-il en se redressant.

— Jamais plus, Tristan.

— Moi-même, je ne vis pas bien sans vous. Nous formons un couple. Je l'ai appris pendant votre absence.

Émilie quitta son siège et s'abattit sur l'épaule de Tristan, tel un oiseau blessé.

— Allons ! Oublions, oublions ! dit-il, lui caressant la nuque.

— Nous pourrons être heureux, comme avant ? s'enquit-elle, craignant que sa fuite n'eût laissé des séquelles.

— J'essaierai de vous rendre heureuse, Émilie.

En sonnant quatre heures, la pendule du salon rappela Dionys aux réalités du moment.

— Je suis attendu, à six heures, à l'hôtel Cecil, c'est tout près d'ici. Les Montbury, lord Stephen, membre du Parlement, et lady Violet, son épouse, donnent une réception pour les artistes étrangers présents, à Londres, pendant le jubilé de la reine. Je ne peux me soustraire à cette mondanité. Avez-vous une robe de réception convenable ? Si oui, je vous emmène.

— Aline est à Bombay, avec son mari, et j'occupe son appartement, à Chelsea. Je trouverai, dans sa garde-robe, de quoi me rendre présentable.

— Alors, séchez vos yeux. Je ne veux pas qu'on puisse penser que je vous ai battue ! plaisanta-t-il en offrant sa pochette.

— Je serai prête *on time*[1], dit-elle, rassérénée.

— Une voiture de l'hôtel vous conduira et vous attendra. Allez, allez, dit-il, pour la faire se presser.

Le concierge envoya un chasseur chercher une berline et, pendant qu'ils attendaient l'arrivée de la voiture, Tristan émit une proposition, qui, comme souvent chez lui, prit la tonalité d'un ordre.

— J'occupe ici une suite. Je vous réserve une chambre voisine. Revenez avec vos bagages et installez-vous. Ce sera plus simple, car j'ai prévu de rentrer,

---

1. À l'heure.

demain, à Paris, par le train de dix heures… avec vous, bien sûr.

Rien ne pouvait plaire davantage à la repentie.

Voyant cette silhouette s'éloigner vers la porte-tambour, du pas vif et sautillant d'une écolière à l'heure de la récréation, il lui découvrit, taille fine, hanches rondes, une grâce ondulante, presque lascive. Comme à un homme ordinaire, lui prit alors l'envie de posséder ce corps de femme, qu'il n'avait jamais voulu voir comme objet de désir.

Ayant regagné son appartement, il sentit comme un épanouissement de sa pensée. Le retour d'Émilie dévoilait la perspective d'un avenir serein. La fille de Laure avait, depuis dix ans, tenu un rôle d'auxiliaire attentive, peut-être dans l'espoir d'une plus complète intimité, ce qu'il lui avait refusé. Maintenant, il savait quoi faire pour la garder.

Resté seul après qu'un valet l'eut aidé à passer son habit, Dionys, qui n'usait d'un miroir que pour faire sa barbe ou nouer sa cravate, s'observa sans indulgence, devant la psyché. À quarante ans, quelques fils argentés niellaient sa chevelure blonde, toujours épaisse et lisse, mais de plus en plus pâle, chaque année. Ses traits, nets et secs, n'avaient rien perdu de leur fermeté. Quelques rides barraient le front, et deux autres, telle une parenthèse sardonique, encadraient la bouche, aux lèvres minces. « Votre bouche n'est pas d'un volup-tueux », lui avait dit Wanda, la modiste polonaise. Ce devait être vrai. Quant au regard – « bleu myosotis », d'après Laure, qui avait toujours nié la nuance tilleul –, il restait vif, pénétrant, plus souvent indifférent que tendre. Satisfait de son examen, il s'estima capable de faire, encore, bonne figure auprès d'une femme de dix ans sa cadette.

En attendant le retour d'Émilie, il s'absorba dans le spectacle de la Tamise. Sur les eaux grises, striées par les rayons du soleil déclinant, les navires de tout tonnage, trois-mâts ou vapeurs, tirés par des remorqueurs aux cheminées fluettes, remontaient le fleuve, alourdis jusqu'à la ligne de charge par leurs cargaisons, sueur des peuples de l'Empire, butin colonial de la City : épices de l'Inde, blé d'Australie, acajou et okoumé d'Afrique, ivoire de Zanzibar, rhum des Caraïbes, sherry mûri au soleil portugais. Ils croisaient les cargos, délestés dans les nouveaux docks d'East Indiana, qui, légers comme l'âne déchargé de son bât, filaient, fignolant pompeusement leur sortie, vers l'estuaire, porte des aventures hauturières. Longues barges charbonnières, chalands ventrus, vedettes d'excursion, canots laqués comme des gondoles, bateaux-pilotes donnaient de la trompe ou du sifflet, pour éloigner les gabares mercantiles, qui portaient fruits et légumes au marché de Covent Garden. Sur le pont de Waterloo, le préféré des candidats au suicide, cabs, charrettes, omnibus rouges à impériale, piétons et cyclistes offraient, au regard plongeant de Tristan, une animation de fourmilière. Aussitôt, lui vint à l'esprit l'andante de la symphonie *London*, de Joseph Haydn, et l'envie de composer une sonatine en hommage à ce fleuve, l'aorte de Londres.

Un groom vint le prévenir que « la dame française » l'attendait en bas et que ses bagages avaient été déposés dans sa chambre. Tristan Dionys glissa dans sa boutonnière le gardénia préparé par le valet et rejoignit Émilie.

Dans le hall, il ne fut pas le seul gentleman à remarquer la gracieuse beauté de la jeune femme dont les cheveux, relevés en chignon, mettaient en valeur sa nuque et son cou de cygne. Un maquillage léger avait

estompé les traces des larmes récentes. Un fourreau
vert jade à décolleté carré ne laissait rien ignorer d'un
buste luxuriant. Tristan, dont les journaux avaient
récemment publié des portraits, lui offrit son bras pour
quitter l'hôtel. Faces-à-main et monocles s'inclinèrent
devant le grand pianiste et sa cavalière. Bien que le
trajet fût bref, du Savoy au Cecil, Dionys avait retenu
une voiture. Aussitôt installé, il prit la main gantée
d'Émilie.

— Vous allez voir tout ce qui compte, à Londres,
des amis des arts. Il y aura sans doute quelques ducs
et comtes, qui pratiquent plus souvent la chasse que
les concerts classiques. Leurs épouses, en revanche,
sont en général de bonnes musiciennes. Notre hôte,
lord Stephen Montbury, a été l'un des rares aristocrates
à prendre la défense d'Oscar Wilde et à lui envoyer
des douceurs, pendant sa captivité à Reading. Ces
attentions ont fait dire, à la Chambre des lords, que
Montbury était « de la même religion » que l'auteur
du *Portrait de Dorian Gray*. Bien sûr, il n'en est rien.
D'ailleurs lady Violet lui a donné trois enfants.

— Oscar Wilde était, aussi, marié et père de famille,
fit observer Émilie, ce que ne releva pas Tristan.

— Lady Violet, qui a entendu autrefois jouer Liszt,
Thalberg, Kalkbrenner et Osborne, est une excellente
musicienne et délicieuse amie. Sauf quand elle me
demande de l'accompagner au piano, les soirs où, en
privé heureusement, elle décide de chanter *Le Messie*,
de Haendel. Vous êtes priée de ne pas évoquer ces
intermèdes, prévint Tristan, badin.

Heureuse, et bien que prête, ce soir-là, à rire de
tout, Émilie formula son inquiétude.

— Comment allez-vous me présenter à ces gens qui
vous admirent ?

— Je sais ce que je dois dire, Émilie. Nous sommes arrivés.

Au seuil d'un des nombreux salons du Cecil, les Montbury accueillaient leurs invités : tous espéraient approcher Tristan Dionys, dont tout Londres parlait. Ses récents récitals, comme ses prestations à plusieurs concerts philharmoniques, étaient « des succès tels que les Londoniens n'en avaient pas faits à un artiste étranger, depuis le dernier concert de Franz Liszt, en 1886 », venait d'écrire un critique.

— Vous auriez dû me faire savoir que vous viendriez aussi gracieusement accompagné, dit lady Violet en tendant la main à Émilie.

— Ma fiancée, lady Violet : Mlle Émilie Lépineux, dit-il.

— Avec un tel homme, vous serez heureuse et enviée, mademoiselle, dit lord Stephen.

Tristan sentit la crispation nerveuse de la main d'Émilie sur son bras et comprit, alors qu'ils avançaient dans le salon, qu'elle était trop émue pour parler. Le lieu ni le moment ne se prêtaient à explication et épanchement.

— Était-ce simple formule de présentation ? finit-elle par articuler.

— C'est un engagement, Émilie, si vous le voulez bien ? répondit-il, à voix basse, car des couples se pressaient déjà pour l'aborder.

Émilie ferma les yeux, pour mieux savourer l'instant et pressa plus fortement le bras de Dionys, alors que des admiratrices du virtuose les assiégeaient. Certaines, avec des partitions, qu'elles entendaient faire dédicacer.

— Dans une heure, nous filons, souffla-t-il à Émilie, dont il se trouva aussitôt séparé.

Tandis qu'il répondait, d'une inclinaison de tête, aux compliments, et tentait de définir, pour un critique, la musique de César Franck, plusieurs femmes assaillirent Émilie. Elles voulaient tout savoir de cette beauté française, capable de capturer un célibataire aussi endurci que M. Dionys.

L'apothéose de la soirée vint quand, lady Violet ayant demandé, après battement de mains impératif, l'attention de l'assemblée, lord Stephen porta le toast.

— Mélomanes, mes amis, nous devons, non seulement reconnaissance au maître Tristan Dionys, premier pianiste de ce temps, pour le plaisir qu'il nous donne en jouant nos grands compositeurs et ses propres œuvres, mais aussi pour une autre raison. Son art, sa science musicale, son inspiration et son talent ont été capables, ces jours-ci, de nous faire entendre, accepter et, maintenant, aimer, cette musique de l'avenir, dont le grand Liszt, son maître, et Richard Wagner furent les précurseurs.

Les applaudissements retombés, on vit entrer deux valets, portant, comme s'il se fût agi du saint sacrement, un clavier muet à quatre octaves.

Tristan, qui n'en possédait pas encore, se dit comblé.

— Acceptez ce cadeau, dont on m'a assuré qu'il avait été utilisé par Liszt pendant ses séjours à Londres, dit lady Violet.

Tristan lui baisa la main et remercia.

— Je pourrai ainsi me dérouiller les doigts, sans crainte de réveiller mes voisins, qui, comme vous tous, très indulgents, ne goûtent pas forcément ma musique, dit-il, encore une fois ovationné.

— Nous ferons livrer l'instrument à Paris, souffla lord Stephen, après que Dionys en eut, avec un bruit de discret clapotis, parcouru les touches.

Dès qu'il fut décent de prendre congé de ses hôtes, Tristan enleva Émilie.

De retour au Savoy, ils n'eurent que quelques pas à faire pour aller dîner chez Simpson's.

— Homard, selle d'agneau, soufflé aux fraises et champagne, commanda Tristan avec autorité.

Aussitôt installée, Émilie ôta son gant et posa sa main sur celle de son compagnon.

— Alors, c'est bien vrai, ou si j'ai rêvé ou si vous vous êtes amusé de moi ? Nous sommes fiancés ?

Elle suçait le mot comme un bonbon convoité.

— Sans doute fiancés depuis longtemps, sans que nous le sachions, ni vous ni moi, Émilie, dit-il, rendant caresse pour caresse.

— Nous allons donc nous marier, nous marier, nous marier ! C'est fou et merveilleux, répéta-t-elle, comme pour se persuader de la réalité de la perspective.

— Après-demain, à Paris, nous irons choisir votre bague de fiançailles et, du même coup, des alliances, puisque vous voulez bien accepter pour mari un croque-notes, qui ne vous apporte que son nom, dit-il.

— Mais quel nom ! Ma... da... me... Tristan Dionys ! J'annoncerai la nouvelle à Joséphine et Armand de Galvain, si vous le permettez.

— En leur demandant d'être discrets, sinon nous serons importunés par les échotiers, toujours à l'affût.

— Je comprends, dit Émilie, soudain grave.

Elle imagina qu'un polygraphe ragoteur pourrait écrire : « M. Tristan Dionys épouse la fille d'une divorcée qui fut sa maîtresse. »

Le champagne servi, ils savourèrent, avec le vin pétillant, leur parfaite entente. Après le homard, Dionys estima le moment venu de confier à Émilie, car ne devaient pas s'immiscer, entre eux, les fantômes du passé, ce qu'avait été son amitié pour Max, de qui elle avait été secrètement jalouse.

— Je voudrais vous parler de la personne qui a le plus compté dans ma vie, commença-t-il.

— M. Leroy. Vous l'aimiez, n'est-ce pas ?

— Notre amitié était née en 1875, quand nous avions découvert que nous étions, tous deux, des orphelins de la Commune, bien que nos pères eussent péri par les armes, dans des camps opposés. Ce deuil fonda un accord spontané de nos esprits et de nos cœurs. Une sorte d'échange des sangs paternels, entre deux êtres que tout semblait séparer. Nous avons eu le sentiment d'être les instruments prédestinés d'une réconciliation des Français. Ce fut prétention et illusion. Mais nous avons ainsi vécu ces années.

— Maximilien était cependant très différent de vous.

— Je ne sais ce qu'aurait été ma destinée, s'il n'avait pas influencé ma vie, pendant des années. Il m'a donné confiance en mon art. Moi, qui ne suis guère influençable, je l'écoutais, faisant mon profit de ce qui me convenait. J'ai su, au fil des ans, interpréter sa nature, son assurance, ses jugements péremptoires, taillés dans le vif des situations. J'ai accepté, puis recherché, sa tyrannie affectueuse et, pour moi, fécondante. Ma soumission était raisonnée, car je n'ai jamais abdiqué mes idées pour lui plaire. Il me prenait tel que je suis, je le prenais tel qu'il était. Max lisait en moi, comme je lisais en lui. J'évaluais ses outrances, il moquait mes tiédeurs ; je connaissais ses rouertes, il savait mes scrupules.

— C'était une amitié hors du commun, passionnée, presque comparable à l'amour, insista Émilie.

— L'amitié est parfois avatar masqué de l'amour, avoua Tristan.

— Maximilien avait, à votre égard, le ton protecteur d'un magister.

— Max m'a, en effet, protégé du pharisaïsme bourgeois. Lui, si peu artiste, m'a appris que l'artiste peut s'émanciper des règles, mais que sa noblesse est de les respecter, alors que l'on accepterait qu'il les transgressât, au nom de l'art.

— Quand Aline, très tôt tourmentée par les sens, lui avait fait d'indécentes avances, ce grand coureur de jupons n'avait pas profité de l'offrande. Aline s'en souvient et m'a souvent dit combien elle lui était reconnaissante de ce refus.

— Max et moi, nous avions en commun l'horreur du désordre, de la vulgarité et de la dictature plébéienne, qui met en danger la libre exploitation des talents. Je suis ordonné, il était brouillon ; j'aimais prévoir, arriver avant l'heure à un rendez-vous ; lui attendait les sollicitations du destin et ne se mettait en mouvement qu'à la dernière minute. Et cependant, il arrivait au jour dit et à l'heure convenue, car il comptait toujours sur sa chance. Elle ne l'a trahi qu'une fois, à Mutzig, en Alsace.

— Cette fantaisie devait être, quelquefois, difficile à vivre, pour vous qui aimez prévoir, dit Émilie.

— Max refusait de croire aux obstacles que ma pusillanimité me faisait concevoir. Pour lui, toute route à prendre serait lisse et libre, quand il s'y présenterait. S'il lui arrivait de se heurter à une difficulté imprévue, il avait une façon audacieuse d'en triompher avec désinvolture. Je suis cartésien, car la musique est sœur des mathématiques ; lui était un instinctif passionné, qui s'accommodait du flou.

— Il ne croyait ni en Dieu ni au diable, reprit Émilie.

— Je pense qu'il eût plus facilement cru au diable qu'en Dieu. C'était un païen, primitif et tendre. Rien n'avait de valeur à ses yeux, que les êtres, les choses et les événements auxquels il décidait d'en donner. Quand nous étions ensemble, nous avions la certitude de n'avoir rien de commun avec nos contemporains, ni avec la société médiocre de notre temps. Mon art était étroitement circonscrit dans la musique ; l'intérêt de Max était le monde multiforme, qu'il traitait comme matière artistique, ce qui nous rapprochait. Je puis dire qu'il m'a appris la vie, Émilie.

— Sa mort vous a beaucoup peiné mais, jusqu'à ce soir, vous ne me parliez pas de lui, fit remarquer la jeune femme.

— Ce fut un coup terrible, en effet, et j'en ai voulu à Clémence de l'avoir poussé à cette mission stupide, en Alsace. Mais je l'avais déjà perdu en partie.

— Parce qu'en épousant Clémence Ricker il avait trahi votre amitié, n'est-ce pas ?

— C'est vrai. Son mariage nous avait séparés, sans nous désunir. J'ai perdu deux fois cet ami, d'une rare stature humaine. Son influence a façonné, en grande partie, l'évolution de mon destin. Et ce, jusqu'à aujourd'hui, car c'est par lui que je suis devenu le professeur de musique, chez les Lépineux, d'une adolescente joufflue et timide qui, demain, sera ma femme, conclut Tristan en baisant la main d'Émilie.

— En somme, comme Aline, je devrais être reconnaissante à Maximilien Leroy ?

— Vous devriez, comme je le suis, car, cent fois, il m'a conseillé de vous épouser.

Comme ils arrivaient à la fin du repas, Émilie se fit plus tendre, tout à son bonheur.

— Pourquoi, ce soir, m'avez-vous dit tout cela ? demanda-t-elle, câline.

— Parce qu'il fallait que tout fût net entre nous. Le jour où vous m'avez fui, vous avez supposé que le souvenir de votre mère m'empêchait de vous aimer « et, peut-être, autre chose », aviez-vous ajouté. Eh bien, je voulais que l'équivoque de cette « autre chose » fût dissipée, au moment où nous allons nous engager dans une aventure à deux qui comporte des risques.

— À mes yeux, il n'en existe aucun, Tristan.

— L'union d'un homme et d'une femme n'est pas que sentiment d'amour et communauté de vie. Ils ne peuvent éluder les contingences charnelles. L'acte d'amour, voulu et consenti entre époux, qui doivent être aussi des amants, à nous de le transcender. Sinon, Émilie, nous ne serions que des animaux, pris au piège des sens. Ceux qui, en présence d'un couple, se fient aux apparences, ignorent toujours ce qui en fait l'unité et la stabilité : c'est une mystérieuse alchimie, faite de complicité lucide, de tolérances secrètes, de confiance sans faille.

— Ah ! Comme je vous aime, pour ce que vous êtes, dit-elle.

Ils regagnèrent à pied, main dans la main, l'hôtel Savoy.

Tristan demanda que le breakfast fût servi, comme d'habitude, à sept heures et demie.

Le vieux liftier, fier de conduire un ascenseur tout neuf, se découvrit, les fit entrer dans la cabine, dont les miroirs opposés renvoyèrent les portraits d'un homme et d'une femme, unis dans la sérénité.

À l'étage, Dionys glissa à l'employé une pièce de six pences.

— Passez une bonne nuit, milady, et vous aussi, *sir*. Nous n'aurons pas de pluie demain, annonça-t-il, comme si la prévision, étant exceptionnelle, méritait d'être divulguée.

Le vieil homme, attendri, les regarda s'éloigner, enlacés, dans la pénombre du couloir.

« Enfin, un vrai couple, et bien assorti ! » se dit-il.

REMERCIEMENTS

Pour écrire ce roman, l'auteur a puisé ses informations dans l'énorme documentation qu'il a accumulée, depuis plus de trente ans, pour d'autres ouvrages.

Que tous ceux qui, à des titres divers, lui ont permis en trois décennies – quelquefois au prix de longues recherches, parfois au cours d'un simple entretien – de mieux appréhender le XIXe siècle, son histoire, ses mœurs, son économie, son industrie, sa vie quotidienne, ou l'ont aidé à préciser un simple détail, soient ici chaleureusement remerciés.

L'auteur veut exprimer sa reconnaissance à :
– Dominique BONNET, École alsacienne, Paris,
– Pierre DROUIN, pianiste émérite, ancien rédacteur en chef adjoint du journal *Le Monde*,
– Chantal GENTIL, paroisse Saint-Eustache, Paris,
– Michel HOCCA, président de l'AGAL, Association générale d'Alsace et de Lorraine, Paris,
– Bernard KUENTZ, directeur de la Maison d'Alsace, Paris,
– Louisette RASTOLDO, ancienne directrice de la Bibliothèque municipale de Vevey (Suisse),

– Marie VERCAMBRE, archiviste du musée Grévin, Paris.

Un signe d'amicale gratitude va également à Bernard
AUDIT, professeur agrégé des facultés de droit, Paris.

BIBLIOGRAPHIE SÉLECTIVE

ABOUT Edmond, *Alsace*, Librairie Hachette et Cie, Paris, 1902.

AGEORGES Sylvain, *Sur les traces des Expositions universelles*, Parigramme, Paris, 2006.

AGULHON Maurice, *La République*. Tome 1 : *L'Élan fondateur et la grande blessure*, Hachette Littérature, 1990.

BAKOUNINE, *Dieu et l'État*, Mille et une nuits, Librairie Arthème Fayard, Paris, 2000.

BARJOT Dominique, CHALINE Jean-Pierre, ENCREVÉ André, *La France au XIXe siècle*, PUF, Paris, 2005.

BARRÈS Maurice, *Romans et Voyages*, Bouquins, Robert Laffont, Paris, 1994.

BELFOND Pierre, *Scènes de la vie d'un éditeur*, Fayard, Paris, 2004, et nouvelle édition 2007.

BREDIN Jean-Denis, *Dreyfus, un innocent*, Fayard, 2006.

BURGER Ernst, *Franz Liszt*, Fayard, Paris, 1988.

CAHN Isabelle, LOBSTEIN Dominique, WAT Pierre, *Chronologie de l'art du XIXe siècle*, Flammarion, Paris, 1998.

CARON François, *Histoire des chemins de fer en France 1883-1937*, Fayard, Paris, 2005.

CÉZAN Claude, *Le Musée Grévin*, préface de Léon-Paul Fargue, Privat, Toulouse, 1966.

CHENNEVIÈRES Philippe de, *Souvenirs d'un directeur des Beaux-Arts*, Arthena, 1979.

COURTINE Robert, *La Vie parisienne, cafés et restaurants des boulevards*, Librairie académique Perrin, 1984.

DESCHANEL Paul, *Gambetta*, Librairie Hachette, Paris, 1920.

DÉSERT Gabriel, *La Vie quotidienne sur les plages normandes, du second Empire aux Années folles*, Hachette, Paris, 1983.

DUCLERT Vincent, *Alfred Dreyfus, l'honneur d'un patriote*, Fayard, Paris, 2006.

DUPÊCHEZ Charles, *Histoire de l'Opéra de Paris*, Perrin, Paris, 1984.

ELLMAN Richard, *Oscar Wilde*, Gallimard, Paris, 1994.

GAVOTY Bernard, *Chopin*, Grasset, Paris, 1974.

GENEST Émile, *L'Opéra-Comique connu et inconnu*, Librairie Fischbacher, Paris, 1925.

GHEUSI P.-B., *Gambetta par Gambetta. Lettres intimes et souvenirs de famille*, Société d'éditions littéraires et artistiques, Albin Michel, Paris, 1909.

GONCOURT Edmond et Jules de, *Journal, Mémoires de la vie littéraire*, Bouquins, Robert Laffont, Paris, 1989.

GOURRET Jean, *Histoire de l'Opéra-Comique*, Les Publications universitaires, Paris, 1978.

GREGOR-DELLIN Martin, *Richard Wagner*, Fayard, Paris, 1981.

GUT Serge, BELLAS Jacqueline, présentation et annotation de la *Correspondance Franz Liszt – Marie d'Agoult*, Fayard, Paris, 2001.

HARSÁNYI Zsolt, *La Vie de Liszt est un roman*, Babel, Actes Sud, Arles, 1986.

HUGO Victor, *Odes et Ballades.* Gosselin-Bossange, Paris, 1828. *Œuvres poétiques complètes*, Jean-Jacques Pauvert, Paris, 1961.

KROPOTKINE Pierre, *La Morale anarchiste*, Mille et une nuits, Librairie Arthème Fayard, Paris, 1984.

LEJEUNE Dominique, *La France des débuts de la IIIe République*, Armand Colin, Paris, 2007.

LISZT Franz, *Lettres d'un bachelier en musique*, Le Castor Astral, Paris, 1991.

LOBSTEIN Dominique, *Les Salons au XIXe siècle, Paris, capitale des arts*, Éditions de La Martinière, Paris, 2006.

LOUŸS Pierre, *Mille lettres inédites à Georges Louis (1890-1917)*, Fayard, Paris, 2002.

MAUGUÉ Pierre, *Le Particularisme alsacien*, Presses d'Europe, Paris, 1970.

MERLIN Olivier, *Quand le bel canto régnait sur le Boulevard*, Fayard, Paris, 1978.

POURTALÈS Guy de, *La Vie de Franz Liszt*, Folio, Gallimard, Paris, 1983.

RÉGNIER Henri de, *Les Cahiers inédits, 1887-1936*, Pygmalion-Gérard Watelet, Paris, 2002.

ROTH François, *La Lorraine dans la guerre de 1870*, Presses universitaires de Nancy, 1984. *Histoire de la Lorraine et des Lorrains*, éditions Serpenoise, Metz, 2006.

SAINT SIMON, François de, *La Place Vendôme*, éditions Vendôme, Paris, 1982.

TAPPOLET Claude, *La Vie musicale à Genève au dix-neuvième siècle (1814-1918)*, Mémoires et documents publiés par la Société d'histoire et d'archéologie de Genève, tome XLV, Alex. Julien, libraire, Genève, 1972.

TARDIEU Marc, *Les Alsaciens à Paris*, éditions du Rocher, Monaco, 2004.

THEIS Laurent, *François Guizot*, Fayard, Paris, 2008.

WALKER Alan, *Franz Liszt*, Fayard, Paris, deux volumes, 1989, 1998.

WHITMAN Walt, *Feuilles d'herbe*, introduction et traduction de Roger Asselineau, Aubier, Paris, 1972.

Table

Maurice Denuzière
dans Le Livre de Poche

Amélie ou la Concordance des temps   n° 30069

Par quel sortilège le professeur Louis Campelle, éminent professeur d'histoire, spécialiste du XIXᵉ siècle, se retrouve-t-il transporté brutalement dans cette époque qu'il connaît jusque dans ses moindres détails ?

BAHAMAS

1. *Le Pont de Buena Vista*   n° 30113

5 janvier 1853, à Liverpool : Charles Ambroise Desteyrac, jeune polytechnicien, diplômé de l'École des ponts et chaussées, est chargé par Simon Leonard Cornfield, lord richissime dont la famille est propriétaire, depuis 1667, d'une île des Bahamas, de construire un pont assez solide pour résister aux ouragans.

Un chien de saison   n° 5684

Quand un célibataire bien tranquille accepte de prendre en
pension, le temps des vacances, le chien de son meilleur ami,
l'aventure commence. Néron, boxer bringé, quarante kilos de
muscles et de malice canine, a une étonnante propension à
faire d'énormes bêtises. La preuve est ainsi faite qu'un chien
peut bouleverser une existence quiète et organisée, et se révéler un compagnon fidèle et tolérant.

Une tombe en Toscane   n° 15109

À la mort de Louis Malterre, énergique et brillant industriel,
son fils Jean-Louis se prépare à succéder à ce père qu'il admirait. Mais il découvre alors dans les papiers du défunt les
indices d'une vie secrète, inconnue de ses proches.

Du même auteur

LES TROIS DÉS, Julliard, 1959, roman.

UNE TOMBE EN TOSCANE, Julliard, 1960 ; Fayard, 1999, roman. Prix Claude-Farrère. Le Livre de Poche, 2001.

L'ANGLAISE ET LE HIBOU, Julliard, 1961, roman.

LES DÉLICES DU PORT, Fleurus, 1963, essai.

ENQUÊTE SUR LA FRAUDE FISCALE, Jean-Claude Lattès, 1973.

LETTRES DE L'ÉTRANGER, Jean-Claude Lattès, 1973 ; Denoël, 1995, chroniques. Préface de Jacques Fauvet.

COMME UN HIBOU AU SOLEIL, Jean-Claude Lattès, 1974, roman. Le Livre de Poche, 1984.

LOUISIANE, Jean-Claude Lattès, 1977 ; Fayard, 2004, roman, premier tome de la série *Louisiane*. Prix Alexandre-Dumas ; prix des Maisons de la Presse. Le Livre de Poche, 1985.

FAUSSE-RIVIÈRE, Jean-Claude Lattès, 1979 ; Fayard, 2004, roman, deuxième tome de la série *Louisiane*. Prix Bancarella (Italie). Le Livre de Poche, 1985.

UN CHIEN DE SAISON, Jean-Claude Lattès, 1979 ; Fayard, 2005, roman. Le Livre de Poche, 1985.

BAGATELLE, Jean-Claude Lattès, 1981 ; Fayard, 2006, roman, troisième tome de la série *Louisiane*. Prix de la Paulée de Meursault. Le Livre de Poche, 1985.

POUR AMUSER LES COCCINELLES, Jean-Claude Lattès, 1982 ; Fayard, 2003, roman. Prix Rabelais. Le Livre de Poche, 1983.

ALERTE EN STÉPHANIE, Hachette Jeunesse, 1982, conte. Illustrations de Mérel.

LES TROIS-CHÊNES, Denoël, 1985 ; Fayard, 2006, roman, quatrième tome de la série *Louisiane*. Folio, 1989.

LA TRAHISON DES APPARENCES, Éditions de l'Amitié-G. T. Rageot, 1986, nouvelles. Illustrations d'Alain Gauthier. J'ai lu, 1994.

L'ADIEU AU SUD, Denoël, 1987 ; Fayard, 2008, roman, cinquième tome de la série *Louisiane*. Folio, 1989.

LES ANNÉES LOUISIANE, Denoël, 1987 ; Fayard, 2008, en collaboration avec Jacqueline Denuzière, sixième tome de la série *Louisiane*. Folio, 1989.

L'AMOUR FLOU, Denoël, 1988, roman. Folio, 1991. Fayard, 2008.

JE TE NOMME LOUISIANE, Denoël, 1990 ; Fayard, 2003, récit historique, premier tome de *Au pays des bayous*.

LA LOUISIANE DU COTON AU PÉTROLE, Denoël, 1990, album, en collaboration avec Jacqueline Denuzière.

HELVÉTIE, Denoël, 1992 ; Fayard, 2010, roman, premier tome de la série *Helvétie*. J'ai lu, 1993.

RIVE-REINE, Denoël, 1994 ; Fayard, 2010, roman, deuxième tome de la série *Helvétie*. J'ai lu, 1995.

ROMANDIE, Denoël, 1996, roman, troisième tome de la série *Helvétie*. J'ai lu, 2001.

ET POURTANT ELLE TOURNE…, Fayard, 1998, chroniques.

LE CORNAC, Fayard, 2000, roman. Le Livre de Poche, 2002.

AMÉLIE OU LA CONCORDANCE DES TEMPS, Fayard, 2001, roman. Le Livre de Poche, 2004.

LA TRAHISON DES APPARENCES ET AUTRES NOUVELLES, édition augmentée, Fayard, 2002. Le Livre de Poche, 2005.

LE PONT DE BUENA VISTA, Fayard, 2003, roman, premier tome de la série *Bahamas*. Le Livre de Poche, 2004.

RETOUR À SOLEDAD, Fayard, 2005, roman, deuxième tome de la série *Bahamas*. Le Livre de Poche, 2008.

UN PARADIS PERDU, Fayard, 2007, roman, troisième tome de la série *Bahamas*. Le Livre de Poche, 2009.

DU LÉMAN AU MISSISSIPPI, Aire, 2010.

UN HOMME SANS AMBITION, Fayard, 2011.

Le Livre de Poche s'engage pour
l'environnement en réduisant
l'empreinte carbone de ses livres.
Celle de cet exemplaire est de :

1,2 kg éq. CO_2
Rendez-vous sur
www.livredepoche-durable.fr

PAPIER À BASE DE
FIBRES CERTIFIÉES

Composition réalisée par NORD COMPO

Achevé d'imprimer en mai 2013, en France par
CPI Bussière à Saint-Amand-Montrond (Cher)
N° d'imprimeur : 2001028.
Dépôt légal 1re publication : novembre 2011.
Édition 02 – mai 2013
LIBRAIRIE GÉNÉRALE FRANÇAISE – 31, rue de Fleurus – 75278 Paris Cedex 06